Philibert, von verarmten Adel, ist zwar ein historisches Genie, doch wenn er mit Menschen spricht, gerät er ins Stottern. Camille, magersüchtig und künstlerisch begabt, verdient sich ihren Lebensunterhalt in einer Putzkolonne, und Franck schuftet als Koch in einem Feinschmeckerlokal. Er liebt Frauen, Motorräder und seine Großmutter Paulette, die keine Lust aufs Altersheim hat. Vier grundverschiedene Menschen in einer verrückten Pariser Wohngemeinschaft, die sich lieben, streiten, bis die Fetzen fliegen, und versuchen, irgendwie zurecht zu kommen.

»Dieser Roman ist ein bißchen wie ›Die fabelhafte Welt der Amelie‹ – nur noch schöner. Anna Gavalda erzählt so genau, klug, burschikos und witzig, daß die 550 Seiten viel zu schnell ausgelesen sind und man noch lange nicht von diesem Buch lassen möchte.« *Brigitte*

Anna Gavalda, Jahrgang 1970, ist auf dem Land aufgewachsen, hat in Paris Literatur studiert und arbeitete als Französischlehrerin. Sie veröffentlichte ihr erstes Buch ›Ich wünsche mir, daß irgendwo jemand auf mich wartet‹ in einem kleinen Verlag und avancierte damit zum Star der französischen Literaturszene. Anna Gavalda lebt mit ihren beiden Kindern in der Nähe von Paris. All ihre Bücher sind Bestseller.

Beim Fischer Taschenbuch Verlag erschienen ›Ich wünsche mir, daß irgendwo jemand auf mich wartet‹ (Bd. 15802) und ›Ich habe sie geliebt‹ (Bd. 15803).

Unsere Adresse im Internet: www.fischerverlage.de

Anna Gavalda

Zusammen ist man weniger allein

Roman

Aus dem Französischen
von Ina Kronenberger

Fischer Taschenbuch Verlag

6. Auflage: April 2007

Veröffentlicht im Fischer Taschenbuch Verlag,
einem Unternehmen der S. Fischer Verlag GmbH,
Frankfurt am Main, Oktober 2006

Lizenzausgabe mit freundlicher Genehmigung
des Carl Hanser Verlags, München Wien
Die Originalausgabe erschien 2004 unter dem Titel
›Ensemble c'est tout‹ bei Le Dilettante, Paris
© 2004 Le dilettante
Für die deutsche Ausgabe:
© 2006 S. Fischer Verlag, Frankfurt am Main
Druck und Bindung: Ebner & Spiegel, Ulm
Printed in Germany
ISBN 978-3-596-17303-7

Für Muguette
(1919–2003)
Angehörige nicht ermittelt

TEIL 1

1

Paulette Lestafier war nicht so verrückt, wie die Leute behaupteten. Natürlich wußte sie, wann welcher Tag war, sie hatte ja sonst nichts zu tun, als die Tage zu zählen, auf sie zu warten und wieder zu vergessen. Sie wußte sehr wohl, daß heute Mittwoch war. Außerdem war sie fertig! Hatte ihren Mantel übergezogen, ihren Korb gegriffen und ihre Rabattmärkchen zusammengesucht. Sie hatte sogar schon von weitem das Auto der Yvonne gehört. Aber dann stand die Katze vor der Tür, hatte Hunger, und als sie sich bückte, um ihr den Napf wieder hinzustellen, war sie gestürzt und mit dem Kopf auf der untersten Treppenstufe aufgeschlagen.

Paulette Lestafier fiel öfter hin, aber das war ihr Geheimnis. Das durfte sie nicht erzählen, niemandem.

»Niemandem, hörst du?« schärfte sie sich ein. »Weder Yvonne noch dem Arzt und schon gar nicht deinem Jungen . . .«

Sie mußte langsam wieder aufstehen, warten, bis die Gegenstände alle wieder normal aussahen, Jod auftragen und ihre verfluchten blauen Flecken abdecken.

Die blauen Flecken der Paulette waren nie blau. Sie waren gelb, grün oder hellviolett und lange sichtbar. Viel zu lange. Mehrere Monate bisweilen. Es war schwer, sie zu verstecken. Die Leute fragten sie, warum sie immer wie im tiefsten Winter herumlief, warum sie Strümpfe trug und nie die Strickjacke auszog.

Vor allem der Kleine ging ihr damit auf die Nerven:

»He, Omi? Was soll das? Zieh den Plunder aus, du gehst ja ein vor Hitze!«

Nein, Paulette Lestafier war überhaupt nicht verrückt. Sie wußte, daß ihr die riesigen blauen Flecken, die nicht mehr weggingen, einmal viel Ärger bereiten würden.

Sie wußte, wie alte, unnütze Frauen wie sie endeten. Die die Quecke im Gemüsegarten wuchern ließen und sich an den Möbeln festhielten, um nicht zu fallen. Die Alten, die den Faden nicht mehr durch das Nadelöhr bekamen und nicht mehr wußten, wie man den Fernseher lauter stellt. Die alle Knöpfe der Fernbedienung ausprobierten und am Ende heulend vor Wut den Stecker zogen.

Winzige, bittere Tränen.

Mit dem Kopf in den Händen vor einem stummen Fernseher.

Und dann? Nichts mehr? Keine Geräusche mehr in diesem Haus? Keine Stimmen? Nie mehr? Weil man angeblich die Farbe der Knöpfe vergessen hat? Dabei hat er dir farbige Etiketten aufgeklebt, der Kleine, er hat dir Etiketten aufgeklebt! Eins für die Programme, eins für die Lautstärke und eins für den Ausknopf! Komm schon, Paulette! Hör auf, so zu heulen, und sieh dir die Etiketten an!

Schimpft nicht mit mir, ihr. Sie sind schon lange nicht mehr da, die Etiketten. Sie haben sich fast sofort wieder gelöst. Seit Monaten suche ich den Knopf, weil ich nichts mehr höre, weil ich nur noch die Bilder sehe, die leise murmeln.

Jetzt schreit doch nicht so, ihr macht mich ja ganz taub.

2

»Paulette? Paulette, bist du da?«

Yvonne fluchte. Sie fror, drückte ihren Schal fester an die Brust und fluchte nochmals. Sie mochte es nicht, wenn sie zu spät zum Supermarkt kamen.

Ganz und gar nicht.

Seufzend kehrte sie zu ihrem Auto zurück, stellte den Motor ab und nahm ihre Mütze.

Die Paulette war bestimmt hinten im Garten. Die Paulette war immer hinten im Garten. Saß auf der Bank neben den leeren Kaninchenställen. Stundenlang saß sie dort, von morgens bis abends womöglich, aufrecht, reglos, geduldig, die Hände auf den Knien, mit abwesendem Blick.

Die Paulette redete mit sich selbst, sprach mit den Toten und betete für die Lebenden.

Sprach mit den Blumen, den Salatpflänzchen, den Meisen und ihrem Schatten. Die Paulette wurde senil und wußte nicht mehr, wann welcher Tag war. Heute war Mittwoch, und Mittwoch hieß Einkaufen. Yvonne, die sie seit mehr als zehn Jahren jede Woche abholte, hob das Schnappschloß des Seitentürchens an und stöhnte: »Was für ein Jammer . . .«

Was für ein Jammer zu altern, was für ein Jammer, so allein zu sein, und was für ein Jammer, zu spät zum Supermarkt zu kommen und keine Einkaufswagen mehr neben der Kasse zu finden.

Doch nein. Der Garten war leer.

Die Alte fing an, sich Sorgen zu machen. Sie ging ums Haus

herum und hielt die Hände wie Scheuklappen an die Scheibe, um zu sehen, was es mit der Stille auf sich hatte.

»Allmächtiger!« stieß sie aus, als sie sah, daß ihre Freundin in der Küche auf dem Fliesenboden lag.

Vor lauter Schreck bekreuzigte sich die gute Frau irgendwie, verwechselte den Sohn mit dem Heiligen Geist, fluchte noch ein bißchen und suchte im Geräteschuppen nach Werkzeug. Mit einer Hacke schlug sie die Scheibe ein, dann schwang sie sich unter enormer Anstrengung auf das Fensterbrett.

Mit Mühe gelangte sie durch den Raum, kniete nieder und hob den Kopf der alten Frau an, der in einer rosa Pfütze badete, in der sich Milch und Blut schon vermischt hatten.

   »He! Paulette! Bist du tot? Bist du jetzt tot?«

Die Katze schleckte schnurrend den Boden ab und scherte sich kein bißchen um das Drama, den Anstand und die ringsum verstreuten Glasscherben.

3

Yvonne legte keinen großen Wert darauf, aber die Feuerwehrleute hatten sie gebeten, zu ihnen in den Krankenwagen zu steigen, um die Formalitäten zu regeln und die Aufnahmemodalitäten des Rettungsdienstes zu klären:

»Kennen Sie die Frau?«

Sie war empört:

»Ich glaube schon, daß ich sie kenne! Wir waren zusammen auf der Volksschule!«

»Dann steigen Sie ein.«

»Und mein Auto?«

»Das wird sich schon nicht in Luft auflösen! Wir bringen Sie später hierher zurück.«

»Gut«, sagte sie ergeben, »dann muß ich wohl heute nachmittag einkaufen gehen . . .«

Im Wagen war es ziemlich unbequem. Man hatte ihr neben der Trage ein winziges Höckerchen zugewiesen, auf dem sie sich mehr schlecht als recht hielt. Sie drückte ihre Handtasche fest an sich und kippte in jeder Kurve beinahe um.

Ein junger Mann war bei ihr. Er schimpfte, weil er am Arm der Kranken keine Vene finden konnte. Yvonne mißfiel sein Verhalten.

»Schreien Sie nicht so«, murmelte sie, »schreien Sie nicht so. Was wollen Sie denn von ihr?«

»Sie soll an den Tropf.«

»An was?«

Der Blick des jungen Mannes verriet ihr, daß es besser war, den Mund zu halten, und sie murmelte weiter vor sich hin:

»Da seh sich einer an, wie er ihr den Arm demoliert, nein, da seh sich einer das mal an. Wie furchtbar. Ich schau lieber nicht hin. Jesus Maria. He! Sie tun ihr doch weh!«

Er stand neben ihr und justierte ein kleines Rädchen an einem Schlauch. Yvonne zählte die Bläschen und betete verzweifelt. Das Heulen der Sirene beeinträchtigte ihre Konzentration.

Sie hatte die Hand ihrer Freundin genommen, sie sich in den Schoß gelegt und strich mechanisch darüber, als wollte sie einen Rocksaum glätten. Der Kummer und der Schrecken ließen nicht mehr Zärtlichkeit zu.

Yvonne Carminot seufzte, betrachtete die Falten, die Schwielen, die dunklen Flecken hier und da, die noch feinen, aber harten, dreckigen und rissigen Fingernägel. Sie hatte ihre Hand danebengelegt und verglich sie miteinander. Sie selbst war etwas jünger und auch rundlicher, aber vor allem hatte sie auf Erden weniger Leid erfahren. Sie hatte weniger hart gearbeitet und mehr Liebkosungen empfangen. Es war schon ziemlich lange her, daß sie sich im Garten abgerackert hatte. Ihr Mann machte weiter die Kartoffeln, aber der Rest war im Supermarkt viel besser. Das Gemüse war sauber, und sie brauchte beim Salatkopf nicht länger das Herz auseinanderzunehmen wegen der Schnecken. Und außerdem hatte sie ihre Lieben um sich: ihren Gilbert, ihre Nathalie und die Kleinen. Die Paulette hingegen, was war ihr geblieben? Nichts. Nichts Gutes. Der Mann tot, eine Nutte von Tochter und ein Junge, der sie nie besuchen kam. Nichts als Sorgen, nichts als Erinnerungen, ein Rosenkranz kleiner Nöte.

Yvonne Carminot kam ins Grübeln: War es das, das Leben? Wog es so leicht? War es so undankbar? Und doch, die Paulette. Was war sie für eine schöne Frau gewesen! Und wie gut sie war! Wie sie früher gestrahlt hatte! Und jetzt? Wo war das nur alles hin?

In dem Augenblick bewegten sich die Lippen der alten Frau. Auf der Stelle verscheuchte Yvonne das ganze tiefsinnige Zeug, das sie bedrückte:

»Paulette, ich bin's, Yvonne. Es ist alles in Ordnung, Paulette. Ich bin zum Einkaufen gekommen und ...«

»Bin ich tot? War's das, bin ich tot?« flüsterte sie.

»Natürlich nicht, Paulette! Natürlich nicht! Du bist nicht tot, also wirklich!«

»Ach«, stöhnte Paulette und schloß die Augen, »ach«.

Dieses »Ach« war entsetzlich. Eine Silbe der Enttäuschung, der Entmutigung, gar der Resignation.

Ach, ich bin nicht tot. Na ja. Was soll's? Ach, Verzeihung.

Yvonne war keineswegs einverstanden:

»Komm schon! Wir wollen doch leben, Paulette! Wir wollen doch leben!«

Die alte Frau drehte den Kopf von rechts nach links. Fast unmerklich und ganz schwach. Winziges Bedauern, traurig und trotzig. Winzige Revolte.

Die erste vielleicht.

Dann war es still. Yvonne wußte nicht, was sie sagen sollte. Sie schneuzte sich und nahm erneut die Hand ihrer Freundin, vorsichtiger jetzt.

»Sie werden mich in ein Heim stecken, stimmt's?«

Yvonne fuhr zusammen:

»Nicht doch, sie werden dich nicht in ein Heim stecken! Nicht doch! Warum sagst du so was? Sie werden dich pflegen und damit ist's gut! In ein paar Tagen bist du wieder zu Hause!«

»Nein. Ich weiß genau, daß es nicht so ist.«

»Ach! Tatsächlich, na, das ist ja ganz was Neues! Und warum nicht, meine Liebe?«

Der Sanitäter bedeutete ihr mit einer Geste, leiser zu sprechen.

»Und meine Katze?«

»Ich kümmere mich um sie. Keine Sorge.«

»Und mein Franck?«

»Wir werden ihn anrufen, deinen Jungen, wir werden ihn gleich anrufen. Dafür werde ich sorgen.«

»Ich finde seine Nummer nicht mehr. Ich habe sie verloren.«

»Ich werde sie schon finden!«

»Aber wir sollten ihn nicht stören, ja? Er muß hart arbeiten, weißt du?«

»Ja, Paulette, ich weiß. Ich werde ihm eine Nachricht hinterlassen. Du weißt ja, wie das heute ist. Die jungen Leute haben alle ein Handy. Man stört sie nicht mehr.«

»Sag ihm, daß . . . daß ich . . . daß . . .«

Der alten Frau versagte die Stimme.

Während der Wagen die Auffahrt zum Krankenhaus nahm, weinte Paulette Lestafier leise: »Mein Garten . . . Mein Haus . . . Bringt mich wieder nach Hause, bitte . . .«

Yvonne und der junge Sanitäter waren bereits aufgestanden.

4

»Wann hatten Sie zuletzt Ihre Regel?«

Sie stand schon hinter dem Vorhang und kämpfte mit den Hosenbeinen ihrer Jeans. Sie seufzte. Sie hatte gewußt, daß er sie das fragen würde. Sie hatte es gewußt. Sie hatte es vorhergesehen. Sie
hatte sich die Haare mit einer ziemlich schweren, silbernen Haar-
spange zusammengebunden, war mit geballten Fäusten auf die
verfluchte Waage gestiegen und hatte versucht, sich so schwer wie
möglich zu machen. Sie war sogar ein wenig gehüpft, um die Nadel
etwas anzustoßen. Aber nein, es hatte nicht gereicht, und jetzt
durfte sie seine Moralpredigt über sich ergehen lassen.

Sie hatte es vorhin schon seiner Augenbraue angesehen, als er
ihr den Bauch abgetastet hat. Ihre Rippen, ihre vorstehenden Hüft-
knochen, ihre lächerlichen Brüste und ihre hohlen Oberschenkel,
das alles mißfiel ihm.

Langsam zog sie die Schnalle ihres Ledergürtels zu. Dieses Mal
hatte sie nichts zu befürchten. Das hier war der Amtsarzt, nicht der
Schularzt. Ein paar schöne Worte, und sie war draußen.

»Na?«

Sie saß ihm jetzt gegenüber und lächelte ihn an.

Es war ihre Kriegslist, ihre Geheimwaffe, ihr letzter Trumpf. Ein
Lächeln für den lästigen Gesprächspartner, etwas Besseres gab es
nicht, um das Thema zu wechseln. Nur leider hatte der Typ dieselbe Schule durchlaufen. Er hatte die Ellbogen aufgestützt, die
Hände verschränkt und seinerseits ein entwaffnendes Lächeln
aufgesetzt. Jetzt war sie dran mit der Antwort. Sie hätte es sich im
übrigen denken können, er war süß, und sie hatte nur noch die

Augen schließen können, als er ihr die Hände auf den Bauch legte.

»Na? Und nicht lügen! Sonst antworten Sie lieber gar nicht.«

»Lange her.«

»Natürlich«, sagte er und verzog das Gesicht, »natürlich ... Achtundvierzig Kilo bei eins dreiundsiebzig, wenn Sie so weitermachen, passen Sie bald zwischen Papier und Kleber.«

»Was für ein Papier?« fragte sie naiv.

»Hm ... ein Plakat.«

»Ach so! Ein Plakat? Tut mir leid, den Ausdruck kannte ich nicht.«

Er wollte etwas erwidern, ließ es jedoch bleiben. Mit einem Seufzer bückte er sich und griff nach dem Rezeptblock, bevor er ihr erneut in die Augen sah:

»Sie essen nicht?«

»Und ob ich esse!«

Plötzlich überkam sie eine große Müdigkeit. Sie hatte diese Diskussionen über ihr Gewicht satt, sie hatte die Schnauze voll. Seit fast siebenundzwanzig Jahren gingen sie ihr damit schon auf den Keks. Konnten sie nicht über etwas anderes reden? Sie war doch da, verdammt! Sie war lebendig. Sehr lebendig. Ebenso aktiv wie die anderen. Ebenso fröhlich, ebenso traurig, ebenso mutig, ebenso sensibel und ebenso frustriert wie alle anderen Mädchen. Da drinnen gab es jemanden! Da war jemand.

Erbarmen, konnte man mit ihr heute nicht über was anderes reden?

»Sie geben mir recht, oder? Achtundvierzig Kilo ist nicht so rasend viel.«

»Ja«, sie gab sich geschlagen, »ja ... Ich gebe Ihnen recht. Es ist schon lange nicht mehr so weit runtergegangen. Ich ...«

»Sie?«

»Nein. Nichts.«

»Raus damit.«

»Ich ... ich war schon mal glücklicher, glaube ich.«

Er reagierte nicht.

»Füllen Sie mir das aus, die Bescheinigung?«

»Ja, ja, die fülle ich Ihnen aus«, antwortete er und schüttelte sich, »hm ... was ist das noch mal für ein Unternehmen?«

»Welches?«

»Das hier, bei dem wir gerade sind, also Ihrs.«

»Proclean.«

»Pardon?«

»Proclean.«

»Großes P, dann r-o-k-l-i-n«, buchstabierte er.

»Nein, c-l-e-a-n«, verbesserte sie ihn. »Ich weiß, es ist eigentlich nicht logisch, besser wäre ›Prorein‹ gewesen, aber ich glaube, ihnen hat dieser Yankee-Touch gefallen, verstehen Sie? Das klingt sauberer. Mehr ... wanderfull driem tiem.«

Er verstand nicht.

»Was ist das genau?«

»Pardon?«

»Das Unternehmen?«

Sie lehnte sich zurück, streckte die Arme, um sich zu dehnen, und deklamierte, so ernst sie konnte, mit Hostessen-Stimme, worin ihre neue Aufgabe bestand:

»Proclean, meine Damen und Herren, erfüllt all Ihre Wünsche in puncto Sauberkeit. Ob Villa, Dienstwohnung, Büroraum, Arztpraxis, Sprechzimmer, Agentur, Krankenhaus, Siedlung, Mietshaus oder Werkstatt, Proclean ist Ihnen stets zu Diensten. Proclean räumt auf, Proclean putzt, Proclean fegt, Proclean saugt, Proclean wachst, Proclean bohnert, Proclean desinfiziert, Proclean sorgt für Glanz, Proclean verschönert, Proclean saniert und Proclean schafft Duft in der Luft. Wann immer Sie wünschen. Flexibilität. Diskretion. Sorgfalt, knapp kalkulierte Preise. Proclean, die Profis für Sie im Einsatz!«

Sie hatte diesen beachtlichen Sermon in einem Atemzug hergebetet, ohne zwischendurch Luft zu holen. Ihr kleiner French-Doktor war völlig verdattert:

»Ist das ein Gag?«

»Keineswegs. Und außerdem werden Sie das Dream Team gleich kennenlernen, es wartet vor der Tür.«

»Was genau machen Sie?«

»Das habe ich Ihnen doch gerade gesagt.«

»Nein, ich meine Sie ... *Sie*!«

»Ich? Na ja, ich räume auf, ich putze, ich fege, ich sauge, ich wachse, das ganze Programm.«

»Sind Sie Putzfr...?«

»Rrr...raumpflegerin, bitte.«

Er wußte nicht, was er glauben sollte.

»Warum machen Sie das?«

Sie riß die Augen auf.

»Nein, ich meine, warum ›das‹? Warum nicht etwas anderes?«

»Warum nicht?«

»Würden Sie nicht lieber einer Beschäftigung nachgehen, die ... hm ...«

»Erfüllender ist?«

»Ja.«

»Nein.«

Er verharrte einen Augenblick, den Stift in der Luft, den Mund halb offen, sah dann auf seine Uhr, um das Datum abzulesen, und fragte sie, ohne aufzusehen:

»Name?«

»Fauque.«

»Vorname?«

»Camille.«

»Geburtsdatum?«

»17. Februar 1977.«

»Bitte schön, Mademoiselle Fauque, ich erkläre Sie für arbeitstauglich.«

»Wunderbar. Was schulde ich Ihnen?«

»Nichts, es wird ... Proclean zahlt für Sie.«

»Aaah Proclean!« wiederholte sie, stand auf und fügte theatralisch hinzu, »ich bin kloputztauglich, herrlich ist das!«

Er begleitete sie zur Tür.

Er lächelte nicht mehr und hatte wieder die Maske des Gewissensgurus aufgesetzt.

Während er die Klinke drückte, hielt er ihr die Hand hin:

»Ein paar Kilos wenigstens? Für mich.«

Sie schüttelte den Kopf. Das zog nicht mehr bei ihr. Emotionale Erpressungen, davon hatte sie ihre Dosis gehabt.

»Mal sehen, was sich machen läßt«, antwortete sie. »Mal sehen.«

Nach ihr trat Samia ein.

Sie stieg die Stufen des Wagens hinunter und tastete ihre Jacke nach einer Zigarette ab. Die dicke Mamadou und Carine saßen auf einer Bank, lästerten über die Passanten und schimpften, weil sie nach Hause wollten.

»Na?« Mamadou lachte, »was hast du denn da drin getrrieben? Ich muß meine Bahn krriegen! Hat er dich verhext oder was?«

Camille hatte sich auf den Boden gesetzt und sie angelächelt. Nicht das Lächeln von eben. Ein reines Lächeln diesmal. Ihre Mamadou, der konnte sie nichts vormachen, dafür war sie viel zu schlau.

»Is er nett?« fragte Carine und spuckte einen Fetzen von ihrem Fingernagel aus.

»Ganz toll.«

»Ah, ich hab's genau gewußt!« frohlockte Mamadou, »hab ich's mir doch gedacht! Hab ich's dir und der Sylvie nicht gesagt, daß sie da drrin ganz nackt war!«

»Er stellt dich auf die Waage.«

»Wen? Mich?« schrie Mamadou. »Mich? Wenn der glaubt, daß ich auf seine Waage steige!«

Mamadou dürfte um die hundert Kilo wiegen, vorsichtig geschätzt. Sie schlug sich auf die Oberschenkel:

»Niemals! Wenn ich da draufsteige, zermalme ich sie und ihn gleich mit! Und was noch?«

»Er verpaßt dir ein paar Spritzen«, warf Carine ein.

»Was für Sprritzen denn?«

»Nein, nein«, Camille beruhigte sie, »nein, nein, er hört nur dein Herz und deine Lunge ab.«

»Das ist okay.«

»Er faßt auch deinen Bauch an.«

»Das wollen wir mal sehen«, sie zog ein Gesicht, »das wollen wir doch mal sehen, viel Spaß wünsch ich ihm. Wenn der meinen Bauch anfaßt, frreß ich ihn roh. Mm, lecker, so ein kleines weißes Medizinmännchen.«

Sie machte einen auf Afrikanerin und rieb sich über ihr Gewand.

»Oh ja, das ist gutes Ham-ham. Das weiß ich von meinen Ahnen. Mit Maniok und Hahnenkämmen. Mmm . . .«

»Und die Bredart, was er mit der wohl macht?«

Die Bredart, Josy mit Vornamen, war ihr Drachen, ihre Furie, ihre Anscheißerin vom Dienst und ihrer aller Lieblingsfeindin. Nebenbei war sie auch noch ihre Vorgesetzte. Die »Vorarbeiterin der Kolonne«, wie ihr Anstecker unmißverständlich verkündete. Die Bredart machte ihnen das Leben schwer, im Rahmen der ihr zur Verfügung stehenden Mittel zwar nur, aber immerhin, ermüdend war es schon.

»Mit der, nichts. Wenn er die riecht, bittet er sie auf der Stelle, sich wieder anzuziehen.«

Carine hatte nicht unrecht. Zu den bereits erwähnten Qualitäten der Josy Bredart kam hinzu, daß sie ziemlich stark schwitzte.

Dann war Carine an der Reihe, und Mamadou holte aus ihrem Bastkorb ein Bündel Papiere, das sie Camille auf die Knie legte. Diese hatte ihr versprochen, einen Blick darauf zu werfen, und versuchte nun, das ganze Durcheinander zu entziffern.

»Was ist das?«

»Fürs Kindergeld!«

»Nein, ich meine hier die ganzen Namen?«

»Wie, das ist meine Familie!«

»Welche Familie?«

»Welche Familie, welche Familie? Na, meine! Strreng mal deinen Kopf ein bißchen an, Camille!«

»All die Namen, das ist deine Familie?«

»Alle«, sagte sie mit stolzem Kopfnicken.

»Wie viele Kinder hast du denn?«

»Ich selbst habe fünf und mein Bruder vier.«

»Und warum stehen die alle da?«

»Wo da?«

»Na ... Auf dem Papier.«

»Das ist am einfachsten so, mein Bruder und meine Schwägerin wohnen bei uns, und wo wir außerdem denselben Briefkasten haben ...«

»Das geht aber nicht. Sie sagen, das geht nicht. Du kannst nicht neun Kinder haben.«

»Und warum nicht?« fragte sie entrüstet, »meine Mutter hatte zwölf!«

»Moment, reg dich nicht auf, Mamadou, ich sag dir ja nur, was da steht. Sie fordern dich auf, die Situation zu klären und dein Familienstammbuch vorbeizubringen.«

»Und warum das?«

»Tja, ich nehme an, euer Arrangement ist nicht legal. Ich glaube nicht, daß du deine Kinder und die von deinem Bruder zusammen in einen Antrag packen kannst.«

»Ja, aber mein Bruder hat doch nix!«

»Arbeitet er?«

»Natürlich arbeitet er! Auf der Autobahn!«

»Und deine Schwägerin?«

Mamadou rümpfte die Nase:

»Die, die macht nix! Gar nix, sag ich dir. Die rührt keinen Finger, diese Jammerliese, bewegt ihren fetten Arsch nicht von der Stelle!«

Camille schmunzelte in sich hinein, schwer vorzustellen, was in Mamadous Augen ein »fetter Arsch« sein konnte.

»Haben sie Papiere, die beiden?«

»Na klar!«

»Dann können sie doch einen eigenen Antrag abgeben.«

»Aber meine Schwägerin will da nicht hingehen, zum Amt, und mein Bruder arbeitet nachts, am Tag schläft er also, verstehst du?«

»Ich verstehe. Aber für wie viele Kinder kriegst du denn zur Zeit Kindergeld?«

»Für vier.«

»Vier?«

»Ja, das will ich dir doch die ganze Zeit schon erklären, aber du, du bist wie alle Weißen, immer recht haben wollen und nie zuhören!«

Camille schnaubte genervt.

»Was ich dir erzählen will: Das Prroblem ist, daß sie die Sissi vergessen haben.«

»Die wievielte ist das, Disissi? Nummer …?«

»Das ist keine Nummer, du dumme Nuß!« Die Dicke kochte vor Wut, »das ist meine Jüngste! Die kleine Sissi.«

»Ach so! Sissi!«

»Ja.«

»Und warum ist sie nicht dabei?«

»Sag mal, Camille, machst du das extra? Das ist genau das, was ich die ganze Zeit wissen will!«

Sie wußte nicht mehr, was sie sagen sollte.

»Am besten, ihr geht zur Kindergeldstelle, du, dein Bruder und deine Schwägerin mit allen Papieren und erklärt der Frau …«

»Was heißt ›der Frau‹? Welcher denn?«

»Egal welcher!« ereiferte sich Camille.

»Ach so, okay, reg dich ab. Ich dachte ja nur, du kennst da eine.«

»Mamadou, ich kenne niemanden bei der Kindergeldstelle. Ich bin da noch nie im Leben gewesen, verstehst du?«

Sie gab ihr den ganzen Packen zurück, darunter Reklamezettel, Fotos von Autos und Telefonrechnungen.

Sie hörte sie brummen: »Sagt ›die Frau‹, und ich frage sie, welche Frau, ist doch normal, sind ja auch Männer da, woher will sie das wissen, wenn sie noch nie da war, woher will sie wissen, daß da nur Frauen sind? Es gibt auch Männer da. Ist unsere Frau Hellseherin oder was?«

»He? Bist du beleidigt?«

»Nein, ich bin nicht beleidigt. Du sagst nur, daß du mir helfen willst, und dann hilfst du mir nicht. Das ist alles! Mehr nicht!«

»Ich komme mit.«

»Zur Kindergeldstelle?«

»Ja.«

»Und sprichst du mit der Frau?«

»Ja.«

»Und wenn sie nicht da ist?«

Camille drohte gerade ihre Gelassenheit zu verlieren, als Samia zurückkam:

»Du bist dran, Mamadou. Hier«, sagte sie und drehte sich um, »die Nummer vom Onkel Doktor.«

»Wozu das?«

»Wozu das? Wozu das? Was weiß ich! Für Doktorspielchen vielleicht! Er sagt, die soll ich dir geben.«

Er hatte auf einem Rezeptformular seine Handynummer notiert: *Ich verschreibe Ihnen ein gutes Abendessen, rufen Sie mich an.*

Camille Fauque formte ein Kügelchen daraus und warf es in den Rinnstein.

»Weißt du was«, fügte Mamadou hinzu, erhob sich schwerfällig und zeigte mit dem Finger auf sie, »wenn du die Sache mit der Sissi in Ordnung bringst, sag ich meinem Bruder, daß er dir einen Mann schicken soll.«

»Ich dachte, dein Bruder arbeitet auf der Autobahn?«

»Auf der Autobahn, aber auch mit Behexungen und Gegenzauber.«

Camille rollte mit den Augen.

»Und ich?« fiel Samia ein, »kann er mir auch einen besorgen, einen Kerl für mich?«

Mamadou ging an ihr vorbei und zeigte ihr die Klauen:

»Du gibst mir erst meinen Eimer zurück, du Miststück, dann sprechen wir uns wieder!«

»Scheiße, du gehst mir auf den Zeiger! Ich hab deinen Eimer nicht, das hier ist meiner! Dein Eimer war rot!«

»Miststück, du«, zischte Mamadou und entfernte sich, »verfluchtes Miststück.«

Sie war noch nicht oben auf dem Treppchen angekommen, als der Wagen schon gefährlich ins Schwanken geriet. Alles Gute da drinnen, lächelte Camille und schnappte sich ihre Tasche. Alles Gute.

»Gehen wir?«

»Ich komm mit.«

»Was machst du? Nimmst du auch die Metro?«

»Nein. Ich geh zu Fuß.«

»Stimmt ja, du wohnst ja in der besseren Gegend.«

»Von wegen.«

»Also, bis morgen.«

»Tschüß, Mädels.«

Camille war bei Pierre und Mathilde zum Abendessen eingeladen. Sie rief an, um abzusagen, und war erleichtert, als der Anrufbeantworter ansprang.

Die ach so leichte Camille Fauque machte sich auf. Das einzige, was sie auf dem Asphalt hielt, waren das Gewicht ihres Rucksacks und, nicht ganz so leicht zu benennen, die Schotter- und Kieselsteine, die sich in ihr angesammelt hatten. Das hätte sie dem Amtsarzt vorhin erzählen sollen. Wenn sie Lust dazu gehabt hätte ... Oder die Kraft? Oder auch die Zeit? Die Zeit vor allem, beruhigte sie sich, ohne so recht daran glauben zu können. Die Zeit war etwas, das sie nicht länger zu fassen vermochte. Zu viele Wochen und Monate waren vergangen, ohne daß sie, in welcher Form auch immer, daran teilgehabt hätte, und ihre Tirade von vorhin, ihr absurder Monolog, mit dem sie sich einzureden versucht hatte, daß sie ebenso fleißig war wie alle anderen, war die reinste Lüge.

Welches Wort hatte sie noch mal verwendet? »Lebendig«, oder? Lächerlich, Camille Fauque war nicht lebendig.

Camille Fauque war ein Gespenst, das nachts arbeitete und tagsüber Steine hamsterte. Das sich langsam fortbewegte, wenig sprach und sich elegant verdrückte.

Camille Fauque war eine junge Frau, die man nur von hinten sah, zerbrechlich, nicht greifbar.

Man durfte dem Auftritt von vorhin nicht trauen, der den Anschein großer Leichtigkeit hatte. So einfach. So unbefangen. Camille Fauque log. Sie begnügte sich damit, andere hinters Licht zu führen, sie zwang sich, nötigte sich und antwortete mit »hier«, um nicht aufzufallen.

Trotzdem dachte sie noch einmal an den Arzt. Seine Handynummer war ihr völlig schnuppe, aber sie überlegte, ob sie vielleicht eine Chance hatte vorbeiziehen lassen. Er wirkte geduldig, dieser Mensch, und aufmerksamer als die anderen. Vielleicht hätte sie ... Sie hätte auch beinahe ... Sie war müde, sie hätte ebenfalls die Ellbogen auf den Schreibtisch stützen und ihm die Wahrheit erzählen sollen. Ihm sagen, daß sie nichts mehr aß oder so wenig, weil die Steine den ganzen Platz in ihrem Bauch einnahmen. Daß sie jeden Tag mit dem Gefühl aufwachte, auf Kies zu kauen, daß sie noch nicht die Augen geöffnet hatte und schon erstickte. Daß die Welt um sie herum schon keine Rolle mehr spielte und daß jeder Tag ein großes Gewicht war, das sie nicht hochzuheben vermochte. Also weinte sie. Nicht, weil sie traurig war, sondern um alles hinter sich zu bringen. Die Tränen, die Flüssigkeit halfen ihr schließlich, die Steine zu verdauen und wieder durchzuatmen.

Hätte er ihr zugehört? Hätte er sie verstanden? Natürlich. Und genau deshalb hatte sie geschwiegen.

Sie wollte nicht wie ihre Mutter enden. Sie weigerte sich, ins selbe Boot zu steigen. Wenn sie anfing, wußte sie nicht, wohin es sie führen könnte. Zu weit, viel zu weit, zu tief und ins Dunkel. Diesmal hatte sie nicht die Kraft, sich umzudrehen.

Andere hinters Licht zu führen, ja, aber nicht sich umzudrehen.

Sie betrat den Supermarkt bei sich im Haus und zwang sich, ein paar Lebensmittel zu kaufen. Sie tat es dem wohlwollenden jungen Arzt zuliebe und Mamadous Lachen. Das laute Lachen dieser Frau, die bescheuerte Arbeit bei Proclean, die Bredart, die abstrusen Geschichten von Carine, die Anschisse, die geschnorrten Zigaretten, die körperliche Erschöpfung, die albernen Lachkrämpfe und die bisweilen feindselige Stimmung, das alles half ihr zu leben. Half ihr zu leben, ja.

Sie strich mehrfach um die Regale, bevor sie sich für Bananen, vier Joghurts und zwei Flaschen Wasser entschied.

Da sah sie den komischen Kauz aus ihrem Haus. Den seltsamen großen Jungen, dessen Brille mit Pflaster geflickt war, der Hochwasserhosen trug und die Umgangsformen eines Marsmenschen an den Tag legte. Kaum hatte er einen Artikel in die Hand genommen, stellte er ihn wieder hin, ging ein paar Schritte weiter, besann sich eines Besseren, nahm ihn wieder in die Hand, schüttelte den Kopf und verließ überstürzt die Schlange an der Kasse, wenn er schon an der Reihe war, um ihn wieder zurückzustellen. Einmal hatte sie ihn sogar aus dem Laden kommen und wieder hineingehen sehen, um das Glas Mayonnaise zu kaufen, das er sich kurz zuvor versagt hatte. Ein trauriger Clown, der zur allgemeinen Belustigung beitrug, vor den Verkäuferinnen stotterte und ihr das Herz zerriß.

Sie begegnete ihm mitunter auf der Straße oder vor der Toreinfahrt, und alles war nur mehr Komplikation, innerer Aufruhr und Beklemmung. Auch diesmal stand er stöhnend vor dem Zahlencode an der Tür.

»Gibt's Probleme?« fragte sie.

»Ah! Oh! Eh! Pardon!« Er verrenkte sich die Hände. »Guten Abend, Mademoiselle, entschuldigen Sie bitte, daß ich ... ah ... Sie belästige, ich ... Ich belästige Sie, nicht wahr?«

Schrecklich war das. Sie wußte nie, ob sie lachen oder Mitleid haben sollte. Diese krankhafte Scheu, seine hochgeschraubte Art zu reden, die Wörter, die er wählte, und seine Bewegungen, die von einer anderen Welt zu kommen schienen, machten sie entsetzlich beklommen.

»Nein, nein, kein Problem! Haben Sie den Code vergessen?«

»Teufel, nein. Vielmehr, nicht daß ich wüßte ... vielmehr, ich ... ich habe die Dinge noch nicht aus dieser Warte betrachtet. Mein Gott, ich ...«

»Sie haben ihn vielleicht geändert?«

»Ist das Ihr Ernst?« fragte er, als würde sie ihm das Ende der Welt verkünden.

»Das sehen wir gleich ... 342B7 ...«

Das Klicken der Tür war zu hören.

»Oh, ich bin beschämt ... ich bin beschämt ... Ich ... Genau das habe ich auch gedrückt. Das verstehe ich nicht.«

»Kein Problem«, sagte sie und stemmte sich gegen die Tür.

Er machte eine abrupte Bewegung, um an ihrer Stelle die Tür auf-zustoßen, verfehlte jedoch, als er mit dem Arm über sie greifen wollte, sein Ziel und verpaßte ihr einen heftigen Schlag auf den Hinterkopf.

»Oh Schande! Ich habe Ihnen doch nicht weh getan? Was bin ich aber auch ungeschickt, wahrhaftig, ich bitte Sie um Verzeihung ... Ich ...«

»Kein Problem«, wiederholte sie zum dritten Mal.

Er rührte sich nicht von der Stelle.

»Hm«, bat sie ihn schließlich, »könnten Sie Ihren Fuß anheben, Sie zerquetschen mir gerade den Knöchel, und das tut furchtbar weh.«

Sie lachte. Ein nervöses Lachen.

Als sie drinnen waren, eilte er zur Glastür voraus, damit sie unge-
hindert durchgehen konnte:

»Tut mir leid, aber ich muß dort lang«, sagte sie bedauernd und
zeigte auf den Hinterhof.

»Wohnen Sie im Hof?«

»Eh ... nicht direkt ... eher unterm Dach.«

»Ah! Hervorragend.« Er zerrte am Henkel seiner Tasche, der sich
am Messinggriff verfangen hatte. »Das ... das ist gewiß sehr angenehm.«

»Eh ... ja«, sagte sie mit einer Grimasse und ging rasch weiter,
»so kann man es auch sehen.«

»Einen schönen Abend noch, Mademoiselle«, rief er ihr hinterher, »und ... grüßen Sie Ihre Eltern von mir!«

Ihre Eltern. Der Typ war wohl debil. Sie erinnerte sich, wie sie
ihn einmal nachts, denn sie kam für gewöhnlich mitten in der
Nacht nach Hause, im Eingangsbereich überrascht hatte, im
Schlafanzug, mit Jagdstiefeln und einer Dose Trockenfutter in der
Hand. Er war ganz aufgewühlt und fragte sie, ob sie nicht eine
Katze gesehen hätte. Sie verneinte und ging auf der Suche nach
besagtem Kater ein paar Schritte mit ihm durch den Hof. »Wie
sieht er denn aus?« erkundigte sie sich, »Bedaure, das weiß ich
nicht«, »Sie wissen nicht, wie Ihre Katze aussieht?« Er stand wie
angewurzelt da: »Wie soll ich das wissen? Ich habe noch nie eine
Katze gehabt!« Sie war völlig verdutzt gewesen und hatte ihn kopfschüttelnd stehenlassen. Der Kerl war entschieden zu durchgeknallt.

»Die bessere Gegend.« Sie dachte noch einmal an Carines Kommentar, als sie die erste von hundertzweiundsiebzig Stufen er-
klomm, die sie von ihrem Verschlag trennten. Die bessere Gegend,
stimmt schon. Sie wohnte im siebten Stock der Hintertreppe eines
stattlichen Wohnhauses, das zum Champ-de-Mars ging, und so
gesehen konnte man tatsächlich sagen, daß sie nobel wohnte, denn
wenn sie auf einen Schemel kletterte und sich gefährlich weit nach
rechts aus dem Fenster lehnte, konnte sie tatsächlich die Spitze des

Eiffelturms sehen. Was jedoch den Rest anging, meine Liebe, was den Rest anging, war dem nicht wirklich so.

Sie hielt sich am Geländer fest, keuchte schwer und zog die Wasserflaschen hinter sich her. Sie versuchte, nicht stehenzubleiben. Niemals. Auf keinem Stockwerk. Einmal nachts war es ihr passiert, und sie konnte nicht wieder aufstehen. Sie hatte sich im vierten Stock hingesetzt und war mit dem Kopf auf den Knien eingeschlafen. Ein qualvolles Aufwachen war das gewesen. Sie war völlig durchgefroren und hatte eine Weile gebraucht, bis sie wußte, wo sie war.

Aus Furcht vor einem Gewitter hatte sie das Oberlicht geschlossen, bevor sie ging, jetzt seufzte sie beim Gedanken an die Backofenhitze dort oben. Wenn es regnete, wurde sie naß, wenn es schön war wie heute, erstickte sie, und im Winter schlotterte sie. Camille kannte die klimatischen Gegebenheiten in- und auswendig, da sie schon seit über einem Jahr hier wohnte. Sie beklagte sich nicht, dieses schäbige Nest war ihr unverhofft zugefallen, und sie erinnerte sich noch an Pierre Kesslers betretenes Gesicht, als er die Tür zu der Rumpelkammer vor ihr aufstieß und ihr den Schlüssel hinhielt.

Es war winzig, dreckig, zugestellt und eine glückliche Fügung.

Als er sie eine Woche zuvor auf der Schwelle seiner Wohnungstür empfangen hatte, ausgehungert, verstört und still, hatte Camille Fauque ein paar Nächte auf der Straße hinter sich.

Er hatte es zunächst mit der Angst bekommen, als er den Schatten auf dem Treppenabsatz sah:

»Pierre?«

»Wer sind Sie?«

»Pierre«, stöhnte die Stimme.

»Wer sind Sie?«

Er drückte auf den Lichtschalter, und seine Angst wurde noch größer:

»Camille? Bist du's?«

»Pierre«, schluchzte sie und schob einen kleinen Koffer vor sich her, »ihr müßt das hier für mich aufbewahren. Das sind meine Utensilien, versteht ihr, mir werden sie bestimmt geklaut. Alles wird mir geklaut. Alles, alles . . . Ich will nicht, daß sie mir meine Utensilien wegnehmen, sonst krepier ich . . . Versteht ihr? Ich krepiere.«

Er glaubte, sie phantasiere:

»Camille! Wovon sprichst du denn? Und wo kommst du her? Komm rein!«

Mathilde war hinter ihm aufgetaucht, und die junge Frau brach auf dem Fußabtreter zusammen.

Sie zogen sie aus und legten sie in das hintere Zimmer. Pierre Kessler hatte einen Stuhl zu ihr ans Bett gezogen und betrachtete sie beklommen.

»Schläft sie?«

»Scheint so.«

»Was ist passiert?«

»Ich weiß es nicht.«

»Sieh nur, in was für einem Zustand sie ist!«

»Pssst.«

Sie wachte einen Tag später mitten in der Nacht auf und ließ ganz langsam Badewasser einlaufen, um sie nicht zu wecken. Pierre und Mathilde, die nicht schliefen, hielten es für ratsamer, sie in Ruhe zu lassen. Sie ließen sie einige Tage bei sich wohnen, gaben ihr einen Zweitschlüssel und stellten ihr keine Fragen. Dieser Mann und diese Frau waren ein Segen.

Als er ihr vorschlug, sie in einem Dienstmädchenzimmer unterzubringen, das er nach dem Tod seiner Eltern in deren Haus behalten hatte, holte er unter dem Bett den kleinen Koffer im Schottenmuster hervor, der sie zu ihnen geführt hatte:

»Hier«, sagte er zu ihr.

Camille schüttelte den Kopf:

»Ich würde ihn lieber hier lass. . .«

»Kommt nicht in Frage«, unterbrach er sie sofort, »den nimmst du mit. Der hat bei uns nichts zu suchen!«

Mathilde begleitete sie zu einem Verbrauchermarkt, half ihr, eine Lampe, eine Matratze, Bettwäsche, ein paar Töpfe, eine Elektroplatte und einen winzigen Kühlschrank auszusuchen.

»Hast du Geld?« fragte sie, bevor sie sie gehen ließ.

»Ja.«

»Meinst du, es wird gehen, Herzchen?«

»Ja«, wiederholte Camille und hielt die Tränen zurück.

»Möchtest du unseren Schlüssel behalten?«

»Nein, nein, es geht schon. Ich ... was soll ich sagen ... was ...« Sie heulte.

»Sag nichts.«

»Danke?«

»Ja«, sagte Mathilde und zog sie an sich, »danke, es geht schon, alles in Ordnung.«

Sie schauten ein paar Tage später bei ihr vorbei.

Das Treppensteigen hatte sie erschöpft, und sie ließen sich auf die Matratze sinken.

Pierre lachte, behauptete, dies erinnere ihn an seine Jugend, und stimmte »La Bohäää-me« an. Sie tranken aus Plastikbechern Champagner, und Mathilde zauberte aus einer großen Tasche einen Haufen herrlicher Leckereien hervor. Mit Unterstützung des Champagners und ihrer guten Laune trauten sie sich, ein paar Fragen zu stellen. Einige beantwortete sie, die beiden insistierten nicht.

Als sie sich anschickten zu gehen und Mathilde schon ein paar Stufen hinuntergegangen war, drehte sich Pierre Kessler um und packte sie an den Handgelenken:

»Du mußt arbeiten, Camille ... Du *mußt* jetzt arbeiten.«

Sie schlug die Augen nieder:

»Ich habe das Gefühl, in letzter Zeit viel gemacht zu haben. Viel, viel ...«

Er drückte noch fester zu, tat ihr beinahe weh.

»Das war keine Arbeit, und das weißt du genau!«

Sie sah auf und hielt seinem Blick stand:

»Habt ihr mir deshalb geholfen? Um mir das zu sagen?«

»Nein.«

Camille zitterte.

»Nein«, wiederholte er und ließ sie los, »nein. Red nicht solchen Unsinn. Du weißt genau, daß wir dich immer wie eine Tochter behandelt haben.«

»Verloren oder auserkoren?«

Er lächelte und fügte hinzu:

»Arbeite. Du hast sowieso keine Wahl.«

Sie schloß die Tür hinter sich, räumte ihr Puppengeschirr weg und fand unten in der Tasche einen dicken Katalog von *Sennelier Künstlerbedarf. Dein Konto ist immer verfügbar* ... stand auf einem Post-it. Sie hatte nicht die Kraft, darin zu blättern, und trank die Flasche aus.

Sie hatte ihm gehorcht. Sie arbeitete.

Heute wischte sie die Scheiße der anderen weg, was ihr sehr zusagte.

Man kam vor lauter Hitze tatsächlich um. Super Josy hatte sie am Abend zuvor gewarnt: »Beschwert euch nicht, Mädels, wir erleben gerade unsere letzten schönen Tage, bald kommt der Winter, und wir werden uns den Hintern abfrieren! Also beschwert euch ja nicht!«

Sie hatte ausnahmsweise einmal recht. Es war Ende September, und die Tage wurden zusehends kürzer. Camille überlegte, daß sie sich dieses Jahr anders organisieren mußte, früher zu Bett gehen und am Nachmittag aufstehen, um die Sonne zu sehen. Sie war selbst von solch einem Gedanken überrascht und hörte mit einer gewissen Unbekümmertheit den Anrufbeantworter ab:

»Hier ist deine Mama. Das heißt ...« kicherte die Stimme, »ich weiß nicht, ob du dir darüber im klaren bist, von wem die Rede ist. Deine Mama, weißt du? Das ist das Wort, das liebe Kinder aussprechen, wenn sie sich an ihre Erzeugerin wenden, glaube ich. Denn du hast eine Mutter, Camille, erinnerst du dich? Entschuldige, daß ich schlechte Erinnerungen in dir wachrufe, aber da es nun schon die dritte Nachricht ist, die ich dir seit Dienstag hinterlasse. Ich wollte nur wissen, ob wir immer noch zusammen ess...«

Camille würgte sie ab und stellte den Joghurt, den sie gerade angebrochen hatte, in den Kühlschrank zurück. Sie setzte sich im Schneidersitz hin, griff nach ihrem Tabak und versuchte, eine Zigarette zu drehen. Ihre Hände verrieten sie. Sie mußte mehrmals ansetzen, um das Papier nicht zu zerreißen. Konzentrierte sich auf ihre Bewegungen, als gäbe es auf der Welt nichts Wichtigeres, und biß sich die Lippen blutig. Es war zu ungerecht. Zu ungerecht, daß sie so litt, wegen eines Fetzen Papiers, wo sie fast einen normalen Tag hinter sich gebracht hatte. Sie hatte gesprochen, zugehört, gelacht, sich sogar *gesellig* gezeigt. Sie hatte vor dem Arzt kokettiert und Mamadou ein Versprechen gegeben. Das sah nach nicht viel aus, und doch ... Es war lange her, daß sie zuletzt etwas versprochen hatte. Sehr lange. Und jetzt stießen ein paar Sätze aus einer Maschine sie vor den Kopf, zogen sie herunter und zwangen sie, sich hinzulegen, erdrückt, wie sie war, vom Gewicht irrsinniger Mengen Bauschutts.

5

»Monsieur Lestafier!«

»Ja, Chef!«

»Telefon . . .«

»Nein, Chef!«

»Was, nein?«

»Bin beschäftigt, Chef! Soll später noch mal anrufen.«

Der gute Mann schüttelte den Kopf und kehrte in das Kabäuschen zurück, das ihm hinter der Durchreiche als Büro diente.

»Lestafier!«

»Ja, Chef!«

»Es ist Ihre Großmutter.«

Kichern in der Versammlung.

»Sagen Sie ihr, daß ich zurückrufe«, wiederholte der junge Mann, der ein Stück Fleisch entbeinte.

»Nerven Sie nicht, Lestafier! Gehen Sie jetzt ans Telefon, verflucht noch mal! Ich bin hier doch nicht das Fräulein von der Post!«

Der junge Mann wischte sich die Hände an dem Geschirrtuch ab, das an seiner Schürze hing, fuhr sich mit dem Ärmel über die Stirn und sagte zu dem Jungen am Schneidebrett neben ihm, wobei er tat, als wollte er ihn abstechen:

»Du rührst hier nichts an, sonst . . . krrrr . . .«

»Schon gut«, meinte der andere, »geh deine Weihnachtsgeschenke bestellen, Omi wartet schon.«

»Blödmann.«

Er ging ins Büro und nahm seufzend den Hörer auf:

»Omi?«

»Franck, guten Tag. Es ist nicht deine Großmutter, Madame Carminot am Apparat.«

»Madame Carminot?«

»Jesses! War das schwer, dich aufzutreiben. Ich habe zuerst im *Grands Comptoirs* angerufen und erfahren, daß du dort nicht mehr arbeitest, dann habe ich ...«

»Was ist los?« schnitt er ihr das Wort ab.

»Mein Gott, Paulette ...«

»Moment mal. Bleiben Sie dran.«

Er stand auf, schloß die Tür, nahm den Hörer wieder auf, setzte sich, nickte, ganz blaß, suchte auf dem Schreibtisch nach etwas zum Schreiben, sagte noch ein paar Worte und legte auf. Er nahm seine Kochmütze ab, legte den Kopf in die Hände, schloß die Augen und verharrte einige Minuten in dieser Stellung. Der Chef betrachtete ihn durch die Glastür. Schließlich steckte er den Zettel in die Hosentasche und verließ das Büro.

»Alles in Ordnung, Junge?«

»Alles in Ordnung, Chef.«

»Nichts Schlimmes?«

»Der Oberschenkelhalsknochen ...«

»Ach, das ist bei den alten Leutchen nicht selten. Meine Mutter hatte das vor zehn Jahren, und wenn Sie sie heute sehen würden ... Wie eine Gemse!«

»Sagen Sie, Chef ...«

»Hört sich an, als wollten Sie den Tag frei haben, was?«

»Nein, ich mache die Mittagsschicht und erledige die Vorbereitungen für heute abend in der Pause, aber dann würde ich gerne gehen.«

»Und wer kümmert sich heute abend ums warme Essen?«

»Guillaume. Der Junge schafft das.«

»Tatsächlich?«

»Ja, Chef.«

»Wer garantiert mir, daß er das kann?«

»Ich, Chef.«

Der Chef verzog das Gesicht, herrschte einen Jungen an, der gerade vorbeikam, und befahl ihm, das Hemd zu wechseln. Dann drehte er sich wieder zu seinem Chef de partie um und fügte hinzu:

»Ist gut, hauen Sie ab, aber ich warne Sie, Lestafier, wenn heute abend eine Sache schiefläuft, wenn ich eine Bemerkung machen muß, eine einzige nur, hören Sie? Dann fällt es auf Sie zurück, ist das klar?«

»Ja, hab verstanden, Chef.«

Er kehrte an seinen Platz zurück und nahm das Messer wieder in die Hand.

»Lestafier! Waschen Sie sich zuerst die Hände! Wir sind hier nicht auf dem Land!«

»Leck mich«, murmelte er und schloß die Augen. »Ihr könnt mich alle mal.«

Schweigend machte er sich wieder an die Arbeit. Nach einer Weile wagte sein Gehilfe einen Vorstoß:

»Alles in Ordnung?«

»Nein.«

»Ich hab gehört, was du dem Dicken erzählt hast ... Der Oberschenkelhals, stimmt's?«

»Ja.«

»Ist es schlimm?«

»Nee, glaub nicht, aber das Problem ist, daß ich ganz allein bin.«

»Ganz allein womit?«

»Mit allem.«

Guillaume verstand nicht, zog es aber vor, ihn mit seinen Sorgen in Ruhe zu lassen.

»Wenn du gehört hast, wie ich mit dem Alten gesprochen hab, dann hast du auch das mit heute abend kapiert?«

»Yes.«

»Kannst du's mir garantieren?«

»Das muß sich auszahlen ...«

Sie arbeiteten schweigend weiter, der eine über seine Kaninchen gebeugt, der andere über seine Lammrippen.

»Meine Maschine ...«

»Ja?«

»Die leih ich dir am Sonntag.«

»Die neue?«

»Ja.«

»He«, pfiff der andere, »er mag seine Omi. Okay. Bin dabei.«

Franck hatte einen bitteren Zug um den Mund.

»Danke.«

»He?«

»Was ist?«

»Wo ist denn die Alte?«

»In Tours.«

»Dann brauchst du dein Bike doch am Sonntag, wenn du zu ihr willst?«

»Ich kann mich anders behelfen.«

Die Stimme des Chefs fuhr dazwischen:

»Ruhe, die Herren! Ruhe, bitte!«

Guillaume schärfte sein Messer und nutzte das Geräusch, um zu murmeln:

»Okay ... Du kannst sie mir leihen, wenn die Alte wieder gesund ist.«

»Danke.«

»Sag das nicht. Ich werde dir dafür die Stelle stibitzen.«

Franck Lestafier schüttelte lächelnd den Kopf.

Er sprach kein Wort mehr. Die Schicht kam ihm länger vor als sonst. Es fiel ihm schwer, sich zu konzentrieren, er brüllte, wenn der Chef die Bons hereinschickte, und achtete darauf, daß er sich nicht verbrannte. Um ein Haar hätte er ein Rippenstück versaut und schimpfte ununterbrochen leise vor sich hin. Er dachte daran, wie beschissen sein Leben ein paar Wochen lang sein würde. Es war schon nicht ohne, an sie zu denken und sie zu besuchen, wenn sie gesund war, aber jetzt. Was für ein Schlamassel, verflucht. Das hatte gerade noch gefehlt. Er hatte sich eben erst ein sündhaft teures Motorrad gegönnt, mit einem endlos langen Kredit, und sich für zahlreiche Extraschichten verpflichtet, um die Raten zahlen zu können. Wo sollte er sie in alledem noch unterbringen? Na ja … Er wollte es sich nicht eingestehen, aber er freute sich auch über den glücklichen Zufall. Der dicke Titi hatte seine Maschine frisiert, und er würde sie auf der Autobahn ausprobieren können.

Wenn alles gutging, würde er seinen Spaß haben und wäre in gut einer Stunde da. Er blieb während der Pause also allein mit den Tellerwäschern in der Küche. Rührte seinen Fond, machte eine Bestandsaufnahme seiner Waren, numerierte die Fleischstücke durch und hinterließ Guillaume eine lange Nachricht. Er hatte nicht die Zeit, noch einmal zu Hause vorbeizuschauen, er duschte in der Umkleide, suchte nach etwas, um sein Visier zu reinigen, und zog konfus davon.

Glücklich und sorgenvoll zugleich.

6

Es war noch keine sechs Uhr, als er sein Motorrad auf dem Krankenhausparkplatz abstellte.

Die Dame am Empfang teilte ihm mit, daß die Besuchszeit vorbei sei und er am nächsten Tag ab zehn Uhr wiederkommen könne. Er insistierte, sie wurde bockig.

Er legte seinen Helm und seine Handschuhe auf die Theke:

»Warten Sie, warten Sie ... Sie haben nicht ganz verstanden ...« versuchte er es, ohne sich aufzuregen, »ich komme aus Paris und muß nachher wieder zurück, wenn Sie mich also ...«

Eine Krankenschwester kam vorbei:

»Was ist hier los?«

Sie gefiel ihm besser.

»Guten Tag, eh ... entschuldigen Sie, daß ich störe, aber ich muß zu meiner Großmutter, die gestern als Notfall hier eingeliefert wurde, und ich ...«

»Ihr Name?«

»Lestafier.«

»Oh! Ja!« Sie machte Ihrer Kollegin ein Zeichen. »Kommen Sie mit.«

Sie erklärte ihm kurz die Situation, sprach über die Operation und die voraussichtliche Genesungsdauer und befragte ihn zu Details in der Lebensführung der Patientin. Er konnte ihren Ausführungen kaum folgen, war vom Geruch des Ortes und dem Motorengeräusch, das noch in seinem Ohr nachhallte, wie benommen.

»Hier ist Ihr Enkel!« verkündete die Krankenschwester fröhlich, als sie die Tür öffnete. »Sehen Sie? Ich hatte Ihnen ja gesagt, daß er kommt! Gut, ich lasse Sie jetzt allein«, fügte sie hinzu, »schauen

Sie hinterher noch mal bei mir vorbei, sonst kommen Sie hier nicht raus.«

Er hatte nicht die Geistesgegenwart, ihr zu danken. Was er dort im Bett vor sich sah, brach ihm das Herz.

Er wandte sich erst einmal ab, um seine Fassung wiederzuerlangen. Zog seine Lederjacke aus, seinen Pulli, und suchte nach einer Stelle, an der er sie aufhängen konnte.

»Es ist warm hier, was?«

Seine Stimme klang seltsam.

»Alles in Ordnung?«

Die alte Frau, die tapfer versuchte, ihm zuzulächeln, schloß die Augen und fing an zu heulen.

Sie hatten ihr das Gebiß rausgenommen. Ihre Wangen wirkten schrecklich eingefallen, und ihre Oberlippe war im Mund verschwunden.

»Na? Was machst du denn für Mätzchen?«

Dieser scherzhafte Ton verlangte ihm übermenschliche Kräfte ab.

»Ich habe mit der Krankenschwester gesprochen, weißt du, und sie hat gesagt, daß die Operation sehr gut verlaufen ist. Du hast jetzt ein riesiges Eisenstück in dir drin.«

»Sie werden mich in ein Pflegeheim stecken.«

»Nicht doch! Was erzählst du denn da? Du wirst ein paar Tage hierbleiben, dann kommst du in ein Reha-Zentrum. Das ist kein Pflegeheim, das ist fast wie ein Krankenhaus, nur kleiner. Sie werden dich aufpäppeln und dir wieder auf die Beine helfen, und dann, schwuppdiwupp, ab in den Garten mit der Paulette!«

»Wie lange wird das dauern?«

»Ein paar Wochen. Das hängt von dir ab. Du mußt dich anstrengen.«

»Kommst du mich besuchen?«

»Natürlich komm ich dich besuchen! Ich hab jetzt ein tolles Motorrad.«

»Du fährst doch aber nicht zu schnell?«

»Tz, wie eine Schnecke.«

»Lügner.«

Sie lächelte ihm unter Tränen zu.

»Hör auf damit, Omi, sonst fang ich auch noch an zu flennen.«

»Nein, du nicht. Du heulst doch nie. Nicht einmal als Kind, nicht einmal, als du dir den Arm verdreht hast, nie habe ich auch nur eine einzige Träne gesehen.«

»Hör trotzdem auf.«

Wegen der Schläuche traute er sich nicht, ihre Hand zu nehmen.

»Franck?«

»Ich bin da, Omi.«

»Ich habe Schmerzen.«

»Das ist normal, das geht vorbei, du mußt ein bißchen schlafen.«

»Es tut zu weh.«

»Ich sage es der Krankenschwester, bevor ich gehe, ich werde sie bitten, dir was zu geben.«

»Du gehst doch nicht gleich?«

»Aber nein!«

»Erzähl mir was. Erzähl mir von dir.«

»Warte, ich mach das Licht aus. Dieses Licht ist einfach zu gräßlich.«

Franck zog die Jalousien hoch, und das Zimmer, das nach Westen ging, wurde plötzlich in sanftes Dämmerlicht getaucht. Anschließend verrückte er den Sessel, um neben ihrer guten Hand zu sitzen, und nahm sie in seine.

Es fiel ihm anfangs schwer, die richtigen Worte zu finden, er, der noch nie ein großer Redner war und auch nicht gern von sich erzählte. Er fing mit Kleinigkeiten an, dem Wetter in Paris, der Umweltverschmutzung, der Farbe seiner Suzuki, der Beschriftung der Speisekarten und dergleichen.

Und dann, angeregt durch die Abenddämmerung und das fast schon friedliche Gesicht seiner Großmutter, wurden seine Erinnerungen präziser, seine Vertraulichkeiten größer. Er erzählte ihr, warum er sich von seiner Freundin getrennt hatte und wie die Frau hieß, die er im Visier hatte, von seinen Fortschritten in der Küche, seiner Müdigkeit. Er imitierte seinen neuen Mitbewohner und hörte seine Großmutter leise lachen.

»Du übertreibst.«

»Überhaupt nicht, ich schwör's! Du wirst ihn kennenlernen, wenn du uns besuchen kommst, und dann wirst du sehen.«

»Ich habe überhaupt keine Lust, nach Paris zu fahren.«

»Dann kommen wir halt zu dir, und du kochst uns was Gutes!«

»Meinst du?«

»Ja. Du machst ihm deinen Kartoffelkuchen.«

»Nicht doch, das nicht ... Das ist viel zu deftig.«

Anschließend erzählte er ihr von der Stimmung im Restaurant, den Rüffeln seines Chefs, dem Tag, an dem ein Minister in die Küche kam, um sie zu beglückwünschen, von der Geschicklichkeit des kleinen Takumi und vom Trüffelpreis. Er erzählte ihr, was es Neues von Momo und Madame Mandel gab. Schließlich schwieg er, um ihren Atemzügen zu lauschen, und merkte, daß sie eingeschlafen war. Er stand ganz leise auf.

Als er gerade aus der Tür gehen wollte, rief sie ihn zurück:

»Franck?«

»Ja?«

»Ich habe deiner Mutter nichts gesagt, weißt du?«

»Gut so.«

»Ich ...«

»Psst, du mußt jetzt schlafen, je mehr du schläfst, um so schneller bist du wieder auf den Beinen.«

»War das richtig?«

Er nickte und legte den Finger auf den Mund.

»Ja. Mach dir keine Sorgen, schlaf jetzt.«

Das grelle Neonlicht traf ihn mit voller Wucht, und er brauchte ewig, um den Weg nach draußen zu finden. Die Krankenschwester von vorhin erwischte ihn im Flur.

Sie deutete auf einen Stuhl und schlug die entsprechende Akte auf. Dann stellte sie ihm zunächst ein paar praktische und verwaltungstechnische Fragen, aber der junge Mann reagierte nicht.

»Alles in Ordnung?«

»Müde.«

»Haben Sie noch nichts gegessen?«

»Nein, ich …«

»Warten Sie. Wir haben alles hier.«

Sie holte eine Dose Ölsardinen und ein Päckchen Zwieback aus der Schublade.

»Ist das okay?«

»Und Sie?«

»Kein Problem! Sie sehen ja! Ich habe unzählige Kekse! Einen Schluck Wein dazu?«

»Nein, danke. Ich hole mir eine Cola aus dem Automaten.«

»Nur zu, ich genehmige mir ein Gläschen, um Ihnen Gesellschaft zu leisten, aber nichts verraten, ja?«

Er aß ein wenig, antwortete auf ihre Fragen und sammelte seine Sachen wieder zusammen.

»Sie sagt, sie hat Schmerzen.«

»Morgen wird es ihr bessergehen. Wir haben der Infusion entzündungshemmende Mittel beigegeben, beim Aufwachen wird sie wieder bei Kräften sein.«

»Danke.«

»Das ist mein Job.«

»Ich meine die Sardinen.«

Er fuhr schnell, ließ sich ins Bett fallen und vergrub sein Gesicht im Kopfkissen, um nicht loszuheulen. Nicht jetzt. Er hatte so lange durchgehalten. Er konnte noch ein wenig kämpfen.

7

»Kaffee?«
  »Nein, eine Cola, bitte.«

Camille trank sie in kleinen Schlucken. Sie hatte sich dem Restaurant gegenüber, in dem sie mit ihrer Mutter verabredet war, in ein Café gesetzt. Sie hatte die Hände neben dem Glas auf den Tisch gelegt, die Augen geschlossen und atmete langsam. Diese Essensverabredungen, so selten sie auch waren, zerfetzten ihr stets die Eingeweide. Sie kam zusammengefaltet, taumelnd und wie lebendig gehäutet wieder heraus. Als wäre ihre Mutter darum bemüht, mit sadistischer und möglicherweise – wirklich? – unbewußter Akribie den Schorf aufzukratzen und tausend kleine Wunden eine nach der anderen wieder freizulegen. Camille erblickte sie im Spiegel hinter den Flaschen, als sie durch die Tür des Jadeparadieses trat. Sie rauchte eine Zigarette, ging nach unten auf die Toilette, bezahlte die Rechnung und überquerte die Straße. Die Hände in den Taschen, die Taschen vor dem Bauch zusammengeschoben.

Sie sah die gebeugte Gestalt, setzte sich ihr gegenüber und atmete tief durch:
  »Hallo, Mama!«
  »Umarmst du mich nicht?« sagte die Stimme.
  »Hallo, Mama«, artikulierte sie etwas langsamer.

»Wie geht's?«
  »Warum fragst du mich das?«
  Camille hielt sich an der Tischkante fest, um nicht sofort wieder aufzustehen.
  »Ich frage dich das, weil man sich das üblicherweise fragt, wenn man sich trifft.«

»Ich bin aber nicht ›man‹.«

»Was bist du dann?«

»Ich bitte dich, fang nicht wieder an, okay?«

Camille wandte sich ab und betrachtete die scheußliche Einrichtung aus Stuck und pseudoasiatischen Basreliefs. Die Schildpatt- und Perlmuttintarsien waren aus Plastik und der Chinalack aus vergilbtem Resopal.

»Schön hier.«

»Nein, es ist scheußlich. Aber stell dir vor, ich habe nicht das Geld, um dich ins *Tour d'Argent* einzuladen. Und außerdem, selbst wenn ich es hätte, würde ich es nicht tun. Bei dem bißchen, was du ißt, wäre das rausgeschmissenes Geld ...«

Tolle Stimmung.

Sie gluckste verbittert:

»Wobei, du könntest ja leicht ohne mich dorthin gehen, du hast ja Geld! Des einen Not ist des anderen Bro...«

»Hör sofort auf damit«, drohte Camille, »hör auf damit, oder ich gehe. Wenn du Geld brauchst, sag es mir, und ich leih dir welches.«

»Stimmt ja, Mademoiselle arbeitet. Eine gute Arbeit. Und interessant dazu. Putzfrau ... Unglaublich, bei jemand, der so schlampig ist. Du überraschst mich immer wieder, weißt du das?«

»Stop, Mama, Stop. So können wir nicht weitermachen. So *geht* es nicht, verstehst du? Das heißt, *ich* kann es nicht. Red von was anderem, bitte. Red von was anderem.«

»Du hattest eine tolle Stelle und hast alles verdorben.«

»Eine tolle Stelle ... Ganz bestimmt ... Und es tut mir nicht mal leid drum, ich war dort nicht glücklich.«

»Du hättest ja nicht dein ganzes Leben dort bleiben müssen. Und was soll das überhaupt heißen, ›glücklich‹? Ist das das neue Modewort? Glücklich! Glücklich! Wenn du glaubst, daß wir auf dieser Welt sind, um herumzutollen und Klatschmohn zu pflücken, dann bist du ziemlich naiv, mein Kind.«

»Nein, nein, sei ganz beruhigt, das glaube ich nicht. Ich habe eine gute Schule durchlaufen, und ich weiß, daß wir hier sind, um zu leiden. Das hast du mir oft genug eingetrichtert.«

»Haben Sie gewählt?« fragte die Bedienung.

Camille hätte sie am liebsten umarmt.

Ihre Mutter verteilte die Tabletten auf dem Tisch und zählte sie an den Fingern ab.

»Hast du es nicht satt, diesen ganzen Dreck zu schlucken?«

»Red nicht von Dingen, von denen du keine Ahnung hast. Wenn ich sie nicht hätte, wäre ich schon lange nicht mehr da . . .«

»Was weißt du schon darüber? Und warum setzt du diese fürchterliche Sonnenbrille nicht ab? Die Sonne scheint hier nicht.«

»Ich fühle mich besser damit. So sehe ich die Welt, wie sie ist.«

Camille beschloß, sie anzulächeln und ihr die Hand zu tätscheln. Das war die eine Möglichkeit, die andere war, ihr an die Gurgel zu springen und sie zu erwürgen.

Ihre Mutter wurde munterer, stöhnte ein wenig, sprach über ihre Einsamkeit, ihren Rücken, die Dummheit ihrer Kollegen und das Elend der Eigentumswohnungen. Sie aß mit Appetit und runzelte die Stirn, als ihre Tochter ein zweites Bier bestellte.

»Du trinkst zuviel.«

»Das stimmt! Komm, stoß mit mir an! Darauf, daß du einmal keinen Blödsinn redest.«

»Du besuchst mich nie.«

»Und das jetzt? Was mach ich hier gerade?«

»Immer das letzte Wort, he? Wie dein Vater.«

Camille erstarrte.

»Aha! Gefällt dir wohl nicht, wenn ich von ihm spreche?« verkündete sie triumphierend.

»Mama, bitte . . . Nicht diese Schiene.«

»Ich nehme die Schiene, die mir paßt. Ißt du deinen Teller nicht auf?«

»Nein.«

Ihre Mutter schüttelte zum Zeichen der Mißbilligung den Kopf.

»Sieh dich an. Man könnte meinen ein Skelett. Wenn du glaubst, das macht den Männern Appetit.«

»Mama.«

»Was ›Mama‹? Es ist doch normal, daß ich mir Sorgen um dich mache, man setzt keine Kinder in die Welt, um zuzusehen, wie sie sich zugrunde richten!«

»Wofür hast du mich dann in die Welt gesetzt?«

Noch während sie den Satz aussprach, wußte Camille, daß sie zu weit gegangen war und jetzt die große Szene über sich ergehen lassen durfte. Eine Nummer, die sie schon kannte, tausendmal wiederholt und perfekt einstudiert: Emotionale Erpressung, Krokodilstränen und Selbstmorddrohung. So oder so, es war unvermeidlich.

Ihre Mutter heulte, warf ihr vor, sie im Stich gelassen zu haben, genau wie ihr Vater vor fünfzehn Jahren, erinnerte sie daran, daß sie kein Herz habe, und fragte sie, was sie noch auf Erden hielt.

»Nenn mir einen einzigen Grund, weshalb ich noch hier sein sollte, einen einzigen?«

Camille drehte sich eine Zigarette.

»Hast du mich gehört?«

»Ja.«

»Und?«

»…«

»Danke, mein Schatz, danke. Deine Antwort könnte klarer nicht sein.«

Sie schniefte, legte zwei Restaurantmarken auf den Tisch und ging.

Es ja nicht zu schwer nehmen, der überstürzte Abgang war schon immer der Höhepunkt gewesen, gewissermaßen der Vorhang zur großen Szene.

In der Regel wartete der Künstler bis nach dem Dessert, doch zugegeben, heute waren sie beim Chinesen, und ihre Mutter mochte die Krapfen, die Litschis und den anderen Süßkram nicht sonderlich.

Ja, es nicht zu schwer nehmen.

Das war eine schwierige Übung, aber Camille hatte ihr kleines Survival-Kit schon lange beisammen. Sie verhielt sich folglich wie immer und versuchte, sich zu konzentrieren und im Geiste ein paar Weisheiten herunterzubeten. Ein paar einfache und vernünftige Sätze. Hastig zusammengeschusterte Krücken, die es ihr ermöglichten, sie weiterhin zu sehen. Weil diese erzwungenen Verabredungen, diese absurden, destruktiven Unterhaltungen schließlich sinnlos wären, wenn sie nicht die Gewißheit hätte, daß ihre Mutter dabei auf ihre Kosten kam. Denn leider kam Catherine Fauque dabei voll auf ihre Kosten. Den Kopf ihrer Tochter als Fußabtreter zu benutzen war ihr eine Genugtuung. Und auch wenn sie ihre Treffen häufig verkürzte, indem sie die Beleidigte spielte, war sie dennoch stets zufrieden. Zufrieden und gesättigt. Nahm ihre Selbstgerechtigkeit, ihre pathetischen Triumphe und ihre Portion Gemeinheiten bis zum nächsten Mal mit.

Camille hatte lange gebraucht, um dahinterzukommen, und sie war überdies nicht allein dahintergekommen. Sie hatte dabei Hilfe erhalten. Einige Menschen in ihrem Umfeld, vor allem früher, als sie noch zu jung war, um das Verhalten der Mutter zu durchschauen, hatten ihr Schlüssel an die Hand gegeben. Ja, aber das war früher gewesen, und all die Menschen, die über sie gewacht hatten, waren jetzt nicht mehr da.

Und heute war sie dran, die Kleine.

Und zwar richtig.

8

Der Tisch war abgeräumt worden, und das Restaurant leerte sich. Camille rührte sich nicht. Sie rauchte und bestellte einen Espresso nach dem anderen, um nicht vor die Tür gesetzt zu werden.

Ganz hinten im Lokal saß ein zahnloser Herr, ein alter Asiat, der mit sich selbst sprach und in sich hineinlachte.

Die junge Frau, die sie bedient hatte, stand hinter der Theke. Sie trocknete Gläser ab und wies ihn von Zeit zu Zeit in ihrer Sprache zurecht. Der Alte machte ein verdrießliches Gesicht, schwieg einen Moment und nahm seine idiotischen Selbstgespräche wieder auf.

»Schließen Sie?« fragte Camille.

»Nein«, antwortete sie und stellte dem Alten eine Schüssel hin, »wir geben kein Essen mehr aus, aber wir haben weiter geöffnet. Wollen Sie noch einen Espresso?«

»Nein, nein, danke. Kann ich noch etwas bleiben?«

»Aber ja doch, bleiben Sie! Solange Sie da sind, ist er beschäftigt!«

»Soll das heißen, daß ich ihn so zum Lachen bringe?«

»Sie oder jemand anders.«

Camille starrte den alten Mann an und erwiderte sein Lächeln.

Die Beklemmung, in der ihre Mutter sie zurückgelassen hatte, wich allmählich. Sie lauschte dem plätschernden Wasser und Töpfeklappern, das aus der Küche drang, dem Radio, den unverständlichen Refrains mit ihren schrillen Klängen, die die junge Frau tänzelnd mitsang, sie beobachtete den Alten, der mit seinen Stäbchen lange Suppennudeln aus der Schüssel fischte und sich dabei das ganze Kinn mit Brühe verschmierte, und hatte plötzlich das Gefühl, sich im Eßzimmer eines richtigen Wohnhauses zu befinden.

Außer einem Espresso und ihrem Päckchen Tabak lag nichts mehr vor ihr auf dem Tisch. Sie packte alles auf den Nachbartisch und fing an, das Tischtuch zu glätten.

Langsam, ganz langsam, strich sie mit der flachen Hand über das minderwertige Papier, das spröde und stellenweise fleckig war.

Minutenlang wiederholte sie diese Bewegung.

Ihr Gemüt beruhigte sich, und ihr Herz fing an, schneller zu schlagen.

Sie hatte Angst.

Sie mußte es versuchen. Du mußt es versuchen. Ja, aber es ist schon so lange her, daß.

Pst, flüsterte sie sich zu, pst, ich bin da. Es wird alles gutgehen, Herzchen. Ganz ruhig, jetzt oder nie. Mach schon. Hab keine Angst.

Sie hielt die Hand ein paar Zentimeter über den Tisch und wartete, bis sie aufhörte zu zittern. Gut so, siehst du. Sie griff nach ihrem Rucksack und wühlte darin, hier war er.

Sie holte den Griffelkasten heraus und stellte ihn auf den Tisch. Machte ihn auf, nahm einen kleinen rechteckigen Stein heraus und fuhr sich damit über die Wange. Er war sanft und lauwarm. Anschließend rollte sie einen blauen Stoff auseinander und holte einen Tintenriegel heraus. Ein strenger Geruch nach Sandelholz stieg ihr in die Nase; zum Schluß rollte sie ein Deckchen aus Bambusstäbchen auseinander, in dem zwei Pinsel ruhten.

Der dickere war aus Ziegenhaar, der andere, viel feiner, aus Schweinsborsten.

Sie stand auf, nahm eine Wasserkaraffe und zwei Telefonbücher von der Theke und verneigte sich kurz vor dem verrückten Alten.

Sie legte die Telefonbücher auf ihren Stuhl, so daß sie den Arm ausstrecken konnte, ohne den Tisch zu berühren, träufelte etwas Wasser auf den Muldenreibstein und fing an, ihre Tinte zu zerreiben. Sie hatte die Stimme ihres Lehrers im Ohr: *Dreh deinen Stein*

ganz langsam, kleine Camille. Nein! Noch langsamer! Und noch länger!
Zweihundertmal vielleicht, denn, siehst du, dabei machst du dein Hand-
gelenk geschmeidig und bereitest deinen Geist auf große Dinge vor. Denk
an nichts mehr, sieh mich nicht an, Kind! Konzentrier dich auf dein
Handgelenk, es wird dir den ersten Strich diktieren, und einzig der erste
Strich zählt, er ist es, der deiner Zeichnung Leben einhaucht.

Als die Tinte soweit war, widersetzte sie sich ihm und begann mit
kleinen Übungen in einer Ecke der Tischdecke, um sich weit zu-
rückliegende Erinnerungen vor Augen zu führen. Sie machte zuerst fünf Farbkleckse, von tiefschwarz bis stark verdünnt, um sich
die Farben der Tinte wieder in Erinnerung zu rufen, probierte
anschließend verschiedene Striche aus und stellte fest, daß sie sie
beinahe alle vergessen hatte. Ein paar waren ihr noch gegenwärtig:
der Schweif, die Schwertklinge, die Drachenkralle und der Spatel.
Es folgten die Punkte. Ihr Lehrmeister hatte ihr über zwanzig verschiedene beigebracht, ihr fielen nur noch vier ein: der Melonen-
kern, die Mandel, die Pflaume, der hängende Tropfen.

Genug. Du bist soweit. Sie nahm den feineren Pinsel zwischen
Daumen und Mittelfinger, hielt den Arm über die Tischdecke und
wartete noch ein paar Sekunden.

Der Alte, dem von dem ganzen Zirkus nichts entgangen war, er-
munterte sie, indem er die Augen schloß.

Mit einem Spatz erwachte Camille Fauque aus einem tiefen Schlaf,
es folgten zwei, dann drei, dann ein ganzer Vogelschwarm spöttisch
dreinschauender Vögel.

Sie hatte seit über einem Jahr nichts mehr gezeichnet.

★

Als Kind hatte sie wenig gesprochen, weniger noch als heute. Ihre
Mutter hatte sie zum Klavierunterricht gezwungen, was sie haßte.
Einmal, als ihr Lehrer zu spät kam, hatte sie einen dicken Filz-
schreiber genommen und sorgfältig auf jede Taste einen Finger gemalt. Ihre Mutter hatte ihr fast den Hals umgedreht, und ihr Vater

war, um alle zu beruhigen, am Wochenende darauf mit der Adresse eines Malers zurückgekommen, der einmal pro Woche Unterricht gab.

Ihr Vater starb wenig später, und Camille machte nie wieder den Mund auf. Nicht einmal in den Malstunden mit Mister Doughton (sie sagte Dugton), den sie sehr mochte, sagte sie ein Wort.

Der alte Engländer störte sich nicht daran, zeigte ihr weiterhin Motive und brachte ihr schweigend Techniken bei. Er machte sie vor, und sie ahmte ihn nach, wobei sie sich damit begnügte, zu nicken oder den Kopf zu schütteln. Zwischen ihnen, und nur an diesem Ort, war alles in Ordnung. Ihr Schweigen schien ihnen sogar zupaß zu kommen. Er brauchte nicht auf Französisch nach Worten zu suchen, und sie konzentrierte sich besser als ihre Mitschüler.

Eines Tages jedoch, als die anderen Schüler bereits gegangen waren, brach er mit ihrem schweigenden Einvernehmen und richtete das Wort an sie, als sie sich gerade mit Pastellfarben beschäftigte:
»Weißt du, Camille, an wen du mich erinnerst?«
Sie schüttelte den Kopf.
»Tja, du erinnerst mich an einen chinesischen Maler, der Chu Ta hieß. Willst du, daß ich dir seine Geschichte erzähle?«
Camille nickte, aber er hatte sich umgedreht, um seinen Wasserkessel auszustellen.
»Ich höre dich nicht, Camille. Willst du nicht, daß ich sie dir erzähle?«
Er starrte sie jetzt an.
»Antworte mir, Mädchen.«
Sie warf ihm einen finsteren Blick zu.
»Wie bitte?«
»Doch«, gab sie schließlich von sich.
Er schloß die Augen zum Zeichen seiner Zufriedenheit, schenkte sich einen Tee ein und setzte sich neben sie.

»Als Kind war Chu Ta sehr glücklich.«

Er nahm einen Schluck.

»Er war ein Prinz der Ming-Dynastie. Seine Familie war sehr reich und sehr mächtig. Sein Vater und sein Großvater waren berühmte Maler und Kalligraphen, und der kleine Chu Ta hatte ihr Talent geerbt. Stell dir vor, eines Tages, als er noch keine acht Jahre alt war, zeichnete er eine Blüte, eine einfache Lotusblüte, die auf einem Teich schwamm. Seine Zeichnung war sehr schön, so schön, daß seine Mutter beschloß, sie im Salon aufzuhängen. Sie behauptete, dank der Zeichnung spüre man eine frische Brise in dem großen Raum, und man könne die Blume sogar riechen, wenn man an ihr vorbeiging. Kannst du dir das vorstellen? Daß man sie sogar riechen konnte! Und seine Mutter war gewiß sehr anspruchsvoll. Mit einem Ehemann und einem Vater als Maler hatte sie schon allerhand gesehen.«

Er beugte sich erneut über seinen Tee.

»So wuchs Ta in der Sorglosigkeit, der Freude und der Gewißheit heran, eines Tages ebenfalls ein großer Künstler zu werden. Doch ach, als er achtzehn war, übernahmen die Mandschu die Macht von den Ming. Die Mandschu waren grausame und brutale Menschen, die Maler und Schriftsteller nicht mochten. Folglich untersagten sie ihnen zu arbeiten. Das war das Schlimmste, was man ihnen antun konnte, wie du dir sicher vorstellen kannst. Die Familie von Chu Ta sollte keinen Frieden mehr erleben, und sein Vater starb vor Verzweiflung. Von einem Tag auf den anderen tat sein Sohn, der ein Lausebengel war und gerne lachte, sang, Dummheiten erzählte und lange Gedichte aufsagte, etwas Unglaubliches. He, wer kommt denn da?« fragte Mister Doughton und begann absichtlich eine lange einfältige Unterhaltung mit seiner Katze, die sich auf die Fensterbank gesetzt hatte.

»Was tat er?« flüsterte sie schließlich.

Er verbarg sein Lächeln in seinem buschigen Bart und fuhr fort, als wäre nichts gewesen:

»Er tat etwas Unglaubliches. Etwas, das du nie erraten wirst. Er beschloß, für immer zu schweigen. Für immer, hörst du? Kein einziges Wort sollte ihm je wieder über die Lippen kommen! Er war angewidert vom Verhalten seiner Mitmenschen, die sich von ihren Traditionen und ihrem Glauben lossagten, um bei den Mandschu gut angesehen zu sein, und wollte nie wieder das Wort an sie richten. Sollten sie zum Teufel gehen! Alle! Diese Sklaven! Diese Feiglinge! Er schrieb das Wort *Stumm* auf seine Haustür, und wenn gewisse Leute dennoch versuchten mit ihm zu reden, entfaltete er vor seinem Gesicht einen Fächer, auf den er ebenfalls *Stumm* geschrieben hatte, und wedelte damit in alle Richtungen, um sie zu vertreiben.«

Das kleine Mädchen hing an seinen Lippen.

»Das Problem ist, daß niemand leben kann, ohne sich mitzuteilen. Niemand. Das ist unmöglich. Also hatte Chu Ta, der wie jedermann, wie du und ich beispielsweise, viel zu erzählen hatte, eine geniale Idee. Er ging in die Berge, weit weg von all den Menschen, die ihn verraten hatten, und fing an zu zeichnen. Von nun an wollte er sich auf diese Weise mitteilen, mit dem Rest der Welt kommunizieren: mit Hilfe seiner Zeichnungen. Willst du sie sehen?«

Er holte ein großes schwarzweißes Buch aus seiner Bibliothek und legte es vor sie hin:

»Sieh nur, wie schön sie sind. Wie einfach. Nur ein Strich, und schon hast du ... eine Blume, einen Fisch, einen Grashüpfer ... Sieh dir diese Ente an, wie verärgert sie aussieht, und diese Berge dort, im Nebel. Sieh nur, wie er den Nebel gezeichnet hat, als wäre er nichts, nur Leere. Und diese Küken hier? Sie wirken so zart, daß man Lust hätte, sie zu streicheln. Siehst du, seine Tusche ist zart wie ein Flaum. Seine Tusche ist sanft.«

Camille lächelte.

»Willst du, daß ich dir beibringe, so zu zeichnen?«

Sie nickte.

»Willst du, daß ich dir das beibringe?«

»Ja.«

Als es soweit war, als er ihr gezeigt hatte, wie sie den Pinsel halten mußte, und ihr das mit dem so wichtigen ersten Strich erklärt hatte, blieb sie einen Moment ratlos sitzen. Sie hatte nicht ganz verstanden und glaubte, sie müßte die ganze Zeichnung in einem Zug ausführen, ohne die Hand hochzunehmen. Das war unmöglich.

Sie dachte lange über ein Motiv nach, sah sich um und streckte den Arm aus.

Sie machte einen langen, geschwungenen Strich, einen Buckel, eine Spitze, eine weitere Spitze, zog den Pinsel in einem langen Schwung nach unten und kehrte zum ersten Bogen zurück. Da ihr Lehrer nicht zusah, nutzte sie die Gelegenheit, um ein wenig zu schummeln, nahm den Pinsel hoch und fügte einen großen schwarzen Klecks und sechs kleine Striche hinzu. Sie wollte lieber ungehorsam sein, als eine Katze ohne Schnurrbart zu malen.

Malcolm, ihr Modell, schlief immer noch auf der Fensterbank, und Camille, getrieben von dem Wunsch nach Realitätstreue, beendete ihre Zeichnung mit einem schmalen Viereck um die Katze.

Anschließend stand sie auf, um die Katze zu streicheln, und als sie sich umdrehte, sah sie, daß ihr Lehrer sie mit sonderbarem Gesichtsausdruck, nahezu böse anstarrte:

»Hast du das gemacht?«

Er hatte ihrer Zeichnung also angesehen, daß sie den Pinsel mehrmals hochgenommen hatte. Sie zog eine Grimasse.

»Hast du das gemacht, Camille?«

»Ja.«

»Komm her zu mir, bitte.«

Sie ging zu ihm, etwas beschämt, und setzte sich neben ihn.

Er weinte:

»Es ist großartig, was du da gemacht hast, weißt du das ... Großartig. Man hört sie schnurren, deine Katze. Ach, Camille ...«

Er hatte ein großes Taschentuch voller Farbkleckse hervorgeholt und schneuzte sich geräuschvoll.

»Hör mir zu, kleines Mädchen, ich bin bloß ein alter Mann und ein schlechter Maler obendrein, aber hör mir gut zu. Ich weiß, daß das Leben für dich nicht einfach ist, ich kann mir vorstellen, daß es zu Hause nicht immer schön ist, ich habe auch das mit deinem Papa gehört, aber ... Nein, nicht weinen. Hier, nimm mein Taschentuch. Aber eins muß ich dir sagen: Menschen, die aufhören zu reden, werden verrückt. Chu Ta zum Beispiel, das habe ich dir vorhin nicht erzählt, ist verrückt geworden und auch sehr unglücklich. Sehr, sehr unglücklich und sehr, sehr verrückt. Erst im hohen Alter hat er wieder Frieden gefunden. Du wirst nicht warten, bis du so alt bist, nicht wahr? Versprich mir das. Du bist sehr begabt, weißt du das? Du bist die begabteste Schülerin, die ich je hatte, aber das ist nicht der Grund, Camille. Das ist nicht der Grund. Die Welt heutzutage ist nicht mehr so wie zu Chu Tas Zeiten, und du mußt wieder anfangen zu sprechen. Du mußt, verstehst du? Sonst sperren sie dich zusammen mit echten Verrückten ein, und kein Mensch wird je deine schönen Zeichnungen sehen.«

Sie wurden durch die Ankunft ihrer Mutter unterbrochen. Camille stand auf und teilte ihr mit rauher Stimme und in abgehackten Worten mit:

»Warte auf mich. Ich bin noch nicht fertig.«

Eines Tages, vor nicht allzu langer Zeit, erhielt sie ein Päckchen, das ungeschickt verschnürt und von einem kleinen Brief begleitet war:

Guten Tag,
ich heiße Eileen Wilson. Mein Name sagt vielleicht Ihnen nichts, aber ich war die Freundin von Cecil Doughton, der ihr Mallehrer früher war. Ich habe das Traurige, Ihnen mitzuteilen, daß Cecil uns verlassen hat vor zwei Monaten. Ich weiß, daß Sie es zu schätzen wissen, daß ich Ihnen sage (entschuldigen Sie mein schlecht Französisch), daß wir ihn in seinem Region Dartmoor beerdigt haben, die er sehr viel geliebt hat, in einem Friedhof, der ein schönen Blick hat. Ich habe seine Pinsel und Farben mit ihm in die Erde getan.

Vor dem Sterben hat er mich gebeten, Ihnen dieses zu geben. Ich glaube, er war glücklich, wenn sie beim Benutzen an ihn denken.
Eileen W.

Camille konnte die Tränen nicht zurückhalten, als sie die chinesischen Zeichenutensilien ihres alten Lehrers sah, jene, die sie soeben benutzt hatte.

★

Neugierig kam die Bedienung an den Tisch, um die leere Tasse abzuräumen und dabei einen Blick auf die Tischdecke zu werfen. Camille hatte darauf eine Vielzahl von Bambusrohren gezeichnet. Stämme und Blätter waren am schwierigsten zu zeichnen. *Ein Blatt, meine Kleine, ein einfaches Blatt, das sich im Wind bewegt, forderte seinen Meistern Jahre der Arbeit ab, ein ganzes Leben bisweilen. Spiel mit den Kontrasten. Du hast nur eine Farbe zur Verfügung, und doch kannst du alles darstellen. Konzentriere dich besser. Wenn du willst, daß ich dir eines Tages dein Siegel entwerfe, mußt du mir Blätter machen, die deutlich leichter sind als diese.*

Das schlechte Papier wellte sich und saugte die Tinte viel zu schnell auf.

»Darf ich?« fragte die junge Frau.

Und hielt ihr ein Paket frischer Tischdecken hin. Camille wich zurück und legte ihre Arbeit auf den Boden. Der Alte stöhnte, die Bedienung fuhr ihn an.

»Was sagt er?«

»Er schimpft, weil er nicht sehen kann, was Sie gemacht haben.« Sie fügte hinzu:

»Er ist mein Großonkel. Er ist gelähmt.«

»Sagen Sie ihm, das nächste ist für ihn.«

Die junge Frau kehrte zur Theke zurück und richtete einige Worte an ihn. Er beruhigte sich und betrachtete Camille voller Strenge.

Sie fixierte ihn lange, zeichnete dann über die ganze Tischdecke einen vergnügten kleinen Mann, der ihm ähnelte und der an einem Reisfeld entlanglief. Sie war noch nie in Asien gewesen, improvisierte aber im Hintergrund einen Berg im Nebel, Pinien, Felsen und sogar Chu Tas kleine Hütte auf einem Vorsprung. Sie hatte ihn mit seiner Nike-Mütze und der Trainingsjacke skizziert, jedoch mit nackten Beinen, nur mit dem traditionellen Lendenschurz bekleidet. Sie fügte noch ein paar Pfützen hinzu, die unter seinen Füßen spritzten, und ein paar Jungen, die ihm folgten.

Sie trat zurück, um ihre Arbeit zu begutachten.

Viele Details gefielen ihr zwar nicht, aber er sah glücklich aus, wirklich glücklich, also stellte sie einen Teller unter die Tischdecke, öffnete das Gläschen mit Zinnoberrot und drückte ihr Siegel rechts in die Mitte. Sie stand auf, räumte den Tisch des Alten ab, holte ihre Zeichnung und legte sie vor ihn hin.

Er reagierte nicht.

Oje, dachte sie, da habe ich mir wohl einen Patzer geleistet.

Als seine Nichte aus der Küche kam, gab er ein langes, leidvolles Lamento von sich.

»Es tut mir leid«, sagte Camille, »ich dachte ...«

Die Frau bedeutete ihr zu schweigen, holte eine Brille mit dicken Brillengläsern hinter der Theke hervor und schob sie unter die Mütze. Er beugte sich feierlich über das Bild und fing an zu lachen. Ein kindliches Lachen, kristallklar und fröhlich. Er weinte und lachte dann wieder, schaukelte hin und her, die Arme vor der Brust verschränkt.

»Er möchte mit Ihnen Sake trinken.«

»Gern.«

Sie holte eine Flasche, er brüllte, sie seufzte und verschwand in der Küche.

Sie kam mit einer anderen Flasche zurück, gefolgt vom Rest der Familie. Einer älteren Frau, zwei Männern um die Vierzig und einem Jugendlichen. Lachen, Rufe, Verbeugungen und Gefühls-ausbrüche jeglicher Art. Die Männer klopften ihr auf die Schulter, und der Junge klatschte mit ihr ab, wie Sportler es tun.

Anschließend kehrten alle auf ihre Posten zurück, und die junge Frau stellte zwei Gläser vor sie hin. Der Alte prostete ihr zu und leerte sein Glas, bevor er es von neuem füllte.

»Ich warne Sie, er wird Ihnen sein ganzes Leben erzählen.«

»Kein Problem«, sagte Camille, »ohhh ... ganz schön stark.«

Die junge Frau zog sich lachend zurück.

Jetzt waren sie allein. Der Alte schwatzte, und Camille lauschte ihm voller Hingabe und nickte nur, wenn er ihr die Flasche hin-hielt.

Sie hatte Mühe, aufzustehen und ihre Sachen zusammenzu-packen. Nachdem sie sich unzählige Male verbeugt hatte, um sich von dem Alten zu verabschieden, kam ihr die junge Frau an der Tür zu Hilfe und zog am Knauf, den sie seit geraumer Zeit unter albernem Gelächter unerbittlich drückte.

»Sie sind hier zu Hause, verstanden? Sie können zum Essen kommen, wann immer Sie wollen. Wenn Sie nicht kommen, wird er böse sein ... Und traurig.«

Als sie zur Arbeit kam, war sie völlig betrunken.

Samia war ganz aufgeregt:

»He, hast du einen Typen kennengelernt?«

»Ja«, gab Camille verschämt zu.

»Ehrlich?«

»Ja.«

»Nee ... Ist nicht wahr. Wie ist er? Süß?«

»Total süß.«

»Oh, cool ... Wie alt?«

»Zweiundneunzig.«

»Quatsch nicht, du Nuß, wie alt?«

»He, Mädels ... Wollt ihr euch mal bewegen!«

Die Josy zeigte auf das Zifferblatt ihrer Uhr.

Camille zog glucksend davon und verfing sich mit den Füßen im Schlauch ihres Staubsaugers.

9

Mehr als drei Wochen waren vergangen. Franck, der jeden Sonntag in einem Restaurant auf den Champs-Élysées Extraschichten schob, fuhr montags zu seiner Großmutter ans Krankenbett.

Sie befand sich mittlerweile in einem Reha-Zentrum, wenige Kilometer nördlich von Paris, und wartete seit Tagesanbruch auf seinen Besuch.

Er hingegen mußte sich den Wecker stellen. Er schlurfte wie ein Zombie in die Eckkneipe, trank zwei, drei Kaffee hintereinander weg, schwang sich aufs Motorrad und schlief auf dem schrecklichen schwarzen Kunstledersessel neben ihr wieder ein.

Wenn ihr Essenstablett kam, legte die alte Frau den Zeigefinger auf den Mund und deutete mit dem Kopf auf das große Baby, das ihr zusammengerollt Gesellschaft leistete. Sie bedachte ihn mit einem zärtlichen Blick und sorgte dafür, daß sein Oberkörper von der Jacke ganz bedeckt war.

Sie war glücklich. Er war da. Ganz da. Nur für sie.

Sie traute sich nicht, die Krankenschwester zu rufen, damit sie ihr Bett hochstellte, hielt die Gabel vorsichtig in der Hand und aß leise. Sie versteckte Dinge in ihrem Nachttisch, Brot, Käse und ein paar Früchte, die sie ihm geben wollte, wenn er wieder aufwachte. Anschließend schob sie das Tablett vorsichtig weg und verschränkte lächelnd die Hände vor dem Bauch.

Sie schloß die Augen und döste ein wenig vor sich hin, eingelullt in die Atemzüge ihres Jungen und Erinnerungen an die Vergangenheit. Sie hatte ihn schon so viele Male verloren. So viele Male. Ihr war, als hätte sie ihr Leben damit zugebracht, ihn zu suchen. Hinten im Garten, in den Bäumen, bei den Nachbarn, in den Ställen versteckt oder vor dem Fernseher sitzend, dann natürlich in der Kneipe und jetzt auf kleinen Zetteln, auf die er Telefonnummern geschrieben hatte, die niemals die richtigen waren.

Dabei hatte sie alles in ihrer Macht Stehende getan. Hatte ihn ernährt, umarmt, gestreichelt, beruhigt, gescholten, bestraft und getröstet, aber es hatte nichts genützt. Kaum konnte er laufen, der Kleine, nahm er Reißaus, und sobald er drei Barthaare hatte, war es vorbei. War er fort.

In ihren Träumen verzog sie mitunter das Gesicht. Ihre Lippen zitterten. Zuviel Kummer, zuviel Elend und so viel Leid. Es hatte so schwere Zeiten gegeben, so schwere Zeiten ... Aber nein, daran durfte sie nicht denken, außerdem wurde er wach, die Haare zerzaust, die Wange voller Striemen von den Sesselnähten:

»Wie spät ist es?«

»Gleich fünf.«

»Oh Scheiße, so spät schon?«

»Franck, warum sagst du immer Scheiße?«

»Scheibenkleister, so spät schon?«

»Hast du Hunger?«

»Es geht, eher Durst. Ich dreh mal ne Runde.«

Vorbei, dachte die alte Dame, vorbei.

»Gehst du?«

»Aber nein, ich geh noch nicht, Sch... Scheibenkleister!«

»Wenn du einen rothaarigen Mann im weißen Kittel siehst, könntest du ihn fragen, wann ich hier herauskomme?«

»Ja, ja«, sagte er und verschwand durch die Tür.

»Ein Großer mit einer Brille und einem ...«

Er war bereits auf dem Flur.

»Und?«

»Ich hab ihn nicht gesehen.«

»So?«

»Komm schon, Omi«, sagte er sanft zu ihr, »du wirst doch nicht schon wieder heulen?«

»Nein, aber ich ... Ich denke an meine Katze, an meine Vögel ... Und außerdem hat es die ganze Woche geregnet, und ich mache mir Sorgen um meine Gartengeräte. Da ich sie nicht weggeräumt habe, werden sie ganz bestimmt rosten.«

»Ich fahre auf dem Rückweg vorbei und packe sie weg.«

»Franck?«

»Ja?«

»Nimm mich mit.«

»He! Nicht schon wieder. Ich kann nicht mehr.«

Sie fing sich wieder:

»Die Geräte ...«

»Was?«

»Sie müßten mit Rinderfett eingerieben werden.«

Er sah sie an und machte dicke Backen:

»Wenn ich Zeit habe, okay? Gut. Das ist noch nicht alles, wir zwei haben noch unsere Sportstunde vor uns. Wo ist denn dein Wägelchen?«

»Ich weiß nicht.«

»Omi.«

»Hinter der Tür.«

»Komm schon, alte Frau, ich werde dir Vögel zeigen!«

»Pfff, hier gibt es keine. Hier gibt's nur Geier und Aasgeier.«

Frank lächelte. Er mochte den bösen Humor seiner Großmutter.

»Alles in Ordnung?«

»Nein.«

»Wo hapert's noch?«

»Ich habe Schmerzen.«

»Wo?«

»Überall.«

»Das kann nicht sein, das stimmt nicht. Zeig mir genau die Stelle.«

»Ich habe Schmerzen im Kopf.«

»Das ist normal. So geht's uns allen. Los, mach schon, zeig mir lieber deine Mitpatientinnen.«

»Nein, kehr um. Die will ich nicht sehen, die kann ich nicht ausstehen.«

»Der da vorne, der Alte mit dem Sakko, der ist doch nicht übel, oder?«

»Das ist kein Sakko, Dummkopf, das ist sein Schlafanzug, und außerdem ist er stocktaub ... und ein eitler Gockel.«

Sie setzte einen Fuß vor den anderen und zog über ihre Mitpatienten her. Alles war in Ordnung.

»Gut, ich gehe.«

»Jetzt?«

»Ja, jetzt. Wenn ich mich um deine Hacke kümmern soll ... Stell dir vor, ich muß morgen früh raus, und ich habe niemanden, der mir das Frühstück ans Bett bringt.«

»Rufst du mich an?«

Er nickte.

»Das sagst du nur, aber du tust es nie.«

»Ich hab keine Zeit.«

»Bloß hallo und wieder auflegen.«

»Na gut. Übrigens, ich weiß nicht, ob ich nächste Woche kommen kann. Mein Chef geht mit uns auf Sauftour.«

»Wohin?«

»Ins Moulin-Rouge.«

»Im Ernst?«

»Aber nein, natürlich nicht! Wir fahren ins Limousin, besuchen den Typen, der uns seine Viecher verkauft.«

»Wer kommt denn auf so was?«

»Mein Chef. Er behauptet, das sei wichtig.«

»Du kommst also nicht?«

»Ich weiß es nicht.«

»Franck?«

»Ja?«

»Der Arzt ...«

»Ich weiß, der Rothaarige, ich versuche ihn mir zu schnappen. Und du machst schön deine Übungen, ja? Der Krankengymnast ist nämlich nicht sehr zufrieden, soweit ich verstanden habe.«

Als er den erstaunten Gesichtsausdruck seiner Großmutter sah, fügte er scherzhaft hinzu:

»Du siehst, es kommt schon mal vor, daß ich anrufe.«

Er räumte die Geräte weg, aß die letzten Erdbeeren und setzte sich einen Moment in den Garten. Die Katze kam und strich ihm um die Beine, vorwurfsvoll miauend.

»Mach dir keine Sorgen, Großer, mach dir keine Sorgen. Sie kommt wieder.«

Das Klingeln des Handys riß ihn aus seinen Gedanken. Es war eine Frau. Er machte den Gockel, sie giggelte.

Sie schlug vor, ins Kino zu gehen.

Er fuhr die ganze Strecke über 170 km/h und suchte nach einer Möglichkeit, sie flachzulegen, ohne sich den Film antun zu müssen. Er war kein großer Kinofan. Vor dem Ende schlief er immer ein.

10

Mitte November, als die Kälte mit ihren boshaften Unterminierungsarbeiten begann, beschloß Camille endlich, einen Baumarkt aufzusuchen, um ihre Überlebenschancen zu erhöhen. Sie verbrachte ihren gesamten Samstag dort, schlenderte durch alle Abteilungen, berührte die Holzschilder, bewunderte die Werkzeuge, die Nägel, die Schrauben, die Türklinken, die Gardinenstangen, die Farbeimer, die Fußleisten, die Duschkabinen und die verchromten Mischbatterien. Anschließend ging sie in die Gartenabteilung und machte eine Bestandsaufnahme von allem, was sie zum Träumen brachte: Handschuhe, Gummistiefel, Gartenhacken, Hühnergitter, Drillmaschinen, braunes Gold, Dünger und Samentütchen aller Art. Sie brachte ebensoviel Zeit damit zu, die Waren zu inspizieren, wie die Kunden zu beobachten. Die Schwangere inmitten von pastellfarbenen Tapeten, das junge Pärchen, das sich wegen einer scheußlichen Wandleuchte in die Wolle kriegte, oder diesen flotten Vorruheständler in Turnschuhen mit seinem Spiralblock in der einen Hand und dem Zollstock in der anderen.

Der Stößel des Lebens hatte sie gelehrt, sich vor Gewißheiten und künftigen Projekten in acht zu nehmen, aber in einer Sache war Camille sich sicher: Irgendwann einmal, an einem Tag in weiter, weiter Ferne, wenn sie sehr alt wäre, noch älter als jetzt, mit weißen Haaren und tausend Falten und braunen Flecken auf den Händen, würde sie ihr eigenes Haus haben. Ein richtiges Haus mit einem Kupferkessel zum Marmeladeeinkochen und Buttergebäck in Weißblechdosen, hinten im Geschirrschrank versteckt. Ein langer Bauerntisch, schön schwer, und Vorhänge aus Cretonnestoff. Sie lächelte. Sie hatte keine Ahnung, was Cretonnestoff eigentlich war, noch, ob er ihr überhaupt gefallen würde, aber sie mochte die Wörter: Vorhänge aus Cretonnestoff. Sie hätte Gästezimmer für Freunde und wer weiß? Vielleicht auch Freunde? Einen gepflegten Garten, Hühner, die ihr gute Frühstückseier lieferten, Katzen, die Waldmäuse jagten, und Hunde, die Katzen jagten. Ein kleines Beet mit duftenden Gewürzkräutern, einen Kamin, durchgesessene Sessel und überall Bücher. Weiße Tischtücher, Serviettenringe, auf irgendwelchen Trödelmärkten erstanden, eine Musikanlage, um dieselben Opern zu hören wie ihr Papa, und einen Kohleherd, auf dem sie den ganzen Morgen Rindfleisch mit Karotten schmoren lassen würde.

Rindfleisch mit Karotten ... so ein Blödsinn.

Ein kleines Häuschen, wie Kinder es zeichnen, mit einer Tür und zwei Fenstern auf jeder Seite. Altmodisch, unauffällig, still, zugewachsen mit wildem Wein und Kletterrosen. Ein Haus mit Streifenwanzen auf der Außentreppe, diesen kleinen schwarzroten Tierchen, die immer zu zweit aneinanderkleben. Eine wunderschön warme Gartentreppe, die den ganzen Tag über die Hitze gespeichert hätte und auf die sie sich am Abend setzen würde, um auf den Reiher zu warten.

Dazu ein altes Gewächshaus, das ihr als Atelier dienen würde ... Obwohl, in dem Punkt war sie sich nicht so sicher. Bis jetzt hatten ihre Hände sie immer im Stich gelassen, und vielleicht war es besser, sich nicht mehr auf sie zu verlassen.

Vielleicht würde die Linderung aber gar nicht von dort kommen? Von wo dann? Von wo, fragte sie sich plötzlich verängstigt.

Von wo?

Sie fing sich wieder und sprach einen Verkäufer an, bevor sie ganz den Boden unter den Füßen verlor. Das kleine Häuschen im Wald war zwar ganz nett, aber in der Zwischenzeit fror sie sich am Ende eines feuchten Flurs den Hintern ab, und dieser aufgeweckte junge Mann im gelben Poloshirt wäre bestimmt in der Lage, ihr zu helfen:

»Es zieht von draußen rein, sagen Sie?«

»Ja.«

»Ist es ein Velux-Fenster?«

»Nein, ein Oberlicht.«

»Diese Dinger gibt's noch?«

»Leider.«

»Hier haben Sie, was Sie brauchen.«

Er hielt ihr eine Rolle Dichtungsband zum Festnageln hin, speziell zum Abdichten von Fenstern gedacht, aus ummanteltem Schaumstoff, haltbar, abwaschbar und luftundurchlässig. Eine wahre Freude.

»Haben Sie einen Tacker?«

»Nein.«

»Einen Hammer? Nägel?«

»Nein.«

Wie ein kleiner Hund folgte sie ihm durch den Laden, während er ihren Korb füllte.

»Und zum Heizen?«

»Was haben Sie zur Zeit?«

»Einen Elektroofen, der nachts durchbrennt und außerdem stinkt!«

Er nahm seine Rolle sehr ernst und hielt ihr einen ganzen Vortrag. In schulmeisterlichem Ton pries, beurteilte und verglich er die Vorzüge von Ventilatoren, Heizstrahlern, Infrarotgeräten, Keramikheizkörpern, Ölradiatoren und Konvektoren. Davon bekam sie einen Drehwurm.

»Und was nehme ich jetzt?«

»Tja, da müssen Sie mal sehen.«

»Aber, das ist es ja. Ich sehe gar nichts.«

»Nehmen Sie einen Ölradiator, der ist nicht so teuer und heizt gut. Der *Oléo* von Calor ist nicht schlecht.«

»Hat er Rollen?«

»Eh …« er zögerte und überflog die technischen Daten. »*Mechanischer Thermostat, aufwickelbare Geräteschnur, einstellbare Leistung, integrierter Luftbefeuchter, blablabla, Rollen!* Ja, Mademoiselle!«

»Super. Dann kann ich ihn zu mir ans Bett stellen.«

»Hm … Wenn ich mir diese Bemerkung erlauben darf. Wissen Sie, ein Mann ist auch nicht schlecht. Im Bett wärmt er ganz schön.«

»Ja, aber er hat keine aufwickelbare Geräteschnur ...«

»Das wohl nicht.«

Er lächelte.

Als er sie wegen des Garantiescheins zur Kasse begleitete, sah sie einen künstlichen Kamin mit künstlicher Glut, künstlichen Holzscheiten, künstlichen Flammen und künstlichem Feuerbock.

»Oh! Und das hier? Was ist das?«

»Ein elektrischer Kamin, aber ich rate Ihnen davon ab, das ist der reinste Schwindel.«

»Doch, doch! Zeigen Sie ihn mir!«

Es war ein *Sherbone*, ein englisches Modell. Nur die Engländer konnten so ein häßliches, kitschiges Teil erfinden. Je nach Heizleistung (1000 oder 2000 Watt) stiegen die Flammen höher oder weniger hoch. Camille war im siebten Himmel:

»Genial, man könnte meinen, der sei echt!«

»Haben Sie den Preis gesehen?«

»Nein.«

»532 Euro, der reinste Schwachsinn. Eine alberne Spielerei. Lassen Sie sich nicht foppen.«

»In Euros kapiere ich sowieso nichts.«

»Das ist nicht so schwer, gehen Sie von 3500 Franc aus für ein Teil, das Ihnen weniger Wärme liefert als der Calor zu knapp 600 Franc.«

»Ich nehme ihn.«

Der junge Mann hatte sehr viel gesunden Menschenverstand, und unsere Zikade schloß die Augen, als sie ihm die Kreditkarte hinhielt. Wo sie schon dabei war, gönnte sie sich noch den Lieferdienst. Als sie angab, daß sie im siebten Stock wohne, ohne Fahrstuhl, sah die Dame sie schief an und teilte ihr mit, das koste zehn Euro extra.

»Kein Problem«, antwortete sie und kniff die Pobacken zusammen.

Er hatte recht. Es war der reinste Schwachsinn.

Ja, es war der reinste Schwachsinn, aber der Ort, an dem sie wohnte, war kaum besser. Fünfzehn Quadratmeter unterm Dach, womit ihr sechs blieben, um aufrecht zu stehen, eine Matratze auf dem Boden, ein winziges Waschbecken in der Ecke, das eher an ein Pinkelbecken erinnerte und ihr als Spüle und Badezimmer diente. Ein Ständer als Kleiderschrank und zwei übereinandergestapelte Kartons als Regal. Eine Elektroplatte auf einem Campingtisch. Ein Minikühlschrank, der auch als Arbeitsplatte, als Eßzimmer und Couchtisch diente. Zwei Hocker, eine Halogenlampe, ein kleiner Spiegel und ein weiterer Karton als Küchenschrank. Was noch? Der Schottenkoffer, in dem sie das wenige ihr noch verbliebene Material eingelagert hatte, zwei Zeichenmappen und ... Nein, das war alles. Das war die Grundstücksbegehung.

Das Stehklo befand sich am Ende des Flurs rechts, und die Dusche war über dem Klo. Man brauchte bloß den zu diesem Zweck vorgesehenen schimmeligen Holzrost über das Loch zu legen.

Keine Nachbarn oder aber ein Gespenst, denn sie hörte manchmal Gemurmel hinter der Tür Nr. 12. Ein Vorhängeschloß an ihrer Tür und der Name einer früheren Mieterin in schönen lila Buchstaben mit Reißzwecken am Türstock befestigt: *Louise Leduc*.

Dienstmädchen aus dem vorigen Jahrhundert.

Nein, Camille bereute ihren Kaminkauf nicht, auch wenn sich der Preis auf fast die Hälfte ihres Monatseinkommens belief. Ach, na ja, egal. Was sollte sie sonst mit ihrem Gehalt anfangen ... Im Bus ließ sie die Gedanken schweifen und fragte sich, wen sie wohl zur Einweihung einladen könnte.

Ein paar Tage darauf hatte sie ihren Kandidaten:

»Wissen Sie was, ich habe einen Kamin!«

»Pardon? Ah! Oh! Sie sind es. Guten Tag, Mademoiselle. Tristes Wetter, nicht wahr?«

»Sie sagen es! Und warum nehmen Sie dann Ihre Mütze ab?«

»Na ja, äh ... Ich ... Ich wollte Sie grüßen, nicht wahr?«

»Aber nicht doch, setzen Sie sie wieder auf! Sie holen sich ja den

Tod! Ich habe Sie gerade gesucht. Ich wollte Sie dieser Tage zum Abendessen am Kamin einladen.«

»Mich?« fragte er mit halb erstickter Stimme.

»Ja! Sie!«

»Oh, nein, aber ich ... äh ... Warum? Wirklich, das ist ...«

»Das ist was?« rutschte es ihr heraus. Sie wurde auf einmal müde, während sie beide schlotternd vor ihrem bevorzugten kleinen Lebensmittelgeschäft standen.

»Das ist ... äh ...«

»Nicht möglich?«

»Nein, das ist ... Das ist zuviel der Ehre!«

»Ach!« sagte sie belustigt, »zuviel der Ehre. Aber nicht doch, Sie werden sehen, es ist ganz schlicht bei mir. Sie sind also einverstanden?«

»Na ja, ich ... ich ... wäre sehr erfreut, Ihnen bei Tisch Gesellschaft zu leisten.«

»Hm ... Es ist nicht wirklich bei Tisch, wissen Sie?«

»Ach so?«

»Eher ein Picknick. Eine kleine Mahlzeit, ganz zwanglos.«

»Ausgezeichnet, ich liebe Picknicks! Ich kann mein Plaid und meinen Korb mitbringen, wenn Sie wollen.«

»Was für einen Korb?«

»Meinen Picknickkorb!«

»So ein Teil mit Geschirr drin?«

»Mit Tellern, in der Tat, Besteck, einer Tischdecke, vier Servietten, einem Korkenzie...«

»Oh ja, tolle Idee! Ich habe nichts dergleichen! Und wann? Heute abend?«

»Nun ja, heute abend ... tja ... ich ...«

»Was ich?«

»Ich meine, ich habe meinen Mitbewohner nicht in Kenntnis gesetzt.«

»Ich verstehe. Aber er kann ebenfalls kommen, das ist nicht das Problem.«

»Er?« wunderte er sich, »nein ... er nicht. Erstens weiß ich nicht, ob ... Tja, ob er ein anständiger Bursche ist. Ich ... Verstehen wir uns nicht falsch, ich meine nicht sein Benehmen, gleichwohl ... na ja ... ich es nicht teile, sehen Sie, nein, ich denke eher an ... Ja, und außerdem ist er heute abend nicht da. Wie übrigens an allen anderen Abenden auch.«

»Rekapitulieren wir«, sagte Camille gereizt, »Sie können nicht kommen, weil Sie Ihren Mitbewohner nicht in Kenntnis gesetzt haben, der sowieso nicht da ist, ist es so?«

Er sackte in sich zusammen und befummelte die Knöpfe an seinem Mantel.

»He, ich zwinge Sie doch zu nichts? Sie müssen nicht kommen, wissen Sie ...«

»Es ist nur ...«

»Nur was?«

»Nein, nichts. Ich komme.«

»Heute abend oder morgen. Danach arbeite ich wieder bis zum Ende der Woche.«

»Einverstanden«, flüsterte er, »einverstanden, morgen. Sie ... Sie sind da, nicht wahr?«

Sie schüttelte den Kopf.

»Sie sind aber wirklich kompliziert! Natürlich bin ich da, wo ich Sie doch einlade!«

Er lächelte sie unbeholfen an.

»Bis morgen dann?«

»Bis morgen, Mademoiselle.«

»Gegen acht?«

»Punkt zwanzig Uhr, ist vermerkt.«

Er verneigte sich und wandte sich um.

»He!«

»Pardon?«

»Sie müssen die Hintertreppe nehmen. Ich wohne im siebten Stock, Nummer 16, Sie werden sehen, die dritte Tür links.«

Mit der Mütze machte er ihr ein Zeichen, daß er verstanden habe.

11

»Treten Sie ein, treten Sie ein! Sie sehen ja toll aus!«

»Oh«, er errötete, »das ist nur eine ›Kreissäge‹. Der Strohhut hat meinem Großonkel gehört, und für ein Picknick dachte ich ...«

Camille traute ihren Augen nicht. Die Kreissäge war nur das Tüpfelchen auf dem i. Er hatte einen Stock mit Silberknauf unterm Arm, trug einen hellen Anzug mit einer roten Fliege und hielt ihr einen riesigen Koffer aus Weidenruten hin.

»Ist das Ihr Korb?«

»Ja, aber warten Sie, ich habe noch etwas.«

Er ging zum Ende des Flurs und kehrte mit einem Strauß Rosen zurück.

»Nein, wie liebenswürdig.«

»Wissen Sie, es sind keine echten Blumen.«

»Pardon?«

»Nein, sie kommen aus Uruguay, glaube ich. Ich hätte echte Gartenrosen vorgezogen, aber mitten im Winter ist es ... ist es ...«

»Ist es unmöglich.«

»Genau! Unmöglich!«

»Kommen Sie schon, treten Sie ein, fühlen Sie sich wie zu Hause.«

Er war so groß, daß er sich sogleich setzen mußte. Er rang nach Worten, aber ausnahmsweise war nicht das Stottern das Problem, sondern eher eine Art – Staunen.

»Es ist ... Es ist ...«

»Es ist klein.«

»Nein, es ist, wie soll ich sagen ... schmuck. Ja, es ist regelrecht schmuck und ... pittoresk, nicht wahr?«

»Sehr pittoresk«, wiederholte Camille lachend.

Er schwieg einen Moment.

»Wahrhaftig? Sie wohnen hier?«

»Eh, ja.«

»Ganz?«

»Ganz.«

»Das ganze Jahr?«

»Das ganze Jahr.«

»Es ist klein, nicht wahr?«

»Ich heiße Camille Fauque.«

»Natürlich, erfreut. Philibert Marquet de La Durbellière«, verkündete er und stand auf, wobei er mit dem Kopf an die Decke stieß.

»So lang?«

»Oh ja.«

»Haben Sie einen Spitznamen?«

»Nicht, daß ich wüßte.«

»Haben Sie meinen Kamin gesehen?«

»Pardon?«

»Hier. Mein Kamin.«

»Da, da ist er ja! Sehr schön«, fügte er hinzu und setzte sich wieder, wobei er seine Beine vor den Plastikflammen ausstreckte, »sehr, sehr schön. Man könnte meinen, man sei in einem englischen Cottage, ist es nicht so?«

Camille war zufrieden. Sie hatte sich nicht geirrt. Dieser Junge war ein komischer Kauz, aber ein vollkommenes Geschöpf.

»Er ist schön, nicht?«

»Herrlich! Zieht er wenigstens gut?«

»Ausgezeichnet.«

»Und das Holz?«

»Ach, wissen Sie, bei dem Sturm, da braucht man sich heutzutage nur zu bücken.«

»Ich weiß es leider nur zu gut. Wenn Sie das Unterholz bei meinen Eltern sähen. Eine wahre Katastrophe. Aber das hier ist Eiche, oder?«

»Sehr gut!«

Sie lächelten sich an.

»Wäre Ihnen ein Glas Wein genehm?«

»Äußerst.«

Camille war vom Inhalt des Koffers entzückt. Es fehlte nichts, die Teller waren aus Porzellan, das Besteck aus vergoldetem Silber, die Gläser aus Kristall. Es gab sogar einen Salzstreuer, eine Pfeffermühle, Essig und Öl, Kaffeetassen, Teetassen, Servietten aus besticktem Leinen, eine Schüssel, eine Sauciere, eine Obstschale, ein Döschen für Zahnstocher, einen Zuckerstreuer, Fischbesteck und eine Kanne für Kakao. Auf alldem war das Wappen der Familie ihres Gastes eingraviert.

»So etwas Schönes habe ich noch nie gesehen.«

»Verstehen Sie, daß ich nicht gestern kommen konnte? Wenn Sie wüßten, wie viele Stunden ich damit zugebracht habe, alles zu polieren, bis es glänzt.«

»Das hätten Sie mir doch sagen können!«

»Meinen Sie nicht, wenn ich vorgegeben hätte: ›Heute abend nicht, ich muß meinen Koffer noch auf Vordermann bringen‹, Sie hätten mich dann für verrückt gehalten?«

Sie enthielt sich wohlweislich eines Kommentars.

Sie breiteten eine Tischdecke auf dem Boden aus, und Philibert Soundso deckte auf.

Sie setzten sich in den Schneidersitz, erfreut, vergnügt, wie zwei Kinder, die ihr neues Puppengeschirr einweihen, peinlichst darauf bedacht, daß nichts zu Bruch geht. Camille, die nicht kochen konnte, war zu Goubetzkoï gegangen und hatte eine Auswahl an Taramas, Lachs, eingelegtem Fisch und Zwiebelpaste gekauft. Sorgfältig füllten sie die Schälchen des Großonkels und weihten eine Art praktischen Handtoaster ein, bestehend aus einem alten Topfdeckel und Alufolie, um die Blinis auf der Kochplatte zu erhitzen. Der Wodka lag in der Dachrinne, und man brauchte nur das Oberlicht aufzumachen, um sich einzuschenken. Dieses Auf-

und Zumachen kühlte das Zimmer zwar aus, aber der Kamin kni-
sterte und bezog sein Feuer von Gott.

Wie gewöhnlich trank Camille mehr, als sie aß.

»Es stört Sie doch nicht, wenn ich rauche?«

»Aber ich bitte Sie. Ich würde allerdings gerne meine Beine ausstrecken, ich fühle mich ganz steif.«

»Setzen Sie sich auf mein Bett.«

»A... aber nicht doch, ich ... Ich werde nichts dergleichen
tun.«

Bei der geringsten Gefühlsregung vergaß er seine Wörter und
seine Eloquenz.

»Aber ja doch, nur zu! Im Grunde ist es ein Schlafsofa.«

»Wenn das so ist.«

»Wir könnten uns vielleicht duzen, Philibert?«

Er erbleichte.

»Oh nein, ich ... Was mich betrifft, ich könnte es nicht, aber
Sie ... Sie ...«

»Stop! Zapfenstreich! Ich habe nichts gesagt! Ich habe nichts gesagt! Außerdem finde ich das Siezen wunderbar, es ist sehr charmant, sehr ...«

»Pittoresk?«

»Genau!«

Philibert aß auch nicht viel, aber er war so langsam und so behutsam, daß unsere perfekte kleine Hausfrau sich dazu beglück-
wünschte, ein kaltes Abendessen vorgesehen zu haben. Zum Nachtisch hatte sie Quark gekauft. Tatsächlich hatte sie wie gelähmt vor
den Schaufensterauslagen eines Konditors gestanden, völlig fassungslos und außerstande, auch nur einen einzigen Kuchen auszu-
wählen. Sie holte ihre kleine italienische Espressokanne hervor
und trank die schwarze Brühe aus einer Tasse aus derart dünnem
Porzellan, daß sie überzeugt war, sie würde zerbrechen, wenn sie
daran knabberte.

Sie waren nicht sehr gesprächig. Sie waren es nicht mehr gewohnt, ihre Mahlzeit mit jemandem zu teilen. Das Protokoll war folglich nicht sehr ausgereift, und beiden fiel es schwer, sich aus ihrer Einsamkeit zu lösen. Doch sie waren wohlerzogen und gaben sich Mühe, sich von ihrer besten Seite zu zeigen. Wurden heiter, stießen mit den Gläsern an, gingen das ganze Viertel durch. Die Kassiererinnen im Supermarkt – Philibert mochte die Blonde, Camille zog die Brünette vor –, die Touristen, die Lichtspiele auf dem Eiffelturm und die Hundekacke. Entgegen allen Erwartungen entpuppte sich ihr Gast als perfekter Unterhalter, belebte fortwährend das Gespräch und spickte es mit unzähligen lustigen und belanglosen Themen. Er begeisterte sich für die Geschichte Frankreichs und gestand ihr, daß er den Großteil seiner Zeit in den Kerkern Ludwigs XI. zugebracht hatte, im Vorzimmer Franz I., am mittelalterlichen Tisch der Vendée-Bauern oder mit Marie-Antoinette in der Conciergerie, einer Frau, für die er eine große Leidenschaft hegte. Sie warf ihm ein Thema oder eine Epoche zu und erfuhr eine Unmenge pikanter Details. Über die Kleiderordnung, die Intrigen am Hof, die Höhe der Salzsteuer und die Ahnenfolge der Kapetinger.

Es war sehr amüsant.

Sie hatte das Gefühl, sich auf der Internetseite von Alain Decaux zu befinden.

Ein Klick, eine Zusammenfassung.

»Und Sie sind Lehrer oder so was in der Art?«

»Nein, ich ... Nun ja. Ich arbeite in einem Museum.«

»Sind Sie Konservator?«

»Was für ein hochtrabendes Wort! Nein, ich bin eher mit dem kaufmännischen Bereich betraut.«

»Oh«, fügte sie ernst hinzu, »das muß aufregend sein. In welchem Museum?«

»Das kommt drauf an, ich springe. Und Sie?«

»Ach, ich ... Das ist weniger interessant, leider, ich arbeite in einem Büro.«

Als er ihre mißmutige Miene sah, besaß er den nötigen Takt, nicht weiter bei dem Thema zu verweilen.

»Ich habe leckeren Quark mit Aprikosenkonfitüre, sagt Ihnen das zu?«

»Sehr! Und Ihnen?«

»Oh danke, aber diese vielen russischen Häppchen haben mich völlig gesättigt.«

»Sie sind nicht gerade beleibt.«

Aus Furcht, er habe etwas Verletzendes gesagt, fügte er sogleich hinzu:

»Aber Sie sind ... äh ... anmutig. Ihr Gesicht erinnert mich an Diane de Poitiers.«

»War sie hübsch?«

»Oh! Mehr als hübsch!« Er errötete leicht. »Ich ... Sie ... Sind Sie nie im Schloß Anet gewesen?«

»Nein.«

»Dann wird es aber Zeit. Es ist ein herrlicher Ort, den sie von ihrem Liebhaber, König Heinrich II., geschenkt bekam.«

»Aha?«

»Ja, er ist sehr schön, eine Art Hymne an die Liebe, ihre Initialen sind überall ineinander verschlungen. Im Stein, im Marmor, im Gußeisen, im Holz und auf ihrem Grab. Und auch ergreifend. Wenn ich mich recht entsinne, sind seine Salbendöschen und seine Haarbürsten immer noch da, in seinem Waschraum. Ich werde Sie dort einmal hinführen.«

»Wann?«

»Im Frühling vielleicht?«

»Zu einem Picknick?«

»Selbstverständlich.«

Sie schwiegen einen Moment. Camille versuchte, die Löcher in seinen Schuhen zu übersehen, und Philibert tat das gleiche mit den Salpeterflecken an den Wänden. Sie begnügten sich damit, ihren Wodka in kleinen Schlucken zu genießen.

»Camille?«

»Ja?«

»Wohnen Sie hier wirklich jeden Tag?«

»Ja.«

»Aber äh ... der äh ... Ich meine ... der Abort.«

»Auf dem Treppenabsatz.«

»Ah?«

»Müssen Sie mal?«

»Nein, nein, ich habe mich nur gerade gefragt.«

»Sorgen Sie sich etwa um mich?«

»Nein, das heißt ... ja. Es ist ... so spartanisch, nicht?«

»Sie sind sehr liebenswürdig. Aber es ist alles in Ordnung. Alles in Ordnung, das versichere ich Ihnen, und außerdem habe ich jetzt einen schönen Kamin!«

Er schien nicht länger so begeistert.

»Wie alt sind Sie? Wenn es nicht zu indiskret ist, natürlich ...«

»Sechsundzwanzig. Im Februar werde ich siebenundzwanzig.«

»Wie meine kleine Schwester.«

»Sie haben eine kleine Schwester?«

»Nicht eine, sechs!«

»Sechs Schwestern!«

»Ja. Und einen Bruder.«

»Und Sie wohnen allein in Paris?«

»Ja, das heißt, mit meinem Mitbewohner.«

»Verstehen Sie sich gut?«

Als er nicht antwortete, insistierte sie:

»Nicht sehr gut?«

»Doch, doch. Alles in Ordnung! Wir sehen uns ohnehin so gut wie nie.«

»Aha?«

»Sagen wir so, es ist nicht gerade das Schloß Anet!«

Sie lachte.

»Arbeitet er?«

»Er tut nichts anderes. Er arbeitet, schläft, arbeitet, schläft. Und wenn er nicht schläft, bringt er Mädchen mit ... Eine seltsame Person, die sich ausschließlich brüllend verständigen kann. Ich begreife nicht, was sie an ihm finden. Das heißt, ich habe da schon so meine Vorstellungen, aber nun ...«

»Was macht er?«

»Er ist Koch.«

»Oh? Kocht er Ihnen wenigstens was Nettes?«

»Niemals. Ich habe ihn noch nie in der Küche gesehen. Außer morgens, wenn er meine Kaffeekanne geißelt.«

»Ist er ein Freund von Ihnen?«

»Gott bewahre, nein! Ich habe ihn durch eine Anzeige gefunden, einen Zettel auf der Theke der Bäckerei gegenüber: *Junger Koch im Vert Galant sucht Zimmer für seinen Mittagsschlaf in der nachmittäglichen Arbeitspause.* Anfangs kam er nur ein paar Stunden täglich, und dann war er plötzlich ganz da.«

»Stört Sie das?«

»Keineswegs! Ich habe es ihm selbst vorgeschlagen. Denn, Sie werden sehen, eigentlich ist es ein bißchen groß für mich. Und außerdem kennt er sich mit allem aus. Mir, der ich nicht einmal eine Glühbirne wechseln kann, kommt das sehr gelegen. Er kennt sich mit allem aus, er ist ein ausgemachter Fuchs, wahrhaftig. Seit er bei mir wohnt, ist meine Stromrechnung zusammengeschmolzen wie Schnee in der Sonne.«

»Hat er den Zähler manipuliert?«

»Er manipuliert alles, was er berührt, so mein Eindruck. Ich weiß nicht, was er als Koch taugt, aber als Bastler rangiert er ganz oben. Und da bei mir alles verfällt ... Nein ... Und außerdem mag ich ihn. Ich habe mich noch nie richtig mit ihm unterhalten, aber ich habe das Gefühl, daß er ... Nun ja, ich weiß es nicht. Manchmal habe ich das Gefühl, mit einem Mutanten unter einem Dach zu wohnen.«

»Wie in *Alien*?«

»Pardon?«

»Nein. Nichts.«

Da Sigourney Weaver noch nie mit einem König dunkle Geschäfte gemacht hatte, ließ sie es bleiben.

Sie räumten gemeinsam auf. Als er ihr winziges Waschbecken sah, bat Philibert sie inständig, ihm den Abwasch zu überlassen. Da sein Museum montags geschlossen sei, habe er am nächsten Tag nichts anderes zu tun.

Sie verabschiedeten sich in aller Form.

»Das nächste Mal kommen Sie zu mir.«

»Gerne.«

»Ich habe aber bedauerlicherweise keinen Kamin.«

»Tja! Es hat nicht jeder das Glück, ein Landhaus in Paris zu besitzen.«

»Camille?«

»Ja.«

»Sie passen auf sich auf, nicht wahr?«

»Ich bemühe mich. Sie aber auch, Philibert.«

»Ich ... I...«

»Ja?«

»Ich muß Ihnen unbedingt ... die Wahrheit sagen, es ist nämlich so, daß ich nicht wirklich in einem Museum arbeite, wissen Sie? Eher draußen ... In einem Laden oder so. Ich ... Ich verkaufe Postkarten.«

»Und ich, ich arbeite nicht wirklich in einem Büro, wissen Sie? Auch eher draußen. Ich gehe putzen.«

Sie tauschten ein schicksalergebenes Lächeln und gingen verschämt auseinander.

Verschämt und erleichtert.

Es war ein äußerst gelungenes russisches Abendessen.

12

»Was ist das für ein Geräusch?«

»Keine Panik, das ist unser Herzog.«

»Aber was macht er denn da? Klingt, als wollte er die Küche unter Wasser setzen.«

»Scheißegal, laß gut sein. Komm lieber her, du.«

»Nein, laß mich.«

»Los, komm schon. Komm ... Warum ziehst du dein T-Shirt nicht aus?«

»Mir ist kalt.«

»Jetzt komm schon.«

»Ein komischer Kauz, oder?«

»Total gaga. Du hättest ihn sehen sollen, wie er vorhin gegangen ist, mit seinem Stock und seinem Clownshut. Ich dachte, er wollte zu einem Kostümball.«

»Wo ist er hin?«

»Zu einem Mädchen, glaube ich.«

»Einem Mädchen!«

»Ich glaub schon, was weiß ich. Ist doch egal. Komm, dreh dich um, Scheiße.«

»Laß mich.«

»He, Aurélie, du nervst echt.«

»Aurélia, nicht Aurélie.«

»Aurélia, Aurélie, ist doch egal. Okay. Und deine Socken, willst du die die ganze Nacht anbehalten?«

13

Obwohl es strengstens verboten war, *strictly forbidden*, legte Camille ihre Kleider auf den Kaminsims, blieb so lange wie möglich im Bett, zog sich unter der Decke an und wärmte die Knöpfe ihrer Jeans in den Händen vor, bevor sie sie überstreifte.

Das Dichtungsband aus Schaumstoff schien nicht sehr effektiv zu sein, und sie hatte ihre Matratze verschoben, um nicht länger dem gräßlichen Luftzug ausgesetzt zu sein, der sich ihr durch die Stirn bohrte. Jetzt lag ihr Bett vor der Tür, und das Kommen und Gehen war ein ziemlicher Aufstand. Sie war ständig dabei, die Matratze hierhin und dorthin zu ziehen, um auch nur drei Schritte machen zu können. Was für ein Elend, dachte sie, was für ein Elend ... Und dann war es passiert, sie war schwach geworden, pinkelte in ihr Waschbecken, wobei sie sich an der Wand abstützte, um es nicht herunterzureißen. Von ihrer Stehklodusche ganz zu schweigen.

Folglich war sie schmutzig. Das heißt, vielleicht nicht wirklich schmutzig, aber weniger sauber als sonst. Ein-, zweimal die Woche, wenn sie sich sicher war, sie nicht zu Hause anzutreffen, ging sie zu den Kesslers. Sie kannte die Zeiten der Putzfrau, und diese hielt ihr seufzend ein großes Frotteehandtuch hin. Sie konnte niemandem etwas vormachen. Sie zog immer mit einem Carepaket oder einer zusätzlichen Decke wieder ab. Einmal allerdings, als sie sich die Haare trocknete, war es Mathilde gelungen, sie sich vorzuknöpfen:

»Willst du nicht wieder für einige Zeit hier wohnen? Du könntest dein altes Zimmer wiederhaben?«

»Nein, vielen Dank, vielen Dank euch beiden, aber es ist in Ordnung. Es geht mir gut.«

»Arbeitest du?«

Camille schloß die Augen.

»Ja, ja.«

»Wie weit bist du mit der Arbeit? Brauchst du Geld? Gib uns was, Pierre könnte dir einen Vorschuß geben, weißt du?«

»Nein. Ich habe im Moment nichts fertig.«

»Und die ganzen Bilder bei deiner Mutter?«

»Ich weiß nicht. Man müßte sie mal durchsehen. Ich habe keine Lust.«

»Und deine Selbstporträts?«

»Die sind unverkäuflich.«

»Woran sitzt du denn zur Zeit?«

»Nichts Großes.«

»Warst du mal wieder am Quai Voltaire?«

»Noch nicht.«

»Camille?«

»Ja.«

»Willst du nicht mal diesen verfluchten Fön ausstellen? Damit man sich besser unterhalten kann?«

»Ich habe es eilig.«

»Was machst du denn genau?«

»Pardon?«

»Was für ein Leben führst du zur Zeit? Wie sieht es genau aus?«

Um nie wieder auf solche Fragen antworten zu müssen, stürzte Camille, vier Stufen auf einmal nehmend, die Treppe hinunter und stieß die Tür zum erstbesten Friseur auf.

14

»Einmal kahlrasieren«, sagte sie zu dem jungen Mann, der über ihr im Spiegel aufragte.

»Wie bitte?«

»Ich möchte, daß Sie mich kahlscheren.«

»Eine Glatze?«

»Ja.«

»Nein. Das kann ich nicht machen.«

»Doch, doch, das können Sie. Nehmen Sie Ihre Schneide-maschine, und legen Sie los.«

»Nein, wir sind hier nicht bei der Armee. Ich will Ihnen die Haare gern kurz schneiden, aber keine Glatze. Das ist nicht der Stil des Hauses ... Nicht, Carlo?«

Carlo stand hinter der Kasse und las eine Zeitschrift über Pfer-derennen.

»Worum geht's?«

»Die junge Frau hier möchte, daß wir ihr einen Kahlschnitt ver-passen.«

Der andere wedelte mit der Hand, was so viel bedeutete wie, was kümmert's mich, ich habe gerade zehn Euro verzockt, also geht mir nicht auf die Nerven.

»Fünf Millimeter.«

»Pardon?«

»Ich schneide sie Ihnen auf fünf Millimeter, sonst trauen Sie sich nicht mal mehr hier raus.«

»Ich habe meine Mütze.«

»Ich habe meine Prinzipien.«

Camille lächelte ihm zu, nickte zum Zeichen der Zustimmung und spürte das Summen des Rasierers im Nacken. Ganze Haarsträh-nen verteilten sich über den Boden, während sie die seltsame Person anstarrte, die ihr gegenübersaß. Sie erkannte sie nicht wieder, erinnerte sich kaum mehr an ihr Aussehen vor wenigen Sekunden. Es war ihr egal. Von jetzt an wäre es nicht mehr so ein Krampf, auf dem Treppenabsatz zu duschen, und nur das zählte.

Im stillen befragte sie ihr Spiegelbild: Na? War es das? Das Programm? Sich durchschlagen, auch auf die Gefahr hin, sich zu verunstalten, auf die Gefahr hin, sich aus den Augen zu verlieren, um niemals jemandem etwas schuldig zu sein?

Nein, ernsthaft? War es das?

Sie fuhr sich mit der Hand über den stoppeligen Schädel und hätte am liebsten geheult.

»Gefällt es Ihnen?«

»Nein.«

»Ich habe sie gewarnt.«

»Ich weiß.«

»Das wächst wieder.«

»Glauben Sie?«

»Da bin ich mir ganz sicher.«

»Noch eins von Ihren Prinzipien ...«

»Dürfte ich Sie um einen Kuli bitten?«

»Carlo?«

»Mmm?«

»Einen Kuli für die Dame.«

»Wir akzeptieren keine Schecks unter fünfzehn Euro.«

»Nein, nein, es ist für was anderes.«

Camille nahm ihren Block und zeichnete, was sie im Spiegel sah.

Ein kahlköpfiges Mädchen mit strengem Blick, das in der Hand den Stift eines vergrätzten Pferderennfanatikers hielt und unter dem belustigten Blick eines jungen Mannes saß, der sich auf seinen Besenstiel stützte. Sie vermerkte ihr Alter und stand auf, um zu zahlen.

»Bin ich das?«

»Ja.«

»Irre, Sie zeichnen verdammt gut!«

»Ich gebe mir Mühe.«

15

Der Sanitäter, es war nicht derselbe wie beim letzten Mal, Yvonne hätte ihn wiedererkannt, rührte pausenlos mit seinem kleinen Löffel im Kaffee:

»Ist er zu heiß?«

»Pardon?«

»Der Kaffee? Ist er zu heiß?«

»Nein, alles in Ordnung, danke. Na ja, das ist nicht alles, ich muß unbedingt noch meinen Bericht schreiben.«

Paulette saß niedergeschlagen auf der anderen Seite des Tischs. Jetzt war sie fällig.

»Hattest du Läuse?« fragte Mamadou.

Camille zog gerade ihren Kittel über. Sie hatte keine Lust zu reden. Zu viele Steine, zu kalt, zu empfindlich.

»Bist du eingeschnappt?«

Sie schüttelte den Kopf, holte ihr Wägelchen bei den Mülltonnen und ging Richtung Fahrstuhl.

»Fährst du rauf in den fünften?«

»Hmm hmm . . .«

»Und warum mußt immer du in den fünften? Das ist doch nicht normal! Laß dir nicht alles gefallen! Soll ich mal mit der Chefin sprechen? Macht mir nix aus, ihr mal den Marsch zu blasen, weißt du! Ha! Mir doch scheißegal!«

»Nein, danke. Der fünfte oder ein anderer, mir ist das gleich . . .«

Die Mädels mochten diese Etage nicht, weil es die Etage der Chefs und der verschlossenen Büros war. Die anderen, die »oupen schpäsis«, wie die Bredart sagte, waren leichter und vor allem schneller zu reinigen. Man brauchte bloß die Mülleimer zu leeren, die Sessel an die Wand zu rücken und einmal mit dem Staubsauger durchzugehen. Man konnte sogar beherzt loslegen und auch mal gegen die Möbel stoßen, weil es ohnehin nur billiger Plunder war und sich keiner darum scherte.

Im fünften Stock hingegen erforderte jedes Zimmer ein ziemlich lästiges Ritual: Papierkörbe und Aschenbecher leeren, die Reißwölfe von Papier säubern, die Büros reinigen mit der Auflage, nichts anzufassen, nicht die kleinste Büroklammer zu verlegen und sich außerdem die angrenzenden Besucherzimmer und die Sekretariate anzutun. Die Weiber, die überall Post-its hinklebten, als würden sie sich an ihre eigene Putzfrau wenden, wo sie sich zu

Hause nicht einmal eine leisten konnten ... *Und bitte schön noch dies und bitte schön noch das, und das letzte Mal haben Sie diese Lampe verstellt und dieses Teil kaputtgemacht und laber laber laber* ... Die Art nichtsnutziger Ausführungen, die dazu angetan waren, Carine und Samia zur Weißglut zu treiben, Camille jedoch völlig kaltließen. Wenn eine Notiz zu feldwebelhaft war, schrieb sie darunter: *Ich nicht verstehen französisch* und klebte sie mitten auf den Bildschirm.

In den Etagen darunter räumten die Angestellten ihr Gerümpel wenigstens einigermaßen auf, aber hier oben galt es als chic, alles herumliegen zu lassen. Nach dem Motto, man ist überlastet, ist bestimmt widerwillig gegangen, könnte aber jederzeit zurückkommen und seinen Platz, seinen Posten und seine Verantwortung am Großen Steuerrad der Welt wieder einnehmen. Bitte, warum nicht ... seufzte Camille. Jedem seine Hirngespinste ... Es gab jedoch einen, hinten links, am Ende des Flurs, der ihr allmählich ziemlich auf den Keks ging. Hohes Tier hin oder her, der Typ war ein Schwein, und allmählich reichte es ihr. Nicht nur, daß es schmuddelig war, sein Büro stank nach Verachtung.

Zehnmal, hundertmal vielleicht, hatte sie unzählige Plastikbecher, in denen irgendwelche Kippen schwammen, geleert und weggeworfen und trockene Sandwichreste aufgesammelt, ohne darüber nachzudenken, aber heute war das Maß voll. Heute abend hatte sie keine Lust. Sie sammelte also alle Abfälle von diesem Kerl zusammen, seine alten Nikotinpflaster voller Haare, seine Absonderungen, seine am Aschenbecherrand klebenden Kaugummis, seine Streichhölzer und seine Papierkügelchen, machte daraus auf seiner wunderschönen Schreibtischunterlage aus Buckelochsenleder einen kleinen Haufen und hinterließ eine Nachricht an seine Adresse: *Sehr geehrter Herr, Sie sind ein Schwein, und ich bitte Sie, diesen Ort künftig so sauber wie möglich zu hinterlassen. P.S.: Schauen Sie mal nach unten, dort steht so ein überaus praktisches Ding, namens Papierkorb ...* Sie schmückte ihre Tirade mit einer bösen Zeichnung, auf der man ein kleines Schwein im Dreiteiler sehen konnte, das sich bückte, um nachzuschauen, welche Kuriosität sich da unter seinem Schreibtisch befand. Anschließend gesellte sie sich zu ihren Kolleginnen, um ihnen mit der Eingangshalle zu helfen.

»Was grinst du so?« wunderte sich Carine.

»Nichts.«

»Du bist schon 'ne Nummer, du ...«

»Was machen wir anschließend?«

»Die Treppen von B...«

»Schon wieder? Die haben wir doch grad erst gemacht!«

Carine zuckte mit den Schultern.

»Wollen wir?«

»Nein. Wir müssen noch auf Super Josy warten, wegen dem Bericht ...«

»Was für einem Bericht?«

»Keine Ahnung. Wir benutzen anscheinend zuviel Putzmittel ...«

»Das kapier, wer will ... Neulich haben wir angeblich nicht genug genommen ... Ich geh nach draußen, eine paffen, kommst du mit?«

»Ist mir zu kalt.«

Camille ging also allein nach draußen und lehnte sich an eine Straßenlaterne.

»... *02-12-03 ... 00:34 ... −4° C ...*« lief die Leuchtschrift über das Schaufenster eines Optikers.

Da wußte sie, was sie Mathilde Kessler kürzlich hätte antworten sollen, als diese leicht gereizt gefragt hatte, wie ihr Leben im Moment aussehe.

»... *02-12-03 ... 00:34 ... −4° C ...*«

Das war's.

Genau so.

17

»Ich weiß! Ich weiß es ja! Aber warum machen Sie so ein Drama daraus? Das ist doch Blödsinn!«

»Hör mir zu, mein lieber Franck, erstens sprichst du in einem anderen Ton mit mir, und zweitens bist du gerade der Richtige, mir Vorhaltungen zu machen. Ich kümmere mich jetzt seit fast zwölf Jahren um sie, schaue mehrmals in der Woche bei ihr vorbei, nehme sie mit in die Stadt und passe auf sie auf. Zwölf Jahre, hörst du? Und bis jetzt kann man nicht behaupten, daß es dich groß interessiert hätte … Niemals ein Dankeschön, niemals ein Zeichen der Anerkennung, nichts. Nicht einmal neulich, als ich mit ihr ins Krankenhaus gefahren bin und sie anfangs jeden Tag besucht habe, ist dir der Gedanke gekommen, mich mal kurz anzurufen oder mir ein Blümchen zu schicken. Gut, das macht nichts, ich tue es nämlich nicht für dich, sondern für sie. Weil deine Großmutter ein feiner Mensch ist … Ein feiner Mensch, hörst du? Ich mache dir keine Vorwürfe, mein Junge, du bist jung, du wohnst weit weg, und du hast dein eigenes Leben, aber manchmal, weißt du, belastet mich das alles. Belastet es mich … Ich habe auch meine Familie, meine Sorgen und meine kleinen gesundheitlichen Beschwerden, deshalb sage ich es dir geradeheraus: Jetzt mußt du die Verantwortung übernehmen.«

»Wollen Sie, daß ich ihr Leben kaputtmache und sie in eine Anstalt stecke, nur weil sie einen Topf auf dem Herd vergessen hat, ja?«

»Hör mal! Du redest ja von ihr wie von einem Hund!«

»Nein, ich rede gar nicht von ihr! Sie wissen genau, wovon ich rede! Sie wissen genau, daß sie den Schock nicht verkraftet, wenn ich sie in eine Verwahrungsanstalt stecke. Scheiße noch mal! Sie haben doch gesehen, wie sie sich das letzte Mal angestellt hat!«

»Du mußt jetzt nicht ausfallend werden, weißt du?«

»Entschuldigen Sie, Madame Carminot, entschuldigen Sie …
Ich weiß nicht mehr, wo mir der Kopf steht … Ich … Ich kann ihr
das nicht antun, verstehen Sie? Für mich ist das so, als würde ich
sie umbringen …«

»Wenn sie allein bleibt, wird sie es sein, die sich umbringt …«

»Na und? Wäre das nicht besser?«

»So siehst du die Dinge, aber mich kriegst du damit nicht. Wenn
der Briefträger letztens nicht im richtigen Moment dazukommen
wäre, hätte das ganze Haus gebrannt, und das Problem ist, daß der
Briefträger nicht immer dasein wird. Und ich auch nicht, Franck.
Ich auch nicht. Es ist zuviel geworden, das Ganze … Zuviel Verantwortung … Jedesmal, wenn ich zu ihr komme, frage ich mich,
wie ich sie vorfinden werde, und an den Tagen, an denen ich nicht
vorbeigehe, kann ich nicht ruhig einschlafen. Wenn ich sie anrufe
und sie nicht ans Telefon geht, werde ich verrückt, und am Ende
gehe ich dann doch vorbei, um nachzusehen, wo sie herumirrt.
Der Unfall neulich ist ihr nicht gut bekommen, sie ist nicht mehr
dieselbe wie vorher. Sie läuft den ganzen Tag im Morgenmantel
herum, ißt nichts mehr, redet nicht mehr, liest ihre Post nicht. Erst
gestern habe ich sie im Unterrock im Garten gefunden. Sie war
völlig durchgefroren, die Ärmste. Nein, so kann ich nicht leben,
ständig stelle ich mir das Schlimmste vor. So kann man sie nicht
lassen. Das geht nicht. Du mußt etwas tun …«

»…«

»Franck? Hallo? Franck, bist du noch dran?«

»Ja.«

»Man muß sich damit abfinden, mein Junge.«

»Nein. Von mir aus steck ich sie ins Hospiz, wenn ich keine andere Wahl habe, aber verlangen Sie nicht von mir, daß ich mich
damit abfinde, das kann ich nicht.«

»Verwahrungsanstalt, Hospiz … Warum sagst du nicht einfach
›Altenheim‹?«

»Weil ich genau weiß, wie das endet.«

»Sag das nicht, es gibt sehr gute Häuser. Die Mutter meines
Mannes zum Beispiel hat …«

»Und Sie, Yvonne? Könnten Sie sich nicht um sie kümmern? Ich bezahle Sie dafür. Ich gebe Ihnen alles, was Sie wollen.«

»Nein, das ist sehr freundlich, aber nein, ich bin zu alt. Das kann ich mir nicht aufhalsen, ich habe schon meinen Gilbert, um den ich mich kümmern muß ... Und außerdem braucht sie ärztliche Betreuung ...«

»Ich dachte, sie ist Ihre Freundin?«

»Das ist sie auch.«

»Sie ist Ihre Freundin, aber es macht Ihnen nichts aus, sie ins Grab zu stoßen ...«

»Franck, du nimmst sofort zurück, was du da gerade gesagt hast!«

»Sie sind doch alle gleich ... Sie, meine Mutter, die anderen, alle! Sie behaupten, Sie würden die Leute lieben, aber sobald es darum geht, die Ärmel hochzukrempeln, ist keiner mehr da.«

»Ich bitte dich, steck mich nicht in eine Schublade mit deiner Mutter! Also wirklich! Was bist du undankbar, Franck ... Undankbar und gemein!«

Sie legte auf.

Es war erst drei Uhr nachmittags, aber er wußte, er würde nicht mehr schlafen können.

Er war erschöpft.

Er schlug auf den Tisch, er schlug gegen die Wand, er schlug nach allem, was in seiner Nähe war.

Er zog sein Sportzeug an, um eine Runde zu joggen, und sank auf die erstbeste Bank.

Zuerst war es nur ein kleines Stöhnen, als hätte ihn jemand gezwickt, dann versagte ihm der ganze Körper. Er fing an, vom Kopf bis zu den Füßen zu zittern, seine Brust riß entzwei und entließ einen gewaltigen Schluchzer. Er wollte es nicht, er wollte es nicht, verflucht. Aber er hatte sich nicht mehr im Griff. Er heulte wie ein Riesenbaby, wie ein armer Irrer, wie einer, der sich anschickte, den einzigen Menschen auf der Welt umzubringen, der ihn jemals geliebt hatte. Den er jemals geliebt hatte.

Er krümmte sich, rotzverschmiert und vom Kummer erdrückt.

Als er sich endlich eingestand, daß er nicht dagegen ankam, wikkelte er sich den Pullover um den Kopf und verschränkte die Arme.

Er hatte Schmerzen, ihm war kalt, er schämte sich.

Er blieb unter der Dusche, die Augen geschlossen, hielt das Gesicht in den Wasserstrahl, bis kein heißes Wasser mehr da war. Er schnitt sich beim Rasieren, weil er nicht den Mut hatte, in den Spiegel zu schauen. Er wollte nicht daran denken. Nicht jetzt. Nicht mehr. Die Dämme waren brüchig, und wenn er sich gehenließ, würden ihm tausend Bilder durch den Kopf schießen. Seine Omi, er hatte sie noch nie woanders gesehen als in diesem Haus. Am Morgen im Garten, die restliche Zeit in der Küche und am Abend an seinem Bett ...

Als er klein war, litt er an Schlaflosigkeit, hatte Alpträume, schrie, rief nach ihr und erklärte, seine Beine würden in einem Loch verschwinden, sobald sie die Tür zumachte, und er müsse sich an die Gitterstäbe klammern, um nicht mit ihnen zusammen zu verschwinden. Die Lehrerinnen hatten ihr nahegelegt, einen Psychologen aufzusuchen, die Nachbarinnen schüttelten bedenklich den Kopf und rieten ihr, ihn eher zu einem Wunderheiler zu bringen, damit dieser ihm die Nerven wieder richte. Ihr Mann wiederum wollte sie davon abhalten, zu ihm nach oben zu gehen. Du verwöhnst ihn zu sehr! sagte er, du verziehst ihn, den Jungen! Meine Güte, du brauchst ihn doch nur weniger zu lieben! Laß ihn ruhig ein bißchen flennen, erstens pißt er dann weniger, und du wirst sehen, er schläft trotzdem wieder ein ...

Sie sagte zu allen freundlich ja, ja und hörte auf niemanden. Sie machte ihm ein Glas heiße Milch, süßte es mit ein paar Orangenblüten, stützte ihm den Kopf, während er trank, und setzte sich auf einen Stuhl. Hier, siehst du, gleich neben dir. Sie verschränkte die Arme, seufzte und schlief mit ihm ein. Vor ihm oft. Das war nicht schlimm, solange sie da war, ging es. Da konnte er die Beine ausstrecken ...

»Ich wollte dir nur sagen, daß kein warmes Wasser mehr da ist«, meinte Franck.

»Oh, das ist ärgerlich. Ich bedaure das sehr.«

»Scheiße Mann, hör auf, dich zu entschuldigen! Ich hab den Boiler leer gemacht, okay? Ich war es. Also entschuldige *du* dich nicht!«

»Bedaure, ich dachte ...«

»He, und außerdem gehst du einem wirklich auf die Eier, wenn du immer den Bettvorleger spielen mußt, da hast du echt ein Problem.«

Er ging aus dem Zimmer, um seine Arbeitsklamotten zu bügeln. Er mußte sich unbedingt neue Jacken kaufen, er hatte nichts Sauberes mehr für die nächste Schicht. Er hatte keine Zeit. Keine Zeit. Keine Zeit für nichts, Scheiße noch mal!

Er hatte bloß einen freien Tag in der Woche, den würde er ja wohl nicht im Altenheim auf einem Kuhdorf zubringen und seiner Großmutter beim Flennen zuschauen!

Philibert hatte sich schon mit seinen Pergamenten und den ganzen Wappenschilden auf dem Sessel niedergelassen.

»Philibert ...«

»Ja bitte?«

»Hör zu ... hm ... Entschuldige mich wegen vorhin, ich ... Ich mache gerade die Hölle durch und bin total gereizt, verstehst du ... Außerdem bin ich todmüde.«

»Das ist nicht von Belang.«

»Doch, das ist von Belang.«

»Von Belang ist nur, daß du sagst ›entschuldige bitte‹ und nicht ›entschuldige mich‹. Ich kann dich dafür nicht entschuldigen, sprachwissenschaftlich gesehen ist das nicht korrekt.«

Franck starrte ihn einen Moment an, bevor er den Kopf schüttelte:

»Du bist schon ein komischer Kauz, Mann.«

Bevor er zur Tür hinausging, fügte er hinzu:

»Schau nachher mal in den Kühlschrank, ich hab dir was mitgebracht. Ich weiß nicht mehr, was es ist. Ente, glaub ich.«

Philibert bedankte sich bei einem Luftzug.

Unser Bierkutscher war bereits in der Diele am Fluchen, weil er seine Schlüssel nicht fand.

Er versah seinen Dienst, ohne ein Wort zu sagen, muckte nicht auf, als der Chef ihm den Topf aus der Hand nahm, um sich aufzuspielen, biß die Zähne zusammen, als ein Entenbrustfilet, das nicht richtig durch war, zu ihm zurückkam, rieb an seiner Kochplatte herum, als wollte er Eisenspäne gewinnen.

Die Küche leerte sich, und er wartete in einer Ecke, bis sein Kumpel Kermadec die Tischdecken sortiert und die Servietten gezählt hatte. Als dieser ihn in der Ecke sitzen und in seiner Motorradzeitschrift blättern sah, fragte er mit einer Kopfbewegung:

»Worauf wartet er noch, unser Küchenbulle?«

Lestafier warf den Kopf in den Nacken und hielt den Daumen vor den Mund.

»Ich komme. Drei Sachen noch, dann bin ich ganz für dich da ...«

Sie hatten vor, auf Sauftour zu gehen, aber Franck war schon nach der zweiten Kneipe sturzbetrunken.

In dieser Nacht fiel er in ein Loch, nicht das Loch seiner Kindheit. Ein anderes.

18

»Na ja, ich wollte gerne ... Bitte entschuldigen Sie mich. Das heißt, ich wollte Sie bitten ...«

»Was denn, mein Junge?«

»Mir zu verzeihen.«

»Ich habe dir schon verziehen, du. Das hast du so nicht gemeint, das weiß ich, du solltest aber trotzdem aufpassen ... Weißt du, man muß den Leuten, die einen korrekt behandeln, mit Respekt begegnen. Du wirst schon sehen, wenn du älter wirst, daß dir davon nicht so viele über den Weg laufen ...«

»Wissen Sie, ich habe über das nachgedacht, was Sie mir gestern gesagt haben, und auch wenn es mir die Zunge versengt, Ihnen das zu sagen, weiß ich genau, daß Sie recht haben.«

»Natürlich habe ich recht. Ich kenne doch die Alten, ich sehe sie hier den ganzen Tag.«

»Dann äh ...«

»Was?«

»Das Problem ist, ich habe nicht die Zeit, mich darum zu kümmern, ich meine, einen Platz zu finden und all das.«

»Willst du, daß ich das übernehme?«

»Ich kann Ihnen die Stunden bezahlen, wissen Sie.«

»Jetzt fang nicht wieder an, mich zu beleidigen, du Dummerchen, ich will dir gerne helfen, aber *du* mußt es ihr sagen. Du mußt ihr die Situation erklären.«

»Kommen Sie mit?«

»Das will ich gern, wenn es dir hilft, aber weißt du, was ich davon halte, weiß sie genau. Seit ich sie bearbeite ...«

»Wir müssen unbedingt etwas Hochwertiges für sie finden. Ein schönes Zimmer und einen großen Park vor allem ...«

»Das ist sehr teuer, das weißt du ...«

»Wie teuer?«

»Über zehntausend im Monat.«

»Eh ... Moment mal, Madame Carminot, wovon sprechen Sie da? Wir haben jetzt den Euro ...«

»Ach, der Euro. Ich rechne, wie ich immer gerechnet habe, und für ein gutes Heim muß man mit mehr als zehntausend Franc im Monat rechnen.«

»...«

»Franck?«

»Das ist ... Das ist das, was ich verdiene.«

»Du mußt zum Sozialamt gehen und Wohngeld beantragen, prüfen lassen, was die Rente deines Großvaters bringt, und sie dann bei der APA registrieren lassen ...«

»Was ist denn eine Appa?«

»Das ist eine Anlaufstelle für Pflegefälle und Behinderte.«

»Aber ... Sie ist doch nicht wirklich behindert, oder?«

»Nein, aber sie muß eben mitspielen, wenn die ihr einen Gutachter vorbeischicken. Es darf nicht so aussehen, als würde sie noch alles mitkriegen, sonst gibt's nicht viel ...«

»Oh, Scheiße Mann, was für ein Mist ... Pardon.«

»Ich halte mir die Ohren zu.«

»Ich habe keine Zeit, diese ganzen Papiere auszufüllen ... Wollen Sie die Lage für mich ein wenig sondieren?«

»Mach dir keine Sorgen, ich werde das Thema am nächsten Freitag im Club ansprechen, ich bin sicher, daß ich einiges rauskriege!«

»Ich danke Ihnen, Madame Carminot ...«

»Schon gut. Das ist doch das mindeste, oder?«

»Gut, okay, ich muß jetzt zur Arbeit ...«

»Du bist ja mittlerweile ein richtiger Meisterkoch!«

»Wer sagt das?«

»Madame Mandel.«

»Aha.«

»Ja, ja, wenn du wüßtest. Sie schwärmt noch heute davon! Du hast ihnen einmal einen fürstlichen Hasen vorgesetzt.«

»Das weiß ich nicht mehr.«

»Aber sie weiß es noch, das kannst du mir glauben! Sag mal, Franck?«

»Ja?«

»Ich weiß zwar, daß es mich nichts angeht, aber ... deine Mutter?«

»Was ist mit meiner Mutter?«

»Ich weiß nicht, aber ich habe überlegt, ob man sie nicht auch informieren sollte. Sie könnte dir vielleicht bei der Finanzierung helfen.«

»Wer beleidigt hier jetzt wen, Yvonne, dabei sollten Sie sie gut genug kennen.«

»Menschen können sich ändern, weißt du ...«

»Sie nicht.«

»...«

»Nein. Sie nicht ... Okay, ich muß los, ich bin spät dran ...«

»Auf Wiederhören, mein Junge.«

»Eh ...?«

»Ja?«

»Versuchen Sie trotzdem, etwas Billigeres zu finden ...«

»Ich will mal sehen, ich sage dir Bescheid.«

»Danke.«

Es war so kalt an diesem Tag, daß Franck froh war über die Hitze in der Küche und seine Sträflingsarbeit. Der Chef war gut gelaunt. Sie hatten wieder Leute abweisen müssen, und er hatte gerade erfahren, daß er in einer Lifestyle-Zeitschrift eine gute Besprechung bekommen würde.

»Bei diesem Wetter, Jungs, werden wir heute Gänseleber umsetzen und den besten Wein ausschenken! Das war's jetzt mit Salaten, leichter Kost und dem ganzen Mist! Schluß damit! Ich will es schön, ich will es gut, und ich will, daß die Gäste um zehn Grad wärmer hier rausgehen! Los jetzt, Männer! Schmeißt das Feuer an!«

19

Camille hatte Mühe, die Treppe hinunterzugelangen. Sie hatte fürchterliche Gliederschmerzen und eine heftige Migräne. Als hätte ihr jemand ein Messer ins rechte Auge gerammt und machte sich einen Spaß daraus, die Klinge bei jeder Bewegung ein wenig zu drehen. Unten angekommen, hielt sie sich an der Wand fest, um das Gleichgewicht nicht zu verlieren. Sie schlotterte, sie bekam keine Luft. Sie dachte einen Augenblick daran, umzukehren und sich hinzulegen, aber die Vorstellung, die sieben Stockwerke wieder hinaufzusteigen, schien ihr noch unausführbarer, als zur Arbeit zu gehen. In der Metro würde sie sich wenigstens setzen können.

Als sie die Eingangshalle durchquerte, stieß sie gegen einen Bären. Es war ihr Nachbar, im langen Pelzmantel.

»Oh, Pardon Monsieur«, entschuldigte er sich, »ich . . .«

Er sah auf.

»Camille, sind Sie's?«

Da sie nicht die Kraft für den geringsten Plausch aufbrachte, schlüpfte sie unter seinem Arm hindurch.

»Camille! Camille!«

Sie vergrub die Nase in ihrem Schal und beschleunigte ihre Schritte. Diese Anstrengung zwang sie bald, sich auf einen Parkscheinautomaten zu stützen, um nicht zu fallen.

»Camille, alles in Ordnung? Mein Gott, aber . . . Was haben Sie denn mit Ihren Haaren gemacht? Oh, wie krank Sie aussehen, haben Sie . . . Sie sehen ganz krank aus! Und Ihre Haare? Ihre wunderschönen Haare.«

»Ich muß los, ich bin schon spät dran.«

»Aber es ist klirrend kalt, meine Liebe! Gehen Sie nicht ohne Kopfbedeckung, Sie holen sich den Tod. Hier, nehmen Sie wenigstens meine Kosakenmütze.«

Camille rang sich ein Lächeln ab.

»Hat die auch Ihrem Onkel gehört?«

»Teufel, nein! Eher meinem Urgroßvater, der den kleinen General auf seinen Rußlandfeldzügen begleitet hat.«

Er zog ihr die Mütze bis zu den Augenbrauen herunter.

»Sie wollen behaupten, dieses Stück hier hätte Austerlitz mitgemacht?« mühte sie sich zu scherzen.

»Aber gewiß! Auch Beresina, leider ... Aber Sie sind ganz blaß. Sind Sie sicher, daß es Ihnen gutgeht?«

»Ich bin ein bißchen müde.«

»Sagen Sie, Camille, ist Ihnen da oben nicht zu kalt?«

»Ich weiß nicht. Okay, ich ... Ich muß los. Danke für die Mütze.«

Eingelullt von der Hitze in der Metro schlief sie ein und wachte erst an der Endstation wieder auf. Sie setzte sich in den Gegenzug und zog sich die Bärenmütze über die Augen, um vor Erschöpfung heulen zu können. Puh, dieses alte Ding stank fürchterlich.

Als sie endlich an der richtigen Haltestelle ausstieg, war die Kälte, die sie umfing, so schneidend, daß sie sich in das Wartehäuschen einer Bushaltestelle setzen mußte. Sie legte sich quer über die Sitze und bat den jungen Mann neben sich, ihr ein Taxi zu besorgen.

Sie kroch auf Knien in ihr Zimmer und fiel in voller Länge auf die Matratze. Sie hatte nicht die Kraft, sich auszuziehen, und dachte eine Sekunde lang, sie würde auf der Stelle sterben. Wer würde es erfahren? Wen würde es kümmern? Wer würde um sie weinen? Sie zitterte vor innerer Hitze, und der Schweiß hüllte sie in ein eisiges Leichentuch.

20

Philibert stand gegen zwei Uhr nachts auf, um ein Glas Wasser zu trinken. Die Fliesen in der Küche waren eiskalt, und der Wind drückte heftig gegen die Fensterscheiben. Einen Moment lang betrachtete er die verlassene Straße und murmelte Erinnerungsfetzen aus seiner Kindheit vor sich hin. *Und dräut der Winter noch so sehr mit trotzigen Gebärden* ... Das Außenthermometer zeigte minus sechs Grad, und er konnte nicht umhin, an das kleine Persönchen da oben zu denken. Schlief sie? Und was hatte sie mit ihren Haaren gemacht, die Unglückliche?

Er mußte etwas tun. Er konnte sie nicht allein lassen. Ja, aber seine Erziehung, seine guten Manieren, nicht zuletzt seine Diskretion verwickelten ihn in endlose Debatten.

War es schicklich, eine junge Frau mitten in der Nacht zu stören? Wie würde sie reagieren? Und außerdem, vielleicht war sie gar nicht allein, wer weiß? Und wenn sie nackt war? Oh, nein. Daran wollte er lieber nicht denken. Und wie bei Tim und Struppi stritten sich Engel und Teufel auf dem Kopfkissen nebenan.

Das heißt, die Personen waren nicht ganz dieselben.

Ein durchgefrorener Engel sagte: »Aber sie stirbt den Erfrierungstod, die Kleine«, der andere, mit eingefalteten Flügeln, gab zurück: »Ich weiß, mein Lieber, aber das tut man nicht. Sie erkundigen sich morgen früh nach ihrem Befinden. Schlafen Sie jetzt, ich bitte Sie.«

Er wohnte ihrem Streit bei, ohne sich daran zu beteiligen, drehte sich zehnmal um, zwanzigmal, bat um Ruhe und raubte ihnen am Ende das Kopfkissen, um sie nicht mehr hören zu müssen.

Um drei Uhr vierundfünfzig suchte er im Dunkeln nach seinen Socken.

Der Lichtstrahl unter ihrer Tür machte ihm Mut.

»Mademoiselle Camille?«

Dann, nur wenig lauter:

»Camille? Camille? Ich bin's, Philibert.«

Keine Antwort. Er versuchte es ein letztes Mal, bevor er kehrtmachte. Als er schon am Ende des Flurs angelangt war, hörte er einen gedämpften Laut.

»Camille, sind Sie da? Ich habe mir Sorgen um Sie gemacht und ich … Ich …«

»…Tür … offen …« stöhnte sie.

Die Dachkammer war eiskalt. Er kam kaum durch die Tür, wegen der Matratze, und stolperte über einen Haufen Tücher. Er kniete sich hin. Hob eine Decke hoch, dann eine zweite, dann eine Steppdecke und stieß schließlich auf ihr Gesicht. Sie war triefnaß.

Er legte ihr die Hand auf die Stirn:

»Sie glühen ja wie vor Fieber! So können Sie nicht bleiben. Nicht hier. Nicht ganz allein. Und Ihr Kamin?«

»… keine Kraft, ihn zu verrücken …«

»Erlauben Sie, daß ich Sie mit zu mir nehme?«

»Wohin?«

»Zu mir.«

»Will mich nicht bewegen.«

»Ich werde Sie tragen.«

»Wie ein Märchenprinz?«

Er lächelte sie an:

»Oje, oje, Sie befinden sich ja schon im Fieberwahn.«

Er schob die Matratze mitten ins Zimmer, zog ihr die schweren Schuhe aus und hob sie so behutsam wie möglich hoch.

»Leider bin ich nicht so stark wie ein richtiger Prinz … Hm … Könnten Sie vielleicht versuchen, Ihren Arm um meinen Hals zu legen?«

Sie ließ den Kopf auf seine Schulter fallen, und der säuerliche Geruch, der von ihrem Nacken aufstieg, verwirrte ihn.

Die Entführung verlief katastrophal. Er stieß mit seiner Schönen an den Ecken an und fiel bei jeder Stufe fast hin. Zum Glück hatte er daran gedacht, den Schlüssel zum Hintereingang mitzunehmen, und brauchte nur drei Stockwerke zu bewältigen. Er durchquerte das Mägdezimmer, die Küche, ließ sie im Flur fast zehnmal fallen und legte sie schließlich auf das Bett seiner Tante Edmée.

»Hören Sie, ich muß Sie ein wenig entblößen, fürchte ich. Ich ... Na ja, Sie ... Na ja, eine ziemlich mißliche Lage, oder?«

Sie hatte die Augen geschlossen.

Gut.

Philibert Marquet de La Durbellière befand sich jetzt in einer äußerst prekären Situation.

Er dachte an die Großtaten seiner Vorfahren, aber der National-konvent von 1793, die Einnahme von Cholet, Cathelineaus Mut und La Rochejaqueleins Tapferkeit kamen ihm mit einem Mal ganz nichtig vor.

Der erzürnte Engel saß jetzt auf seiner Schulter, das Benimmbuch der Baronin Staff unterm Arm. Er kam nun richtig in Fahrt: »Na, mein Freund, jetzt sind Sie zufrieden mit sich, nicht wahr? Ah! Er fühlt sich gut, unser wackerer Recke! Herzlichen Glückwunsch, wirklich. Und nun? Was machen wir nun?« Philibert war völlig durcheinander. Camille flüsterte:

»... Durst ...«

Ihr Retter stürzte in die Küche, doch der andere Miesmacher er-wartete ihn auf dem Rand des Spülbeckens: »Aber ja! Machen Sie weiter. Und der Drachen? Wollen Sie nicht auch noch gegen den Drachen kämpfen?« »Ach, halt die Klappe!« antwortete Philibert. Er konnte es gar nicht fassen und eilte leichteren Herzens zurück ans Bett der Kranken. Letztendlich war es gar nicht so schwer. Franck hatte recht: Mitunter brachte einmal Fluchen mehr als lan-ges Reden. Entsprechend aufgebaut gab er ihr zu trinken und faßte sich ein Herz: Er zog sie aus.

Es war nicht einfach, denn sie trug mehr Lagen als eine Zwiebel. Er zog ihr zuerst den Mantel aus, dann die Jeansjacke. Anschließend kam der Pullover, dann ein zweiter, ein Rollkragenpulli und schließlich eine Art langärmliges Hemd. Nun ja, sagte er sich, ich kann es ihr nicht anlassen, es läßt sich ja fast auswringen. Sei's drum, ich werde ihren ... na ja, ihren Büstenha... Oh Schreck! Bei allen Heiligen im Himmel! Sie trug überhaupt keinen! Schnell, er schlug die Decke über ihren Oberkörper. Gut. Jetzt den unteren Teil. Hierbei fühlte er sich wohler, weil er sich unter der Decke vortasten konnte. Er zog mit aller Kraft an den Hosenbeinen. Gottlob, das Höschen kam nicht mit.

»Camille? Haben Sie die Kraft unter die Dusche zu steigen?«
Keine Antwort.

Er schüttelte mißbilligend den Kopf, ging ins Badezimmer, füllte einen Krug mit heißem Wasser, in den er etwas Eau de Cologne träufelte, und bewaffnete sich mit einem Waschlappen.

Nur Mut, Soldat!

Er schlug die Decke zurück und erfrischte sie zunächst vorsichtig mit dem Waschlappen, dann etwas beherzter.

Er rieb den Kopf, den Hals, das Gesicht, den Rücken, die Achseln, die Brüste ab, weil er mußte, und konnte man das hier überhaupt Brüste nennen? Den Bauch und die Beine. Den Rest, meine Güte, das mußte sie selbst sehen. Er wrang den Waschlappen aus und legte ihn ihr auf die Stirn.

Jetzt brauchte sie ein Aspirin. Er zog so fest an der Küchenschublade, daß sich der gesamte Inhalt auf den Boden entlud. Zum Teufel. Aspirin, Aspirin ...

Franck stand in der Tür, den Arm unterm T-Shirt, und kratzte sich den Bauch:
»Huuuaaa«, gähnte er, »was ist hier los? Was soll die Sauerei?«
»Ich suche Aspirin.«
»Im Schrank.«

»Danke.«

»Brummt dir der Schädel?«

»Nein, es ist für eine Freundin.«

»Die Kleine aus dem siebten Stock?«

»Ja.«

Franck feixte:

»Moment mal, warst du grad bei ihr? Da oben?«

»Ja. Laß mich bitte durch.«

»Hör auf, das glaub ich nicht ... Dann bist du gar nicht mehr Jungfrau!«

Seine sarkastischen Sprüche folgten ihm bis in den Flur:

»Und? Zieht Sie gleich am ersten Abend die Nummer mit der Migräne ab, ehrlich? Scheiße, das fängt nicht gut an, Junge.«

Philibert schloß die Tür hinter sich, drehte sich um und flüsterte deutlich hörbar: »Halt die Klappe, du.«

Er wartete, bis die Tablette alle Bläschen abgegeben hatte, dann störte er sie ein letztes Mal. Er meinte, sie »Papa ...« flüstern zu hören. Es sei denn, sie wollte sagen »Pa... Passe«, weil sie vermutlich keinen Durst mehr hatte. Er wußte es nicht.

Er befeuchtete erneut den Waschlappen, deckte sie ganz zu und verharrte einen Moment.

Sprachlos, entsetzt und stolz.

Ja, stolz.

Camille wurde von U2 geweckt. Sie glaubte zuerst bei den Kesslers zu sein und nickte noch einmal ein. Nein, dachte sie wirr, nein, das war nicht möglich ... Weder Pierre noch Mathilde noch ihr Dienstmädchen würden Bono so laut aufdrehen. Irgendetwas stimmte nicht. Sie öffnete langsam die Augen, stöhnte über ihren Brummschädel und wartete im Halbdunkel darauf, etwas erkennen zu können.

Wo war sie bloß? Was war ...?

Sie drehte den Kopf. Ihr ganzer Körper sträubte sich. Die Muskeln, die Gelenke und das bißchen Fleisch, das sie auf den Rippen hatte, versagten ihr den Dienst. Sie biß die Zähne zusammen und richtete sich ein paar Zentimeter auf. Sie fröstelte und war erneut schweißgebadet.

Das Blut pochte ihr in den Schläfen. Sie wartete einen Moment, unbeweglich, die Augen geschlossen, bis der Schmerz nachließ.

Sie öffnete die Augen zu kleinen Schlitzen und stellte fest, daß sie in einem seltsamen Bett lag. Das Tageslicht drang kaum durch die Zwischenräume der Jalousien, und riesige Samtvorhänge, die sich halb von der Stange gelöst hatten, hingen an beiden Enden jämmerlich herab. Ihr gegenüber befand sich ein Kamin aus Marmor, darüber ein mit blinden Flecken übersäter Spiegel. Das Zimmer war mit einem geblümten Stoff tapeziert, dessen Farben sie nicht genau erkennen konnte. Überall hingen Gemälde. Porträts von schwarzgekleideten Männern und Frauen, die über ihre Anwesenheit ebenso erstaunt zu sein schienen wie sie. Nun wandte sie sich dem Nachttisch zu und erblickte eine wunderschöne, mit Gravuren versehene Karaffe neben einem Senfglas von Scooby Doo. Sie war kurz vorm Verdursten, und die Karaffe war voll Wasser, aber sie traute sich nicht, davon zu trinken: In welchem Jahrhundert war sie gefüllt worden?

Gute Güte, wo war sie bloß, und wer hatte sie in dieses Museum gebracht?

Ein Blatt Papier lehnte gefaltet an einem Kerzenständer: »Ich habe nicht gewagt, Sie heute morgen zu wecken. Ich bin zur Arbeit gegangen und komme gegen sieben Uhr zurück. Ihre Kleider liegen über dem Lehnstuhl. Im Kühlschrank ist etwas Ente, und am Fußende steht eine Flasche Mineralwasser. Philibert.«
Philibert? Was machte sie nur im Bett dieses Jungen?
Hilfe.

Sie konzentrierte sich, um Fetzen der Erinnerung an unwahrscheinliche nächtliche Ausschweifungen heraufzubeschwören, doch ihre Erinnerungen gingen nicht über den Boulevard Brune hinaus. Sie saß zusammengekrümmt an einer Bushaltestelle und flehte einen großen Typen im dunklen Mantel an, ein Taxi für sie anzuhalten. War es Philibert? Nein, und doch … Nein, er war es nicht, daran würde sie sich erinnern.
Jemand hatte die Musik abgestellt. Sie hörte Schritte, ein Grunzen, eine Tür, die zufiel, eine zweite, dann nichts mehr. Stille.
Sie mußte dringend wohin, wartete aber noch einen Moment, horchte auf jedes erdenkliche Geräusch und war schon von dem Gedanken erschöpft, ihr armes Gerippe zu bewegen.
Sie schob die Decke weg und schlug die Steppdecke zurück, die ihr schwer vorkam wie ein toter Esel.

Als sie die Füße auf den Holzfußboden setzte, krümmten sich die Zehen. Zwei Hausschuhe aus Ziegenleder erwarteten sie an der Teppichkante. Sie stand auf, sah, daß sie das Oberteil eines Männerpyjamas trug, schlüpfte in die Hausschuhe und legte sich die Jeansjacke um die Schultern.
Vorsichtig drehte sie am Türknauf und fand sich in einem riesi-

gen, ziemlich dunklen Flur von mindestens fünfzehn Metern Länge wieder.

Sie machte sich auf die Suche nach der Toilette.

Nein, das hier war ein Schrank, hier ein Kinderbett mit einem Doppelbett und einem von Motten zerfressenen Schaukelpferd. Hier ... Keine Ahnung ... Ein Büro vielleicht? Auf einem Tisch am Fenster lagen so viele Bücher, daß das Tageslicht kaum noch durchdrang. Ein Säbel und eine weiße Schärpe hingen an der Wand, desgleichen ein Pferdeschweif, der an einem Messingring befestigt war. Ein echter Schweif von einem echten Pferd. Eine äußerst seltsame Reliquie.

Hier! Die Toilette!

Der Klodeckel war aus Holz, ebenso der Griff der Wasserspülung. Die Kloschüssel mußte angesichts ihres Alters schon Generationen von unter Reifröcken versteckten Pobacken gesehen haben. Camille zögerte zunächst, aber nein, alles funktionierte bestens. Das Rauschen der Wasserspülung war verwirrend. Als würden die Niagarafälle auf ihrem Kopf niedergehen.

Ihr war schwindlig, doch sie setzte ihren Rundgang auf der Suche nach einer Schachtel Aspirin fort. Sie betrat ein Zimmer, in dem unbeschreibliches Chaos herrschte. Überall lagen Kleider herum, inmitten von Zeitschriften, leeren Bierflaschen und losen Blättern: Lohnzettel, küchentechnische Daten, Wartungshinweise für eine GSX-R sowie verschiedene Mahnungen vom Finanzamt. Auf dem hübschen Bett im Stil Ludwig XVI. lag eine häßliche buntgescheckte Decke, und Kifferutensilien warteten auf den feinen Intarsien des Nachttischs auf ihren Einsatz. Also, hier roch es nach Raubtier.

Die Küche befand sich am Ende des Flurs. Ein kalter Raum, grau und trist, mit alten, blassen Fliesen, akzentuiert von schwarzem Cabochon. Die Arbeitsflächen waren aus Marmor, die Schränke fast alle leer. Nichts außer der geräuschvollen Präsenz eines antiken Kühlschranks wies darauf hin, daß hier Menschen lebten ...

Sie fand das Röhrchen mit den Tabletten, holte sich ein Glas neben der Spüle und setzte sich auf einen Resopalstuhl. Die Decke war schwindelerregend hoch, und die weißen Wände faszinierten sie. Es mußte ziemlich alte Farbe sein, auf Bleibasis, und die Jahre hatten ihr eine samtglänzende Patina verliehen. Weder perlweiß noch eierschalen, eher das Weiß von Milchreis oder den faden Nachtischen einer Kantine … Sie ging im Geiste einige Mischfarben durch und nahm sich vor, irgendwann mit zwei oder drei Tuben wiederzukehren, um die Farbe besser bestimmen zu können. Sie verirrte sich in der Wohnung und fürchtete, ihr Zimmer nicht wiederzufinden. Sie sank aufs Bett, dachte einen Moment daran, die Klatschbase von Proclean anzurufen, und schlief sofort wieder ein.

»Alles in Ordnung?«

»Sind Sie es, Philibert?«

»Ja.«

»Liege ich in Ihrem Bett?«

»In meinem Bett? Aber, aber … Aber nein, also … Niemals würde ich …«

»Wo bin ich?«

»In den Gemächern meiner Tante Edmée, Tante Mée für die engeren Familienangehörigen. Wie fühlen Sie sich, meine Liebe?«

»Erschöpft. Mir ist, als hätte mich eine Dampfwalze überrollt.«

»Ich habe einen Arzt angerufen.«

»Oh nein, das ist nicht nötig!«

»Nicht nötig?«

»Oh … Oder doch. Das war eine gute Idee. Ich brauche auf jeden Fall einen Krankenschein.«

»Ich habe eine Suppe aufgesetzt.«

»Ich habe keinen Hunger.«

»Sie werden sich zwingen. Wir müssen Sie wieder aufpäppeln, sonst ist Ihr Körper zu schwach, um den Virus abzuwehren und zurückzutreiben. Warum lachen Sie?«

»Weil Sie so reden, als befänden wir uns im Hundertjährigen Krieg.«

»Dies dauert hoffentlich nicht so lang! … Ah, hören Sie? Das ist bestimmt der Arzt«

»Philibert?«

»Ja?«

»Ich habe nichts hier … Keine Schecks, kein Geld, nichts …«

»Machen Sie sich keine Sorgen. Das klären wir später … Bei den Friedensverträgen.«

»Und?«

»Sie schläft.«

»Ja?«

»Ist sie mit Ihnen verwandt?«

»Eine Freundin.«

»Was für eine Freundin?«

»Na ja, sie ist ... eh ... eine Nachbarin, das heißt ei...eine befreundete Nachbarin«, verhedderte sich Philibert.

»Kennen Sie sie gut?«

»Nein. Nicht so gut.«

»Lebt sie allein?«

»Ja.«

Der Arzt verzog das Gesicht.

»Machen Sie sich Sorgen?«

»Das kann man so sagen. Haben Sie hier einen Tisch? Kann ich mich irgendwo hinsetzen?«

Philibert führte ihn in die Küche. Der Arzt holte seinen Rezeptblock heraus.

»Kennen Sie ihren Namen?«

»Fauque, glaube ich.«

»Glauben Sie, oder sind Sie sich sicher?«

»Ihr Alter?«

»Sechsundzwanzig.«

»Sicher?«

»Ja.«

»Arbeitet sie?«

»Ja, in einer Reinigungsfirma.«

»Pardon?«

»Sie putzt Büros.«

»Sprechen wir von derselben? Von der jungen Frau in dem großen polnischen Bett am Ende des Flurs?«

»Ja.«

»Kennen Sie Ihre Arbeitszeiten?«

»Sie arbeitet nachts.«

»Nachts?«

»Na ja, abends, wenn die Büros leer sind.«

»Sie wirken verstimmt?« Philibert wagte einen Vorstoß.

»Das bin ich auch. Sie ist entkräftet, Ihre Freundin. Völlig entkräftet. Ist Ihnen das aufgefallen?«

»Nein, das heißt, doch. Ich habe schon gesehen, daß sie nicht gut
aussieht, aber ich ... Na ja, ich kenne sie nicht so gut, wissen Sie,
ich ... Ich habe sie letzte Nacht nur geholt, weil sie keine Heizung
hat und weil ...«

»Hören Sie, ich will ganz offen mit Ihnen sein: Bei ihrer Blut-
armut, ihrem Gewicht und ihrem Blutdruck könnte ich sie auf der
Stelle ins Krankenhaus einweisen, nur, als ich diese Möglichkeit
ansprach, hat sie so panisch reagiert, daß ... Na ja, ich habe keine
Akte vorliegen, verstehen Sie? Ich kenne ihre Vorgeschichte nicht,
und ich will nichts überstürzen, aber wenn es ihr bessergeht, sollte
sie sich einer Reihe von Untersuchungen unterziehen, das steht
fest.«

Philibert rang verzweifelt die Hände.

»Eins ist sicher: Bis dahin sollten Sie sie aufpäppeln. Sie müssen sie
unbedingt dazu anhalten zu essen und zu schlafen, sonst ... Gut,
ich schreibe sie für zehn Tage krank. Das hier ist für eine Packung
Paracetamol und Vitamin C, aber ich wiederhole noch mal: Das
alles ersetzt kein ordentliches Rippchen, keinen Teller Nudeln,
Gemüse und frisches Obst, verstehen Sie?«

»Ja.«

»Hat sie Verwandte in Paris?«

»Ich weiß es nicht. Und das Fieber?«

»Eine saftige Grippe. Da ist nichts zu machen. Warten, bis sie
vorbeigeht. Achten Sie darauf, daß sie sich nicht zu warm zudeckt,

vermeiden Sie Zugluft, und sorgen Sie dafür, daß sie ein paar Tage das Bett hütet.«

»Gut.«

»Jetzt sehen *Sie* allerdings etwas besorgt aus! Vielleicht habe ich die Situation etwas zu schwarz gemalt, aber ... eigentlich nicht. Sie passen gut auf, nicht wahr?«

»Ja.«

»Sagen Sie, ist das Ihre Wohnung?«

»Eh, ja.«

»Wieviel Quadratmeter sind das insgesamt?«

»Etwas mehr als dreihundert.«

»Nicht schlecht!« Der Arzt stieß einen leisen Pfiff aus, »ich mag Ihnen vielleicht indiskret vorkommen, aber was machen Sie beruflich?«

»Arche Noah.«

»Pardon?«

»Ach, nichts. Was bin ich Ihnen schuldig?«

24

»Camille, schlafen Sie?«

»Nein.«

»Schauen Sie, ich habe eine Überraschung für Sie.«

Er machte die Tür auf und schob ihren künstlichen Kamin herein.

»Ich habe mir gedacht, daß Sie sich darüber freuen ...«

»Oh ... Das ist nett, aber ich werde nicht hier bleiben, wissen Sie? Ich gehe morgen wieder nach oben.«

»Nein.«

»Wie, nein?«

»Sie gehen nach oben, wenn das Barometer steigt, bis dahin bleiben Sie hier und ruhen sich aus, das hat der Arzt verordnet. Er hat Sie außerdem für zehn Tage krankgeschrieben.«

»So lange?«

»Aber ja.«

»Ich muß ihn verschicken.«

»Pardon?«

»Den Krankenschein.«

»Ich besorge Ihnen einen Briefumschlag.«

»Nein, aber ... So lange will ich nicht bleiben, ich ... Das will ich nicht.«

»Möchten Sie lieber ins Krankenhaus?«

»Mit so was spaßt man nicht.«

»Ich spaße nicht, Camille.«

Sie fing an zu weinen.

»Sie werden sie davon abhalten, nicht wahr?«

»Erinnern Sie sich an den Aufstand der Vendée?«

»Eh ... Nicht so richtig, nein.«

»Ich werde Ihnen ein paar Bücher leihen. In der Zwischenzeit sollten Sie nicht vergessen, daß Sie bei den Marquet de la Durbellière sind und daß wir hier die Blauen nicht fürchten!«

»Die Blauen?«

»Die Republik. Sie wollen Sie in ein staatliches Krankenhaus stecken, nicht wahr?«

»Bestimmt ...«

»Sie haben nichts zu befürchten. Ich werde siedendheißes Öl auf die Krankenträger gießen, wenn Sie durch das Treppenhaus kommen!«

»Sie sind ja total übergeschnappt.«

»Das sind wir doch alle ein bißchen, oder? Warum haben Sie sich zum Beispiel den Kopf rasiert?«

»Weil ich nicht mehr die Kraft hatte, mir die Haare auf dem Treppenabsatz zu waschen.«

»Erinnern Sie sich an das, was ich Ihnen von Diane de Poitiers erzählt habe?«

»Ja.«

»Tja, ich habe gerade etwas über sie in meiner Bibliothek gefunden, warten Sie ...«

Er kam mit einem abgegriffenen Taschenbuch zurück, setzte sich zu ihr ans Bett und räusperte sich:

»*Der ganze Hofstaat – außer Madame d'Étampes natürlich* (ich sagen Ihnen gleich, warum) – *war sich darin einig, daß sie wunderschön war. Man ahmte ihren Gang, ihre Gesten, ihre Frisuren nach. Sie diente im übrigen dazu, den Schönheitskanon zu bilden, dem sich alle Frauen über hundert Jahre um jeden Preis anzunähern suchten:*

Drei weiße Dinge: die Haut, die Zähne, die Hände.
Drei schwarze: die Augen, die Brauen, die Wimpern.
Drei rote: die Lippen, die Wangen, die Fingernägel.
Drei lange: der Körper, die Haare, die Hände.
Drei kurze: die Zähne, die Ohren, die Füße.
Drei schmale: der Mund, die Taille, der Knöchel.
Drei dicke: die Arme, die Oberschenkel, die Waden.
Drei kleine: die Brustwarze, die Nase, der Kopf.
Das ist schön gesagt, nicht wahr?«

»Und Sie finden, ich würde ihr ähneln?«

»Ja, das heißt, in manchen Punkten.«

Er war rot wie eine Tomate.

»Ni… nicht in allen natürlich, aber wissen S… Sie, es ist eine Frage des Auftretens, der An … Anmut, der … der …«

»Haben Sie mir die Kleider ausgezogen?«

Seine Brille war ihr in den Schoß gefallen, und er fing an zu sto… stottern wie nie zuvor.

»Ich … ich … Ja, na ja, ich … ich … Ganz keu… keusch, ich schwö… schwöre es Ihnen, ich habe Sie zu… zuerst zuge… zugedeckt, ich …«

Sie hielt ihm die Brille hin.

»He, ganz ruhig, regen Sie sich nicht so auf! Ich wollte es nur wissen, mehr nicht … Hm … War denn der andere dabei?«

»W… wer denn?«

»Der Koch.«

»Nein. Natürlich nicht, ich bitte Sie …«

»Das ist mir auch lieber so. Aaaah! Ich habe solche Kopfschmerzen.«

»Ich gehe jetzt zur Apotheke. Brauchen Sie noch etwas anderes?«

»Nein. Danke.«

»Sehr schön. Ach so, das muß ich Ihnen noch sagen. Wir haben hier kein Telefon. Aber wenn Sie jemanden anrufen wollen, Franck hat in seinem Zimmer ein Handy und …«

»Ist okay, danke. Ich habe auch ein Handy. Ich muß nur mein Netzgerät von oben holen.«

»Das kann ich für Sie erledigen, wenn Sie wollen.«

»Nein, nein, das kann warten.«

»Meinetwegen.«

»Philibert?«

»Ja?«

»Danke.«

»Nicht doch.«

Er stand vor ihr, mit der zu kurzen Hose, der zu engen Jacke und den zu langen Ärmeln.

»Es ist das erste Mal seit langem, daß sich jemand so um mich kümmert.«

»Nicht doch.«

»Doch, das stimmt. Ich meine ... ohne eine Gegenleistung zu erwarten. Denn Sie ... Sie erwarten keine Gegenleistung, oder?«

Er war empört:

»Aber nein, was d... denken Sie sich n... nur?«

Sie hatte schon wieder die Augen geschlossen.

»Ich denke mir gar nichts, ich sage es bloß: Ich habe nichts zu vergeben.«

25

Sie wußte nicht mehr, welcher Tag heute war. Samstag? Sonntag? Sie hatte seit Jahren nicht mehr so viel geschlafen.

Philibert war gerade dagewesen, um ihr einen Teller Suppe anzubieten.

»Ich stehe auf. Ich werde mich zu Ihnen in die Küche setzen.«

»Sind Sie sicher?«

»Ja doch! Ich bin schließlich nicht aus Zucker!«

»Einverstanden, aber kommen Sie nicht in die Küche, dort ist es zu kalt. Warten Sie lieber im blauen Salon auf mich.«

»Pardon?«

»Ach ja, es ist wahr. Was bin ich dumm! Er ist heute nicht mehr wirklich blau, seit er leer steht. Das Zimmer zur Diele hin, wissen Sie?«

»In dem das Kanapee steht?«

»Oh, Kanapee ist etwas übertrieben. Franck hat es eines Abends auf der Straße gefunden und mit einem seiner Freunde hier hochgetragen. Es ist sehr häßlich, aber bequem, wie ich zugeben muß.«

»Sagen Sie, Philibert, was ist das hier für eine Wohnung? Wem gehört sie eigentlich? Und warum wohnen Sie hier wie ein Hausbesetzer?«

»Pardon?«

»Als würden Sie nur vorübergehend hier wohnen?«

»Ach, das ist eine üble Erbschaftsgeschichte, leider. Wie es sie überall gibt. Sogar in den besten Familien, wissen Sie?«

Er wirkte aufrichtig verstimmt.

»Das hier ist die Wohnung meiner Großmutter mütterlicherseits, die letztes Jahr verstorben ist, und in Erwartung der Erbschaftsregelung hat mich mein Vater gebeten, mich hier einzuquartieren, um zu verhindern, daß die ... Wie sagten Sie noch?«

»Die Hausbesetzer?«

»Genau, die Hausbesetzer! Aber nicht diese Drogenabhängigen mit Sicherheitsnadeln in der Nase, nein, sondern Leute, die viel besser angezogen und weitaus weniger elegant sind: unsere Vettern.«

»Ihre Vettern haben ein Auge auf diese Wohnung geworfen?«

»Ich glaube eher, daß sie das Geld schon ausgegeben haben, das sie hiermit zu verdienen hofften, die Ärmsten! Der Familienrat hat also beim Notar getagt, woraufhin ich zum Pförtner, Hauswart und zur Nachtwache erklärt wurde. Anfangs gab es natürlich ein paar Einschüchterungsversuche. Außerdem haben sich viele Möbel verflüchtigt, wie Sie gesehen haben, und ich habe häufig dem Gerichtsvollzieher die Tür geöffnet, aber alles scheint sich allmählich entspannt zu haben. Jetzt sind der Notar und die Rechtsanwälte gefragt, um diese lästige Angelegenheit zu regeln.«

»Wie lange sind Sie noch hier?«

»Ich weiß es nicht.«

»Und Ihre Eltern lassen es zu, daß Sie Fremde hier beherbergen, wie den Koch und mich?«

»Was Sie angeht, brauchen sie es nicht zu erfahren, denke ich mir. Bei Franck waren sie eher erleichtert. Sie wissen, wie unbeholfen ich bin. Aber na ja, sie haben überhaupt keine Vorstellung davon, wie es hier aussieht und . . . Zum Glück! Sie glauben, ich hätte ihn in der Kirchengemeinde kennengelernt!«

Er lachte.

»Haben Sie sie angelogen?«

»Sagen wir, ich war eher . . . ausweichend.«

Sie war so abgemagert, daß sie ihre Bluse in die Jeans stecken konnte, ohne den Knopf aufmachen zu müssen.

Sie sah aus wie ein Gespenst. Vor dem großen Spiegel in ihrem Zimmer zog sie eine Grimasse, um sich das Gegenteil zu beweisen, schlang sich einen Seidenschal um den Hals, streifte ihre Jacke über und wagte sich in das unglaubliche Hausmannsche Labyrinth.

Schließlich fand sie das scheußliche, durchgesessene Kanapee und machte eine Runde durch das Zimmer, bevor sie die mit Rauhreif bedeckten Bäume auf dem Champ-de-Mars erblickte.

Als sie sich umdrehte, ganz ruhig, nach wie vor etwas benebelt, die Hände in den Hosentaschen, fuhr sie zusammen und konnte einen leisen Schrei nicht unterdrücken.

Ein großer Typ in schwarzer Ledermontur, mit Stiefeln und Helm, stand direkt hinter ihr.

»Eh, guten Tag«, brachte sie schließlich heraus.

Ohne zu antworten, machte er auf dem Absatz kehrt.

Er nahm im Flur seinen Helm ab, fuhr sich durch die Haare und ging in die Küche:

»Sag mal, Philou, was ist denn das für ein warmer Bruder im Salon? Einer von deinen Pfadfinderbrüdern oder was?«

»Pardon?«

»Der Schwule hinter meinem Kanapee.«

Philibert, der ob des Ausmaßes seines kulinarischen Desasters schon hinreichend genervt war, büßte ein wenig seines aristokratischen Gleichmuts ein:

»Der Schwule, wie du sagst, heißt Camille«, korrigierte er ihn mit tonloser Stimme, »und ist meine Freundin. Ich darf dich bitten, dich wie ein Gentleman zu benehmen, ich habe nämlich die Absicht, sie für einige Zeit hier zu beherbergen.«

»He, ist ja schon gut. Reg dich nicht auf. Ein Mädchen, sagst du? Wir sprechen doch von demselben Knaben? Dem kleinen Dürren ohne Haare?«

»Das ist ein Mädchen, in der Tat.«

»Bist du sicher?«

Philibert schloß die Augen.

»Der ist deine Freundin? Ich meine, die? Sag mal, was kochst du ihr da? Haferschleim auf Russisch?«

»Das ist eine Suppe, stell dir vor.«

»Das hier? Eine Suppe?«

»Genau. Eine Kartoffellauchsuppe von Liebig.«

»Was für ein widerliches Zeug. Und außerdem hast du es anbrennen lassen, das wird fürchterlich schmecken. Was hast du denn da noch reingetan?« fragte er entsetzt, nachdem er den Deckel hochgehoben hatte.

»Nun . . . Schmelzkäse und Toastbrotwürfel.«

»Warum das denn?« fragte er beunruhigt.

»Der Arzt . . . Er hat mir aufgetragen, sie aufzupäppeln . . .«

»Tja, wenn du sie mit dem Zeug aufgepäppelt kriegst, Hut ab! In meinen Augen bringst du sie damit eher um.«

Daraufhin holte er sich ein Bier aus dem Kühlschrank und verzog sich in sein Zimmer.

Als sich Philibert zu seinem Schützling gesellte, war sie noch immer etwas außer Fassung:

»Ist er das?«

»Ja«, murmelte er und stellte das große Tablett auf einen Pappkarton.

»Setzt er seinen Helm nie ab?«

»Doch, aber wenn er montags abends nach Hause kommt, ist er immer widerwärtig. Normalerweise gehe ich ihm an diesem Tag aus dem Weg.«

»Hat er dann zuviel gearbeitet?«

»Eben nicht, montags arbeitet er nicht. Ich weiß nicht, was er macht. Er geht morgens früh aus dem Haus und kommt stets schlecht gelaunt zurück. Familiäre Probleme, glaube ich. Bitte sehr, greifen Sie zu, solange es noch warm ist.«

»Hm . . . Was ist das?«

»Eine Suppe.«

»Ja?« sagte Camille und versuchte den seltsamen, unappetitlichen Brei umzurühren.

»Eine Suppe nach Art des Hauses . . . Eine Art Borschtsch, wenn Sie so wollen.«

»Aaah! Perfekt«, wiederholte sie lachend.

Auch diesmal wieder ein nervöses Lachen.

TEIL 2

1

»Hast du mal zwei Minuten? Wir müssen reden.«

Philibert trank zum Frühstück immer heiße Schokolade, und sein größtes Vergnügen bestand darin, das Gas abzudrehen, kurz bevor die Milch überkochte. Mehr als ein Ritual oder eine Manie war es sein täglicher kleiner Sieg. Sein Heldenstück, sein heimlicher Triumph. Die Milch fiel in sich zusammen, und der Tag konnte beginnen: Er hatte die Situation im Griff.

Doch an diesem Morgen, verunsichert oder überfahren vom Ton seines Mitbewohners, drehte er den falschen Knopf. Die Milch lief über, und ein unangenehmer Geruch verbreitete sich im Raum.

»Pardon?«
  »Ich sagte: Wir müssen reden.«
  »Reden wir«, antwortete Philibert ganz ruhig und weichte den Topf ein, »ich höre.«
  »Wie lange bleibt sie hier?«
  »Wie bitte?«
  »Komm, tu nicht so! Dein Mäuschen? Wie lange bleibt sie noch hier?«
  »Solange sie es wünscht ...«
  »Du bist in sie verknallt, stimmt's?«
  »Nein.«
  »Lügner. Ich seh doch, welchen Zirkus du aufführst. Deine feinen Manieren, dein Burgherrengehabe und alles.«
  »Bist du eifersüchtig?«
  »Um Gottes willen! Das fehlte noch! Ich eifersüchtig auf einen Haufen Knochen? He, hier steht ja wohl nicht Abt Pierre drauf!« sagte er und zeigte auf seine Stirn.

»Nicht eifersüchtig auf mich, eifersüchtig auf sie. Möglicherweise fühlst du dich hier ein wenig bedrängt und hast keine Lust, deinen Zahnputzbecher einige Zentimeter weiter nach rechts zu schieben?«

»Er nun wieder, mit seinen großen Sprüchen. Jedesmal, wenn du den Schnabel aufmachst, klingt das so, als sollten deine Worte irgendwo aufgeschrieben werden, so toll hört es sich an.«

»...«

»Moment, ich weiß, das hier ist deine Wohnung, das weiß ich. Das ist nicht das Problem. Du lädst ein, wen immer du willst, du beherbergst, wen du willst, du machst hier auch die Suppenküche für Obdachlose, wenn du Bock drauf hast, aber Scheiße, Mann, ich weiß nicht ... Wir zwei waren doch ein gutes Team, oder?«

»Findest du?«

»Ja, finde ich. Okay, ich hab meinen Kopf und du hast deine bescheuerten Zwangsvorstellungen, deine Schrullen, deine Macken, aber insgesamt lief es bis heute doch ganz gut.«

»Und warum sollte sich das jetzt ändern?«

»Pfff ... Da sieht man, daß du die Weiber nicht kennst. Keine Angst, ich sag das nicht, um dich zu beleidigen, okay? Aber es stimmt halt. Setz irgendwo 'ne Tussi hin, und sofort gibt's Chaos, Alter. Alles wird kompliziert, alles wird nervig, und selbst deine besten Kumpels sind irgendwann eingeschnappt, weißt du? Was lachst du denn?«

»Wie du dich ausdrückst. Wie ein Cowboy. Ich wußte nicht, daß ich dein ... dein Kumpel bin.«

»Okay, laß gut sein. Ich finde nur, du hättest es mir vorher sagen können, das ist alles.«

»Ich wollte es dir sagen.«

»Wann?«

»Hier, jetzt, über meinem Kakao, wenn du mir die Zeit gelassen hättest, ihn zuzubereiten.«

»Entschuldige mich. Das heißt, nein, Scheiße, du kannst mich nicht entschuldigen, stimmt's?«

»Richtig.«

»Mußt du zur Arbeit?«

»Ja.«

»Ich auch. Beeil dich. Ich geb dir unten eine Schokolade aus.«

Als sie schon im Hof waren, spielte Franck seine letzte Karte aus:

»Außerdem wissen wir gar nicht, wer sie ist. Wir wissen nicht mal, wo die Kleine herkommt.«

»Ich will dir zeigen, wo sie herkommt. Komm mit.«

»Tzz ... Glaub nicht, daß ich die sieben Etagen zu Fuß hochlatsche.«

»Doch, genau das glaube ich. Komm mit.«

Es war das erste Mal, seit sie sich kannten, daß Philibert ihn um etwas bat. Er schimpfte vor sich hin und folgte ihm zur Hintertreppe.

»Verflucht, ist das kalt hier drin!«

»Das ist noch gar nichts. Wart nur, bis wir unterm Dach sind.«

Philibert öffnete das Vorhängeschloß und stieß die Tür auf.

Franck sagte einige Sekunden lang gar nichts.

»Hier haust sie?«

»Ja.«

»Bist du sicher?«

»Komm, ich zeig dir noch etwas.«

Er führte ihn zum Ende des Flurs, stieß mit dem Fuß eine weitere klapprige Tür auf und fügte hinzu:

»Ihr Badezimmer. Unten das WC und darüber die Dusche. Du mußt zugeben, das ist genial.«

Schweigend gingen sie die Treppe hinunter.

Franck fand erst nach dem dritten Kaffee seine Stimme wieder:

»Okay, eine Sache nur. Du erklärst ihr genau meine Situation, wie wichtig es ist, daß ich nachmittags schlafe und so.«

»Ja, das werde ich ihr sagen. Wir können es ihr zusammen sagen. Aber in meinen Augen dürfte das gar kein Problem sein, sie wird nämlich auch schlafen.«

»Warum?«

»Sie arbeitet nachts.«

»Was macht sie denn?«

»Putzen.«

»Pardon?«

»Sie geht putzen.«

»Bist du sicher?«

»Weshalb sollte sie mich anlügen?«

»Keine Ahnung. Vielleicht ist sie Callgirl.«

»Dann hätte sie doch mehr ... mehr Rundungen, oder?«

»Jaaa, hast recht ... He, bist ja doch nicht so blöd!« fügte er hinzu und gab ihm einen Klaps auf den Rücken.

»V... Vorsicht, jetzt ... jetzt ist mir das Croissant aus der Hand gefallen, I... Idiot ... Sieh nur, man könnte meinen, eine verendete Qualle.«

Franck scherte sich nicht darum, er las die Schlagzeilen des *Parisien* auf der Theke.

Sie schüttelten sich beide.

»Sag mal?«

»Was?«

»Hat sie keine Familie, die Tussi?«

»Weißt du«, antwortete Philibert und band seinen Schal, »dies ist eine Frage, die ich dir nie gestellt habe ...«

Franck sah auf und lächelte ihn an.

An seinem Küchenherd angekommen, bat er seinen Kollegen, ihm etwas Brühe abzuzweigen.

»Verstanden?«

»Was?«

»Und richtig gute, hörst du?«

2

Camille hatte beschlossen, die halbe Tablette Lexotanil, die ihr der Arzt für den Abend verordnet hatte, nicht länger zu nehmen. Zum einen ertrug sie den halbkomatösen Zustand nicht mehr, in dem sie schwebte, zum anderen wollte sie auf keinen Fall riskieren, sich daran zu gewöhnen. Ihre ganze Kindheit hindurch hatte sie die hysterische Angst ihrer Mutter miterlebt, ohne ihre Kapseln einschlafen zu müssen, und diese Anfälle hatten sie nachhaltig traumatisiert.

Sie war aus ihrem x-ten Mittagsschlaf aufgewacht, hatte nicht die geringste Vorstellung davon, wie spät es war, beschloß jedoch aufzustehen, sich einmal zu schütteln, sich endlich anzuziehen und wieder in ihr Zimmer zurückzukehren, um zu sehen, ob sie in der Lage war, ihr kleines Leben dort aufzunehmen, wo sie es zurückgelassen hatte.

Als sie auf dem Weg zur Hintertreppe durch die Küche lief, sah sie unter einer Flasche, die mit einer gelblichen Flüssigkeit gefüllt war, eine Nachricht.

In einem Topf aufwährmen, auf keinen fall zum Kochen bringen. Die Nudeln Hinzufügen und 4 Minuten Köcheln lassen, dabei ab und zu Umrühren.

Das war nicht Philiberts Handschrift.

Ihr Vorhängeschloß war aufgebrochen worden, und das wenige, was sie auf dieser Erde besaß, ihre letzten Bindungen, ihr kleines Königreich, war verwüstet worden.

Instinktiv stürzte sie sich auf den kleinen roten Koffer, der aufgeschlitzt auf dem Boden lag. Nein, alles in Ordnung, sie hatten nichts mitgenommen, ihre Zeichenmappen waren noch da.

Mit verzerrtem Gesicht und Übelkeit in der Kehle, fing sie an, ein wenig aufzuräumen, um zu sehen, was fehlte.

Es fehlte nichts, und das aus gutem Grund, denn sie besaß auch nichts. Doch, einen Radiowecker. Das war alles. Das ganze Gemetzel für ein Teil, das sie wahrscheinlich für fünfzig Franc bei einem Chinesen gekauft hatte.

Sie sammelte ihre Kleider zusammen, steckte sie in einen Karton, bückte sich nach ihrem Koffer und ging, ohne sich umzudrehen. Erst auf der Treppe ließ sie sich etwas gehen.

Vor der Tür zum Mägdezimmer angekommen, schneuzte sie sich, stellte ihren ganzen Plunder auf dem Treppenabsatz ab und setzte sich auf eine Stufe, um sich eine Zigarette zu drehen. Die erste seit langem. Das Treppenhauslicht war ausgegangen, aber das machte nichts, im Gegenteil.

Im Gegenteil, murmelte sie, im Gegenteil.

Sie dachte an die schwammige Theorie, derzufolge man nichts unternehmen sollte, solange man im Sinken begriffen war, sondern warten, bis man den Grund berührte, von dem man sich abstoßen konnte, um wieder an die Oberfläche zu gelangen.

Okay.

Da war sie jetzt, oder?

Sie warf einen Blick auf den Karton, fuhr sich mit der Hand über das kantige Gesicht und rückte ein Stück zur Seite, um ein widerliches Krabbeltier durchzulassen, das zwischen zwei Ritzen hindurchflitzte.

Ich will mich nur vergewissern. Da bin ich jetzt, oder?

Als sie in die Küche kam, war er es, der zusammenfuhr:

»Oh! Sie sind da? Ich dachte, Sie schlafen.«

»Guten Tag.«

»Lestafier, Franck.«

»Camille.«

»Haben Sie meine . . . meine Nachricht gefunden?«

»Ja, aber ich . . .«

»Sind Sie am Umziehen? Brauchen Sie Hilfe?«

»Nein, ich . . . Ich habe nicht mehr als das, um ehrlich zu sein. Bei mir ist eingebrochen worden.«

»Oh Scheiße.«

»Sie sagen es. Was anderes fällt mir dazu auch nicht ein. Gut, ich werde mich wieder hinlegen, mir schwirrt der Kopf und . . .«

»Die Consommé, soll ich sie Ihnen zubereiten?«

»Pardon?«

»Die Consommé «

»Was ist denn eine Consommé?«

»Na ja, die Brühe!« sagte er genervt.

»Oh Pardon. Nein, danke. Ich will erst ein wenig schlafen.«

»He!« rief er ihr nach, als sie schon im Flur war, »wenn Ihnen der Kopf schwirrt, dann liegt das daran, daß Sie nicht genug essen!«

Sie seufzte. Diplomatie, Diplomatie. So gut, wie der Typ aussah, sollte man den ersten Auftritt besser nicht vermasseln. Sie ging zurück in die Küche und setzte sich an den Tisch.

»Sie haben recht.«

Er murmelte etwas in seinen Bart. Na klar. Natürlich hatte er recht. Und Scheiße. Jetzt würde er sich verspäten.

Er wandte ihr den Rücken zu und legte los.

Er goß den Inhalt aus dem Topf in einen tiefen Teller, holte ein Stück Küchenpapier aus dem Kühlschrank und öffnete es vorsichtig. Irgendein grünes Zeug, das er über die dampfende Suppe streute.

»Was ist das?«

»Koriander.«

»Und die kleinen Nudeln, wie heißen die?«

»Japanperlen.«
»Ehrlich? Was für ein schöner Name.«

Er griff nach seiner Jacke und zog kopfschüttelnd die Wohnungstür
zu:

Ehrlich? Was für ein schöner Name.
Zu blöd, die Tussi.

3

Camille seufzte, griff abwesend nach dem Teller und dachte an den Einbrecher. Wer hatte das getan? Das Treppenhausgespenst? Ein verirrter Besucher? War er über das Dach gekommen? Würde er wiederkommen? Sollte sie Pierre davon erzählen?

Der Geruch, vielmehr das Aroma dieser Brühe, hielt sie von weiteren Grübeleien ab. Mmm, duftete das herrlich, und sie war fast versucht, sich die Serviette über den Kopf zu legen, um damit zu inhalieren. Was war da nur drin? Es roch ganz eigen. Heiß, nach Fett, goldbraun wie Cadmium. Mit den durchsichtigen Perlen und den smaragdfarbenen Spitzen der Kräuterbeigaben war es wunderschön anzuschauen. Sie saß einige Sekunden regungslos, ehrerbietig da, hielt den Löffel vor sich und nahm dann ganz vorsichtig einen ersten Schluck, es war ziemlich heiß.

Wenn auch kein Kind mehr, war sie im gleichen Zustand wie Marcel Proust: »Gebannt durch etwas Ungewöhnliches, das sich in ihr vollzog«, und leerte andächtig ihren Teller, die Augen zwischen jedem Löffel geschlossen.

Vielleicht lag es nur daran, daß sie, ohne es zu wissen, am Verhungern gewesen war, oder daran, daß sie seit drei Tagen mit zusammengebissenen Zähnen Philiberts Tütensuppen hinunterschluckte, oder vielleicht auch daran, daß sie weniger geraucht hatte, eines jedenfalls stand fest: Noch nie in ihrem Leben hatte sie mit solchem Vergnügen allein gegessen.

Sie stand auf, um nachzuschauen, ob noch ein Rest im Topf war. Leider nein. Sie leckte ihren Teller leer, damit ihr kein Tropfen entging, schnalzte mit der Zunge, spülte ihr Geschirr und nahm das angebrochene Nudelpäckchen in die Hand. Sie schrieb »Top!« auf

Francks Zettel und verteilte ein paar Perlen darauf, dann ging sie wieder ins Bett und fuhr sich mit der Hand über den straffen Bauch.

Dank sei dir, lieber Jesus.

4

Von nun an erholte sie sich schnell. Franck sah sie nie, aber sie wußte, wann er da war: Türenklappern, Stereoanlage, Fernseher, lebhafte Telefongespräche, ordinäres Lachen, derbe Flüche, nichts davon war natürlich, das spürte sie. Er war unruhig und erfüllte die Wohnung mit seinem Leben wie ein Hund, der überall hinpinkelt, um sein Revier abzustecken. Manchmal hatte sie große Lust, in ihr Zimmer zurückzukehren, um ihre Unabhängigkeit wiederzuerlangen und niemandem etwas schuldig zu sein. Dann wieder nicht. Dann wieder schüttelte es sie schon beim Gedanken daran, erneut auf dem Boden zu schlafen, die sieben Stockwerke hochsteigen zu müssen und sich am Treppengeländer festzuhalten, um nicht zu fallen.

Es war vertrackt.

Sie wußte nicht mehr, wo sie hingehörte, und außerdem mochte sie Philibert. Warum sollte sie sich ständig geißeln und sich mit zusammengebissenen Zähnen an die Brust schlagen? Ihrer Unabhängigkeit zuliebe? Was für eine Errungenschaft. Sie hatte jahrelang nur dieses Wort im Mund geführt, und was hatte es ihr gebracht? Wo war sie gelandet? In diesem Loch, wo sie die Nachmittage damit verbrachte, eine Zigarette nach der anderen zu rauchen und mit ihrem Schicksal zu hadern? Wie erbärmlich. Es war erbärmlich. Bald war sie siebenundzwanzig und hatte im Leben noch nichts erreicht. Keine Freunde, keine Erinnerungen und auch keine Veranlassung, sich selbst nur die geringste Anerkennung zu zollen. Was war passiert? Warum hatte sie es nicht geschafft, mit ihren Händen zwei oder drei etwas wertvollere Dinge zu umschließen und sie festzuhalten? Warum?

Sie war nachdenklich. Sie war erholt. Und wenn der drollige Kauz ihr etwas vorlas, wenn er leise die Tür schloß und mit den Augen rollte, weil der andere Gangster seine »Zulu-Musik« hörte, lächelte sie ihm zu und entkam einem Moment dem Auge des Orkans.

Sie hatte wieder angefangen zu zeichnen.
Einfach so.
Für nichts. Für sich. Zu ihrem Vergnügen.

Sie hatte ein neues Skizzenheft genommen, ihr letztes, und hatte sich damit angefreundet, indem sie alles in ihrer Umgebung darin festhielt: den Kamin, die Muster der Tapete, den Fensterriegel, das kindische Lachen von Sammy und Scooby Doo, die Bilderrahmen, die Gemälde, die Kamee der Dame und den nüchternen Gehrock des Herrn. Ein Stilleben von ihren Kleidern, bei dem die Gürtelschnalle auf den Boden hing, die Wolken, den Kondensstreifen eines Flugzeugs, die Baumkronen hinter dem schmiedeeisernen Geländer des Balkons und ein Porträt von sich auf dem Bett.

Wegen der schwarzen Flecken auf dem Spiegel und ihrer kurzen Haare sah sie aus wie ein kleiner Junge mit Windpocken.

Sie zeichnete wieder, wo sie ging und stand. Blätterte die Seiten um, ohne darüber nachzudenken, und hielt nur kurz inne, um etwas chinesische Tinte in ein Schälchen zu gießen und ihren Füllfederhalter aufzufüllen. Sie hatte sich seit Jahren nicht so ruhig, so lebendig, so wunderbar lebendig gefühlt.

Was sie jedoch vor allem mochte, war Philiberts Mimik. Er war so von seinen Geschichten gefangen, sein Gesicht wurde plötzlich ganz ausdrucksstark, ganz erregt oder ganz bedrückt (ach! die arme Marie-Antoinette ...), so daß sie gebeten hatte, ihn zeichnen zu dürfen.

Natürlich hatte er der Form halber etwas gestammelt, dann aber ganz schnell das Kratzen der Feder vergessen, die über das Papier huschte.

Manchmal hieß es:

Aber Madame d'Étampes war keine Liebhaberin von der Art der Madame de Châteaubriant, Bagatellen genügten ihr nicht. Sie träumte vor allem von Gunstbezeugungen für sich und ihre Familie. Nun hatte sie allerdings dreißig Brüder und Schwestern ... Mutig ging sie an die Arbeit.

Geschickt verstand sie es, sich ruhige Momente zunutze zu machen, die ihr die Atempausen zwischen zwei Umarmungen gewährten, um dem König, befriedigt und atemlos, die Ernennungen und Beförderungen zu entlocken, die sie wünschte.

Allmählich wurden alle Pisseleus mit wichtigen, gemeinhin kirchlichen Ämtern ausgestattet, weil die Mätresse des Königs »eine Religiöse« war ...

Antoine Seguin, ihr Onkel mütterlicherseits, wurde Abt von Fleury-sur-Loire, Bischof von Orléans, Kardinal und schließlich Erzbischof von Toulouse. Charles de Pisseleu, ihr zweiter Bruder, erhielt die Abtei von Bourgueil und das Bistum Condom ...

Er blickte auf:

»Condom ... Sie müssen zugeben, das klingt spaßig.«

Und Camille beeilte sich, dieses Lächeln festzuhalten, die belustigte Verzückung eines Jungen, der die Geschichte Frankreichs zerpflückte wie andere ein drittklassiges Pornoheft.

Oder aber:

... da die Gefängnisse nicht mehr ausreichten, machte Carrier, allmächtiger Autokrat, von Kollaborateuren umgeben, die ihm in nichts nachstanden, neue Kerker auf und beschlagnahmte Schiffe im Hafen. Alsbald schon wirkte sich der Typhus verheerend auf die vielen tausend Gefangenen aus, die unter erbärmlichen Bedingungen hausten. Da die Guillotine nicht schnell genug war, ordnete der Prokonsul an, Tausende von ihnen zu erschießen, und stellte den Erschießungskommandos ein »Heer von Totengräbern« an die Seite. Als weiterhin Gefangene in die Stadt strömten, erfand er die Methode des Ertränkens.

Brigadegeneral Westermann seinerseits schreibt: »Es gibt keine Vendée mehr, republikanische Bürger. Sie ist tot, unter unseren freien Säbeln mit all ihren Frauen und Kindern gestorben. Ich habe sie in den Sümpfen und den Wäldern von Savenay begraben. Ihren Befehlen folgend habe ich die Kinder unter den Pferdehufen zertrampeln und die Frauen massakrieren lassen, sie werden keine weiteren Schurken mehr gebären. Mir ist kein Gefangener entwischt.«

Und es gab nichts anderes zu zeichnen als einen Schatten auf seinem konzentrierten Gesicht.

»Zeichnen Sie oder lauschen Sie?«

»Ich lausche Ihnen beim Zeichnen.«

»Dieser Westermann hier, dieses Scheusal, der seinem neuen süßen Vaterland mit so viel Eifer gedient hat, tja, stellen Sie sich vor, er wurde einige Monate später mit Danton gefangengenommen und mit ihm enthauptet.«

»Warum?«

»Angeklagt der Feigheit. Er war zu lau...«

Dann wiederum bat er um Erlaubnis, sich auf den Lehnstuhl am Fußende setzen zu dürfen, und beide lasen still für sich.

»Philibert?«

»Mmm.«

»Die Postkarten?«

»Ja.«

»Geht das noch lange?«

»Pardon?«

»Warum machen Sie hieraus nicht Ihren Beruf? Warum versuchen Sie nicht, Historiker oder Lehrer zu werden? Es stünde Ihnen dann zu, sich während der Arbeitszeit in all diese Bücher zu versenken, Sie würden sogar dafür bezahlt!«

Er legte sein Buch auf die abgewetzte Cordhose über seinen knöchernen Knien und setzte die Brille ab, um sich die Augen zu reiben:

»Ich habe es versucht. Ich habe ein Staatsexamen in Geschichte und habe dreimal an der Aufnahmeprüfung für die *École des Char-tes* teilgenommen, aber ich bin jedesmal durchgefallen.«

»Waren Sie nicht gut genug?«

»Doch, doch! Das heißt«, er errötete, »das heißt, ich glaube schon. Ich glaube es in aller Bescheidenheit, aber ich ... Ich habe noch nie ein Examen bestanden. Ich habe zuviel Angst. Ich leide jedesmal an Schlafmangel, verliere das Augenlicht, die Haare, so-gar die Zähne! Und mein ganzes Wissen. Ich lese die Aufgaben, ich weiß die Antworten, aber ich bin außerstande, eine Zeile zu schrei-ben. Ich sitze wie versteinert vor meinem Blatt.«

»Aber Sie haben doch Ihr Abitur? Und Ihr Staatsexamen?«

»Ja, aber zu welchem Preis. Und niemals beim ersten Anlauf. Und dabei war es ziemlich leicht. Mein Staatsexamen habe ich er-halten, ohne je einen Fuß in die Sorbonne gesetzt zu haben, es sei denn, um die Vorlesungen der großen Professoren zu hören, die ich bewundert habe und die mit meinem Studienplan nichts zu tun hatten.«

»Wie alt sind Sie?«

»Sechsunddreißig.«

»Aber mit einem Staatsexamen hätten Sie damals doch unter-richten können, oder?«

»Können Sie sich vorstellen, wie ich vor dreißig Kindern stehe?«

»Ja.«

»Nein. Allein die Vorstellung, mich an eine Zuhörerschaft zu wenden, und sei sie noch so klein, läßt mich in kalten Schweiß aus-brechen. Ich ... Ich habe Probleme mit der ... der Gemeinschaft, glaube ich.«

»Aber in der Schule? Als Sie klein waren?«

»Ich bin erst ab der fünften Klasse zur Schule gegangen. Noch dazu in ein Internat. Es war ein schreckliches Jahr. Das schlimmste in meinem ganzen Leben. Als hätte man mich in ein tiefes Becken geworfen, ohne daß ich schwimmen kann.«

»Und dann?«

»Nichts dann. Ich kann noch immer nicht schwimmen.«

»Im wörtlichen Sinne oder im übertragenen?«

»Beides, Herr General.«

»Man hat Ihnen nie das Schwimmen beigebracht?«

»Nein. Was soll ich damit?«

»Eh ... schwimmen.«

»Kulturell gesehen entspringen wir eher einer Generation von Infanteristen und Artilleristen, wissen Sie?«

»Was faseln Sie da? Ich rede nicht von einer Schlacht! Ich rede vom Meer! Und überhaupt, warum sind Sie eigentlich nicht früher in die Schule gegangen?«

»Meine Mutter hat uns unterrichtet.«

»Wie bei Ludwig dem Heiligen?«

»Genau.«

»Wie hieß sie noch mal?«

»Blanca von Kastilien.«

»Ach ja. Und warum? Haben Sie so weit außerhalb gewohnt?«

»In unserem Nachbardorf gab es durchaus eine staatliche Schule, aber dort bin ich nur ein paar Tage geblieben.«

»Warum?«

»Weil sie staatlich war, ganz einfach.«

»Aha! Die alte Geschichte von den Blauen, richtig?«

»Richtig.«

»Aber das war vor mehr als zwei Jahrhunderten! Einiges hat sich seitdem weiterentwickelt!«

»Verändert, zweifellos ... weiterentwickelt? Da ... da bin ich mir nicht so sicher.«

»...«

»Sind Sie schockiert?«

»Nein, nein, ich respektiere Ihre ... Ihre ...«

»Meine Werte?«

»Ja, wenn Sie so wollen, wenn Ihnen dieses Wort genehm ist, aber wovon leben Sie dann?«

»Ich verkaufe Postkarten!«

»Das ist doch verrückt. Total bescheuert.«

»Wissen Sie, im Vergleich zu meinen Eltern habe ich mich sehr ... weiterentwickelt, wie Sie es nennen, ich habe mich immerhin von manchem distanziert. «

»Und wie sind Ihre Eltern?«

»Nun.«

»Ausgestopft? Einbalsamiert? Fest verschraubt in einem Glas mit Formalin und Lilienblüten?«

»Ein wenig trifft das zu, in der Tat«, sagte er belustigt.

»Sie bewegen sich doch aber nicht in einer Sänfte!«

»Nein, aber das liegt daran, daß sie keine Träger mehr finden!«

»Was machen sie?«

»Pardon?«

»Beruflich?«

»Sie sind Grundbesitzer.«

»Ist das alles?«

»Das ist viel Arbeit, wissen Sie?«

»Aber hm . . . Sind Sie sehr reich?«

»Nein. Ganz und gar nicht. Im Gegenteil.«

»Unglaublich, diese Geschichte. Und wie haben Sie das Internat überstanden?«

»Dank Gaffiot.«

»Wer ist das?«

»Das ist niemand, das ist ein sehr voluminöses Lateinwörterbuch, das in meinem Schulranzen steckte, der mir als Schleuder diente. Ich habe meine Tasche am Riemen gepackt, damit Schwung geholt und . . . Tätätätä! Den Feind zur Strecke gebracht.«

»Und weiter?«

»Wie weiter?«

»Heute?«

»Na ja, meine Liebe, heute ist es ganz einfach, Sie sehen vor sich ein herausragendes Exemplar des *homo degeneraris*, das heißt ein Wesen, welches für das Leben in einer Gesellschaft völlig ungeeignet ist, deplaziert, skurril und vollkommen anachronistisch!«

Er lachte.

»Wie soll es weitergehen?«

»Ich weiß es nicht.«

»Sind Sie in Therapie?«

»Nein, aber ich habe bei der Arbeit eine junge Frau kennengelernt, eine ulkige, spinnerte Verrückte, die mir ständig in den Ohren liegt, daß ich sie einmal zu ihrem Schauspielunterricht be-

gleiten soll. Sie hat alle möglichen und denkbaren Therapeuten ab-
geklappert und behauptet, das Theater sei immer noch die beste
Therapie.«

»Tatsächlich?«

»Sagt sie.«

»Aber sonst gehen Sie nie aus? Sie haben keine Freunde? Keine
Vertrauten? Keine … Kontakte zum einundzwanzigsten Jahrhundert?«

»Nein. Nicht wirklich. Und Sie?«

5

Das Leben nahm also wieder seinen Lauf. Camille trotzte der
Kälte bei Einbruch der Dunkelheit, nahm die Metro in entgegengesetzter Richtung zur arbeitenden Masse und betrachtete die er-
schöpften Gesichter.

Die Mamas, die mit offenem Mund vor dem beschlagenen Fenster schliefen, bevor sie ihre Kleinen in den eintönigen Vororten
der 7. Zone der Pariser Verkehrsbetriebe abholten, die Frauen, mit
billigem Modeschmuck behangen, die gleichgültig in ihrer Fern-
sehzeitschrift blätterten und ihre zu spitzen Zeigefinger mit Spucke
befeuchteten, die Männer in weichen Mokassins und bunt gemusterten Socken, die laut seufzend zweifelhafte Geschäftsberichte
studierten, und die Nachwuchskräfte der Führungsetage mit fetti-
ger Haut, die sich die Zeit damit vertrieben, mit ihren auf Raten-
zahlung gekauften Handys Unsummen auf den Kopf zu hauen.

Und all die anderen, die nichts Besseres zu tun hatten, als sich
instinktiv an die Eisenstangen zu klammern, um nicht das Gleichgewicht zu verlieren. Diejenigen, die nichts und niemanden sahen. Weder die weihnachtliche Reklame – goldene Tage, goldene
Geschenke, Lachs umsonst und Gänseleber zu Großhandelsprei-
sen – noch die Zeitung des Nachbarn, noch die Nervensäge mit
ausgestreckter Hand und näselndem Gejammer, tausendmal her-
untergeleiert, noch die junge Frau gegenüber, die ihre trübsinni-
gen Blicke und die Knitterfalten ihrer grauen Überzieher auf Papier bannte.

Anschließend wechselte sie zwei, drei belanglose Worte mit dem
Wachmann des Bürokomplexes, zog sich um, hielt sich dabei an
ihrem Wägelchen fest, streifte eine unförmige Trainingshose über,
einen türkisfarbenen Nylonkittel, *Profis für Sie im Einsatz*, und
wärmte sich langsam auf, indem sie wie besessen schuftete, bevor

sie erneut fröstelte, zum x-ten Mal eine Zigarette rauchte und die letzte Metro nahm.

Als sie Camille sah, stopfte Super Josy die Fäuste noch tiefer in die Taschen und warf ihr ein verkniffenes Lächeln zu, das beinahe zärtlich war.

»So ein Mist ... Eine Wiederkehrerin. Das kostet mich zehn Euro«, knurrte sie.

»Pardon?«

»Eine Wette mit den Mädels. Ich hatte nicht damit gerechnet, daß Sie zurückkommen.«

»Warum nicht?«

»Weiß nicht, ich hatte so ein Gefühl. Aber gut, kein Problem, ich werd schon blechen! He ihr, wir haben noch einiges vor uns, los geht's. Bei dem Mistwetter machen sie uns alles dreckig. Man fragt sich, ob diese Leute nie gelernt haben, wozu ein Fußabstreifer gut ist. Seht euch das an, habt ihr die Eingangshalle gesehen?«

Mamadou schlurfte über den Boden:

»Na, du hast ja wohl die Woche geschlafen wie ein Baby, hab ich recht?«

»Woher weißt du das?«

»Deine Haare. Die sind zu schnell gewachsen.«

»Alles in Ordnung bei dir? Du bist nicht so ganz in Form, oder?«

»Schon in Ordnung.«

»Hast du Sorgen?«

»Ach Sorgen. Ich habe Kinder, die krrank sind, einen Mann, der seinen Lohn verspielt, eine Schwägerin, die mir auf den Geist geht, einen Nachbar, der in den Fahrstuhl gekackt hat, und ein Telefon, das abgeklemmt wurde, aber ansonsten ist alles in Ordnung.«

»Warum hat er das gemacht?«

»Wer?«

»Der Nachbar?«

»Keine Ahnung, aber ich hab ihm gedrroht, das nächste Mal wird er seine Scheiße frressen! Das kannst du mir glauben. Du lachst?«

»Was haben deine Kinder?«

»Einer hustet, der andere hat Brrechdurchfall. Gut jetzt. Reden wir nicht mehr davon, da krrieg ich zuviel Kummer, und wenn ich Kummer hab, bin ich zu nix mehr zu gebrauchen.«

»Und dein Bruder? Kann er sie nicht mit seinen Amuletten kurieren?«

»Und die Pferde? Du glaubst doch wohl nicht, daß er die Sieger rausfindet? Komm, hör mir auf mit diesem Nichtsnutz.«

Das Ferkel vom fünften Stock war anscheinend ins Mark getroffen, denn sein Büro war einigermaßen aufgeräumt. Camille zeichnete einen Engel von hinten mit zwei Flügeln, die aus dem Anzug herausragten, und einen schönen Heiligenschein.

Auch in der Wohnung fand jeder allmählich seinen Rhythmus. Die anfängliche Beklemmung, jener unsichere Reigen und die Gesten der Verlegenheit verwandelten sich allmählich in eine diskrete, routinierte Choreographie.

Camille stand am späten Vormittag auf, sorgte aber immer dafür, daß sie gegen drei in ihrem Zimmer war, wenn Franck zurückkam. Dieser verließ gegen halb sieben die Wohnung und begegnete auf der Treppe mitunter Philibert. Mit ihm trank sie Tee oder nahm ein leichtes Abendessen zu sich, bevor sie ihrerseits zur Arbeit ging und nicht vor ein Uhr nachts nach Hause kam.

Franck schlief um diese Uhrzeit nie, er hörte Musik oder sah fern. Unter seiner Tür drang der Geruch von Gras durch. Sie fragte sich, wie er diesen Wahnsinnsrhythmus durchhielt, und fand bald die Antwort: Er hielt ihn nicht durch.

Zwangsläufig krachte es irgendwann. Beim Öffnen des Kühlschranks ließ er einen Schrei los, weil die Lebensmittel nicht richtig verstaut oder falsch eingewickelt waren, und legte sie auf den Tisch, wobei er die Teekanne umwarf und die beiden mit allen möglichen Schimpfwörtern belegte:

»Scheiße! Wie oft muß ich euch das noch sagen? Die Butter gehört in eine Butterdose, weil sie sonst alle Gerüche annimmt! Der Käse auch! Die Frischhaltefolie ist doch nicht zum Angucken da, verdammt noch mal! Und was ist das? Ein Salatkopf? Warum laßt ihr den in der Plastikfolie? Die Plastikfolie macht alles kaputt! Das habe ich dir schon mal gesagt, Philibert! Wo sind denn die ganzen Dosen, die ich euch neulich mitgebracht hab? Okay, und das hier? Die Zitrone? Was macht die im Eierfach? Eine angeschnittene Zitrone gehört eingepackt oder verkehrt rum auf einen Teller, *capito*?«

Anschließend verzog er sich mit seinem Bier, und unsere beiden Verbrecher warteten das Bersten der Tür ab, bevor sie ihre Unterhaltung wieder aufnahmen:

»Und hat sie wirklich gesagt: *Wenn sie kein Brot haben, sollen sie doch Hefekuchen essen* ...«

»Natürlich nicht, also bitte. Niemals hätte sie einen solchen Unsinn von sich gegeben. Sie war eine sehr kluge Frau, wissen Sie?«

Natürlich hätten sie seufzend ihre Tassen abstellen und ihm entgegenhalten können, daß er sich für jemanden, der hier nie aß und das Gerät nur zum Zwischenparken seiner Sixpacks nutzte, ziemlich aufführte. Aber das war es nicht wert.

Er war nun mal ein Meckerfritze, sollte er meckern.

Sollte er meckern.

Und außerdem wartete er nur darauf. Auf die kleinste Gelegenheit, um ihnen an die Gurgel zu springen. Vor allem ihr. Er hatte sie im Visier und bedachte sie, wann immer er sie traf, mit bösen Blicken. Sie konnte noch soviel Zeit in ihrem Zimmer verbringen, manchmal streiften sie sich doch, und sie bekam einen Schwall mörderischer Schwingungen ab, die ihr je nach Laune ziemlich zusetzten oder ihr ein müdes Lächeln abrangen.

»He, was ist los? Was grinst du so? Paßt dir meine Fresse nicht?«

»Nein, nein. Nichts ist.«

Und sie beeilte sich, an etwas anderes zu denken.

In den Gemeinschaftsräumen war sie auf der Hut. Hinterließ den Ort genauso sauber, »wie Sie ihn beim Eintreten vorzufinden wünschen«, schloß sich im Badezimmer ein, wenn er nicht da war, versteckte all ihre Toilettenartikel, wischte lieber zweimal als gar nicht über den Küchentisch, leerte ihren Aschenbecher in eine Plastiktüte, die sie sorgfältig verknotete, bevor sie sie in den Mülleimer warf, versuchte, sich so unauffällig wie möglich zu verhalten, machte sich so klein es eben ging, wich den Schlägen aus und fragte sich schließlich, ob sie nicht früher als vorgesehen wieder ausziehen sollte.

Sollte sie frieren, egal, sie würde mit diesem Blödmann nicht mehr aneinandergeraten, das zählte.

Philibert war betrübt:

»Aber Ca... Camille ... Sie sind vi... viel zu intelligent, um sich von diesem u... ungehobelten Burschen beeindrucken zu la... lassen, wirklich ... Sie ... Sie stehen doch über der... derlei Dingen.«

»Eben nicht. Ich befinde mich auf exakt demselben Niveau. Deshalb kriege ich es mitten ins Gesicht.«

»Nein, nein! Überhaupt nicht! Sie beide kann man doch nicht in einem Atemzug nennen! Ha... haben Sie schon einmal seine Schrift gesehen? Haben Sie ihn schon einmal lachen hören, wenn er die plumpen Witze die... dieses minderbemittelten Fernsehunterhalters hört? Haben Sie ihn schon einmal etwas anderes lesen sehen als die Preisliste für gebrauchte Motorräder? Wa... warten Sie, der Junge ist doch auf dem geistigen Stand eines Zweijährigen! Er kann nichts dafür, der A... Arme. I... ich stelle mir vor, daß er als kleines Kind in eine Küche gekommen ist und seitdem nie wieder heraus. Kommen Sie, betrachten Sie die Dinge mit etwas A... Abstand. Seien Sie nachsichtiger, ›co... cooler‹, wie Sie sagen würden.«

»...«

»Wissen Sie, was meine Mutter zu mir gesagt hat, als ich es wagte, ihr gegenüber ... widerstrebend auch nur ein Viertel der Hälfte der schrecklichen Dinge anzudeuten, die meine Stubenkameraden mir a... angetan haben?«

»Nein.«

»›Sie müssen lernen, mein Sohn, daß der Speichel der Kröte die weiße Taube nicht erreicht.‹ Das hat sie zu mir gesagt.«

»Und hat Sie das getröstet?«

»Überhaupt nicht! Im Gegenteil!«

»Sehen Sie ...«

»Ja, aber bei Ihnen ist es nicht das g... gleiche. Sie sind nicht mehr zwölf. Und außerdem geht es nicht darum, die Pisse eines kleinen Ro... Rotzbengels zu trinken.«

»Hat man Sie dazu gezwungen?«

»Leider.«

»Tja, dann verstehe ich, daß die weiße Taube ...«

»Wie Sie sagen, die weiße Tau... Taube ist nie du... durchgekommen. Außerdem spüre ich ... ich sie immer noch hier«, scherzte er gequält und zeigte auf seinen Adamsapfel.

»Ja ... Schauen wir mal.«

»Und außerdem, die Wahrheit ist ganz einfach, und Sie kennen sie ebensogut wie ich: Er ist ei... eifersüchtig. Er platzt fast vor Eifersucht. Versetzen Sie sich in seine Lage. Er hatte die Wohnung für sich a... allein, spazierte hier herum, wann und wie er wollte, meistens in Unterhose oder hi... hinter einer kopflosen jungen Pute her. Er konnte nach Belieben brüllen, fluchen, rülpsen, und unser Kontakt beschränkte sich auf den Austausch pra... praktischer Erwägungen, wie den Zustand der Armaturen oder den Einkauf von Toilettenpapier.

Ich habe mein Zimmer fast nie verlassen und mir Watte in die Ohren gesteckt, wenn ich mich konzentrieren mußte. Er war hier der König. So sehr, daß er nahezu den Ei... Eindruck gewinnen konnte, die Wohnung gehöre ihm *in fine*. Und dann kommen Sie und Rums. Nicht nur, daß er seinen Hosenlatz schließen muß, er muß noch dazu unsere Vertrautheit ertragen, hört uns mitunter lachen und fängt Bru... Bruchstücke unserer Unterhaltungen auf, von denen er nicht viel verstehen wird. Das muß ha... hart für ihn sein, meinen Sie nicht?«

»Ich hatte nicht das Gefühl, so viel Raum einzunehmen.«

»Nein, Sie ... Sie sind im Gegenteil sehr zurückhaltend, aber wenn ich Ihnen etwas sagen soll, da... dann glaube ich ... Ich glaube, daß Sie ihm imponieren.«

»He, das ist das Beste, was ich seit langem gehört habe!« rief sie.

»Ich? Ihn beeindrucken? Sie scherzen, hoffe ich? Ich hatte noch das Gefühl, von jemandem dermaßen verachtet zu werden.«

»Tzz ... Er ist nicht sehr gebildet, das steht fest, aber er ist bei weitem kein I... Idiot, dieses Früchtchen, und Sie spielen mitnichten in derselben Li... Liga wie seine Süßen, wissen Sie? Sind Sie schon einmal einer von ihnen begegnet, sei... seit Sie hier sind?«

»Nein.«

»Nun, Sie werden sehen. Es ist ... es ist erstaunlich, wirklich. Gleichwohl, ich bi... bitte Sie, stehen Sie über den Dingen. Mir zuliebe, Camille.«

»Aber ich werde nicht mehr lange hiersein, das wissen Sie doch.«

»Ich auch nicht. Er auch nicht, aber bis dahin sollten wir versuchen, in guter Nachbarschaft zu leben ... Die Welt ist ohne uns schon schlimm genug, nicht wahr? Und außerdem bringen Sie mich zum Sto... Stottern, wenn Sie solche du... dummen Sachen sagen.«

Sie stand auf, um den Wasserkessel auszustellen.

»Sie sehen nicht sehr überzeugt aus.«

»Doch, doch, ich will es versuchen. Aber na ja, ich bin nicht sonderlich gut im Kräftemessen. Normalerweise schmeiße ich alles hin, anstatt nach Argumenten zu suchen.«

»Warum?«

»Darum.«

»Weil es weniger anstrengend ist?«

»Ja.«

»Das ist keine gute Strategie, glau... glauben Sie mir. Auf lange Sicht wird es Sie ins Verderben stürzen.«

»Es hat mich schon ins Verderben gestürzt.«

»Apropos Strategie, ich werde nächste Woche an einer fa... faszinierenden Tagung über die Militärkunst Napoleons teilnehmen, wollen Sie mitkommen?«

»Nein, aber schießen Sie los, ich bin ganz Ohr: Erzählen Sie mir von Napoleon.«

»Oh! Ein weites Feld ... Möchten Sie eine Zi... Zitronenscheibe?«

»Halt, mein Lieber! Ich rühre keine Zitrone mehr an! Ich rühre hier gar nichts mehr an.«

Er sah sie mit großen Augen an:

»*Ü... über* den Dingen, hatte ich gesagt.«

6

Die wiedergefundene Zeit, für einen Ort, an dem sie alle krepieren sollten, der Name war wirklich gut gewählt. Total daneben.

Franck war schlecht gelaunt. Seine Großmutter redete nicht mehr mit ihm, seit sie hier wohnte, und er mußte sich von Paris bis hierher das Hirn darüber zermartern, was er ihr erzählen könnte. Das erste Mal war er überrumpelt worden, und sie hatten sich den ganzen Nachmittag über wie zwei Porzellanhunde beäugt. Schließlich hatte er sich ans Fenster gestellt und laut kommentiert, was auf dem Parkplatz vor sich ging: von den Alten erzählt, die ins Auto geladen wurden, von denen, die gebracht wurden, den Paaren, die sich anblafften, den Kindern, die zwischen den Autos durchflitzten, dem einen, der sich eine Ohrfeige einfing, der jungen Frau, die weinte, dem Porsche Roadster, der Ducati, dem neuen 5er-BMW und den unaufhörlich eintreffenden und abfahrenden Krankenwagen. Ein spannender Tag, wirklich.

Madame Carminot hatte den Umzug in die Hand genommen, und er war am ersten Montag völlig arglos angekommen, ohne auch nur im mindesten zu ahnen, was ihn erwartete.

Schon die Örtlichkeiten an sich – Geldnot war Gebot gewesen, er hatte mit einem staatlichen Altenheim vorliebnehmen müssen, das in Windeseile zwischen einem Buffalo Grill und einer industriellen Mülldeponie am Stadtrand hochgezogen worden war. Es war ein riesiges Gewerbegebiet, eine riesige Pleite. Eine riesige Pleite mitten im Nichts. Er hatte sich verfahren und über eine Stunde zwischen gigantischen Lagerhallen nach einem Straßennamen gesucht, den es nicht gab, hatte an jedem Verkehrskreisel gehalten, unverständliche Pläne studiert, und als er endlich sein Motorrad abstellte und den Helm absetzte, wäre er fast von einem heftigen Windstoß weggefegt worden. »Nein, was ist das denn? Seit wann quartiert man alte Leute in einem Windkanal ein? Ich dachte immer, daß ihnen der Wind den Kopf aushöhlt. Scheiße, Mann. Sagt, daß das nicht wahr ist. Daß sie nicht hier ist. Erbarmen. Sagt, daß ich hier falsch bin.«

Drinnen herrschte eine mörderische Hitze, und als er sich ihrem Zimmer näherte, spürte er, wie es ihm die Kehle zuschnürte, zuschnürte, zuschnürte, so daß er Minuten brauchte, bis er das erste Wort herausbekam.

All diese Alten, scheußlich, traurig, deprimierend, wimmernd, stöhnend mit ihren Latschen, ihren Gebissen, ihren Sauggeräuschen, ihren dicken Bäuchen und klapprigen Armen. Der eine mit einem Schlauch in der Nase, der andere, der in seiner Ecke vor sich hinheulte, und die Frau, die so zusammengekauert in ihrem Rollstuhl saß, als hätte sie gerade einen Wundstarrkrampf. Man konnte ihre Strumpfhalter und ihre Windel sehen.

Und diese Hitze, verdammt! Warum machten sie nicht die Fenster auf? Damit die Alten schneller abkratzten?

Als er das nächste Mal kam, hatte er seinen Helm bis zu Zimmer 87 aufbehalten, um all das nicht mehr sehen zu müssen, doch eine Krankenschwester hatte ihn erwischt und ihn aufgefordert, ihn umgehend abzusetzen, weil er ihre Schützlinge erschrecke.

Seine Oma hatte sich geweigert, mit ihm zu sprechen, jedoch seinen Blick gesucht, um ihm zu trotzen und ein schlechtes Gewissen zu bereiten: »Na? Bist du stolz auf dich, Kleiner? Antworte mir. Bist du stolz auf dich?« Das wiederholte sie stumm, während er die Gardinen hochhob, um nach seinem Motorrad zu sehen.

Er war zu aufgewühlt, um schlafen zu können. Er zog den Sessel näher ans Bett, suchte nach Worten, nach Sätzen, nach Anekdoten, nach irgendwelchem Stuß, den er erzählen konnte, und schaltete dann, kriegsmüde, den Fernseher ein. Er sah sie nicht an, er betrachtete die Wanduhr hinter ihr und zählte ab: In zwei Stunden mach ich die Fliege, in einer Stunde mach ich die Fliege, in zwanzig Minuten ...

Diese Woche war er ausnahmsweise sonntags gekommen, weil Potelain ihn nicht brauchte. Er hatte im Eiltempo die Eingangshalle durchquert und nur mit den Achseln gezuckt, als er die neue, viel zu grelle Dekoration bemerkte und all diese armen Alten mit ihren spitzen Hüten.

»Was ist denn hier los, ist heute Karneval?« hatte er die Dame im Kittel gefragt, die mit ihm zusammen im Fahrstuhl fuhr.

»Wir proben eine kleine Aufführung für Weihnachten. Sie sind doch der Enkel von Madame Lestafier, nicht wahr?«

»Ja.«

»Ihre Großmutter ist nicht sehr kooperativ.«

»So?«

»Nein. Und das ist noch freundlich ausgedrückt. Ein richtiger Sturkopf.«

»Ich dachte, so sei sie nur mit mir. Ich dachte, bei Ihnen wäre sie ... hm ... pflegeleichter.«

»Nein, zu uns ist sie charmant. Eine richtige Perle. Überaus liebenswürdig. Mit den anderen läuft es nicht gut. Sie will sie nicht sehen und ißt lieber nichts, als in den Gemeinschaftssaal zu gehen.«

»Wie? Sie ißt nichts?«

»Tja, wir haben schließlich nachgegeben. Sie bleibt in ihrem Zimmer.«

Da sie ihn erst am nächsten Tag erwartet hatte, wurde sie von seinem Anblick überrascht und hatte nicht mehr die Zeit, das Kostüm der gekränkten Alten überzustreifen. Ausnahmsweise lag sie nicht böse und stocksteif im Bett, sie saß am Fenster und nähte.

»Omi?«

Verflixt, sie hatte verdrießlich aussehen wollen, konnte aber nicht umhin, ihn anzulächeln.

»Siehst du dir die Landschaft an?«

Sie hatte fast Lust, ihm die Wahrheit zu sagen: Machst du dich über mich lustig? Was für eine Landschaft? Nein. Ich warte auf dich, mein Junge. Ich verbringe meine Tage mit Warten. Auch wenn ich weiß, daß du nicht kommst, bin ich da. Ich bin immer da. Weißt du, mittlerweile kann ich dein Motorrad schon von weitem hören, und ich warte, bis du deinen Helm abgesetzt hast, um ins Bett zu kriechen und dir meine Grimassensuppe zu servieren. Aber sie konnte an sich halten und begnügte sich mit einem Brummen.

Er ließ sich zu ihren Füßen nieder und lehnte sich an die Heizung.

»Alles in Ordnung?«

»Mmm.«

»Was machst du da?«

»...«

»Bist du eingeschnappt?«

»...«

Sie starrten sich eine gute Viertelstunde lang an und spielten, wer zuerst lacht, hat verloren, dann rieb er sich den Kopf, schloß die Augen, seufzte, rückte ein wenig von ihr ab, um ihr direkt gegenüberzusitzen, und hob mit monotoner Stimme an:

»Hör zu, Paulette Lestafier, hör mir gut zu:

Du hast allein in einem Haus gelebt, das du geliebt hast und ich auch. Du bist in aller Frühe aufgestanden, hast dir deinen Malzkaffee gekocht, hast ihn getrunken und dir dabei die Farbe der Wolken angeschaut, um zu wissen, wie das Wetter wird. Dann hast du deine Zöglinge gefüttert, stimmt's? Deine Katze, die Katzen der Nachbarn, deine Rotkehlchen, deine Meisen und alle Spatzen dieser Welt. Du hast deine Gartenschere genommen und deine Blumen versorgt, bevor du dich deiner Morgentoilette gewidmet hast. Du hast dich angezogen, auf den Briefträger oder den Metzger gewartet. Den dicken Michel, diesen Gauner, der dir immer ein Beefsteak zu 300 Gramm abgeschnitten hat, wenn du eins zu 100 Gramm verlangt hast, obwohl er genau wußte, daß du keine Zähne mehr hast. Aber du hast nichts gesagt. Du hattest zu viel Angst, daß er am nächsten Dienstag vergessen würde zu hupen. Den Rest hast du gekocht, um deiner Suppe etwas Geschmack zu geben. Gegen elf hast du deine Einkaufstasche genommen und bist zum Café des alten Grivaud gegangen, um die Zeitung und dein Brot zu kaufen. Du hast zwar schon seit langem keins mehr gegessen, hast es aber trotzdem weiterhin gekauft. Aus Gewohnheit. Und für die Vögel. Oft bist du einer alten Freundin begegnet, die schon vor dir die Todesanzeigen gelesen hatte, und ihr habt seufzend über eure Toten gesprochen. Anschließend hast du ihr die Neuigkeiten von mir erzählt. Auch wenn du keine hattest. Für diese Leute war ich schon genauso berühmt wie Bocuse, stimmt's? Du wohnst seit fast zwanzig Jahren allein, aber du hast immer noch eine saubere Tischdecke aufgelegt und den Tisch schön gedeckt, mit einem Glas mit Stiel und einer Vase voller Blumen. Wenn ich mich recht erinnere, waren es im Frühling Anemonen, im Sommer Astern, und im Winter hast du auf dem Markt einen Strauß gekauft und dir bei jedem Schritt gesagt, daß er ziemlich häßlich ist und du zuviel dafür bezahlt hast. Nachmittags hast du auf dem Sofa ein Mittagsschläfchen gehalten, und dein dicker Kater hat sich erbarmt, sich für einen Moment auf deinen Schoß zu legen. Anschließend hast du zu Ende gebracht, was du in den Blumenbeeten oder im Gemüsegarten am Morgen angefangen hattest. Ja, der Gemüsegarten. Du hast nicht mehr viel darin gemacht, aber immerhin, er hat noch Eßbares abgeworfen, und du hast gestrahlt, wenn Yvonne ihre Karotten im Supermarkt gekauft hat. Für dich war das der Gipfel der Schande.

Die Abende waren ein bißchen zu lang, stimmt's? Du hast gehofft, daß ich anrufe, aber ich habe nicht angerufen, dann hast du den Fernseher angemacht und darauf gewartet, daß dich dieser ganze Unsinn müde macht. Bei der Werbung bist du aus dem Schlaf geschreckt. Du hast deine Runde durchs Haus gedreht und dabei deinen Schal fest um dich gezogen und die Fensterläden geschlossen. Dieses Geräusch, das Geräusch von Fensterläden, die in der Dämmerung knarren, hörst du heute noch, das weiß ich, weil es mir genauso geht. Ich wohne jetzt in einer Stadt, die so anstrengend ist, daß man nichts mehr hört, aber diese Geräusche, der hölzernen Fensterläden und der Tür zum Schuppen, ich brauche nur die Ohren zu spitzen, dann höre ich sie schon ...

Es stimmt, ich hab nicht angerufen, aber ich hab an dich gedacht, weißt du? Und wenn ich dich besucht hab, hab ich die Vorträge der heiligen Yvonne, die mich beiseite nahm und mir den Arm tätschelte, nicht gebraucht, um zu begreifen, daß es mit dir bergab ging. Ich hab mich nicht getraut, was zu sagen, aber ich hab natürlich gesehen, daß deine Blumenbeete nicht mehr so gepflegt waren und dein Gemüsegarten nicht mehr so ordentlich. Ich hab genau gesehen, daß du nicht mehr so schmuck warst, daß deine Haare eine ganz merkwürdige Farbe hatten und der Rock falsch rum saß. Ich hab gemerkt, daß dein Gasherd dreckig war und die potthäßlichen Pullover, die du mir weiterhin gestrickt hast, voller Löcher, daß deine Strümpfe nicht zusammenpaßten und du dich überall gestoßen hast. Ja, sieh mich nicht so an, Omi. Ich hab sie immer gesehen, deine riesigen blauen Flecken, die du unter deinen Strickwesten verbergen wolltest.

Ich hätte schon viel früher auf dich einreden können bei alledem. Dich zwingen, zum Arzt zu gehen, und mit dir schimpfen, damit du aufhörst, dich mit dem Spaten abzumühen, den du kaum noch heben konntest, ich hätte Yvonne bitten können, auf dich aufzupassen, dich zu überwachen und mir deine Untersuchungsergebnisse zu schicken. Aber nein, ich hab überlegt, daß es besser ist, dich in Ruhe zu lassen, und daß der Tag, an dem es nicht mehr geht, na ja, dann würdest du es wenigstens nicht bereuen und ich auch nicht. Du hättest wenigstens ein gutes Leben gehabt. Glücklich. Angenehm. Bis zum Schluß.

Jetzt ist er gekommen, der Tag. Da sind wir jetzt. Und du mußt dich entscheiden, meine Liebe. Anstatt böse auf mich zu sein, solltest du lieber denken, was für ein Glück du hattest, daß du mehr als achtzig Jahre in einem wunderschönen Haus wohnen durftest und ...«

Sie weinte.

»... und außerdem bist du ungerecht zu mir. Ist es meine Schuld, daß ich so weit weg wohne und allein bin? Ist es meine Schuld, daß du Witwe bist? Ist es meine Schuld, daß du nicht mehr Kinder hast, die sich heute um dich kümmern können, als meine gestörte Mutter? Ist es meine Schuld, wenn ich keine Geschwister habe, die sich mit Besuchen abwechseln?

Nein, das ist nicht meine Schuld. Meine einzige Schuld ist, daß ich mir diesen beschissenen Beruf ausgesucht hab. Außer ackern wie ein Blöder kann ich nichts tun, und das Schlimme ist, weißt du, daß ich nichts anderes tun könnte, selbst, wenn ich wollte. Ich weiß nicht, ob du dir darüber im klaren bist, aber ich arbeite jeden Tag außer montags, und montags komm ich dich besuchen. Jetzt tu nicht so erstaunt. Ich hab dir doch gesagt, daß ich sonntags Extraschichten fahre, um mein Motorrad abzuzahlen. Du siehst, ich kann keinen einzigen Tag morgens ausschlafen. Ich fang jeden Morgen um halb neun an und komm abends nicht vor Mitternacht raus. Darum muß ich nachmittags schlafen, damit ich das durchhalte.

Da siehst du's, das ist mein Leben: nichts. Ich tu nichts. Ich seh nichts. Ich kenn nichts, und das Schlimmste ist, ich versteh auch nichts. In dem ganzen Chaos gab's nur ein Gutes, eins nur, die Bude, die ich bei dem seltsamen Vogel ergattert hatte, von dem ich dir schon oft erzählt hab. Dem Adligen, weißt du? Okay, und selbst das läuft kacke im Moment. Er hat ein Mädchen angeschleppt, das jetzt da ist, das bei uns wohnt und mir dermaßen auf den Keks geht, das kannst du dir nicht vorstellen. Sie ist nicht mal seine Freundin! Ob *der* Typ sie irgendwann mal flachlegt … eh … Pardon, ob er sie irgendwann mal rumkriegt, ich weiß es nicht. Nein, es ist einfach nur ein armes Ding, das er unter seine Fittiche genommen hat, und jetzt ist die ganze Atmosphäre in der Wohnung einfach nur verkorkst, und ich werd mir was anderes suchen müssen. Gut, aber das ist nicht so schlimm, ich bin schon so oft umgezogen, daß es auf eine Adresse mehr oder weniger nicht ankommt. Das krieg ich schon hin. Bei dir allerdings, da kann ich nichts machen, verstehst du? Zum ersten Mal hab ich einen Chef, mit dem ich gut kann. Ich erzähl dir oft, wie er brüllt und so, trotzdem, der Typ ist korrekt. Zum einen gibt's keinen Zoff mit ihm, zum anderen ist er super. Ich hab wirklich das Gefühl, bei ihm was dazuzulernen, verstehst du? Ich kann ihn jetzt nicht einfach im Stich lassen, jedenfalls nicht vor Ende Juli. Ich hab ihm das mit dir nämlich erzählt, weißt du? Ich hab ihm gesagt, daß ich lieber wieder hier in der Gegend arbeiten will, um näher an dir dran zu sein, und ich weiß, daß er mir helfen wird, aber bei dem Niveau, das ich heut hab, will ich nicht mehr einfach irgendwas annehmen. Wenn ich hierher zurückgeh, dann entweder als zweiter Chef in einem Feinschmeckerrestaurant oder als Chef in einem normalen Laden. Ich will hier nicht mehr den Lakai machen, ich hab schon genug eingesteckt. Du mußt jetzt also Geduld haben und aufhören, mich so anzusehen, sonst, das sag ich dir ganz offen, komm ich dich nämlich gar nicht mehr besuchen.

Ich sag's dir noch mal, ich hab nur einen freien Tag in der Woche, und wenn mich dieser Tag runterzieht, tja, dann ist das das Ende für mich. Außerdem kommen jetzt die Feiertage, und ich muß noch mehr arbeiten als sonst, du könntest mir auch mal helfen, verdammt.

Moment, eine Sache noch. Eine Frau von hier hat mir erzählt, daß du die anderen nicht sehen willst, ich versteh dich gut, keine Frage, sie sind ja nicht wirklich witzig, die Leutchen hier, aber du könntest wenigstens ein Minimum mitmachen. Wer weiß, vielleicht gibt es ja noch eine andere Paulette hier, versteckt in ihrem Zimmer, die genauso verloren ist wie du. Vielleicht würde sie auch gern über ihren Garten reden und ihren wunderbaren Enkel, aber wie soll sie dich finden, wenn du hier sitzt und schmollst wie ein Kind?«

Sie sah ihn fassungslos an.

»Okay, das war's. Ich hab alles gesagt, was ich auf dem Herzen hatte, jetzt kann ich nicht mal mehr aufstehen, weil mir der Ar..., der Hintern weh tut. Und? Was nähst du da eigentlich?«

»Bist du's, Franck? Bist du's wirklich? Es ist das erste Mal in meinem Leben, das ich dich so viel am Stück reden höre. Du bist doch nicht krank?«

»Nee, ich bin nicht krank, ich bin nur müde. Ich hab die Schnauze voll, verstehst du?«

Sie betrachtete ihn lange, schüttelte dann den Kopf, als würde sie endlich aus ihrer Erstarrung erwachen. Sie hielt ihr Nähzeug hoch:

»Ach, das ist nichts Besonderes . . . Das ist für Nadège, ein ganz liebes Ding, das morgens hier arbeitet. Ich flicke ihren Pullover. Da fällt mir ein, kannst du mir mal das Garn einfädeln, ich finde nämlich meine Brille nicht?«

»Willst du dich nicht aufs Bett setzen, dann kann ich den Sessel nehmen?«

Kaum hatte er sich entspannt, schlief er bereits.

Den Schlaf des Gerechten.

Er wachte auf, als das Tablett hereingetragen wurde.

»Was ist das?«

»Abendessen.«

»Warum gehst du nicht nach unten?«

»Abends bekommen wir das Essen immer aufs Zimmer.«

»Aber wie spät ist es denn?«

»Halb sechs.«

»Was ist denn das für ein Schwachsinn? Die geben euch um halb sechs zu essen?«

»Ja, sonntags ist es so. Damit sie früher gehen können.«

»Pff . . . Und was ist das für ein Zeug? Das stinkt ja.«

»Ich weiß nicht, was es ist, und ich will es lieber gar nicht wissen.«

»Was ist das? Fisch?«

»Nein, sieht eher aus wie Kartoffelgratin, meinst du nicht?«

»Hör auf, das riecht nach Fisch. Und das hier, dieses braune Zeug, was ist das?«

»Kompott.«

»Nein?«

»Ich glaube schon.«

»Bist du sicher?«

»Ach, ich weiß es nicht.«

So weit waren sie in ihren Ermittlungen gekommen, als die junge Frau wieder auftauchte.

»Und? Schmeckt's? Sind Sie fertig?«

»Moment mal«, Franck schnitt ihr das Wort ab, »Sie haben es ihr doch vor zwei Minuten erst gebracht. Lassen Sie ihr wenigstens die Zeit, in Ruhe zu essen!«

Unwirsch schloß die Frau die Tür hinter sich.

»So ist es jeden Tag, aber sonntags ist es am schlimmsten. Sie haben es eilig, nach Hause zu kommen. Man kann es ihnen nicht verdenken, oder?«

Die Alte sah zu Boden.

»Ach Omi, du Arme. Was ist das für eine Kacke. Was für eine Kacke.«

Sie faltete die Serviette.

»Franck?«

»Ja.«

»Entschuldige bitte ...«

»Nein, ich entschuldige mich. Nichts läuft so, wie ich es gern hätte. Aber das macht nichts, ich gewöhn mich allmählich dran.«

»Kann ich jetzt abräumen?«

»Ja, ja, nur zu.«

»Gruß an den Küchenchef«, fügte Franck hinzu, »es war wirklich vorzüglich.«

»Okay, ich muß langsam los.«

»Willst du noch warten, bis ich mein Nachthemd angezogen habe?«

»Klar, mach nur.«

»Hilf mir mal auf.«

Er hörte im Badezimmer Wasser laufen und drehte sich schamhaft um, während sie unter die Decke schlüpfte.

»Mach das Licht aus, mein Junge.«

Sie machte ihre Nachttischlampe an.

»Komm her, setz dich noch zwei Minuten zu mir.«

»Zwei Minuten, okay? Ich wohn hier nicht im Zimmer nebenan, ich ...«

»Zwei Minuten.«

Sie legte ihm die Hand aufs Knie und stellte ihm eine Frage, mit der er zuallerletzt gerechnet hätte:

»Sag mal, dieses Mädchen, von dem du mir vorhin erzählt hast ... Das bei euch wohnt ... Wie ist sie so?«

»Sie ist blöd, eingebildet, mager und genauso gestört wie er.«

»Donnerwetter ...«

»Sie ...«

»Was sie?«

»Man könnte meinen, eine Intellektuelle. Nein, man könnte nicht nur meinen, sie ist eine. Sie und Philibert haben die Nase ständig in Büchern, und wie alle Intellektuellen können sie sich stundenlang über Sachen unterhalten, die sonst niemanden interessieren, und außerdem, was komisch ist, sie geht putzen.«

»So?«

»Nachts.«

»Nachts?«

»Ja. Ich sag doch, sie ist seltsam. Und wenn du wüßtest, wie mager sie ist. Es würde dir in der Seele weh tun.«

»Ißt sie nicht?«

»Keine Ahnung. Ist mir auch egal.«

»Wie heißt sie?«

»Camille.«

»Und wie ist sie?«

»Das hab ich dir doch schon gesagt.«

»Ihr Gesicht?«

»He, warum fragst du mich das alles?«

»Um dich länger hierzubehalten. Nein, weil es mich interessiert.«

»Na ja, sie hat ganz kurze Haare, fast eine Glatze, Richtung kastanienbraun. Blaue Augen, glaub ich. Keine Ahnung. Jedenfalls sind sie hell. Sie ... ach, und außerdem ist es mir egal, hab ich dir doch schon gesagt!«

»Ihre Nase, wie ist die?«

»Normal.«

». . .«

»Ich glaub auch, daß sie Sommersprossen hat. Sie … warum lachst du?«

»Nichts, ich höre dir zu.«

»Nein, ich hau jetzt ab, du gehst mir auf die Nerven.«

»Ich hasse den Dezember. Diese ganzen Feste machen mich depressiv.«

»Ich weiß, Mama. Das sagst du jetzt schon zum vierten Mal.«

»Macht dich das nicht depressiv?«

»Und sonst? Warst du mal im Kino?«

»Was soll ich denn im Kino?«

»Fährst du Weihnachten nach Lyon?«

»Muß wohl. Du weißt ja, wie dein Onkel ist. Es ist ihm schnurzegal, wie's mir geht, aber wenn ich seine Pute verpasse, ist das gleich ein Drama. Kommst du dieses Jahr mit?«

»Nein.«

»Warum nicht?«

»Ich arbeite.«

»Fegst du die Christbaumnadeln auf?« höhnte sie.

»Genau.«

»Willst du mich auf den Arm nehmen?«

»Nein.«

»Glaub mir, ich versteh dich. Diese ganzen Idioten rund um den Weihnachtskuchen, das ist schon schwer zu ertragen.«

»Du übertreibst. Sie sind doch eigentlich ganz nett.«

»Pfff . . . ihre nette Art macht mich auch depressiv.«

»Ich lade dich ein«, sagte Camille und fing die Rechnung ab. »Ich muß los.«

»Sag mal, hast du dir die Haare schneiden lassen?« fragte ihre Mutter vor dem Eingang zur Metro.

»Ich habe mich schon gefragt, ob du es noch merkst.«

»Das ist ja schrecklich! Warum hast du das gemacht?«

Camille stürmte in aller Eile die Rolltreppen hinunter.
Luft, schnell.

Sie wußte, daß sie da war, sie brauchte sie gar nicht zu sehen. Es war zu riechen.

Ein aufdringliches, süßliches Parfum, ihr drehte sich der Magen um. Sie stürmte in ihr Zimmer und sah sie im Salon. Franck fläzte auf dem Boden und lachte über eine junge Frau, die sich in den Hüften wiegte. Er hatte die Musik voll aufgedreht.

»Abend«, warf sie ihnen im Vorbeigehen zu.

Als sie die Tür zuzog, hörte sie ihn murmeln: »Das geht dich nichts an. Das braucht uns nicht zu kümmern, sag ich. Los, mach weiter.«

Das war keine Musik, das war Lärm. Ein schreckliches Stück. Die Wände, die Bilderrahmen und das Parkett bebten. Camille wartete noch einen Moment, dann ging sie hinüber:

»Du solltest die Musik etwas leiser drehen. Sonst kriegen wir Ärger mit den Nachbarn.«

Das Mädchen war stehengeblieben und hatte angefangen zu glucksen.

»He, Franck, ist sie das? Ist sie das? He? Bist du die Putze?«

Camille starrte sie lange an. Philibert hatte recht: Es war erstaunlich.

Ein Konzentrat aus Dummheit und ordinärem Gehabe. Plateauschuhe, Jeans mit Flitterkram, schwarzer BH, großmaschiger Pullover, selbstgefärbte Strähnchen und Gummilippen, nichts fehlte.

»Ja, das bin ich.« Dann an Franck gewandt, »stell das bitte leiser.«

»Mann! Du nervst. Komm schon. Husch, husch ins Körbchen.«

»Ist Philibert nicht da?«

»Nee, der ist bei Napoleon. Los, geh schlafen, sag ich.«

Das Mädchen lachte noch lauter.

»Wo ist der Lokus? He, wo ist der Lokus?«

»Stell das leiser, oder ich ruf die Bullen.«

»Ja, ja, genau, ruf die Bullen und hör auf, uns auf den Geist zu gehen. Los! Zieh Leine, sag ich!«

Pech für ihn, daß Camille ein paar Stunden mit ihrer Mutter hinter sich hatte.

Aber das konnte Franck nicht wissen.

Pech für ihn, also.

Sie machte auf dem Absatz kehrt, ging in sein Zimmer, trampelte über seine Sachen, machte das Fenster auf, zog den Stecker der Stereoanlage heraus und warf das Ding die vier Stockwerke hinunter.

»Ist schon okay. Das mit den Bullen hat sich erledigt.«

Dann, im Hinausgehen:

»He ... Mach den Mund zu, sonst fängst du noch Fliegen.«

Sie schloß sich ein. Er trommelte, schrie, grölte, drohte ihr mit Vergeltung. Sie betrachtete sich währenddessen lächelnd im Spiegel und wurde von einem interessanten Selbstporträt überrascht. Leider war sie nicht in der Verfassung, irgendetwas zu malen: zu feuchte Hände.

Sie wartete, bis die Wohnungstür ins Schloß fiel, wagte sich dann in die Küche, aß eine Kleinigkeit und legte sich schlafen.

Er rächte sich mitten in der Nacht.

Gegen vier wurde Camille von einem schmachtenden Spektakel im Zimmer nebenan geweckt. Er grunzte, sie stöhnte. Er stöhnte, sie grunzte.

Sie stand auf und überlegte einen Moment im Dunkeln, ob sie nicht auf der Stelle ihre Sachen packen und verduften sollte.

Nein, flüsterte sie, nein, das wäre für ihn ein Triumph. Was für ein Lärm, mein Gott, was für ein Lärm. Das mußten sie absichtlich machen, das konnte nicht sein. Er feuerte sie bestimmt an, noch lauter zu sein. Himmel, war sie denn mit einem elektronischen Verzerrer ausgestattet, diese Tussi?

Er hatte gewonnen.
Ihre Entscheidung war gefallen.
Sie konnte nicht wieder einschlafen.

Am nächsten Morgen stand sie früh auf und machte sich leise fertig. Sie zog ihr Bett ab, legte die Bettwäsche zusammen und suchte einen großen Beutel, um alles in den Waschsalon zu bringen. Sie suchte ihre Sachen zusammen und stopfte sie in den gleichen kleinen Karton wie beim Einzug. Es ging ihr nicht gut. Ihr machte nicht so sehr zu schaffen, daß sie in ihr Zimmer zurückkehren sollte, sondern vielmehr, daß sie dieses Zimmer verlassen mußte. Den Staubgeruch, das Licht, das gedämpfte Flappen der seidenen Gardinen, das Knarren, die Lampenschirme und den Spiegel, in dem alles weicher aussah. Das seltsame Gefühl, sich außerhalb der Zeit zu befinden. Weit weg von allem. Philiberts Vorfahren hatten sie schließlich akzeptiert, und sie hatte sich damit vergnügt, sie anders und in anderen Situationen zu zeichnen. Der alte Marquis vor allem hatte sich als viel lustiger entpuppt als erwartet. Fröhlicher, jünger. Sie zog den Stecker ihres Kamins heraus und hätte nichts gegen einen Kabelaufwickler gehabt. Sie traute sich nicht, ihn über den Flur zu schieben, und ließ ihn vor der Tür stehen.

Dann nahm sie ihren Skizzenblock, kochte sich einen Tee und setzte sich ins Badezimmer. Sie hatte sich vorgenommen, es mitzunehmen. Es war das schönste Zimmer im ganzen Haus.

Sie fegte Francks Sachen beiseite, sein Deo Mennen-X, seine schäbige alte Zahnbürste, seine Bic Rasierklingen, sein Gel für empfindliche Haut – das beste – und seine Klamotten, die nach Frittierfett stanken. Sie feuerte alles in die Badewanne.

Als sie diesen Raum zum ersten Mal betrat, hatte sie ein verzücktes »Oh!« nicht unterdrücken können, und Philibert hatte ihr erzählt, daß es sich um ein Modell des Etablissements Porcher aus dem

Jahre 1894 handelte. Eine Grille seiner Urgroßmutter, der kokettesten Pariserin der Belle Epoque. Ein wenig zu kokett im übrigen, den Augenbrauen seines Großvaters nach zu urteilen, wenn er von ihr und ihren Possen erzählte. Ganz Offenbach war da.

Als die Badewanne eingebaut wurde, versammelten sich alle Nachbarn, um sich zu beschweren, weil sie fürchteten, sie würde durch den Fußboden krachen, aber auch, um sie zu bewundern und vor Entzücken außer sich zu geraten. Sie war die schönste im ganzen Haus, vielleicht sogar in der Straße.

Sie war intakt, etwas angeschlagen, aber intakt.

Camille setzte sich auf den Wäschekorb und zeichnete die Form der Kacheln, die Friese, die Arabesken, die breite Porzellanbadewanne mit ihren vier krallenbewehrten Löwenfüßen, die abgenutzte Verchromung, den riesigen Brausekopf, der seit dem Ersten Weltkrieg nichts mehr ausgespuckt hatte, die Seifenschalen, die wie Weihwasserbecken herausstanden, und die halb herausgerissenen Handtuchhalter. Die leeren Flacons, *Shocking* von Schiaparelli, *Transparent* von Houbigant oder *Le Chic* von Molyneux, die Döschen mit Reispuder *La Diaphane*, die blauen Schwertlilien, die das Bidet überzogen, und die Waschbecken, so kunstvoll gearbeitet, so überreich verziert, so großzügig mit Blumen und Vögeln bedeckt, daß sie immer Skrupel hatte, ihren grauenhaften Toilettenbeutel auf die vergilbte Ablage zu stellen. Die Kloschüssel war erhalten, und der Behälter der Wasserspülung hing nach wie vor an der Wand. Sie beendete ihre Bestandsaufnahme damit, die Schwalben zu malen, die seit über einem Jahrhundert dort oben herumflatterten.

Ihr Skizzenheft war fast voll. Zwei oder drei Seiten noch ...
Sie hatte nicht die Kraft, es durchzublättern, und sah darin so etwas wie ein Zeichen. Ende des Skizzenhefts, Ende der Ferien.

Sie spülte ihre Teetasse, verließ die Wohnung und zog die Tür ganz leise hinter sich zu. Während die Bettwäsche schleuderte, ging sie zu Darty unterhalb der Madeleine und kaufte eine neue Stereoanlage für Franck. Sie wollte ihm nichts schuldig sein. Sie hatte nicht die Zeit gehabt, sich die Marke seiner Anlage anzuschauen, und ließ sich vom Verkäufer an die Hand nehmen.

Es gefiel ihr gut, an die Hand genommen zu werden.

Als sie zurückkam, war die Wohnung leer. Oder still. Sie bemühte sich nicht, das herauszufinden. Sie stellte den Sony-Karton vor die Tür ihres Nachbarn, legte die Bettwäsche auf ihr ehemaliges Bett, verabschiedete sich von der Ahnengalerie, schloß die Läden und rollte ihren Kamin ins Mägdezimmer. Dort fand sie den Schlüssel nicht. Nun gut, sie stellte ihren Karton und ihren Wasserkessel darauf und ging zur Arbeit.

Je weiter der Abend fortschritt und die Kälte ihre triste Arbeit aufnahm, desto trockener wurde ihr Mund und desto härter ihr Bauch: Die Steine waren zurück. Sie stellte sich mit aller Kraft etwas Schönes vor, um nicht loszuheulen, und redete sich schließlich ein, sie sei wie ihre Mutter: durcheinander wegen der Feiertage.

Sie arbeitete still für sich.

Sie hatte keine große Lust mehr, die Reise fortzusetzen. Sie mußte den Tatsachen ins Auge sehen. Sie schaffte es nicht.

Sie würde wieder nach oben ziehen, in das Kämmerchen der Louise Leduc, und ihre Tasche abstellen.

Endlich.

Eine kurze Nachricht auf dem Schreibtisch des Herrn Exferkel riß sie aus ihren düsteren Gedanken:

Wer sind Sie? fragte eine schwarze, steile Schrift.

Sie stellte ihr Spritzfläschchen hin, legte die Lappen beiseite, setzte sich auf den riesigen Ledersessel und suchte nach zwei leeren Blättern.

Auf das erste Blatt zeichnete sie eine Art Kater Karlo, struppig und zahnlos, der sich auf einen fransigen Besen stützte und böse lächelte. Ein Liter Rotwein ragte aus seinem Kittel heraus, *Proclean, die Profis etc.* und er stimmte zu: *Tja, das bin ich.*

Auf das zweite Blatt zeichnete sie ein Pin-up-Girl der fünfziger Jahre. Hand auf der Hüfte, Schmollmund, ein Bein angewinkelt, die Brüste in eine hübsche Spitzenschürze gezwängt. Sie hielt einen Staubwedel in der Hand und gab zurück: *Aber nicht doch – das bin ich.*

Mit einem Textmarker hatte sie die Wangen rosa eingefärbt.

Aufgrund dieser Albernheiten hatte sie die letzte Metro verpaßt und mußte zu Fuß nach Hause gehen. Pah, darauf kam es jetzt auch nicht mehr an. Ein weiteres Zeichen nur. Sie war jetzt beinahe auf dem Grund angelangt, aber noch nicht ganz, oder?

Sie mußte sich noch etwas anstrengen.

Noch ein paar Stunden in der Kälte, und es wäre soweit.

Als sie das Tor aufmachte, fiel ihr ein, daß sie ihren Schlüssel nicht zurückgegeben hatte und daß sie ihre Sachen noch ins hintere Treppenhaus stellen mußte.

Und daß sie ihrem Gastgeber vielleicht noch eine Nachricht hinterlassen sollte?

Sie ging auf die Küche zu und sah zu ihrer Verärgerung, daß dort Licht brannte. Bestimmt Monsieur Marquet de la Durbellière, Ritter der traurigen Gestalt, eine heiße Kartoffel im Mund und eine Batterie an Scheinargumenten, um sie zurückzuhalten. Einen kurzen Moment erwog sie, umzukehren. Sie hatte nicht die Kraft, sein Gefasel zu ertragen. Andererseits, wollte sie die Nacht überleben, brauchte sie ihren Heizkörper.

9

Er saß am anderen Tischende und spielte mit dem Deckel seiner Bierflasche.

Camille umschloß fest den Türgriff und spürte, wie ihr die Fingernägel ins Fleisch schnitten.

»Ich habe auf dich gewartet«, sagte er.

»Ja?«

»Ja.«

». . .«

»Willst du dich nicht setzen?«

»Nein.«

Einige Zeit verharrten sie so, schweigend.

»Du hast nicht zufällig den Schlüssel zur Hintertür gesehen?« fragte sie schließlich.

»In meiner Tasche.«

Sie seufzte.

»Gib ihn mir.«

»Nein.«

»Warum nicht?«

»Weil ich nicht will, daß du gehst. *Ich* verschwinde. Wenn du nicht mehr da bist, ist mir Philibert bis ans Ende seiner Tage böse. Vorhin schon, als er den Karton sah, hat er mir die Hölle heiß gemacht, er ist seitdem nicht mehr aus seinem Zimmer gekommen. Deshalb ziehe ich aus. Nicht deinetwegen, sondern seinetwegen. Das kann ich ihm nicht antun. Er wird wieder so werden wie vorher, und das will ich nicht. Das hat er nicht verdient. Er hat mir geholfen, als ich in der Scheiße steckte, und ich will ihm nicht weh tun. Ich will nicht mehr sehen, wie er jedesmal leidet und sich wie eine Schlange windet, wenn ihm jemand eine Frage stellt, das geht nicht. Es ging schon besser mit ihm, bevor du kamst, aber seit du da bist, ist er fast normal, und ich weiß, daß er jetzt weniger Pillen nimmt. Du brauchst nicht zu gehen. Ich hab einen Kumpel, bei dem ich nach den Feiertagen unterschlüpfen kann.«

Stille.

»Kann ich ein Bier von dir haben?«

»Nur zu.«

Camille schenkte sich ein Glas ein und setzte sich ihm gegenüber.

»Darf ich eine rauchen?«

»Nur zu, sag ich doch. Tu so, als sei ich nicht da.«

»Nein, das kann ich nicht. Das ist unmöglich. Wenn du in einem Raum bist, ist eine solche Spannung in der Luft, so viel Aggressivität, daß ich mich nicht natürlich verhalten kann und ...«

»Was und?«

»Und mir geht's wie dir, stell dir vor, ich bin müde. Nicht aus den gleichen Gründen, wie ich mir denken kann ... ich arbeite weniger, aber sonst ist es das gleiche. Es ist was anderes, aber das gleiche. Mein Kopf ist müde, verstehst du? Außerdem will ich hier weg. Ich merke deutlich, daß ich nicht länger in einer Wohngemeinschaft leben kann, und ich ...«

»Ja?«

»Nein, nichts. Ich bin müde, sage ich doch. Und du bist unfähig, dich anderen gegenüber normal zu verhalten. Immer mußt du brüllen, die anderen angreifen. Ich denke mir, das hängt mit deiner Arbeit zusammen, der Atmosphäre in der Küche, die abfärbt. Keine Ahnung. Und außerdem ist es mir ehrlich gesagt so was von egal. Aber eins ist sicher: Ich gebe euch eure Zweisamkeit zurück.«

»Nein, ich werd gehen, ich hab keine Wahl, sag ich doch. Für Philou zählst du mehr, du bist wichtiger geworden als ich.«

»C'est la vie«, fügte er lachend hinzu.

Und zum ersten Mal sahen sie sich in die Augen.

»Ich hab ihn besser bekocht als du, so viel ist sicher! Aber ich hab nun mal nichts am Hut mit den weißen Haaren der Marie-Antoinette. Das geht mir am Arsch vorbei, und deshalb hab ich verloren. Ach, übrigens! Danke für die Anlage.«

Camille war aufgestanden:

»Es ist doch in etwa die gleiche, oder?«

»Bestimmt.«

»Prima«, folgerte sie freudlos. »Okay, und der Schlüssel?«

»Welcher Schlüssel?«

»Komm schon.«

»Deine Sachen sind wieder in deinem Zimmer, und ich hab dein Bett bezogen.«

»Du hast mein Bett bezogen? Hoffentlich nicht mein Zimmer.«

»Mann, du bist wirklich ätzend.«

Sie wollte gerade gehen, als er mit dem Kinn auf ihr Skizzenheft deutete:

»Hast du das gemacht?«

»Wo hast du das gefunden?«

»He ... Ganz ruhig. Es lag hier auf dem Tisch. Ich hab nur reingeschaut, während ich auf dich gewartet hab.«

Sie wollte es sofort wieder an sich nehmen, als er hinzufügte:

»Wenn ich dir was Nettes sage, beißt du mich dann?«

»Probier's halt mal.«

Er nahm es hoch, blätterte ein paar Seiten um, legte es wieder hin und wartete noch einen Moment, bis sie sich endlich umdrehte:

»Das ist toll, weißt du? Superklasse. Supergut gezeichnet. Das ist ... Na ja, wenn ich das sage. Ich kenn mich ja nicht sonderlich gut aus. Überhaupt nicht, eigentlich. Aber ich wart seit fast zwei Stunden auf dich, in dieser Küche, wo man sich einen abfriert, und die Zeit ist nur so verflogen. Ich hab mich nicht eine Minute gelangweilt. Ich ... Ich hab mir hier die ganzen Gesichter angeschaut. Meinen Philou und seine Leute. Wie gut du sie getroffen hast, wie schön du sie gemacht hast. Und die Wohnung. Ich wohn seit über einem Jahr hier und hatte gedacht, sie wäre leer, das heißt, ich hab nichts mitgekriegt. Und du ... Tja, das ist echt Wahnsinn.«

»...«

»He, warum heulst du jetzt?«

»Die Nerven, glaube ich.«

»Na, so was. Willst du noch ein Bier?«

»Nein, danke. Ich gehe jetzt schlafen.«

Als sie im Badezimmer war, hörte sie, wie er an Philiberts Zimmertür hämmerte und brüllte:

»Okay, Kumpel! Alles in Ordnung. Sie ist nicht ausgeflogen! Du kannst jetzt pissen gehen!«

Als sie das Licht ausmachte, glaubte sie zu erkennen, wie ihr der Marquis zwischen seinen Barthaaren zulächelte. Sie schlief sofort ein.

10

Es war milder geworden. Es lag etwas von Freude, von Leichtigkeit in der Luft, samsing in si air. Alle waren unterwegs, um Geschenke zu kaufen, und Josy B. hatte ihre Haare frisch gefärbt. Ein wunderschöner rotbrauner Schimmer, der ihr Brillengestell richtig zur Geltung brachte. Auch Mamadou hatte sich ein wunderbares, künstliches Haarteil gekauft. Eines Abends, als sie zu viert zwischen zwei Stockwerken eine Flasche Sekt köpften, die sie vom Wettgewinn gekauft hatten, hielt sie ihnen einen Vortrag über Haartrachten.

»Wie lange sitzt du beim Friseur, wenn du dir die ganze Stirn so auszupfen läßt?«

»Ach ... Nicht so lange. Zwei, drei Stunden vielleicht. Es gibt Frrisuren, die viel länger dauern, weißt du? Bei meiner Sissi zum Beispiel hat es mehr als vier Stunden gedauert.«

»Mehr als vier Stunden! Und was macht sie die ganze Zeit? Ist sie denn brav?«

»Natürlich nicht, natürlich ist sie nicht brav! Sie macht dasselbe wie wir, sie lacht, sie ißt, und sie hört zu, wie wir unsere Geschichten erzählen. Wir erzählen uns viele Geschichten. Viel mehr als ihr.«

»Und du, Carine? Was machst du an Weihnachten?«

»Ich nehm zwei Kilo zu. Und du, Camille, was machst du an Weihnachten?«

»Ich nehm zwei Kilo ab. Nein, war nur ein Scherz.«

»Bist du bei deiner Familie?«

»Ja«, log sie.

»He, wir sind noch nicht fertig«, sagte Super Josy und klopfte auf das Zifferblatt ihrer ... etc. etc.

Wie heißen Sie?, las sie auf dem Schreibtisch.

Vielleicht war es reiner Zufall, aber das Foto von seiner Frau und seinen Kindern war verschwunden. Tzz, er war ziemlich leicht zu durchschauen, der Knabe. Sie warf den Zettel weg und fing an zu saugen.

Auch in der Wohnung war die Stimmung weniger drückend. Franck verbrachte die Nacht nicht mehr dort und schoß wie ein Pfeil durch die Wohnung, wenn er nachmittags kam, um sich hinzulegen. Er hatte noch nicht einmal seine neue Anlage ausgepackt.

Philibert verlor kein Wort über das, was sich an jenem Abend hinter seinem Rücken abgespielt hatte, als er im Invalidendom war. Er konnte nicht die geringste Veränderung ertragen. Sein Gleichgewicht hing an einem seidenen Faden, und Camille begann gerade erst die Tragweite seines Handelns in jener Nacht zu begreifen, als er sie zu sich geholt hatte. Wieviel Überwindung es ihn gekostet haben mußte. Sie dachte auch darüber nach, was Franck wegen der Medikamente gesagt hatte.

Er kündigte ihr an, daß er verreisen und bis Mitte Januar abwesend sein würde.
»Kehren Sie in Ihr Schloß zurück?«
»Ja.«
»Freuen Sie sich darauf?«
»Und wie, ich bin froh, meine Schwestern wiederzusehen ...«
»Wie heißen sie?«
»Anne, Marie, Catherine, Isabelle, Aliénor und Blanche.«
»Und Ihr Bruder?«
»Louis.«
»Nur Namen von Königinnen und Königen ...«
»Oh ja ...«
»Und Ihrer?«
»Ach, ich ... Ich bin das häßliche Entlein.«
»Sagen Sie das nicht, Philibert. Sie wissen ja, ich habe keine Ahnung von diesen ganzen Aristokratengeschichten, und ich war auch noch nie sehr empfänglich für Adelsprädikate. Um die Wahrheit zu sagen, ich finde sie sogar etwas lächerlich, ein bißchen –

antiquiert, aber eins ist sicher: Sie, Sie sind der Prinz. Ein echter Prinz.«

»Oh«, er errötete, »eher ein kleiner Edelmann, ein kleiner Land-junker höchstens.«

»Ein kleiner Edelmann, ja, das ist es. Sagen Sie, glauben Sie, daß wir uns nächstes Jahr duzen könnten?«

»Ah! Da ist sie wieder, meine kleine Frauenrechtlerin! Immerzu Revolutionen. Es würde mir schwerfallen, Sie zu duzen.«

»Mir nicht. Ich würde gern zu Ihnen sagen: Philibert, ich danke dir für alles, was du für mich getan hast, du weißt es zwar nicht, aber in gewisser Weise hast du mir das Leben gerettet.«

Er antwortete nicht. Senkte erneut den Blick.

11

Sie stand früh auf, um ihn zum Bahnhof zu begleiten. Er war so nervös, daß sie ihm die Fahrkarte aus der Hand nehmen und für ihn abstempeln mußte. Sie gingen noch eine heiße Schokolade trinken, aber er rührte seine Tasse nicht an. Je näher die Abfahrt rückte, um so heftiger verzerrte sich sein Gesicht. Seine Ticks waren zurück, und er war erneut der arme Kerl aus dem Supermarkt von gegenüber. Ein großer Junge, bemüht und linkisch, der seine Hände in den Taschen lassen mußte, um sich nicht das Gesicht zu zerkratzen, wenn er die Brille zurechtrückte.

Sie legte ihm die Hand auf den Arm:
»Alles in Ordnung?«
»J... ja, b... bestens, S... Sie haben die Uhr im Blick, nicht... nicht wahr?«
»Sch«, machte sie. »Heee. Es ist alles in Ordnung, alles in Ordnung.«
Er versuchte, ihr zuzustimmen.
»Setzt es Sie so unter Druck, Ihre Familie wiederzusehen?«
»N... nein«, antwortete er und nickte dabei.
»Denken Sie an Ihre kleinen Schwestern.«
Er lächelte sie an.
»Welches ist Ihre Lieblingsschwester?«
»D... die Jüngste.«
»Blanche?«
»Ja.«
»Ist sie hübsch?«
»Sie... Sie ist mehr als das... Sie... sie ist sehr lieb zu mir.«

Sie konnten sich unmöglich umarmen, aber Philibert faßte sie auf dem Bahnsteig an der Schulter:

»Sie ... Sie passen gut auf sich auf, nicht wahr?«

»Ja.«

»Fahren Sie zu ... zu Ihrer Familie?«

»Nein.«

»Nicht?« Er verzog das Gesicht.

»Ich habe keine kleine Schwester, die den Rest erträglicher machen könnte.«

»Ach.«

Und durchs Fenster nahm er sie ins Gebet:

»Vor ... Vor allem, lassen Sie sich von unserem klei... kleinen Bocuse nicht unterkriegen, ja?«

»Nix da«, beruhigte sie ihn.

Er fügte noch etwas hinzu, das aber in der Lautsprecheransage unterging. Vorsichtshalber nickte sie, und der Zug setzte sich in Bewegung.

Sie beschloß, zu Fuß nach Hause zu gehen, und schlug den falschen Weg ein, ohne es zu merken. Anstatt nach links abzubiegen und den Boulevard Montparnasse hinunterzugehen, um so zur Militärakademie zu gelangen, ging sie geradeaus und fand sich plötzlich in der Rue de Rennes wieder. Es lag an den Läden, der Weihnachtsbeleuchtung, dem regen Treiben.

Sie war wie ein Insekt, vom Licht und dem heißen Blut der Menge angezogen.

Sie wäre gern wie sie, eine von ihnen, in Eile, aufgeregt, geschäftig. Sie würde gern in die Geschäfte gehen und Geld ausgeben, um Menschen zu beschenken, die sie liebte. Schon verlangsamte sie ihren Schritt: Wen liebte sie eigentlich? He, nun mal langsam, sagte sie sich und stellte ihren Jackenkragen auf, fang jetzt bitte nicht wieder so an, du hast Mathilde und Pierre und Philibert und deine Feudelkolleginnen. Hier in diesem Juwelierladen würdest du bestimmt irgendwelchen Flitterkram für Mamadou finden, die sich gern herausputzt. Und zum ersten Mal seit langem tat sie, was alle taten, und auch zur gleichen Zeit wie alle anderen: Sie lief durch die Gegend und rechnete ihr dreizehntes Monatsgehalt durch. Zum ersten Mal seit langem dachte sie nicht an den nächsten Tag. Und das war kein Spruch. Es ging ihr sehr wohl um den nächsten Tag. Um morgen.

Zum ersten Mal seit langem kam es ihr vor, als sei der nächste Tag – zu bewältigen. Ja, genau das: zu bewältigen. Sie hatte einen Ort gefunden, an dem sie gerne lebte. Einen seltsamen Ort, ausgefallen wie die Leute, die darin wohnten. Sie umklammerte ihren Schlüssel in der Tasche und dachte an die letzten Wochen zurück. Sie hatte einen Außerirdischen kennengelernt. Ein großzügiges, weltfremdes Wesen, das tausend Meilen über den Wolken schwebte und daraus keinerlei Selbstgefälligkeit zu beziehen schien. Und dann war da noch der andere Spinner. Okay, mit ihm war es komplizierter. Von seinen Motorrädern und seinen Kochtöpfen abgesehen, konnte man mit ihm nicht viel anfangen, aber wenigstens hatte ihn ihr Skizzenheft ergriffen, wobei ... ergriffen war doch etwas zu dick aufgetragen ... sagen wir eher angesprochen. Es war komplizierter und könnte doch einfacher sein: Die Gebrauchsanweisung erschien kurz und knapp.

Ja, sie hatte schon eine ganze Strecke geschafft, überlegte sie und trottete hinter den Schaufensterbummlern her.

Letztes Jahr um diese Zeit war sie in einem derart erbärmlichen Zustand gewesen, daß sie den Jungs von der Ambulanz, die sie aufgelesen hatten, nicht einmal ihren Namen sagen konnte, und im Jahr davor hatte sie so viel gearbeitet, da hatte sie gar nicht gemerkt, daß Weihnachten war, und ihr »Wohltäter« hatte sich denn auch gehütet, sie daran zu erinnern, damit sie ja nicht aus dem Takt käme. Na also, dann konnte sie es jetzt ja wohl sagen, oder? Konnte die wenigen Worte aussprechen, die ihr noch vor gar nicht allzu langer Zeit im Hals steckengeblieben wären: Es ging ihr gut, sie fühlte sich gut, und das Leben war schön. Uff, es war raus. Aber jetzt nicht rot werden, du dumme Nuß. Und dich nicht umdrehen. Kein Mensch hat gehört, was für einen Unsinn du da von dir gegeben hast, sei unbesorgt.

Sie hatte Hunger. Sie ging in eine Bäckerei und kaufte ein paar Windbeutel. Vollkommene, leichte, süße Teilchen. Sie leckte sich lange die Finger ab, bevor sie sich in einen neuen Laden traute, um für alle eine Kleinigkeit zu besorgen. Parfum für Mathilde, Schmuck für die Mädels, ein Paar Handschuhe für Philibert, Zigarren für Pierre. Konnte man überhaupt konventionellere Geschenke kaufen? Nein. Es waren die idiotischsten Weihnachtsgeschenke der Welt, und sie waren perfekt.

Sie beschloß ihren Einkaufsbummel nahe der Place Saint-Sulpice und ging in eine Buchhandlung. Auch das war seit langem das erste Mal. In derlei Läden wagte sie sich nicht mehr hinein. Schwer zu erklären, aber es tat zu weh, es ... es war ... Nein, so konnte sie das nicht sagen. Diese Niedergeschlagenheit, diese Feigheit, dieses Risiko, das sie nicht mehr auf sich nehmen wollte. Eine Buchhandlung zu betreten, ins Kino zu gehen, Ausstellungen zu besuchen oder einen Blick in die Schaufensterauslagen der Kunstgalerien zu werfen bedeutete, den Finger auf ihre Mittelmäßigkeit zu legen, ihren Kleinmut, und sich daran zu erinnern, daß sie eines Tages voller Verzweiflung das Handtuch geworfen und seitdem nicht wieder aufgehoben hatte.

Welchen dieser Orte, die ihre Legitimation aus der Sensibilität einzelner bezogen, sie auch betreten würde, er würde sie daran erinnern, daß ihr Leben müßig war.

Da waren ihr die Abteilungen eines Supermarkts lieber.

Wer konnte das verstehen? Kein Mensch.

Es war ein inniger Kampf. Der unsichtbarste von allen. Auch der schmerzlichste. Und wie viele Abende mit Putzen, Einsamkeit und lästigen Klos mußte sie noch über sich ergehen lassen, um damit fertig zu sein?

Sie mied zunächst die Abteilung der »Schönen Künste«, die sie in- und auswendig kannte, weil sie zu Zeiten, da sie versucht hatte, an der gleichnamigen Hochschule zu studieren, häufig dagewesen war, und später dann aus weniger ruhmreichen Motivationen heraus. Sie hatte im übrigen nicht die Absicht, dorthin zurückzukehren. Es war zu früh. Oder auch zu spät. Wie die Geschichte mit dem Grund, den man berühren mußte, um sich wieder abzustoßen. Vielleicht war sie an einem Punkt in ihrem Leben angekommen, wo sie nicht mehr auf die Hilfe der großen Meister zählen sollte?

Seit sie einen Stift halten konnte, hatte man ihr immer wieder gesagt, wie begabt sie sei. Sehr begabt. Zu begabt. Zu vielversprechend, viel zu vorwitzig oder zu verwöhnt. Häufig aufrichtig, andere Male zweischneidiger, hatten diese Komplimente sie nicht weitergebracht, und heute, da sie nur mehr wie besessen Skizzenhefte füllen konnte, an denen sie wie eine Klette hing, würde sie wohl gut und gerne ihre zwei Fässer Fingerfertigkeit gegen ein wenig Arglosigkeit eintauschen. Oder gegen eine Zaubertafel. Schwuppdiwupp! Nichts mehr da. Null Technik, null Referenzen, null Wissen, alles weg. Noch mal von vorn.

Einen Kugelschreiber, siehst du ... den hält man zwischen Daumen und Zeigefinger. Das heißt, gar nicht mal, den hält man, wie man will. Dann ist es nicht schwer, du denkst nicht mehr darüber nach. Deine Hände existieren nicht mehr. Das Ganze spielt sich woanders ab. Nein, so nicht, das ist viel zu schön. Wir wollen nicht, daß du etwas Schönes machst, weißt du? Wir pfeifen auf das Schöne. Dafür gibt es Kinderzeichnungen und das Glanzpapier der Illustrierten. Komm, zieh dir ein Paar Fausthandschuhe über, du kleines Genie, du kleine leere Muschel, aber ja doch, zieh sie an, sag ich, und du wirst sehen, vielleicht schaffst du es dann endlich, einen fast perfekten mißglückten Kreis zu zeichnen.

Sie schlenderte also zwischen den Büchern entlang. Sie fühlte sich verloren. Es gab so viele, und sie war seit langem nicht mehr auf dem laufenden, was die Neuerscheinungen betraf, so daß sie von den ganzen roten Banderolen einen Drehwurm bekam. Sie sah sich die Einbände an, las den Klappentext, sah nach, wie alt die Autoren waren, und verzog das Gesicht, wenn sie jünger waren als sie. Das war als Auswahlkriterium nicht wirklich gescheit. Sie ging weiter in die Taschenbuchabteilung. Das schlechtere Papier und die kleingedruckten Buchstaben wirkten weniger einschüchternd auf sie. Das Cover von diesem hier, ein Junge mit Sonnenbrille, war ziemlich häßlich, aber der Anfang gefiel ihr:

Dürfte ich nur eine einzige Begebenheit aus meinem Leben berichten, wählte ich diese: Ich war sieben Jahre alt, als der Postbote meinen Kopf überfuhr. Kein Erlebnis hat mich so geprägt wie dieses. Mein chaotisches, zielloses Leben, mein versehrtes Gehirn und mein Glaube an Gott, meine Zusammenstöße mit Freud und Leid – alles entspringt auf die eine oder andere Art jenem Augenblick an einem Sommermorgen, als der linke Hinterreifen eines US-Mail-Jeeps meinen kleinen Kopf in den heißen Kies des Apachen-Reservates von San Carlos malmte.

Ja, das klang nicht schlecht. Außerdem war das Buch schön quadratisch, ziemlich dick, ziemlich dicht beschrieben. Es enthielt Dialoge, Auszüge aus Briefen und schöne Untertitel. Sie blätterte weiter und las gegen Ende des ersten Drittels:

»Gloria«, sagte Barry mit seiner aufgesetzten Arztstimme. »Hier ist Edgar, dein Sohn. Er hat lange auf ein Wiedersehen gewartet.«

Meine Mutter warf Blicke auf alles mögliche in der Küche, nur nicht auf mich. »Gibt es noch was?« fragte sie Barry mit hoher, zitternder Stimme, und meine Eingeweide krampften sich zusammen.

Barry seufzte, öffnete den Kühlschrank und holte eine Dose Bier heraus. »Das ist die letzte. Später besorgen wir Nachschub.« Er stellte sie vor meine Mutter auf den Tisch und gab ihrem Stuhl einen sanften Schubs. »Gloria, das ist dein Junge. Hier ist er.«

Dem Stuhl einen sanften Schubs geben. Vielleicht war das die richtige Methode?

Als sie gegen Ende auf diesen Abschnitt stieß, klappte sie das Buch zuversichtlich wieder zu:

Das ist nicht weiter schwierig, wirklich. Ich gehe herum, den Notizblock in der Hand, und die Leute legen ihr Innerstes bloß. Sobald ich vor ihren

Türen auftauche, erzählen sie mir ihre Lebensgeschichte, berichten von ihren kleinen Triumphen, ihrer versteckten Wut und ihren geheimen Versäumnissen. Normalerweise stecke ich den Notizblock weg, er ist ohnehin nur Show, und höre geduldig zu, bis sie alles gesagt haben. Der Rest ist einfach. Ich gehe nach Hause, setze mich an meine Hermes Jubilee und tue, was ich seit zwanzig Jahren täglich getan habe, tippe alles, und sei es noch so unbedeutend.

Ein zerquetschter Kopf in der Kindheit, eine Mutter, die geistig weggetreten ist, ein kleines Notizheft tief in der Hosentasche.

Was für eine Phantasie.

Ein Stück weiter sah sie das neue Buch von Sempé. Sie nahm ihren Schal ab und steckte ihn zusammen mit dem Mantel zwischen die Beine, um sich ihrer Freude noch bequemer hingeben zu können. Langsam blätterte sie die Seiten um und bekam wie immer rosige Wangen. Sie mochte nichts lieber als diese kleine Welt von großen Träumern, die sichere Strichführung, die Gesichter der Figuren, die Markisen der Vorstadtbungalows, die Regenschirme der alten Frauen und die unendliche Poesie der Situationen. Wie machte er das? Woher nahm er das alles? Sie erkannte die Kerzen, die Weihrauchfässer und den großen barocken Altar ihrer bevorzugten Betschwester. Dieses Mal saß sie ganz hinten in der Kirche, hatte ein Handy in der Hand, drehte sich um und hielt eine Hand vor den Mund: »*Marthe? Hier ist Suzanne. Ich bin gerade in der Sainte-Eulalie-de-la-Rédemption. Hast du irgendwas, das ich noch anbringen könnte?*«

Zuckersüß.

Ein paar Seiten weiter drehte sich ein Herr um, als er hörte, wie sie vor sich hinlachte. Dabei war es nichts: eine dicke Frau, die sich an einen Konditor wandte, der mitten in der Arbeit steckte. Er hatte eine Bäckermütze auf dem Kopf, sah leicht frustriert aus und hatte einen charmanten Kugelbauch. Die Frau sagte: »*Das Leben ist weitergegangen. Ich habe wieder geheiratet. Aber vergessen konnte ich dich nie, Roberto.*« Und sie trug einen Hut in Kuchenform, eine Art Sahnetorte, die exakt so aussah wie die Torten, die der Konditor gerade zubereitete.

Es war fast nichts, zwei, drei Tuschestriche, und doch sah man sie mit den Wimpern klimpern, mit nostalgischer Sehnsucht und der grausamen Nonchalance derer, die sich noch begehrt wissen. Kleine Ava Gardner vom Lande, kleine Femme fatale mit Haartönung.

Sechs winzige Striche, mehr nicht. Wie machte er das?

Camille legte das Wunderwerk wieder weg und kam zu dem Schluß, daß die Welt zweigeteilt war: in diejenigen, die Sempés Zeichnungen verstanden, und jene, die sie nicht verstanden. So naiv und rigoros sie auch scheinen mochte, sie hielt die Theorie durchaus für haltbar. Zum Beispiel kannte sie eine Person, die sich jedesmal, wenn sie in einem *Paris-Match* blätterte und eine dieser kleinen Szenen entdeckte, regelrecht lächerlich machte: »Ich weiß wirklich nicht, was daran witzig sein soll. Es muß mir mal jemand erklären, wann man hier lachen soll.« Sie hatte kein Glück, diese Person war ihre Mutter. Nein, sie hatte kein Glück.

Als sie zu den Kassen ging, begegnete sie dem Blick von Vuillard. Auch hier war es kein Spruch: Er sah sie an. Mit zärtlichem Blick.

Selbstporträt mit Stock und Kreissäge. Sie kannte das Bild, hatte aber noch nie eine derart große Reproduktion gesehen. Es war das Cover eines riesigen Katalogs. Dann lief zur Zeit wohl eine Ausstellung? Nur wo?

»Im Grand Palais«, bestätigte ihr einer der Verkäufer.

»Ja?«

Eine seltsame Fügung. Sie hatte in den letzten Wochen ununterbrochen an ihn gedacht. Ihr Zimmer mit den überladenen Wandbehängen, der Stola auf dem Kanapee, den bestickten Kissen, den Teppichen, die sich ineinander verfingen, und dem gedämpften Licht der Lampen. Mehr als einmal hatte sie das Gefühl gehabt, sich mitten in einem Gemälde von Vuillard zu befinden. Dasselbe Gefühl von warmem Bauch, von Kokon, zeitlos, beruhigend, erstickend, aber auch erdrückend.

Sie blätterte noch ein wenig in dem Ansichtsexemplar und

wurde von grenzenloser Bewunderitis gepackt. Wie schön es war. Wie schön. Diese Frau von hinten, die eine Tür aufmachte. Ihre rosa Bluse, ihr langes schwarzes Etuikleid und der perfekte Hüftschwung. Wie hatte er diesen Moment bloß eingefangen? Den leichten Hüftschwung einer eleganten Frau von hinten?

Nur mit ein bißchen schwarzer Farbe?

Wie war dieses Wunder möglich?

Je reiner die Mittel, um so reiner das Werk. In der Malerei gibt es zwei Gestaltungsmittel, Form und Farbe, je reiner die Farben, um so reiner die Schönheit des Werks.

In ihrem Tagebuch wurden diese Leitsätze gebetsmühlenartig wiederholt.

Seine schlafende Schwester, der Nacken von Misia Sert, die Ammen in den Parks, die gemusterten Kleider der Mädchen, das Porträt von Mallarmé mit bleigrauem Teint, die Studien für das Porträt von Yvonne Printemps, dieses niedliche Raubtiergesicht, die vollgekritzelten Seiten seines Kalenders, das Lächeln von Lucie Belin, seiner Geliebten. Ein Lächeln auf die Leinwand zu bannen ist völlig unmöglich, und doch war es ihm gelungen. Seit fast einem Jahrhundert lächelt uns diese junge Frau, die wir in ihrer Lektüre unterbrachen, zärtlich an und scheint uns mit einer kleinen Bewegung ihres müden Nackens sagen zu wollen: »Ach, du bist's?«

Und diese kleine Leinwand hier, die kannte sie nicht. Es war im übrigen keine Leinwand, sondern ein Karton. *Die Gans.* Genial. Vier Männer, von denen zwei in Abendkleidung steckten und Zylinder trugen, versuchten eine aufmüpfige Gans einzufangen. Diese Vielfalt an Farben, die Schroffheit der Kontraste, die Inkohärenz der Perspektiven. Oh! Wieviel Spaß mußte er an jenem Tag gehabt haben!

Eine gute Stunde und einen steifen Hals später nahm sie schließlich die Nase aus dem Buch und sah auf den Preis: autsch, neunundfünfzig Euro. Nein. Das kam nicht in Frage. Nächsten Monat vielleicht. Für sich selbst hatte sie bereits eine andere Idee: ein Musikstück, das sie unlängst beim Fegen der Küche im Radio gehört hatte.

Altüberlieferte Gesten, altsteinzeitlicher Besen und abgenutzte Fliesen, sie fluchte gerade zwischen zwei Cabochonsteinen, als eine Sopranstimme dafür sorgte, daß sich ihr nach und nach die Haare auf dem Unterarm aufstellten. Sie hatte sich der Sprecherin genähert und die Luft angehalten: *Nisi Dominus,* Vivaldi, *Vespri Solenni per la Festa dell'Assunzione di Maria Vergine.*

Gut, genug geträumt, genug gesabbert, genug ausgegeben, jetzt war es an der Zeit, zur Arbeit zu gehen.

Heute abend dauerte es länger wegen der Weihnachtsfeier, die der Betriebsrat eines Unternehmens organisiert hatte, für das sie zuständig waren. Josy schüttelte mißbilligend den Kopf, als sie das Chaos kommentierte, und Mamadou staubte zig Mandarinen und Kekse für ihre Kinder ab. Sie verpaßten allesamt die letzte Metro, aber das machte nichts: Proclean zahlte ihnen das Taxi! Luxus pur! Jede suchte sich glucksend ihren Fahrer aus, und sie wünschten sich im voraus fröhliche Weihnachten, denn nur Camille und Samia hatten sich für den 24. eingetragen.

12

Am nächsten Tag, einem Sonntag, aß Camille bei den Kesslers. Es gab kein Entkommen. Sie waren nur zu dritt und unterhielten sich recht angeregt. Keine heiklen Fragen, keine ausweichenden Antworten, kein betretenes Schweigen. Ein richtiger Weihnachtsfrieden. Das heißt, doch! Als sich Mathilde nach den Lebensumständen in ihrem Dienstmädchenzimmer erkundigte, hatte Camille ein wenig lügen müssen. Sie wollte ihren Umzug nicht erwähnen. Noch nicht. Vorsicht. Der kleine Kläffer war noch nicht verschwunden, und ein Psychodrama konnte sehr wohl ein anderes verdecken.

Als sie ihr Geschenk in Händen hielt, sagte sie überzeugt:
»Ich weiß, was es ist.«
»Nein.«
»Doch!«
»Na, sag schon. Was ist es?«
Das Päckchen war in Packpapier eingeschlagen. Camille machte die Verschnürung auf, legte es direkt vor sich hin und holte ihren Druckbleistift heraus.
Pierre labte sich daran. Wenn sie nur wieder anfangen würde, diese Närrin.

Als sie fertig war, zeigte sie ihm das Bild: die Kreissäge, der rote Bart, die Augen groß wie Hosenknöpfe, die dunkle Jacke, die Türeinfassung und der gedrechselte Knauf, es sah aus, als hätte sie das Cover abgepaust.
Pierre brauchte einen Moment, bevor er verstand:
»Wie hast du das gemacht?«
»Ich habe es mir gestern über eine Stunde lang angeschaut.«
»Hast du es schon?«

»Nein.«

»Uff.«

Dann:

»Hast du wieder angefangen?«

»Ein bißchen.«

»So was wie das hier?« fragte er und zeigte auf das Porträt von Edouard Vuillard, wieder das dressierte Hündchen?

»Nein, nein. Ich ... Ich fülle meine Skizzenhefte, nichts Dolles also, Kleinkram im Grunde.«

»Macht es dir wenigstens Spaß?«

»Ja.«

Er frohlockte:

»Aaah, wunderbar. Zeigst du mir die Sachen?«

»Nein.«

»Und wie geht es deiner Mutter?« fiel die ach so diplomatische Mathilde ein. »Immer noch am Rande des Abgrunds?«

»Eher auf dem Grund.«

»Dann ist ja alles in Ordnung, oder?«

»Bestens«, lächelte Camille.

Den restlichen Abend schwangen sie große Reden über die Malerei. Pierre kommentierte Vuillards Arbeit, suchte nach Ähnlichkeiten, zog Parallelen und verlor sich in unendlichen Exkursen. Er stand mehrmals auf, um in seiner Bibliothek den Beweis für seine scharfen Analysen zu holen, und nach einiger Zeit war Camille ganz an den Rand des Kanapees gerückt, um Maurice (Denis), Pierre (Bonnard), Félix (Valloton) und Henri (de Toulouse-Lautrec) ihren Platz zu überlassen.

Als Händler war er anstrengend, doch als aufgeschlossener Kunstliebhaber eine wahre Freude. Natürlich erzählte er auch dummes Zeug – wer tat das nicht in der Kunst? –, aber er drückte es wunderschön aus. Mathilde gähnte, und Camille leerte die Flasche Champagner. *Piano ma sano.*

Als sein Gesicht schon fast hinter den Rauchschwaden der Zigarre verschwunden war, bot er ihr an, sie nach Hause zu fahren. Sie lehnte ab. Sie hatte zuviel gegessen und brauchte einen langen Spaziergang.

Die Wohnung war leer und kam ihr viel zu groß vor. Sie zog sich in ihr Zimmer zurück und verbrachte die zweite Hälfte der Nacht mit der Nase in ihrem Geschenk.

Sie schlief am Vormittag ein paar Stunden und gesellte sich früher als sonst zu ihrer Kollegin, es war Heiligabend, und die Büros leerten sich um fünf Uhr. Sie arbeiteten schnell und schweigend.

Samia ging als erste, und Camille blieb noch einen Moment, um mit dem Wachmann zu scherzen:

»Und der Bart und die Mütze, ist das Pflicht?«

»Hm, nein, das war eine Initiative von mir, um Eindruck zu schinden.«

»Und hat es funktioniert?«

»Pff, von wegen. Den Leuten ist das schnurzegal. Nur meinen Hund hat das beeindruckt. Er hat mich nicht erkannt und mich angeknurrt, dieser Trottel. Ich hatte ja schon blöde Hunde, da kann ich ein Lied von singen, aber der hier schießt den Vogel ab.«

»Wie heißt er?«

»Matrix.«

»Eine Hündin?«

»Nein, warum?«

»Eh ... nur so. Okay, tschüß dann. Fröhliche Weihnachten, Matrix«, sagte sie zu dem dicken Dobermann, der neben ihren Füßen lag.

»Wart nicht darauf, daß er dir antwortet, der versteht gar nix, sag ich dir.«

»Nee, nee«, antwortete Camille lachend, »darauf warte ich nicht.«

Dieser Typ war Laurel und Hardy in einer Person.

Es war kurz vor zweiundzwanzig Uhr. Elegant gekleidete Menschen liefen in alle Richtungen, den Arm voller Päckchen. Den Frauen schmerzten in ihren Lackschühchen schon die Füße, die

Kinder liefen zwischen den Betonpollern im Zickzack, und die Herren warfen vor den Sprechanlagen einen Blick in ihre Adreßbücher.

Amüsiert verfolgte Camille das Treiben. Sie hatte es nicht eilig und reihte sich vor einem edlen Feinkosthändler in die Schlange, um sich ein gutes Abendessen zu gönnen. Oder vielmehr eine gute Flasche. Was den Rest anging, war sie ziemlich unentschlossen. Schließlich zeigte sie dem Verkäufer ein Stück Ziegenkäse und zwei Nußbrötchen. He, es sollte ja vor allem eine Grundlage für ihr Fläschchen sein.

Sie öffnete die Flasche und stellte sie neben den Heizkörper, um sie zu temperieren. Zuerst war sie selbst dran. Sie ließ sich Badewasser einlaufen und blieb über eine Stunde in der Wanne, bis zur Nase im heißen Wasser. Sie zog einen Schlafanzug an, dicke Strümpfe und entschied sich für ihren Lieblingspullover. Einen sündhaft teuren Kaschmirpullover, Überbleibsel aus vergangenen Tagen. Sie packte Francks Stereoanlage aus, baute sie im Wohnzimmer auf, richtete sich ein Tablett, machte alle Lichter aus und rollte sich unter der Daunendecke auf dem alten Kanapee zusammen.

Sie überflog das Heftchen mit den Titeln, das *Nisi Dominus* befand sich auf der zweiten CD. Tja, die Vesper vor Christi Himmelfahrt war ja nicht wirklich die passende Messe, außerdem würde sie die Psalmen in der falschen Reihenfolge hören, der reinste Blödsinn.

Aber na und?

Na und?

Sie drückte auf den Knopf der Fernbedienung und schloß die Augen: Sie war im siebten Himmel.

Allein in dieser riesigen Wohnung, ein Glas Nektar in der Hand, hörte sie die Engel singen.

Sogar die Gehänge des Lüsters bebten vor Wonne.

Cum dederit dilactis suis somnum.
Ecce, haereditas Domin filii: merces fructus ventris.

Das hier war das Stück Nummer 5, das Stück Nummer 5 hatte sie jetzt bestimmt schon vierzehnmal gehört.

Und noch beim vierzehnten Mal zersprang ihr Brustkorb in tausend Stücke.

Einmal, als sie allein im Auto unterwegs waren und sie ihn gefragt hatte, warum er immer wieder dasselbe Lied höre, hatte ihr Vater geantwortet: »Die menschliche Stimme ist das schönste Instrument überhaupt, das ergreifendste. Selbst der größte Virtuose der Welt würde niemals auch nur ein Viertel der Hälfte an Emotionen auslösen wie eine schöne Stimme. Das ist unser Anteil am Göttlichen. Das erkennt man, wenn man älter wird, glaube ich. Jedenfalls hat es bei mir lange gedauert, bis ich es begriffen habe, aber sag ... Willst du was anderes hören? *Sur le pont d'Avignon?*«

Sie hatte schon die halbe Flasche ausgetrunken und gerade die zweite CD aufgelegt, als das Licht anging.

Es war entsetzlich, sie hielt sich die Hände vor die Augen, und die Musik kam ihr völlig deplaziert vor, die Stimmen unpassend, geradezu näselnd. Binnen zwei Minuten fand sich alle Welt im Fegefeuer wieder.

»Ach, du bist hier?«

»...«

»Bist du nicht bei dir zu Hause?«

»Oben?«

»Nein, bei deinen Eltern.«

»Nein, wie du siehst.«

»Hast du heut gearbeitet?«

»Ja.«

»Na dann, Entschuldigung, eh, Entschuldigung ... Ich dachte, es wär keiner da.«

»Nix passiert.«

»Was ist das, was du da hörst? Castafiore?«

»Nein, eine Messe.«

»Ehrlich? Bist du gläubig?«

Sie mußte ihn unbedingt ihrem Wachmann vorstellen. Sie gäben ein gutes Paar ab, die beiden. Noch besser als die beiden Alten in der *Muppet Show*.

»Nein, nicht besonders. Würdest du bitte das Licht ausmachen?«

Er kam der Aufforderung nach und ging aus dem Zimmer, aber es war nicht mehr dasselbe. Der Zauber war dahin. Sie war ernüchtert, und auch das Kanapee hatte nicht mehr die Form einer Wolke. Sie versuchte sich zwar zu konzentrieren, nahm das Titelheft in die Hand und sah nach, wo sie war:

Deus in adiutorium meum intende.

Gott steh mir bei!

Ja, das war's.

Offensichtlich suchte der Tölpel etwas in der Küche und rächte sich brüllend an allen Schranktüren:

»Sag mal, du hast nicht zufällig die zwei gelben Tupperdinger gesehen?«

Ach, du Elend.

»Die großen?«

»Ja.«

»Nein. Ich hab sie nicht angerührt.«

»He, Scheiße Mann. In dieser Bruchbude findet man nichts wieder. Was macht ihr nur mit dem ganzen Geschirr? Eßt ihr es mit oder was?«

Camille drückte auf Pause und seufzte:

»Darf ich dir eine indiskrete Frage stellen? Warum suchst du um zwei Uhr morgens an Heiligabend ein gelbes Tupperteil?«

»Darum. Ich brauch es.«

Okay, alles hinüber. Sie stand auf und machte die Musik aus.

»Ist das meine Anlage?«

»Ja. Ich habe mir erlaubt ...«

»Mannomann, die ist ja superklasse. Da hast du dich aber ganz schön verausgabt!«

»Eh ja, da habe ich ganz schön was verausgabt.«

Er sperrte seine Hechtaugen auf:

»Warum plapperst du mir alles nach?«

»Nichts für ungut. Fröhliche Weihnachten, Franck. Komm, wir suchen deine Schüsseln gemeinsam. Da, siehst du, auf der Mikrowelle.«

Sie setzte sich auf das Kanapee, während er den Kühlschrank verrückte. Anschließend ging er ohne ein Wort durchs Zimmer, um zu duschen. Camille versteckte sich hinter ihrem Glas: Sie hatte vermutlich den ganzen Heißwasserboiler geleert.

»Scheiße, wer hat denn das ganze heiße Wasser aufgebraucht?«

Eine halbe Stunde später kam er zurück, in Jeans, mit nacktem Oberkörper.

Lässig zögerte er den Moment hinaus, bis er den Pulli anzog. Camille lächelte: Das war nicht mehr die trapsende Nachtigall, das war die Methode mit dem Zaunpfahl.

»Darf ich?« fragte er und zeigte auf den Teppich.

»Fühl dich wie zu Hause.«

»Ich glaub's nicht, du ißt was?«

»Käse und Trauben.«

»Und davor?«

»Nichts.«

Er schüttelte den Kopf.

»Das hier ist sehr guter Käse, weißt du? Und das sind sehr gute Trauben. Und auch sehr guter Wein. Möchtest du übrigens einen Schluck?«

»Nein, nein. Danke.«

Uff, dachte sie, das hätte geschmerzt, wenn sie ihren Mouton-Rothschild mit ihm hätte teilen müssen.

»Alles in Ordnung?«

»Pardon?«

»Ich frage dich, ob alles in Ordnung ist«, wiederholte er.

»Eh ... ja. Und bei dir?«

»Müde.«

»Arbeitest du morgen?«

»Nee.«

»Das ist gut, dann kannst du dich ausruhen.«

»Nee.«

Tolle Unterhaltung.

Er rückte näher an den Wohnzimmertisch, nahm eine CD-Hülle in die Hand und packte seinen Stoff aus:

»Soll ich dir eine drehen?«

»Nein, danke.«

»Stimmt ja, du bist ja eine ganz Solide.«

»Ich habe mich für etwas anderes entschieden«, sagte sie und griff nach ihrem Glas.

»Das ist ein Fehler.«

»Warum, ist Alkohol schlimmer als Drogen?«

»Ja. Und du kannst mir glauben, ich habe in meinem Leben schon einige Saufbrüder gesehen. Und außerdem ist das hier keine Droge. Das ist ein Leckerbissen, *Quality Street* für Große.«

»Wenn du das sagst ...«

»Willst du nicht probieren?«

»Nein, ich kenn mich doch. Das würde mir bestimmt gefallen!«

»Na und?«

»Nichts und. Ich habe nur ein Problem mit der Voltzahl. Wie soll ich sagen? Ich habe oft das Gefühl, mir fehlt ein Knopf. Du weißt schon, so ein Teil, mit dem man die Lautstärke regelt. Ich gehe immer zu weit, in die eine wie in die andere Richtung. Ich finde nie das richtige Gleichgewicht, und es nimmt immer ein böses Ende, das ist mir so mit auf den Weg gegeben.«

Sie war von sich selbst überrascht. Warum vertraute sie sich ihm an? Ein leichter Rausch vielleicht?

»Wenn ich trinke, trink ich zuviel, wenn ich rauche, mach ich mich kaputt, wenn ich liebe, verlier ich den Verstand, und wenn ich arbeite, verausgabe ich mich völlig. Ich kann nichts normal machen, ruhig, ich ...«

»Und wenn du haßt?«

»Das weiß ich nicht.«

»Ich dachte, du haßt mich?«

»Noch nicht«, lächelte sie, »noch nicht ... Wirst schon sehen. Wenn es soweit ist, wirst du den Unterschied sehen.«

»Okay. Und jetzt? Ist deine Messe zu Ende?«

»Ja.«

»Was hören wir jetzt?«

»Eh ... Ehrlich gesagt weiß ich nicht so recht, ob wir den gleichen Geschmack haben.«

»Vielleicht haben wir auch mal irgendwas gemeinsam. Warte. Laß mich nachdenken. Ich bin sicher, daß ich einen Sänger finde, der dir auch gefällt.«

»Nur zu.«

Er konzentrierte sich auf die Herstellung seines Joints. Als er fertig war, ging er in sein Zimmer, kam zurück und kauerte sich vor die Anlage.

»Was ist das?«

»Eine Weiberfalle.«

»Richard Cocciante?«

»Nix da.«

»Julio Iglesias, Luis Mariano? Frédéric François?«

»Nein.«

»Herbert Léonard?«

»Psst.«

»Ah! Ich weiß! Roch Voisine!«

I guess I'll have to say ... This album is dedicated to you ...

»Neeeeeee.«

»Doooooooch.«

»Marvin?«

»He!« sagte er und schlug mit den Armen aus, »eine Weiberfalle. Hab ich doch gesagt.«

»Den liebe ich.«

»Ich weiß.«

»Sind wir so durchschaubar?«

»Nein, leider seid ihr überhaupt nicht durchschaubar, aber Marvin bringt's jedesmal. Ich hab noch nie ein Mädchen getroffen, das bei ihm nicht schwach wird.«

»Noch nie?«

»Nie, nie, nie. Doch, natürlich! Aber ich erinnere mich nicht mehr. Die zählten nicht. Oder wir sind gar nicht erst soweit gekommen.«

»Hast du viele Mädchen gekannt?«

»Was meinst du mit gekannt?«

»He! Warum nimmst du sie wieder raus?«

»Ich hab mich geirrt, die wollt ich gar nicht auflegen.«

»Doch, laß sie laufen! Das ist meine Lieblings-CD! Du wolltest *Sexual Healing*, stimmt's? Pfff, was seid ihr durchschaubar, alle miteinander. Kennst du wenigstens die Geschichte von diesem Album?«

»Welchem?«

»*Here my dear.*«

»Nein, die hier hör ich nicht so oft.«

»Soll ich sie dir erzählen?«

»Moment, ich mach's mir erst bequem. Gib mir ein Kissen.«

Er zündete seinen Joint an und legte sich hin wie ein alter Römer, den Kopf in die Hand gestützt.

»Schieß los.«

»Okay. Aber ich bin nicht Philibert, ich geb dir einen Abriß in groben Zügen. Also *Here my dear*, das heißt ungefähr so viel wie: Hier nimm, meine Liebe.«

»Meine Liebe im Sinne von *love*?«

»Nein, meine Liebe im Sinne von mein Schatz«, korrigierte sie ihn. »Marvins erste große Liebe war ein Mädchen namens Anna Gordy. Es heißt, die erste Liebe ist immer die letzte, ich weiß nicht, ob das stimmt, aber bei ihm ist klar, daß er nicht der wäre, der er ist, wenn er sie nicht getroffen hätte. Sie war die Schwester eines hohen Tiers in der Motown-Szene, des Gründers, glaube ich: Berry Gordy. Sie war in der Szene supergut eingeführt, und er scharrte ungeduldig mit den Füßen, quoll über vor Talent, er war gerade mal zwanzig und sie fast doppelt so alt, als sie sich kennenlernten. Also, Liebe auf den ersten Blick, Leidenschaft, Romanze, Geldgeschichten und der ganze Kladderadatsch, es war passiert. Sie war es, die ihm zum Erfolg verholfen, ihn auf den Weg gebracht, ihn unterstützt, ihn geführt, ihn ermuntert hat etc. Eine Art Pygmalion, wenn du so willst.«

»Eine Art was?«

»Eine Art Guru, Coach, Cheerleader. Sie hatten große Probleme, ein Kind zu kriegen, und adoptierten schließlich eins, dann – wir spulen vor und sind im Jahr 1977, ihre Ehe ist angeschlagen. Er war nach oben katapultiert, ein Star, ein Gott fast. Und ihre Scheidung war wie alle Scheidungen eine schmutzige Angelegenheit. Du kannst dir vorstellen, die Scheidungssumme war horrend. Kurzum, es war zutiefst verletzend, und um alle zu beschwichtigen und ihre Konten zu saldieren, schlug Marvins Rechtsanwalt vor, daß alle Tantiemen an seinem nächsten Album in die Geldkatze der Ex fließen sollten. Der Richter war einverstanden, und unser Idol rieb sich die Hände: Er stellte sich vor, daß er ihr ein Album hinrotzen würde, schnell gemacht, gut gemacht, um sich von dieser Bürde zu befreien. Nur daß er es nicht konnte. Man konnte eine Liebesgeschichte nicht so einfach verscherbeln. Das heißt ... Manche können es ziemlich gut, er nicht. Je mehr er darüber nachdachte, desto mehr fand er, daß die Gelegenheit zu günstig wäre ... oder zu erbärmlich. Also zog er sich zurück und komponierte ein kleines Wunderwerk, das ihre ganze Geschichte nachzeichnet: ihre erste Begegnung, ihre Leidenschaft, ihre ersten Bruchstellen, ihr Kind, ihre Eifersucht, ihren Haß, ihre Wut ... Hörst du? *Anger*, wenn alles kaputtgeht? Dann die Beruhigung und der Beginn einer neuen Liebe. Es ist ein wunderschönes Geschenk, findest du nicht? Er hat alles gegeben, er hat alles aus sich herausgeholt, um ein Album zu machen, das ihm nicht einmal einen Cent einbringen würde.«

»Hat ihr das gefallen?«

»Wem, der Ex?«

»Ja.«

»Nein, sie hat es gehaßt. Sie war stinkwütend und hat ihm lange

Zeit vorgehalten, ihr Privatleben in der Öffentlichkeit breitgetreten zu haben. Hier, das ist es: *This is Anna's Song* ... Hörst du, wie schön? Du mußt zugeben, das klingt nicht nach Rache. Das klingt immer noch nach Liebe.«

»Jaaa.«

»Stimmt dich das nachdenklich?«

»Glaubst du daran?«

»Woran?«

»Daß die erste Liebe immer die letzte ist?«

»Ich weiß nicht. Ich hoffe nicht.«

Sie hörten sich die CD zu Ende an, ohne ein weiteres Wort zu sagen.

»Auf jetzt. Fast vier, Scheiße. Ich werd ja morgen in Form sein.«

Er stand auf.

»Gehst du zu deiner Familie?«

»Zu dem, was davon übrig ist, ja.«

»Ist denn nicht mehr viel davon übrig?«

»So viel«, sagte er und hielt Daumen und Zeigefinger vor sein Auge.

»Und du?«

»So viel«, antwortete sie und hielt die Hand über den Kopf.

»Na dann, willkommen im Club. Okay ... Gute Nacht.«

»Schläfst du hier?«

»Stört es dich?«

»Nee, nee, ich wollt's nur wissen.«

Er drehte sich um:

»Schläfst du mit mir?«

»Pardon?«

»Nee, nee, ich wollt's nur wissen.«

Er grinste sich eins.

13

Als sie gegen elf aufstand, war er schon weg. Sie kochte sich eine große Kanne Tee und ging wieder ins Bett.

Dürfte ich nur eine einzige Begebenheit aus meinem Leben berichten, wählte ich diese: Ich war sieben Jahre alt, als der Postbote meinen Kopf überfuhr ...

Am späten Nachmittag riß sie sich von ihrer Geschichte los, um Tabak zu kaufen. An einem Feiertag würde das nicht leicht sein, aber egal, es war ohnehin vor allem ein Vorwand, damit sich die Geschichte setzen konnte und sie später die Freude hätte, zu ihrem neugewonnenen Freund zurückzukehren.

Die großen Avenuen im 7. Arrondissement waren menschenleer. Sie lief lange auf der Suche nach einem offenen Café und nutzte die Gelegenheit, um bei ihrem Onkel anzurufen. Das Gejammer ihrer Mutter (ich hab zu viel gegessen etc.) ging im fernen Wohlwollen familiärer Herzensergüsse unter.

Viele Weihnachtsbäume waren schon auf den Bürgersteigen gelandet.

Sie blieb einen Moment stehen, um den Rollschuhakrobaten am Trocadero zuzuschauen, und bedauerte, daß sie ihr Heft nicht mitgenommen hatte. Mehr noch als die oft ausgefeilten und sinnlosen Kapriolen mochte sie ihre einfallsreichen Bastelarbeiten: wacklige Sprungbretter, leuchtende Pylonen, in einer Reihe aufgestellte Bierdosen, umgedrehte Paletten und tausend andere Arten, sich auf die Schnauze zu legen und dabei die Hose zu verlieren.

Sie dachte an Philibert. Was er wohl gerade machte?

Bald verschwand die Sonne, und die Kälte lastete mit einem Mal auf ihren Schultern. Sie bestellte in einem der vornehmen Lokale am Platz ein Club-Sandwich und malte auf ihre Papierserviette die blasierten Gesichter der Schnösel dieses Viertels, die die Schecks ihrer Mamis unterschrieben und dabei die Taille eines bezaubernden Mädchens umfingen, das aufgebrezelt war wie eine Barbiepuppe.

Sie las noch fünf Millimeter von Brady Udall und ging leicht fröstelnd zurück über die Seine.

Sie verging vor Einsamkeit.

Ich vergehe vor Einsamkeit, wiederholte sie leise, ich vergehe vor Einsamkeit.

Sollte sie ins Kino gehen? Pff ... Und mit wem sollte sie hinterher über den Film sprechen? Wofür sind Emotionen gut, wenn man allein ist? Sie stemmte sich mit letzter Kraft gegen das Tor und war ziemlich enttäuscht, die Wohnung leer vorzufinden.

Sie betätigte sich ein wenig im Haushalt, um auf andere Gedanken zu kommen, und nahm ihr Buch wieder zur Hand. Es gibt keinen Kummer, über den ein Buch nicht hinwegtrösten könnte, sagte der große Dichter. Wir werden sehen.

Als sie den Schlüssel in der Tür hörte, tat sie ganz unbeteiligt, kringelte sich auf dem Kanapee zusammen und schlug die Beine unter.

Er kam mit einem Mädchen. Einem anderen. Weniger grell.

Sie gingen schnell über den Flur und zogen sich in sein Zimmer zurück.

Camille legte erneut Musik auf, um ihre Liebesspiele zu übertönen.

Hmm.

Sie war mies drauf. So nannte man das doch, oder? Mies drauf.

Schließlich nahm sie ihr Buch und verzog sich in die Küche, ans andere Ende der Wohnung.

Wenig später bekam sie ihre Unterhaltung in der Diele mit.

»Du kommst also nicht mit?« fragte sie verwundert.

»Nee, ich bin todmüde, ich hab keine Lust auszugehen.«

»Hör auf, das ist doch zum Kotzen. Deinetwegen hab ich meine ganze Familie versetzt. Du hattest mir versprochen, daß wir essen gehen.«

»Ich sag doch, ich bin todmüde.«

»Wenigstens was trinken.«

»Hast du Durst? Willst du ein Bier?«

»Nicht hier.«

»He ... heute ist eh alles zu. Und außerdem arbeite ich morgen!«

»Ich faß es nicht. Dann kann ich ja wohl gehen, oder?«

»Komm schon«, fügte er sanfter hinzu, »du willst mir doch jetzt keine Szene machen. Komm morgen bei mir im Laden vorbei.«

»Wann?«

»Gegen Mitternacht.«

»Gegen Mitternacht. Du spinnst wohl. Und tschüß!«

»Bist du eingeschnappt?«

»Tschüß.«

Er hatte nicht damit gerechnet, sie in der Küche zu finden, eingewickelt in ihre Daunendecke.

»Du bist hier?«

Sie sah auf, ohne zu antworten.

»Warum siehst du mich so an?«

»Pardon?«

»Wie ein Stück Dreck.«

»Überhaupt nicht!«

»Doch, doch, das seh ich doch«, erregte er sich. »Gibt's ein Problem? Stört dich was?«

»Schon gut, ja? Laß mich in Ruhe. Ich hab überhaupt nichts gesagt. Dein Leben ist mir total egal. Mach, was du willst! Ich bin nicht deine Mutter!«

»Gut. Das ist auch besser so.«

»Was gibt's zu futtern?« fragte er und inspizierte das Innere des Kühlschranks, »nichts natürlich. Hier is nie was drin. Wovon lebt ihr bloß, Philibert und du? Von euren Büchern? Von Fliegen, die ihr euch gefangen habt?«

Camille seufzte und sammelte die Zipfel ihrer Decke zusammen.

»Verziehst du dich? Hast du schon gegessen?«

»Ja.«

»Ah ja, richtig, man könnte meinen, du hast ein bißchen zugelegt.«

»He«, sie drehte sich um und blaffte zurück, »ich misch mich nicht in dein Leben ein und du dich nicht in meins, okay? Außerdem, wolltest du nicht nach den Feiertagen bei einem Kumpel unterschlüpfen? Wenn das so ist, müssen wir nur noch eine Woche durchhalten. Das sollten wir doch schaffen, oder? Hör zu, am einfachsten ist, du sprichst gar nicht mehr mit mir.«

Etwas später klopfte er an ihre Zimmertür.

»Ja?«

Er warf ein Päckchen auf ihr Bett.

»Was ist das?«

Er war schon wieder gegangen.

Es war ein weiches, viereckiges Päckchen. Das Papier war scheußlich, völlig zerknittert, als wäre es schon mehrmals benutzt worden, und es verströmte einen seltsamen Geruch. Einen miefigen Geruch. Nach Kantinenessen.

Camille packte es vorsichtig aus und glaubte zunächst, es sei ein Putzlappen. Dubioses Geschenk des Schönlings von nebenan. Nicht doch, es war ein Schal, sehr lang, sehr weitmaschig und eher schlecht gestrickt: ein Loch, ein Fädchen, zwei Maschen, ein Loch, ein Fädchen etc. Ein neues Muster, vielleicht? Die Farben waren auch ... na ja ... speziell.

Eine Nachricht lag bei.

Die Schrift einer Grundschullehrerin der Jahrhundertwende, hellblau, zittrig und voller Schleifen, entschuldigte sich:

Mademoiselle,

Franck konnte mir nicht sagen, welche Augenfarbe Sie haben, also habe ich von allem etwas genommen. Ich wünsche Ihnen fröhliche Weihnachten.

Paulette Lestafier

Camille biß sich auf die Lippen. Neben dem Buch der Kesslers, das nicht zählte, weil es etwas in der Art von »Ja, ja, es gibt Menschen, die ein Werk hervorbringen« implizierte, war es ihr einziges Geschenk.

Ui, war es häßlich. Oh, war es schön.

Sie setzte sich in ihrem Bett auf und schlang den Schal wie eine Boa um den Hals, sehr zur Belustigung des Marquis.

Pu pu pi du wuaaah ...

Wer war diese Paulette? Seine Mutter?

Mitten in der Nacht hatte sie ihr Buch durch.

Gut. Weihnachten war vorbei.

14

Von neuem dieselbe Leier: Pofen und Malochen. Franck sprach nicht mehr mit ihr, und sie mied ihn, so gut es ging. Nachts war er selten da.

Camille unternahm das eine oder andere. Sie sah sich Botticelli im *Luxembourg* an, Zao Wou-Ki im *Jeu de paume*, aber verdrehte die Augen, als sie die Schlange bei Vuillard sah. Und gegenüber gab es Gauguin! Was für ein Dilemma! Vuillard war schon toll, aber Gauguin – ein Gigant! Sie stand da wie Buridans Eselin, die sich nicht entscheiden konnte und hin- und hergerissen war zwischen dem Pont-Aven, den Marquesa-Inseln und der Place Vintimille. Schrecklich war das.

Schließlich malte sie die Leute in der Schlange, das Dach des *Grand Palais* und die Treppe des *Petit Palais*. Eine Japanerin kam auf sie zu und flehte sie an, ihr bei Vuitton eine Tasche zu kaufen. Sie hielt ihr vier Hunderteuroscheine hin und führte sich auf, als sei es eine Angelegenheit auf Leben und Tod. Camille breitete die Arme aus:

»*Look. Look at me. I am too dirty.*« Sie zeigte ihr die ausgelatschten Treter, die zu weite Jeans, den dicken Pulli Stil LKW-Fahrer, den verrückten Schal und den Soldatenmantel, den Philibert ihr geliehen hatte. »*They won't let me go in the shop.*« Die junge Frau zog eine Schnute, packte ihre Scheine wieder ein und quatschte zehn Meter weiter jemand anderen an.

Entschlossen nahm sie einen Umweg über die Avenue Montaigne. Um nachzusehen.

Die Wachmänner waren wirklich beeindruckend. Sie haßte dieses Viertel, in dem das Geld bot, was man am wenigsten gern verschenkte: schlechten Geschmack, die Macht der Arroganz. Vor den Schaufensterauslagen von Malo mit seinen Kaschmirpullovern ging sie schneller – zu viele Erinnerungen – und kehrte an den Quais entlang zurück.

Nichts Nennenswertes bei der Arbeit. Die Kälte, wenn sie gestempelt hatte, war noch am schwersten zu ertragen.

Sie ging allein nach Hause, aß allein, schlief allein und hörte Vivaldi, die Arme um die Knie geschlungen.

Camille hatte Pläne für Silvester. Sie hatte überhaupt keine Lust, hinzugehen, hatte ihre dreißig Euro Eintrittsgeld aber längst bezahlt, um ihre Ruhe zu haben und nicht ständig belatschert zu werden.

»Du mußt ausgehen«, schimpfte sie mit sich.

»Aber ich geh nicht gern aus.«

»Warum nicht?«

»Ich weiß nicht.«

»Hast du Angst?«

»Ja.«

»Wovor?«

»Ich habe Angst, daß zuviel Bodensatz aufgewirbelt wird. Und außerdem ... hab ich auch das Gefühl auszugehen, wenn ich mich in meinem Innern verlaufe. Ich gehe spazieren. Dort ist es ganz schön groß.«

»Machst du Witze? Es ist winzig klein! Komm schon, dein Bodensatz riecht schon ranzig.«

Solcherart Unterhaltung zwischen sich und ihrem armen Gewissen zerrte stundenlang an ihrem Verstand.

Als sie an diesem Abend nach Hause zurückkehrte, fand sie ihn auf dem Treppenabsatz:

»Hast du deinen Schlüssel vergessen?«

»...«

»Wartest du schon lange?«

Er zeigte trotzig auf seinen Mund, um ihr in Erinnerung zu rufen, daß er nicht sprechen durfte. Sie zuckte mit den Schultern. Aus dem Alter für solche Spielchen war sie heraus.

Er legte sich schlafen, ohne zu duschen, ohne zu rauchen, ohne sie auch nur ansatzweise zu ärgern. Er war völlig erledigt.

Am nächsten Morgen kam er gegen halb elf aus seinem Zimmer, er hatte den Wecker nicht gehört und besaß nicht einmal die Kraft zu motzen. Sie war in der Küche, er setzte sich ihr gegenüber, nahm sich einen Liter Kaffee und brauchte eine Weile, bis er sich dazu durchringen konnte, ihn zu trinken.

»Alles in Ordnung?«

»Müde.«

»Machst du nie Urlaub?«

»Doch. Die ersten Januartage. Für meinen Umzug.«

Sie sah aus dem Fenster.

»Bist du um drei Uhr da?«

»Um dir aufzumachen?«

»Ja.«

»Ja.«

»Gehst du nie raus?«

»Doch, kommt schon vor, aber heute nachmittag gehe ich nicht raus, weil du hier sonst nicht reinkommst.«

Er nickte wie ein Zombie:

»Okay, ich muß los, sonst werd ich einen Kopf kürzer gemacht.«

Er stand auf, um seine Schale zu spülen.

»Was hat deine Mutter für eine Adresse?«

Er erstarrte vor der Spüle.

»Warum fragst du?«

»Um ihr zu danken.«

»Ihr ... zzzzu ...« er hatte einen Frosch im Hals, »ihr zu danken, wofür?«

»Na, für den Schal.«

»Ach so. Aber den hat doch nicht meine Mutter gemacht, sondern meine Omi!« belehrte er sie erleichtert, »nur meine Omi kann so gut stricken!«

Camille lächelte.

»Du mußt ihn nicht anziehen, weißt du?«

»Er gefällt mir gut.«

»Ich bin richtig zusammengezuckt, als sie ihn mir gezeigt hat.«

Er lachte.

»Und dabei ist das noch gar nix. Wenn du den für Philibert sehen würdest.«

»Wie ist der?«

»Orange und grün.«

»Ich bin sicher, er wird ihn tragen. Er wird es nur bedauern, daß er ihr zum Dank keinen Handkuß geben kann.«

»Ja, das habe ich auch gedacht, als ich gefahren bin. Zum Glück sind die Sachen für euch. Ihr zwei seid die einzigen Menschen auf dieser Welt, die imstande sind, diese häßlichen Dinger zu tragen, ohne dabei lächerlich zu wirken.«

Sie betrachtete ihn:

»Ha, ist dir aufgefallen, daß du gerade was Nettes gesagt hast?«

»Ist es nett, euch als Clowns zu bezeichnen?«

»Oh Pardon. Ich dachte, du sprichst von unserer natürlichen Klasse . . .«

Es dauerte einen Moment, bis er ihr antwortete:

»Nein, ich spreche von . . . von eurer Freiheit, glaube ich. Von dem Glück, das ihr habt, für euch zu leben und auf alles andere zu pfeifen.«

In dem Moment klingelte sein Handy. Sie hatte kein Glück, wenn er ausnahmsweise einmal ins Sinnieren geriet.

»Bin schon da, Chef, bin schon da . . . Aber klar doch, ich bin fertig . . . Na ja, die kann Jean-Luc doch machen, oder . . . Moment mal, Chef, ich versuche gerade ein Mädchen rumzukriegen, das deutlich intelligenter ist als ich, ist doch klar, daß das mehr Zeit braucht als sonst . . . Was? Nee, da hab ich noch nicht angerufen . . . Aber ich hab Ihnen doch schon gesagt, daß der nicht kann . . . Ich weiß, daß alle überlastet sind, das weiß ich ... Okay, ich kümmer mich drum ... Ich ruf ihn gleich an ... Was? Das Mädchen sausen lassen? Ja, Sie haben bestimmt recht, Chef.«

»Das war mein Chef«, erklärte er ihr und warf ihr ein schiefes Lächeln zu.

»Ach ja?« fragte sie erstaunt.

Er trocknete seine Kaffeeschale ab, zog von dannen und fing die Tür gerade so weit ab, daß sie nicht knallte.

Schön, das Mädchen war blöd, aber ganz und gar nicht dumm, das war das Gute.

Bei jeder anderen Tussi hätte er aufgelegt und fertig. Aber ihr hatte er gesagt, es sei sein Chef, um sie zum Lachen zu bringen, und sie war so gewitzt, darauf anzuspringen und erstaunt zu tun. Eine Unterhaltung mit ihr war wie Pingpong: Sie hielt das Tempo und schmetterte die Bälle in die Ecken, wenn man am wenigsten darauf gefaßt war, das gab einem das Gefühl, weniger blöd zu sein.

Er rannte die Treppe hinunter, hielt sich dabei am Geländer fest und hörte über seinem Kopf die Räder und das Getriebe quietschen. Mit Philibert war es genauso, er unterhielt sich gerne mit ihm.

Er wußte nämlich, daß er gar nicht so doof war, wie er aussah, sein Problem waren eben die Wörter. Ihm fehlten immer die Wörter, deshalb mußte er laut werden, um sich verständlich zu machen. Stimmt schon, das war total beschissen, verdammt!

Aus all diesen Gründen tat es ihm leid, hier auszuziehen. Was würde er bei Kermadec machen? Picheln, rauchen, sich DVDs reinziehen und auf dem Klo in Motorradzeitschriften blättern.

Super.

Zurück auf zwanzig.

Zerstreut versah er seinen Dienst.

Das einzige Mädchen im ganzen Universum, das in der Lage

war, einen Schal zu tragen, den seine Oma gestrickt hatte, und dabei noch gut auszusehen, würde er nie haben können.

Das Leben war schon ätzend.

Er sah noch mal bei den Dessertköchen vorbei, bevor er ging, fing sich einen Anpfiff ein, weil er seinen ehemaligen Lehrling noch immer nicht angerufen hatte, und ging nach Hause, um zu schlafen.

Er schlief nur eine Stunde, weil er in den Waschsalon mußte. Er suchte seine Klamotten zusammen und steckte sie in seinen Bettbezug.

15

Nicht zu fassen.

Sie war ebenfalls da. Saß vor der Maschine Nummer sieben, ihre Tasche mit nasser Wäsche zwischen den Beinen, und las.

Er setzte sich ihr gegenüber, ohne daß sie ihn bemerkte. Es faszinierte ihn immer wieder. Wie sie und Philibert sich konzentrieren konnten. Das erinnerte ihn an einen Werbespot, einen Typen, der in aller Seelenruhe seinen Boursin aß, während die Welt um ihn herum einstürzte. Ihn erinnerte vieles an Werbespots. Das lag bestimmt daran, daß er als kleiner Junge so viel ferngesehen hatte.

Er spielte ein kleines Spielchen: Stell dir vor, du betrittst an einem 29. Dezember gegen fünf Uhr nachmittags diesen versifften Waschsalon in der Avenue de La Bourdonnais und siehst diese Gestalt zum ersten Mal in deinem Leben, was würdest du sagen?

Er versenkte sich tief in seinen Plastiksitz, steckte die Hände in die Jackentaschen und kniff die Augen zusammen.

Zuerst würdest du denken, ein Typ. Wie beim ersten Mal. Keine Tunte zwar, aber zumindest ein ziemlich femininer Typ. Du würdest also aufhören, nach ihm zu schielen. Obwohl ... Du hättest trotz allem deine Zweifel. Aufgrund der Hände, des Halses, der Art, mit dem Daumen über die Unterlippe zu streichen. Ja, du würdest stutzen. War es am Ende vielleicht doch ein Mädchen? Ein Mädchen, das in einem Zelt steckte? Als wollte sie ihren Körper verstecken? Du würdest versuchen, woandershin zu schauen, aber du müßtest sie immer wieder anstarren. Weil sie etwas hatte. Eine besondere Aura. Oder war es vielleicht das Licht?

Genau. Das war's.

Wenn du an einem 29. Dezember diesen versifften Waschsalon in der Avenue de La Bourdonnais betreten und im tristen Licht der Neonlampen diese Gestalt sehen würdest, würdest du dir genau das sagen: Scheiße Mann. Ein Engel ...

In dem Moment sah sie auf, erblickte ihn, verharrte einen Moment reglos, als hätte sie ihn nicht erkannt, und fing schließlich an zu lächeln. Oh, fast unmerklich, ein leichtes Aufleuchten, ein kleines Wiedererkennen unter Stammgästen.

»Sind das deine Flügel?« fragte er und zeigte auf ihre Tasche.

»Pardon?«

»Ach nix.«

Einer der Trockner war durchgelaufen, und sie seufzte beim Blick auf die Wanduhr. Ein Penner ging zur Maschine. Er holte eine Jacke und einen ausgefransten Schlafsack heraus.

Jetzt wurde es interessant. Seine Theorie auf die Probe gestellt. Keine normale Frau würde nach einem Penner ihre Sachen in den Trockner stecken, und er wußte, wovon er sprach: Er hatte fast fünfzehn Jahre Waschsalon-Erfahrung hinter sich.

Er erforschte ihr Gesicht.

Nicht das geringste Anzeichen dafür, daß sie zurückschreckte oder stockte, nicht der Ansatz einer Grimasse. Sie stand auf, lud in aller Eile ihre Kleider in die Maschine und fragte ihn, ob er ihr Geld wechseln könne.

Dann kehrte sie an ihren Platz zurück und nahm ihr Buch wieder auf.

Er war ein wenig enttäuscht.

Perfekte Menschen waren etwas Gräßliches ...

Bevor sie wieder in die Lektüre eintauchte, sprach sie ihn an:

»Sag mal ...«

»Ja?«

»Wenn ich Philibert zu Weihnachten eine Waschmaschine schenke, die auch als Trockner funktioniert, meinst du, du könntest sie anschließen, bevor du ausziehst?«

»...«

»Was lachst du jetzt? Hab ich was Dummes gesagt?«

»Nein, nein.«

Er winkte ab:

»Das verstehst du nicht.«

»He«, sagte sie und klopfte sich mit Zeige- und Mittelfinger auf den Mund, »rauchst du zu viel im Moment, oder was?«

»Im Grunde bist du ganz normal.«

»Warum sagst du das? Natürlich bin ich normal.«

»...«

»Enttäuscht dich das?«

»Nein.«

»Was liest du da?«

»Einen Reisebericht.«

»Gut?«

»Super ...«

»Worum geht's da?«

»Ach, ich weiß nicht, ob dich das interessiert.«

»Nee, ich sag's ganz offen, es interessiert mich überhaupt nicht«, kicherte er, »aber ich mag es, wenn du erzählst. Übrigens, ich hab mir die CD von Marvin gestern noch mal angehört.«

»Echt?«

»Ja.«

»Und?«

»Tja, das Problem ist, daß ich nix versteh. Drum will ich zum Arbeiten nach London. Um Englisch zu lernen.«

»Wann gehst du?«

»Eigentlich hatte ich einen Platz für nach dem Sommer, aber im Moment ist alles in der Schwebe. Eben wegen meiner Großmutter. Wegen Paulette.«

»Was hat sie denn?«

»Pff ... Ich hab keine Lust, darüber zu reden. Erzähl mir lieber von deinem Reisebuch.«

Er rückte mit seinem Stuhl heran.

»Kennst du Albrecht Dürer?«

»Den Schriftsteller?«

»Nein. Den Maler.«

»Nie gehört.«

»Doch, ich bin mir sicher, daß du schon welche von seinen Bildern gesehen hast. Einige sind ganz berühmt. Ein junger Hase, Gräser, Löwenzahn.«

»...«

»Für mich ist er ein Gott ... Ich habe zwar mehrere Götter, aber er ist mein Gott Nummer eins. Hast du irgendwelche Götter?«

»Hm.«

»In deinem Beruf? Ich weiß nicht ... Escoffier, Carême, Curnonsky?«

»Hm.«

»Bocuse, Robuchon, Ducasse?«

»Ach so, du meinst Vorbilder? Ja, ich hab welche, aber die sind nicht so berühmt, oder weniger berühmt. Weniger im Rampenlicht halt. Kennst du Chapel?«

»Nein.«

»Pacaud?«

»Nein.«

»Senderens?«

»Den Typ vom Lucas Carton?«

»Ja. Wahnsinn, was du alles weißt. Wie machst du das bloß?«

»Moment mal, ich kenn ihn nur so, vom Namen her, ich bin nie dagewesen.«

»Der ist echt gut. Ich hab sogar ein Buch von ihm in meinem Zimmer. Das kann ich dir zeigen. Er und Pacaud, das sind für mich die Meister. Und daß sie weniger bekannt sind als die anderen, liegt daran, daß sie eben in der Küche stehen. Na ja, ich sag das so, keine Ahnung. So stell ich es mir jedenfalls vor. Vielleicht lieg ich auch total daneben.«

»Aber unter Köchen unterhaltet ihr euch doch auch? Erzählt euch von euren Erfahrungen?«

»Nicht so viel. Wir sind nicht sehr geschwätzig, weißt du? Wir sind zu schlapp, um zu quasseln. Wir zeigen uns Sachen, irgendwelche Kniffe, wir tauschen Ideen aus, Rezepte, die wir hier und da aufgeschnappt haben, aber viel weiter geht es meistens nicht.«

»Schade.«

»Wenn wir uns gut ausdrücken könnten, schöne Sätze von uns geben und so was, würden wir diese Arbeit nicht machen, so viel ist klar. Also, ich jedenfalls nicht, ich würd sofort aufhören.«

»Warum?«

»Weil ... Es ist idiotisch. Die reinste Sklavenarbeit. Du hast ja gesehen, wie mein Leben aussieht. Total beschissen. Okay ... eh ... ich red überhaupt nicht gern über mich. Und dein Buch?«

»Tja, mein Buch ... ist ein Tagebuch, das Dürer von 1520 bis 1521 auf einer Reise in die Niederlande geführt hat. Eine Art Reisebuch oder Journal. Es ist im übrigen der Beweis dafür, daß ich ziemlich daneben liege, wenn ich in ihm einen Gott sehe. Der Beweis, daß auch er ein ganz normaler Mann war. Der jeden Pfennig umdrehte, der wütend wurde, wenn er feststellte, daß ihn die Zöllner reingelegt hatten, der sich immer wieder von seiner Frau trennte, der sich beim Spielen nicht beherrschen konnte und dabei Geld verlor, der naiv war, gern gut aß, ein Macho und auch ein bißchen dünkelhaft. Aber okay, das alles ist nicht so wichtig, im Gegenteil, das macht ihn menschlicher. Und ... hm ... Willst du noch mehr hören?«

»Ja.«

»Eigentlich ist es eine Reise, die er aus einem ziemlich ernsten Grund angetreten hat, nämlich um sein Überleben zu sichern, das seiner Familie und der Leute, die mit ihm in seinem Atelier gearbeitet haben. Bis dahin hatte er unter dem Schutz Kaiser Maximilians I. gestanden. Einem Kerl, der total größenwahnsinnig war und ihm einen verrückten Auftrag erteilt hatte: Er sollte ihn am Kopf eines Triumphzugs darstellen, um ihn für immer unsterblich zu machen. Ein Werk aus mehreren Holzschnitten, von denen Jahre später schließlich ein Abdruck gemacht wurde und das mehr als vierundfünfzig Meter lang ist. Kannst du dir das vorstellen?

Für Dürer war das ein Segen. Jahrelange gesicherte Arbeit. Unglücklicherweise kratzt Maximilian kurze Zeit später ab, und schon sind seine jährlichen Einkünfte gefährdet. Katastrophe. Deshalb macht sich unser Mann also mit seiner Frau und der Dienerin im Schlepptau auf den Weg, um Karl V., dem künftigen Kaiser, und Margarete von Österreich, der Tochter seines ehemaligen Schutzherrn, um den Bart zu gehen, denn diese Einkünfte müssen unbedingt weiter fließen.

So weit die Situation. Deshalb ist er am Anfang etwas gestreßt, was ihn aber nicht davon abhält, ein perfekter Tourist zu sein. Er begeistert sich für alles, die Gesichter, die Sitten, die Kleider, besucht seinesgleichen, die Handwerker, bewundert ihre Arbeit, besucht alle Kirchen, kauft eine ganze Menge Nippes, frisch aus der Neuen Welt importiert: einen Papagei, einen Pavian, ein Stück Schildkrötenpanzer, Korallenstöcke, Zimt, einen Elchhuf etc. Er ist wie ein kleines Kind. Er macht sogar einen Umweg, um einen gestrandeten Wal zu sehen, der am Nordseestrand verwest. Und natürlich malt er. Wie ein Verrückter. Er ist fünfzig, er ist auf dem Höhepunkt seines Schaffens, und egal, was er macht: einen Papagei, einen Löwen, ein Walroß, einen Leuchter oder das Porträt seines Gastwirts, es ist ... es ist ...«

»Es ist was?«

»Hier, sieh selbst.«

»Nee, nee, davon versteh ich nix!«

»Da gibt es nichts zu verstehen! Sieh dir den Alten an, wie beeindruckend der ist. Und diesen schönen jungen Mann, siehst du, wie stolz er ist? Wie selbstsicher er aussieht? Man könnte glatt meinen, das wärst du, die gleiche Überheblichkeit, die gleichen weiten Nasenlöcher ...«

»Ach, tatsächlich? Findest du, daß er gut aussieht?«

»Ein leichtes Backpfeifengesicht, oder?«

»Das macht der Hut.«

»Ah ja, du hast recht«, lächelte sie, »das muß der Hut sein. Und seine Visage? Ist die nicht irre? Man meint doch, daß er uns verhöhnt, daß er uns provoziert: ›He, Leute. Das ist es, was euch erwartet ...‹«

»Zeig mal.«

»Hier. Aber was mir am besten gefällt, sind seine Porträts, und was mich echt umhaut, ist die Ungeniertheit, mit der er sie malt.

Hier auf der Reise ist es vor allem Tauschwährung, nichts anderes als Naturalienhandel: dein Können gegen meins, dein Porträt für ein Abendessen, einen Rosenkranz, ein Kinkerlitzchen für meine Frau und einen Mantel aus Kaninchenfell. Ich hätte liebend gern in dieser Zeit gelebt. Ich halte den Naturalienhandel für eine geniale Wirtschaftsform.«

»Und wie geht es aus? Kriegt er seine Flocken?«

»Ja, aber zu welchem Preis. Die dicke Margarete verschmäht ihn, sie geht sogar so weit, das Porträt abzulehnen, das er extra für sie von ihrem Vater angefertigt hat, die dumme Nuß. Also tauscht er es gegen ein Bettlaken! Außerdem kehrt er krank zurück, eine fiese Geschichte, die er sich ausgerechnet bei seinem Abstecher zu dem Wal eingefangen hat. Sumpffieber, glaube ich. Ach übrigens, hier ist eine Maschine frei geworden.«

Seufzend stand er auf.

»Dreh dich um, ich will nicht, daß du meine Unterwäsche siehst.«

»Ach, die brauch ich nicht zu sehen, um sie mir vorstellen zu können. Philibert geht bestimmt in Richtung gestreifte Unterhosen, aber du trägst sicher diese kleinen hautengen Dinger von Hom, bei denen auf dem Bund was draufsteht.«

»Du bist ganz schön gut. Los, guck wenigstens nach unten.«

Er machte sich an der Maschine zu schaffen, nahm seine halbvolle Flasche Waschmittel und stützte sich mit den Ellbogen auf die Maschine:

»Das heißt, so gut bist du nun auch wieder nicht. Sonst würdest du nicht putzen gehen, du würdest es machen wie der Typ da. Du würdest arbeiten ...«

Stille.

»Hast recht. Ich bin nur gut bei Unterhosen.«

»Was ja schon mal nicht schlecht ist, oder?! Vielleicht ist das eine Marktlücke. Übrigens, hast du am 31. schon was vor?«

»Willst du mich zu einer Fete einladen?«

»Nee. Zum Arbeiten.«

»Warum nicht?«

»Weil ich das nicht kann!«

»Moment mal, es verlangt ja keiner von dir, daß du kochst! Du sollst bloß ein bißchen beim Mise en Place helfen.«

»Was ist denn das Mise en Place?«

»Das ist alles, was man vorher vorbereitet, um Zeit zu sparen, wenn's rundgeht.«

»Und was müßte ich da machen?«

»Maronen schälen, Pfifferlinge putzen, Trauben enthäuten und entkernen, Salat waschen. Na ja, haufenweise idiotisches Zeug.«

»Ich bin nicht mal sicher, ob ich das kann.«

»Ich zeig dir alles, ich erklär's dir.«

»Dazu hast du doch gar nicht die Zeit.«

»Nein. Deshalb werd ich dich vorher briefen. Ich bring morgen etwas Übungsmaterial mit und bilde dich in meiner Pause aus.«

»...«

»Komm schon! Es wird dir guttun, unter Leute zu kommen. Wo du nur mit Toten lebst und mit Typen redest, die nicht mehr da sind. Du bist ständig allein. Ist doch ganz normal, daß du nicht richtig tickst.«

»Ich tick nicht richtig?«

»Nee.«

»Hör zu. Du tust mir damit einen Gefallen. Ich hab meinem Chef versprochen, daß ich jemanden finde, der uns hilft, und ich finde niemanden. Ich sitz in der Klemme.«

»...«

»Komm schon, gib dir einen Ruck. Danach verdrück ich mich, und du siehst mich nie mehr wieder.«

»Ich bin zu einer Fete eingeladen.«

»Wann mußt du da sein?«

»Ich weiß nicht, gegen zehn.«

»Kein Problem. Das schaffst du. Ich zahl dir das Taxi.«

»Na gut.«

»Danke. Dreh dich noch mal um, meine Wäsche ist trocken.«

»Ich muß sowieso los. Bin schon spät dran.«

»Okay, bis morgen.«

»Schläfst du heut nacht hier?«

»Nein.«

»Bist du enttäuscht?«

»Oh Mann, was bist du aber auch plump.«

»Moment, ich sag das deinetwegen! Es könnte nämlich sein, daß du mit den Slips doch nicht so ganz recht hast, weißt du?«

»Wenn du wüßtest, wie egal mir deine Slips sind!«

»Dein Pech.«

17

»Wollen wir?«

»Nur zu. Was ist das?«

»Was denn?«

»Der Koffer?«

»Ach so. Das ist mein Messer-Set. Meine Pinsel, wenn du so willst. Wenn ich die nicht hätte, wär ich zu nix zu gebrauchen«, seufzte er. »Siehst du, woraus mein Leben besteht? Aus einem alten Kasten, der schlecht schließt.«

»Seit wann hast du den?«

»Pff . . . Seit ich so groß bin. Meine Omi hat ihn mir gekauft, als ich meine Lehre angefangen hab.«

»Darf ich mal?«

»Nur zu.«

»Erzähl mir mehr.«

»Wovon?«

»Wozu die gut sind. Ich lerne gern.«

»Also, das große ist das Küchenmesser oder das Kochmesser, das nimmt man für alles, das viereckige ist für die Knochen, die Knorpel oder um das Fleisch zu klopfen, das ganz kleine ist das Officemesser, das findet man in jeder Küche, nimm schon mal, das wirst du gleich brauchen. Das lange hier nimmt man, um Gemüse zu schneiden und kleinzuhacken, das kleine ist zum Wegschneiden von Nerven, zum Zuschneiden von Fleisch und zum Entfernen von Haut, Fett und Sehnen, und die Zwillings- ausgabe mit der festen Klinge ist zum Entbeinen, das ganz dün- ne zum Filetieren von Fisch, und das letzte ist das Schinkenmes- ser . . .«

»Und das hier ist zum Wetzen.«

»Yes.«

»Und das hier?«

»Das ist nix ... Das ist nur für die Deko, aber das benutz ich schon lange nicht mehr.«

»Was macht man damit?«

»Kleine Wunderwerke. Das zeig ich dir ein andermal. Gut, bist du bereit?«

»Ja.«

»Sieh genau hin, ja? Maronen, das sag ich dir gleich, sind total fies. Die hier hab ich schon in kochendes Wasser getaucht, die sind also leichter zu schälen, normal halt. Du darfst sie auf keinen Fall beschädigen. Ihre Maserung muß intakt bleiben und gut sichtbar sein. Nach der Schale kommt dieses Wattezeug hier, das mußt du ganz vorsichtig abziehen.«

»Das dauert ja irre lang!«

»Eben! Das ist genau der Grund, weshalb wir dich brauchen.«

Er war geduldig. Anschließend erklärte er ihr, wie man mit einem feuchten Handtuch Pfifferlinge putzt und wie man die Erde abrubbelt, ohne sie zu beschädigen.

Es machte ihr Spaß. Sie war handwerklich geschickt. Es machte sie rasend, daß sie so viel langsamer war als er, aber es machte ihr Spaß. Die Trauben kullerten ihr durch die Finger, doch sie hatte schnell den Trick raus, wie man sie mit der Messerspitze entkernt.

»Okay, den Rest sehen wir morgen. Der Salat und das andere müßte gehen.«

»Dein Chef wird gleich merken, daß ich nichts kann.«

»Das ist klar! Aber was soll er machen? Was für eine Kleidergröße hast du?«

»Ich weiß nicht.«

»Ich besorg dir Hose und Jacke. Und deine Schuhgröße?«

»40.«

»Hast du Turnschuhe?«

»Ja.«

»Die sind zwar nicht ideal, aber für dieses eine Mal sind die okay.«

Sie drehte sich eine Zigarette, während er die Küche aufräumte.

»Wo ist deine Fete?«

»In Bobigny. Bei einer Kollegin von mir.«

»Es macht dir nichts aus, morgen früh um neun anzufangen?«

»Nein.«

»Ich warn dich schon mal vor, es gibt nur eine kleine Pause. Eine Stunde höchstens. Wir haben morgen keinen Mittagstisch, aber am Abend mehr als sechzig Gedecke. Ein Degustationsmenü für alle. Das wird was geben. Zweihundertzwanzig Euro pro Nase, glaub ich. Ich will versuchen, dich so früh wie möglich loszueisen, aber ich denke, daß du mindestens bis acht Uhr bleiben mußt.«

»Und du?«

»Pff ... Daran will ich lieber gar nicht denken. Silvester ist immer eine Strafe. Aber na ja, es ist gut bezahlt. Ich werd übrigens auch für dich richtig was rausschlagen.«

»Ach, das ist nicht das Thema.«

»Doch, doch, das ist das Thema. Das wirst du morgen abend sehen.«

18

»Wir müssen los. Kaffee kriegen wir dort.«

»Aber ich ertrinke ja in der Hose!«

»Macht nix.«

Sie überquerten im Laufschritt den Champ-de-Mars.

Camille war überrascht über das emsige, konzentrierte Treiben, das bereits in der Küche herrschte.

Es war plötzlich so heiß.

»Hier Chef. Ein kleiner Gehilfe, taufrisch.«

Der Chef brummte etwas und scheuchte sie mit dem Handrücken weg. Franck stellte sie einem großen Kerl vor, der noch nicht richtig wach war:

»Also, das hier ist Sébastien. Der ist für die kalte Küche zuständig und heute auch dein Chef de partie und dein big boss, okay?«

»Erfreut.«

»Mmmm.«

»Mit ihm hast du aber gar nichts zu tun, sondern mit seinem Gehilfen.«

Er wandte sich an den Kerl:

»Wie heißt er noch?«

»Marc.«

»Ist er da?«

»In den Kühlräumen.«

»Gut, ich überlaß sie dir.«

»Was kann sie?«

»Nix. Aber du wirst sehen, das macht sie gut.«

Und er verschwand Richtung Spind.

»Hat er dir die Maronen erklärt?«

»Ja.«

»Okay, hier sind sie«, fügte er hinzu und zeigte auf einen riesigen Berg.

»Kann ich mich setzen?«

»Nein.«

»Warum nicht?«

»In der Küche wird nicht gefragt, hier heißt es ›ja, Chef‹ oder ›ja, Meister‹.«

»Ja, Chef.«

Ja, Blödmann. Warum hatte sie sich nur darauf eingelassen? Sie wäre viel schneller, wenn sie sitzen dürfte.

Zum Glück machte eine Kaffeekanne die Runde. Sie stellte ihren Becher ins Regal und machte sich an die Arbeit.

Eine Viertelstunde später – ihr taten schon die Hände weh – sprach sie jemand an:

»Alles in Ordnung?«

Sie sah auf und war sprachlos.

Sie erkannte ihn nicht wieder. Blitzsaubere Hose, tadellos gebügelte Jacke, mit zwei Reihen runder Knöpfe und seinem Namen in aufgestickten blauen Lettern, kleines spitz zulaufendes Tuch, makellos weiße Schürze und Geschirrtuch, eine Kochmütze auf dem Kopf, die wie angegossen saß. Nachdem sie ihn bisher ausschließlich in ausgebeulten Klamotten gesehen hatte, fand sie jetzt, daß er sehr gut aussah.

»Was ist?«

»Nichts. Du siehst sehr gut aus.«

Und er, der große Dummkopf, der Angsthase, der Angeber, der kleine Provinzmatador mit der großen Klappe, der dicken Maschine und den tausend Weibern auf seiner Trophäenliste, ja, genau der konnte nicht umhin zu erröten.

»Das macht bestimmt die Uniform«, fügte sie lächelnd hinzu, um ihn aus seiner Verlegenheit zu erlösen.

»Ja, das ... das ist es bestimmt.«

Er zog davon, rannte beinahe einen Kollegen über den Haufen und beschimpfte ihn im Vorbeigehen.

Es wurde nicht geredet. Man hörte nur das Tock-Tock der Messer, das Klapp-Klapp des Eßgeschirrs, das Bumm-Bumm der klappernden Türen und das Telefon, das alle fünf Minuten im Büro des Chefs klingelte.

Camille war fasziniert, einerseits darauf bedacht, sich zu konzentrieren, um sich keinen Anschiß einzufangen, und andererseits den Kopf zu heben, um nichts zu verpassen. Franck sah sie nur von weitem und von hinten. Er wirkte größer und ruhiger als sonst. Ihr war, als würde sie ihn nicht kennen.

Leise fragte sie ihren Kollegen beim Gemüseschälen:
»Wofür ist der Franck zuständig?«
»Wer?«
»Lestafier.«
»Er ist der Soßenkoch und überwacht das Fleisch.«
»Ist das schwer?«
Der Picklige rollte mit den Augen:
»Und wie. Das ist das Schwerste. Nach dem Chef und dem Zweiten ist er die Nummer drei der Brigade.«
»Ist er gut?«
»Ja. Blöd, aber gut. Ich würd sogar sagen, er ist genial. Außerdem wirst du sehen, der Chef fragt lieber ihn als den Zweiten. Den Zweiten überwacht er, Lestafier läßt er machen.«
»Aber . . .«
»Psst.«

Als der Chef in die Hände klatschte, um die Pause anzukündigen, hob sie mit verzerrtem Gesicht den Kopf. Sie hatte Schmerzen im Nacken, im Rücken, an den Händen, in den Beinen, an den Füßen und anderswo auch noch, sie wußte nur nicht mehr, wo.
»Ißt du mit uns?« fragte Franck.
»Muß ich?«
»Nein.«
»Dann mach ich lieber einen Spaziergang an der frischen Luft.«
»Wie du willst. Alles in Ordnung?«

»Ja. Ganz schön heiß. Ihr schuftet ja wahnsinnig.«

»Machst du Witze? Das hier ist nix! Es sind ja nicht mal Gäste da!«

»Ah ja.«

»Kommst du in einer Stunde wieder?«

»Okay.«

»Geh nicht gleich raus, laß dich erst etwas abkühlen, sonst holst du dir den Tod.«

»Gut.«

»Willst du, daß ich mitkomme?«

»Nein, nein. Ich möchte ganz gern allein sein.«

»Du mußt aber was essen, ja?«

»Ja, Papa.«

Er zuckte mit den Schultern:

»Tzzz.«

Sie holte sich an einer Touri-Bude ein unappetitliches Panini und setzte sich unterm Eiffelturm auf eine Bank.

Philibert fehlte ihr.

Sie wählte die Nummer seines Schlosses auf ihrem Handy.

»Guten Tag, Aliénor de la Durbellière am Apparat«, sagte eine Kinderstimme. »Mit wem habe ich die Ehre?«

Camille war verdattert.

»Eh ... Mit ... Könnte ich bitte mit Philibert sprechen?«

»Wir sind bei Tisch. Dürfte ich etwas ausrichten?«

»Ist er nicht da?«

»Doch, aber wir sind bei Tisch. Das sagte ich ja bereits.«

»Ach so, ja. Nein, nichts, richten Sie ihm Grüße aus und ein frohes neues Jahr.«

»Rufen Sie mir noch eben Ihren Namen in Erinnerung?«

»Camille.«

»Camille, wie weiter?«

»Mehr nicht.«

»Schön. Auf Wiederhören, Frau Mehrnicht.«

Auf Wiederhören, du Klugscheißerin.

Was sollte das? Was war das für ein Getue?

Der arme Philibert ...

»Fünfmal in frisches Wasser?«

»Ja.«

»Dann ist er aber auch sauber!«

»Das gehört sich so.«

Camille brachte Stunden damit zu, den Salat zu waschen und zu putzen. Jedes Blatt mußte umgedreht, der Größe nach sortiert und mit der Lupe inspiziert werden. Solche Blätter hatte sie noch nie gesehen, es gab sie in allen Größen, Formen und Farben.

»Was ist das hier?«

»Portulak.«

»Und das hier?«

»Spinatblätter.«

»Und die?«

»Rucola.«

»Und das?«

»Eiskraut.«

»Oh, was für ein schöner Name.«

»Wo kommst du denn her?« fragte ihr Kollege.

Sie insistierte nicht weiter.

Anschließend putzte sie Küchenkräuter und trocknete sie einzeln mit Küchenpapier ab. Sie legte sie in kleine Auflaufformen aus rostfreiem Metall und verschloß sie sorgfältig mit Frischhaltefolie, bevor sie sie in verschiedene Kühlschränke verteilte. Sie knackte Walnüsse und Haselnüsse, schälte Feigen, rubbelte eine große Menge Pfifferlinge ab und rollte zwischen zwei geriffelten Schabern kleine Butterkügelchen. Sie mußte sehr aufpassen, auf jede Untertasse ein Kügelchen Süßrahmbutter und ein Kügelchen gesalzene Butter zu legen. Einmal war sie sich unsicher und mußte ein Kügelchen mit der Messerspitze probieren. Würg, sie aß überhaupt nicht gern Butter und war anschließend doppelt aufmerksam. Die Kellner verteilten auf Wunsch Espresso, und es war zu spüren, wie der Druck von Minute zu Minute wuchs.

Manche machten den Mund nicht mehr auf, andere fluchten vor sich hin, und der Chef übernahm die Aufgabe einer sprechenden Uhr:

»Siebzehn Uhr achtundzwanzig, meine Herren ... Achtzehn Uhr drei, meine Herren ... Achtzehn Uhr siebzehn, meine Herren« ... Als wäre ihm daran gelegen, sie maximal zu stressen.

Sie hatte nichts mehr zu tun, lehnte sich an ihren Arbeitstisch und hob abwechselnd die Füße hoch, um die Beine zu entlasten. Der Typ neben ihr übte sich darin, neben einer Scheibe Gänseleber auf rechteckigen Tellern mit Soße Arabesken zu formen. Anmutig schüttelte er einen kleinen Löffel und seufzte beim Versuch, eine Zickzacklinie zu kreieren. Es gelang ihm nicht. Dennoch war es schön.

»Was willst du machen?«

»Ich weiß nicht. Was Originelles.«

»Darf ich mal?«

»Nur zu.«

»Ich habe Angst, es zu vermasseln.«

»Nein, nein, mach nur, das ist ein alter Fond, der ist nur zum Üben.«

Die ersten vier Versuche fielen jämmerlich aus, beim fünften Mal hatte sie den Dreh raus.

»He, das ist ja klasse, Mann, kannst du das noch mal machen?«

»Nein«, lachte sie, »ich fürchte, nein. Aber ... Habt ihr denn keine Spritzbeutel oder so was?«

»Hm.«

»Kleine Teigspritzen?«

»Doch. Sieh mal in der Schublade nach.«

»Füllst du sie mir?«

»Wozu?«

»Ich hab da eine Idee.«

Sie beugte sich vor und malte mit großer Sorgfalt drei kleine Gänse.

Ihr Kollege holte den Chef, um es ihm zu zeigen.

»Was soll der Quatsch? Wir sind doch hier nicht in Disneyland, Kinder!«

Kopfschüttelnd ging er davon.

Camille zuckte kleinlaut mit den Schultern und kümmerte sich wieder um ihren Salat.

»Das hier ist keine Kochkunst. Das ist Kinderkram«, brummte er am anderen Ende des Raums, »und wißt ihr, was das Schlimmste ist? Was mich wirklich anödet? Die Dummköpfe werden es lieben. Heute wollen die Leute das: Kinderkram! Ach, und außerdem ist heute ein Festtag. Hören Sie, Mademoiselle, tun Sie mir den Gefallen und schmieren Sie mir ihren Hühnerhof auf sechzig Teller. Und zwar dalli dalli, Mädchen!«

»Sag ›ja, Chef‹«, flüsterte er ihr zu.

»Ja, Chef!«

»Das schaff ich nie«, jammerte Camille.

»Du machst einfach eins nach dem anderen.«

»Links oder rechts?«

»Links, das macht mehr Sinn.«

»Ein bißchen sehr niedlich, oder?«

»Nee, das ist witzig. Du hast jetzt sowieso keine Wahl mehr.«

»Ich hätte den Mund halten sollen.«

»Prinzip Nummer eins. Wenigstens das hättest du gelernt. Hier, das ist der richtige Saft.«

»Warum ist der rot?«

»Der ist aus Rote Bete. Fang an, ich reich dir die Teller.«

Sie tauschten die Plätze. Sie zeichnete, er schnitt den Block Gänseleber, verteilte ihn, bestreute ihn mit grob geschrotetem Pfeffer und Salz und reichte den Teller einem Dritten, der fachmännisch den Salat anordnete.

»Was machen die anderen?«

»Die gehen essen. Wir essen später. Wir eröffnen den Ball und gehen nach unten, wenn sie dran sind. Hilfst du mir auch mit den Austern?«

»Müssen wir sie öffnen?!«

»Nein, nein, nur anhübschen. Sag mal, hast du die grünen Äpfel geschält?«

»Ja. Die sind hier. Oh Scheiße! Das ist wohl eher ein Puter geworden.«

»Pardon. Ich laß dich jetzt in Ruhe.«

Franck kam bei ihnen vorbei und runzelte die Stirn. Er fand sie reichlich undiszipliniert. Oder reichlich fröhlich.

Das gefiel ihm nicht so recht.

»Ist die Stimmung gut?« fragte er spöttisch.

»Man tut, was man kann.«

»Sag mal, das wird doch nicht etwa aufgewärmt?«

»Warum sagt er das?«

»Vergiß es, das ist was zwischen uns ... Wer sich ums warme Essen kümmert, bildet sich ein, mit einer höheren Mission betraut zu sein, während wir hier immer von oben herab behandelt werden, und wenn wir uns noch so sehr ins Zeug legen. Wehe, wir nähern uns auch nur dem Feuer. Kennst du den Lestafier gut?«

»Nein.«

»Ah ja, hätte mich auch gewundert.«

»Warum?«

»Nur so.«

Während die anderen essen waren, wischten zwei Schwarze mit Unmengen Wasser den Boden und gingen mehrmals mit Schiebern drüber, um ihn so schnell wie möglich wieder zu trocknen. Der Chef unterhielt sich mit einem hocheleganten Typ in seinem Büro.

»Ist das ein Gast?«

»Nein, das ist der Oberkellner.«

»Nein, der ist ja schick.«

»Im Saal sehen sie alle gut aus. Bevor's losgeht, sind wir die Sauberen, und sie jagen im T-Shirt noch den Staubsauger über den Boden, aber je später es wird, um so mehr kippt das Ganze: Unsereiner stinkt, wird immer schmuddeliger, und sie stolzieren wie die Pfauen mit ihren Fönfrisuren und ihren tadellosen Anzügen durch die Gegend.«

Franck kam vorbei, als sie die letzten Teller garnierte:

»Du kannst jetzt los, wenn du willst.«

»Ach, nö. Ich hab jetzt keine Lust mehr zu gehen. Ich hätte das Gefühl, die Show zu verpassen.«

»Hast du noch was für sie zu tun?«

»Und ob! So viel sie will! Sie kann den Dauerbrenner übernehmen.«

»Was ist das?« fragte Camille.

»Das ist dieses Teil hier, so eine Art Bratrost, der hoch- und run-
tergeht. Willst du dich um die Toasts kümmern?«

»Kein Problem. Eh ... kann ich zwischendurch mal eine qualmen?«

»Nur zu, du kannst nach unten gehen.«

Franck kam mit.

»Alles in Ordnung?«

»Super. Dieser Sébastien ist ja doch ganz nett.«

»Jaaa...«

»...«

»Warum machst du so ein Gesicht?«

»Weil ... Ich wollte vorhin mit Philibert sprechen, um ihm ein
frohes neues Jahr zu wünschen, und mußte mich von irgendeiner
Rotznase abkanzeln lassen.«

»Warte, ich ruf ihn an.«

»Nein. Die sind um diese Zeit bestimmt wieder bei Tisch.«

»Laß mich nur machen.«

»Hallo ... Entschuldigen Sie bitte die Stööörung, Franck de Lestafier am Apparat, der Mitbewohner von Philibert ... Ja ... So ist
es ... Guten Tag ... Dürfte ich ihn bitte persööönlich sprechen, es
geht um den Heißwasserboiler ... Ja ... Genau ... auf Wieder-
hööör'n.«

Er zwinkerte Camille zu, die lachte und den Rauch ausstieß.

»Philou! Bist du's, Häschen? Ein frohes neues Jahr, Alter! Ich geb
dir kein Küßchen, sondern deine kleine Prinzessin. Was? Ach, der
Heißwasserboiler interessiert uns nicht die Bohne! Also, frohes
neues Jahr, gute Gesundheit und viele Küßchen an deine Schwestern. Aber nur die mit großen Titten, klar?«

Camille nahm den Hörer und kniff die Augen zusammen. Nein, der Heißwasserboiler war in Ordnung. Ja, ich Sie auch. Nein, Franck hatte sie nicht in einen Schrank gesperrt. Ja, sie dachte auch ganz oft an ihn. Nein, sie war noch nicht zur Blutuntersuchung. Ja, Ihnen auch, Philibert, ich wünsche Ihnen alles Gute.

»Er klang gut, oder?« fügte Franck hinzu.

»Er hat nur achtmal gestottert.«

»Sag ich doch.«

Als sie wieder auf ihre Plätze zurückkehrten, drehte sich der Wind. Diejenigen, die ihre Kochmütze noch nicht aufgesetzt hatten, holten dies jetzt nach, und der Chef stützte seinen Bauch auf die Durchreiche und verschränkte die Arme darauf. Es war mucksmäuschenstill.

»An die Arbeit, meine Herren.«

Es war, als erhitzte sich der Raum um ein Grad pro Sekunde. Alle rannten geschäftig hin und her und waren darauf bedacht, niemandem im Weg zu stehen. Die Gesichter waren angespannt. Hier und da waren halb unterdrückte Flüche zu hören. Manche blieben eher ruhig, andere, wie dieser Japaner hier, schienen kurz vor der Implosion zu stehen.

Die Ober warteten in einer langen Schlange vor der Durchreiche, während sich der Chef über jeden Teller beugte und ihn genauestens prüfte. Der Junge ihm gegenüber hatte ein winziges Schwämmchen in der Hand, um etwaige Fingerabdrücke oder Soßenspuren abzuwischen, und sobald der Dicke nickte, nahm ein Ober das große Silbertablett mit zusammengebissenen Zähnen auf.

Camille kümmerte sich mit Marc um die Appetithäppchen. Sie arrangierte irgendwelche Zutaten auf Tellern, kleine Scheibchen oder Schalen von irgendwas Rötlichem. Sie traute sich nicht, noch mehr Fragen zu stellen. Anschließend verteilte sie Schnittlauchhalme.

»Schneller, wir haben heut abend nicht die Zeit, an jedem einzelnen Ding rumzubasteln.«

Sie suchte sich eine Schnur, um ihre Hose hochzubinden, und fluchte, weil ihr die Kochmütze ständig in die Augen rutschte. Ihr Kollege holte eine kleine Klammer aus seinem Messerkoffer:

»Hier.«

»Danke.«

Dann lauschte sie einem Ober, der ihr erklärte, wie man das leicht gesüßte Hefebrot zu Dreiecken toastete und die Ränder abschnitt:

»Wie stark sollen sie denn getoastet sein?«

»Tja, goldbraun halt.«

»Komm, mach mir mal eins vor. Zeig mir genau die Farbe, die du haben willst.«

»Die Farbe, die Farbe. Das sieht man doch nicht an der Farbe, das hat man im Gefühl.«

»Schön, aber ich funktionier halt mal mit Farben, also mach mir eins vor, sonst streßt mich das zu sehr.«

Sie nahm ihre Mission sehr ernst und ließ sich bei keiner Nachlässigkeit ertappen. Die Kellner holten sich ihre Toasts und ließen sie in eine Serviettenfalte rutschen. Sie hätte gerne ein kleines Kompliment gehört: »Mensch, Camille, was für herrliche Toasts du uns machst!« Aber nun gut …

Franck sah sie nur von hinten, er hantierte am Herd wie ein Schlagzeuger an seinem Instrument: ein Deckel hier, ein Deckel da, ein Löffelchen hier, ein Löffelchen da. Der große Hagere, der Zweite, nach allem, was sie verstanden hatte, stellte ihm unablässig Fragen, auf die er nur selten und lautmalerisch antwortete. Seine Töpfe waren alle aus Kupfer, und er mußte ein Geschirrtuch zur Hilfe nehmen, um sie anzufassen. Er schien sich mehrmals zu verbrennen, denn sie sah, wie er die Hand schüttelte und sie dann zum Mund führte.

Der Chef war erregt. Es ging ihm nicht schnell genug. Es ging ihm zu schnell. Es war nicht heiß genug. Es war verkocht. »Konzentration, meine Herren, Konzentration!« wiederholte er unaufhörlich.

Je ruhiger es bei ihnen wurde, um so mehr wurde gegenüber rangeklotzt. Es war beeindruckend. Sie sah, wie sie schwitzten und sich wie Katzen den Kopf an der Schulter abrieben, um sich die Stirn zu trocknen. Vor allem der Typ am Grill war feuerrot und nuckelte ständig an einer Wasserflasche, wenn er zwischen seinen Vögeln hin- und herlief. (Viechern mit Flügeln, manche deutlich kleiner als ein Hähnchen, andere doppelt so groß.)

»Hier vergeht man ja ... Wie heiß ist es hier, was meinst du?«
    »Keine Ahnung. Dort drüben bei den Feuerstellen sind es mindestens vierzig Grad. Vielleicht auch fünfzig? Körperlich sind das die härtesten Plätze. Hier, bringst du das zum Spülen. Und paß auf, daß du niemandem in den Weg läufst.«

Sie sperrte die Augen auf, als sie die Berge von Töpfen, Backblechen, Brätern, Metallschüsseln, Sieben und Pfannen sah, in den riesigen Spülbecken gleichmäßig verteilt. Hier war weit und breit kein Weißer mehr zu sehen, und der kleine Mann, an den sie sich wandte, nahm ihr die Sachen mit einem Kopfnicken aus der Hand. Offensichtlich verstand er kein Wort Französisch. Camille blieb einen Moment stehen und sah ihm zu, und wie immer, wenn sie sich einem dieser Entwurzelten vom anderen Ende der Welt gegenübersah, begannen ihre billigen kleinen Mutter-Teresa-Lämpchen wie wild zu blinken: Wo kam er her? Aus Indien? Aus Pakistan? Und was hatte er erlebt, daß er jetzt hier war? Heute? Welche Boote? Welche Verkehrswege? Welche Hoffnungen? Zu welchem Preis? Unter welchem Verzicht, mit welchen Ängsten? Was für eine Zukunft? Wo lebte er? Mit wie vielen Menschen? Und wo waren seine Kinder?
    Als sie merkte, daß ihre Anwesenheit ihn nervös machte, zog sie kopfschüttelnd davon.

»Wo kommt der Tellerwäscher her?«
    »Aus Madagaskar.«
    Erster Flop.
    »Spricht er französisch?«

»Na klar! Er ist seit zwanzig Jahren hier!«

Ab in die Ecke, du Scheinheilige.

Sie war müde. Es gab ständig etwas Neues zu schälen, zu schneiden, zu putzen oder aufzuräumen. Was für ein Chaos. Wie schafften es die Leute bloß, das alles zu verschlingen? Wozu sollte es gut sein, sich die Wampe so vollzuschlagen? Sie würden ja platzen! 220 Euro, wieviel war das? Fast 1500 Franc. Pff... Was man für das Geld alles kaufen könnte. Wenn man es geschickt anstellte, konnte man damit sogar eine kleine Reise unternehmen. Nach Italien zum Beispiel. Sich auf die Terrasse eines kleinen Cafés setzen und sich von der Unterhaltung hübscher junger Mädchen einlullen lassen, die sich bestimmt die gleichen albernen Geschichten erzählten wie alle Mädchen auf der Welt, wobei sie kleine, dicke Kaffeetassen an den Mund führten, deren Inhalt immer ein wenig zu süß war.

All die Skizzen, die Plätze, die Gesichter, die lethargischen Katzen und die phantastischen Sachen, die man für dieses Geld bekommen konnte. Bücher, Platten, sogar Klamotten, die ein ganzes Leben lang hielten, während das hier in ein paar Stunden vorbei wäre, verzehrt, verdaut und ausgeschieden.

Es war nicht richtig, so zu denken, das wußte sie. So viel Durchblick besaß sie. Sie hatte als Kind aufgehört, sich für die Nahrung zu interessieren, weil die Mahlzeiten zum Synonym allzugroßen Leidens geworden waren. Erdrückende Momente für ein kleines sensibles Einzelkind. Ein kleines Mädchen, allein mit seiner Mutter, die wie ein Schlot rauchte und einen Teller mit lieblos zubereitetem Essen auf den Tisch knallte: »Iß! Das ist gut für die Gesundheit!« fügte sie noch hinzu und steckte sich dabei eine Zigarette an. Allein mit ihren Eltern hielt sie den Kopf nach Möglichkeit gesenkt, um ihnen nicht ins Netz zu gehen: »Na, Camille, dein Papa fehlt dir, wenn er nicht da ist, stimmt's?«

Danach war es zu spät. Sie hatte die Freude daran verloren. Irgendwann hatte ihre Mutter sowieso nicht mehr gekocht. Sie hatte sich einen Spatzenhunger zugezogen, wie andere Akne bekamen. Alle waren ihr damit auf den Geist gegangen, aber sie hatte sich gut aus der Affäre gezogen. Sie hatte sich nicht erwischen lassen, denn die Kleine war viel zu gerissen. Sie wollte an der kläglichen Welt der Großen nicht mehr teilhaben, aber wenn sie Hunger hatte, aß sie. Natürlich aß sie, sonst wäre sie heute nicht hier! Nur ohne die anderen. In ihrem Zimmer. Joghurts, Obst oder Müsli und tat etwas anderes nebenbei. Sie las, sie träumte, sie malte Pferde oder schrieb Liedertexte von Jean-Jacques Goldman ab.

Envole-moi.

Ja, sie kannte ihre Schwächen, und es war dumm von ihr, diejenigen zu verurteilen, die das Glück hatten, bei Tisch glücklich zu sein. Aber trotzdem . . . 220 Euro für eine einzige Mahlzeit, ohne Getränke, das war doch echt beknackt, oder?

Um Mitternacht wünschte ihnen der Chef ein frohes neues Jahr und schenkte allen ein Glas Champagner ein:

»Frohes neues Jahr, Mademoiselle, und danke für die Enten. Charles hat mir erzählt, die Gäste seien hin und weg gewesen. Ich hab's gewußt, leider. Frohes neues Jahr, Monsieur Lestafier. Sollten Sie 2004 Ihren miesen Charakter etwas ändern, steigen Sie auf . . .«

»Wieviel gibt's dann mehr, Chef?«

»Oh! Sie gehen aber ran! Sie steigen auf . . . in meiner Achtung!«

»Frohes neues Jahr, Camille. Wir . . . du . . . Gibt's kein Küßchen?«

»Doch, doch, natürlich gibt's ein Küßchen!«

»Und ich?« fragte Sébastien.

»Und ich?« fügte Marc hinzu. »He, Lestafier! Spring schnell zu deinem Klavier, dort läuft was über!«

»Ja klar, Herr Oberschlaumeier. Okay. Sie ist doch jetzt fertig, oder? Dann kann sie sich ja vielleicht mal setzen?«

»Sehr gute Idee, kommen Sie mit in mein Büro, Mademoiselle«, fügte der Chef hinzu.

»Nix da, ich will bis zum Schluß bleiben. Gibt es nicht noch irgendwas für mich zu tun?«

»Tja, jetzt warten wir nur noch auf den Konditor. Du kannst ihm beim Verzieren helfen.«

Sie setzte Mandelblättchen zusammen, dünn wie Zigarettenpapier, auf tausenderlei Art gehärtet, geriffelt, gespickt, spielte mit Schokoladenraspeln, Orangenschalen, kandierten Früchten, Arabesken aus Fruchtsoße und glacierten Maronen. Der Konditorgehilfe sah ihr tatenlos zu. Er wiederholte immer wieder: »Sie sind ja eine Künstlerin! Eine wahre Künstlerin!« Der Chef sah diese Extravaganzen mit anderen Augen: »Okay, für heute abend mag es durchgehen, aber Ästhetik ist nicht alles. Wir kochen schließlich nicht nur, damit es schön aussieht!«

Camille lächelte und verzierte die englische Creme mit roter Fruchtsoße.
     Leider nein. Ästhetik war nicht alles! Das wußte sie nur zu gut.

Gegen zwei legte sich der Sturm. Der Chef gab seine Champagnerflasche nicht mehr aus der Hand, und ein paar Köche hatten ihre Mützen abgenommen. Sie waren allesamt erschöpft, gaben aber ein letztes Mal alles, um ihren Platz zu säubern und so schnell wie möglich zu verschwinden. Kilometer an Frischhaltefolie gingen drauf, um alles einzupacken, und vor den Kühlräumen herrschte dichtes Gedränge. Viele kommentierten den Einsatz und analysierten ihren Auftritt: Was sie vermasselt hatten und warum, wessen Schuld es gewesen war, und wie gut die Sachen gelungen waren. Wie Sportler, die noch dampften, konnten sie nicht abschalten und beackerten mit aller Kraft ihren Platz, um ihn auf Hochglanz zu polieren. Sie hatte den Eindruck, daß sie damit Dampf abließen, um nicht ganz dabei draufzugehen.

Camille half ihnen bis zum Schluß. Sie kauerte vor einem Kühlschrank und wischte ihn von innen aus.
     Dann lehnte sie sich an die Wand und beobachtete das Gedränge der Jungs um die Kaffeemaschinen. Einer schob einen riesigen Wagen mit göttlichen Leckereien herein, Pralinen, Schaum-

zucker, Konfitüren, Mini-Cannelés, Madeirasoße und so weiter. Hmm, sie hatte Lust auf eine Zigarette.

»Du kommst zu spät zu deinem Fest.«

Sie drehte sich um und sah einen alten Mann.

Franck bemühte sich, die Fassung zu bewahren, aber er war am Ende, verschwitzt, gekrümmt, aschfahl, er hatte rote Augen und sah mitgenommen aus.

»Du siehst um zehn Jahre gealtert aus.«

»Schon möglich. Ich bin todmüde. Hab schlecht geschlafen, und außerdem mag ich diese Festessen nicht. Immer dieselbe Leier. Soll ich dich in Bobigny absetzen? Ich hab noch einen zweiten Helm. Ich muß nur noch meine Bestellungen abgeben, dann können wir los.«

»Nein, mir ist überhaupt nicht mehr danach. Die sind bestimmt alle sternhagelvoll, bis ich ankomme. Das Schöne ist doch, sich gemeinsam mit den anderen zu betrinken, sonst ist es nur deprimierend.«

»Nein, ich will auch lieber nach Hause, ich kann mich kaum noch auf den Beinen halten.«

Sébastien unterbrach sie:

»Wir warten noch auf Marco und Kermadec und treffen uns unten?«

»Nee, ich bin kaputt. Ich geh nach Hause.«

»Und du, Camille?«

»Sie ist auch kap...«

»Überhaupt nicht«, fiel sie ihm ins Wort, »das heißt, doch, aber ich habe trotzdem Lust zu feiern!«

»Bist du sicher?« fragte Franck.

»Na klar, wir müssen doch das neue Jahr begrüßen. Auf daß es besser wird als das alte, oder?«

»Ich dachte, du hättest keinen Bock auf Fete.«

»Was interessiert mich mein Geschwätz von gestern. Das hier ist mein erster guter Vorsatz fürs neue Jahr: ›2003 war alles einerlei, 2004 gönn ich mir ein Plaisir!‹«

»Wohin gehn wir?« fragte Franck seufzend.

»Zu Ketty.«

»Ach nee, nicht dahin. Du weißt doch.«

»Okay, dann halt zu La Vigie.«

»Da auch nicht.«

»He ho, Lestafier, du nervst. Nur weil du alle Bedienungen im Umkreis abgeschleppt hast, können wir nirgendwo mehr hin! Welche war's denn bei Ketty? Die Dicke, die gelispelt hat?«

»Die hat nicht gelispelt!« gab Franck entrüstet zurück.

»Nee, besoffen hat sie ganz normal geredet, aber nüchtern hat sie gelispelt, sag ich dir. Okay, aber egal, die arbeitet nicht mehr da.«

»Bist du sicher?«

»Ja.«

»Und die Rothaarige?«

»Die auch nicht. He, aber das kann dir doch egal sein, du bist doch jetzt mit ihr zusammen, oder?«

»Nix da, er ist doch nicht mit mir zusammen!« Camille war empört.

»Gut ... eh ... Macht ihr das unter euch aus, wir sind jedenfalls da, sobald wir hier fertig sind.«

»Willst du noch mitkommen?«

»Ja. Aber ich würd gern vorher duschen.«

»Okay. Ich wart auf dich. Ich geh jetzt nicht in die Wohnung, sonst brech ich zusammen.«

»Du?«

»Was?«

»Vorhin hast du mir kein Küßchen gegeben ...«

»Bitte schön«, sagte sie und drückte ihm ein Küßchen auf die Stirn.

»Ist das alles? Ich dachte, 2004 gönnst du dir ein Plaisir?«

»Hast du dich schon mal an deine Vorsätze gehalten?«

»Nein.«

»Ich auch nicht.«

19

Weil sie weniger erschöpft war als die anderen oder weil sie den Alkohol besser vertrug, mußte sie bald etwas anderes als Bier bestellen, um mit den Witzen Schritt halten zu können. Sie hatte das Gefühl, zehn Jahre zurückversetzt worden zu sein, in eine Zeit, da ihr gewisse Dinge noch selbstverständlich vorkamen. Die Kunst, das Leben, die Zukunft, ihr Talent, ihr Schatz, ihr Platz, ihr Serviettenring hier unten und der ganze Quark.

Meine Güte, so unangenehm war es doch gar nicht.

»He, Franck, trinkst du heut abend nix?«
»Ich bin tot.«
»Komm schon, du doch nicht. Hast du nicht jetzt sogar Urlaub?«
»Doch.«
»Und?«
»Ich werd alt.«
»Los, trink. Schlafen kannst du morgen.«

Halbherzig hielt er sein Glas hin: Nein, morgen würde er nicht schlafen. Morgen würde er in die *Wiedergefundene Zeit* fahren, dem Tierschutzverein für die Alten, mit zwei oder drei einsamen Omis, die mit ihrem Gebiß klapperten, gräßliche Pralinen futtern, während seine eigene seufzend aus dem Fenster sah.

Sobald er auf die Autobahn bog, hatte er Bauchschmerzen.

Er wollte lieber nicht daran denken und leerte sein Glas in einem Zug.

Verstohlen betrachtete er Camille. Ihre Sommersprossen waren je nach Uhrzeit zu sehen oder nicht, ein seltsames Phänomen.

Sie hatte gesagt, er sähe gut aus, und jetzt war sie dabei, den großen Knallkopf da anzubaggern, pff ... sie waren alle gleich.

Franck Lestafier hing irgendwie durch.

Ihm war zum Heulen.

Na? Ist was nicht in Ordnung, Großer?

Eh ... Wo soll ich anfangen?

Ein Scheißjob, ein Scheißleben, eine Oma im Westen und ein Umzug in Aussicht. Wieder auf einem ramponierten Schlafsofa pennen, in jeder Pause eine Stunde verlieren. Nie mehr Philibert sehen. Ihn nie mehr provozieren, damit er lernt, sich zu wehren, zurückzuschlagen, sich aufzuregen, sich schließlich durchzusetzen. Ihn nie wieder mein Zuckersüßer nennen. Ihm nie wieder was Gutes zu essen auf die Seite packen. Nie mehr mit seinem königlichen Bett und seinem Prinzessinnenbad bei den Weibern Eindruck schinden. Nie mehr den beiden lauschen, ihm und Camille, wie sie über den Ersten Weltkrieg redeten, als wären sie dabeigewesen, oder über Ludwig XI., als hätte er ein Gläschen mit ihnen getrunken. Nie wieder auf sie warten, nie wieder die Nase in die Luft strecken, wenn er die Tür aufschloß, um am Zigarettengeruch zu erkennen, ob sie schon da war. Sich nie wieder auf ihr Skizzenheft stürzen, sobald sie ihm den Rücken gekehrt hatte, um die neuesten Zeichnungen zu bestaunen. Nie wieder beim Einschlafen den angestrahlten Eiffelturm sehen, der über ihn wachte. Und dann in Frankreich bleiben, bei jeder Schicht ein Kilo verlieren, das er hinterher in Bier wieder ansetzte. Weiterhin gehorchen. Immer. Die ganze Zeit. Was anderes hatte er noch nie gemacht. Und jetzt saß er fest, bis ... Los, sag schon, bis wann, sag schon! Ja genau, so ist es ... Bis sie ins Gras beißt. Als würde ihr Leben nur in Ordnung kommen, wenn er noch mehr litt.

Verflucht, es reicht! Könnt ihr euch nicht einen anderen aussuchen? Ist doch wahr, ich bin bedient.

Meine Stiefel sind voller Scheiße, Leute, guckt doch mal nach, ob ich nicht woanders bin. Schnauze voll. Ich hab genug geblecht.

Sie gab ihm unterm Tisch einen Tritt:

»He, alles in Ordnung?«

»Frohes, neues Jahr«, sagte er.

»Stimmt was nicht?«

»Ich geh schlafen. Tschüß.«

20

Sie blieb auch nicht mehr lange. Diese Typen waren nicht gerade die hellsten ... Sie wiederholten in einem fort, was für eine beschissene Arbeit sie hatten ... he ... und zu Recht. Und außerdem fing dieser Sébastien an, ihr auf die Pelle zu rücken. Wenn er eine Chance hätte haben wollen, mit ihr zu schlafen, hätte er gleich heute morgen nett zu ihr sein müssen, der Blödmann. Daran erkennt man die wirklich Guten: daß sie schon nett sind, bevor sie daran denken, einen flachzulegen ...

Sie fand ihn zusammengekauert auf dem Kanapee.

»Schläfst du?«

»Nein.«

»Stimmt was nicht?«

»2004 verschwind ich von hier«, stöhnte er.

Sie lächelte:

»Sehr gut.«

»Von wegen, seit drei Stunden such ich nach dem passenden Reim. Ich hab schon überlegt: 2004 bin ich voller Bier, aber du würdest wahrscheinlich meinen, daß ich gleich kotze ...«

»Was für ein wunderbarer Dichter du bist.«

Er schwieg. Er war zu müde, um mitzuspielen.

»Leg uns noch mal so schöne Musik auf wie neulich.«

»Nein. Wenn du schon traurig bist, bringt das nichts.«

»Wenn du deine Castafiore auflegst, bleibst du dann noch ein bißchen?«

»Eine Zigarettenlänge.«

»Einverstanden.«

Und zum hundertachtundzwanzigsten Mal in dieser Woche legte Camille das *Nisi Dominus* von Vivaldi auf.

»Worum geht's da?«

»Moment, ich sag's dir gleich. Den Seinen gibt's der Herr im Schlaf.«

»Genial.«

»Das ist schön, oder?«

»Keine Aaahnung«, gähnte er. »Davon versteh ich nix.«

»Witzig, das hast du letztens schon bei Dürer gesagt. Aber das kann man auch nicht lernen! Es ist schön ... fertig, aus.«

»Doch, doch. Ob du's glaubst oder nicht, das kann man lernen.«

»...«

»Bist du gläubig?«

»Nein. Das heißt, ja. Wenn ich diese Art von Musik höre, wenn ich eine schöne Kirche betrete oder wenn ich ein Gemälde sehe, das mich berührt, eine Mariä Verkündigung zum Beispiel, schwillt mir das Herz so sehr, daß ich das Gefühl habe, an Gott zu glauben, aber damit liege ich daneben: Ich glaube an Vivaldi. An Vivaldi, an Bach, an Händel oder an Fra Angelico. Sie sind die eigentlichen Götter. Der andere, der Alte, ist nur ein Vorwand. Das ist übrigens meiner Meinung nach das einzig Gute an ihm: daß er stark genug war, um sie alle zu solchen Meisterwerken zu inspirieren.«

»Ich mag es, wenn du mir was erzählst. Dann hab ich das Gefühl, intelligenter zu werden.«

»Hör auf.«

»Doch, das stimmt.«

»Du hast zu viel getrunken.«

»Nee, eher zu wenig.«

»Hier, hör zu. Das ist eine schöne Stelle ... viel fröhlicher. Das ist es übrigens, was mir an diesen Messen so gefällt: die fröhlichen Momente, wie das Gloria und all so was, die ziehen dich immer aus dem Wasser, wenn du grad abgesoffen bist. Wie im richtigen Leben.«

Langes Schweigen.

»Schläfst du?«

»Nein, ich warte, bis deine Zigarette zu Ende ist.«

»Weißt du, ich . . .«

»Was?«

»Ich finde, du solltest bleiben. Ich finde, alles, was du mir im Zusammenhang mit meinem Auszug über Philibert gesagt hast, gilt auch für dich. Ich glaube, daß er sehr traurig wäre, wenn du gehst, und daß du sein fragiles Gleichgewicht gleichermaßen austarierst.«

»Eh . . . den letzten Satz, könntest du den noch mal auf französisch wiederholen?«

»Bleib hier.«

»Nein . . . Ich . . . ich bin zu anders als ihr. Man packt nicht Geschirrtücher mit Frottee zusammen, wie meine Oma sagen würde.«

»Wir sind verschieden, das stimmt, aber bis wohin? Vielleicht sehe ich es ja falsch, aber ich habe den Eindruck, wir sind ein gutes Team Schwergebeutelter, oder?«

»Was du nicht sagst.«

»Und außerdem, was soll das heißen, verschieden? Ich, die ich nicht mal ein Ei kochen kann, habe den ganzen Tag in der Küche verbracht, und du, der du sonst nur Techno hörst, schläfst zu Vivaldi ein. Das ist Blödsinn, deine Geschichte von den Geschirrtüchern und dem Frottee. Was die Leute davon abhält, zusammenzuleben, ist ihre Dummheit, nicht ihre Verschiedenheit. Im Gegenteil, ohne dich wüßte ich heute nicht, wie ein Blatt Portulak aussieht.«

»Was immer dir das bringt.«

»Das ist auch Quatsch. Warum sollte es mir ›was bringen‹? Warum muß sich denn immer alles lohnen? Mir ist scheißegal, ob es mir was bringt oder nicht, es macht mir Spaß zu wissen, daß es so was gibt . . .«

»Da siehst du, wie verschieden wir sind. Du oder Philou, ihr seid nicht in der wirklichen Welt, ihr habt keine Ahnung vom Leben, wie man sich durchschlagen muß, um zu überleben und so. Ich hab vor euch noch nie irgendwelche Intellektuellen gekannt, aber ihr seid genauso, wie ich sie mir immer vorgestellt habe.«

»Und wie hast du sie dir vorgestellt?«

Er wedelte mit den Händen:

»So: Putt putt ... Oh ihr kleinen Vögelein und ihr schönen Schmetterlinge! Putt putt, was seid ihr niedlich. Lesen Sie doch noch ein Kapitel, mein Lieber? Aber ja doch, meine Liebe, zwei sogar! Dann bleibt es mir erspart, hinabzusteigen. Oh! Nein! Steigen Sie nicht hinab, dort unten stinkt es zu sehr!«

Sie stand auf und machte die Musik aus.

»Du hast recht, wir werden es nicht schaffen. Es ist besser, du verschwindest. Aber laß mich noch zwei Sachen sagen, bevor ich dir alles Gute wünsche: Erstens, das mit den Intellektuellen. Es ist leicht, sich über sie lustig zu machen. Ja, sehr leicht. Häufig sind sie nicht besonders muskulös, und sie prügeln sich auch nicht gern. Das Stampfen von Stiefeln, Medaillen, große Limousinen kann sie nicht groß bewegen, es ist also nicht sehr schwer. Es genügt, ihnen ihr Buch zu entreißen, ihre Gitarre, ihren Stift oder ihren Fotoapparat, und schon sind sie zu nichts mehr zu gebrauchen, diese unbeholfenen Tolpatsche. Übrigens, das ist das erste, was die meisten Diktatoren machen: Brillen kaputttreten, Bücher verbrennen oder Konzerte verbieten, das kostet sie nicht viel und kann ihnen in der Folge viele Unannehmlichkeiten ersparen. Aber du siehst, wenn intellektuell sein heißt, sich zu bilden, neugierig zu sein und aufmerksam, zu bewundern, erschüttert zu sein, verstehen zu wollen, wie alles zusammenhängt, damit man etwas weniger dumm ins Bett geht als am Abend zuvor, dann fordere ich dies für mich ein: Nicht nur bin ich dann eine Intellektuelle, ich bin auch noch stolz darauf. Sehr stolz sogar. Und weil ich eine Intellektuelle bin, wie du sagst, kann ich nicht umhin, deine Motorradzeitschriften zu lesen, die auf dem Klo rumliegen, und ich weiß, daß die neue BMW R 1200 GS ein kleines elektronisches Teil hat, um mit billigem Benzin zu fahren, jawohl!«

»Was faselst du denn da?«

»Und intellektuell, wie ich bin, habe ich neulich deine Comics von *Joe Bar Team* stibitzt und den ganzen Nachmittag glucksend darüber verbracht. Zweitens, bist du grad der Richtige, um uns eine Predigt zu halten, mein Lieber. Du glaubst, deine Küche sei die wahre Welt? Von wegen. Im Gegenteil. Ihr kommt ja nie raus, ihr seid immer unter euch. Was kennst du von der Welt? Nichts. Seit mehr als fünfzehn Jahren lebst du eingesperrt in deinen unverrückbaren Arbeitszeiten, deiner kleinen billigen Hierarchie und deinem täglichen Gerödel. Vielleicht hast du dir deine Arbeit deshalb ausgesucht? Um nie den Bauch deiner Mutter zu verlassen und die Sicherheit zu haben, daß du immer im Warmen bist und genug zu essen um dich hast. Wer weiß? Du arbeitest mehr und härter als wir, das ist offensichtlich, aber wir, intellektuell, wie wir sind, wir halsen uns die Welt auf. Putt putt, wir steigen jeden Morgen herab. Philibert in seinen Laden und ich in meine Etagen, und sei ganz unbesorgt, ob wir uns damit auseinandersetzen – wir setzen uns damit auseinander. Und dein Geschwafel vom Überleben ... *Life is a jungle, struggle for life* und diesen ganzen Schwachsinn, den kennen wir auswendig. Wir könnten dir darin sogar Unterricht geben, wenn du willst. So und jetzt guten Abend, gute Nacht und frohes neues Jahr.«

»Pardon?«

»Nichts. Ich hab nur gesagt, daß du nicht sehr plaisirlich bist.«

»Nein, ich bin elegisch.«

»Was heißt das?«

»Schlag in einem Wörterbuch nach, dann weißt du's.«

»Camille?«

»Ja.«

»Sag mir was Nettes.«

»Warum?«

»Damit das Jahr gut anfängt.«

»Nein. Ich bin keine Jukebox.«

»Komm schon.«

Sie drehte sich um:

»Laß die Geschirrtücher und das Frottee in derselben Schublade, das Leben ist viel netter mit ein bißchen Chaos.«

»Und ich? Willst du nicht auch, daß ich dir was Nettes sage, damit das Jahr gut anfängt?«

»Nein. Doch. Schieß los.«

»Weißt du ... Deine Toasts, die waren absolut phantastisch ...«

TEIL 3

1

Es war kurz nach elf, als er am nächsten Morgen in ihr Zimmer kam. Sie kehrte ihm den Rücken zu. Sie saß am Fenster, noch im Kimono.

»Was machst du? Malst du?«

»Ja.«

»Was malst du?«

»Den ersten Tag des Jahres.«

»Zeig mal.«

Sie hob den Kopf und biß sich von innen auf die Wangen, um nicht zu lachen.

Er trug einen extrem unmodischen Anzug, Stil Hugo Boss der achtziger Jahre, etwas zu groß und etwas zu glänzend, mit Schulterpolstern à la Goldorak, ein Hemd aus senffarbener Viskose und eine bunte Krawatte. Die Socken waren auf das Hemd abgestimmt, und die Schuhe aus salmiakbehandeltem Spaltleder ließen ihn fürchterlich leiden.

»Was ist?« grunzte er.

»Nein, nichts, du bist . . . Du siehst richtig elegant aus.«

»Sehr witzig. Das ist, weil ich meine Großmutter zum Essen ausführe.«

»Na dann . . .« prustete sie los, »wird sie irre stolz sein, mit so einem gutaussehenden Mann auszugehen.«

»Sehr witzig. Wenn du wüßtest, wie mich das alles streßt. Na ja, das muß sein.«

»Geht's um Paulette? Die mit dem Schal?«

»Ja. Darum bin ich auch hier. Hattest du mir nicht gesagt, daß du noch was für sie hast?«

»Doch. Genau.«

Sie stand auf, schob den Sessel zur Seite und wühlte in ihrem kleinen Koffer.

»Setz dich da hin.«

»Warum?«

»Für ein Geschenk.«

»Willst du mich malen?«

»Ja.«

»Das will ich nicht.«

»Warum nicht?«

». . .«

»Kannst du es nicht sagen?«

»Ich mag es nicht, wenn man mich beobachtet.«

»Es geht ganz schnell.«

»Nein.«

»Wie du willst. Ich hatte gedacht, ein kleines Porträt von dir würde ihr gefallen. Eine Art Naturalientausch, weißt du? Aber ich besteh nicht darauf. Das tu ich nicht mehr. Das ist nicht meine Art.«

»Na gut, aber schnell, ja?«

»So geht das nicht.«

»Was denn noch?«

»Der Anzug hier, die Krawatte und so, das geht nicht. Das bist nicht du.«

»Willst du, daß ich mich ausziehe?« grinste er.

»Au ja, das wäre toll! Ein schöner Akt«, antwortete sie, ohne mit der Wimper zu zucken.

»Du machst Spaß?«

Er bekam es mit der Angst.

»Natürlich mach ich Spaß. Du bist viel zu alt! Und außerdem bist du bestimmt ganz behaart.«

»Überhaupt nicht! Überhaupt nicht! Ich hab kein Haar zuviel!«

Sie lachte.

»Komm schon. Zieh wenigstens die Jacke aus und mach die Krawatte auf.«

»Pff . . . Ich hab drei Stunden gebraucht, um den Knoten hinzukriegen.«

»Sieh mich an. Nee, nicht so. Man könnte meinen, du hättest einen Besen verschluckt, entspann dich ... Ich mal dich doch nur, ich freß dich schon nicht, Idiot.«

»Doch, doch«, er blühte auf, »friß mich, Camille, friß mich ruhig.«

»Genau. Behalt dieses dämliche Grinsen. Das ist genau das richtige.«

»Bist du bald fertig?«

»Fast.«

»Ich hab keinen Bock mehr. Erzähl mir was. Erzähl mir eine Geschichte, damit die Zeit vergeht.«

»Von wem soll ich dir diesmal erzählen?«

»Von dir.«

».. .«

»Was machst du heute?«

»Aufräumen, ein bißchen bügeln. Und dann gehe ich spazieren. Es ist so schönes Licht. Irgendwann lande ich bestimmt in einem Café oder einer Teestube. Esse Scones mit Heidelbeergelee ... hmm. Und mit ein bißchen Glück gibt's dort einen Hund. Zur Zeit sammle ich die Hunde der Teestuben. Ich habe ein eigenes Heft nur für sie, aus wunderschönem Moleskin. Vorher hatte ich eins für Tauben. Bei Tauben bin ich unschlagbar. Die vom Montmartre, vom Trafalgar Square in London oder vom Markusplatz in Venedig, ich hab sie alle eingefangen.«

»Sag mal ...«

»Ja?«

»Warum bist du immer allein?«

»Ich weiß nicht.«

»Magst du keine Männer?«

»Ich hab's gewußt. Eine Frau, die deinem unwiderstehlichen Charme nicht erliegt, ist zwangsläufig lesbisch, oder was?«

»Nein, nein, ich frag mich nur, das ist alles. Du ziehst dich immer häßlich an, rasierst dir den Schädel kahl, all so was ...«

Stille.

»Doch, doch, ich mag Männer. Frauen auch, damit du's weißt, aber ich bevorzuge Männer.«

»Hast du schon mal mit einer Frau geschlafen?«

»O ja, mehrfach!«

»Machst du Witze?«

»Ja. Okay, fertig. Du kannst dich wieder anziehen.«

»Zeig mal.«

»Du wirst dich nicht erkennen. Die Leute erkennen sich selbst nie.«

»Warum hast du hier einen großen Klecks gemacht?«

»Das ist der Schatten.«

»Ach?«

»Das nennt man lavieren.«

»Aha. Und das hier, was ist das?«

»Deine Koteletten.«

»Ja?«

»Du bist enttäuscht, nicht? Hier, nimm das noch mit. Das ist eine Skizze, die ich neulich gemacht habe, als du mit der Play Station gespielt hast.«

Breites Grinsen:

»Also, das hier ist klasse! Das bin ich!«

»Mir gefällt das andere besser, aber gut. Du brauchst sie zum Transport nur in einen Comic zu stecken.«

»Gib mir ein Blatt.«

»Warum?«

»Darum. Ich kann auch ein Porträt von dir malen, wenn ich will.«

Er betrachtete sie einen Moment, beugte sich über seine Knie, streckte die Zunge heraus und hielt ihr sein Gekritzel hin.

»Und?« fragte sie neugierig.

Er hatte eine Spirale gemalt. Ein Schneckenhaus mit einem kleinen schwarzen Punkt in der Mitte.

Sie reagierte nicht.

»Der kleine Punkt bist du.«

»Ich ... Das habe ich verstanden.«

Ihre Lippen zitterten.

Er nahm ihr das Papier aus der Hand:

»Mensch! Camille, das war ein Witz! Nimm das doch nicht ernst! Das war nur Blödsinn!«

»Ja, ja«, stimmte sie zu und faßte sich mit der Hand an die Stirn. »Nur Blödsinn, das ist mir schon klar. Du mußt los, sonst kommst du zu spät.«

Er streifte sich in der Diele die Motorradkluft über und zog die Tür hinter sich zu, nicht ohne sich vorher auf den Helm zu schlagen.

Der kleine Punkt bist du ...

Bescheuert, der Typ.

2

Da er ausnahmsweise einmal keinen Rucksack voller Proviant mitschleppte, legte er sich auf den Tank und ließ die Geschwindigkeit ihre wunderbar reinigende Arbeit verrichten: Beine zusammengepreßt, Arme gestreckt, Brustkorb im Warmen und Helm kurz vorm Zerspringen, drehte er das Handgelenk bis zum Anschlag, um seinen Ärger hinter sich zu lassen und an nichts mehr zu denken.

Er fuhr schnell. Viel zu schnell. Bewußt. Um zu sehen.

Seit er sich erinnern konnte, hatte er einen Motor zwischen den Beinen und eine Art Juckreiz im Handteller, und seit er sich erinnern konnte, betrachtete er den Tod nicht als ein ernst zu nehmendes Problem. Als weitere Unannehmlichkeit höchstens. Wenn überhaupt. Da er sowieso nicht mehr da wäre, um darunter zu leiden, welche Rolle spielte es dann, wirklich?

Kaum hatte er drei Sous in der Tasche, hatte er Schulden gemacht, um sich eine Maschine zu leisten, die für sein Spatzenhirn viel zu groß war, und kaum hatte er drei gewiefte Kumpel an der Hand, hatte er noch mehr ausgegeben, um ein paar Millimeter auf dem Tacho gutzumachen. An der Ampel war er ruhig, hinterließ nie Gummi auf dem Asphalt, maß sich nicht mit anderen und sah keinen Sinn darin, hirnrissige Risiken auf sich zu nehmen. Doch sobald er Gelegenheit hatte, war er auf und davon, holte alles aus der Maschine heraus und bemühte seinen Schutzengel.

Er liebte die Geschwindigkeit. Die liebte er wirklich. Mehr als alles auf der Welt. Mehr noch als die Weiber. Sie hatte ihm die einzigen glücklichen Momente im Leben beschert: Ruhe, Erleichterung, Freiheit. Als er vierzehn war, klammerte er sich an seinen Feuerstuhl wie ein Frosch an eine Streichholzschachtel (so sagte man damals) und war der König der kleinen Landstraßen der Touraine, mit zwanzig leistete er sich seine erste schwere Maschine, gebraucht, nachdem er den ganzen Sommer über in einem drittklassigen Schuppen bei Saumur rangeklotzt hatte, und heute war es zwischen zwei Schichten sein einziger Zeitvertreib: von einem Bike träumen, es kaufen, es auf Hochglanz polieren, alles aus ihm rausholen, von einem anderen Bike träumen, bei einem Vertragshändler rumhängen, es kaufen, es auf Hochglanz polieren etc.

Ohne sein Motorrad hätte er sich vielleicht öfter darauf beschränkt, seine Alte anzurufen, in der Hoffnung, sie möge ihm nicht jedesmal ihr ganzes Leben erzählen.

Das Problem war, es funktionierte nicht mehr so gut. Selbst bei 200 stellte sich die Leichtigkeit nicht mehr ein.

Selbst bei 210, selbst bei 220 arbeitete sein Verstand auf Hochtouren. Da konnte er noch so sehr versuchen, sich durchzumogeln, auszuweichen, sich durchzuschlängeln, zu beschleunigen, gewisse Erkenntnisse blieben an seiner Lederjacke kleben und nagten zwischen zwei Tankstellen an seinem Verstand.

Und nun heute, an einem 1. Januar, der blitzsauber war wie eine neue Münze, ohne Tasche, ohne Rucksack, mit nichts anderem auf dem Programm als einem leckeren Essen mit zwei liebenswerten Großmütterchen, hatte er sich wieder aufgerichtet und brauchte nicht mehr zum Dank den Fuß rauszustrecken, wenn ein zuvorkommender Autofahrer erschreckt auswich.

Er hatte die Waffen gestreckt und begnügte sich damit, von einem Punkt zum nächsten zu fahren und dabei immer wieder dieselbe zerkratzte alte Platte abzuspulen: Warum dieses Leben? Wie lange noch? Und wie das alles überstehen? Warum dieses Leben? Wie lange noch? Und wie das alles überstehen? Warum dieses Leben? Wie lange …

Er war todmüde und im Grunde gut gelaunt. Er hatte Yvonne eingeladen, um sich zu bedanken und – zugegeben – damit sie für ihn die Unterhaltung übernahm. Zum Dank konnte er den Autopilot einschalten. Ein Lächeln nach rechts, ein Lächeln nach links, ein paar Flüche, um ihnen eine Freude zu machen, und schon wäre es Zeit für den Kaffee. Klasse.

Sie holte Paulette in ihrem Käfig ab, und dann wollten sie sich im *Hôtel des Voyageurs* treffen, einem kleinen Lokal mit Zierdeckchen und Trockenblumen, in dem er seine Lehre gemacht und anschließend gearbeitet hatte und an das er ein paar schöne Erinnerungen hatte. Das war 1990 gewesen. Das heißt, vor tausend Millionen Lichtjahren.

Was hatte er damals gehabt? Eine Yamaha Fazer?

Er fuhr Zickzack zwischen den weißen Linien und hatte sein Visier geöffnet, um die sengende Sonne zu spüren. Er würde nicht ausziehen. Nicht gleich. Er könnte bleiben, in dieser viel zu großen Wohnung, in die das Leben eines Morgens mit einer Außerirdischen im Nachthemd zurückgekehrt war. Sie sprach nicht viel, und doch, seit sie da war, war wieder Leben in der Bude. Philibert kam endlich wieder aus seinem Zimmer, und sie tranken morgens ihre heiße Schokolade zusammen. Er knallte nicht mehr mit den Türen, um sie nicht zu wecken, und schlief leichter ein, wenn er sie im Zimmer nebenan hörte.

Anfangs konnte er sie nicht ausstehen, aber jetzt lief es gut. Er hatte sie gezähmt.

He? Weißt du, was du da eben gesagt hast?

Was denn?

Komm, mach hier jetzt nicht einen auf Unschuldslamm. Also wirklich, Lestafier, sieh mir in die Augen, meinst du wirklich, du hättest sie gezähmt?

Eh ... nee ...

Gut so! Schon besser. Ich weiß ja, daß du nicht allzu helle bist, mein Lieber, aber trotzdem ... Du hast mir gerade einen Schrecken eingejagt!

He, ist schon gut. Darf man jetzt nicht mal mehr einen Witz machen?

3

Er entzippte sich im Wartehäuschen einer Bushaltestelle und zog den Krawattenknoten zu, als er durch die Tür trat.

Die Chefin breitete die Arme aus:

»He, was sieht er gut aus! Oh! Man merkt doch gleich, daß du dich in Paris einkleidest! René läßt dich grüßen. Er kommt nach dem Essen vorbei.«

Yvonne stand auf, und seine Omi lächelte ihn zärtlich an.

»Na, die Damen? Wir haben den Tag beim Friseur verbracht, wie ich sehe?«

Sie kicherten über ihrem Kir und rückten auseinander, damit er auf die Loire schauen konnte.

Seine Omi hatte ihr gutes Kostüm herausgeholt, das mit der billigen Brosche und dem Pelzkragen. Der Friseur des Altenheims hatte sich nicht zurückgehalten, sie war genauso lachsfarben wie die Tischdecke.

»Meine Güte, der Friseur hat dich nicht schlecht eingefärbt.«

»Genau das habe ich auch gesagt«, fiel ihm Yvonne ins Wort, »diese Farbe ist wirklich schön, nicht wahr, Paulette?«

Paulette nickte, es ging ihr runter wie Öl, und sie betupfte sich mit der Damastserviette vorsichtig die Mundwinkel, verschlang ihren großen Jungen mit den Augen und errötete hinter der Speisekarte.

Alles verlief genauso, wie er es vorhergesehen hatte: »ja«, »nein«, »tatsächlich?«, »ist nicht wahr«, »Scheiße, Mann«, »Pardon«, »verflucht«, »hoppla« und »Donnerwetter« waren die einzigen Worte, die er von sich gab, Yvonne füllte perfekt die Intervalle.

Paulette sagte nicht viel.

Sie betrachtete den Fluß.

Der Chef hielt noch einen Schwatz mit ihnen und schenkte einen alten Armagnac aus, den die Damen zunächst von sich wiesen, bevor sie ihn wie Meßwein hinunterkippten. Er erzählte Franck ein paar Anekdoten von Koch zu Koch und fragte ihn, wann er hier wieder anfangen würde.

»Die Pariser, die verstehen doch nichts vom Essen. Die Frauen machen Diät, und die Männer denken nur an die Rechnung. Ich bin mir sicher, du hast nie ein Liebespaar zu Gast. Mittags nur Geschäftsleute, denen es ganz egal ist, was sie essen, und abends Eheleute, die ihren zwanzigsten Hochzeitstag feiern und ein Gesicht ziehen, weil der Wagen nicht korrekt geparkt ist und sie Angst haben, daß er abgeschleppt wird. Hab ich recht?«

»Ach, wissen Sie, mir ist das egal. Ich mach meine Arbeit.«

»Sag ich doch! Da oben kochst du für den Gehaltszettel. Komm wieder zu uns, dann gehen wir mit Freunden angeln.«

»Wollen Sie verkaufen, René?«

»Pff . . . An wen?«

Während Yvonne das Auto holte, half Franck seiner Großmutter in den Ärmel ihres Regenmantels:

»Hier, das hat sie mir für dich mitgegeben . . .«

Stille.

»Was ist, gefällt's dir nicht?«

»Doch . . . doch . . .«

Sie fing wieder an zu weinen:

»Was siehst du gut darauf aus.«

Sie zeigte auf das Bild, das er nicht mochte.

»Weißt du was, deinen Schal trägt sie jeden Tag.«

»Lügner.«

»Ich schwör's!«

»Dann hast du recht. Die Kleine ist nicht normal«, fügte sie hinzu und schneuzte sich lächelnd ins Taschentuch.

»Omi, nicht weinen. Wir schaffen das schon, wir kommen da wieder raus.«

»Ja . . . Mit den Füßen zuerst.«

». . .«

»Weißt du, manchmal denke ich, daß ich bereit bin, und dann wieder, ich ... ich ...«

»Ach, Omi du ...«

Und zum ersten Mal in seinem Leben schloß er sie in die Arme.

Sie verabschiedeten sich auf dem Parkplatz, und er war erleichtert, daß er sie nicht selbst in ihr Loch zurückbringen mußte.

Als er den Ständer hochschob, kam ihm sein Motorrad schwerer vor als sonst.

Er war mit seiner Freundin verabredet, er hatte ein bißchen Kleingeld in der Tasche, ein Dach über dem Kopf, eine Stelle, er hatte sogar seine Gagabine und seinen Filouchard gefunden, und trotzdem verging er vor Einsamkeit.

So ein Scheiß, brummte er in seinen Helm, so ein Scheiß. Er wiederholte es nicht noch einmal, weil es nichts brachte, und außerdem beschlug sein Visier.

So ein Scheiß.

4

»Hast du schon wieder deinen Schlüssel vergess...«

Camille sprach den Satz nicht zu Ende, weil sie sich im Adressaten geirrt hatte. Es war nicht Franck, sondern die junge Frau von neulich. Die er an Heiligabend rausgeschmissen hatte, nachdem er sie flachgelegt hatte.

»Ist Franck nicht da?«

»Nein. Er ist zu seiner Großmutter gefahren.«

»Wie spät ist es?«

»Eh ... so gegen sieben, glaube ich.«

»Hast du was dagegen, wenn ich hier auf ihn warte?«

»Natürlich nicht. Komm rein.«

»Stör ich?«

»Überhaupt nicht! Ich war grad dabei, vorm Fernseher ins Koma zu fallen.«

»Guckst *du* denn fern?«

»Na klar, warum nicht?«

»Ich warne dich, ich habe mich für die bescheuertste Sendung entschieden. Nur Weiber, die wie Nutten rumlaufen, und Showmaster im taillierten Anzug, die Zettel vorlesen und dabei ganz maskulin die Beine spreizen. Ich glaube, eine Art Karaoke mit irgendwelchen Stars, aber ich kenne keinen davon.«

»Doch, doch, den hier kennst du, das ist der Typ von *Star Academy*.«

»*Star Academy*, was ist das denn?«

»Ah ja, wußt ich's doch. Das hat mir Franck schon erzählt, du guckst nie fern.«

»Nicht viel, nein. Aber das hier find ich klasse. Ich hab das Gefühl, mich in einem ziemlich heißen Schlammbad zu suhlen. Mmm. Die sehen alle gut aus, es gibt pausenlos Küßchen auf die

Wange, und die Mädels passen gut auf, daß ihre Wimperntusche nicht verschmiert, wenn sie flennen. Total ergreifend, wirst schon sehen . . .«

»Kann ich mich setzen?«

»Hier«, sagte Camille, rückte zur Seite und hielt ihr das andere Ende der Decke hin. »Willst du was trinken?«

»Woran hängst du grad?«

»An einem Bourgogne Aligoté.«

»Warte, ich hol mir ein Glas.«

»Was geht denn hier ab?«

»Ich versteh nichts mehr.«

»Schenk mir was ein, ich erklär's dir gleich.«

Sie unterhielten sich während der Werbepause. Sie hieß Myriam, kam aus Chartres, arbeitete in einem Friseursalon in der Rue Saint-Dominique und wohnte zur Untermiete in einer Einzimmerwohnung im 15. Arrondissement. Sie machten sich Sorgen um Franck, sprachen ihm eine Nachricht aufs Handy und stellten den Ton wieder lauter, wenn die Sendung weiterging. Nach der dritten Werbeunterbrechung waren sie Freundinnen.

»Seit wann kennst du ihn?«

»Keine Ahnung. Einen Monat vielleicht.«

»Ist es was Ernstes?«

»Nein.«

»Warum nicht?«

»Weil er nur von dir spricht! Nee, ich mach nur Spaß. Er hat mir nur erzählt, daß du supergut malst. Sag mal, soll ich dich nicht ein bißchen herrichten, wo ich schon mal da bin?«

»Pardon?«

»Deine Haare?«

»Jetzt?«

»Na ja, später bin ich zu knülle, und dann kann es passieren, daß ich dir ein Ohr abschneide!«

»Aber du hast doch nichts hier, nicht mal eine Schere.«

»Habt ihr keine Rasierklingen im Bad?«

»Eh ... doch. Ich glaube, Philibert benutzt noch einen altstein-
zeitlichen Säbel.«

»Was genau hast du vor?«
   »Dich weicher machen.«
   »Macht es dir was aus, wenn wir uns vor einen Spiegel setzen?«
   »Hast du Angst? Willst du mich überwachen?«
   »Nein, dich beobachten.«

Myriam dünnte ihr die Haare aus, und Camille malte die Szene.
   »Darf ich das haben?«
   »Nein, alles, was du willst, aber nicht das. Selbstporträts, selbst
so verstümmelte wie dieses hier, behalte ich.«
   »Warum?«
   »Weiß nicht. Ich habe das Gefühl, wenn ich mich immer wieder
male, werde ich mich irgendwann auch mal erkennen.«
   »Wenn du dich im Spiegel betrachtest, erkennst du dich dann
nicht?«
   »Ich finde mich immer häßlich.«
   »Und auf deinen Bildern?«
   »Auf meinen Bildern nicht immer ...«

»So ist es besser, oder?«
   »Du hast mir Koteletten gemacht, wie Franck.«
   »Das steht dir gut.«
   »Kennst du Jean Seberg?«
   »Nein, wer ist das?«
   »Eine Schauspielerin. Sie hatte genau die gleiche Frisur, nur in
blond.«
   »Ach, wenn es das ist, ich kann dich das nächste Mal auch blond
machen!«
   »Sie war eine wunderschöne Frau. Sie hat mit einem meiner
Lieblingsschriftsteller zusammengelebt. Und dann hat man sie
eines Morgens tot in ihrem Auto aufgefunden. Wie konnte eine
derart hübsche Frau den Mut aufbringen, sich selbst zu zerstören?
Das ist ungerecht, oder?«

»Du hättest sie vielleicht vorher malen sollen. Damit sie sich sieht.«

»Ich war erst zwei.«

»Das ist auch so was, was Franck mir erzählt hat.«

»Daß sie sich umgebracht hat?«

»Nein, daß du haufenweise Geschichten erzählst.«

»Das liegt daran, daß ich Menschen mag. Hm ... Was bin ich dir schuldig?«

»Hör auf.«

»Ich schenk dir was dafür.«

Sie kam mit einem Buch zurück.

»*König Salomons Ängste*. Ist das gut?«

»Besser als gut. Willst du ihn nicht noch mal anrufen, ich mach mir doch irgendwie Sorgen. Vielleicht hatte er einen Unfall?«

»Pff ... Mach dir keinen Kopf. Der hat mich bestimmt nur vergessen. Allmählich gewöhn ich mich daran.«

»Warum bleibst du dann mit ihm zusammen?«

»Um nicht allein zu sein.«

Sie hatten schon die zweite Flasche aufgemacht, als er seinen Helm absetzte.

»He, was treibt ihr denn hier?«

»Wir ziehen uns einen Pornofilm rein«, gackerten sie. »Den haben wir in deinem Zimmer gefunden. Keine leichte Entscheidung, was, Mimi? Wie heißt er noch gleich?«

»*Zunge weg, ich muß furzen.*«

»Ach ja, genau. Super ist der.«

»He, was soll der Blödsinn? Ich hab überhaupt keine Pornos!«

»Nicht? Komisch. Dann hat ihn vielleicht jemand in deinem Zimmer vergessen«, spottete Camille.

»Oder aber du hast dich geirrt«, fügte Myriam hinzu, »vielleicht wolltest du *Die fabelhafte Welt der Amélie* und hast statt dessen den hier gegriffen: *Zunge weg ...*«

»Was ist denn das für ein Zeug?« Er starrte auf den Bildschirm, während sie noch lauter prusteten. »Ihr seid ja total breit!«

»Stimmt«, gaben sie beschämt zu.

»He!« sagte Camille, als er brummelnd aus dem Wohnzimmer ging.

»Was denn noch?«

»Willst du deiner Verlobten nicht zeigen, wie schön du dich heute gemacht hast?«

»Nein. Geht mir nicht auf die Eier.«

»Och, bitte«, flehte Myriam, »zeig mal, Hasilein!«

»Einen Striptease«, meinte Camille.

»Nackt«, bekräftigte die andere.

»Striptease! Striptease! Striptease!« wiederholten sie im Chor.

Er schüttelte den Kopf und rollte mit den Augen. Er versuchte, entrüstet auszusehen, schaffte es aber nicht. Er war tot. Er wollte sich am liebsten aufs Bett fallen lassen und eine Woche lang schlafen.

»Striptease! Striptease! Striptease!«

»Na schön. Ihr habt es so gewollt. Macht den Fernseher aus und zückt schon mal die Scheinchen, ihr Süßen.«

Er legte *Sexual Healing* auf und fing mit seinen Motorradhandschuhen an.

Und als der Refrain kam,

get up, get up, get up, let's make love tonight
wake up, wake up, wake up, cause you douuu it right,

löste er auf einen Schlag die drei letzten Knöpfe an seinem gelben Hemd und schwang es mit einem gekonnten Travolta-Hüftschwung über seinem Kopf.

Die Ladies trampelten mit den Füßen und bogen sich vor Lachen.

Nun war ihm nur noch die Hose geblieben, er drehte sich um und ließ sie langsam zu Boden gleiten, half noch ein bißchen mit der Hüfte nach, zur einen, dann zur anderen Seite, und als sein Slipansatz zu sehen war, ein breites Gummi, auf dem DIM DIM DIM stand, drehte er sich zu Camille um und zwinkerte ihr zu. In dem Moment war das Lied zu Ende, und rasch zog er seine Hose wieder hoch.

»Okay, jetzt ist Schluß mit euren Albernheiten, ich geh in die Falle.«

»Ach ...«

»Was für ein Jammer.«

»Ich habe Hunger«, sagte Camille.

»Ich auch.«

»Franck, wir haben Hunger.«

»Tja, die Küche ist in diese Richtung, immer geradeaus und dann links.«

Kurze Zeit später kam er in Philiberts schottischem Morgenmantel zurück.

»Na? Eßt ihr gar nix?«

»Nein, dann halt nicht. Dann sterben wir lieber. Ein Chippendale, der sich wieder anzieht, ein Koch, der nicht kocht, heute abend haben wir wirklich kein Glück ...«

»Na gut«, seufzte er, »was wollt ihr? Süß oder salzig?«

»Mmmm, lecker.«

»Das sind nur Nudeln«, antwortete er bescheiden, wobei er die Stimme von Don Patillo aus der Werbung imitierte.

»Was hast du denn da alles reingetan?«

»Na ja, ein paar Kleinigkeiten.«

»Himmlisch«, wiederholte Camille. »Und zum Nachtisch?«

»Flambierte Bananen. Sie müssen entschuldigen, die Damen, aber ich mußte mit den Bordmitteln vorliebnehmen. Na ja, ihr werdet sehen. Der Rum ist kein Old Nick aus dem Supermarkt, damit ihr's wißt!«

»Mmmm«, wiederholten sie noch mal und leckten ihre Teller sauber, »und jetzt?«

»Jetzt geht's ins Heiabettchen, und für diejenigen, die es interessiert, mein Zimmer ist dort hinten rechts.«

Sie tranken statt dessen einen Kräutertee und rauchten eine letzte Zigarette, während Franck auf dem Kanapee einnickte.

»Mensch, was ist er schön, unser Don Juan, mit seinem *Healing*, seinem sexuellen Balsam«, quietschte Camille.

»Ja, du hast recht, er ist klasse.«

Er lächelte in seinem halbkomatösen Zustand und legte einen Finger an die Lippen, damit sie den Mund hielten.

Als Camille das Badezimmer betrat, waren Franck und Myriam schon da. Sie waren zu müde, um Bitte-nach-Ihnen-meine-Liebe zu spielen, und Camille schnappte sich ihre Zahnbürste, während Myriam die ihre wieder einpackte und ihr eine gute Nacht wünschte.

Franck hing über dem Waschbecken und spuckte seine Zahnpasta aus. Als er hochsah, trafen sich ihre Blicke.

»Hat sie das gemacht?«

»Ja.«

»Sieht gut aus.«

Sie lächelten ihr Spiegelbild an, und diese halbe Sekunde währte länger als sonst.

»Kann ich dein graues Trägerhemd anziehen?« kam Myriams Stimme aus seinem Zimmer.

Er putzte sich energisch die Zähne und wandte sich von neuem an das Mädchen im Spiegel, wobei er sich das ganze Kinn mit Zahnpasta verschmierte:

»Echisschiemlichblödawwerichwürdlibermiddirschlafen...«

»Pardon?« fragte sie stirnrunzelnd.

Er spuckte wieder aus:

»Ich hab gesagt: Es ist ziemlich blöd, wenn man kein Tier zum Schlafen hat.«

»Ach so«, sagte sie lächelnd, »ja, das ist blöd. Wirklich.«

Sie drehte sich zu ihm um:

»Hör zu, Franck, ich muß dir was sagen. Gestern habe ich dir gestanden, daß ich mich nicht an meine guten Vorsätze halte, aber einen würde ich gern mit dir zusammen fassen und halten.«

»Sollen wir aufhören zu trinken?!«

»Nein.«

»Zu rauchen?«

»Nein.«

»Was dann?«

»Ich will, daß du diese kleinen Spielchen läßt.«

»Was für Spielchen?«

»Das weißt du genau. Deine Anmache, diese ganzen plumpen Anspielungen. Ich ... ich möchte dich nicht verlieren, ich möchte nicht, daß wir uns in die Wolle kriegen. Ich will, daß das hier gut läuft. Daß das hier ein Ort bleibt ... na ja, du weißt schon, wo wir uns alle drei wohl fühlen. Ein ruhiger Ort ohne Komplikationen. Ich ... Du ... Wir ... wir passen nicht zusammen, das ist dir doch klar, oder? Wir zwei, wir ... Natürlich könnten wir miteinander schlafen, ja, okay, aber dann? Wir zwei, das wäre der reinste Schwachsinn, und ich ... Na ja, es wäre doch schade, das alles kaputtzumachen, oder?«

Er hing in den Seilen und brauchte ein paar Sekunden, bis er zurückschnappte:

»Moment mal, was erzählst du da eigentlich? Ich habe nie gesagt, daß ich mit dir schlafen will! Und selbst wenn ich wollte, ich könnte nicht! Du bist viel zu dürr! Wie sollte ein Typ Lust bekommen, dich zu streicheln? Besorg's dir selber, Alte! An dich geht ja keiner! Du spinnst ja komplett.«

»Siehst du, wie recht ich habe? Siehst du, wie vorausschauend ich bin? Es würde nie funktionieren zwischen uns. Ich versuche, das alles so taktvoll wie möglich zu sagen, und du hast nichts Besseres zu tun, als im Gegenzug deine ganzen Aggressionen auf mir abzuladen, deine Dummheit, deine Bosheit und deine Gemeinheiten. Zum Glück würdest du mich nie streicheln können! Zum Glück! Ich will deine dreckigen roten Pfoten und deine abgefressenen Fingernägel nicht! Die kannst du dir für deine Kellnerinnen aufsparen!«

Sie hielt sich an der Türklinke fest:

»Okay, das ist ja wohl völlig in die Hose gegangen. Ich hätte den Mund halten sollen. Mensch, bin ich blöd. Ich bin zu blöd. Dabei bin ich normalerweise gar nicht so. Überhaupt nicht. Ich ducke mich eher weg und schleiche auf Zehenspitzen davon, wenn es brenzlig wird.«

Er hatte sich auf den Badewannenrand gesetzt.

»Ja, so mache ich es normalerweise. Aber diesmal, ich dumme Gans, zwing ich mich, mit dir zu reden, weil . . .«

Er sah auf.

»Weil was?«

»Weil . . . Das habe ich doch gesagt, weil es mir wichtig ist, daß diese Wohnung ein friedlicher Ort bleibt. Ich werde bald siebenundzwanzig, und zum ersten Mal in meinem Leben wohne ich an einem Ort, an dem ich mich wohl fühle, an den ich abends gerne zurückkehre, und auch wenn ich noch nicht sehr lange hier wohne, so bin ich doch bei allen Beleidigungen, die du mir an den Kopf wirfst, immer noch hier, wie du siehst, und trete meine Selbstachtung mit Füßen, um sie nicht zu verlieren. Eh . . . verstehst du, was ich sagen will, oder ist das alles nur Kauderwelsch?«

». . .«

»Na, dann will ich mal an mich gehen eh . . . in mich gehen.«

Er konnte sich ein Lächeln nicht verkneifen:

»Entschuldige, Camille. Ich benehme mich dir gegenüber wirklich wie ein Holzfäller.«

»Ja.«

»Warum bin ich so?«

»Gute Frage. Also? Wollen wir das Kriegsbeil begraben?«

»Nur zu. Ich fang schon mal an zu schaufeln . . .«

»Super. Wollen wir es mit einem Küßchen besiegeln?«

»Nein. Mit dir schlafen – meinetwegen, aber Küßchen auf die Wange – niemals. Das ist mir zu hart.«

»Du bist doof.«

Er brauchte einen Moment, um wieder hochzukommen, beugte sich vor, betrachtete seine Zehen, seine Hände, seine Fingernägel, löschte das Licht und nahm Myriam, ohne bei der Sache zu sein, wobei er sie aufs Kopfkissen drückte, damit sie es drüben nicht hörte.

5

Auch wenn sie dieses Gespräch viel Überwindung gekostet hatte, auch wenn sie an diesem Abend beim Ausziehen ihren Körper noch argwöhnischer beäugt hatte, hilflos und entmutigt von all den Knochen, die an den strategischsten Stellen der Weiblichkeit hervorstachen, den Knien, den Hüften, den Schultern, auch wenn sie lange gebraucht hatte, um einzuschlafen, ihre Minuspunkte zählend, bereute sie es nicht. Schon am nächsten Tag spürte sie an der Art, wie er sich bewegte, wie er scherzte, wie er aufmerksam war, ohne zu dick aufzutragen, und egoistisch, ohne es überhaupt zu merken, daß die Botschaft angekommen war.

Myriams Anwesenheit in seinem Leben machte vieles leichter, auch wenn er sie links liegen ließ. Er schlief häufig auswärts und kehrte entspannter zurück.

Manchmal vermißte Camille ihre kleinen Späße. Du dumme Gans, sagte sie sich, es war doch eigentlich ganz nett. Aber ihre schwachen Momente hielten nicht lange an. Weil sie schon viel dafür geblecht hatte, kannte sie den Preis seelischer Ausgeglichenheit genau: unerschwinglich. Und was war eigentlich los? Wo hörte die Ehrlichkeit auf, und wo begannen die Spielchen mit ihm? So weit war sie mit ihren Gedankengängen, allein bei Tisch vor einem nicht ganz aufgetauten Gratin, als sie auf dem Fensterbrett etwas Seltsames entdeckte.

Es war das Porträt, das er gestern von ihr gemalt hatte.

Am Eingang des Schneckenhauses lag ein frisches Salatherz.

Sie setzte sich wieder und stieß mit einem albernen Grinsen ihre Gabel in die kalten Zucchinis.

6

Gemeinsam gingen sie eine hyperperfektionierte Waschmaschine kaufen und teilten sich die Rechnung. Franck strahlte, als der Verkäufer zurückgab: »Aber Madame hat vollkommen recht ...« und nannte sie während der ganzen Vorführung Schatz.

»Der Vorteil dieser kombinierten Geräte«, schwadronierte der Verkäufer, »dieser zwei in einem, wenn Sie so wollen, ist natürlich die Platzersparnis. Tja, man weiß ja leider, wie das heute so ist bei den jungen Paaren, die sich neu einrichten.«

»Sagen wir ihm, daß wir uns zu dritt in dreihundert Quadratmeter quetschen?« flüsterte Camille und faßte ihn am Arm.

»Schatz, ich bitte dich ...« mokierte er sich, »ich möchte gerne hören, was der Herr zu sagen hat.«

Sie bestand darauf, daß er sie vor Philiberts Rückkehr anschloß, »sonst streßt ihn das zu sehr«, und verbrachte einen ganzen Nachmittag damit, eine Abstellkammer nahe der Küche zu putzen, die man früher wohl »Waschküche« genannt hatte.

Sie entdeckte Stapel über Stapel an Bettüchern, bestickten Geschirrhandtüchern, Tischdecken, Schürzen und Handtüchern mit Waffelmuster ... Alte, hart gewordene Seifen und rissige Putzmittel in wunderschönen Dosen: Kristallsoda, Leinöl, Schlämmkreide, Alkohol zum Pfeifenreinigen, Saint-Wandrille-Wachs, Rémy-Wäschestärke, weich wie samtene Puzzleteile, wenn man sie berührte. Eine beeindruckende Kollektion an Bürsten aller Größen und Borstenarten, einen Staubwedel so schön wie ein Sonnenschirm, einen Buchsbaumspanner, um Handschuhen wieder zu ihrer Form zu verhelfen, und eine Art Schläger aus Weidenruten zum Teppichklopfen.

Sie reihte diese Schätze gewissenhaft nebeneinander auf und hielt sie in einem großen Heft fest.

Sie hatte sich in den Kopf gesetzt, alles zu malen, um es Philibert an dem Tag zu überreichen, da er diese Wohnung verlassen mußte.

Wann immer sie anfing aufzuräumen, fand sie sich im Schneidersitz wieder, in riesige Hutschachteln voller Briefe und Fotos versunken, und verbrachte Stunden mit schmucken Schnurrbartträgern in Uniform, vornehmen Damen, die geradewegs einem Gemälde von Renoir entstiegen waren, und kleinen Jungen, die wie kleine Mädchen gekleidet waren und mit fünf Jahren ihre rechte Hand auf ein Schaukelpferd legten, mit sieben auf einen Reifen und mit zwölf auf eine Bibel, die Schulter ein wenig zurück, um die weiße Armbinde des von der Gnade berührten Kommunikanten zu zeigen.

Ja, sie liebte diesen Ort, und es geschah nicht selten, daß sie beim Blick auf die Uhr zusammenzuckte, durch die Metrogänge raste und sich von Super Josy einen Anpfiff einfing, wenn diese auf ihr Zifferblatt zeigte . . . Pah!

»Wo willst du hin?«

»Arbeiten, ich bin tierisch spät dran.«

»Zieh dich warm an, es ist eiskalt.«

»Ja, Papa. Übrigens . . .« fügte sie noch hinzu.

»Ja?«

»Morgen kommt Philou wieder . . .«

»Echt?«

»Ich habe mir den Abend freigenommen. Bist du da?«

»Ich weiß nicht.«

»Na gut.«

»Zieh dir wenigstens einen Scha. . .«

Die Tür war schon ins Schloß gefallen.

Da soll sich einer auskennen, wetterte er, wenn ich sie anmache, ist es verkehrt, und wenn ich ihr sage, sie soll sich warm anziehen, hört sie nicht auf mich. Das Weib bringt mich noch um.

Neues Jahr, alte Last. Dieselben schweren Bohnermaschinen, dieselben immerzu verstopften Staubsauger, dieselben numerierten Eimer (»kein Gezänk mehr, Mädels!«), dieselben erbittert umkämpften Reinigungsmittel, dieselben verstopften Waschbecken, dieselbe liebenswerte Mamadou, dieselben müden Kolleginnen, dieselbe hektische Jojo. Alles beim alten.

Besser in Form, war Camille doch weniger eifrig. Sie hatte ihre Steine am Eingang abgeladen, wieder angefangen zu arbeiten, lechzte nach Tageslicht und sah keinen großen Sinn mehr darin, verkehrt herum zu leben. Am Morgen war sie am produktivsten, und wie sollte sie morgens arbeiten, wenn sie nie vor zwei oder drei im Bett war, erschöpft von der körperlichen wie aufreibenden Arbeit?

Ihre Hände kribbelten, ihr Gehirn lief auf Hochtouren: Philibert würde zurückkommen, Franck war erträglich, die Vorzüge der Wohnung unermeßlich. Eine Idee ging ihr nicht aus dem Kopf. Eine Art Freske. Nein, nicht wirklich eine Freske, das Wort war zu hochtrabend. Vielmehr eine Beschwörung. Ja, genau, eine Beschwörung. Eine Chronik, eine imaginäre Biographie des Ortes, an dem sie lebte. Hier gab es so viel Material, so viele Erinnerungen. Nicht allein die Gegenstände. Nicht allein die Fotos, sondern auch die Atmosphäre. Eine *Atmosphäääre*, wie die andere sagen würde. Gemurmel, noch etwas Herzklopfen. Diese Bücher, diese Gemälde, die arroganten Zierleisten, die Lichtschalter aus Porzellan, die blanken Kabel, die Wärmflaschen aus Metall, die kleinen Töpfe mit Kataplasma, die maßgefertigten Schuhspanner und all die vergilbten Etiketten.
Das Ende einer Welt.

Philibert hatte sie gewarnt: Eines Tages, vielleicht morgen schon, würden sie gehen müssen, ihre Kleider, ihre Bücher, ihre CDs, ihre Erinnerungen, ihre zwei gelben Tupperschüsseln zusammensuchen und alles zurücklassen.
Und dann? Wer weiß? Bestenfalls die Aufteilung, schlimmstenfalls den Sperrmüll, den Trödelmarkt oder die Altkleidersamm-

lung. Klar, die Wanduhr und die Zylinderhüte würden Abnehmer finden, aber der Alkohol zum Pfeifenreinigen, die Vorhangfalten, der Pferdeschweif mit seinem kleinen Votivbild *In memoriam Venus, 1887–1992, stolzer Fuchs mit getupfter Nase* und der Rest Chinin in einem blauen Fläschchen auf der Ablagefläche im Bad, wer würde sich darum scheren?

Konvaleszenz? Somnolenz? Sanfte Demenz? Camille wußte nicht, wann noch wie diese Idee zu ihr gefunden hatte, aber irgendwie hatte sie sich einen Weg zu ihr gebahnt, diese kleine Gewißheit im Taschenformat – und vielleicht hatte sie ihr sogar der alte Marquis ins Ohr geflüstert? –, daß das alles, diese Eleganz, diese mit dem Tod ringende Welt, dieses kleine Museum der Künste und bürgerlichen Traditionen, nur auf ihr Kommen, ihren Blick, ihre Sanftmut und ihre entzückte Feder gewartet hatte, bevor er sich dazu entschloß, für immer zu verschwinden.

Diese skurrile Idee kam und ging, verschwand am Tag, häufig verscheucht von lawinenartigem Hohngelächter: Ach, du bedauernswertes Geschöpf, wohin soll das führen? Und wer bist du überhaupt? Und wen sollte das alles interessieren, was meinst du?
Nachts hingegen. Ja, nachts! Wenn sie von ihren gräßlichen Türmen zurückkehrte, wo sie die meiste Zeit vor einem Eimer gekauert und sich die tropfende Nase mit einem Nylonärmel abgewischt hatte, wenn sie sich zehnmal, hundertmal gebückt hatte, um Plastikbecher und sinnlose Zettel wegzuwerfen, wenn sie kilometerlang fahlen Tunneln gefolgt war, wo geschmacklose Graffiti dergleichen nicht überdecken konnten: *Und er? Was fühlt er, wenn er bei euch ist?*, wenn sie ihren Schlüssel auf den Konsoltisch in der Diele legte und auf Zehenspitzen die große Wohnung durchquerte, konnte sie es nicht überhören: »Camille, Camille«, knarrte das Parkett, »Halt uns fest«, flehte der ganze Trödelkram, »Sapperlot! Warum die Tupperschüsseln und nicht wir?«, erboste sich der alte General, der auf dem Totenbett abgelichtet worden war. »Das stimmt!« wiederholten die Kupferknöpfe und das schäbige Seidenripsband im Chor, »warum?«.

Dann setzte sie sich im Dunkeln hin und drehte sich langsam eine Zigarette, um sie alle zu beruhigen. Erstens sind mir eure Tupperschüsseln egal, zweitens bin ich da, ihr braucht mich bloß um zwölf zu wecken, ihr Witzbolde.

Und sie dachte an den Prinzen Salina, der allein zu Fuß von einem Ball zurückgekehrt war. Der Prinz hatte gerade ohnmächtig dem Untergang seiner Welt beigewohnt und flehte beim Anblick des blutigen Gerippes eines Ochsen und der Gemüseabfälle auf der Straße den Himmel an, nicht mehr so lange zu warten.

Der Typ aus dem fünften Stock hatte ihr eine Schachtel *Mon Chéri* hingestellt. Spinner, kicherte Camille, schenkte sie ihrer Lieblingschefin und ließ Kater Karlo sich in ihrem Namen bedanken: »Tja, danke, aber sagen Sie – Sie hätten nicht zufällig welche mit Likör?«

Bin ich witzig, seufzte sie und legte ihre Zeichnung hin, bin ich witzig.

In dieser Gemütsverfassung, verträumt und mokant, einen Fuß in *Der Leopard*, den anderen im Dreck, stieß sie die Tür zu dem kleinen Kämmerchen hinter den Fahrstühlen auf, wo sie ihre Kanister mit Javelwasser und den ganzen anderen Kram aufbewahrten.

Sie war die letzte und fing an, sich im Halbdunkel auszuziehen, als sie merkte, daß sie nicht allein war.

Ihr Herz hörte auf zu schlagen, und sie spürte etwas Warmes über ihre Beine laufen: Sie hatte sich gerade naß gemacht.

»Ist da ... Ist da jemand?« stotterte sie und tastete auf der Suche nach dem Lichtschalter die Wand ab.

Er saß auf dem Boden, panisch, wirrer Blick, die Augen hohl vom Stoff oder vom Entzug, diese Gesichter kannte sie nur zu gut. Er rührte sich nicht, atmete nicht mehr und legte der Hundeschnauze mit den Händen einen Maulkorb an.

So verharrten sie einige Sekunden, musterten einander schweigend, bis sie begriffen, daß keiner von ihnen um sein Leben bangen mußte, und als er seine rechte Hand löste, um einen Finger auf den Mund zu legen, tauchte Camille ihn wieder in Dunkelheit.

Ihr Herz schlug wieder. Wie wild. Sie griff nach ihrem Mantel und ging rückwärts hinaus.

»Der Code?« stöhnte er.

»P... Pardon?«

»Der Türcode zum Gebäude?«

Sie wußte ihn nicht mehr, stammelte etwas, nannte ihm den Zahlencode, tastete sich an der Wand entlang zum Ausgang und fand sich auf der Straße wieder, keuchend und schweißüberströmt.

Sie begegnete dem Wachmann:

»Nicht sehr warm heute, oder?«

»...«

»Alles in Ordnung? Du siehst aus, als hättest du ein Gespenst gesehen.«

»Müde.«

Sie war völlig durchgefroren, schlug die Mantelschöße über der durchnäßten Trainingshose übereinander und lief in die falsche Richtung. Als sie endlich begriff, wo sie sich befand, folgte sie der weißen Linie, um ein Taxi anzuhalten.

Es war ein luxuriöser Kombi, der die Innen- und Außentemperaturen anzeigte (+21°, –3°). Sie spreizte die Beine, legte die Stirn an die Scheibe und verbrachte den Rest der Fahrt damit, die kleinen, zusammengekauerten Menschenbündel auf den Gittern über den Belüftungsschächten der Metro und in den Schlupfwinkeln der Toreinfahrten zu betrachten.

Die Starrköpfigen, die Dickschädel, die sich weigerten, sich in Alufolie zu hüllen, um nicht vom Lichtstrahl der Scheinwerfer erfaßt zu werden, und die den warmen Asphalt den Kacheln von Nanterre vorzogen.

Sie verzog das Gesicht.

Schlimme Erinnerungen stiegen in ihr hoch.

Und ihr halluziniertes Gespenst? Er hatte so jung ausgesehen.

Und sein Hund? Es war der reinste Schwachsinn. Mit ihm konnte er nirgendwo hingehen. Sie hätte mit ihm reden sollen, ihn vor dem großen Matrix warnen und fragen, ob er Hunger habe. Nein, er wollte seinen Stoff. Und sein Köter? Wann hatte er wohl das letzte Mal Hundefutter bekommen? Sie seufzte. Was war sie blöd. Machte sich Sorgen um eine Promenadenmischung, wo die Hälfte der Menschheit von einem Plätzchen auf einem Entlüftungsschacht träumte, war sie blöd. Komm, geh schlafen, Alte, ich schäme mich für dich. Wie paßt das alles zusammen? Du machst das Licht aus, um ihn nicht mehr zu sehen, bläst dann auf dem Rücksitz einer Limousine Trübsal und kaust auf deinem Spitzentaschentuch.

Husch husch, ins Körbchen.

Die Wohnung war leer, sie holte sich einen Schnaps, ohne hinzusehen, welchen, trank genug, um den Weg zu ihrem Kopfkissen zu finden, und stand in der Nacht wieder auf, um sich zu übergeben.

7

Die Hände in den Taschen, die Nase in der Luft hopste sie unter der Anzeigetafel auf und ab, als eine vertraute Stimme ihr die gewünschte Auskunft erteilte:

»Der Zug aus Nantes. Planmäßige Ankunft 20.35 Uhr auf Gleis 9. Wird voraussichtlich ca. 15 Minuten später ankommen. Wie immer.«

»Ach! Du bist da?«

»Bin ich«, antwortete Franck. »Das fünfte Rad am Wagen. Sag mal, du hast dich aber schön gemacht! Was ist denn das hier? Lippenstift, oder spinn ich?«

Sie verbarg ihr Lachen hinter den Löchern ihres Schals.

»Du bist doof.«

»Nein, ich bin eifersüchtig. Für mich schminkst du dich nie.«

»Das ist keine Schminke, sondern was für aufgesprungene Lippen.«

»Lügnerin. Zeig mal.«

»Nein. Hast du noch Urlaub?«

»Ich fang morgen abend wieder an.«

»Ja? Wie geht's deiner Großmutter?«

»Gut.«

»Hast du ihr mein Geschenk gegeben?«

»Ja.«

»Und?«

»Sie hat gesagt, um mich so gut zeichnen zu können, müßtest du in mich verknallt sein.«

»Ganz bestimmt.«

»Wollen wir was trinken?«

»Nein. Ich war den ganzen Tag drinnen. Ich will mich da vorne hinsetzen und mir die Leute anschauen.«

»Kann ich dir dabei Gesellschaft leisten?«

Sie kauerten sich auf eine Bank zwischen einem Zeitungskiosk und einem Stempelautomaten und beobachteten das Gewimmel kopfloser Fahrgäste.

»Los! Lauf zu, Junge! Lauf zu! Tja ... Zu spääät.«

»Einen Euro? Nee. 'ne Kippe, wenn du willst.«

»Kannst du mir erklären, warum immer die Mädels, die am schlechtesten gebaut sind, Hüfthosen anhaben? Das versteh ich nicht.«

»Einen Euro? He, du hast mich doch eben schon angepumpt, Alter!«

»Siehst du das kleine Muttchen mit ihrer bretonischen Haube, hast du dein Heft mit? Nein? Schade. Und den da? Guck mal, wie der sich freut, seine Frau wiederzusehen.«

»Da ist was faul«, meinte Camille, »das ist bestimmt seine Geliebte.«

»Warum meinst du?«

»Ein Mann, der mit seinem Herrentäschchen in die Stadt kommt, sich auf eine Frau im Pelzmantel stürzt und ihr den Nacken küßt. Glaub mir, da ist was faul.«

»Pff ... Vielleicht ist das seine Frau?«

»Nix da! Seine Frau hockt in Quimper und bringt um diese Zeit die Kinder ins Bett! Hier, das ist ein Ehepaar«, kicherte sie und zeigte auf zwei Spießer, die sich an der Markierung eines TGV anbrüllten.

Er schüttelte den Kopf:

»Du hast keine Ahnung.«

»Du bist zu sentimental.«

Anschließend ging ein uraltes Paar mit zwei Stundenkilometern an ihnen vorbei, gebeugt, zärtlich, vorsichtig hielten sie sich am Arm. Franck stieß sie mit dem Ellbogen an:

»Hier!«

»Ich geb mich geschlagen.«

»Ich liebe Bahnhöfe.«

»Ich auch«, gab Camille zurück.

»Wenn du ein Land kennenlernen willst, brauchst du dich nicht in einen Bus zu zwängen, es reicht, wenn du dir die Bahnhöfe und die Märkte anschaust, dann weißt du Bescheid.«

»Das seh ich genauso. Wo bist du überall gewesen?«

»Nirgendwo.«

»Du bist noch nie aus Frankreich rausgekommen?«

»Ich war zwei Monate in Schweden, Koch bei der Botschaft. Aber das war im Winter, ich hab nix gesehen. Dort kannst du nirgendwo was trinken. Es gibt keine Bars, nix.«

»Hm, und der Bahnhof? Und die Märkte?«

»Ich hab vom Tag nichts gesehen.«

»War es gut? Was grinst du?«

»Nix.«

»Sag schon.«

»Nee.«

»Warum nicht?«

»Darum.«

»Ach so, es steckt eine Frau dahinter.«

»Nein.«

»Lügner, das seh ich doch an deinem ... deiner Nase, die immer länger wird.«

»Okay, wollen wir?« fragte er und zeigte auf die Bahnsteige.

»Erst erzählst du's mir.«

»Da war nix. Nix Ernstes.«

»Du hast mit der Frau vom Botschafter geschlafen, stimmt's?«

»Nein.«

»Mit seiner Tochter?«

»Ja! Genau! Bist du jetzt zufrieden?«

»Sehr zufrieden«, bestätigte sie ihm kokett, »war sie süß?«

»Eine richtige Vogelscheuche.«

»Neeeiin?«

»Doch. Nicht mal ein Schwede, der sich samstagabends in Dänemark mit Nachschub versorgt und zu wie eine Haubitze zurückkommt, hätte sie gewollt.«

»Was war's denn dann? Mildtätigkeit? Körperhygiene?«

»Grausamkeit.«

»Erzähl.«

»Nee. Nur wenn du mir sagst, daß du dich geirrt hast und die Blonde von vorhin doch die Frau von dem Typen war.«

»Ich hab mich geirrt: Die Nutte mit dem Fischottermantel war wirklich seine Frau. Sie sind seit sechzehn Jahren verheiratet, haben vier Kinder, sie lieben sich, und jetzt grad macht sie sich im Fahrstuhl zum Parkhaus an seinem Hosenlatz zu schaffen und behält dabei die Uhr im Auge, weil sie vorm Losfahren noch ein Kalbsragout in den Ofen geschoben hat und ihn gerne befriedigen würde, bevor der Lauch verbrannt ist.«

»Pah! Für Kalbsragout nimmt man keinen Lauch!«

»Nicht?«

»Das verwechselst du mit Rindfleischsuppe.«

»Und deine Schwedin?«

»Das war keine Schwedin, sondern eine Französin. Eigentlich war ich scharf auf ihre Schwester. Eine verwöhnte Prinzessin. Eine kleine Quasselstrippe, die rumlief wie ein Spice Girl, und heiß wie ein glühendes Eisen. Sie war genauso angeödet, denk ich mir. Und um sich die Zeit zu vertreiben, hat sie sich mit ihrem Arsch bei uns auf den Herd gesetzt. Hat alle umgarnt, ihren Finger in meine Töpfe gesteckt, ihn langsam abgeleckt und mich von unten her angeschaut. Du kennst mich ja, ich bin da nicht heikel, irgendwann hab ich sie mir im Zwischengeschoß geschnappt, und sie fängt an zu quieken, die dumme Ziege. Daß sie es ihrem Vater erzählen würde und so. Mannomann, ich bin echt nicht heikel, aber ich mag keine Frauen, die Männer scharfmachen. Darauf hab ich ihre große Schwester flachgelegt, damit sie das Leben kennenlernt.«

»Gegenüber der Häßlichen ist das echt widerlich!«

»Gegenüber den Häßlichen ist alles widerlich, das weißt du.«

»Und dann?«

»Bin ich gegangen.«

»Warum?«

». . .«

»Diplomatischer Zwischenfall?«

»Könnte man so nennen. Los, gehen wir.«

»Ich mag es auch gern, wenn du mir Geschichten erzählst.«

»Von wegen Geschichten.«

»Hast du noch mehr solche Schoten auf Lager?«

»Nee. In der Regel bemüh ich mich, die Hübschen abzukriegen!«

»Wir sollten noch etwas weiter gehen«, stöhnte sie, »wenn er da vorn die Treppe nimmt und direkt zum Taxistand geht, entwischt er uns.«

»Mach dir keine Sorgen. Ich kenn doch meinen Philou. Der läuft immer geradeaus, bis er gegen einen Pfosten knallt, dann entschuldigt er sich und guckt, wo der Ausgang ist.«

»Sicher?«

»Na klar. He, ist gut jetzt. Bist du verliebt oder was?«

»Nee, aber du weißt doch, wie das ist. Du steigst mit deinem ganzen Kram aus dem Zug. Du bist ziemlich geschafft, mit deinen Kräften am Ende. Du erwartest niemanden und Rums, steht einer vor dir auf dem Bahnsteig und wartet auf dich. Hast du nie davon geträumt?«

»Ich träume nicht.«

»Ich träume nicht«, äffte sie das Großmaul nach, »ich träume nicht, und ich mag keine Frauen, die Männer scharfmachen. Jetzt weißt du Bescheid, Mädchen.«

Er war getroffen.

»Hier, guck mal«, sprach sie weiter, »ich glaube, da hinten ist er.«

Er stand am Ende des Bahnsteigs, und Franck hatte recht: Er war der einzige ohne Jeans, Turnschuhe, Tasche oder Rollkoffer. Er hielt sich gerade, als hätte er einen Stock verschluckt, ging langsam, hielt in der einen Hand einen großen Lederkoffer, um den er einen Militärgurt geschlungen hatte, und in der anderen ein noch aufgeschlagenes Buch.

Camille lächelte:

»Nein, ich bin nicht in ihn verliebt, aber weißt du, er ist der große Bruder, von dem ich immer geträumt habe.«

»Bist du Einzelkind?«

»Ich ... Ich weiß nicht mehr«, murmelte sie und stürzte auf ihren kurzsichtigen, geliebten Zombie zu.

Natürlich war er konsterniert, natürlich stotterte er, natürlich ließ er Camille den Koffer auf die Füße fallen, natürlich erging er sich in Entschuldigungen und verlor im selben Atemzug die Brille. Natürlich.

»Nein, Camille, Sie gehen aber ran. Man könnte meinen, ein junger Hund, aber, aber, aber ...«

»Erzähl mir nix, sie ist kaum noch zu halten«, knurrte Franck.

»Hier, nimm seinen Koffer«, trug sie ihm auf und hängte sich an seinen Hals, »weißt du, wir haben eine Überraschung für dich.«

»Eine Überraschung, aber mein Gott, nein. Ich ... Ich mag ... mag Überraschungen nicht so sehr ... das wä... wäre nicht nötig gewesen.«

»He, ihr Turteltäubchen! Macht es euch vielleicht was aus, etwas langsamer zu laufen? Euer Boy ist müde. Verflucht noch mal, was hast du denn da drin? Eine Rüstung oder was?«

»Nur ein paar Bücher. Mehr nicht.«

»Verdammt, Philou, du hast doch schon zigtausend, Scheiße. Hättest du die hier nicht in deinem Schloß lassen können?«

»Er ist aber sehr auf der Höhe, unser Freund«, flüsterte er Camille ins Ohr, »wie geht es Ihnen?«

»Wem?«

»Äh ... na, Ihnen?«

»Pardon?«

»D... dir?«

»Mir?« wiederholte sie lächelnd, »sehr gut. Ich freue mich, daß du da bist.«

»Ich auch ... Ist alles gutgegangen? Keine Gräben in der Wohnung? Kein Stacheldraht? Keine Sandsäcke?«

»Überhaupt kein Problem. Er hat zur Zeit eine Freundin.«

»Aha, sehr gut. Und die Feste?«

»Was für Feste? Heute abend haben wir ein Fest! Wir gehen übrigens essen. Ich lade euch ein!«

»Wohin?« brummte Franck.

» Ins *La Coupole*!«

»Oh nein. Das ist doch kein Restaurant, das ist eine Futtermittelfabrik.«

Camille runzelte die Stirn:

»Doch. Ins *La Coupole*. Mir gefällt's dort. Dort geht es nicht ums Essen, sondern um das Dekor, die Atmosphäre, die Leute und das Zusammensein.«

»Was soll das heißen: ›Dort geht es nicht ums Essen?‹ Machst du Witze?«

»Tja, wenn du nicht mitkommen willst, Pech für dich, aber Philibert lade ich ein. Seid euch darüber im klaren, daß das meine erste Extravaganz in diesem Jahr ist!«

»Wir kriegen bestimmt keinen Platz.«

»Doch, klar! Sonst warten wir an der Theke.«

»Und die Bibliothek von unserem Herrn Marquis? Soll ich die bis dahin schleppen?«

»Die können wir doch ins Schließfach packen und auf dem Rückweg abholen.«

»Also wirklich. Scheiße, Philou! Sag was!«

»Franck?«

»Ja.«

»Ich habe sechs Schwestern ...«

»Und?«

»Ich sage dir nur: klein beigeben. Was Frau will, so Gott will.«

»Wer sagt das?«

»Das ist eine Volksweisheit.«

»Na bitte! Es geht schon wieder los! Jetzt nervt ihr wieder, ihr beiden, mit euren Zitaten.«

Er beruhigte sich, als sie ihn auf der anderen Seite unterhakte, und die Flaneure vom Boulevard Montparnasse machten Platz, um sie durchzulassen.

Von hinten waren sie richtig entzückend.

Links der große Hagere mit seinem Pelzmantel Stil *Rußlandheimkehrer*, rechts der kleine Stämmige mit seiner Lucky-Strike-Jacke und in der Mitte eine junge Frau, die piepte, lachte, hüpfte und insgeheim davon träumte, hochgehoben zu werden und die beiden sagen zu hören: »Eins! Zwei! Drei! Huuuuiiiii ...«

Sie drückte sie, so fest sie konnte. Heute war sie völlig im Gleichgewicht. Nicht zu weit vorn, nicht zu weit hinten, sondern da. In der Mitte. Zwischen zwei gutmütigen Ellbogen.

Der große Hagere neigte leicht den Kopf, und der kleine Stämmige steckte die Fäuste in die verschlissenen Taschen.

Ohne sich dessen bewußt zu sein, dachten beide exakt dasselbe: Wir drei, hier, jetzt, ausgehungert, zusammen – hoffen wir das Beste.

Während der ersten zehn Minuten war Franck unausstehlich, klagte nacheinander über die Karte, die Preise, den Service, den Touristenlärm, die Pariser, die Amerikaner, die Raucher, die Nichtraucher, die Bilder an der Wand, den Hummer, seine Nachbarin, sein Messer und die gräßliche Skulptur, die ihm bestimmt den Appetit rauben würde.

Camille und Philibert amüsierten sich köstlich.

Nach einer Schale Champagner, zwei Gläsern Chablis und sechs Austern hielt er endlich den Mund.

Philibert, der das Trinken nicht gewöhnt war, lachte unentwegt und ohne Grund. Wann immer er sein Glas abstellte, wischte er sich den Mund und äffte den Dorfpfarrer bei sich zu Hause nach, indem er rätselhafte und gequälte Predigten schwang, bevor er mit folgenden Worten schloß: »Aaa-men, ach, bin ich glücklich, mit euch zusammenzusein.«Von den beiden bedrängt, berichtete er die Neuigkeiten über sein kleines feuchtes Reich, seine Familie, die Überschwemmungen, Silvester bei seinen rassistischen Vettern und erzählte nebenbei von zahlreichen grauenhaften Sitten und Gebräuchen mit einem trockenen Humor, der sie begeisterte.

Vor allem Franck riß die Augen auf und wiederholte alle zehn Sekunden: »Nein? Nein! Nein.«

»Die sind seit zwei Jahren verlobt, sagst du, und haben noch nie ... Hör auf, das glaub ich nicht.«

»Du solltest Theater spielen«, bedrängte ihn Camille, »ich bin sicher, du wärst ein exzellenter Schauspieler. Du kannst mit Worten umgehen und erzählst so geistreich, so überlegen. Du solltest den verrückten Charme des alten französischen Adels oder so was in der Richtung zum Thema machen.«

»Mei... meinst du?«

»Absolut! Was, Franck? Aber, hattest du mir nicht von einer Frau in deinem Museum erzählt, die dich mit zu ihren Proben nehmen wollte?«

»Das ... das stimmt ... aber, aber ich sto... stottere zuviel.«

»Nein, wenn du erzählst, sprichst du ganz normal.«

»Mei... meint ihr?«

»Ja. Los! Das ist dein guter Vorsatz fürs neue Jahr!« Franck prostete ihm zu. »Auf die Bretter, die die Welt bedeuten, Monseigneur! Und beschwer dich nicht, denn deiner ist nicht schwer zu halten ...«

Camille schälte ihnen die Krebse, knackte die Beine, die Scheren und den Panzer und richtete für alle herrliche Häppchen her. Seit ihrer Kindheit liebte sie die Gerichte mit Meeresfrüchten, weil es dabei viel zu tun und wenig zu essen gab. Mit einem Berg aus zerstoßenem Eis zwischen sich und ihren Gesprächspartnern konnte sie während der Mahlzeit alle hinters Licht führen, ohne daß sich jemand einmischte oder ihr auf den Keks ging. Und auch heute abend, obwohl sie gerade dabei war, eine zweite Flasche zu bestellen, hatte sie ihre Portion bei weitem nicht verspeist. Sie hatte sich die Finger abgewischt, eine Scheibe Roggenbrot geschnappt, sich auf der Bank zurückgelehnt und die Augen geschlossen.

Klick.

Keiner bewegt sich.

Den Moment festgehalten.

Glück pur.

Franck erzählte Philibert etwas von Vergasern, und dieser lauschte geduldig und stellte einmal mehr seine makellose Erziehung und seine große Güte unter Beweis:

»Gewiß, 89 Euro, das ist eine Ausgabe«, stimmte er voller Ernst zu, »und ... was hält dein Freund davon ... der dicke ...«

»Der dicke Titi?«

»Ja!«

»Ach, weißt du, Titi ist das egal. Solche Zylinderköpfe kann er ohne Ende haben.«

»Natürlich«, antwortete er aufrichtig betrübt, »der dicke Titi ist nun mal der dicke Titi.«

Er machte sich nicht lustig. Nicht das geringste Anzeichen von Ironie. Der dicke Titi ist nun mal der dicke Titi, mehr gibt es dazu nicht zu sagen.

Camille fragte, wer sich mit ihr flambierte Crêpes teilen würde. Philibert zog ein Sorbet vor, und Franck war auf der Hut:

»Moment, zu welcher Sorte Frau gehörst du? Zu der, die behauptet, wir teilen, und sich dann den Bauch vollschlägt und mit den Wimpern klimpert? Zu der, die sagt, wir teilen, und die den Kuchen dann mit langen Zähnen ißt? Oder zu der, die sagt, wir teilen, und die dann wirklich teilt?«

»Bestellen wir, dann wirst du sehen ...«

»Mmmm, lecker.«

»Nee, die sind aufgewärmt, zu dick und zu viel Butter. Ich mach dir mal welche, dann siehst du den Unterschied.«

»Wann immer du willst.«

»Wann immer du brav bist.«

Philibert spürte sehr wohl, daß sich der Wind gedreht hatte, aber er konnte nicht recht erkennen, wohin.

Er war nicht der einzige.

Und das war das Amüsante daran.

Da Camille darauf bestand, und was Frau will etc., sprachen sie über Geld: Wer was bezahlte, wann und wie? Wer übernahm den Einkauf? Wieviel Weihnachtsgeld für die Concierge? Welche Namen am Briefkasten? Sollten sie sich einen Telefonanschluß legen lassen, und sollten sie sich von den lästigen Briefen wegen der Rundfunkgebühren beeindrucken lassen? Und der Haushalt? Jeder sein Zimmer, okay, aber warum mußten immer sie oder Philou die Küche und das Badezimmer machen? Apropos Badezimmer, wir brauchen einen Mülleimer, darum kümmere ich mich. Du, Franck, denkst daran, deine Bierflaschen zurückzubringen, und mach in deinem Zimmer ab und zu mal ein Fenster auf, sonst ziehen wir uns noch irgendwelche Viecher zu. Das gleiche gilt fürs Klo. Bitte die Klobrille runterklappen, und wenn kein Klopapier mehr da ist, Bescheid geben. Und dann sollten wir uns vielleicht einen halbwegs ordentlichen Staubsauger leisten. Der Teppichkehrer aus dem Ersten Weltkrieg war ja eine Zeitlang okay ... Hm, was noch?

»Da hast du's, Philou, verstehst du jetzt, warum ich gesagt habe, laß nie ein Mädchen bei dir einziehen? Verstehst du, was ich gemeint habe? Siehst du, was das gibt? Und wart's ab, das ist erst der Anfang ...«

Philibert Marquet de La Durbellière lächelte. Nein, er verstand nicht. Er hatte gerade zwei erniedrigende Wochen unter dem gereizten Blick seines Vaters hinter sich, der seinen Abscheu nicht länger zu verbergen vermochte. Ein Erstgeborener, der sich weder für die Pachtwirtschaft noch für die Wälder noch für die Frauen noch für die Finanzen und noch weniger für seinen gesellschaftlichen Rang interessierte. Ein Versager, ein großer Tolpatsch, der für den Staat Ansichtskarten verkaufte und anfing zu stottern, wenn ihn seine kleine Schwester bat, ihr das Salz zu reichen. Einer der zwei Stammhalter und nicht in der Lage, sicher aufzutreten, wenn er mit dem Wildhüter sprach. Nein, das hatte er nicht verdient, knurrte er jeden Morgen, wenn er ihn auf allen vieren in Blanches Zimmer überraschte, wo er mit ihr und ihren Puppen spielte.

»Haben Sie nichts Besseres zu tun, mein Sohn?«

»Nein, Vater, aber ich ... ich ... sagen Sie mir, wenn Sie mich br... brauchen, ich ...«

Doch die Tür war schon ins Schloß gefallen, bevor er den Satz zu Ende gesprochen hatte.

»Sagen wir, du bist zuständig fürs Kochen, und ich übernehme die Einkäufe, und dann machst du uns Waffeln, und anschließend fahren wir die Kinder im Park spazieren.«

»Einverstanden, Mäuschen, einverstanden. Alles, was du willst.«

Blanche oder Camille, für ihn war es das gleiche: Zwei kleine Mädchen, die ihn mochten und ihm ab und zu ein Küßchen gaben. Und dafür war er bereit, die Verachtung seines Vaters hinzunehmen und, wenn nötig, fünfzig Staubsauger zu kaufen.

Kein Problem.

Und da er es war, der Handschriften, Eide, Pergamente, Karten und andere Verträge liebte, stellte er die Kaffeetassen auf den Nachbartisch und holte aus seiner Tasche ein Blatt Papier, auf das er förmlich schrieb: »Charta der Avenue Émile-Deschanel, gültig für die Bewohner und andere Besuch...«

Er unterbrach sich:

»Und wer war Émile Deschanel, Kinder?«

»Ein Präsident der Republik!«

»Nein, der hieß Paul. Émile Deschanel war ein Gelehrter, Professor an der Sorbonne, suspendiert wegen seiner Abhandlung *Katholizismus und Sozialismus* ... Oder umgekehrt, ich weiß es nicht mehr. Übrigens, meiner Großmutter ging der Name dieses Halunken auf ihrer Visitenkarte ein wenig gegen den Strich ... Gut, wo war ich?«

Er wiederholte Punkt für Punkt, was sie beschlossen hatten, inklusive Toilettenpapier und Mülltüten, und reichte das Protokoll herum, damit jeder seine eigenen Zusätze vermerken konnte.

»Ein richtiger Jakobiner bin ich geworden«, seufzte er.

Franck und Camille ließen widerwillig ihre Gläser los und schrieben eine Menge Unsinn auf.

Seelenruhig holte er sein Siegelwachs heraus und brachte unter den verdutzten Blicken der beiden anderen seinen Siegelring unten auf dem Wisch an, faltete das Blatt zweimal und steckte es nachlässig in die Jackentasche.

»Eh ... Trägst du immer deinen ganzen Adelsplunder spazieren?« fragte Franck schließlich kopfschüttelnd.

»Mein Wachs, mein Siegel, mein Riechsalz, meine Goldtaler, mein Wappen und meine Giftfläschchen. Gewiß, mein Lieber.«

Franck, der einen der Kellner kannte, stattete der Küche einen Besuch ab.

»Ich bleib dabei, eine Futtermittelfabrik. Aber was für eine schöne ...«

Camille übernahm die Rechnung, doch, doch, ich bestehe darauf, ihr dürft dafür staubsaugen, sie holten den Koffer und stiegen hier und da über einen Clochard hinweg, Lucky Strike bestieg sein Motorrad, die beiden anderen nahmen ein Taxi.

8

Am nächsten Tag, am übernächsten und an den darauffolgenden Tagen wartete sie vergeblich auf ihn. Keine Nachricht. Vom Wachmann, mit dem sie neuerdings gelegentlich Schwätzchen hielt (der rechte Hoden von Matrix war nicht nach unten gerutscht, oh weh), erfuhr sie auch nicht mehr. Dabei wußte sie, daß er in der Nähe war. Wenn sie hinter den Kanistern mit Putzmitteln ein gut gefülltes Einkaufsnetz abstellte, mit Brot, Käse, Salat, Fertiggerichten, Bananen und Hundefutter, verschwand es systematisch. Niemals ein Hundehaar, niemals ein Krümel und nicht der geringste Geruch. Für einen Junkie war er ziemlich gut organisiert, fand sie, so sehr, daß sie hinsichtlich des Empfängers ihrer Spenden sogar Zweifel hegte. Am Ende fütterte der andere Schwachkopf heimlich seinen einhodigen Hund damit. Sie sondierte ein wenig das Terrain, aber nein, Matrix fraß nur Kroketten, die mit Vitamin B_{12} und einem Eßlöffel Rizinusöl für das Fell angereichert waren. Fertiggerichte waren ungenießbares Zeug. Warum sollte man seinem Hund etwas geben, das man selbst nicht essen würde?

Stimmt, warum eigentlich?

»Aber für die Kroketten gilt das doch auch, oder nicht? Die würdest du doch auch nicht essen.«

»Natürlich eß ich die!«

»Ja, ja.«

»Wirklich!«

Das schlimmste war, sie glaubte ihm. Der Einhodige und der Einhirnige, wie sie in ihrer überheizten Hütte mitten in der Nacht vor einem Porno saßen und Hähnchenkroketten futterten, das paßte. Sehr gut sogar.

So vergingen einige Tage. Manchmal kam er auch nicht. Das Baguette war dann hart, und die Zigaretten lagen noch da. Manchmal kam er vorbei und nahm nur das Hundefutter raus. Zuviel Stoff oder zu wenig, um sich selbst einem Schmaus hinzugeben. Manchmal war sie es, die mit den Lieferungen nicht nachkam. Camille machte sich deswegen keinen Kopf. Ein kurzer Blick in das Putzräumchen, um nachzusehen, ob sie ihre Einkaufstasche leeren mußte, und fertig.

Sie hatte andere Sorgen.

In der Wohnung kein Problem, da lief es gut, Charta hin oder her, Myriam hin oder her, PLEMPLEM hin oder her, jeder lebte seinen täglichen Trott, ohne die anderen zu stören. Morgens grüßte man sich, und abends nach der Rückkehr ging man brav seinen Süchten nach. Shit, Gras, Wein, Inkunabeln, Marie-Antoinette oder Heineken, jedem seinen Trip und Marvin für alle.

Tagsüber malte sie, und wenn er da war, las Philibert ihr vor oder kommentierte die Familienalben:

»Das hier ist mein Urgroßvater. Der junge Mann neben ihm ist sein Bruder, Onkel Élie, das vor ihnen sind ihre Foxterrier. Sie organisierten Hunderennen, und der Herr Pfarrer, den du hier an der Ziellinie siehst, bestimmte den Sieger.«

»Sie haben sich wohl nicht gelangweilt?«

»Das war auch gut so. Zwei Jahre später zogen sie an die Ardennenfront, sechs Monate darauf waren beide tot.«

Nein, die Probleme hatte sie bei der Arbeit. Zuerst hatte der Typ aus dem fünften Stock sie eines Abends angequatscht und gefragt, wo ihr Staubwedel sei. Wuff, wuff, er war sichtlich stolz auf seinen Witz, verfolgte sie über die ganze Etage und wiederholte ständig: »Ich bin sicher, daß Sie es sind! Ich bin sicher, daß Sie es sind!« Zieh Leine, du Idiot, du bist mir im Weg.

Nein, das war meine Kollegin, sagte sie schließlich und zeigte auf Super Josy, die gerade ihre Krampfadern zählte.

Game over.

Zweitens konnte sie eben die Bredart nicht länger ertragen.

Sie war strohdumm, hatte ein bißchen Macht und nutzte sie gnadenlos aus (Vorarbeiterin einer Putzkolonne von Proclean war schließlich nicht das Pentagon, oder?), schwitzte, hatte eine feuchte Aussprache, stibitzte ständig die Kappen der Bics, um Fleischstückchen aus ihren Backenzähnen zu entfernen, und gab in jeder Etage einen rassistischen Witz von sich, wobei sie Camille auf ihre Seite zog, da sie neben ihr die einzige Weiße in der Truppe war.

Camille, die sich häufig an ihrem Scheuerlappen festhalten mußte, um ihn der Bredart nicht ins Gesicht zu schleudern, hatte sie unlängst gebeten, ihre dummen Sprüche für sich zu behalten, weil sie allmählich allen auf den Geist gehe.

»Nein, hör sie dir an. Wie sie spricht? Was machst du überhaupt hier bei uns? Spionierst du uns aus? Das hab ich mich neulich schon gefragt. Ob dich vielleicht der Chef auf uns angesetzt hat, um uns auszuspionieren oder so ... Ich hab auf deinem Gehaltzettel gesehen, wo du wohnst, und wie du sprichst und überhaupt. Du bist keine von uns? Du stinkst nach vornehmer Familie, du stinkst nach Geld. Du Gefängnisaufseherin, du!«

Die anderen sagten nichts. Camille schob ihr Wägelchen weiter und ging weg.

Sie drehte sich um:

»Was sie zu mir sagt, ist mir schnurzegal, für sie hab ich nur Verachtung übrig. Aber ihr, ihr seid wirklich feige. Für euch hab ich den Mund aufgemacht, damit sie aufhört, euch zu demütigen, und ich erwarte kein Dankeschön, auch das ist mir schnurzegal, aber wenigstens könntet ihr mir helfen, die Klos zu machen. Denn so vornehm ich auch sein mag, ich bin immer diejenige, an der die Klos hängenbleiben, wenn ich euch mal darauf aufmerksam machen darf.«

Mamadou gab ein komisches Geräusch von sich und spuckte Josy neben die Füße, einen wirklich gräßlichen Klumpen. Dann schnappte sie sich ihren Eimer, schwenkte ihn vor sich her und schlug Camille damit auf den Hintern:

»Wie kann ein Mädchen mit so einem kleinen Hintern so ein grroßes Mundwerk haben? Du überraschst mich immer wieder.«

Die anderen brummten etwas und verstreuten sich träge. Bei Samia war es ihr egal. Bei Carine war es schon härter. Die mochte sie gern. Carine, die in Wirklichkeit Rachida hieß, aber ihren Vornamen nicht mochte und einer Faschistin die Stange hielt. Sie würde es weit bringen, die Kleine.

An dem Tag hatte sich das Blatt gewendet. Die Arbeit war immer noch gleich blöd, aber die Stimmung war jetzt ekelhaft. Das machte ziemlich viel aus.

Camille hatte Kolleginnen verloren, aber vielleicht eine Freundin gewonnen. Mamadou wartete vor dem Metroeingang auf sie und tat sich mit ihr zusammen. Sie leistete ihr Gesellschaft, während Camille für zwei arbeitete. Nicht weil die andere nicht willig wäre, aber sie war offen gesagt ganz einfach zu dick, um etwas zu schaffen. Wofür sie eine Viertelstunde brauchte, das wischte Camille in zwei Minuten, und außerdem hatte sie überall Schmerzen. Ohne Schmu. Ihr armes Gerippe konnte schon die eigene Last nicht mehr bewältigen: Enorme Schenkel, riesige Brüste und ein noch größeres Herz. Es muckte auf, und das war ganz normal.

»Du mußt abnehmen, Mamadou.«

»Ja, ja. Und du? Wann kommst du zu mir, um mein afrikanisches Hähnchen zu essen?« gab sie jedesmal zurück.

Camille hatte ihr einen Handel angeboten: Ich arbeite, aber du bestreitest die Unterhaltung.

Sie konnte nicht ahnen, wie weit dieser kleine Satz sie bringen würde. Die Kindheit im Senegal, das Meer, der Staub, die Zicklein, die Vögel, das Elend, ihre neun Geschwister, der alte weiße Pater, der sein Glasauge herausnahm, um sie zum Lachen zu bringen, die Ankunft in Frankreich 1972 mit ihrem Bruder Léopold, die Müllabfuhr, ihre mißglückte Eheschließung, ihr trotz alledem lieber Ehemann, ihre Bälger, ihre Schwägerin, die ihre Nachmittage im Kaufhaus verbrachte, während sie die ganze Arbeit verrichtete, der Nachbar, der erneut gekackt hatte, diesmal ins Treppenhaus, die häufigen Feste, der Ärger, ihre Kusine ersten Grades, die zu allem Überfluß Germaine hieß und sich letztes Jahr erhängt hatte, dabei zwei herzige Zwillinge zurückließ, die Sonntagnachmittage in der Telefonzelle, die holländischen Tücher, die Kochrezepte und eine Million weiterer Bilder, von denen Camille nie genug bekam. Sie brauchte nicht länger *Courrier International*, Senghor oder die Ausgabe Seine-Saint-Denis im *Parisien* zu lesen, es genügte, daß sie etwas stärker schrubbte und die Ohren spitzte. Und wenn Josy vorbeikam – was selten geschah –, bückte sich Mamadou, wischte mit dem Lappen über den Boden und wartete, bis die Luft wieder rein war, um sich erneut aufzurichten.

Vertraulichkeiten über Vertraulichkeiten, Camille wagte zunehmend indiskretere Fragen. Ihre Kollegin erzählte ihr die gräßlichsten Dinge, zumindest kamen sie *ihr* gräßlich vor, mit entwaffnender Unbekümmertheit.

»Aber wie organisierst du das alles? Wie hältst du das durch? Wie schaffst du das? Dieser Zeitplan ist die Hölle.«

»Papperlapapp. Red nicht von Dingen, wo du dich nicht auskennst. Die Hölle ist viel, viel schlimmer. Die Hölle ist, wenn du Leute, die du liebst, nicht mehr sehen kannst. Der ganze Rest zählt nicht. Sag mal, soll ich dir frrische Lappen holen?«

»Du könntest bestimmt eine Arbeit in deiner Nähe finden. Deine Kinder sollten abends nicht allein bleiben, man weiß nie, was passiert.«

»Meine Schwägerin ist ja da.«

»Aber du sagst doch, daß du dich auf sie nicht verlassen kannst.«

»Manchmal schon.«

»Proclean ist eine riesige Firma, ich bin sicher, du könntest auch eine Putzstelle in deiner Nähe finden. Soll ich dir helfen? Soll ich für dich fragen? Der Personalabteilung schreiben?« fragte Camille und richtete sich auf.

»Nein. Bloß nicht dran rühren, Mensch! Die Josy ist, wie sie ist, aber die drückt in vielen Punkten ein Auge zu, weißt du? So geschwätzig und dick, wie ich bin, kann ich von Glück sagen, daß ich überhaupt Arbeit hab. Weißt du noch, die ärztliche Untersuchung im Herbst? Dieser Dummkopf, dieser kleine Doktor, der wollt mich schikanieren, weil mein Herz abgesoffen wär unter zuviel Fett oder was weiß ich. Tja, da hat sie die Sache für mich in Ordnung gebracht, also rühr da nicht dran, sag ich dir.«

»Moment mal, sprechen wir von derselben? Von der blöden Ziege, die dich immer behandelt, als wärst du der letzte Dreck?«

»Natürlich sprrechen wir von derselben!« lachte Mamadou. »Ich kenn nur eine. Zum Glück!«

»Aber du hast gerade auf sie gespuckt!«

»Wo hast du das gesehen?« fragte sie verärgert. »Ich hab ihr nicht übergespuckt! Das würd ich mich nie trauen, du.«

Camille leerte den Reißwolf, ohne etwas zu sagen. Das Leben war schon ein Meister der Nuancen.

»Aber ist lieb gemeint. Du bist schon eine ganz Liebe. Du mußt unbedingt mal abends zu mir kommen, damit dir mein Bruder ein schönes Leben arrangiert, mit einer endgültigen Liebe und vielen Kindern.«

»Pff . . .«

»Was ›pff‹? Willst du keine Kinder?«

»Nein.«

»Sag das nicht, Camille. Sonst beschwörst du ein böses Schicksal.«

»Das ist schon da.«

Mamadou betrachtete sie böse:

»Du solltest dich schämen, so was zu sagen. Du hast Arbeit, ein Haus, zwei Arme, zwei Beine, ein Land, einen Schatz.«

»Pardon?«

»Ja! Ja!« frohlockte sie. »Wenn du meinst, ich hätt dich noch nicht mit Nourdine unten gesehen? Wie du seinem dicken Hund immer schöntust. Glaubst du, meine Augen würden auch im Fett ersaufen?«

Und Camille errötete.

Um ihr eine Freude zu machen.

Nourdine, der heute abend total hektisch war und sich mehr noch als sonst in seine Weltverbessererjacke gezwängt hatte. Nourdine, der seinen Hund verrückt machte und sich für Inspektor Harry hielt.

»He, was ist los«, fragte Mamadou, »warum knurrt der so, dein Kalb?«

»Ich weiß nicht, was los ist, aber irgendwas stimmt hier nicht. Nicht hierbleiben, Mädels. Nicht hierbleiben.«

»Ja! Er war glücklich. Fehlten nur noch die Ray-Ban und die Kalaschnikow.«

»Nicht hierbleiben, sag ich doch!«

»He, beruhig dich«, gab sie zurück, »reg dich nicht so auf.«

»Laß mich meine Arbeit machen, du Dicknudel! Ich sag dir auch nicht, wie du deinen Besen zu halten hast!«

Hm, die Katze läßt das Mausen nicht . . .

Camille tat, als würde sie mit ihr die Metro nehmen, stieg dann aber wieder die Treppe hoch und nahm den anderen Ausgang. Sie ging zweimal um den Bürokomplex herum und fand sie schließlich im Eingang eines Schuhgeschäfts. Er saß mit dem Rücken zur Scheibe, der Hund schlief auf seinem Schoß.

»Alles in Ordnung?« fragte sie lässig.

Er sah auf und brauchte einen Moment, bis er sie erkannte:

»Bist du's?«

»Ja.«

»Auch die Einkäufe?«

»Ja.«

»Eh, danke.«

». . .«

»Ist der Bekloppte dort bewaffnet?«

»Keine Ahnung.«

»Okay. Mach's gut.«

»Ich kann dir einen Ort zeigen, wo du schlafen kannst, wenn du willst.«

»Ein besetztes Haus?«

»Geht in die Richtung.«

»Ist da sonst noch jemand?«

»Niemand.«

»Ist es weit?«

»Beim Eiffelturm.«

»Nein.«

»Wie du willst.«

Sie war noch keine drei Schritte gegangen, als eine Polizeisirene zu hören war, die vor dem übererregten Nourdine hielt. Er holte sie auf Höhe des Boulevards ein:

»Was willst du dafür haben?«

»Nichts.«

Metro ade. Sie gingen zum Nachtbus.

»Geh du zuerst rein und überlaß mir deinen Hund. Dich läßt er damit nicht einsteigen. Wie heißt er?«

»Barbès.«

»Dort hab ich ihn gefunden.«

»Ah ja, wie Paddington.«

Sie nahm ihn auf den Arm und strahlte den Fahrer an, dem das vollkommen gleichgültig war.

Sie ging zu ihm nach hinten:

»Was ist das für eine Rasse?«

»Müssen wir uns unterhalten?«

»Nein.«

»Ich hab ein Vorhängeschloß davorgehängt, aber es ist mehr symbolisch. Hier ist der Schlüssel. Verlier ihn bloß nicht, ich hab nur einen.«

Sie stieß die Tür auf und fügte ruhig hinzu:

»In der Kiste sind noch Reste, Reis, Tomatensoße und Kekse, glaube ich. Hier findest du Decken. Dort ist die Elektroheizung. Stell sie nicht zu hoch, sonst fliegt die Sicherung raus. Auf dem Treppenabsatz gibt's ein Stehklo. Normalerweise bist du der einzige, der es benutzt. Ich sage normalerweise, weil ich gegenüber schon mal Stimmen gehört habe, aber ich habe noch nie jemanden gesehen. Hm. Was noch? Ach ja! Ich habe mal mit einem Drogenabhängigen zusammengewohnt, ich weiß also, wie das hier ausgeht. Ich weiß, daß du eines Tages, morgen vielleicht, verschwunden sein wirst und alles hier ausgeräumt hast. Ich weiß, daß du versuchen wirst, alles zu verscherbeln, um dir ein paar schöne Momente zu verschaffen. Die Heizung, die Elektroplatten, die Matratze, das Päckchen Zucker, die Handtücher, alles. Okay, ich weiß das. Ich bitte dich nur um eins, sei diskret. Das hier gehört nämlich auch nicht wirklich mir. Ich würde dich also bitten, mir keine Scherereien zu machen. Wenn du morgen noch da bist, spreche ich mit der Concierge, damit du keinen Ärger bekommst. Das war's.«

»Wer hat das hier gemalt?« fragte er und zeigte auf eine Perspektivzeichnung. Ein riesiges Fenster, das auf die Seine ging, mit einer Möwe auf dem Balkon.

»Ich.«

»Hast du da gewohnt?«

»Ja.«

Barbès inspizierte mißtrauisch die Örtlichkeiten und rollte sich dann auf der Matratze zusammen.

»Ich geh dann mal.«

»He?«

»Ja.«

»Warum?«

»Weil mir exakt dasselbe passiert ist. Ich war draußen, und jemand hat mich hierhergebracht.«

»Ich werd nicht lange bleiben.«

»Ist mir egal. Sag nichts. Ihr sagt sowieso nicht die Wahrheit.«

»Ich werde in Marmottan gesucht.«

»Ah, ja. Gut, träum schön.«

9

Drei Tage später zog Madame Perreira den erhabenen Store auf und sprach sie in der Eingangshalle an:

»Sagen Sie, Mademoiselle . . .«

Verdammt, das kam prompt. Wie nervig. Dabei hatten sie ihr doch fünfzig Euro zugesteckt.

»Guten Tag.«

»Ja, guten Tag, sagen Sie . . .«

Sie verzog das Gesicht.

»Dieser Dreckfink, der ist doch mit Ihnen befreundet?«

»Pardon?«

»Der Motorradfahrer hier?«

»Eh . . . Ja«, antwortete sie erleichtert. »Gibt's ein Problem?«

»Nicht eins! Fünf! Der bringt mich langsam auf die Palme, der Kerlemann! Macht mir wirklich Spaß! Kommen Sie mit, daß ich es Ihnen mal zeige!«

Sie folgte ihr auf den Hof.

»Sehen Sie?«

»Ich . . . Ich sehe nichts.«

»Die Ölflecken.«

In der Tat, mit einer starken Lupe konnte man auf dem Pflaster deutlich fünf kleine schwarze Punkte erkennen.

»Diese Maschinen sind ja schön und gut, aber sie machen Dreck, bestellen Sie ihm von mir, daß es nicht umsonst Zeitungen gibt, ja?«

Als das Problem geregelt war, wurde sie umgänglicher. Ein kleiner Kommentar über das Wetter: »Das ist gut so. Hält uns das Ungeziefer vom Leib.« Über die glänzenden Messinggriffe: »Eins ist sicher, um die sauberzuhalten, muß man ständig hinterher sein.«

Über die mit Hundekacke verschmierten Räder der Buggys. Über die Dame aus dem fünften Stock, die soeben ihren Mann verloren hatte, die Ärmste. Und sie war wieder ganz friedlich.

»Madame Perreira ...«

»Ja?«

»Ich weiß nicht, ob Sie es mitbekommen haben, aber ich habe im siebten Stock einen Freund von mir einquartiert.«

»Oh! Ich mische mich nicht in Ihre Angelegenheiten! Wer kommt, wer geht. Ich sage nicht, daß ich immer alles verstehe, aber ...«

»Er hat einen Hund.«

»Vincent?«

»Eh ...«

»Sie meinen doch Vincent! Den Aidskranken mit dem kleinen Griffon?«

Camille war sprachlos.

»Er ist gestern bei mir vorbeigekommen, weil mein Pikou wie verrückt hinter der Tür gebellt hat, darauf haben wir unsere Tiere miteinander bekanntgemacht. So ist es einfacher. Sie wissen ja, wie sich das abspielt. Sie schnüffeln einmal ordentlich am Hintern des anderen, und schon haben wir unsere Ruhe. Warum sehen Sie mich so an?«

»Warum sagen Sie, daß er Aids hat?«

»Jesus Maria, weil er es mir gesagt hat! Wir haben zusammen ein Glas Portwein getrunken. Wollen Sie auch eins?«

»Nein, nein ... Ich ... ich danke Ihnen.«

»Ja, ja, das ist schlimm, aber ich hab ihm schon gesagt, heute kann man das heilen. Die haben die richtigen Medikamente gefunden.«

Sie war so perplex, daß sie vergaß, mit dem Fahrstuhl zu fahren. Was war das für ein Chaos? Warum waren die Geschirrtücher nicht bei den Geschirrtüchern und das Frottee nicht beim Frottee?

Wo lief das alles hin?

Das Leben war weniger kompliziert, wenn sie nur ihre Steine stapelte. Komm, sag das nicht, du blöde Nuß.

Nein, hast recht. Das sag ich nicht.

»Was ist los?«

»Pff ... Sieh dir meinen Pulli an«, tobte Franck. »Diese scheiß Maschine! Verflucht, und den mocht ich besonders gern. Sieh dir das an, Mensch! Sieh dir das an! Der ist total winzig geworden!«

»Warte, ich schneid dir die Ärmel ab, die kannst du dann der Concierge für ihre Ratte geben.«

»Ja, mach dich nur lustig. Ein ganz neuer Ralph Lauren.«

»Um so besser, das wird sie freuen! Außerdem ist sie ganz vernarrt in dich.«

»Ach ja?«

»Das hat sie mir gerade wieder gesagt: ›Ah, wie flott er aussieht, Ihr Freund, auf seinem schönen Motorrad!‹«

»Nee!«

»Ich schwör's.«

»Okay, dann wollen wir mal. Ich bring ihn vorbei, wenn ich abhau.«

Camille biß sich auf die Wangen und schneiderte einen schicken Muff für Pikou.

»Du weißt, daß du dir viele Küßchen einhandeln wirst, du Glückspilz.«

»Hör auf, ich hab Schiß.«

»Und Philou?«

»Du meinst Cyrano? In der Theaterprobe.«

»Ehrlich?«

»Du hättest ihn sehen sollen, als er ging. Verkleidet als wer-weißwas. Mit einem weiten Umhang und allem.«

Sie lachten.

»Ich finde ihn wunderbar.«

»Ich auch.«

Sie ging, um sich einen Tee zu kochen.

»Willst du auch einen?«

»Nein, danke«, antwortete er, »ich muß los. Sag mal ...«

»Was?«

»Hättest du Lust auf einen Ausflug?«

»Pardon?«

»Wie lang bist du nicht mehr aus Paris rausgekommen?«

»Eine Ewigkeit.«

»Sonntag ist Schlachtfest, hättest du nicht Lust, mitzukommen? Ich bin sicher, das würde dich interessieren. Ich sag das wegen der Bilder und so.«

»Wo?«

»Bei Freunden im Cher.«

»Ich weiß nicht.«

»Na klar! Komm mit. Das muß man einmal im Leben gesehen haben. Irgendwann gibt's das nicht mehr, weißt du?«

»Ich denk drüber nach.«

»Ja, ja, denk drüber nach. Das Nachdenken ist ja deine Spezialität. Wo ist mein Pulli?«

»Hier«, sagte Camille und zeigte ihr herrliches, hellgrünes Hundejäckchen.

»Verflucht, und dann auch noch ein Ralph Lauren. Das gibt mir den Rest, echt wahr.«

»Komm schon. Du machst dir damit zwei Freunde fürs Leben.«

»Von wegen, der pißt mir eher ans Motorrad, der Köter!«

»Mach dir keine Sorgen, das funktioniert«, prustete sie und hielt ihm die Tür auf. »Dock dock, wenn isch es Ihnen sage, was sieht er flott aus auf seinem Moped, Iiihr Freund.«

Sie lief, um den Teekessel auszustellen, nahm ihren Block und setzte sich vor den Spiegel. Sie fing an zu lachen. Wie verrückt. Ein richtiger Kindskopf. Sie stellte sich die Szene vor: wie der eingebildete Trottel lässig an die Scheibe der Pförtnerloge klopfte, mit seinem Wollfilz und seiner Männlichkeit auf einem Silbertablett. Mann, war das witzig! Tat das gut. Sie war noch nicht gekämmt, malte ihre Wirbel, ihre Grübchen, ihre Dummheit und schrieb: *Camille, Januar 2004*, duschte und beschloß, ihn auf seinem Ausflug zu begleiten.

Das war sie ihm wirklich schuldig.

Eine Nachricht auf ihrem Handy. Ihre Mutter. Nix da, heute nicht. Um die Nachricht zu löschen, drücken Sie die Sterntaste.

Machen wir. Und Stern.

Sie verbrachte den Rest des Tages mit Musik, ihren Schätzen und Aquarelldöschen. Rauchte, knabberte, leckte ihre Marderhaare, lachte vor sich hin und zog ein Gesicht, als es Zeit für die Kittelschürze war.

Du hast schon ziemlich aufgeräumt, überlegte sie, als sie zur Metro trottete, aber es gibt noch einiges zu tun, nicht wahr? Du willst es doch dabei nicht belassen?

Ich tu, was ich kann, ich tu, was ich kann.

Nur zu, wir vertrauen dir.

Nichts da, vertraut mir nicht, das streßt mich.

Tz tz, mach schon. Beeil dich. Du bist spät dran.

10

Philibert war ziemlich unglücklich. Er folgte Franck durch die ganze Wohnung:

»Das ist unvernünftig. Ihr fahrt zu spät los. In einer Stunde ist es dunkel. Es wird frieren. Nein, das ist unvernünftig. Fahrt mo... morgen früh.«

»Morgen früh wird geschlachtet.«

»Was für eine Idee aber auch! Ca... Camille«, er rang vor Verzweiflung die Hände, »blei... bleib hier bei mir, ich geh mit dir in den Tee... Teepalast.«

»Jetzt mach aber mal halblang«, brummte Franck und stopfte seine Zahnbürste in ein Paar Socken, »wir wollen doch nicht ans Ende der Welt. In einer Stunde sind wir da.«

»Oh, sag ... sag das nicht ... nicht ... Du ... du fährst bestimmt wie... wieder wie ein ... ein Verrückter.«

»Überhaupt nicht ...«

»Doch, ich ... ich kenne di... dich ... doch.«

»Hör auf, Philou! Ich mach sie dir nicht kaputt, das schwör ich. Kommst du, Miss?«

»Ach ... Ich ... Ich ...«

»Was, ich?« fragte er gereizt.

»Ich habe nur ... nur euch auf der Welt.«

Stille.

»Oh nein. Das darf doch nicht wahr sein. Jetzt wird's rührselig.«

Camille stellte sich auf die Zehenspitzen, um ihn zu umarmen:

»Ich habe auch nur dich auf der Welt. Mach dir keine Sorgen ...«

Franck seufzte.

»Wer hat mir denn diesen Trupp Geistesgestörter aufgehalst! Driften wir jetzt alle in die Melo-Ecke ab, oder was? Wir ziehen doch nicht in den Krieg, verflucht! Wir sind achtundvierzig Stunden weg!«

»Ich bring dir ein gutes Steak mit«, rief Camille ihm zu und be-
gab sich in den Fahrstuhl.

Die Türen schlossen sich hinter ihnen.

»Du?«

»Was?«

»In einem Schwein gibt's keine Steaks.«

»Nicht?«

»Nee.«

»Hm, was denn dann?«

Er rollte mit den Augen.

11

Er war noch nicht an der Ausfahrt Porte d'Orléans, als er auf dem Standstreifen hielt und ihr bedeutete, abzusteigen:

»Also, hier läuft was schief.«

»Was denn?«

»Wenn ich mich in die Kurve lege, mußt du das auch tun.«

»Bist du sicher?«

»Klar bin ich sicher! Mit deinen Mätzchen landen wir noch im Graben!«

»Aber, ich dachte, wenn ich mich dagegen lehne, halte ich das Gleichgewicht.«

»Verflucht, Camille. Ich kann dir keine Physikstunde geben, aber das ist eine Frage der Schwerpunktachse, verstehst du? Wenn wir uns beide in die Kurve legen, haften die Reifen besser.«

»Sicher?«

»Ganz sicher. Leg dich mit mir in die Kurve. Vertrau mir.«

»Franck?«

»Was denn? Hast du Angst? Noch kannst du die Metro nehmen, weißt du?«

»Mir ist kalt.«

»Schon?«

»Ja.«

»Okay. Laß den Griff los und drück dich an mich. Drück dich so fest wie möglich an mich und steck die Hände unter meine Jacke.«

»Gut.«

»Hm?«

»Was denn?«

»Aber schön brav sein, nicht daß du mir das ausnutzt?« fügte er spöttisch hinzu und klappte ihr Visier mit einem Schlag herunter.

Hundert Meter weiter war sie von neuem durchgefroren, an der Mautstelle war sie tiefgekühlt, und bei der Einfahrt in den Bauernhof war sie nicht einmal mehr in der Lage, die Arme hochzunehmen.

Er half ihr beim Absteigen und stützte sie bis zur Tür.

»Da bist du ja. Was hast du uns denn da mitgebracht?«

»Ein Fischstäbchen.«

»Kommt rein, immer rein mit euch! Jeannine! Hier ist der Franck mit seiner Freundin.«

»O je, die Kleine«, jammerte die gute Frau, »was hast du denn mit ihr gemacht? Seht euch das an. Ganz blau, das Kind. Aus dem Weg alle miteinander! Jean-Pierre! Stell schon mal einen Stuhl an den Kamin!«

Franck kniete sich vor sie hin:

»He, du mußt deinen Mantel ausziehen.«

Sie reagierte nicht.

»Warte, ich helf dir. Komm, streck mir die Füße hin.«

Er zog ihr die Schuhe aus und ihre drei Paar Socken.

»So ist's gut. Komm schon. Und jetzt oben.«

Sie war so verkrampft, daß er seine liebe Mühe hatte, ihre Arme aus den Ärmeln zu schälen. »So, wir machen das schon, du kleiner Eisklumpen.«

»Gute Güte! So gebt ihr doch was Warmes!« hörte sie die Versammlung rufen.

Sie war die große Attraktion.

Oder: Wie man eine Pariserin auftaut, ohne daß sie dabei kaputtgeht.

»Ich hätte heiße Nierchen fertig!« rief Jeannine.

Anflug von Panik am Kamin. Franck rettete sie aus der Situation:

»Nein, nein, laßt mich nur machen. Hier gibt's doch bestimmt irgendwo 'ne Bouillon, oder?« fragte er und hob alle Deckel hoch.

»Das ist das Huhn von gestern.«

»Perfekt. Ich kümmer mich drum. Gebt ihr in der Zwischenzeit was zu trinken.«

Während sie langsam die Brühe löffelte, nahmen ihre Wangen wieder Farbe an.

»Besser jetzt?«

Sie nickte.

»Was ist?«

»Ich sagte, es ist das zweite Mal, daß du mir die beste Bouillon der Welt machst ...«

»Ich mach dir auch noch mehr, wenn du willst. Kommst du zu uns an den Tisch?«

»Kann ich noch ein bißchen am Kamin bleiben?«

»Natürlich!« bekräftigten die anderen, »laß sie nur! Wir werden sie wie Schinken räuchern!«

Franck erhob sich widerwillig.

»Kannst du deine Finger bewegen?«

»Eh ... ja.«

»Dann mußt du malen. Ich bin gern bereit, für dich zu kochen, aber *du* mußt malen. Du darfst nie aufhören zu malen, verstanden?«

»Jetzt?«

»Nein, nicht jetzt, aber sonst.«

Sie schloß die Augen.

»Einverstanden.«

»Gut, ich setz mich rüber. Gib mir dein Glas, ich schenk dir noch was ein.«

Camille taute nach und nach auf. Als sie sich zu ihnen gesellte, waren ihre Wangen feuerrot.

Sie folgte ihrer Unterhaltung, ohne etwas zu verstehen, und betrachtete voller Glückseligkeit die herrlichen Gesichter.

»Gut. Die letzte Runde Schnaps jetzt und ab in die Falle! Morgen müssen wir früh raus, Kinder! Der Gaston kommt um sieben.«

Alle standen auf.

»Wer ist Gaston?«

»Der Schlachter«, flüsterte Franck, »das ist ein Typ. Du wirst schon sehen.«

»Also, ihr seid hier ...« erklärte Jeannine, »das Bad ist gegenüber, ich hab euch saubere Handtücher auf den Tisch gelegt. Alles in Ordnung?«

»Klasse«, antwortete Franck, »klasse. Danke.«

»Bedank dich nicht, mein Junge, wir freuen uns riesig, dich zu sehen, das weißt du doch. Und die Paulette?«

Er sah zu Boden.

»Gut, gut, lassen wir das«, sagte sie und drückte ihm den Arm, »wird schon wieder.«

»Sie würden sie nicht wiedererkennen, Jeannine.«

»Lassen wir das, sag ich doch. Du bist hier im Urlaub.«

Als sie die Tür geschlossen hatte, sagte Camille beunruhigt:

»He! Hier ist ja nur ein Bett.«

»Natürlich ist hier nur ein Bett. Wir sind hier auf dem Land und nicht im Ibis!«

»Hast du ihnen gesagt, daß wir zusammen sind?« schimpfte sie.

»Nix da! Ich hab nur gesagt, daß ich ein Mädchen mitbringe, mehr nicht!«

»Na klar ...«

»Was na klar?« ereiferte er sich.

»Ein Mädchen heißt eine Frau, mit der du was hast. Worauf hab ich mich da nur eingelassen?«

»Scheiße, Mann, du kannst einem aber auch echt auf die Eier gehen!«

Er setzte sich aufs Bett, während sie ihre Sachen raussuchte.

»Es ist das erste Mal ...«

»Pardon?«

315

»Es ist das erste Mal, daß ich jemanden hierher mitbringe.«

»Das kann ich mir denken. Schweineschlachten ist nicht grad das, womit man ein Mädchen am ehesten rumkriegt.«

»Das hat mit dem Schlachten nix zu tun. Das hat überhaupt nix mit dir zu tun. Das hat ...«

»Was denn?«

Franck legte sich quer aufs Bett und sprach zur Decke:

»Jeannine und Jean-Pierre, die beiden hatten einen Sohn. Frédéric. Ein prima Kerl. Mein Kumpel. Der einzige, den ich je hatte, übrigens. Wir waren zusammen auf der Hotelfachschule, und ohne ihn wär ich heut nicht hier. Ich weiß nicht, wo ich dann wär, aber, egal. Er ist vor zehn Jahren gestorben. Bei einem Autounfall. War nicht mal schuld. Irgendein Blödmann hat das Stoppschild übersehen. Tja, so ist das, ich bin natürlich nicht Fred, aber es ist so ähnlich. Ich komm jedes Jahr. Das Schlachten ist nur ein Vorwand. Sie sehen mich, und was sehen sie? Erinnerungen, Wörter und das Gesicht ihres Jungen, der noch keine zwanzig war. Die Jeannine faßt mich dauernd an, begrapscht mich ständig. Warum macht sie das wohl? Weil ich der Beweis dafür bin, daß es ihn noch gibt. Ich bin sicher, sie hat uns ihre schönste Bettwäsche aufgezogen und hält sich jetzt grad am Treppengeländer fest.«

»Ist das hier sein Zimmer?«

»Nein. Sein Zimmer ist verschlossen.«

»Und warum hast du mich mitgenommen?«

»Das hab ich dir doch gesagt, damit du malst, und außerdem ...«

»Und außerdem?«

»Ich weiß nicht, mir war danach.«

Er schüttelte sich.

»Und mit dem Bett, das ist kein Problem. Wir legen die Matratze auf den Boden, und ich schlaf auf dem Lattenrost. Meinst du, das geht, Prinzessin?«

»Das geht.«

»Hast du *Shrek* gesehen? Den Zeichentrickfilm?«

»Nein, warum?«

»Weil du mich an die Prinzessin Fiona erinnerst. Mit weniger Kurven natürlich . . .«

»Natürlich.«

»Los. Hilfst du mir? Diese Matratzen wiegen eine Tonne.«

»Du hast recht«, stöhnte sie. »Was ist denn da drin?«

»Generationen vor Müdigkeit tot umgefallener Bauern.«

»Witzig.«

»Ziehst du dich nicht aus?«

»Eh, doch. Ich bin schon im Schlafanzug!«

»Behältst du deinen Pulli und die Socken an?«

»Ja.«

»Kann ich das Licht ausmachen?«

»Von mir aus!«

»Schläfst du?« fragte sie nach einer Weile.

»Nein.«

»Woran denkst du?«

»An nichts.«

»An deine Kindheit?«

»Vielleicht. Also an nichts, sag ich doch.«

»War deine Kindheit denn nichts?«

»Nichts Dolles jedenfalls.«

»Warum nicht?«

»Oh, Mann. Wenn wir damit anfangen, sind wir morgen früh noch dabei.«

»Franck?«

»Ja.«

»Was hat deine Großmutter eigentlich?«

»Sie ist alt. Sie ist ganz allein. Ihr Leben lang hat sie in einem schönen großen Bett geschlafen, so einem wie diesem hier, mit einer Wollmatratze und einem Kruzifix über dem Kopf, und jetzt siecht sie in so 'ner Art Eisenkäfig dahin.«

317

»Ist sie im Krankenhaus?«

»Nee, im Altenheim.«

»Camille?«

»Ja?«

»Hast du die Augen offen?«

»Ja.«

»Merkst du, wie schwarz die Nacht hier ist? Wie schön der Mond ist? Wie die Sterne leuchten? Hörst du das Haus? Die Rohre, das Holz, die Schränke, die Uhr, das Kaminfeuer unten, die Vögel, die Tiere, den Wind. Hörst du das?«

»Ja.«

»Tja, sie ... sie hört das alles nicht mehr. Ihr Zimmer geht auf einen Parkplatz, der rund um die Uhr erleuchtet ist, sie hört die Metallwägelchen, die Unterhaltungen der Schwesternhelferinnen, ihre röchelnden Nachbarn und die Fernseher, die die ganze Nacht durchlaufen. Und ... Und sie krepiert daran.«

»Und deine Eltern? Können die sich nicht um sie kümmern?«

»Ach, Camille.«

»Was denn?«

»Bring mich nicht auf *das* Thema. Schlaf jetzt.«

»Ich bin nicht müde.«

»Franck?«

»Was denn noch?«

»Wo sind deine Eltern?«

»Keine Ahnung.«

»Was soll das heißen, keine Ahnung?«

»Ich hab keine.«

»...«

»Meinen Vater hab ich nie gekannt. Ein Fremder, der auf einem Autorücksitz seine Eier entleert hat. Und meine Mutter, eh ...«

»Ja?«

»Na ja, meine Mutter war nicht grad glücklich darüber, daß irgendein Blödmann, von dem sie nicht mal mehr den Namen weiß, bei ihr seine Eier entleert hat ... also ...«

»Ja?«

»Ach nix . . .«

»Was nix?«

»Na ja, sie wollt ihn nicht.«

»Den Kerl?«

»Nee, den Kleinen.«

»Hat deine Großmutter dich aufgezogen?«

»Meine Großmutter und mein Großvater.«

»Und er ist tot?«

»Ja.«

»Hast du sie nie wiedergesehen?«

»Camille, ich sag dir doch, hör auf. Sonst fühlst du dich hinterher nur verpflichtet, mich in den Arm zu nehmen.«

»Doch. Erzähl weiter. Das Risiko nehme ich gern in Kauf.«

»Lügnerin.«

»Hast du sie nie wiedergesehen?«

». . .«

»Entschuldige bitte. Ich hör auf.«

Sie hörte, wie er sich umdrehte:

»Ich . . . Bis ich zehn war, hab ich nix von ihr gehört. Das heißt, doch, am Geburtstag und an Weihnachten gab's immer ein Geschenk, aber später hab ich erfahren, daß das nur Schmu war. Noch so ein Trick, der mich verwirren sollte. Ein netter Trick zwar, aber trotzdem ein Trick. Sie hat uns nie geschrieben, aber ich weiß, daß meine Omi ihr jedes Jahr mein Schulfoto geschickt hat. Und irgendwann, weiß der Himmel – vielleicht sah ich darauf süßer aus als sonst? Vielleicht hat mich der Lehrer an dem Tag noch mal gekämmt? Oder der Fotograf hat eine Micky-Maus-Figur gezückt, um mich zum Lachen zu bringen? Egal wie, der kleine Junge auf dem Foto hat Sehnsüchte in ihr geweckt, und sie hat sich angekündigt, um mich zu holen. Ich erzähl dir nicht, was das für ein Aufstand war. Ich hab geschrien, um bei meiner Omi bleiben zu dürfen, die mich getröstet hat und immer wieder gesagt hat, wie toll es doch wär, daß ich jetzt endlich eine richtige Familie hätte, und die noch mehr geflennt hat als ich und mich an ihren großen Busen gedrückt hat. Mein Opa hat gar nix mehr gesagt. Nein, das erzähl ich nicht. Du bist schlau genug, dir das vorstellen zu können, oder? Aber glaub mir, es war heftig.

Nachdem sie uns mehrmals versetzt hatte, war sie gekommen. Ich bin in ihr Auto gestiegen. Sie hat mir ihren Mann gezeigt, ihr anderes Kind und mein neues Bett.

Am Anfang hat es mir saugut gefallen, in einem Etagenbett zu schlafen, aber abends hab ich geflennt. Ich hab ihr gesagt, daß ich wieder nach Hause will. Sie hat mir geantwortet, daß das hier mein Zuhause ist und daß ich ruhig sein soll, um den Kleinen nicht zu wecken. In der gleichen Nacht und in all den anderen hab ich ins Bett gemacht. Das hat sie genervt. Sie hat gesagt: Ich bin mir sicher, du machst das extra. Dein Pech, dann bleibst du halt im Nassen liegen. Alles wegen deiner Großmutter, die hat dir den Charakter verdorben. Danach bin ich verrückt geworden.

Bis dahin hatte ich auf dem Land gelebt, bin jeden Abend nach der Schule angeln gewesen, im Winter hat mich mein Großvater mitgenommen, zum Pilzesuchen, auf die Jagd, in die Kneipe. Ich war immer draußen, immer in Stiefeln, immer bereit, mein Fahrrad irgendwo hinzuschmeißen, um von den Wilderern zu lernen, und plötzlich war ich in einem beschissenen Plattenbau in einem Scheiß-Pariser Vorort, eingepfercht zwischen vier Wänden, einem Fernseher und einem anderen Balg, das die ganze Zärtlichkeit bekam. Da ist bei mir die Sicherung durchgebrannt. Ich hab ... Nein ... Spielt keine Rolle. Drei Monate später hat sie mich in den Zug gesetzt und mir immer wieder vorgesagt, daß ich alles kaputtgemacht hätte.

Du hast alles kaputtgemacht, du hast alles kaputtgemacht. Als ich zu meinem Großvater in den Simca gestiegen bin, hat das in meinem kleinen Kopf immer noch nachgeklungen. Und das schlimmste, weißt du, ist, daß ...«

»Was?«

»Daß sie in mir was kaputtgemacht hat, diese Hexe. Danach war es nie wieder so wie früher. Ich war kein Kind mehr, ich wollte ihre Hätscheleien und den ganzen Mist nicht mehr. Das Schlimmste, was sie angerichtet hat, war nicht mal, daß sie mich wieder zu sich genommen hat, das Schlimmste waren die ganzen Horrorgeschichten, die sie mir über meine Großmutter erzählt hat, bevor sie mich ein zweites Mal abgegeben hat. Wie sie mich fertiggemacht hat mit ihren Lügenmärchen. Von wegen, ihre Mutter hätte sie gezwungen, mich zurückzulassen, bevor sie sie vor die Tür gesetzt hätte. Daß sie selbst alles dafür getan hätte, um mich zu behalten, daß sie ihr aber mit dem Gewehr gedroht hätten und all so was.«

»Das stimmte überhaupt nicht?«

»Natürlich nicht. Aber das wußte ich damals nicht. Ich hab nichts mehr kapiert, und außerdem, vielleicht wollt ich ihr auch glauben? Vielleicht paßte mir auch die Vorstellung ganz gut, wir wären mit Gewalt getrennt worden, und hätte mein Großvater nicht die Flinte geholt, dann hätte ich das gleiche Leben gehabt wie alle anderen, und kein Mensch hätte meine Mutter hinter der Kirche eine Nutte genannt. Deine Mutter ist eine Nutte, haben sie gesagt, und du bist ein Bastard. Wörter, die ich gar nicht verstanden hab. Für mich war ein Bastard ein Hund. Ein richtiger Banause war ich.«

»Und dann?«

»Anschließend bin ich richtig fies geworden. Ich hab alles mögliche gemacht, um mich zu rächen. Um sie dafür bluten zu lassen, daß sie mir meine liebe Mama weggenommen hatten.«

Er lachte.

»Mit Erfolg. Ich hab die Gauloises von meinem Opa geraucht, Geld aus dem Haushaltsportemonnaie genommen, bei den Lehrern den Aufstand geprobt, bin von der Schule geflogen und hab die meiste Zeit auf meinem Mofa oder in den Hinterzimmern der Kneipen verbracht, Sachen ausgeheckt und Mädchen begrapscht. Nur Vogelscheuchen. Das kannst du dir nicht vorstellen. Ich war der Bandenführer. Der Beste. Der König der Rotznasen.«

»Und dann?«

»Dann ab ins Heiabettchen. Fortsetzung folgt ...«

»Und? Hast du keine Lust, mich jetzt in den Arm zu nehmen?«

»Ich bin unentschlossen. Schließlich bist du nicht vergewaltigt worden.«

Er beugte sich zu ihr herunter:

»Um so besser. Ich will deine Arme überhaupt nicht. Jedenfalls nicht so. Nicht mehr. Diese Spielchen hab ich lange genug gespielt, damit ist jetzt Schluß. Das macht mir keinen Spaß mehr. Es funktioniert nicht. Scheiße, wieviel Decken hast du denn da?«

»Eh ... Drei plus die Daunendecke.«

»Das ist doch nicht normal. Es ist doch nicht normal, daß du immer frierst, daß du zwei Stunden brauchst, um dich von einer Motorradfahrt zu erholen. Du mußt zunehmen, Camille.«

»...«

»Du übrigens auch. Ich hab nicht wirklich das Gefühl, daß du ein schönes Familienalbum hast, wo auf den Fotos alle um dich herum lachen, oder?«

»Nein.«

»Erzählst du mir irgendwann davon?«

»Vielleicht.«

»Weißt du, ich ... ich nerv dich nie mehr damit.«

»Womit?«

»Ich hab dir vorhin von Fred erzählt und behauptet, daß er mein einziger Kumpel gewesen ist, das stimmt nicht. Ich hab noch einen anderen. Pascal Lechampy, den besten Konditor der Welt. Den Namen solltest du dir merken, du wirst sehen. Dieser Kerl ist ein Gott. Von einem einfachen Mürbeteig bis zum Brandteigkuchen mit Schlagsahne über Obstböden, Pralinen, Blätterteigteilchen mit Creme, Nougat, Windbeutel und ich weiß nicht was, egal, was er anfaßt, es wird unvergeßlich. Es wird gut, es wird schön, fein, erstaunlich und perfekt. Ich hab in meinem Leben schon geschickte Handwerker kennengelernt, aber bei ihm ist es was anderes. Bei ihm ist es Perfektion. Ein total lieber Kerl noch dazu. Aus Sahne, göttlich, ein Zuckerring. Tja, jetzt ist es so, daß der Typ ziemlich dick war. Richtig fett. Bis dahin kein Problem. Wir hatten schon andere gesehn. Das Problem war, das er ziemlich miefte. Du konntest nicht neben ihm stehen, ohne daß dir kotzübel wurde. Okay, ich erspar dir die Details, die spöttischen Bemerkungen, die Seifenstücke, die in seinem Spind versteckt wurden, all das. Irgendwann mal mußten wir in einem Hotelzimmer pennen, weil ich mit ihm zu einem Wettbewerb gefahren bin, um ihm zu assistieren. Die Vorführung findet statt, er gewinnt natürlich, aber ich, ich kann dir nicht sagen, in was für einer Verfassung ich abends war. Ich bekam überhaupt keine Luft mehr und hatte mir vorgenommen, lieber die Nacht in einer Bar zu verbringen, als noch eine Minute länger in seiner Duftwolke zu bleiben. Was mich dabei überrascht hat, ist, daß er morgens geduscht hatte. Ich weiß es, ich war dabei. Dann sind wir zurück ins Hotel, ich kippe mir einen hinter die Binden, um mich zu betäuben, und schließlich red ich mit ihm. Bist du noch wach?«

»Ja, ja, ich hör dir zu.«

»Ich sag zu ihm: Scheiße Pascal, du stinkst. Du stinkst bestialisch, Alter. Was ist denn da los? Wäschst du dich nicht, oder was? Und da stand er nun, ein Bär von einem Mann, ein riesiger Kerl, ein wahres Genie mit seinem schallenden Gelächter und seinen Bergen an Fett, und fängt an zu heulen, wie ein Schloßhund. Ein schrecklicher Weinkrampf, schluchzte wie ein Baby und alles. Er war untröstlich, der Idiot. Scheiße, hab ich mich unwohl gefühlt. Nach kurzer Zeit zieht er sich plötzlich nackt aus, einfach so, ohne Ansage. Ich dreh mich schnell um, will im Bad verschwinden, aber er hält mich am Arm zurück. Und sagt: ›Sieh mich an, Lestaf, sieh dir diese Scheiße an.‹ Verflucht, ich ... ich wär um ein Haar in Ohnmacht gefallen!«

»Warum?«

»Erst mal sein Körper. Der war echt unappetitlich. Aber vor allem, und das wollte er mir eigentlich zeigen, war er ... ah ... wenn ich nur daran denke, wird mir heute noch schlecht ... war er mit einer Art Placken übersät, Krusten oder was weiß ich in seinen Hautfalten. Und die haben gestunken, diese Fetzen blutiger Krätze. Scheiße, Mann, ich sag's dir, ich hab die Nacht durchgesoffen, um mich davon zu erholen. Außerdem hat er mir noch erzählt, daß es beim Waschen irre weh tut, daß er aber wie bescheuert rubbelt, damit der Gestank weggeht, und daß er sich mit Parfüm besprüht und die Zähne zusammenbeißt, um nicht loszuheulen. Was für eine Nacht, der Horror, wenn ich daran zurückdenke.«

»Und dann?«

»Am nächsten Tag hab ich ihn ins Krankenhaus geschleppt, in die Notaufnahme. Das war in Lyon, das weiß ich noch. Sogar dem Typ dort ist schwindlig geworden, als er das gesehen hat. Er hat die Wunden gesäubert, ihn mit haufenweise Zeug eingedeckt, ein ellenlanges Rezept mit allen möglichen Salben und Tabletten. Er hat ihm eine Standpauke gehalten, damit er abnimmt, und am Schluß hat er ihn gefragt: ›Aber warum haben Sie denn nur so lange gewartet?‹ Keine Antwort. Und ich hab auf dem Bahnsteig noch einen Anlauf unternommen: ›Es stimmt aber auch, Mann, warum hast du nur so lang gewartet?‹ ›Weil ich mich so geschämt habe‹, hat er geantwortet und den Kopf gesenkt. Und in dem Moment hab ich mir geschworen, das war letzte Mal.«

»Das letzte Mal, was?«

»Daß ich die Dicken ärgere. Daß ich sie verachte, daß … Na ja, du verstehst schon, daß ich über das Aussehen der Leute urteile. Und jetzt kommen wir zu dir. Nur nicht eifersüchtig werden, das gilt auch für die Dürren. Und selbst wenn ich mir nicht weniger Gedanken darüber mache, selbst wenn ich sicher bin, daß du mit ein paar Kilos mehr auf den Rippen weniger frieren würdest und mehr Appetit machen würdest, sprech ich es nicht mehr an. Großer Versprecher!«

»Franck?«

»He! Jetzt wird geschlafen, haben wir gesagt!«

»Hilfst du mir?«

»Bei was? Weniger zu frieren und mehr Appetit zu machen?«

»Ja.«

»Ausgeschlossen. Damit du mit dem erstbesten Pinsel abhaust. Nix da. Mir ist lieber, du bist rappeldürr und mit uns zusammen. Und ich bin sicher, daß Philou das ganz genauso sieht.«

Stille.

»Ein kleines bißchen vielleicht. Sobald ich sehe, daß deine Brüste wachsen, hör ich auf.«

»Einverstanden.«

»Mensch, schon hab ich mich in Rika Zaraï verwandelt. Was du nicht alles mit mir anstellst. Wie machen wir's? Als erstes übernimmst *du* nicht mehr die Einkäufe, du kaufst nämlich nur dummes Zeug. Müsliriegel, Kekse, Puddings, damit ist jetzt Schluß. Ich weiß nicht, wann du morgens aufstehst, aber ab Dienstag werd ich für dein Essen sorgen, vergiß das nicht. Jeden Tag um drei, wenn ich nach Hause komme, bring ich dir einen Teller mit. Und keine Sorge, ich weiß, wie die Mädels drauf sind, es gibt kein Entenschmalz und keine Kutteln. Ich koch dir was Leckeres, nur für dich. Fisch, Grillfleisch, leckeres Gemüse, nur Sachen, die du magst. Kleine Mengen, aber die mußt du dafür ganz aufessen, sonst gibt's nichts mehr. Abends bin ich nicht da, da laß ich dich in Ruhe, aber ich verbiete dir, nur zu knabbern. Ich mach wie immer Anfang der Woche einen großen Topf Suppe für Philou und fertig. Ziel ist, daß du von meiner Haferration süchtig wirst. Daß du dich jeden Morgen beim Aufstehen fragst, was wohl heut auf dem Speisezettel steht. Und ... Ich versprech dir nicht dauernd ein Festmahl, aber es wird dir schmecken, wirst schon sehen. Und wenn du anfängst, Fett anzusetzen, dann ...«

»Was dann?«

»Dann freß ich dich!«

»Wie die Hexe bei Hänsel und Gretel?«

»Genau. Und es wird dir auch nichts nützen, mir einen Knochen hinzuhalten, wenn ich deinen Arm befühlen will, ich bin nämlich nicht kurzsichtig! Und jetzt will ich nix mehr hören. Es ist fast zwei, und wir haben morgen einen langen Tag vor uns.«

»Du tust zwar immer so grantig, aber eigentlich bist du ein ganz Lieber ...«

»Klappe.«

12

»Hoch mit dir, du Michelin-Männchen!«

Er stellte das Tablett neben die Matratze.

»Oh! Frühstück im B…«

»Nur nicht zuviel Begeisterung. Das ist nicht von mir, sondern von Jeannine. Auf, beeil dich, wir sind spät dran. Und iß wenigstens eine Scheibe Brot, verschaff dir eine Grundlage, sonst wirst du dafür büßen.«

Kaum hatte sie einen Fuß nach draußen gestreckt, ihr war noch leicht übel vom Milchkaffee, da wurde ihr auch schon ein Glas Weißwein gereicht.

»Los, junge Frau! Ein bißchen Mut antrinken!«

Sie waren alle da, die von gestern abend und die Leute aus dem Dorf, alles in allem gut fünfzehn Personen, von der TV-Familie bis zum Pauschalreise-Katalog. Die Älteren in Kittelschürze, die Jüngeren im Trainingsanzug. Sie stampften mit den Füßen, das Glas fest in der Hand, riefen einander Dinge zu, lachten und verstummten plötzlich: Soeben war Gaston mit seinem großen Messer eingetroffen.

»Das ist der Schlachter.«

»Hab ich mir schon gedacht.«

»Hast du seine Hände gesehen?«

»Beeindruckend.«

»Heut werden zwei Schweine geschlachtet. Und die sind nicht blöd, die haben heut morgen nix zu futtern gekriegt und wissen jetzt also, daß es ihnen an den Kragen geht. Das riechen die. Da ist schon das erste. Hast du dein Heft?«

»Ja, ja.«

Camille zuckte unweigerlich zusammen. So groß hatte sie es sich nicht vorgestellt.

Sie führten es in den Hof, Gaston zog ihm mit dem Knüppel eins über, dann wurde es auf die Bank gelegt und in Windeseile festgebunden, wobei der Kopf nach unten hing. Bis dahin ging es noch, weil das Tier ein wenig benommen war, doch als Gaston ihm mit der Klinge die Halsschlagader durchtrennte, ein Graus. Es sah nicht so aus, als hätte er es getötet, eher zum Leben erweckt. Alle Männer auf ihm, das spritzende Blut, die Oma, die einen Topf drunterstellte und die Ärmel hochkrempelte, um darin herumzurühren. Ohne Löffel, ohne alles, mit der nackten Hand. Würg. Aber auch das ging noch, wirklich unerträglich war, es zu hören. Wie es immer lauter brüllte. Je mehr Blut abfloß, um so mehr schrie es, und je mehr es schrie, um so weniger hörte es sich an wie ein Tier. Es klang fast menschlich. Ein Röcheln, ein Flehen. Camille krallte sich an ihrem Heft fest, und den anderen, die das alles in- und auswendig kannten, ging es nicht wirklich besser. Na! Noch einen Becher zum Durchhalten?

»Wirklich nicht, danke.«

»Alles in Ordnung?«

»Ja.«

»Malst du nicht?«

»Nein.«

Camille, die nicht auf den Kopf gefallen war, nahm sich zusammen und gab keinen blöden Kommentar ab. Für sie kam das Schlimmste noch. In ihren Augen war das Schlimmste nicht der Tod als solcher. Nein, so war halt das Leben. Was ihr jedoch am grausamsten vorkam, war das Herbeiführen des zweiten. Vermenschlichung hin oder her, Empfindsamkeit hin oder her, da konnte man sagen, was man wollte, es war ihr egal, es fiel ihr wirklich schwer, ihre Gefühle zu beherrschen. Denn das andere, das alles mitgehört hatte, wußte, was sein Kumpel gerade durchgemacht hatte, und wartete nicht darauf, durchbohrt zu werden, um wie am Spieß zu brüllen. Wobei . . . »wie am Spieß« . . . was für ein dämlicher Ausdruck, eher wie ein abgestochenes Schwein.

»Scheiße, sie hätten ihm wenigstens die Ohren zustopfen können!«

»Mit Petersilie?« fragte Franck und lachte sich einen.

Und jetzt, ja, jetzt zeichnete sie, um nicht noch mehr zu sehen. Sie konzentrierte sich auf Gastons Hände, um nichts mehr zu hören.

Es ging nicht gut. Sie zitterte.

Als die Sirene verstummt war, steckte sie ihr Heft in die Tasche und ging näher heran. Das war's, es war vorbei, sie war neugierig und hielt ihr Glas zum Nachschenken hin.

Sie bearbeiteten die beiden mit dem Schneidbrenner, es roch nach verbranntem Schwein. Auch dieser Ausdruck war perfekt, traf es haargenau, wenn man so will. Dann schabten sie sie mit einer seltsamen Bürste ab: einem Holzbrett, auf das Kronkorken falsch herum aufgenagelt waren.

Camille malte das Brett.

Der Schlachter begann mit dem Schneiden, und sie stellte sich hinter die Bank, damit ihr nichts entging. Franck freute sich darüber.

»Was ist das?«

»Was denn?«

»Diese durchsichtige, klebrige Kugel da?«

»Die Blase. Es ist übrigens nicht normal, daß sie so voll ist. Das stört ihn bei der Arbeit.«

»Aber das stört mich überhaupt nicht! Hier, da isse!« fügte er hinzu und schnitt sie mit dem Messer heraus.

Camille ging in die Hocke, um sie sich genauer anzuschauen. Sie war fasziniert.

Ein paar Jungen mit Tabletts in der Hand pendelten zwischen dem noch dampfenden Schwein und der Küche.

»Hör auf zu trinken.«

»Ja, Madame Rika.«

»Ich bin zufrieden. Du hast dich tapfer gehalten.«

»Hattest du Angst?«

»Ich war gespannt. Gut, aber das war noch nicht alles, ich hab noch zu tun.«

»Wo gehst du hin?«

»Meine Sachen holen. Geh ins Warme, wenn du willst.«

Sie fand sie alle in der Küche. Eine Reihe aufgekratzter Hausfrauen mit ihren Holzbrettern und Messern.

»Komm hierher!« rief Jeannine. »Lucienne, machen Sie ihr mal Platz an der Pfanne. Meine Damen, das hier ist Francks Freundin, Sie wissen schon, von der ich vorhin gesprochen habe. Die wir gestern abend wiederbelebt haben. Komm, setz dich zu uns.«

Der Geruch von Kaffee mischte sich mit dem von heißen Innereien, es wurde viel gelacht. Viel geschnattert. Ein wahrer Hühnerstall.

Dann kam Franck. Ah! Da isser ja! Der Koch! Sie giggelten noch mehr. Als sie ihn sah, in seiner weißen Jacke, wurde Jeannine ganz betrübt.

Er ging hinter ihr vorbei zum Herd und faßte sie an der Schulter. Sie schneuzte sich in ihr Geschirrtuch und lachte wieder mit den anderen.

An diesem Punkt der Geschichte fragte sich Camille, ob sie nicht im Begriff war, sich in ihn zu verlieben. Verdammt. Das war nicht vorgesehen. Nix da, sagte sie sich und schnappte sich ein Brett. Nix da, nur weil er einen auf Dickens gemacht hatte. Sie würde ihm trotzdem nicht auf den Leim gehen.

»Haben Sie was für mich zu tun?« fragte sie.

Sie erklärten ihr, wie sie das Fleisch in ganz kleine Stücke schnitt.

»Was wird damit gemacht?«

Die Antworten ertönten von allen Seiten:

»Wurst! Würste! Kaldaunen! Pasteten! Hausmacher!«

»Und Sie, was machen Sie mit Ihrer Zahnbürste?« Sie beugte sich zu ihrer Nachbarin hinüber.

»Ich wasch die Därme.«

»Igitt.«

»Und Franck?«

»Franck wird das Gekochte machen. Die Blutwurst, die Kaldaunenwurst und die Leckereien.«

»Was für Leckereien?«

»Den Kopf, den Ringelschwanz, die Ohren, die Füße.«

Igittigitt.

Eh ... Wie war das noch? Seinen Posten als Ernährungswissenschaftler trat er erst am Dienstag an, oder?

Als er mit Kartoffeln und Zwiebeln aus dem Keller kam und sah, wie sie zu ihren Nachbarinnen schielte, um zu lernen, wie man das Messer hielt, nahm er es ihr aus der Hand:

»Das faßt du nicht an. Jedem seine Aufgabe. Wenn du dir einen Finger abschneidest, bist du ganz schön angeschmiert. Jedem seine Aufgabe, sag ich. Wo ist denn dein Heft?«

Dann, an die Klatschbasen gewandt:

»Es stört euch doch nicht, wenn sie euch malt?«

»Überhaupt nicht.«

»Doch, meine Dauerwelle ist schon ganz hinüber.«

»Komm schon, Lucienne, zier dich nicht so! Wir wissen doch alle, daß du eine Perücke aufhast!«

Soviel zur Stimmung: Club Mediterrannée auf dem Bauernhof ...

Camille wusch sich die Hände und zeichnete bis zum Abend. Drinnen, draußen. Das Blut, das Aquarell. Die Hunde, die Katzen. Die Kinder, die Alten. Das Feuer, die Flaschen. Die Kittelschürzen, die Strickjacken. Unter dem Tisch die gefütterten Hausschuhe. Auf dem Tisch die abgearbeiteten Hände. Franck von hinten und ihr verzerrtes Spiegelbild in einem gewölbten Metallkessel.

Sie schenkte jeder ein Porträt, leichtes Entsetzen, und bat dann die Kinder, ihr den Hof zu zeigen, damit sie etwas Luft schnappen konnte. Und wieder nüchtern werden.

Kinder in Batman-Sweatshirts und Stiefeln von Le Chameau rannten bunt durcheinander, fingen Hühner ein, lachten sich schlapp dabei und piesackten die Hunde, indem sie mit langen Stöcken, an denen Gedärme hingen, vor ihnen herliefen ...

»Bradley, spinnst du! Setz nicht den Traktor in Gang, sonst kriegst du Ärger!«

»Ich will es ihr doch nur zeigen.«

»Heißt du Bradley?«

»Ja!«

Bradley war ganz offensichtlich der Wildeste aus der Rasselbande. Er zog sich halb aus, um ihr seine Narben zu zeigen.

»Wenn man sie alle hintereinander legen würde«, prahlte er, »würde das eine Naht von 18 cm geben.«

Camille nickte beeindruckt und malte ihm zwei Batmen: Einen fliegenden und einen im Kampf gegen die Riesenkrake.

»Wie machst du das, daß du so gut malen kannst?«

»Du kannst auch gut malen. Alle Menschen können gut malen.«

Am Abend der Festschmaus. Zweiundzwanzig um einen Tisch und Schweinefleisch bis zum Abwinken. Schwänze und Ohren brieten im Kamin, und es wurde darum gelost, auf welchem Teller sie landen würden. Franck hatte sich selbst übertroffen, brachte zunächst eine gallertartige Suppe auf den Tisch, die sehr würzig roch. Camille tunkte ihr Brot hinein, fischte aber nicht in der Tiefe, dann kamen die Blutwurst, die Füße, die Zunge, der Rest sei ausgespart ... Sie schob ihren Stuhl ein paar Zentimeter zurück und täuschte die Gesellschaft, indem sie ihr Glas dem Meistbietenden hinhielt. Danach kamen die Desserts an die Reihe, jede hatte eine Obsttorte oder einen anderen Kuchen mitgebracht, und schließlich der Schnaps.

»Ah ... das hier müssen Sie probieren, Mademoiselle. Die Pimpernellen, die sich weigern, bleiben Jungfrau.«

»Na gut. Aber nur einen kleinen Schluck.«

Unter dem gewitzten Blick ihres Nachbarn, der nur noch anderthalb Zähne hatte, sicherte sich Camille ihre Entjungferung und nutzte die allgemeine Verwirrung, um schlafen zu gehen.

Sie fiel wie ein Stein ins Bett und wurde von dem fröhlichen Lärm, der durch den Dielenboden drang, sanft in den Schlaf gewiegt.

Sie schlief schon tief und fest, als er sich an sie kuschelte. Sie grunzte.

»Mach dir keine Sorgen, ich bin viel zu besoffen, ich tu dir nix«, murmelte er.

Da sie ihm den Rücken zukehrte, schob er seine Nase in ihren Nacken und legte einen Arm um sie, um sich so eng wie möglich an sie zu schmiegen. Ihre kurzen Haare kitzelten ihn in der Nase.

»Camille?«

Schlief sie? Tat sie nur so? Keine Antwort jedenfalls.

»Ich bin gern mit dir zusammen.«

Leises Lächeln.

Träumte sie? Schlief sie? Wer weiß?

Als sie am Mittag endlich erwachten, lagen sie in ihren jeweiligen Betten. Sie verloren kein Wort darüber.

Kater, Verwirrung, Müdigkeit, sie hievten die Matratze wieder an ihren Platz, legten die Bettwäsche zusammen, gingen nacheinander ins Bad und zogen sich schweigend an.

Die Treppe kam ihnen halsbrecherisch vor, und Jeannine hielt beiden wortlos einen schwarzen Kaffee hin. Zwei weitere Frauen saßen schon am Tischende und planschten im Wurstbrät. Camille drehte ihren Stuhl zum Kamin und trank ihren Kaffee, ohne an etwas zu denken. Ganz offensichtlich war der Schnaps zuviel des Guten gewesen, und sie schloß zwischen jedem Schluck die Augen. Pah! Das war der Preis dafür, daß sie kein kleines Mädchen mehr war …

Bei den Gerüchen aus der Küche drehte sich ihr der Magen um. Sie stand auf, schenkte sich nach, steckte ihren Tabak in die Manteltasche und setzte sich in den Hof auf die Schlachtbank der Schweine.

Franck gesellte sich kurz darauf zu ihr.

»Darf ich?«

Sie rückte zur Seite.

»Tut dir die Birne weh?«

Sie nickte.

»Übrigens, ich . . . ich muß noch bei meiner Großmutter vorbei. Es gibt also drei Möglichkeiten: Entweder ich laß dich hier und hol dich am Nachmittag wieder ab, oder ich nehm dich mit und du wartest irgendwo auf mich, solange ich mit ihr plaudere, oder ich setz dich unterwegs am Bahnhof ab und du fährst allein nach Paris zurück.«

Sie antwortete nicht sofort. Stellte ihren Kaffee ab, drehte sich eine Zigarette, steckte sie an und stieß eine lange, beruhigende Wolke aus.

»Was meinst du?«

»Ich weiß nicht«, log sie. »Ich hab keine große Lust, ohne dich hierzubleiben.«

»Dann setz ich dich am Bahnhof ab. In deinem Zustand würdest du die Fahrt eh nicht überstehen. Man friert noch mehr, wenn man müde ist.«

»Schön«, antwortete sie.

Scheiße, Mann . . .

Jeannine insistierte. Doch, doch, ein Stück vom Filet, ich pack es euch ein. Sie begleitete sie bis zum Ende des Weges, nahm Franck in die Arme und flüsterte ihm ein paar Worte ins Ohr, die Camille nicht hörte.

Und als er am ersten Stoppschild vor der Nationalstraße anhielt und einen Fuß auf die Erde setzte, schob sie beide Visiere hoch:

»Ich komm mit dir.«

»Bist du sicher?«

Sie nickte mit dem Helm, und ihr Kopf fiel nach hinten. Hoppla. Plötzlich wurde das Leben ganz schnell. Okay. Sei's drum.

Sie schmiegte sich an ihn und biß die Zähne zusammen.

13

»Willst du in einem Café warten?«

»Nein, nein, ich setz mich hier unten hin.«

Sie waren noch keine drei Schritte durch die Halle gegangen, als eine Dame in hellblauer Tracht auf ihn zukam. Sie betrachtete ihn und schüttelte traurig den Kopf:

»Sie fängt schon wieder an.«

Franck seufzte.

»Ist sie in ihrem Zimmer?«

»Ja, aber sie hat schon wieder alles gepackt und läßt sich nicht anfassen. Sie sitzt seit gestern abend ganz bedrückt mit ihrem Mantel auf dem Schoß da.«

»Hat sie was gegessen?«

»Nein.«

»Danke.«

Er wandte sich an Camille:

»Kann ich dir meine Sachen hierlassen?«

»Was ist denn los?«

»Es ist los, daß mich die Paulette mit ihrem Unfug langsam fertigmacht!«

Er war weiß wie ein Laken.

»Ich weiß gar nicht mal mehr, ob es so eine gute Idee war, sie zu besuchen. Ich bin völlig ratlos. Total am Ende mit meinem Latein.«

»Warum verweigert sie das Essen?«

»Weil sie glaubt, daß ich sie mitnehme, die dumme Gans! Das macht sie jedesmal mit mir. Mann, ich hätt echt Lust, mich zu verdrücken.«

»Willst du, daß ich mitkomme?«

»Das wird nix ändern.«

»Nein, das wird nichts ändern, aber das lenkt ab.«

334

»Meinst du?«

»Ja klar, komm schon. Gehen wir.«

Franck trat als erster ein und verkündete mit hoher Stimme:

»Omi, ich bin's. Ich hab dir eine Überra...«

Er brachte den Satz nicht zu Ende.

Die alte Frau saß auf ihrem Bett und fixierte die Tür. Sie trug Mantel, Schuhe, Schal und hatte sogar den kleinen schwarzen Hut aufgesetzt. Ein Koffer, der nicht richtig zu war, stand zu ihren Füßen.

»Es zerreißt mir das Herz.« Noch so eine treffende Redewendung, überlegte Camille, die spürte, wie das ihre plötzlich zerbröselte.

Sie sah so niedlich aus mit ihren hellen Augen und dem spitzen Gesicht. Eine kleine Maus. Eine kleine Célestine in äußerster Bedrängnis.

Franck tat so, als wenn nichts wäre:

»Mensch! Du bist mal wieder viel zu warm angezogen!« scherzte er und zog sie schnell aus. »Dabei ist hier gut geheizt. Wie warm ist es hier drin? Mindestens fünfundzwanzig Grad. Ich hab's ihnen unten doch schon gesagt, ich hab ihnen gesagt, daß sie zu stark heizen, aber sie hören nicht. Wir kommen geradewegs vom Schlachten bei der Jeannine, und ich kann dir sagen, sogar in dem Zimmer, wo die Würste geräuchert werden, ist es nicht so warm wie hier. Alles in Ordnung mit dir? Sag mal, eine schöne Tagesdecke hast du da! Das heißt, daß du endlich das Päckchen von deiner Bestellung bekommen hast? Wurd ja auch Zeit. Und die Strümpfe, waren die in Ordnung? Hab ich die Richtigen geholt? Ich muß ja mal sagen, daß du ganz schön undeutlich schreibst. Ich hab dagestanden wie ein Idiot, als ich die Parfümverkäuferin nach Eau de Toilette von Monsieur Michel gefragt hab. Die gute Frau hat mich ganz schief angesehen, als ich ihr den Zettel gezeigt hab. Sie mußte sogar ihre Brille holen und alles. Ich kann dir sagen, das war was, aber dann hat sie es rausgefunden: es hieß *Mont-Saint*-Michel. Das sollte einer ahnen, was? Hier, das ist es übrigens. Zum Glück ist es nicht kaputtgegangen.«

Er zog ihr die Hausschuhe wieder an, erzählte sinnloses Zeug, redete sich in einen Rausch, um sie nicht anschauen zu müssen.

»Sind Sie die kleine Camille?« fragte sie mit einem strahlenden Lächeln.

»Eh ... ja.«

»Kommen Sie näher, damit ich Sie besser sehen kann.«

Camille setzte sich zu ihr.

Sie nahm ihre Hände:

»Sie sind ja völlig durchgefroren.«

»Das liegt an dem Motorrad.«

»Franck?«

»Ja.«

»Mach uns doch mal einen Tee! Wir müssen die Kleine wieder aufwärmen!«

Er atmete auf. Gott sei Dank. Das Schlimmste war überstanden. Er stellte seine Sachen in den Schrank und holte den Wasserkessel.

»Hol die Löffelbiskuits aus meinem Nachttisch.« Dann an Camille gewandt: »Sie sind das also. Sie sind Camille. Wie ich mich freue, Sie zu sehen.«

»Ich auch. Vielen Dank für den Schal.«

»Ach ja, genau, hier ...«

Sie stand auf und kam mit einer Tasche alter Strickhefte zurück.

»Die hat Yvonne, eine Freundin, mir für Sie gegeben. Sagen Sie mir, was Ihnen gefällt. Aber kein Perlmuster! Das kann ich nicht.«

März 1984. Alles klar.

Camille blätterte langsam die verblichenen Seiten um.

»Der hier sieht doch ansprechend aus, oder?«

Paulette zeigte ihr eine fürchterlich häßliche Strickjacke mit Zopfmuster und vergoldeten Knöpfen.

»Hm, mir würde ein dicker Pullover besser gefallen.«

»Ein dicker Pullover?«

»Ja.«

»Wie dick?«

»Tja, wissen Sie, so eine Art Rollkragenpullover.«

»Dann blättern Sie weiter zu den Männern!«

»Dieser hier.«

»Franck, mein Schatz, meine Brille.«

Was war er froh, sie so reden zu hören. Gut so, Omi, weiter so. Gib mir Befehle, mach mich lächerlich vor ihr, indem du mich wie ein Baby behandelst, aber nicht flennen. Ich bitte dich. Nicht wieder flennen.

»Eh ... Ich ... Ich laß euch allein. Ich muß mal.«

»Ja, ja, laß uns ruhig allein.«

Er lächelte.

Was für ein Glück, Mann, was für ein Glück.

Er schloß die Tür und machte Luftsprünge im Flur. Er hätte die erstbeste Bettlägerige umarmt. Klasse, Mann! Er war nicht mehr allein. Er war nicht mehr allein! »Laß uns allein«, sagt sie zu ihm. Klar doch, Mädels, ich laß euch allein! Verflucht, was anderes will ich doch gar nicht! Was anderes will ich nicht!

Danke, Camille, danke. Auch wenn du nie wieder mitkommst, haben wir jetzt drei Monate Galgenfrist mit deinem verfluchten Pulli! Die Wolle, die Farben, die Anproben. Die Gespräche waren für einige Zeit gesichert. Wo waren noch mal die Klos?

Paulette setzte sich in ihren Sessel, und Camille lehnte sich mit dem Rücken an die Heizung.

»Geht das auf dem Boden?«

»Ja.«

»Franck setzt sich auch immer so hin.«

»Haben Sie schon einen Biskuit gegessen?«

»Vier!«

»Gut so.«

Sie sahen sich an und kommunizierten schweigend. Sie unterhielten sich über Franck, die Entfernungen, die Jugend, die verschiedenen Landstriche, den Tod, die Einsamkeit, die verstreichende

Zeit, das Glück, zusammenzusein, und die Mühsal des Lebens, ohne dabei ein einziges Wort zu sagen.

Camille hatte große Lust, sie zu malen. Ihr Gesicht ließ sie an die Gräser einer Böschung denken, die violetten Wildblumen, die Vergißmeinnicht, die Butterblumen. Ihr Gesicht war offen, sanft, leuchtend, fein wie japanisches Papier. Die Kummerfalten verschwanden im dampfenden Tee und machten tausend kleinen gütigen Fältchen in den Augenwinkeln Platz.

Sie fand sie schön.

Paulette dachte genau das gleiche. Sie war so anmutig, diese Kleine, so ruhig, so elegant in ihrem Vagabundenaufzug. Sie wünschte sich den Frühling herbei, um ihr den Garten zu zeigen, die blühenden Äste des Quittenbaums und den Geruch des falschen Jasmins. Nein, sie war nicht wie die anderen.

Ein Engel, der vom Himmel gefallen war und Arbeitsschuhe tragen mußte, um auf der Erde zu bleiben.

»Ist sie weg?« fragte Franck beunruhigt.

»Nein, nein, ich bin hier!« antwortete Camille und streckte den Arm über das Bett.

Paulette lächelte. Für gewisse Dinge brauchte sie keine Brille. Ein tiefer Trost legte sich auf ihre Brust. Sie mußte sich fügen. Sie würde sich fügen. Sie mußte sich endlich damit abfinden. Für ihn. Für sie. Für alle.

Keine Jahreszeiten mehr, na gut. Einerlei. Das war eben so. Jeder war mal an der Reihe. Sie würde ihn nicht mehr aufreiben. Sie würde nicht mehr jeden Morgen an ihren Garten denken, sie ... Sie würde versuchen, an nichts mehr zu denken. Jetzt war er dran.

Er war dran.

Franck erzählte ihr mit einer ganz neuen Fröhlichkeit vom gestrigen Tag, und Camille zeigte ihr die Skizzen.

»Was ist das?«

»Die Harnblase eines Schweins.«

»Und das?«

»Ein Paar revolutionäre Stiefel-Pantoffeln-Holzschuhe!«

»Und der Kleine?«

»Eh ... ich weiß nicht mehr, wie er heißt.«

»Und das?«

»Das ist Spiderman. Auf keinen Fall zu verwechseln mit Batman!«

»Es ist wunderbar, so begabt zu sein.«

»Ach, das ist nichts.«

»Ich rede nicht von Ihren Bildern, meine Liebe, ich rede von Ihrem Blick. Ah! Hier kommt mein Abendessen! Ihr müßt jetzt langsam an die Rückfahrt denken, Kinder. Es ist schon ganz dunkel.«

Moment! Sie fordert uns auf zu gehen? Franck war völlig von den Socken. Er war so verwirrt, daß er sich am Vorhang festhalten mußte, um hochzukommen, und dabei die Gardinenstange herunterriß.

»Scheiße!«

»Laß ruhig, und hör endlich auf, wie ein Ganove zu reden!«

»Ich hör schon auf.«

Er senkte lächelnd den Blick. Nur zu, liebe Paulette. Nur zu. Tu dir keinen Zwang an. Schimpf. Mecker. Moser. Sei wieder du selbst.

»Camille?«

»Ja?«

»Darf ich Sie um einen Gefallen bitten?«

»Natürlich!«

»Rufen Sie mich an, wenn Sie zu Hause angekommen sind, um mich zu beruhigen? Er ruft mich niemals an, und ich ... Oder, wenn Ihnen das lieber ist, lassen Sie es einmal klingeln und legen Sie wieder auf, dann weiß ich Bescheid und kann einschlafen.«

»Versprochen.«

Sie waren noch auf dem Flur, als Camille einfiel, daß sie ihre Handschuhe vergessen hatte. Sie stürzte wieder ins Zimmer und sah, daß sie schon am Fenster stand, um sie abzupassen.

»Ich . . . meine Handschuhe . . .«

Die alte Frau mit den rosafarbenen Haaren besaß nicht die Grausamkeit sich umzudrehen. Sie hob nur die Hand und nickte.

»Das ist ja schrecklich«, sagte sie, als er vor dem Schloß kniete.

»Nein, sag das nicht. Sie war heut supergut drauf! Deinetwegen, übrigens. Danke.«

»Nein, es war schrecklich.«

Sie machten winke-winke zu der kleinen Gestalt im dritten Stock und fädelten sich wieder ins Straßengewimmel ein. Franck fühlte sich leichter. Camille hingegen fand nicht die Worte zum Nachdenken.

Er hielt vor der Toreinfahrt, ohne den Motor abzustellen.

»Ko. . . Kommst du nicht mit rauf?«

»Nein«, machte der Helm.

»Na gut. Tschüß dann.«

14

Es mußte so kurz vor neun sein, und die Wohnung war in völlige Dunkelheit getaucht.

»Philou? Bist du da?«

Sie fand ihn, auf seinem Bett sitzend. Völlig fertig. Eine Decke über den Schultern, die Hand in ein Buch geklemmt.

»Alles in Ordnung?«

». . .«

»Bist du krank?«

»Ich habe mir solche So. . . Sorgen gemacht. Ich habe euch viel . . . viel früher er. . . erwartet.«

Camille seufzte. Verflucht. War es nicht der eine, war es der andere.

Sie stützte sich mit dem Ellbogen auf den Kamin, kehrte ihm den Rücken zu und legte die Stirn in die Hände:

»Philibert, bitte hör auf. Hör auf zu stottern. Tu mir das nicht an. Mach nicht alles kaputt. Es ist das erste Mal seit Jahren, daß ich weggefahren bin. Setz dich auf, wirf diesen mottenzerfressenen Poncho weg, leg dein Buch zur Seite, sei ganz entspannt und frag mich: ›Na, Camille? Wie war eure Spritztour?‹«

»Na. . . na, Ca. . . Camille? Wie war eure Spritztour?«

»Sehr schön, ich danke dir! Und du? Welche Schlacht haben wir heute geschlagen?«

»Pavia.«

»Aha . . . sehr gut.«

»Keineswegs, ein Desaster.«

»Welche war das noch mal?«

»Die Valois gegen die Habsburger. Franz I. gegen Karl V.«

»Aber ja doch! Karl V. kenne ich! Der kommt doch nach Maximilian I. im germanischen Reich!«

»Potzblitz, woher weißt du das?«

»Ah! Ah! Ich habe dich überrascht, stimmt's?«

Er setzte die Brille ab, um sich die Augen zu reiben.

»Wie war eure Spritztour?«

»Bunt schillernd.«

»Zeigst du mir dein Heft?«

»Wenn du aufstehst. Ist noch Suppe da?«

»Ich glaube ja.«

»Ich warte in der Küche auf dich.«

»Und Franck?«

»Ausgeflogen.«

»Wußtest du, daß er ein Waisenkind ist? Vielmehr, daß seine Mutter ihn nicht haben wollte?«

»Ich meinte, so etwas verstanden zu haben.«

Camille war zu müde, um einzuschlafen. Sie rollte ihren Kamin ins Wohnzimmer und rauchte mit Schubert Zigaretten.

Winterreise.

Sie fing an zu weinen und hatte plötzlich wieder den üblen Geschmack von Steinen in der Kehle.

Papa.

Camille, Stop. Stell dich in die Ecke. Dieses romantische Gesülze, die Kälte, die Müdigkeit, der andere hier, der mit deinen Nerven spielt. Hör sofort damit auf. Blödsinn ist das.

Oh, Scheiße!

Was?

Ich hab vergessen, Paulette anzurufen.

Na, dann aber schnell!

Es ist schon ganz schön spät.

Um so wichtiger! Beeil dich!

»Ich bin's. Camille. Hab ich Sie geweckt?«

»Nein, nein.«

»Ich hatte Sie vergessen.«

Stille.

»Camille?«

»Ja.«

»Passen Sie gut auf sich auf, meine Kleine, nicht wahr?«

». . .«

»Camille?«

»Ei. . . einverstanden.«

Am nächsten Tag blieb sie im Bett, bis es Zeit war, den Besen zu schwingen. Als sie aufstand, sah sie auf dem Tisch den Teller, den Franck für sie zubereitet hatte, mit einer kleinen Nachricht: »Filetspitze von gestern mit Backpflaumen und frischen Tagliatelle. Mikrowelle drei Minuten.«

Fehlerlos, alle Achtung.

Sie aß im Stehen und fühlte sich sogleich besser.

Schweigend verdiente sie ihren Lebensunterhalt.

Wrang den Scheuerlappen aus, leerte Aschenbecher und verschnürte Müllbeutel.

Kehrte zu Fuß nach Hause zurück.

Schlug die Hände gegeneinander, um sie aufzuwärmen.

Nahm den Kopf wieder hoch.

Dachte nach.

Und je mehr sie nachdachte, desto schneller lief sie.

Rannte fast.

Es war zwei Uhr morgens, als sie Philibert schüttelte:

»Ich muß mit dir reden.«

15

»Jetzt?«

»Ja.«

»A... aber, wie spät ist es denn?«

»Das ist egal, hör mir zu!«

»Reich mir bitte meine Brille.«

»Du brauchst keine Brille, es ist dunkel.«

»Camille ... Bitte.«

»Ah, danke. Mit meinen Gläsern höre ich besser. Na, Soldat? Was verschafft mir die Ehre dieses Hinterhalts?«

Camille atmete tief durch und packte aus. Sie hörte eine ganze Weile nicht mehr auf zu reden.

»Rapport beendet, Herr Oberst.«

Philibert hatte es die Sprache verschlagen.

»Sagst du nichts?«

»Gute Güte, für eine Offensive nicht schlecht.«

»Willst du nicht?«

»Warte, laß mich nachdenken.«

»Einen Kaffee?«

»Gute Idee. Mach dir einen Kaffee, bis dahin habe ich mich ein bißchen gesammelt.«

»Und für dich?«

Er schloß die Augen und machte ihr Zeichen, das Feld zu räumen.

»Und?«

»Ich ... Ich sage es dir ganz offen: Ich halte es nicht für eine gute Idee.«

»Nein?« fragte Camille und biß sich auf die Lippen.

»Nein.«

»Warum nicht?«

»Die Verantwortung ist zu groß.«

»Laß dir was anderes einfallen. Diese Antwort laß ich nicht gelten. Sie ist nicht haltbar. Wir ersticken an Leuten, die keine Verantwortung übernehmen wollen. Wir ersticken daran, Philibert. Du hast dir diese Frage nicht gestellt, als du gekommen bist, um mich da oben rauszuholen, wo ich seit drei Tagen nichts mehr gegessen hatte.«

»Doch. Stell dir vor, ich habe mir die Frage gestellt.«

»Und? Bereust du es?«

»Nein. Aber das kannst du nicht vergleichen. Der Fall hier liegt anders.«

»Nein! Es ist genau dasselbe!«

Stille.

»Du weißt genau, daß das hier nicht mir gehört. Wir wohnen hier auf Abruf. Ich kann morgen früh ein Einschreiben bekommen mit der Aufforderung, die Wohnung nächste Woche zu räumen.«

»Pff... Du weißt doch, wie diese Erbschaftsgeschichten ablaufen. Kann gut sein, daß du in zehn Jahren noch hier bist.«

»Zehn Jahre oder einen Monat. Wer weiß? Wenn genug Geld im Spiel ist, finden auch die Prozeßwütigsten zu einer Einigung, weißt du?«

»Philou.«

»Sieh mich nicht so an. Du verlangst zuviel von mir.«

»Nein, ich verlange nicht zuviel von dir. Ich verlange nur, daß du mir vertraust.«

»Camille.«

»Ich... Ich habe euch nie davon erzählt, aber ich... Ich hatte wirklich ein Scheißleben, bis ich euch kennengelernt habe. Wobei, verglichen mit Francks Kindheit ist es vielleicht nicht so wild, aber trotzdem, ich habe das Gefühl, daß es aufs gleiche rauskommt. Daß es vielleicht tückischer war. Wie wenn man am Tropf hängt. Und dann... Ich weiß nicht, wie ich es geschafft habe. Ich habe mich vielleicht auch blöd angestellt, aber ich...«

»Aber du...«

»Ich … Ich habe alle Leute verloren, die ich unterwegs geliebt habe, und …«

»Und?«

»Und als ich dir neulich sagte, daß ich nur dich auf der Welt habe, war es nicht … Ach, und außerdem scheißegal! Weißt du, gestern war mein Geburtstag, ich bin siebenundzwanzig geworden, und der einzige Mensch, der sich gemeldet hat, war meine Mutter, leider. Und weißt du, was sie mir geschenkt hat? Ein Buch zum Abnehmen. Witzig, oder? Kann man noch geistreicher sein, frag ich dich. Es tut mir leid, daß ich dich damit belästige, aber du mußt mir helfen, Philibert. Einmal noch. Danach bitte ich dich nie wieder um etwas, versprochen.«

»Gestern war dein Geburtstag?« jammerte er, »warum hast du uns nichts davon gesagt?«

»Mein Geburtstag tut hier nichts zur Sache! Ich habe dir das nur erzählt, um auf die Tränendrüse zu drücken, aber in Wahrheit spielt es überhaupt keine Rolle.«

»Aber ja doch! Ich hätte dir gern ein Geschenk überreicht.«

»Tja, nur zu: Überreich es mir jetzt.«

»Wenn ich einschlage, läßt du mich dann wieder einschlafen?«

»Ja.«

»Dann also, einverstanden.«

Natürlich schlief er nicht wieder ein.

16

Am nächsten Morgen um sieben war sie zum Kampf gerüstet. Sie war zur Bäckerei gegangen und hatte für ihren Lieblingssoldaten ein kleines Baguette geholt.

Als dieser in die Küche kam, kauerte sie unter der Spüle.

»Ui . . .« stöhnte er, »größere Manöver, jetzt schon?«

»Ich wollte dir dein Frühstück ans Bett bringen, aber ich habe mich nicht getraut.«

»Das war eine gute Entscheidung. Ich bin der einzige, der meine Schokolade richtig zu dosieren weiß.«

»Ach, Camille. Setz dich, mir wird sonst ganz schwindlig.«

»Wenn ich mich setze, muß ich dir eine ernste Mitteilung machen.«

»Oje . . . Dann bleib lieber stehen.«

Sie setzte sich ihm gegenüber, legte die Hände auf den Tisch und sah ihm in die Augen:

»Ich werde wieder anfangen zu arbeiten.«

»Pardon?«

»Ich habe vorhin meine Kündigung eingeworfen.«

Stille.

»Philibert?«

»Ja.«

»Sag was. Rede mit mir.«

Er setzte seinen Kakao ab und leckte sich den Schnurrbart:

»Nein. Das kann ich nicht. In dem Fall bist du ganz allein, meine Liebe.«

»Ich will in das hinterste Zimmer ziehen.«

»Aber Camille, das ist die reinste Rumpelkammer!«

»Mit einer Milliarde toter Fliegen, ich weiß. Aber es ist auch das hellste Zimmer, mit einem Fenster nach Osten und einem nach Süden.«

»Und das ganze Chaos?«

»Darum kümmere ich mich.«

Er seufzte:

»Was Frau will . . .«

»Du wirst schon sehen, du wirst stolz auf mich sein.«

»Das glaube ich gern. Und ich?«

»Was?«

»Darf ich dich auch um etwas bitten?«

»Eh ja.«

Er errötete leicht:

»Ste. . . stell dir vor, du . . . du willst ei. . . einer jungen Frau, die du ni. . . nicht kennst, ei. . . ein Geschenk machen, wa. . . was würdest du ihr sche. . . schenken?«

Camille sah ihn von unten her an:

»Pardon?«

»Tu . . . tu nicht so . . . so, du . . . du hast mich genau ver. . . verstanden.«

»Ich weiß nicht recht, was ist denn der Anlaß?«

»Kei. . . kein be. . . besonderer Anlaß.«

»Wann brauchst du es?«

»Sa. . . Samstag.«

»Schenk ihr Guerlain.«

»Pa. . . Pardon?«

»Parfum.«

»Ich . . . Ich wüßte niemals, we. . . welches ich nehmen soll.«

»Soll ich dich begleiten?«

»Bi. . . Bitte.«

»Kein Problem! Das machen wir in deiner Mittagspause.«

»Da. . . Danke.«

»Ca... Camille?«

»Ja?«

»Es ... es ist nur eine Fr... Freundin.«

Sie stand lachend auf.

»Na klar.«

Dann, als sie die Kätzchen auf dem Kalender der Post bemerkte:

»Nanu! Am Samstag ist Valentinstag. Wußtest du das?«

Er tauchte wieder in seinen Kakao ab.

»Gut, ich laß dich allein, ich hab zu tun. Ich hol dich um zwölf am Museum ab.«

Er war noch nicht wieder aufgetaucht und gluckerte noch in seinem Nesquicksatz, als sie mit ihrem Ajax und einer Batterie an Schwämmchen die Küche verließ.

Als Franck am frühen Nachmittag zu seinem Mittagsschläfchen zurückkkam, fand er die Wohnung verlassen und völlig auf den Kopf gestellt vor:

»Was soll denn das schon wieder heißen?«

Gegen fünf Uhr kam er wieder aus seinem Zimmer. Camille kämpfte gerade mit einem Lampenfuß:

»Was ist denn hier los?«

»Ich ziehe um.«

»Wohin?« fragte er und erbleichte.

»Hierher«, antwortete sie und zeigte auf den Haufen kaputter Möbelstücke und den Teppich mit toten Fliegen, bevor sie eine ausladende Armbewegung machte: Darf ich vorstellen? Mein neues Atelier.

»Nee!«

»Doch!«

»Und dein Job?«

»Mal schauen.«

»Und Philou?«

»Ach, Philou.«

»Was?«

»Der ist im Moment nicht ganz da.«

»Wie?«

»Ach, nichts.«

»Soll ich mit anpacken?«

»Nur zu!«

Mit einem Mann ging es viel leichter. Innerhalb von einer Stunde hatten sie den ganzen Kram ins Zimmer nebenan geschleppt. Ein Zimmer, dessen Fenster zugemauert waren wegen »schadhafter Stützmauern«.

Sie paßte einen ruhigen Moment ab – er trank ein kühles Bier und schätzte den Umfang der geleisteten Arbeit ab –, um ihre letzte Salve abzufeuern:

»Am nächsten Montag möchte ich mittags mit Philibert und dir meinen Geburtstag feiern.«

»Eh . . . Willst du das nicht lieber abends machen?«

»Warum?«

»Na ja, du weißt doch. Montags bin ich dran.«

»Ach ja, Pardon, ich habe mich falsch ausgedrückt: Am nächsten Montag möchte ich mittags mit Philibert und dir *und* Paulette meinen Geburtstag feiern.«

»Bei ihr? Im Heim?«

»Eh, nein! Du wirst doch bestimmt ein nettes kleines Lokal für uns finden!«

»Und wie kommen wir dahin?«

»Ich hatte mir vorgestellt, daß wir uns ein Auto mieten.«

Er schwieg und dachte bis zum letzten Tropfen nach.

»Sehr gut«, sagte er und zerdrückte seine Dose, »der Punkt ist nur, daß sie anschließend immer enttäuscht sein wird, wenn ich allein komme.«

»Das . . . ist durchaus möglich.«

»Du mußt dich ihr gegenüber nicht verpflichtet fühlen, weißt du?«

»Nein, nein, ich mache das für mich.«

»Okay, das mit der Kiste krieg ich hin. Ich hab einen Kumpel, der nur zu glücklich ist, wenn ich ihm im Tausch mein Bike überlasse. Diese Fliegen sind wirklich eklig.«

»Ich habe mit Staubsaugen gewartet, bis du wach bist.«

»Alles in Ordnung mit dir?«

»Alles in Ordnung. Hast du deinen Ralph Lauren gesehen?«

»Nein.«

»Herrlisch isses, das kleine Hindschen, sie ist säähr, säähr glicklisch.«

»Wie alt wirst du?«

»Siebenundzwanzig.«

»Wo warst du vorher?«

»Pardon?«

»Bevor du hierhergekommen bist, wo warst du da?«

»Na ja, hier oben!«

»Und davor?«

»Dafür haben wir jetzt nicht die Zeit. Wenn du mal einen Abend da bist, erzähl ich's dir.«

»Das sagst du nur.«

»Doch, doch, ich fühl mich jetzt besser. Ich werde dir von dem erbaulichen Leben der Camille Fauque berichten.«

»Was heißt erbaulich?«

»Gute Frage.«

»Heißt das ›wie ein Gebäude‹?«

»Nein. Das heißt ›beispielhaft‹, ist aber ironisch gemeint.«

»Ach?«

»Wie ein Gebäude, das gerade einstürzt, wenn du so willst.«

»Wie der Turm von Pisa?«

»Genau!«

»Scheiße, Mann, das Leben mit einer Intellektuellen ist echt heftig.«

»Gar nicht! Im Gegenteil, es ist angenehm!«

»Nee, heftig. Ich hab ständig Angst, ich mach 'n Rechtschreibfehler. Was hast du heut mittag gegessen?«

»Ein Sandwich mit Philou. Aber ich hab gesehen, daß du mir was in den Ofen gestellt hast, das eß ich gleich. Vielen Dank auch. Das ist superklasse.«

»Bitte schön. Okay, ich muß los.«

»Und du, alles in Ordnung?«

»Müde.«

»Dann schlaf halt!«

»Ich schlaf doch auch, aber ich weiß nicht. Ich hab echt keinen Bock mehr. Okay, ich muß zurück.«

17

»Na so was. Erst sieht man dich fünfzehn Jahre nicht, und jetzt bist du fast jeden Tag hier!«

»Hallo, Odette.«

Schmatzende Küßchen.

»Ist sie da?«

»Nein, noch nicht.«

»Gut, dann setzen wir uns schon mal. Hier, darf ich Ihnen meine Freunde vorstellen: Camille ...«

»Guten Tag.«

»... und Philibert.«

»Sehr erfreut. Entzück...«

»Schon gut! Schon gut! Katzbuckeln kannst du später noch.«

»Komm, sei nicht so nervös!«

»Ich bin nicht nervös, ich hab Hunger. Ah, da ist sie ja ... Hallo, Omi, guten Tag, Yvonne. Stoßen Sie mit uns an?«

»Guten Tag, lieber Franck. Nein, vielen Dank, ich habe das Haus voll. Wann soll ich sie wieder abholen?«

»Wir bringen sie zurück.«

»Aber nicht zu spät! Das letzte Mal haben sie mit mir geschimpft. Sie muß vor halb sechs zurück sein.«

Franck holte tief Luft.

»Gut, Omi. Darf ich dir Philibert vorstellen.«

»Gnädige Frau.«

Er verneigte sich, um ihr die Hand zu küssen.

»Los, setzen wir uns. Nicht doch, Odette! Keine Karte! Lassen Sie den Chef machen!«

»Einen kleinen Aperitif?«

»Champagner!« antwortete Philibert und wandte sich dann an seine Nachbarin: »Mögen Sie Champagner, Madame?«

»Ja, ja«, sagte Paulette, eingeschüchtert von so viel Umgangsformen.

»Hier, etwas Griebenschmalz für den ersten Hunger.«

Alle waren ein wenig verkrampft. Zum Glück lösten die Landweine der Loire, der Hecht in geschäumter Butter und der Ziegenkäse schnell die Zungen. Philibert widmete sich seiner Nachbarin, und Camille lachte über Francks dumme Sprüche:

»Ich war ... Pff ... Wie alt war ich, Omi?«

»Mein Gott, das ist so lange her. Dreizehn? Vierzehn?«

»Ich war im ersten Lehrjahr. Damals, das weiß ich noch, hatte ich vor dem René richtig Schiß. Hab mich nicht wohl gefühlt in meiner Haut. Aber gut. Er hat mir einiges beigebracht. Er hat mich aber auch wahnsinnig gemacht. Ich weiß nicht mehr, was er mir gezeigt hat. Rührlöffel, glaub ich, und hat mir erklärt:

›Den hier nennt man den großen Küchenfreund, und der andere, der heißt der kleine Küchenfreund. Merk dir das, Bengel, wenn dich der Lehrer fragt. Weil, es gibt zwar die Bücher, gut und schön, aber das sind die Begriffe der Köche. Der wahre Jargon. Daran erkennt man einen guten Lehrling. Also? Weißt du's noch?‹

›Ja, Chef.‹

›Wie heißt der hier?‹

›Der große Küchenfreund, Chef.‹

›Und der andere?‹

›Na ja ... der kleine.‹

›Der kleine was, Lestafier?‹

›Der kleine Küchenfreund, Chef!‹

›Gut so, mein Junge, gut so. Aus dir wird noch was.‹ Mann! Was war ich damals naiv! Was haben die mich verarscht. Aber es wurd nicht immer gelacht, stimmt's, Odette? Es gab auch Tritte in den Hintern.«

Odette, die sich zu ihnen gesetzt hatte, nickte.

»Oh, jetzt ist er ruhiger geworden, weißt du?«

»Das ist klar! Die jungen Leute von heute lassen sich das nicht mehr gefallen!«

»Erzähl mir nichts von den jungen Leuten von heute. Schlimm

ist das. Man darf nichts mehr zu ihnen sagen. Schon sind sie eingeschnappt. Was anderes können sie nicht mehr, als eingeschnappt
sein. Anstrengend ist das. Anstrengender als ihr damals, als ihr den
Mülleimer in Brand gesteckt habt.«

»Ach, ja! Das hatt ich schon wieder vergessen.«

»Ich nicht, ich weiß es noch genau, das kannst du mir glauben!«

Das Licht ging aus. Camille blies die Kerzen aus, und der ganze
Saal applaudierte.

Philibert verdrückte sich und kam mit einem großen Paket wieder:

»Das ist von uns beiden.«

»Ja, aber seine Idee«, präzisierte Franck. »Wenn's dir nicht gefällt,
ich bin nicht verantwortlich. Ich wollte dir einen Stripper besorgen, aber das hat er nicht gewollt.«

»Oh, danke! Das ist lieb von euch!«

Es war ein Aquarelltisch im sogenannten »Landhausstil«.

Philibert las mit Tremolos in der Stimme die Gebrauchsanweisung
vor:

*»Zusammenklappbar mit verstellbarem, zweistufigem Neigungswinkel,
stabil, große Arbeitsfläche, zwei geräumige Schubladen. Zur sitzenden
Tätigkeit geeignet, besteht aus vier Beinen,* was uns sehr freut ... *aus
Buchenholz, zwei Beine lassen sich jeweils gleichzeitig einklappen, eine
Querverstrebung verleiht dem Gerüst in aufgeklapptem Zustand große
Stabilität. In geschlossenem Zustand werden die Schubladen damit
blockiert. Die Tischplatte läßt sich dank eines doppelten Kesselhakens
schrägstellen. Ein Block im Format von maximal 68 x 52 cm kann darin
verstaut werden.* Ein paar Blätter sind schon da, für den Fall, daß ...
*Ein integrierter Griff erlaubt den Transport des Gerüsts in zusammenge-
klapptem Zustand.* Und das ist noch nicht alles, Camille ... *unter
dem Griff befindet sich eine Vorrichtung für eine kleine Flasche Wasser!«*

»Kann man da nur Wasser abstellen?« fragte Franck beunruhigt.

»Das ist doch nicht zum Trinken, du Dummkopf«, amüsierte
sich Paulette, »sondern zum Mischen der Farben!«

»Ach so, ach so, bin ich blöd.«

»Ge… gefällt es dir?« erkundigte sich Philibert besorgt.

»Es ist herrlich!«

»Di… dir wäre ei… ein nackter Ma… Mann nicht lieber gewesen?«

»Hab ich Zeit, es gleich auszuprobieren?«

»Nur zu, nur zu, wir warten sowieso noch auf René.«

Camille wühlte in ihrer Tasche nach der kleinen Aquarelldose, drehte die Verschlüsse auf und setzte sich vor das große Fenster.

Sie malte die Loire. Langsam, breit, ruhig, unbeirrbar. Die lässig gestreckten Sandbänke, die Pflöcke und die verschimmelten Kähne. Ein Kormoran weiter hinten. Die hellen Binsen und das Blau des Himmels. Ein winterliches Blau, metallisch, durchdringend, prahlerisch, übertrieben zwischen zwei schweren, müden Wolken.

Odette war wie hypnotisiert:

»Wie macht sie das bloß? Sie hat doch nur acht Farben in ihrem Ding!«

»Ich schummele, aber psst. Hier. Das ist für Sie.«

»Oh, vielen Dank! Danke! René! Komm hier rüber!«

»Das Essen geht heute aufs Haus!«

»Aber nicht doch.«

»Doch, doch, keine Widerrede.«

Als sie sich zu ihnen setzte, schob ihr Paulette unterm Tisch ein Päckchen zu: Es war eine Mütze passend zum Schal. Die gleichen Löcher, die gleichen Farben. Toll!

Ein paar Jäger kamen vorbei, Franck folgte ihnen mit dem Chef des Hauses in die Küche, sie stießen mit dem guten Weinbrand an und kommentierten die Jagdtaschen. Camille erfreute sich ihres Geschenks, und Paulette erzählte Philibert, der seine langen Beine ausgestreckt hatte und ihr begeistert zuhörte, vom Krieg.

Dann kam die Stunde der Wahrheit, die Dämmerung setzte ein, Paulette nahm auf dem Beifahrersitz Platz.

Keiner sagte ein Wort.

Die Landschaft wurde immer häßlicher.

Sie umfuhren die Stadt und durchquerten öde Gewerbegebiete: den Supermarkt, die Hotels zu 29 Euro mit Kabelanschluß, die Schuppen und Möbelspeicher. Schließlich hielt Franck an.

Ganz am Ende des Gewerbegebiets.

Philibert stand auf, um ihr die Tür aufzumachen, und Camille nahm ihre Mütze ab.

Paulette strich ihr über die Wange.

»Los, komm schon«, brummte Franck, »machen wir's kurz. Ich hab keine Lust, mich von der Obermutti anmachen zu lassen!«

Als er zurückkam, hatte die Gestalt den Store bereits aufgezogen.

Er setzte sich wieder ins Auto, machte ein verdrießliches Gesicht und holte tief Luft, bevor er die Kupplung kommen ließ.

Er war noch nicht vom Parkplatz herunter, als Camille ihm auf die Schulter klopfte:

»Halt an.«

»Was hast du denn jetzt schon wieder vergessen?«

»Halt an, sag ich.«

18

Er drehte sich um.

»Und jetzt?«

»Was kostet euch das?«

»Pardon?«

»Das hier? Das Heim?«

»Warum fragst du?«

»Wieviel?«

»Um die zehntausend Franc.«

»Wer zahlt das?«

»Das geht von der Rente meines Opas, siebentausendzwölf Franc, und dann vom Sozialamt oder was weiß ich.«

»Ich persönlich verlange zweitausend Franc von dir als Taschengeld, den Rest behältst du und hörst auf, sonntags zu arbeiten, um mich zu entlasten.«

»Moment, was redest du da?«

»Philou?«

»Nein, nein, das ist deine Idee, meine Liebe«, zierte er sich.

»Ja, aber es ist dein Haus, mein Lieber.«

»He! Was geht hier ab? Was faselt ihr da für wirres Zeug?«

Philibert machte das kleine Deckenlämpchen an:

»Wenn du willst . . .«

»Und wenn *sie* will . . .« präzisierte Camille.

». . . nehmen wir sie mit«, sagte Philibert lächelnd.

»M. . . mit, wohin?« stammelte Franck.

»Zu uns . . . nach Hause.«

»Wann . . . wann denn das?«

»Jetzt.«

»Jeeetzt?«

»Sag mal, Camille, sehe ich genauso töricht aus, wenn ich stottere?«

»Nein, nein«, beruhigte sie ihn, »diesen belemmerten Blick hast du nicht.«

»Und wer soll sich um sie kümmern?«

»Ich. Aber ich hab dir gerade meine Bedingungen genannt.«

»Und dein Job?«

»Nichts mehr mit Job! Aus und vorbei!«

»Aber eh ...«

»Was?«

»Ihre Medikamente und alles?«

»Tja, die geb ich ihr! Es kann ja wohl nicht so schwer sein, Tabletten abzuzählen, oder?«

»Und wenn sie fällt?«

»Tja, sie wird nicht fallen, ich bin ja da!«

»Aber eh ... Wo ... wo schläft sie?«

»Ich überlasse ihr mein Zimmer. Es steht alles bereit.«

Er legte die Stirn aufs Lenkrad.

»Und du, Philou, was hältst du davon?«

»Am Anfang nicht viel, aber jetzt immer mehr. Ich glaube, dein Leben wäre viel leichter, wenn wir sie mitnähmen.«

»Aber so ein alter Mensch ist ganz schön schwer!«

»Meinst du? Was wiegt denn deine Großmutter? Fünfzig Kilo? Nicht mal ...«

»Wir können sie nicht einfach so entführen?«

»Nicht?«

»Das geht nicht.«

»Wenn wir eine Entschädigung zahlen müssen, tun wir das eben.«

»Kann ich mal eine Runde laufen?«

»Nur zu.«

»Drehst du mir eine, Camille?«

»Hier.«

Er schlug die Tür hinter sich zu.

»Das ist eine Schnapsidee«, befand er, als er sich wieder ins Auto setzte.

»Wir haben nie das Gegenteil behauptet. Was, Philou?«

»Nie. Wir sind ja nicht blöd!«

»Macht euch das keine Angst?«

»Nein.«

»Wir haben schon andere gesehen, stimmt's?«

»O ja!«

»Glaubt ihr, es wird ihr in Paris gefallen?«

»Wir nehmen sie nicht mit nach Paris, wir nehmen sie mit zu uns!«

»Wir zeigen ihr den Eiffelturm!«

»Nein. Wir zeigen ihr viel schönere Stellen als den Eiffelturm.«

Er seufzte.

»Okay, wie machen wir jetzt weiter?«

»Darum kümmere ich mich«, sagte Camille.

Als sie das Auto unter dem Fenster abstellten, war sie immer noch da.

Camille rannte los. Vom Auto aus erlebten Franck und Philibert eine Szene in einem chinesischen Schattenspiel mit: kleine Gestalt, die sich umdreht, größere Gestalt neben ihr, Gesten, Kopfnicken, Schulterzucken, Franck wiederholte unablässig: »Das ist eine Schnapsidee, das ist eine Schnapsidee, wenn ich's euch sage, das ist eine Schnapsidee. Eine totale Schnapsidee.«

Philibert lächelte.

Die Gestalten tauschten die Plätze.

»Philou?«

»Mmm?«

»Was ist das für eine Frau?«

»Pardon?«

»Diese Frau, die du da aufgegabelt hast. Was ist das genau? Eine Außerirdische?«

Philibert lächelte.

»Eine Fee.«

»Ja, genau. Eine Fee. Du hast recht.«

»Und ... eh ... Haben ... Haben Feen ein Sexualleben oder eh ...«

»Was machen die denn noch, verflucht?«
Endlich ging das Licht aus.

Camille machte das Fenster auf und warf einen großen Koffer über Bord. Franck, der gerade seine Finger auffraß, zuckte zusammen:
»Scheiße, ist das eine Manie von ihr, Sachen aus dem Fenster zu werfen, oder was?«
Er lachte. Er weinte.
»Verflucht, Philou.« Dicke Tränen kullerten ihm über die Wangen. »Seit Monaten kann ich mir nicht mehr ins Gesicht sehen. Glaubst du daran? Scheiße, Mann, glaubst du daran?« Er zitterte.
Philibert reichte ihm ein Taschentuch.
»Es ist alles in Ordnung. Es ist alles in Ordnung. Wir werden sie schon verhätscheln. Mach dir keine Sorgen.«
Franck schneuzte sich und fuhr ein Stück vor. Er stürzte sich auf die Frauen, während Philibert den Koffer holte.

»Nein, nein, bleiben Sie vorne, junger Mann! Sie haben lange Beine.«

Grabesstille während der nächsten Kilometer. Jeder fragte sich, ob sie nicht gerade eine riesige Dummheit begangen hatten. Dann, mit einemmal arglos, verscheuchte Paulette die dunklen Wolken:
»Sagt mal. Nehmt ihr mich mit ins Theater? Werden wir uns Operetten anschauen?«

Philibert drehte sich um und trällerte: »*Bin ein scheener Brrasiliano, komm aus Rio de Janeiro, hab viel Gold und bin ganz reeeiiisch, Paris, Paris, isch komme gleisch!*«

Camille nahm seine Hand, und Franck lächelte Camille im Rückspiegel zu.

Wir vier, hier, jetzt, in diesem billigen Clio, befreit, zusammen, hoffen wir das Beste.

Alles, was isch dort gestohlen haaabeeeee! wiederholten sie allesamt im Chor.

TEIL 4

1

Dies ist eine Hypothese. Die Geschichte wird nicht weit genug gehen, um sie zu bestätigen. Und unsere Gewißheiten halten sowieso nie stand. An einem Tag wollen wir sterben, am nächsten stellen wir fest, daß wir nur ein paar Stufen hinabzusteigen brauchen, um den Schalter zu finden und etwas klarer zu sehen. Dennoch machten sich unsere vier bereit, das zu leben, was möglicherweise als ihre schönsten Tage im Leben in Erinnerung bleiben würde.

Von dem Moment an, da sie ihr das neue Haus zeigten und halb ergriffen, halb beunruhigt auf ihre Reaktion und ihre Kommentare warteten (es gab keine), bis zum nächsten Rums des Schicksals – dieses Spaßvogels – strich ein lauwarmer Wind über ihre müden Gesichter.

Eine Liebkosung, eine Rast, Balsam.

Sentimental healing, wie der andere sagen würde ...

In der Familie der Schwergebeutelten hatten wir von nun an eine Großmutter, und auch wenn die Sippe nicht vollständig war, sie würde es niemals sein, hatten sie nicht die Absicht, sich unterkriegen zu lassen.

Fürs Familienquartett waren sie nicht zahlreich genug. Dann laßt uns Poker spielen, das wäre ein Viererpasch. Gut, vielleicht nicht gerade vier Asse. Zu viele Beulen, zuviel Gestammel und zu viele Nähte überall, um das behaupten zu können, aber ... immerhin! Ein Viererpasch!

Sie waren keine besonders guten Spieler, leider.

Nicht mal, wenn sie sich konzentrierten. Nicht mal, wenn sie entschlossen waren, ausnahmsweise einmal die Oberhand zu behalten, wie sollte man von einem unbewaffneten Chouan, einer zarten Fee, einem Jungen, dem sie ins eigene Fleisch geschnitten hatten, und einer alten Frau voller blauer Flecken verlangen, gekonnt zu bluffen?

Unmöglich.

Pah! Was soll's? Ein kleiner Einsatz und lächerliche Gewinne waren immer noch besser als zu passen ...

2

Camille blieb nicht bis zu ihrem letzten Tag: Josy B. roch einfach zu schlecht. Sie mußte zum Firmensitz (was für ein Wort), um über ihre Kündigung zu verhandeln und ihre ... Wie sagten sie noch? ... ihre Außenstände abzüglich aller Ausgaben einzuholen. Sie hatte über ein Jahr in der Firma gearbeitet und nie Urlaub genommen. Sie wog das Pro und Kontra ab und beschloß, das Ganze auf sich beruhen zu lassen.

Mamadou nahm es ihr übel:

»Also, du. Also du«, wiederholte sie am letzten Abend in einem fort und fuhr ihr beim Fegen zwischen die Beine. »Also, du ...«

»Was ich?« erregte sich Camille beim hundertsten Mal. »Sprich deinen Satz zu Ende, Mensch! Was, ich?«

Mamadou schüttelte traurig den Kopf:

»Also, du ... nichts.«

Camille ging in ein anderes Zimmer.

Sie wohnte in entgegengesetzter Richtung, stieg aber in dieselbe verlassene Bahn und nötigte Mamadou, ein Stück zu rücken, damit sie sich zu ihr auf die Bank setzen konnte. Sie waren wie Asterix und Obelix, wenn diese schlecht aufeinander zu sprechen waren. Camille stieß ihr ein wenig mit dem Ellbogen ins Fett und wurde im Gegenzug fast zu Boden geschleudert.

Sie starteten mehrere Anläufe.

»He, Mamadou. Nicht eingeschnappt sein.«

»Ich bin nicht eingeschnappt, und ich verbiete dir, mich noch einmal Mamadou zu nennen. Ich heiß überhaupt gar nicht Mamadou! Ich hasse diesen Namen! Die Mädels von der Arbeit haben mich so genannt, aber ich heiß gar nicht Mamadou. Und wo du jetzt nicht mehr meine Kollegin bist, soviel ich weiß, verbiete ich dir, mich noch einmal so zu nennen, klar?«

»Aha? Eh, wie heißt du dann?«

»Das sag ich dir nicht.«

»Hör zu, Mam... eh, meine Liebe. Dir will ich die Wahrheit sagen: Ich höre nicht auf wegen Josy. Ich höre nicht auf wegen der Arbeit. Ich höre nicht auf, weil es so schön ist, aufzuhören. Ich höre nicht auf wegen der Bezahlung. Die Wahrheit ist: Ich höre auf, weil ich eine andere Arbeit habe. Eine Arbeit, die ... na ja, glaub ich wenigstens – ich ... ich bin mir nicht sicher –, aber eine Arbeit, die ich besser kann als das hier, und bei der ich glücklicher sein kann.«

Stille.

»Und außerdem ist das nicht der einzige Grund. Ich kümmere mich noch um eine alte Frau, und ich will abends nicht mehr weggehen, verstehst du? Ich habe Angst, daß sie fällt.«

Stille.

»Okay, ich steig hier aus. Sonst muß ich wieder für ein Taxi blechen.«

Die andere hielt sie am Arm fest und zwang sie auf den Sitz zurück.

»Du bleibst noch. Es ist erst null Uhr vierunddreißig.«

»Was machst du?«

»Pardon?«

»Deine neue Arbeit, was machst du?«

Camille hielt ihr das Skizzenheft hin.

»Hier«, sagte sie und gab es ihr zurück, »das ist gut. Ich bin einverstanden. Du kannst jetzt gehen, aber trrotzdem ... War schön, dich kennenzulernen, du kleiner Grrashüpfer«, fügte sie hinzu und wandte sich ab.

»Ich muß dich noch um einen Gefallen bitten, Mama...«

»Du willst, daß mein Léopold dir den Erfolg sichert und die Kunden?«

»Ich ... ich will, daß du für mich posierst.«

»Daß ich was?«

»Daß du mir Modell sitzt.«

»Ich?«

»Ja.«

»Sag mal, machst du dich über mich lustig?«

»Seit ich dich das erste Mal gesehen habe, damals waren wir noch in Neuilly, möchte ich gern ein Porträt von dir zeichnen.«

»Hör auf, Camille! Ich bin ja nicht mal schön!«

»Für mich schon.«

Stille.

»Für dich schon?«

»Für mich schon.«

»Was ist daran schön?« fragte sie und zeigte auf ihr Spiegelbild in der schwarzen Scheibe. »He? Welche Stelle meinst du?«

»Wenn ich es schaffe, ein Porträt von dir zu zeichnen, und wenn es mir gut gelingt, dann wird man darin alles sehen können, was du mir je erzählt hast. Alles. Deine Mutter und deinen Vater. Deine Kinder. Das Meer. Und ... wie hieß sie noch?«

»Wer?«

»Deine kleine Ziege?«

»Bouli.«

»Auch Bouli. Und deine verstorbene Kusine und ... und den ganzen Rest.«

»Du redest ja wie mein Bruder! Hast lauter komische Flausen im Kopf!«

Stille.

»Aber ... ich bin mir nicht sicher, ob es gelingt.«

»Nicht? Dann sag ich dir eins: Wenn man in meinem Kopf meine Bouli nicht sieht, hab ich nix dagegen!« lachte sie. »Aber ... Was du da von mir verlangst, das dauert, oder?«

»Ja.«

»Dann kann ich nicht.«

»Du hast meine Nummer. Nimm dir bei Proclean ein, zwei Tage frei und komm bei mir vorbei. Ich zahl dir die Stunden. Modelle werden immer bezahlt. Das ist ein richtiger Beruf, weißt du? Okay, ich muß jetzt. Wir ... Krieg ich einen Kuß?«

Die andere erdrückte sie an ihrer Brust.

»Wie heißt du, Mamadou?«
»Sag ich dir nicht. Mein Name gefällt mir nicht.«

Camille rannte über den Bahnsteig und mimte ein Telefon am Ohr. Ihre Ex-Kollegin winkte müde mit der Hand. Vergiß mich, kleine weiße Frau, vergiß mich. Du hast mich sowieso schon vergessen.

Sie schneuzte sich geräuschvoll.
   Sie hatte sich immer gern mit ihr unterhalten.
   Wirklich.
   Niemand anderes auf der Welt hatte ihr je zugehört.

3

In den ersten Tagen kam Paulette nicht aus ihrem Zimmer. Sie hatte Angst zu stören, sie hatte Angst, sich zu verlaufen, sie hatte Angst zu fallen (sie hatten ihr Wägelchen vergessen), und vor allem hatte sie Angst, ihre Kurzschlußhandlung zu bereuen.

Oft kam sie durcheinander, redete davon, daß sie sehr schöne Ferien verbringe, und fragte, wann sie die Absicht hätten, sie wieder nach Hause zu bringen.

»Wo soll das sein, dein Zuhause?« regte Franck sich auf.

»Das weißt du doch, zu Hause, bei mir ...«

Seufzend ging er aus dem Zimmer:

»Ich hab euch ja gesagt, das ist eine Schnapsidee. Jetzt dreht sie völlig durch.«

Camille sah Philibert an, und Philibert sah woandershin.

»Paulette?«

»Ah, du bist's, Kleines. Du ... Wie heißt du noch?«

»Camille.«

»Genau. Was möchtest du, Liebes?«

Camille redete Klartext mit ihr, unverblümt. Erinnerte sie daran, woher sie kam, warum sie bei ihnen war, was die drei an ihrem Lebenswandel schon geändert hatten und noch ändern würden, um bei ihr zu sein. Sie erwähnte noch unzählige weitere einschneidende Details, die die alte Dame völlig hilflos machten:

»Dann werde ich also nie mehr nach Hause zurückkehren?«

»Nein.«

»Nein?«

»Kommen Sie mit, Paulette.«

Camille nahm sie bei der Hand und machte noch einmal eine Führung. Langsamer dieses Mal. Sie klopfte alles noch mal fest:

371

»Das hier sind die Toiletten. Sehen Sie, Franck ist dabei, Griffe an der Wand zu montieren, damit Sie sich daran festhalten können.«

»Unfug«, brummte er.

»Das hier ist die Küche. Ganz schön groß, oder? Und kalt. Deshalb habe ich gestern den Teewagen geflickt. Damit Sie in Ihrem Zimmer essen können ...«

»... oder im Salon«, stellte Philibert klar, »Sie müssen sich nicht den ganzen Tag einschließen, wissen Sie?«

»Gut, der Flur, der ist sehr lang, aber Sie können sich an der Wandtäfelung festhalten, nicht wahr? Wenn Sie Hilfe brauchen, gehen wir in die Apotheke und leihen uns ein Wägelchen aus.«

»Ja, das wäre gut.«

»Kein Problem! Einen Motorradfahrer haben wir ja schon im Haus.«

»Hier, das Badezimmer. Und da müssen wir uns ernsthaft unterhalten, Paulette. Setzen Sie sich auf den Stuhl ... Schauen Sie sich um. Sehen Sie, wie schön es ist?«

»Sehr schön. So was habe ich in meiner Gegend noch nie gesehen.«

»Gut. Und wissen Sie, was Ihr Enkel und seine Freunde morgen machen?«

»Nein.«

»Sie werden es verwüsten. Sie werden für Sie eine Duschkabine einbauen, weil die Badewanne zum Hineinsteigen zu hoch ist. Bevor es also zu spät ist, müssen Sie sich endgültig entscheiden. Entweder Sie bleiben hier, und die Jungs machen sich an die Arbeit, oder aber Sie haben keine rechte Lust zu bleiben – kein Problem, Sie entscheiden, wie Sie wollen, Paulette –, aber dann müssen Sie es uns jetzt sagen, verstehen Sie?«

»Verstehen Sie?« wiederholte Philibert.

Die alte Dame seufzte, spielte einige Sekunden, die ihnen wie eine Ewigkeit vorkamen, mit dem Zipfel ihrer Strickjacke, hob dann den Kopf und fragte besorgt:

»Habt ihr an den Schemel gedacht?«

»Pardon?«

»Ich bin nicht behindert, wißt ihr? Ich kann sehr wohl allein du-schen, aber ich brauche einen Schemel, sonst . . .«

Philibert tat, als notierte er es auf dem Handteller:

»Einen Schemel für die Dame am Ende des Flurs! Ist vermerkt! Was noch, bitte sehr?«

Sie lächelte:

»Sonst nichts.«

»Sonst nichts?«

Dann legte sie los:

»Doch. Ich hätte gern meinen *Télé Star*, meine Kreuzworträtsel, meine Stricknadeln und Wolle für die Kleine, eine Dose Nivea-creme, weil ich meine vergessen habe, Bonbons, ein kleines Radio auf dem Nachttisch, Brausetabletten für mein Gebiß, Strumpfhal-ter, Hausschuhe und einen wärmeren Morgenmantel, weil es hier überall zieht, Vorlagen, Puder, mein Parfümfläschchen, das Franck neulich vergessen hat, ein zweites Kopfkissen, eine Lupe und auch, daß ihr meinen Sessel näher ans Fenster stellt, und . . .«

»Und?« fragte Philibert besorgt.

»Und das war's.«

Franck, der sich mit seinem Werkzeugkasten zu ihnen gesellt hatte, schlug seinem Kollegen auf die Schulter:

»Verflucht, Alter, jetzt haben wir zwei Prinzessinnen im Haus.«

»Vorsicht!« schimpfte Camille, »du verteilst hier überall Staub.«

»Und hör bitte auf, so zu fluchen!« fügte seine Großmutter hinzu.

Er schlurfte davon:

»Ooooh Verflixxxxt und zugenäääaht. Das wird was geben. Das geht nicht gut, Kumpel, das geht nicht gut. Ich mach mich wie-der auf zur Arbeit, dort ist es ruhiger. Wenn jemand einkaufen geht, bringt mir Kartoffeln mit, damit ich euch Gehacktes machen kann. Und die richtigen diesmal, habt ihr gehört! Ihr müßt genau hinschauen. Mehlige Kartoffeln. Das ist doch nicht schwer, das steht drauf auf dem Netz.«

»Das geht nicht gut, das geht nicht gut«, hatte er vorausgesagt und lag mit seiner Einschätzung ziemlich daneben. Im Gegenteil, es war ihnen noch nie im Leben so gut gegangen.

So ausgedrückt, klang es ein wenig albern, aber nun, es entsprach der Wahrheit, und es war lange her, daß ihnen Lappalien etwas anhaben konnten: Zum ersten Mal und alle miteinander hatten sie das Gefühl, eine echte Familie zu haben.

Besser noch als eine echte, eine selbstgewählte, eine gewollte, eine, für die sie sich eingesetzt hatten und die nichts weiter forderte, als daß sie zusammen glücklich waren. Nicht einmal glücklich, so vermessen waren sie gar nicht mehr. Zusammenzusein war alles. Und schon mehr als erwartet.

4

Nach dem Intermezzo im Badezimmer war Paulette nicht mehr dieselbe. Sie hatte ihren Platz gefunden und ging mit erstaunlicher Unbeschwertheit in dem sie umgebenden Souk auf. Vielleicht hatte sie nur eine Bestätigung gebraucht? Die Bestätigung, daß sie in dieser großen leeren Wohnung, in der die Fensterläden von innen geschlossen wurden und seit der Restauration niemand mehr am Staub gerührt hatte, erwartet und willkommen war. Wenn sie allein ihretwegen eine Dusche einbauten, dann ... Sie hätte beinahe den Boden unter den Füßen verloren, weil ihr zwei, drei Sachen fehlten, und Camille mußte oft an die Situation zurückdenken. Wie Menschen häufig unter Nichtigkeiten litten, und wie sich alles blitzschnell hätte verschlechtern können, wenn dieser große geduldige Junge nicht gewesen wäre, der »Was noch?« gefragt und dabei ein imaginäres Notizbuch gezückt hatte. Woran hatte es schließlich gehapert? An einer falschen Zeitung, an einer Lupe und zwei oder drei Fläschchen? Es war schwindelerregend. Ihre kleine Philosophie zu zwei fuffzig, der sie sich verschrieb und die sich überdies als komplexer erwies, als sie beide vor dem Zahnpastaregal im Supermarkt standen und die Hinweise der Steradent, Polident, Fixadent und anderen Wunderkleber lasen.

»Und ... Paulette, eh ... was Sie ... eh ... ›Vorlagen‹ nennen, was ist das?«

»Du willst mich doch nicht in eine Windel stecken, wie sie sie mir dort gegeben haben, weil es angeblich billiger ist!« regte sie sich auf.

»Ach so! Binden!« gab Camille erleichtert zurück. »Jetzt weiß ich Bescheid. Ich war grad völlig woanders.«

Den *Franprix* kannten sie offen gesagt in- und auswendig, und bald hatte er seinen Reiz eingebüßt! Mit Tippelschritten, ihrem Wägelchen und der Einkaufsliste, die Franck am Abend zuvor geschrieben hatte, liefen sie nun durch den *Monoprix*.

Ja! Der *Monoprix*.

Ihr ganzes Leben.

Paulette wurde immer als erste wach und wartete darauf, daß ihr einer der Jungen das Frühstück ans Bett brachte. Wenn Philibert diese Aufgabe zufiel, geschah es stets auf einem Tablett mit Zuckerzange, einer bestickten Serviette und einem kleinen Milchkännchen. Er half ihr anschließend beim Aufstehen, schüttelte ihre Kopfkissen aus und zog die Vorhänge auf, wobei er eine kleine Bemerkung über das Wetter fallenließ. Noch nie war ein Mann ihr gegenüber so zuvorkommend gewesen, und so kam es, wie es kommen mußte: Sie begann, auch ihn zu vergöttern. Wenn Franck an der Reihe war, fiel es ... eh ... rustikaler aus. Er stellte ihr eine Schale Malzkaffee auf den Nachttisch, rutschte ihr schnell mit seinem Stoppelbart über die Wange und fluchte, weil er schon wieder zu spät dran war.

»Mußt du nicht pinkeln?«

»Ich warte auf die Kleine.«

»He, Omi, is gut jetzt. Laß sie in Ruhe! Vielleicht schläft sie noch 'ne Stunde! Du wirst dich doch nicht so lange zurückhalten.«

Unerschütterlich wiederholte sie:

»Ich warte auf sie.«

Franck zog grummelnd davon.

Na gut, dann wart halt auf sie. Wart auf sie. Gemein ist das, alles dreht sich nur noch um dich. Ich wart auch auf sie, verdammte Scheiße! Was muß ich denn anstellen? Muß ich mir beide Beine brechen, damit sie mir auch schöntut? Die geht mir auf den Zeiger, unsere Mary Poppins, geht mir echt auf den Zeiger.

In dem Moment kam sie aus ihrem Zimmer und streckte sich:

»Was knurrst du schon wieder?«

»Nix. Ich wohn mit Prinz Charles und Schwester Emmanuelle zusammen und bin tierisch gut drauf. Aus dem Weg, ich bin spät dran. Ach, übrigens?«

»Was?«

»Gib mir mal deinen Arm. Sehr gut!« sagte er belustigt, während er sie befühlte. »Alle Achtung, du Mops. Aufgepaßt, sonst wirst du bald vernascht ...«

»Nicht im Traum, Herr Küchenmeister. Nicht im Traum.«

»Aber ja, mein Täubchen, doch, doch.«

Ja, die Welt war viel fröhlicher.

Mit der Jacke unterm Arm kam er zurück:

»Nächsten Mittwoch ...«

»Was nächsten Mittwoch?«

»Da ist Faschingsmittwoch, am Dienstag hab ich nämlich zuviel zu tun, da wartest du mit dem Abendessen auf mich.«

»Bis Mitternacht?«

»Ich will versuchen, früher zu kommen, und ich werde dir Faschingscrêpes machen, wie du sie noch nie im Leben gegessen hast.«

»Ah! Ich hab schon Angst gekriegt! Ich dachte, du hättest dir den Tag ausgesucht, um mich zu vernaschen!«

»Ich mach dir Crêpes, und hinterher vernasch ich dich.«

»Perfekt.«

Perfekt? Tickte er noch richtig, der Blödmann. Was würde er bis Mittwoch machen? Gegen alle Laternenpfähle laufen, seine Soßen vermasseln und frische Unterwäsche kaufen? Scheiße, das durfte nicht wahr sein! Früher oder später würde sie ihn schaffen, dieses Miststück! Die Angst. Hoffentlich klappte es ... Er beschloß, sich vorsichtshalber trotzdem eine neue Unterhose zu kaufen.

Ja, am Grand Marnier würde er nicht sparen, das sag ich euch, daran wird nicht gespart. Und was ich nicht zum Flambieren brauche, wandert in meine Kehle.

Camille ging anschließend mit ihrem Tee zu ihr. Sie setzte sich aufs Bett, zog an der Daunendecke, und gemeinsam warteten sie, bis die Jungs gegangen waren, um sich eine Verkaufssendung anzusehen. Sie waren verzückt, glucksten, lachten über die Kleider der

Weiber, und Paulette, die den Übergang zum Euro noch nicht verinnerlicht hatte, wunderte sich darüber, wie günstig das Leben in Paris war. Die Zeit existierte nicht mehr, dehnte sich träge vom Teekessel zum *Monoprix* und vom *Monoprix* zum Zeitungsverkäufer.

Sie fühlten sich wie im Urlaub. Dem ersten seit Jahren für Camille und dem ersten überhaupt für die alte Frau. Sie verstanden sich gut, ohne viel Worte, und wurden beide jünger, je länger die Tage wurden.

Camille war das geworden, was die Krankenkasse eine »Häusliche Krankenpflegerin« nannte. Diese zwei Worte gefielen ihr gut, und sie kompensierte ihre mangelnden Altenpflegekenntnisse mit forschen Tönen und klaren Worten, die ihnen beiden die Hemmungen nahmen.

»Nur zu, Paulette, nur zu. Ich spül Ihnen den Hintern mit dem Wasserstrahl ab.«

»Bist du sicher?«

»Aber ja!«

»Ekelt dich das nicht an?«

»Aber nein.«

Da sich der Einbau einer Duschkabine als zu kompliziert erwiesen hatte, hatte Franck zum Besteigen der Badewanne eine rutschfeste Stufe gebaut und die Beine eines alten Stuhls abgesägt, auf den Camille ein Frotteehandtuch legte, bevor sie ihren Schützling daraufsetzte.

»Oh«, stöhnte sie, »aber mich geniert es. Du kannst dir nicht vorstellen, wie unangenehm es mir ist, dir das hier aufzuhalsen.«

»Papperlapapp.«

»Dieser alte Körper, ekelt der dich nicht an? Bist du sicher?«

»Wissen Sie, ich ... ich glaube, ich sehe die Dinge etwas anders als Sie. Ich ... ich habe Anatomieunterricht gehabt, ich habe nackte Menschen gezeichnet, die mindestens so alt waren wie Sie, und ich habe keine Scham. Das heißt, doch, aber nicht in diesem Fall. Ich weiß nicht, wie ich es erklären soll. Aber wenn ich sie anschaue, sag ich mir nicht: igitt, diese Falten, diese Hängebrüste, dieser Schlabberbauch, diese weißen Haare, dieser schlaffe Pimmel oder diese X-Beine. Nein, überhaupt nicht. Vielleicht kränkt Sie das jetzt, aber Ihr Körper interessiert mich unabhängig von Ihnen. Ich denke an Methode, Technik, Licht, Konturen, zu schmückendes Fleisch. Ich denke an bestimmte Gemälde. Die verrückten Alten von Goya, die Todesallegorien, Rembrandts Mutter oder seine Prophetin Anne. Entschuldigen Sie, Paulette, es ist schrecklich, was ich Ihnen da sage, aber ... in Wahrheit betrachte ich Sie ganz kühl!«

»Wie eine Kuriosität?«

»Ein bißchen trifft es das. Wie ein Ausstellungsstück eher.«

»Und?«

»Nichts und.«

»Wirst du mich auch mal malen?«

»Ja.«

Stille.

»Ja, wenn Sie es mir erlauben. Ich würde Sie gern so lange malen, bis ich Sie auswendig kenne. Bis Sie meine Anwesenheit nicht mehr spüren.«

»Ich werde es dir schon erlauben, aber, wirklich, ich ... Du bist nicht einmal meine Tochter, nichts in der Art, und ich ... Ach, mich macht das verlegen.«

Camille hatte sich schließlich ausgezogen und kniete vor ihr auf dem gräulichen Email:

»Waschen Sie mich.«

»Pardon?«

»Nehmen Sie die Seife, den Waschlappen und waschen Sie mich, Paulette.«

Diese kam der Aufforderung nach und führte, auf ihrem Unter-wasser-Betschemel schlotternd, den Arm zum Rücken der jungen Frau:

»Nur zu! Fester!«

»Mein Gott, bist du jung. Wenn ich daran denke, daß ich auch mal so war. Ich war natürlich nicht so zierlich, aber ...«

»Sie meinen dürr?« unterbrach sie Camille und hielt sich an den Armaturen fest.

»Nein, nein, ich meinte wirklich ›zierlich‹. Ich weiß noch, als Franck mir das erste Mal von dir erzählte, hatte er nur dieses eine Wort: ›Ach Omi, sie ist so dürr. Wenn du wüßtest, wie dürr sie ist‹, aber wenn ich dich jetzt sehe, wie du hier sitzt, bin ich gar nicht seiner Ansicht. Du bist nicht dürr, du bist grazil. Du erinnerst mich an diese junge Frau in dem Buch von dem *Großen Meaulnes*. Weißt du? Wie hieß sie noch mal? Hilf mir.«

»Das hab ich nicht gelesen.«

»Sie hatte auch einen adligen Namen. Ach, wie ärgerlich.«

»Wir könnten in die Bibliothek gehen und nachschauen. Weiter jetzt! Tiefer noch! Und wieso nicht? Sekunde, ich dreh mich um. So. Sehen Sie? Wir sitzen im selben Boot, meine Liebe! Warum sehen Sie mich so an?«

»Ich ... Diese Narbe hier.«

»Ach so. Das ist nichts.«

»Nein ... Das ist nicht nichts. Was ist da passiert?«

»Nichts, sag ich doch.«

Und von diesem Tag an war zwischen ihnen nie mehr von Haut die Rede.

Camille half ihr auf die Klobrille, dann unter die Dusche, seifte sie ein und redete von etwas anderem. Das Haarewaschen erwies sich als heikler. Jedesmal, wenn sie die Augen schloß, verlor die alte Frau das Gleichgewicht und kippte nach hinten über. Nach mehreren katastrophalen Versuchen entschieden sie sich für einen regelmäßigen Friseurbesuch. Nicht in ihrem Viertel, wo die Friseure unerschwinglich waren (»Wer soll das sein, Myriam?« hatte ihr dieser Blödmann von Franck geantwortet, »ich kenne keine Myriam«), sondern an der Endhaltestelle einer Buslinie. Camille studierte ihren Plan, folgte der Busroute mit dem Finger, suchte nach etwas Exotischem, zerpflückte die gelben Seiten, bat um Kostenvoranschläge für eine wöchentliche Wasserwelle und entschied sich für einen kleinen Salon in der Rue des Pyrénées, letzte Zone der Linie 69.

In Wahrheit rechtfertigte die Preisdifferenz keine derartige Expedition, aber es war ein schöner Ausflug.

Und jeden Freitag, am frühen Morgen, wenn die Stadt erwachte, setzte sie Paulette ganz zerknautscht ans Busfenster und hielt *Paris by day* fest, indem sie im Vorbeifahren – in ihr Heft und je nach Stau – ein Pudelpaar mit Burberry-Mantel auf dem Pont Royal einfing, das Hackfleischmuster der Mauern des Louvre, die Käfige und die Buchsbäume des Quai de la Mégisserie, den Sockel des Genies der Bastille oder den oberen Teil der Familiengrüfte auf dem Friedhof Père-Lachaise, anschließend las sie von schwangeren Prinzessinnen und verlassenen Sängern, während ihre Freundin unter der Trockenhaube strahlte. Sie aßen in einer Kneipe an der Place Gambetta. Nicht im *Gambetta*, das für ihren Geschmack zu hip war, sondern in der *Bar du Métro*, die nach kaltem Rauch, nach gescheiterten Millionären und gereizter Bedienung roch.

Paulette, die sich ihres Katechismus erinnerte, nahm jedesmal eine gebackene Forelle mit Mandeln, und Camille, die keine moralischen Bedenken kannte, biß in einen Croque-Monsieur und schloß dabei die Augen. Sie bestellten einen Krug Wein, na klar, und stießen von Herzen damit an. Auf uns! Auf dem Nachhauseweg setzte sie sich ihr gegenüber und malte exakt dieselben Dinge, nur mit dem Blick auf eine kleine schmucke, übermäßig herausgeputzte Dame, die sich nicht gegen die Scheibe zu lehnen wagte, aus Angst, ihre blaßlila Löckchen plattzudrücken. (Johanna, die Friseuse, hatte sie davon überzeugt, eine andere Farbe zu nehmen: »Dann sind Sie also einverstanden? Ich nehme für Sie eine aschblonde Opaline, ja? Sehen Sie, Nummer 34, hier.« Paulette wollte Camille mit Blicken befragen, aber diese war in eine Geschichte über eine mißglückte Fettabsaugung vertieft. »Wirkt das nicht ein wenig traurig?« fragte sie beunruhigt. »Traurig! Überhaupt nicht! Im Gegenteil, richtig fröhlich!«)

In der Tat, das ... das war das Wort. Es wirkte sehr fröhlich, und noch am selben Tag stiegen sie an der Ecke zum Quai Voltaire aus, um bei *Sennelier Künstlerbedarf* unter anderem einen kleinen Topf Aquarellfarbe zu kaufen.

Paulettes Haare waren von einem stark verdünnten *Rosa mit Goldstich* zu einem *Windsor-Violett* übergegangen.

Ah! Es war sofort viel schicker.

An den übrigen Tagen stand der *Monoprix* auf dem Programm. Sie brauchten über eine Stunde, um zweihundert Meter zurückzulegen, kosteten den neuen Danette, machten bei idiotischen Meinungsumfragen mit, probierten Lippenstifte oder schreckliche Schals aus Musselin. Sie trödelten, schwatzten, blieben unterwegs stehen, kommentierten das Aussehen der vornehmen Damen des 7. Arrondissements und die Fröhlichkeit der Jugendlichen. Ihre Lachanfälle, ihre hirnrissigen Geschichten, das Bimmeln ihrer Handys und ihre Rucksäcke, in denen viel Kleinkram aneinanderklapperte. Sie amüsierten sich, seufzten, mokierten sich und erholten sich behutsam. Sie hatten die Zeit, das Leben vor sich ...

5

Wenn Franck nicht für das leibliche Wohl sorgte, übernahm Camille diese Aufgabe. Einige verkochte Nudeln, mißglückte Tiefkühlgerichte und verbrannte Omelettes später war Paulette entschlossen, ihr die Grundzüge des Kochens beizubringen. Sie saß vor dem Gasherd und lehrte sie so einfache Wörter wie: Kräutersträußchen, gußeiserner Schmortopf, heiße Bratpfanne und Gemüsebrühe. Sie sah nicht mehr gut, aber mit Hilfe der Nase konnte sie ihr das weitere Vorgehen diktieren. Die Zwiebeln, den Speck, die Fleischstücke, so ist's gut, bestens. Jetzt mit Wasser ablöschen. Nur zu, ich sag Bescheid. Gut so!

»Sehr schön. Ich will nicht behaupten, daß ich aus dir eine Spitzenköchin mache, aber nun gut.«

»Und Franck?«

»Was ist mit Franck?«

»Haben *Sie* ihm alles beigebracht?«

»Nicht alles, nein! Ich habe ihn auf den Geschmack gebracht, glaube ich. Aber die großen Sachen, die hat er nicht von mir. Ich habe ihm die Alltagsküche gezeigt. Einfache, rustikale und preiswerte Gerichte. Als mein Mann wegen seinem Herz aufhören mußte, habe ich als Köchin in einem vornehmen Haushalt angefangen.«

»Und er kam mit?«

»Natürlich! Was sollte ich mit ihm machen, als er klein war? Gut, später ist er dann nicht mehr mitgekommen, das ist klar. Später ...«

»Was später?«

»Ach, du weißt ja, wie es ist. Später wußte ich kaum noch, wo er sich rumtrieb. Aber ... Er war begabt. Er hatte ein Händchen dafür. Die Küche war der einzige Ort, an dem er einigermaßen ruhig war.«

»Das ist nach wie vor so.«

»Hast du ihn schon gesehen?«

»Ja. Er hat mich letztens als Aushilfe mitgenommen und ... Ich habe ihn nicht wiedererkannt!«

»Siehst du. Dabei, wenn du wüßtest, was für ein Drama es war, als wir ihn in die Lehre geschickt haben. Wie böse er auf uns war.«

»Was wollte er denn machen?«

»Nichts. Dummheiten. Camille, du trinkst zu viel!«

»Machen Sie Witze? Ich trinke fast nichts mehr, seit Sie hier sind! Hier, ein Schlückchen Wein ist gut für die Durchblutung. Das ist nicht von mir, sondern von der Ärzteschaft.«

»Einverstanden. Ein Gläschen, also.«

»Und? Ziehen Sie nicht so ein Gesicht! Macht der Alkohol Sie melancholisch?«

»Nein, die Erinnerungen ...«

»War es hart?«

»Manchmal ja ...«

»Er war hart, nicht wahr?«

»Er, das Leben ...«

»Er hat mir davon erzählt ...«

»Was?«

»Von seiner Mutter. Daß sie gekommen ist, um ihn zu sich zu nehmen, und das alles.«

»Weißt du, das ... das Schlimme am Altern ist – komm, schenk mir noch ein Glas ein –, ist nicht so sehr, daß einen der Körper im Stich läßt, nein, es sind die Gewissensbisse. Wie sie einen heimsuchen, quälen. Am Tag. In der Nacht. Die ganze Zeit. Es kommt der Moment, wo man nicht mehr weiß, ob man die Augen offenhalten oder zumachen soll, um sie zu verscheuchen. Es kommt der Moment, wo ... Gott weiß, daß ich es versucht habe. Ich habe versucht zu verstehen, warum es nicht geklappt hat, wann alles schiefgelaufen ist, alles ... alles. Und ...«

»Und?«

Sie zitterte:

»Ich schaffe es nicht. Ich verstehe es nicht. Ich ...«

Sie weinte:

»Wo soll ich anfangen?«

»Zuerst einmal habe ich spät geheiratet. Oh! Ich hatte meine Liebschaften, wie die anderen auch. Aber dann ... Am Ende habe ich einen netten Jungen geheiratet, um es allen recht zu machen. Meine Schwestern waren schon unter der Haube. Und so habe ich auch geheiratet.

Aber die Kinder blieben aus. Jeden Monat habe ich meinen Bauch verflucht und beim Wäschekochen geweint. Ich war bei Ärzten, ich kam sogar hierher, nach Paris, um mich untersuchen zu lassen. Ich habe Heilkundler aufgesucht und Medizinfrauen, schreckliche Alte, die mir die unmöglichsten Sachen auftrugen. Sachen, die ich gemacht habe, Camille, die ich gemacht habe, ohne zu murren. Bei Vollmond ein Lamm opfern, ein Weibchen, sein Blut trinken, seine ... essen. Oh nein. Es war wirklich barbarisch, glaub mir. Es war ein anderes Jahrhundert. Man nannte mich ›befleckt‹. Und dann die Pilgerreisen ... Jedes Jahr bin ich nach Blanc gepilgert, hab einen Finger in das Loch des heiligen Génitour gesteckt, danach habe ich den heiligen Greluchon in Gargilesse gekratzt. Du lachst?«

»Diese Namen ...«

»Das war noch nicht alles. Man mußte dem heiligen Grenouillard von Preuilly ein wächsernes Votivbild hinlegen, auf dem das gewünschte Kind abgebildet war.«

»Grenouillard?«

»Grenouillard, wenn ich's dir sage! Ach! Was waren sie schön, meine wächsernen Babys, das kannst du mir glauben. Richtige Püppchen. Ihnen fehlte nur noch die Sprache. Und dann, eines Tages, als ich es schon lange aufgegeben hatte, wurde ich schwanger. Ich war schon weit über Dreißig. Du kannst dir das nicht vorstellen, aber ich war schon alt. Mit Nadine, Francks Mutter. Was haben wir sie verwöhnt, was haben wir sie verhätschelt, was haben wir sie verzärtelt, die Kleine. Unsere Königin. Wir haben ihr wohl den Charakter verdorben, muß man annehmen. Wir haben sie zu sehr geliebt. Oder nicht richtig. Wir haben ihr alles durchgehen lassen ... Alles bis auf eins. Ich habe mich geweigert, ihr das Geld für die Abtreibung zu borgen. Ich konnte es nicht, verstehst du? Ich konnte es nicht. Ich hatte zu sehr gelitten. Es war nicht die Religion, die Moral, das Getratsche der Leute, das mich abgehalten hat. Es war die Wut. Die Wut. Der Makel. Eher hätte ich sie umgebracht, als sie dabei zu unterstützen, daß sie sich den Bauch kaputtmachen läßt. War ich ... War ich im Unrecht? Antworte mir. Wie viele Menschenleben habe ich auf dem Gewissen? Wieviel Leid? Wieviel ...«

»Schhh.«

Camille strich ihr über die Oberschenkel.

»Schhh.«

»Sie ... Sie hat ihn dann bekommen, den Kleinen, und sie hat ihn mir dagelassen. ›Hier‹, hat sie gesagt, ›weil du ihn haben wolltest, hier ist er! Bist du jetzt zufrieden?‹«

Sie hatte die Augen geschlossen und wiederholte unter Schluchzern:

»›Bist du jetzt zufrieden?‹ hat sie mich gefragt und ihre Koffer gepackt. ›Bist du zufrieden?‹ Wie kann man so etwas sagen? Wie kann man so etwas je vergessen? Wie soll ich jetzt nachts schlafen, wo ich mich nicht mehr aufreibe, wo ich nicht mehr arbeite, bis ich vor Erschöpfung umfalle, he? Sag es mir. Sag es mir. Sie hat ihn dagelassen, kam einige Monate später wieder, hat ihn mitgenommen und dann wieder zurückgebracht. Wir wurden alle verrückt. Vor allem Maurice, mein Mann. Ich glaube, sie hat ihn an die Grenzen seiner männlichen Geduld gebracht. Sie hat es irgendwann auf die Spitze getrieben, hat ihn noch einmal geholt, ist zurückgekommen und hat Geld verlangt, angeblich, um ihn ernähren zu können, hat sich dann ins Nachtleben gestürzt und ihn vergessen. Irgendwann ist das Faß übergelaufen, sie kam angetänzelt, als wenn nichts wäre, und er hat sie mit der Flinte empfangen. ›Ich will dich nicht mehr sehen‹, hat er zu ihr gesagt, ›du bist eine Hure. Du machst uns Schande, und den Kleinen hast du nicht verdient. Den kriegst du auch nicht zu sehen. Heute nicht und nie mehr. Los, verschwinde. Laß uns in Frieden.‹ Camille, es war mein Töchterchen. Ein Mädchen, auf das ich über zehn Jahre lang Tag für Tag gewartet hatte. Ein Mädchen, das ich abgöttisch geliebt hatte. Geliebt. Was hatte ich ihr Mündchen mit Küssen bedeckt. Ich hatte sie so oft abgeknutscht, wie es nur ging. Ein Kind, das alles bekommen hat. Alles!

Die schönsten Kleider. Ferien am Meer, in den Bergen, die besten Schulen. Alles Gute in uns war für sie. Und was ich dir hier erzähle, hat sich in einem winzigen Dorf zugetragen. Sie ist gegangen, aber alle anderen, die sie von klein auf kannten und die sich hinter ihren Läden versteckten, um den aufgebrachten Maurice zu sehen, die sind geblieben. Und ich bin ihnen weiterhin begegnet. Am nächsten Tag und am übernächsten Tag und auch noch am Tag darauf. Das war ... Das war unmenschlich. Das war die Hölle auf Erden. Das Mitgefühl der braven Bürger, es gibt nichts Schlimmeres. Derjenigen, die dir sagen, ich bitte für euch, und dabei nur versuchen, dir die Würmer aus der Nase zu ziehen, und derjenigen, die deinem Mann das Trinken beibringen und ihm immer wieder erzählen, daß sie genauso gehandelt hätten, Herrgott! Ich hatte Mordgelüste, glaub mir. Die Atombombe hab ich mir gewünscht!«

Sie lachte.

»Und außerdem? Der Kleine war einfach da. Er hatte niemanden um etwas gebeten. Und wir haben ihn geliebt. Wir haben ihn so gut es geht geliebt. Vielleicht waren wir manchmal sogar zu streng. Wir wollten nicht noch einmal dieselben Fehler machen. Und du schämst dich nicht, mich jetzt zu malen?«

»Nein.«

»Recht hast du. Die Scham führt uns nirgendwohin, glaub mir. Die Scham nützt dir nichts. Sie ist nur da, um den braven Leuten eine Freude zu machen. Wenn sie dann ihre Läden zumachen oder von der Kneipe heimkommen, fühlen sie sich gut zu Hause. Sie werfen sich in die Brust, schlüpfen in ihre Hausschuhe und lächeln sich an. In ihrer Familie gäb's das nicht, dieses ganze Durcheinander, auf keinen Fall! Aber. Du malst mich doch wohl nicht mit dem Glas in der Hand, oder?«

»Nein«, lächelte Camille.

Stille.

»Und danach? Ist alles gut verlaufen?«

»Mit dem Kleinen? Ja. Er war ein guter Junge. Ungezogen, aber aufrichtig. Wenn er nicht bei mir in der Küche war, war er mit seinem Opa im Garten. Oder angeln. Er war jähzornig, aber er war kein schlechtes Pflänzchen. Er gedieh prächtig. Auch wenn das Leben nicht jeden Tag so lustig war, mit zwei Alten wie uns, die seit langem die Lust an der Unterhaltung verloren hatten, aber na ja. Wir haben unser möglichstes getan. Wir haben gespielt. Wir haben keine Kätzchen mehr umgebracht. Wir sind mit ihm in die Stadt gefahren. Ins Kino gegangen. Wir haben ihm seine Fußballaufkleber gekauft und neue Fahrräder. Er war gut in der Schule, weißt du? Na ja! Nicht der Klassenbeste, aber er kam gut mit. Und dann ist sie noch mal zurückgekommen, und wir dachten, es wäre gut, wenn er ginge. Daß eine komische Mutter immer noch besser wäre als gar keine. Daß er einen Vater hätte, einen kleinen Bruder, daß es kein Leben wäre, in einem halb ausgestorbenen Dorf aufzuwachsen, und daß es für seine Ausbildung besser wäre, in der Stadt zu wohnen. Wie sind wir ihr noch mal auf den Leim gegangen. Wie Anfänger. Wie richtige Dorftrottel. Den Rest kennst du: Sie hat ihm das Rückgrat gebrochen und ihn dann in den Direktzug um 16.12 Uhr gesetzt.«

»Und Sie haben nie wieder von ihr gehört?«

»Nein. Außer im Traum. Im Traum sehe ich sie oft. Sie lacht. Sie ist hübsch. Zeig mir, was du gemalt hast.«

»Nichts. Ihre Hand auf dem Tisch.«

»Warum läßt du mich so viel schwätzen? Warum interessiert dich das alles?«

»Ich mag es gern, wenn Menschen sich öffnen.«

»Warum?«

»Ich weiß nicht. Das ist doch fast wie ein Selbstporträt, oder? Ein Selbstporträt in Worten.«

»Und du?«

»Ich kann nicht gut erzählen.«

»Aber es ist auch nicht normal, die ganze Zeit mit einer alten Frau wie mir zu verbringen.«

»Tatsächlich? Sie wissen also, was normal ist?«

»Du solltest ausgehen. Andere Menschen sehen. Junge Leute in deinem Alter! Los, nimm mal den Deckel dort hoch. Hast du die Pilze gewaschen?«

6

»Schläft sie?« fragte Franck.

»Ich glaube, ja.«

»Übrigens, die Concierge hat mich grade angehauen, du sollst unbedingt zu ihr kommen.«

»Haben wir wieder was ausgefressen, mit dem Müll?«

»Nein. Es geht um den Typen, den du oben einquartiert hast.«

»Ach, du Scheiße. Hat er was verbrochen?«

Er zuckte mit den Schultern und schüttelte den Kopf.

7

Pikou bellte sich die Seele aus dem Leib, Madame Perreira öffnete ihre Glastür und legte die Hand auf die Brust.

»Kommen Sie, kommen Sie. Setzen Sie sich.«

»Was ist los?«

»Setzen Sie sich, sage ich.«

Camille schob die Kissen auseinander und zwängte sich mit einer Pohälfte auf die mit Rankenmustern versehene Bank.

»Ich sehe ihn nicht mehr.«

»Wen? Vincent? Aber ... Ich habe ihn neulich getroffen, er ging zur Metro.«

»Wann neulich?«

»Ich weiß nicht mehr. Anfang der Woche.«

»Und ich sage Ihnen, daß ich ihn nicht mehr sehe! Er ist verschwunden. Mit meinem Pikou, der uns jede Nacht wach macht, kann er mir nicht entwischen, wie Sie sich denken können. Und jetzt, finito. Ich habe Angst, daß ihm was zugestoßen ist. Man müßte mal nachschauen, meine Liebe. Nach oben gehen.«

»In Ordnung.«

»Heiliger Bimbam. Glauben Sie, er ist tot?«

Camille öffnete die Tür.

»Hören Sie. Wenn er tot ist, kommen Sie sofort zu mir. Es ist nur ...« fügte sie hinzu und befingerte ihr Medaillon, »ich will keinen Skandal hier im Haus, verstehen Sie?«

8

»Ich bin's, Camille, machst du mir auf?«

Bellen und Verwirrung.

»Machst du mir auf, oder soll jemand die Tür aufbrechen?«

»Ich kann nicht«, sagte eine rauhe Stimme. »Mir geht's zu schlecht. Komm später wieder.«

»Wann später?«

»Heut abend.«

»Brauchst du was?«

»Nein. Laß mich.«

Camille kam noch einmal zurück:

»Soll ich deinen Hund ausführen?«

Keine Antwort.

Langsam ging sie die Treppe hinunter.

Sie saß in der Klemme.

Sie hätte ihn nie hierherholen dürfen. Mit anderer Leute Eigentum großzügig umgehen, das war leicht. Ja, ja, das ist schon klar, nun hatte sie ihren Heiligenschein! Einen Fixer im siebten Stock, eine Oma in ihrem Bett, diese kleine Welt, für die sie die Verantwortung trug, und sie, die sich immer am Geländer festhalten mußte, um nicht auf die Schnauze zu fallen. Ein super Motiv. Applaus. Was für eine Glorie, wahrhaftig. Bist du jetzt zufrieden mit dir? Stören dich die Flügel nicht beim Laufen?

Ach, halt die Klappe. Sicherer ist, wenn man nichts macht?

Nein, wir sagen doch nur ... äh ... nimm's nicht persönlich, aber es gibt noch mehr Penner auf der Straße. Direkt vor der Bäckerei zum Beispiel ist noch einer. Warum liest du den nicht auf? Weil er keinen Hund hat? Scheiße, wenn er das wüßte.

Du gehst mir auf die Nerven, fuhr Camille sich selbst an. Du gehst mir total auf die Nerven.

Komm schon, sagen wir's ihm. Aber keinen großen, ja? Einen kleinen. Einen kleinen gelockten Malteser, der vor Kälte zittert. Oh ja,
das wäre gut. Oder auch einen Welpen? Einen Welpen, der sich in
seiner Jacke zusammenringelt. Dann wirst du auf der Stelle
schwach. Außerdem sind bei Philibert noch genug Zimmer frei.

Niedergeschlagen setzte sich Camille auf eine Stufe und legte den
Kopf auf die Knie.

Rekapitulieren wir.

Sie hatte ihre Mutter seit fast einem Monat nicht gesehen. Sie
mußte sich unbedingt melden, sonst war bald wieder eine Über-
dosis fällig, inklusive Sanitätswagen und Magensonde. Sie war seit
langem daran gewöhnt, trotzdem war es kein Vergnügen. Anschließend brauchte sie Zeit, um sich davon zu erholen. Tz tz . . . Einfach
zu empfindlich, die Kleine.

Paulette bewegte sich trittsicher zwischen 1930 und 1990, verlor
aber zwischen gestern und heute den Boden unter den Füßen, und
es wurde nicht besser. Zuviel Glück vielleicht? Es war, als würde
sie sich langsam zu Boden sinken lassen. Außerdem verschwamm
ihr alles vor den Augen. Okay. Bis jetzt war es gegangen. Gerade
hielt sie ihren Mittagsschlaf, und bald würde Philou zusammen
mit ihr *Wer wird Millionär?* ansehen und alle Fragen beantworten
können. Das liebten sie beide. Perfekt.

Was Philibert betraf, so war er jetzt Theaterdirektor Louis Jouvet
und Bühnenschriftsteller Sacha Guitry in einer Person. Er hatte
angefangen zu schreiben, zog sich dazu in sein Zimmer zurück und
ging zweimal die Woche zur Probe. Keine Nachrichten von der
Liebesfront? Gut. Keine Nachrichten, gute Nachrichten.

Franck. Nichts Besonderes. Nichts Neues. Alles lief gut. Seine Oma
war im Warmen, sein Motorrad auch. Er kam nur nachmittags, um
zu schlafen, und arbeitete weiterhin sonntags. »Ein bißchen noch,
verstehst du? Ich kann sie jetzt nicht einfach im Stich lassen. Ich
muß einen Ersatz für mich suchen.«

Wie ist das gemeint? Einen Ersatz oder eine noch größere Maschine? Sehr gewieft, der Junge. Sehr gewieft. Und warum sollte er sich auch einschränken? Wo war das Problem? Er hatte um nichts gebeten. Und nach den ersten Tagen der Euphorie war er wieder in seine Kochtöpfe abgetaucht. Nachts schien er sich an seine Freundin zu kuscheln, während sie aufstand, um den Fernseher der Alten auszuschalten. Aber kein Problem. Kein Problem. Dokumentarfilme über die Schwimmblase der Knurrhähne und der letzte Tropfen Kräutertee waren ihr immer noch lieber als der Job bei Proclean. Natürlich hätte sie auch gar nicht arbeiten können, aber sie war nicht stark genug, um das auf sich zu nehmen. Die Gesellschaft hatte sie gut erzogen. Lag es an dem fehlenden Selbstvertrauen oder im Gegenteil an der Angst, in eine Situation zu geraten, in der sie ihren Lebensunterhalt damit verdiente, auf ihrem Selbstbewußtsein herumzutrampeln. Sie hatte noch ein paar Kontakte. Aber sollte sie sich noch einmal so verbiegen? Ihre Hefte zuschlagen und eine Lupe in die Hand nehmen? Dazu hatte sie nicht mehr den Mut. Sie war nicht besser geworden, nur älter. Uff.

Nein, das Problem lag drei Etagen höher. Warum hatte er sich überhaupt geweigert, ihr aufzumachen? War er in Trance oder auf Entzug? Stimmte seine Geschichte mit der Entziehungskur? Das konnte er seiner Großmutter erzählen. Gesäusel, um die vornehmen Töchter und ihre Concierge um den Finger zu wickeln, ja! Warum ging er nur nachts nach draußen? Um sich ficken zu lassen, bevor er sich einen Schuß in den abgebundenen Unterarm setzte? Sie waren alle gleich. Lügner, die einem Sand in die Augen streuten und auf Knien jubilierten, während man selbst vor Reue fast umkam, Dreckskerle.

Als sie Pierre vor zwei Wochen an der Strippe hatte, beging sie wieder dieselben Dummheiten: Sie fing erneut an zu lügen.

»Camille. Kessler am Apparat. Was ist da los? Wer ist dieser Typ, der in meinem Zimmer haust? Ruf mich sofort zurück.«

Danke, du dicke Perreira. Danke.

Heilige Fatima, bitte für uns.

Sie war ihm zuvorgekommen:

»Das ist ein Modell«, erklärte sie, noch bevor sie ihn begrüßt hatte, »wir arbeiten zusammen.«

Sprachlosigkeit am anderen Ende.

»Ein Modell?«

»Ja.«

»Lebst du mit ihm zusammen?«

»Nein. Ich sagte doch bereits: Ich arbeite.«

»Camille ... Ich ... Ich möchte dir jetzt so gern vertrauen ... Kann ich das?«

»...«

»Für wen ist es?«

»Für dich.«

»Wirklich?«

»...«

»Du ... du ...«

»Ich weiß es noch nicht. Eine Rötelzeichnung, denke ich ...«

»Fein.«

»Tschüß dann.«

»He!«

»Ja?«

»Mit was für Papier arbeitest du?«

»Mit gutem.«

»Bist du dir sicher?«

»Daniel hat mich bedient.«

»Sehr gut. Und sonst, alles in Ordnung bei dir?«

»Im Augenblick rede ich mit dem Händler. Zwecks Geplänkel rufe ich dich auf der anderen Leitung an.«

Klick.

Seufzend schüttelte sie die Streichholzschachtel. Sie hatte keine Wahl.

Heute abend, nachdem sie eine kleine alte Frau ins Bett gebracht hätte, die sowieso nicht müde war, würde sie die Treppe hochgehen und mit ihm sprechen.

Als sie das letzte Mal versucht hatte, einen Junkie bei Einbruch der Dunkelheit zurückzuhalten, hatte sie einen Messerstich in die Schulter abgekriegt. Okay. Das hier war etwas anderes. Es war ihr Typ gewesen, sie hatte ihn geliebt und alles, aber trotzdem ... Diese kleine Gunstbezeugung hatte ihr ganz schön weh getan.

Scheiße. Keine Streichhölzer mehr. Mist aber auch. Heilige Fatima und Hans Christian Andersen, hiergeblieben, verflucht. Bleibt noch ein bißchen.

Und wie in dem Märchen stand sie auf, zupfte ein wenig an ihren Hosenbeinen und machte sich auf den Weg zu ihrer Großmutter ins Paradies.

9

»Was ist es?«

»Ach . . .« wand sich Philibert, »nichts Richtiges eigentlich.«

»Ein antikes Drama?«

»Neeiiin.«

»Ein Vaudeville?«

Er griff nach seinem Wörterbuch:

»Vaterunser . . . Vatikan . . . Vau. . .Vaudeville . . . *Leichte Komödie, gründet auf Überraschungen in der Handlung, Verwechslungen und Bonmots* . . . Ja. Genau das ist es«, sagte er und klappte es abrupt zu. »Eine leichte Komödie mit Bonmots.«

»Worum geht's da?«

»Um mich.«

»Um dich?« Camille erstickte fast vor Lachen, »aber ich dachte, es wäre bei euch tabu, über sich zu sprechen?«

»Nun ja, ich nehme Abstand davon«, fügte er hinzu und warf sich in Pose.

»Und . . . eh . . . und das Kinnbärtchen hier. Ist das . . . Ist das für die Rolle?«

»Gefällt es dir nicht?«

»Doch, doch, das ist . . . das ist dandyhaft. Man könnte meinen, *Mit Rose und Revolver*, nicht wahr?«

»Mit was?«

»Stimmt ja, du entdeckst das Fernsehen mit Julien Lepers. Sag mal, eh . . . Ich muß mal nach oben. Zu meinem Untermieter. Kann ich dir Paulette anvertrauen?«

Er nickte und strich sich über die Barthaare:

»Gehe, laufe, fliege und steige zu deinem Schicksal auf, mein Kind. «

»Philou?«

»Ja?«

»Wenn ich in einer Stunde nicht zurück bin, könntest du dann mal nach mir schauen?«

10

Das Zimmer war tadellos aufgeräumt. Das Bett war gemacht, und er hatte zwei Tassen und ein Paket Würfelzucker auf den Campingtisch gestellt. Er saß auf einem Stuhl, mit dem Rücken zur Wand und schlug sein Buch zu, als sie leise an die Tür klopfte.

Er stand auf. Sie waren gleichermaßen verlegen, der eine wie die andere. Es war schließlich das erste Mal, daß sie sich verabredet hatten. Betretenes Schweigen.

»Mö... möchtest du etwas trinken?«

»Gern.«

»Tee? Kaffee? Cola?«

»Kaffee ist prima.«

Camille setzte sich auf den Hocker und fragte sich, wie sie es geschafft hatte, so lange hier zu wohnen. Es war so feucht, so dunkel, dermaßen ... gnadenlos. Die Decke war so niedrig, die Wände schmutzig. Nein, das war nicht möglich. Es mußte jemand anderes gewesen sein.

Er machte sich an den Elektroplatten zu schaffen und zeigte auf das Glas Nescafé.

Barbès schlief auf dem Bett und öffnete von Zeit zu Zeit ein Auge.

Zum Schluß zog er den Stuhl näher heran und setzte sich ihr gegenüber:

»Schön, dich zu sehen. Du hättest auch schon früher kommen können.«

»Ich habe mich nicht getraut.«

»Nicht?«

»Du bereust, daß du mich mit hierhergenommen hast, stimmt's?«

»Nein.«

»Doch. Du bereust es. Aber mach dir keine Sorgen. Ich warte bloß noch auf grünes Licht, dann bin ich hier weg. Es ist nur noch eine Frage von Tagen.«

»Wo willst du hin?«

»In die Bretagne.«

»Zu deiner Familie?«

»Nein. In ein Zentrum für . . . für menschliche Wracks. Nee, ich bin blöd. In ein Zentrum des Lebens, so muß ich wohl sagen.«

». . .«

»Das hat der Doc für mich aufgetan. So ein Teil, wo sie aus Algen Dünger machen. Algen, Scheiße und geistig Behinderte. Genial, oder? Ich werd der einzige normale Arbeiter sein. Wobei ›normal‹, ist ja relativ.«

Er lächelte.

»Hier, sieh dir die Broschüre an. Das hat doch Klasse, oder?«

Zwei Mongoloide mit einer Mistgabel in der Hand standen vor einer Art Sickergrube.

»Ich werde Algenkompost machen, so ein Zeug aus Pflanzenabfall, Algen und Pferdemist. Ich spür schon, das wird mir gefallen. Na ja, am Anfang ist es anscheinend nicht so einfach, wegen dem Geruch, aber später merkt man gar nichts mehr.«

Er legte das Foto wieder weg und zündete sich eine Zigarette an.

»Die großen Ferien halt.«

»Wieviel Zeit bleibt dir noch?«

»Soviel ich brauche.«

»Nimmst du Methadon?«

»Ja.«

»Seit wann?«

Unbestimmte Geste.

»Bist du okay?«

»Nein.«

»Komm schon. Du wirst das Meer sehen!«

»Super. Und du? Warum bist du hier?«

»Wegen der Concierge. Sie hatte Angst, du wärst tot.«

»Da wird sie enttäuscht sein.«

»Bestimmt.«

Sie lachten.

»Bist ... bist du auch HIV positiv?«

»Nee. Das hab ich nur gesagt, um ihr zu gefallen. Damit sie sich mit meinem Hund anfreundet. Nee, nee ... Ich hab immer aufgepaßt. Hab mich mit sauberen Dingern kaputtgespritzt.«

»Ist es deine erste Entziehungskur?«

»Ja.«

»Meinst du, du schaffst es?«

»Ja.«

»...«

»Ich hatte Glück. Man muß die richtigen Leute treffen, denk ich ... und ich ... ich glaub, daß ich sie an der Hand habe.«

»Deinen Arzt?«

»Meine Ärztin! Ja, aber nicht nur. Einen Seelenklempner auch. Einen alten Opa, der mir den Kopf abgerissen hat. Kennst du V33?«

»Was ist das? Ein Medikament?«

»Nein, ein Zeug, mit dem man Holz abbeizt.«

»Ach ja! Eine rotgrüne Flasche, stimmt's?«

»Wenn du es sagst. Na ja, der Typ ist mein V33. Er trägt das Mittel auf, es brennt, es wirft Blasen, und dann nimmt er seinen Spachtel und löst die ganze Scheiße. Sieh mich an. Unter meinem Schädel bin ich vollkommen nackt!«

Er konnte nicht lächeln, seine Hände zitterten:

»Scheiße, ist das schwer. Zu schwer. Ich hätte nicht gedacht, daß ...«

Er hob den Kopf.

»Und außerdem, eh ... War da noch jemand anderes. Eine Kleine mit Storchenbeinen, die ihre Hose wieder hochgezogen hat, bevor ich mehr sehen konnte, leider.«

»Wie heißt du?«

»Camille.«

Er wiederholte den Namen und drehte sich zur Wand.

»Camille ... Camille. An dem Tag, wo du aufgetaucht bist, Camille, hatte ich eine üble Begegnung. Es war zu kalt, und ich hatte keine große Lust mehr, mich durchzuschlagen, glaub ich. Aber okay. Du warst da. Also bin ich mit dir gegangen. Ich bin halt ein Kavalier.«

Stille.

»Soll ich noch mehr erzählen, oder hast du schon genug?«

»Schenk mir noch eine Tasse ein.«

»Entschuldige. Das liegt an dem Alten. Ich red wie ein Wasserfall.«

»Für mich kein Problem.«

»Nee, und außerdem ist es wichtig. Na ja, auch für dich, glaub ich.«

Sie runzelte die Stirn.

»Deine Hilfe, deine Bude, dein Futter ist eine Sache, aber ich sag dir, ich war wirklich auf 'nem fiesen Trip, als du mich gefunden hast. Ich war im Rausch, verstehst du? Ich wollte zurück und sie sehen, ich ... ich habe ... Und dieser Typ hier hat mich gerettet. Dieser Typ und deine Bettlaken.«

Er hob es auf und legte es zwischen sie. Camille erkannte das Buch. Es waren die Briefe van Goghs an seinen Bruder.

Sie hatte vergessen, daß es hier oben lag.

Nicht, daß sie es nicht ausgiebig mit sich herumgeschleppt hätte.

»Ich hab es aufgeschlagen, um mich zurückzuhalten, um nicht durch die Tür zu gehen, weil's hier nichts anderes gab, und weißt du, was das Buch mit mir gemacht hat?«

Sie schüttelte den Kopf.

»Es hat das, das und das mit mir gemacht.«

Er hatte es genommen und sich damit auf den Kopf und beide Wangen geschlagen.

»Ich lese es jetzt schon zum dritten Mal. Das ... Das alles ist für mich. Da drin steht alles. Den Typ kenn ich in- und auswendig.

Das bin ich. Das ist mein Bruder. Alles, was er sagt, versteh ich. Wie die Sicherung bei ihm durchbrennt. Wie er leidet. Wie er immer wieder dasselbe vor sich hinsagt, versucht, die anderen zu verstehen, sich infrage zu stellen, wie er von seiner Familie verstoßen wurde, von seinen Eltern, die nix kapieren, die Aufenthalte in der Klinik und alles. Ich ... ich will dir nicht mein ganzes Leben erzählen, keine Angst, aber es ist irre, weißt du? Wie er mit Mädchen umgeht, wie er sich in eine hochnäsige Pute verliebt, wie er verachtet wird, und an dem Tag, an dem er beschließt, mit dieser Hure zusammenzuziehen ... Die schwanger ist ... Nee, ich erzähl dir nicht mein Leben, aber es gibt schon Übereinstimmungen, da wird mir schwindlig. Außer seinem Bruderherz, wenn überhaupt, hat kein Mensch an ihn geglaubt. Kein Mensch. Aber er, so zerbrechlich und schwachsinnig er ist, glaubt daran, er ... Na ja ... Er behauptet es zumindest, daß er den Glauben hat, daß er stark ist und eh ... Als ich das zum ersten Mal gelesen hab, fast in einem Rutsch, weißt du, hab ich den kursiven Text am Ende nicht kapiert.«

Er schlug ihn auf:

»*Brief, den Vincent van Gogh am 29. Juli 1890 bei sich trug.* Erst als ich am nächsten oder übernächsten Tag das Vorwort las, hab ich kapiert, daß er sich umgebracht hat, der Idiot. Daß er den Brief gar nicht abgeschickt hat, und ich ... Scheiße, ich kann dir gar nicht sagen, wie mich das fertiggemacht hat. Alles, was er über seinen Körper sagt, spür ich auch. Wie er leidet, das sind nicht nur leere Worte, verstehst du? Das sind ... Na ja, ich ... seine Arbeiten sind mir scheißegal. Das heißt, nee, das stimmt nicht, aber dafür hab ich es nicht gelesen. Was ich gelesen hab, ist, wenn du nicht in Reih und Glied marschierst, wenn du anders bist, als die anderen wollen, dann leidest du. Du leidest wie ein Tier, und am Ende verreckst du. Von wegen. Ich will nicht verrecken. Aus Freundschaft zu ihm, aus Brüderlichkeit will ich nicht verrecken. Ich nicht.«

Camille war ganz platt. Zisch! Gerade war ihr die Asche in den Kaffee gefallen.

»Hab ich grad völligen Schwachsinn erzählt?«

»Nein, im Gegenteil ... ich ...«

»Hast du ihn denn gelesen?«

»Ja klar.«

»Und du ... Hast du nicht mitgelitten?«

»Ich habe mich vor allem für seine Arbeiten interessiert. Er hat spät damit angefangen. Ein Autodidakt ... Ein ... Kennst du eigentlich seine Bilder?«

»Die Sonnenblumen, meinst du? Nee, ich hab 'ne Zeitlang überlegt, ob ich mir ein Buch anschauen soll oder so, aber ich hab keine Lust, mir sind meine eigenen Vorstellungen lieber.«

»Behalt es. Ich schenk's dir.«

»Weißt du ... Wenn ich das alles irgendwann mal hinter mich gebracht hab, bedank ich mich bei dir. Jetzt kann ich das nicht. Ich hab's schon gesagt, ich geh echt auf'm Zahnfleisch. Außer dieser großen Flohmarkttasche hab ich nichts mehr.«

»Wann fährst du?«

»Eigentlich nächste Woche.«

»Willst du dich bei mir bedanken?«

»Wenn ich kann.«

»Laß mich dich malen.«

»Ist das alles?«

»Ja.«

»Nackt?«

»Das wäre mir am liebsten.«

»Mensch, du hast mich noch nicht nackt gesehen.«

»Ich kann's mir vorstellen.«

Er schnürte seine Turnschuhe, und sein Hund rannte aufgeregt hin und her.

»Gehst du raus?«

»Die ganze Nacht. Jede Nacht. Ich lauf bis zum Umfallen. Morgens, wenn die aufmachen, hol ich mir meine tägliche Dosis ab und leg mich schlafen, um bis zum nächsten Tag durchzuhalten. Was Besseres ist mir bisher noch nicht eingefallen.«

Geräusche auf dem Flur. Haaresträuben.

»Da ist jemand«, sagte er voller Panik.

»Camille? Alles in Ordnung? Hier ist dein . . . dein tapferer Ritter.«

Philibert stand im Türrahmen, einen Säbel in der Hand.

»Barbès! Sitz!«

»Ich . . . Ich wirke ein wenig lä. . . lächerlich, oder?«

Sie stellte ihn lachend vor:

»Vincent, das ist Philibert Marquet de la Durbellière, Oberbe-
fehlshaber einer in Auflösung begriffenen Armee«, dann zu Philibert gewandt: »Philibert, Vincent . . . eh . . . wie van Gogh.«

»Erfreut«, antwortete er und steckte seinen Säbel wieder weg.
»Lächerlich *und* erfreut. Na dann, dann will ich . . . mich zurückzie-
hen, nicht wahr?«

»Ich komm mit dir nach unten«, antwortete Camille.

»Ich auch.«

»Kommst du . . . bei mir vorbei?«

»Morgen.«

»Wann?«

»Nachmittags. Eh? Mit meinem Hund?«

»Mit Barbès, ja klar.«

»Ah! Barbès . . .« sagte Philibert betrübt. »Noch so ein verrückter
Republikaner. Ich hätte wohl die Äbtissin von Rochechouart vorgezogen!«

Vincent sah ihn fragend an.

Sie zuckte ratlos mit den Schultern.

Philibert, der sich umgedreht hatte, nahm daran Anstoß:

»Ganz genau! Und daß der Name dieser armen Marguerite de
Rochechouart de Montpipeau mit einem solchen Nichtsnutz in
Verbindung gebracht wird, ist eine Absurdität!«

»De Montpipeau?« wiederholte Camille. »Ihr habt vielleicht
Namen. Warum meldest du dich eigentlich nicht bei *Wer wird
Millionär*?«

»Ah! Jetzt fängst du auch noch damit an! Du weißt genau, warum.«

»Nein. Warum?«

»Bis ich das erste Wort herausgebracht habe, ist es schon Zeit für die Nachrichten ...«

11

In dieser Nacht schlief sie nicht. Irrte umher, scharrte im Staub, schlug sich mit Geistern herum, nahm ein Bad, stand spät auf, duschte Paulette, frisierte sie völlig geistesabwesend, flanierte ein wenig mit ihr durch die Rue de Grenelle und war außerstande, etwas zu sich zu nehmen.

»Du bist heute sehr nervös.«

»Ich habe eine wichtige Verabredung.«

»Mit wem?«

»Mit mir.«

»Mußt du zum Arzt?« fragte die alte Frau beunruhigt.

Wie üblich nickte letztere nach dem Essen ein. Camille nahm ihr das Wollknäuel aus der Hand, zog die Decke höher und entfernte sich auf Zehenspitzen.

Sie zog sich in ihr Zimmer zurück, stellte den Hocker hundertmal um und inspizierte sorgfältig ihr Material. Ihr war übel.

Franck war gerade nach Hause gekommen. Er war dabei, die Waschmaschine zu leeren. Seit seiner Geschichte mit dem Jivaro-Pullover hängte er seine Wäsche eigenhändig auf und schwang wilde hausfrauliche Reden über Trockner, welche Fasern angriffen und Kragen ruinierten.

Ergreifend.

Er war es, der die Tür aufmachte:

»Ich will zu Camille.«

»Ganz am Ende, durch den Flur durch . . .«

Dann verzog er sich in sein Zimmer, und sie war ihm dankbar für die Zurückhaltung, die er ausnahmsweise einmal an den Tag legte.

Sie fühlten sich beide äußerst unwohl, aber aus unterschiedlichen Gründen.

Falsch.

Sie fühlten sich beide äußerst unwohl, und zwar aus demselben Grund: ihrem Bauch.

Er war es, der sie aus der Verlegenheit erlöste:

»Gut ... Wollen wir? Hast du eine Kabine? Einen Paravent? Irgendwas in der Art?«

Sie hätte ihn umarmen können.

»Hast du gesehen? Ich habe die Heizung bis zum Anschlag aufgedreht. Frieren wirst du nicht ...«

»Oh! Toll, dein Kamin!«

»Verdammt, ich hab das Gefühl, ich bin bei einem dieser Götter in Weiß, da krieg ich echt Schiß ... Soll ich ... soll ich auch den Slip ausziehen?«

»Wenn du ihn anbehalten willst, behalt ihn an.«

»Aber wenn ich ihn ausziehe, ist es besser.«

»Ja. Aber ich fang sowieso mit dem Rücken an.«

»Scheiße. Der ist bestimmt voller Pickel.«

»Mach dir keine Sorgen, mit nacktem Oberkörper in der Gischt sind sie verschwunden, bevor du deinen ersten Misthaufen weggekarrt hast.«

»Du würdest eine hervorragende Kosmetikerin abgeben, weißt du das?«

»Ja, ja ... Komm jetzt da hinten raus und setz dich.«

»Du hättest mich wenigstens ans Fenster setzen können. Damit ich etwas Ablenkung hab.«

»Das entscheide nicht ich.«

»Wer dann?«

»Das Licht. Und beschwer dich nicht, später wirst du stehen ...«

»Wie lang?«

»Bis du umfällst.«

»Du wirst vor mir umfallen.«

»Mmm«, machte sie.

Mmm wie: Das sollte mich wundern ...

Zunächst machte sie eine Menge Skizzen von allen Seiten. Ihr Bauch und ihre Hände wurden immer geschmeidiger.

Er hingegen verspannte sich immer mehr.

Wenn sie zu nahe kam, schloß er die Augen.

Hatte er Pickel? Sie sah sie nicht. Sie sah seine angespannten Muskeln, seine müden Schultern, seine Halswirbel, die unter dem Nacken hervorstachen, wenn er den Kopf nach vorne neigte, seine Wirbelsäule wie ein langer erodierter Bergkamm, seine Nervosität, seine Fieberhaftigkeit, seine Kieferknochen und seine vorstehenden Backenknochen. Die Höhlen um seine Augen, seine Kopfform, sein Brustbein, seinen hohlen Brustkorb, seine schmächtigen, von dunklen Punkten übersäten Arme. Das erschütternde Aderlabyrinth unter seiner hellen Haut und den Verlauf des Lebens auf seinem Körper. Ja. Das vor allem: den Stempel des Abgrunds, die Spuren der Ketten eines unsichtbaren Panzers und auch seine extreme Scham.

Nach etwa einer Stunde fragte er sie, ob er lesen dürfe.

»Ja. Solange ich mich dir annähere.«

»Hast du ... Hast du noch gar nicht angefangen?«

»Nein.«

»Tja! Soll ich laut lesen?«

»Wenn du willst.«

Er knetete das Buch einen Moment, bevor er es auseinanderbog:

Ich spüre, daß Vater und Mutter instinktiv auf mich reagieren (das heißt nicht unbedingt verständig).

Ich werde zu Hause nur zögerlich empfangen, so wie man einen großen struppigen Hund zögerlich empfangen würde. Er wird mit seinen dreckigen Pfoten reintapsen - und außerdem ist er sehr struppig.

Er wird alle stören. Und er bellt sehr laut.

Kurzum – ein schmutziges Tier.

Gut – aber das Tier hat eine menschliche Geschichte und, auch wenn es nur ein Hund ist, eine menschliche Seele. Noch dazu eine menschliche Seele, die so sensibel ist, daß sie spürt, was man von ihm denkt, während ein gewöhnlicher Hund dazu nicht imstande ist.

Ach! Dieser Hund ist der Sohn unseres Vaters, aber wir haben ihn so oft frei laufen lassen, daß er zwangsläufig bissig wurde. Pah! Diese Kleinigkeit hat Vater schon vor Jahren vergessen, es besteht also keinerlei Anlaß, darüber zu reden.

Er räusperte sich.

Nat... hm, Pardon ... Natürlich bereute der Hund insgeheim, hergekommen zu sein: die Einsamkeit in der Heide war weniger groß als in diesem Haus, trotz aller Freundlichkeit. Das Tier war in einem Anflug von Schwäche zu Besuch gekommen. Ich hoffe, man möge mir diese Schwäche verzeihen; ich selbst werde es vermeiden ...

»Halt«, unterbrach sie ihn. »Aufhören. Bitte aufhören.«

»Stört es dich?«

»Ja.«

»Entschuldigung.«

»Okay. Das war's. Jetzt kenne ich dich.«

Sie klappte ihren Block zu, und der Brechreiz überkam sie erneut. Sie hob das Kinn und warf den Kopf in den Nacken.

»Alles in Ordnung?«

»...«

»Gut. Jetzt drehst du dich zu mir um, machst die Beine auseinander und legst die Hände so hin.«

»Muß ich sie wirklich auseinandermachen, sicher?«

»Ja. Und deine Hand, weißt du, die ... Du läßt dein Handgelenk baumeln und spreizt die Finger. Moment. Nicht bewegen.«

Sie kramte in ihren Sachen und zeigte ihm den Abdruck eines Gemäldes von Ingres.

»Genau so.«

»Wer ist dieser Dicke?«

»Louis-François Bertin.«

»Wer ist das?«

»Der Buddha der Bourgeoisie, gesättigt, begütert und triumphal. Das ist nicht von mir, sondern von Manet. Herrlich, was?«

»Und du willst, daß ich die gleiche Haltung einnehme?«

»Ja.«

»Hm. Die ... die Beine also gespreizt. Meinst du so?«

»He ... hör auf mit deinem Schwanz. Ist schon gut. Der interessiert mich ganz und gar nicht. Hier, schau her. Da ist er.«

»Oh!«

Kurze Silbe der Rührung und Enttäuschung.

Camille setzte sich und legte das Brett auf ihren Schoß. Sie stand wieder auf, versuchte es mit der Staffelei, was auch nicht klappte. Sie erregte sich, schimpfte mit sich, wußte genau, daß der ganze Mist nur dazu da war, die Leere zu vertreiben.

Schließlich stellte sie ihr Papier senkrecht und beschloß, sich mit ihrem Modell auf eine Höhe zu setzen.

Sie nahm einen tiefen, beherzten Atemzug und stieß ein kleines Lüftchen aus. Sie hatte sich geirrt, keine Rötelzeichnung. Graphitmine, Feder und Sepia.

Das Modell hatte etwas gesagt.

Sie nahm den Ellbogen hoch. Ihre Hand verharrte in der Luft. Sie zitterte.

»Nicht bewegen. Ich bin gleich wieder da.«

Sie rannte in die Küche, stieß ein paar Sachen um, griff nach der Ginflasche und ertränkte ihre Angst. Sie schloß die Augen und hielt sich am Spülbecken fest. Komm schon. Einen zweiten Schluck für unterwegs.

Als sie sich wieder setzte, betrachtete er sie lächelnd.

Er wußte Bescheid.

Wovon auch immer sie abhingen, diese Leute erkannten ihresgleichen. Alle.

Es war wie eine Sonde, wie ein Radar.

Diffuse Komplizenschaft und geteilte Nachsicht.

»Besser?«

»Ja.«

»Okay, dann beeil dich! Wir wollen dieses Jahr noch fertig werden!«

Er hielt sich sehr gerade. Leicht schief wie sein Vorbild. Atmete tief ein und hielt dem Blick derjenigen stand, die ihn demütigte, ohne es zu wissen.

Finster und hell.

Verwüstet.

Vertrauensvoll.

»Wieviel wiegst du, Vincent?«

»Um die sechzig.«

Sechzig Kilo Provokation.

(Eine wenn auch nicht sehr nette, so doch interessante Frage: Hatte Camille Fauque dem jungen Mann die Hand gereicht, um ihm zu helfen, wie er glaubte, oder um ihn zu sezieren, nackt und wehrlos auf einem Küchenstuhl aus rotem Resopal?

Mitleid? Menschenliebe? Wirklich?

War das alles nicht genau kalkuliert? Seine Einquartierung im siebten Stock, das Dosenfutter, das Vertrauen, Pierre Kesslers Zorn, die Entlassung und die Jagd auf ihn?

Künstler sind Monster.

Nicht doch. Das wäre zu widerwärtig. Lassen wir ihm die Gunst des Zweifels und schweigen wir. Diese junge Frau war nicht sehr klar, doch wenn sie sich einmal in die Wunden ihres Subjekts verbiß, dann richtig. Und vielleicht zeigte sich ihre Großzügigkeit auch erst jetzt? Wenn sich ihre Pupillen zusammenzogen und sie erbarmungslos wurde.)

Es war schon fast dunkel. Sie hatte das Licht angemacht, ohne es zu merken, und schwitzte ebensosehr wie er.

»Schluß jetzt. Ich habe Krämpfe. Mir tut alles weh.«

411

»Nein!« rief sie.

Ihre Härte überraschte sie beide.

»Entschuldige bitte. Ni... nicht bewegen, bitte nicht.«

»In meiner Hose ... vordere Tasche ... Tranxene ...«

Sie holte ihm ein Glas Wasser.

»Ich bitte dich. Ein bißchen noch, du kannst dich anlehnen, wenn du willst. Ich ... Ich kann mit Erinnerungen nicht arbeiten. Wenn du jetzt gehst, ist meine Zeichnung futsch. Entschuldige bitte. Ich bin fast fertig.«

»Okay. Du kannst dich wieder anziehen.«

»Ist es was Schlimmes, Doktor?«

»Das hoffe ich«, flüsterte sie.

Als er zurückkam, streckte er sich, streichelte seinen Hund und flüsterte ihm Zärtlichkeiten ins Ohr. Er zündete sich eine Zigarette an.

»Willst du es sehen?«

»Nein.«

»Doch.«

Er war verblüfft.

»Verflucht. Das ist ... Das ist hart.«

»Nein. Das ist zart.«

»Warum hast du bei den Knöcheln aufgehört?«

»Willst du die ehrliche Version oder die zurechtgeschusterte?«

»Die ehrliche.«

»Weil ich bei Füßen eine Niete bin.«

»Und die andere?«

»Weil ... dich nicht mehr viel zurückhält, oder?«

»Und mein Hund?«

»Hier ist er, dein Hund. Ich hab ihn vorhin über deine Schulter hinweg gemalt.«

»Mann! Ist der schön! Ist der schön, ist der schön, ist der schön ...«

Sie trennte das Blatt heraus.

Strengen Sie sich an, brummte sie mit verstellter Stimme, geben Sie alles, erwecken Sie sie zum Leben, schenken Sie ihnen die Unsterblichkeit und alles, was ihnen nahegeht, es ist eine Skizze ihrer Promenadenmischung.

Also wirklich.

»Bist du zufrieden mit dir?«

»Ja.«

»Muß ich noch mal kommen?«

»Ja. Um dich zu verabschieden und mir deine Adresse zu geben. Willst du was trinken?«

»Nein. Ich muß ins Bett, ich fühl mich grad nicht so gut.«

Als sie vor ihm durch den Flur ging, schlug sich Camille mit der Hand auf die Stirn:

»Paulette! Die hab ich vergessen!«

Ihr Zimmer war leer.

Scheißßße ...

»Stimmt was nicht?«

»Ich hab die Oma von meinem Mitbewohner verloren.«

»Da ... Auf dem Tisch liegt eine Nachricht.«

Wir wollten dich nicht stöhren. Sie ist bei mir. Komm, sobald du kannst. P.S.: Der Hund von deinem Kumpel hat in den Eingang gekackt.

12

Camille breitete die Arme aus und flog über den Champ-de-Mars. Sie streifte den Eiffelturm, kitzelte die Sterne und landete vor dem Hintereingang des Restaurants.

Paulette saß im Büro des Chefs.

Schäumte über vor Freude.

»Ich hatte Sie vergessen.«

»Aber nein, du Dummchen, du hast gearbeitet. Bist du fertig?«

»Ja.«

»Alles in Ordnung?«

»Ich habe Hunger!«

»Lestafier!«

»Ja, Chef.«

»Machen Sie mir ein schönes Steak, und englisch, fürs Büro.«

Franck drehte sich um. Ein Steak? Sie hatte doch gar keine Zähne mehr.

Als ihm klar wurde, daß es für Camille war, wuchs seine Verwunderung.

Sie kommunizierten per Zeichensprache:

»Für dich?«

»Jaaaa«, antwortete sie und schüttelte den Kopf.

»Ein schönes Steak?«

»Jaaaa.«

»Ist bei dir eine Schraube locker?«

»Jaaaa.«

»He! Du bist total niedlich, wenn du glücklich bist, weißt du das?«

Das jedoch verstand sie nicht, und so nickte sie aufs Geratewohl.

»Oh, oh«, meinte der Chef, als er ihr den Teller hinstellte, »ich will ja nichts sagen, aber manche haben echt Glück.«

Das Fleisch hatte die Form eines Herzens.

»Ah, was er alles kann, dieser Lestafier«, seufzte er, »was der alles kann.«

»Und was er gut aussieht«, fügte seine Großmutter hinzu, die ihn seit zwei Stunden mit den Augen verschlang.

»Jooaa ... So weit würde ich nicht gehen. Was darf ich Ihnen zu trinken anbieten? Einen kleinen Côtes-du-Rhône, dann stoß ich mit Ihnen an. Und Sie, Werteste? Ist Ihr Dessert noch nicht gekommen?«

Einmal geblafft, schon rückte Paulette ihrem Nachtisch zu Leibe.

»Sagen Sie«, fügte er hinzu und schnalzte mit der Zunge, »er hat sich ganz schön gemacht, Ihr Enkel. Ich erkenne ihn kaum wieder.«

An Camille gewandt:

»Was haben Sie mit ihm gemacht?«

»Nichts.«

»Großartig! Weiter so! Das bekommt ihm sehr gut! Nein, ernsthaft. Er ist gut, der Kleine. Er ist gut.«

Paulette weinte.

»Was denn? Was hab ich denn gesagt? Trinken Sie, zum Donnerwetter! Trinken Sie! Maxime ...«

»Ja, Chef?«

»Bringen Sie mir bitte einen Sektkelch.«

»Besser jetzt?«

Paulette schneuzte sich und entschuldigte sich dabei:

»Wenn Sie wüßten, was es für ein Leidensweg war. Von der

ersten Schule ist er geflogen, dann von der zweiten, bei der Gesellenprüfung, von seinen Praktikumsstellen, in der Lehre, von ...«

»Aber das zählt doch alles gar nicht!« dröhnte er. »Sehen Sie ihn sich an! Wie er alles beherrscht! Sie wollen ihn mir alle abwerben! Irgendwann wird er ein, zwei Plaketten einheimsen, Ihr Lämmchen!«

»Pardon?« fragte Paulette beunruhigt.

»Sterne.«

»Ach so. Nicht drei?« fragte sie ein wenig enttäuscht.

»Nein. Dafür ist sein Charakter zu mies. Und außerdem ist er zu ... sentimental ...«

Augenzwinkern in Richtung Camille.

»Schmeckt das Fleisch überhaupt?«

»Sehr lecker.«

»Natürlich. Gut, ich muß los. Wenn Sie was brauchen, klopfen Sie an die Scheibe.«

Als er in die Wohnung zurückkehrte, schaute Franck zuerst bei Philibert herein, der unter seiner Nachttischlampe saß und an einem Stift kaute:

»Stör ich?«

»Keineswegs!«

»Wir sehen uns überhaupt nicht mehr.«

»Nicht mehr häufig, das ist zutreffend. Arbeitest du eigentlich immer noch sonntags?«

»Ja.«

»Na, dann komm doch montags bei uns vorbei, wenn du dich langweilst.«

»Was liest du da?«

»Ich schreibe.«

»An wen?«

»Ich schreibe einen Text für mein Theater. Bedauerlicherweise sind wir alle verpflichtet, Ende des Jahres auf der Bühne zu stehen.«

»Lädst du uns dazu ein?«

»Ich weiß nicht, ob ich es wage.«

»He, sag mal, läuft alles gut?«

»Pardon?«

»Zwischen Camille und meiner Alten?«

»Ein Herz und eine Seele.«

»Meinst du nicht, es ist ihr zuviel?«

»Soll ich dir sagen, was ich denke?«

»Ja?« fragte Franck beunruhigt.

»Nein, es ist ihr nicht zuviel, aber das wird kommen. Weißt du noch. Du hattest ihr versprochen, sie zwei Tage die Woche zu entlasten. Du hattest versprochen, einen Gang zurückzuschalten.«

»Jaa, ich weiß, aber ich . . .«

»Halt«, unterbrach er ihn. »Erspar mir deine Ausreden. Die interessieren mich nicht. Weißt du, du mußt mal erwachsen werden, mein Junge. Das ist dasselbe wie hier.« Er zeigte auf sein Heft voller durchgestrichener Absätze, »ob man will oder nicht, da müssen wir eines Tages alle durch.«

Nachdenklich stand Franck auf.

»Sie würde es doch sagen, wenn es ihr zuviel wäre, oder?«

»Meinst du?«

Er sah durch seine Brillengläser, die er gerade putzte.

»Ich weiß nicht. Sie ist so voller Geheimnisse. Ihre Vergangenheit. Ihre Familie. Ihre Freunde. Wir wissen nichts über diese junge Frau. Ich für mein Teil verfüge neben ihren Heften über keinerlei Anhaltspunkt, der mir gestattete, auch nur die geringste Hypothese zu ihrer Biographie anzustellen. Keine Post, keine Telefonanrufe, niemals Gäste. Stell dir vor, wir würden sie eines Tages verlieren, wir wüßten nicht einmal, an wen wir uns zu wenden hätten.«

»Sag nicht so was.«

»Doch, das sage ich. Denk darüber nach, Franck, sie hat mich überzeugt, sie hat Paulette mitgenommen, hat ihr Zimmer abgetreten, heute kümmert sie sich unglaublich liebevoll um sie, nein, sie kümmert sich nicht um sie, sie sorgt für sie. Sie sorgen beide füreinander . . . Wenn ich da bin, höre ich sie den ganzen Tag lachen und schwatzen. Außerdem versucht sie, nachmittags zu arbeiten, und du bist nicht einmal imstande, deine Versprechen zu halten.«

Er setzte seine Brille wieder auf und nahm ihn einige Sekunden ins Visier:
»Nein, ich bin wirklich nicht sehr stolz auf Sie, Soldat.«

Mit Blei an den Beinen ging er sie anschließend zudecken und stellte den Fernseher aus.
»Komm mal her«, flüsterte sie.
Verdammt. Sie schlief gar nicht.
»Ich bin stolz auf dich, mein Kleiner.«
Da soll sich noch einer auskennen, dachte er und legte die Fernbedienung auf den Nachttisch.
»Komm, Omi. Schlaf jetzt.«
»Sehr stolz.«
Ja, ja. Bestimmt.

Die Tür zu Camilles Zimmer stand halb offen. Er stieß sie auf und fuhr zusammen.
Das fahle Flurlicht fiel auf ihre Staffelei.

Er verharrte einen Augenblick regungslos.
Erstaunen, Erschrecken und Bewunderung.
Hatte sie wieder einmal recht?
Konnte man Dinge verstehen, ohne sie gelernt zu haben?
War er am Ende vielleicht gar nicht so dumm? Weil er instinktiv die Hand nach diesem Körper ausgestreckt hatte, um ihm aufzuhelfen, war er vielleicht gar nicht so beschränkt?

Spinnen am Abend, erdrückend und darbend. Er zerdrückte sie und holte sich ein Bier.
Er ließ es schal werden.
Er hätte sich nicht im Flur herumtreiben sollen.
Dieses ganze Chaos brachte seine Navigationssysteme durcheinander.

Verflucht.

Wobei, im Moment ging's ja ganz gut. Wo sich das Leben ausnahmsweise mal von seiner netten Seite zeigte.

Sofort nahm er die Hand vom Mund. Seit elf Tagen kaute er nicht mehr an den Nägeln. Nur noch am kleinen Finger.

Aber der zählte nicht.

Groß werden, groß werden. Etwas anderes hatte er nicht getan, als groß zu werden.

Was würde aus ihnen allen werden, wenn sie verschwand?

Er rülpste. Gut, es gab noch was zu tun, ich habe einen Crêpeteig vorzubereiten.

Es war der Gipfel der Hingabe, daß er ihn mit dem Schneebesen anrührte, um sie nicht zu stören, ein paar geheime Zauberformeln murmelte und ihn ruhen ließ.

Er deckte ihn mit einem sauberen Geschirrhandtuch zu, rieb sich die Hände und verließ die Küche.

Morgen würde er ihr Crêpes Suzette machen, um sie für immer zu halten.

Ho ho ho. Allein vorm Badezimmerspiegel imitierte er das dämonische Lachen von Fred Fiesling aus *Wacky Races*.

Hu, hu, hu. Das war das Lachen von Teufelszahn.

Oh Mann, war das witzig.

13

Schon lange hatte er die Nacht nicht mehr mit ihnen verbracht. Es waren schöne Träume gewesen.

Am nächsten Morgen holte er Croissants, und sie frühstückten gemeinsam in Paulettes Zimmer. Der Himmel war sehr blau. Philibert und sie ergingen sich in tausend Höflichkeiten, während Franck und Camille sich still an ihren Schalen festhielten.

Franck fragte sich, ob er das Bettzeug wechseln sollte, und Camille fragte sich, ob sie einiges anders handhaben sollte. Er suchte ihren Blick, doch sie war nicht mehr da. Sie war bereits in der Rue Séguier, in Pierre und Mathildes Salon, kurz davor, zu kneifen und zu fliehen.

Wenn ich es jetzt wechsle, traue ich mich nicht mehr, mich ein Stündchen hinzulegen, und wenn ich es nach dem Mittagsschlaf wechsle, wirkt es ein bißchen plump, oder? Ich hör sie schon kichern ...

Oder aber ich gehe in der Galerie vorbei? Gebe meinen Karton bei Sophie ab und verdrücke mich gleich wieder?

Außerdem, vielleicht legen wir uns ja gar nicht hin ... Vielleicht bleiben wir ja stehen, wie im Film, und sind ganz ... eh ....

Nein, das ist keine gute Idee ... Wenn er da ist, wird er mich zurückhalten und mich zwingen, mit ihm zu reden ... Ich will aber gar nicht reden. Mir ist sein Gelaber egal. Entweder er nimmt's oder er nimmt's nicht. Fertig, aus. Und sein Geblubber kann er sich für seine Kunden aufsparen ...

Ich werde in der Umkleide duschen, bevor ich gehe ...

Ich nehme ein Taxi und bitte den Fahrer, vorm Eingang in zweiter Reihe zu warten ...

Die Besorgten und die Sorglosen, alle wischten seufzend ihre Krumen weg und gingen brav auseinander.

Philibert war bereits in der Diele. Mit der einen Hand hielt er Franck die Tür auf, in der anderen trug er einen Koffer.

»Fährst du in Urlaub?«

»Nein, das sind Requisiten.«

»Wofür das denn?«

»Für meine Rolle ...«

»Oh wow ... Was ist das denn für ein Stück? So eine Mantel-und-Degen-Schwarte? Stürmst du durch die Gegend und so?«

»Aber natürlich ... Ich baumele im Vorhang und werfe mich in die Menge ... Los ... Hinaus mit dir, oder ich spieß dich auf ...«

Himmelblau verpflichtet: Camille und Paulette gingen »in den Garten«.

Der alten Frau fiel das Gehen zusehends schwerer, und sie brauchten fast eine Stunde für die Allée Adrienne-Lecouvreur. Camille kribbelte es in den Beinen, sie hakte sie unter, stellte sich auf ihre kleinen Schritte ein und konnte sich ein Lächeln nicht verkneifen, als sie das Schild *Nichtmotorisierten Verkehrsteilnehmern vorbehalten, bitte Tempo mäßigen* sah ... Sie blieben nur stehen, um Touristen zu fotografieren, Jogger vorbeizulassen oder mit anderen Marathonläufern in Mephistoschuhen ein paar nichtssagende Worte zu wechseln.

»Paulette?«

»Ja, meine Kleine?«

»Schockiert es Sie sehr, wenn ich das Thema Rollstuhl anschneide?«

»...«

»Tja ... Es schockiert Sie also ...«

»Bin ich denn schon so alt?« flüsterte sie.

»Nein! Keineswegs! Im Gegenteil! Ich dachte nur ... da wir mit

Ihrem Wägelchen ständig steckenbleiben, könnten Sie so lange damit gehen, bis Sie müde sind. Anschließend könnten Sie sich ausruhen, und ich nehme Sie mit bis ans Ende der Welt!«

»...«

»Paulette ... Ich habe diesen Park über. Ich kann ihn nicht mehr sehen. Ich glaube, ich habe alle Steine, alle Bänke und alle Beutelboxen für Hundekot gezählt. Es sind elf insgesamt. Ich habe diese schrecklichen Busse über, ich habe diese phantasielosen Gruppen über, ich bin es leid, immer wieder denselben Leuten zu begegnen. Der blöden Fratze der Wächter und dem anderen Typen, der hinter seinem Ehrenlegionsabzeichen nach Pisse stinkt. Es gibt in Paris noch so viel zu sehen. Läden, kleine Gäßchen, Hinterhöfe, überdachte Passagen, den Luxembourg, die Bouquinisten, den Park von Notre-Dame, den Blumenmarkt, die Seine-Ufer, den ... Nein, ich sage Ihnen, die Stadt ist wunderschön. Wir könnten ins Kino gehen, ins Konzert, Operetten hören, mein schönes Veilchensträußchen und das ganze Tamtam. Im Moment sind wir an dieses Altenviertel gebunden, wo alle Kinder gleich angezogen sind, wo alle Kinderfrauen die gleiche Miene aufsetzen, wo alles so vorhersagbar ist. Das ist ätzend.«

Stille.

Sie wurde auf ihrem Unterarm immer schwerer.

»Na gut, ich will ehrlich zu Ihnen sein. Ich versuche gerade, Sie zu beschwatzen, aber in Wahrheit geht es gar nicht darum. In Wahrheit bitte ich Sie um einen Gefallen. Wenn wir einen Rollstuhl hätten und Sie sich von Zeit zu Zeit hineinsetzen würden, könnten wir in den Museen an all den Schlangen vorbei und immer als erste hineingehen. Und mir, verstehen Sie, käme das sehr entgegen. Es gibt zahlreiche Ausstellungen, die ich unbedingt sehen möchte, aber ich habe nicht die Energie, mich anzustellen.«

»Warum hast du das nicht gleich gesagt, du Gänschen! Wenn ich dir damit einen Gefallen tun kann, kein Problem! Mehr will ich ja gar nicht, als dir was Gutes tun!«

Camille biß sich auf die Wangen, um nicht zu lachen. Sie senkte den Kopf und gab ein leises Dankeschön von sich, das ein wenig zu ernst klang, um ehrlich zu sein.

Schnell, schnell! Laßt uns das Eisen schmieden, solange es heiß ist. Im Eilschritt ging's in die nächste Apotheke.

»Wir arbeiten sehr viel mit dem Classic 160 von *Sunrise*. Das ist ein faltbares Modell, das unsere Ansprüche zur vollen Zufriedenheit erfüllt. Es wiegt nicht viel, ist einfach zu handhaben, vierzehn Kilo. Neun ohne die Räder. Ausziehbare Fußstütze, die als Fußantrieb dienen kann. Armstützen und Höhe der Rückenlehne verstellbar ... Verstellbarer Neigungswinkel der Sitzfläche. Ach nein! Das ist die Sonderausstattung. Leicht abnehmbare Räder. Paßt problemlos in jeden Kofferraum. Verstellbar auch die Höhe des ... eh ...«

Paulette, die sie zwischen Trockenshampoos und den Ständer mit Fußpflegeprodukten plaziert hatten, zog ein derart langes Gesicht, daß die Apothekenhelferin nicht wagte, ihren Monolog zu Ende zu führen.

»Gut, bitte entschuldigen Sie mich. Ich habe Kundschaft. Hier, das ist die Beschr...«

Camille kniete hinter ihr auf dem Boden.

»Nicht schlecht, oder?«

»...«

»Ehrlich gesagt hatte ich es mir schlimmer vorgestellt. Ein sportliches Modell ist das. In Schwarz wie der hier sogar richtig chic.«

»Also wirklich! Sag doch gleich, daß er mir gut steht, wenn du schon dabei bist!«

»*Sunrise Medical*. Die haben aber auch Namen. 37 ... Das ist doch bei Ihnen in der Nähe, oder?«

Paulette setzte die Brille auf:

»Wo?«

»Hm ... Chanceaux-sur-Choisille.«

»Oh! Ja, natürlich! Chanceaux! Ich weiß genau, wo das ist!«

Alles klar.

Gott sei's gedankt. Ein Departement weiter, und es wären ein Pediküre-Set und orthopädische Hausschuhe dabei herausgekommen...

»Wie teuer kommt der?«

»558 Euro plus Mehrwertsteuer ...«

»Alle Achtung ... Können ... können wir den nicht mieten?«

»Nicht dieses Modell. Zum Mieten gibt es ein anderes. Robuster und schwerer. Aber Ihre Versicherung deckt doch alles ab, oder? Sie haben doch eine Zusatzversicherung, nehme ich an ...«

Sie hatte das Gefühl, mit zwei alten zurückgebliebenen Jungfern zu sprechen.

»Sie werden den Rollstuhl doch nicht selbst bezahlen! Gehen Sie zu Ihrem Arzt und lassen Sie ihn sich verschreiben ... In Ihrem Zustand dürfte das kein Problem sein ... Hier, ich gebe Ihnen diese kleine Broschüre mit ... Darin finden Sie alle Angaben ... Haben Sie einen Hausarzt?«

»Eh ...«

»Wenn er sich damit nicht auskennt, zeigen Sie ihm diesen Code hier: 401 A02.1. Den Rest besprechen Sie dann mit Ihrer CKV, nicht wahr?«

»Ah ... Natürlich ... ähm ... Was ist das?«

Wieder auf dem Bürgersteig, geriet Paulettes Bereitwilligkeit ins Wanken.

»Wenn du mit mir zum Arzt gehst, wird er mich wieder ins Altenheim stecken...«

»He! Paulette, ganz ruhig ... Wir gehen nicht zum Arzt, ich mag Ärzte genausowenig wie Sie, wir kriegen das schon hin ... Machen Sie sich keine Sorgen ...«

»Sie werden mich finden ... Sie werden mich finden ...« weinte sie.

Sie hatte keinen Appetit und saß den ganzen Nachmittag niedergeschlagen auf ihrem Bett.

»Was hat sie denn?« fragte Franck beunruhigt.

»Nichts. Wir waren in der Apotheke, um uns nach einem Rolli zu erkundigen, und als die gute Frau meinte, daß wir zum Arzt müßten, hat sie das traumatisiert ...«

»Was für einem Rolli?«

»Na ja, einem Rollstuhl halt!«

»Wozu denn das?«

»Na ja, um damit durch die Gegend zu fahren, du Idiot! Um was zu sehen!«

»Was machst du aber auch, verdammt noch mal? Es geht ihr hier doch gut! Warum willst du sie denn durchschütteln wie eine Flasche Orangina?«

»Oh ... Du gehst mir langsam tierisch auf den Geist, weißt du das? Dann kümmer *du* dich doch um sie! Dann wisch *du* ihr doch von Zeit zu Zeit den Hintern ab, das würde dir den Kopf zurechtrücken. Ich hab kein Problem damit, sie zu betreuen, deine Oma ist absolut goldig, aber ich muß mich bewegen, ich muß hier raus, auf andere Gedanken kommen, verdammt! Für dich ist es ideal, so wie's im Moment läuft, das ist klar. Oder geht dir irgendwas gegen den Strich, nein? Philou, Paulette und dir, euch reicht der Auslauf zwischen Wohnung, Ham-ham, Job und Heiabett ... Aber mir nicht! Allmählich ersticke ich hier! Außerdem gehe ich furchtbar gern spazieren, und wir haben jetzt die schönsten Tage ... Deshalb sage ich es noch mal: Ich will gern die Krankenpflegerin spielen, aber mit der Option auf Touristenattraktionen, sonst könnt ihr sehen, wo ihr ...«

»Was?«

»Nichts!«

»Jetzt reg dich nicht so auf ...«

»Anders geht es ja nicht! Du bist ein solcher Egoist, wenn ich da den Mund halte, rührst du nie einen Finger, um mir zu helfen!«

Er ging und schlug die Tür hinter sich zu, und sie verzog sich in ihr Zimmer.

Als sie wieder herauskam, waren beide in der Diele. Paulette war im siebten Himmel: Ihr Kleiner kümmerte sich um sie.

»Na, du Schwergewicht, hinein mit dir. Das hier ist wie ein Fahrrad, man muß die richtige Einstellung finden, für lange Strekken . . .«

Er kniete davor und betätigte alle Hebel:

»Sind deine Füße richtig?«

»Ja.«

»Und die Arme?«

»Etwas zu hoch . . .«

»Okay, Camille, komm her. Da du das Ding schieben wirst, müssen wir die Griffe auf dich einstellen . . .«

»Perfekt. Also, ich muß los . . . Kommt ihr noch ein Stück mit, dann können wir ihn gleich ausprobieren . . .«

»Geht er in den Fahrstuhl?«

»Nein. Man muß ihn zusammenklappen«, sagte er gereizt . . . »Aber um so besser, sie ist ja schließlich nicht vollinvalide, soweit ich weiß.«

»Brumm, brrrrummm . . . Fangio, schnall dich an, ich bin spät dran.«

Im Eiltempo durchquerten sie den Park. An der Ampel waren Paulettes Haare völlig zerzaust und die Wangen rosig.

»Okay, Mädels, ich laß euch allein. Schickt mir eine Karte, wenn ihr in Katmandu angekommen seid . . .«

Er war schon ein paar Meter gegangen, als er sich noch einmal umdrehte:

»He! Camille? . . . Denkst du noch an heute abend?«

»Was denn?«

»Die Crêpes . . .«

»Oh, Scheiße!«

Sie schlug sich mit der Hand auf den Mund.

»Das hab ich vergessen . . . Ich bin nicht da.«

Er schrumpfte um ein paar Zentimeter.

»Und es ist auch noch was Wichtiges . . . Das kann ich nicht absagen . . . Geschäftlich . . .«

»Und sie?«

»Ich habe Philou gefragt, ob er mich ablöst . . .«

»Na gut . . . Pech gehabt, hm? Dann essen wir sie eben ohne dich . . .«

Tapfer trug er seine Verzweiflung und entfernte sich gequälten Schrittes. Das Etikett seines neuen Slips kratzte.

14

Mathilde Daens-Kessler war die hübscheste Frau, der Camille je begegnet war. Sehr groß, viel größer als ihr Mann, sehr schmal, sehr fröhlich, sehr kultiviert. Sie wandelte auf unserem kleinen Planeten, ohne darüber nachzudenken, interessierte sich für alles, wunderte sich über die kleinsten Dinge, amüsierte sich, empörte sich halbherzig, legte bisweilen ihre Hand auf die ihres Gegenübers, sprach stets mit leiser Stimme, beherrschte vier oder fünf Sprachen und täuschte alle mit einem entwaffnenden Lächeln.

So hübsch, daß ihr nie die Idee gekommen war, sie zu malen.

Es war zu riskant. Sie war zu lebendig.

Eine kleine Skizze, einmal. Im Profil. Die Partie unter dem Haarknoten, ihre Ohrringe. Pierre hatte sie ihr weggenommen, aber es war nicht sie gewesen. Es fehlten die tiefe Stimme, ihr Glanz und ihre Grübchen, wenn sie lächelte.

Sie besaß das Wohlwollen, den Hochmut und die Ungezwungenheit derer, die zwischen edlen Laken zur Welt gekommen waren. Ihr Vater war ein großer Sammler, sie war immer von schönen Dingen umgeben gewesen, und es hatte ihr im Leben nie an etwas gefehlt, weder an Dingen, noch an Freunden oder Feinden.

Sie war reich, Pierre unternehmungslustig.

Sie schwieg, wenn er sprach, und machte seine Fehler wett, sobald er sich abwandte. Er tat junge Schützlinge auf. Er irrte sich nie, hatte beispielsweise Boulys und Barcarès bekanntgemacht, und sie bemühte sich darum, die Betreffenden zu halten.

Sie konnte alle halten.

Ihre erste Begegnung, wie sich Camille bestens erinnerte, hatte in der Hochschule der Schönen Künste stattgefunden, anläßlich einer

Ausstellung der Abschlußarbeiten. Eine Art Aura ging ihnen voraus. Der furiose Händler und die Tochter von Witold Daens. Man hoffte auf ihr Kommen, fürchtete sie, harrte ihrer Reaktionen, und seien sie noch so unscheinbar. Sie hatte sich hundsmiserabel gefühlt, als sie von ihnen begrüßt wurden, sie und die ganze Truppe armer Schlucker. Sie hatte den Kopf gesenkt, als sie ihm die Hand reichte, war unbeholfen ein paar Komplimenten ausgewichen und hatte nach einem Mauseloch Ausschau gehalten, in das sie sich endlich verkriechen konnte.

Es war im Juni gewesen, vor fast zehn Jahren. Die Schwalben hatten im Universitätshof ein Konzert gegeben, und sie tranken schlechten Punsch, während sie ehrfürchtig Kesslers Worten lauschten. Camille hörte nichts. Sie betrachtete seine Frau. An jenem Tag trug sie eine blaue Bluse und einen breiten silbernen Gürtel, an dem winzige Schellen klimperten, wenn sie sich bewegte.

Es war Liebe auf den ersten Blick.

Anschließend waren sie von ihnen in ein Restaurant der Rue Dauphine eingeladen worden, und am Ende eines feuchtfröhlichen Diners hatte ihr kleiner Freund Camille aufgefordert, ihre Zeichenmappe zu öffnen. Sie hatte sich geweigert.

Ein paar Monate später war sie zu ihnen gekommen. Allein.

Pierre und Mathilde besaßen Bilder von Tiepolo, Degas und Kandinsky, hatten jedoch keine Kinder. Camille wagte nicht, sie darauf anzusprechen, und ging ihnen mit Haut und Haar ins Netz. In der Folge erwies sie sich als so enttäuschend, daß die Maschen weiter wurden.

»Das ist purer Blödsinn! Du machst nichts als Blödsinn!« herrschte Pierre sie an.

»Warum liebst du dich nicht? Warum?« fügte Mathilde sanfter hinzu.

Sie ging nicht mehr zu ihren Vernissagen.

Wenn die beiden allein waren, zeigte er sich darüber sehr betrübt:

»Warum?«

»Wir haben sie nicht genug geliebt«, antwortete seine Frau.

»Wir?«

»Alle.«

Er legte den Kopf auf ihre Schulter und stöhnte:

»Ach ... Mathilde. Ma Belle ... Warum hast du sie ziehen lassen?«

»Sie wird zurückkommen ...«

»Nein. Sie wird alles kaputtmachen ...«

»Sie wird zurückkommen.«

Sie war zurückgekommen.

»Ist Pierre nicht da?«

»Nein, er ist mit seinen Engländern essen, ich habe ihm nicht gesagt, daß du kommst, ich wollte ein bißchen Zeit mit dir haben.«

Dann, mit Blick auf ihre Mappe:

»Aber ... Du ... du hast was mitgebracht?«

»Ach, das ist nichts Besonderes. Etwas Kleines, was ich ihm neulich versprochen habe.«

»Darf ich mal sehen?«

Camille antwortete nicht.

»Gut, dann wart ich auf ihn.«

»Ist das von dir?«

»Mm mm.«

»Mein Gott. Wenn er erfährt, daß du nicht mit leeren Händen gekommen bist, wird er untröstlich sein ... Ich rufe ihn an ...«

»Nein, nein!« antwortete Camille, »laß nur! Es ist nichts Besonders, wie gesagt ... Das bleibt unter uns. Eine Art Mietzahlung.«

»In Ordnung. Wollen wir essen?«

Bei ihnen war alles schön, der Blick, die Gegenstände, die Teppiche, die Gemälde, das Geschirr, ihr Toaster, alles. Sogar ihr Klo war schön. Auf einem Gipsabdruck konnte man den Vierzeiler lesen, den Mallarmé in sein eigenes Klo geschrieben hatte:

Du bist hier, um dich zu entleeren,
Und magst in diesem finst'ren Gelände
Singen, rauchen, brauchst dich um nichts zu scheren
Nur eins sollst du nicht: mit der Hand an die Wände.

Beim ersten Mal hatte sie das echt umgehauen:
»Sie ... Sie haben Mallarmés Klowände gekauft?!«
»Nicht doch«, lachte Pierre, »ich kenne nur den Menschen, der den Abguß dafür gemacht hat. Kennst du sein Haus? In Vulaines?«
»Nein.«
»Da müssen wir mal zusammen hin. Du wirst diesen Ort lieben. Liiiieeeeben.«

Und alles andere war entsprechend. Sogar ihr Klopapier war weicher als anderswo.

Mathilde freute sich:
»Was siehst du gut aus! Was hast du für eine schöne Gesichtsfarbe! Wie gut dir die kurzen Haare stehen! Du hast etwas zugenommen, oder? Wie glücklich ich bin, dich so zu sehen. Wirklich glücklich. Du hast mir sehr gefehlt, Camille. Wenn du wüßtest, wie sehr mir diese Genies manchmal auf die Nerven gehen. Je weniger Talent sie haben, um so mehr Wirbel machen sie. Pierre ist das gleich, das ist sein Terrain, aber ich, Camille, ich ... Wie mich das anödet. Komm, setz dich zu mir, erzähl mir was.«
»Ich kann nicht erzählen. Ich zeige dir lieber meine Hefte.«

Mathilde blätterte, und sie kommentierte die Seiten.

Und während sie ihre kleine Welt auf diese Weise präsentierte, merkte sie erst, wie sehr sie an den anderen hing.
Philibert, Franck und Paulette waren mittlerweile die wichtigsten Menschen in ihrem Leben, und sie war gerade im Begriff, sich

dessen bewußt zu werden, zwischen zwei Perserkissen aus dem
18. Jahrhundert. Sie war ganz aufgewühlt.

Zwischen dem ersten Heft und der letzten Zeichnung, die sie vorhin angefertigt hatte – Paulette freudestrahlend vor dem Eiffelturm –, waren nur wenige Monate vergangen, und doch war sie
nicht mehr dieselbe. Es war nicht mehr dieselbe Person, die den
Stift führte. Sie hatte sich gehäutet, sie hatte die Granitblöcke, die
sie seit Jahren am Vorankommen hinderten, verrückt und ge-
sprengt.

Heute abend warteten Menschen auf ihre Rückkehr. Menschen,
die sich nicht darum scherten, was sie wert war. Die sie aus anderen Gründen mochten. Um ihretwillen vielleicht.

Um meinetwillen?

Um deinetwillen.

»Und?« fragte Mathilde ungeduldig, »du sagst gar nichts mehr. Wer
ist das hier?«

»Johanna, Paulettes Friseuse.«

»Und das?«

»Johannas Stiefeletten. Rock ’n’ Roll, oder? Wie kann eine Frau,
die den ganzen Tag im Stehen arbeitet, so was tragen? Selbstver-
leugnung im Dienste der Eleganz, vermute ich.«

Mathilde lachte. Die Schühchen waren wirklich greulich.

»Und der hier, der kommt häufig vor, oder?«

»Das ist Franck, der Koch, von dem ich dir vorhin erzählt
habe.«

»Der sieht gut aus.«

»Findest du?«

»Ja. Man könnte meinen, der junge Farnese, wie ihn Tizian gemalt hat, nur zehn Jahre älter.«

Camille verdrehte die Augen:

»Blödsinn.«

»Aber sicher! Ich schwör’s dir!«

Sie war aufgestanden und kam mit einem Buch zurück:

»Hier. Sieh doch. Der gleiche düstere Blick, die gleichen bebenden Nasenflügel, das gleiche vorspringende Kinn, die gleichen leicht abstehenden Ohren. Das gleiche Feuer, das in ihm lodert.«

»Blödsinn«, wiederholte sie und schielte auf das Porträt, »meiner hat Pickel.«

»Ach ... Du Spielverderberin!«

»Ist das alles?« fragte Mathilde betrübt.

»Eh, ja.«

»Das ist gut. Das ist sehr gut. Das ist ... das ist herrlich.«

»Hör auf.«

»Widersprich mir nicht, junge Frau, ich kann zwar nicht malen, aber ich kann sehen. In einem Alter, in dem andere Kinder ins Kasperletheater gehen, hat mich mein Vater überall mit hingenommen, mich auf die Schultern gesetzt, damit ich auf Augenhöhe bin, also widersprich mir nicht. Läßt du sie mir da?«

»...«

»Für Pierre.«

»Okay ... Aber bitte paß darauf auf! Diese kleinen Zeichnungen sind meine Fieberkurven.«

»Das habe ich schon verstanden.«

»Willst du nicht auf ihn warten?«

»Nein, ich muß los.«

»Er wird enttäuscht sein.«

»Es wäre nicht das erste Mal«, antwortete Camille schicksalsergeben.

»Du hast mir gar nichts von deiner Mutter erzählt.«

»Stimmt«, wunderte sie sich, »ein gutes Zeichen, oder?«

Mathilde begleitete sie zur Tür und gab ihr Küßchen auf die Wangen:

»Das Beste. Und vergiß nicht, mal wieder vorbeizuschauen. Mit eurem Rollstuhl Cabriolet ist es lediglich eine Frage von wenigen Metrostationen ...«

»Versprochen.«

»Und weiter so. Locker bleiben. Tu dir was Gutes. Pierre würde dir natürlich das Gegenteil sagen, aber auf ihn darfst du auf keinen

Fall hören. Hör nicht mehr auf sie, weder auf ihn, noch auf irgendjemand anders. Ach, übrigens?«

»Ja?«

»Brauchst du Geld?«

Camille hätte nein sagen sollen. Seit siebenundzwanzig Jahren sagte sie nein. Nein, kein Problem. Nein, danke. Nein, ich brauche nichts. Nein, ich will euch nichts schuldig sein. Nein, nein, laßt mich in Ruhe.

»Ja.«

Ja. Ja, vielleicht glaube ich daran. Ja, ich werde nicht mehr den Lakaien machen, weder für die Ritals noch für die Bredart noch für irgendeinen anderen dieser Idioten. Ja, ich würde gerne zum ersten Mal in meinem Leben in Ruhe arbeiten. Ja, ich habe keine Lust, mich jedesmal zu verkrampfen, wenn Franck mir seine drei Scheine hinhält. Ja, ich habe mich verändert. Ja, ich brauche euch. Ja.

»Prima. Und kauf dir was Schönes davon. Ehrlich gesagt … Diese Jeansjacke hattest du vor zehn Jahren auch schon.«

Das stimmte.

15

Sie ging zu Fuß zurück und besah sich die Schaufensterauslagen der Antiquitätenhändler. Sie war gerade bei den Schönen Künsten (das Schicksal, so ein Schelm ...), als ihr Handy klingelte. Sie klappte es wieder zu, als sie sah, daß es Pierre war.

Sie lief schneller. Ihr Herz verhedderte sich.

Zweites Klingeln. Mathilde diesmal. Sie ging auch jetzt nicht dran.

Sie machte kehrt und überquerte die Seine. Diese Kleine hatte Sinn für Romantik, und ob man nun vor Freude in die Luft oder ins Wasser sprang, der Pont des Arts in Paris war dafür immer noch am besten geeignet. Sie lehnte sich an die Brüstung und wählte die drei Ziffern ihrer Mailbox.

Sie haben zwei Nachrichten in Ihrer Mailbox, heute, dreiundzwanzig Uh... Es war noch Zeit genug, es aus Versehen fallen zu lassen. Plumps! Oh ... Zu dumm.

»Camille, ruf mich sofort zurück, oder ich schleife dich an den Haaren herbei!« brüllte er. »Sofort! Hörst du?«

Heute, dreiundzwanzig Uhr achtunddreißig: »Hier ist Mathilde. Ruf ihn nicht zurück. Komm nicht. Ich will nicht, daß du das siehst. Dein Händler heult wie ein Schloßhund. Kein schöner Anblick, kann ich dir sagen. Doch, er ist schön. Er ist sogar sehr schön. Danke, Camille, danke. Hörst du, was er sagt? Moment, ich geb ihm den Hörer, sonst reißt er mir das Ohr ab. Ich stell dich im September aus, Fauque, und sag nicht nein, die Einladungen sind schon rausgeg...« Die Nachricht brach ab.

Sie stellte ihr Handy aus, drehte sich eine Zigarette und rauchte sie zwischen Louvre, Académie Française, Notre-Dame und der Place de la Concorde.

Eine passende Kulisse für den Vorhang.

Anschließend zurrte sie den Schultergurt ihres Quersacks fest und nahm die Beine in die Hand, um das Dessert nicht zu verpassen.

16

In der Küche roch es ein wenig nach Bratfett, aber das Geschirr war schon wieder verstaut.

Kein Laut, alle Lichter gelöscht, nicht mal ein Lichtschein unter den Zimmertüren. Pff . . . Wo sie einmal bereit gewesen wäre, sich den Bauch vollzuschlagen.

Sie klopfte bei Franck.

Er hörte Musik.

Sie baute sich am Fußende auf und stemmte die Fäuste in die Seiten:

»Und?!« fragte sie entrüstet.

»Wir haben dir ein paar aufgehoben. Ich flambier sie dir morgen.«

»Und?!« wiederholte sie. »Willst du mich nicht vernaschen?«

»Ah! Ah! Sehr witzig.«

Sie fing an, sich auszuziehen.

»Also, mein Lieber. So leicht kommst du mir nicht davon! Versprochen ist versprochen, Orgasmus gefälligst!«

Er hatte sich aufgesetzt, um die Lampe anzumachen, während sie ihre Latschen in die Ecke pfefferte.

»Was machst du denn da? Was soll das?«

»Eh . . . Ich ziehe mich aus!«

»Oh nein.«

»Was?«

»Nicht so. Moment. Von diesem Augenblick träume ich seit Stunden.«

»Mach das Licht aus.«

»Warum?«

»Ich hab Angst, daß du keine Lust mehr auf mich hast, wenn du mich siehst.«

»Verflucht, Camille! Hör auf! Hör auf!« brüllte er.

Schmollmund.

»Willst du nicht mehr?«

». . .«

»Mach das Licht aus.«

»Nein!«

»Doch!«

»Ich will nicht, daß das so zwischen uns abläuft.«

»Wie soll es dann ablaufen? Willst du mit mir im Bois de Boulogne Boot fahren?«

»Pardon?«

»Boot fahren und Gedichte aufsagen, während ich die Hand im Wasser baumeln lasse.«

»Setz dich hier neben mich.«

»Mach das Licht aus.«

»Okay.«

»Mach die Musik aus.«

»Ist das alles?«

»Ja.«

»Bist du's?« fragte er verschüchtert.

»Ja.«

»Liegst du gut?«

»Nein.«

»Hier, nimm ein Kopfkissen. Wie war dein Termin?«

»Sehr gut.«

»Willst du mir etwas erzählen?«

»Was denn?«

»Alles. Heute abend will ich alles wissen. Alles. Alles. Alles.«

»Du weißt ja, wenn ich erst mal anfange. Dann fühlst auch du dich verpflichtet, mich hinterher in den Arm zu nehmen.«

»Ach, du Scheiße. Bist du vergewaltigt worden?«

»Das nicht.«

»Tja . . . Dem könnte ich abhelfen, wenn du willst.«

»Oh danke. Sehr freundlich. Hm . . . Wo soll ich anfangen?«

Franck imitierte den Moderator einer Kindersendung:

»Wo kommst du her, mein Kind?«

»Aus Meudon.«

»Aus Meudon?« rief er aus, »das ist aber sehr schön! Und wo ist deine Mama?«

»Sie frißt Medikamente.«

»So? Und dein Papa, wo ist dein Papa?«

»Tot.«

». . .«

»Tja! Ich hatte dich gewarnt, mein Junge! Hast du wenigstens Pariser hier?«

»Bring mich nicht so durcheinander, Camille, ich bin ein bißchen schwer von Begriff, das weißt du doch. Dein Vater ist gestorben?«

»Ja.«

»An was?«

»Er ist in den Abgrund gestürzt.«

». . .«

»Gut, der Reihe nach. Rutsch ran, ich will nicht, daß die anderen was hören.«

Er zog die Decke über ihre Köpfe:

»Schieß los. Uns kann keiner mehr sehen.«

17

Camille schlug die Beine übereinander, legte die Hände auf den Bauch und unternahm eine lange Reise.

»Ich war ein kleines Mädchen ohne Geschichte und sehr brav ...« begann sie mit Kinderstimme, »ich aß nicht viel, aber ich war gut in der Schule und malte die ganze Zeit. Ich habe keine Geschwister. Mein Papa hieß Jean-Louis und meine Mama Catherine. Ich glaube, als sie sich kennenlernten, haben sie sich geliebt. Ich weiß es nicht, ich habe mich nie getraut, sie zu fragen. Aber als ich Pferde malte und das schöne Gesicht von Johnny Depp in *21 Jump Street*, liebten sie sich schon nicht mehr. Da bin ich mir ziemlich sicher, denn mein Papa wohnte schon nicht mehr bei uns. Er kam nur am Wochenende vorbei, um mich zu sehen. Es war normal, daß er wieder ging, ich an seiner Stelle hätte es genauso gemacht. Ich wäre sonntagabends auch gern mit ihm mitgegangen, aber das hätte ich nie gewagt, weil sich meine Mama dann wieder umgebracht hätte. Meine Mama hat sich ganz oft umgebracht, als ich klein war. Zum Glück oft dann, wenn ich nicht da war, und danach ... Als ich größer wurde, hatte sie weniger Hemmungen, woraufhin eh ... Einmal war ich bei einer Freundin zum Geburtstag. Als mich meine Mama am Abend nicht abholte, hat mich eine andere Mama bei mir vor der Haustür abgesetzt, und als ich ins Wohnzimmer kam, habe ich gesehen, wie sie tot auf dem Teppich lag. Die Feuerwehrleute sind gekommen, und ich habe zehn Tage bei der Nachbarin gewohnt. Danach hat ihr mein Papa gesagt, wenn sie sich noch einmal umbringt, würde er ihr das Sorgerecht entziehen, daraufhin hat sie aufgehört. Sie hat nur noch Medikamente gefuttert. Mein Papa hat mir erzählt, daß er zum Arbeiten weg muß, aber meine Mama hat mir verboten, ihm zu glauben. Sie hat mir jeden Tag erzählt, daß er ein Lügner sei, ein Dreckskerl, daß er eine andere Frau und ein anderes kleines Mädchen hätte, das er jeden Abend lieb streicheln würde.«

Sie nahm wieder ihre normale Stimme an:

»Es ist das erste Mal, daß ich darüber spreche. Du siehst, deine hat dich fertiggemacht, bevor sie dich in den Zug zurück setzte, aber meine hat mir jeden Tag in den Ohren gelegen. Jeden Tag. Manchmal war sie auch lieb. Sie hat mir Filzstifte gekauft und mir immer wieder gesagt, ich sei ihr ganzes Glück auf Erden.

Wenn er kam, verzog sich mein Vater zu seinem Jaguar in die Garage und hörte Opern. Es war ein alter Jaguar, der keine Räder mehr hatte, aber das war nicht schlimm, wir fuhren trotzdem spazieren. Er sagte: ›Darf ich Sie an die Riviera entführen, Mademoiselle?‹ und ich setzte mich neben ihn. Das Auto habe ich geliebt.«

»Was war das für ein Modell?«

»Ein MK irgendwas ...«

»MKI oder MKII?«

»Scheiße, das ist typisch Mann. Ich versuche dich zu Tränen zu rühren, und das einzige, was dich interessiert, ist die Automarke!«

»Pardon.«

»Schon gut.«

»Erzähl weiter.«

»Pff...«

»›Na, Mademoiselle? Darf ich sie an die Riviera entführen?‹«

»›Ja‹, lachte Camille, ›gerne‹. ›Haben Sie Ihren Badeanzug eingepackt?‹ fügte er hinzu, ›hervorragend. Und auch ein Abendkleid! Wir gehen bestimmt ins Casino. Vergessen Sie Ihren Silberfuchs nicht, in Monte Carlo sind die Nächte kalt.‹ Es roch so gut im Wagen. Nach altem Leder. Alles war schön, das weiß ich noch. Der kristallene Aschenbecher, der Spiegel in der Beifahrerblende, die winzigen Hebel zum Herunterkurbeln der Scheiben, das Handschuhfach, das Holz. Wie ein fliegender Teppich. ›Mit etwas Glück kommen wir vor Einbruch der Dunkelheit noch an‹, versprach er mir. Ja, so ein Mann war mein Papa, ein großer Träumer, der stundenlang in einem aufgebockten Auto sitzen, den Schalthebel betätigen und mich in einer Vorstadtgarage bis ans Ende der Welt mitnehmen konnte. Er war auch ganz verrückt nach Opern, unterwegs hörten wir *Don Carlos*, *La Traviata* oder *Die Hochzeit des Figaro*. Er erzählte mir Geschichten: über den Kummer der Madame Butterfly, die unmögliche Liebe zwischen Pelleas und Melisande, wenn er ihr gesteht, ich muß Ihnen etwas sagen, und es dann nicht über sich bringt, die Geschichten mit der Gräfin und ihrem Cherub, der sich die ganze Zeit versteckt, oder Alcina, die hübsche Zauberin, die ihre Freier in wilde Tiere verwandelt. Ich durfte immer reden, außer wenn er die Hand hob, und bei Alcina nahm er sie sehr oft hoch. *Tornami a vagheggiar*, ich kann dieses Lied nicht mehr hören. Es ist zu fröhlich. Aber meistens war ich still. Es ging mir gut. Ich dachte an das andere kleine Mädchen. Sie hatte das alles nicht. Das war verwirrend für mich. Heute sehe ich natürlich klarer: Ein Mann wie er konnte mit einer Frau wie meiner Mutter nicht leben. Einer Frau, die die Musik einfach abstellte, wenn es Zeit zum Essen war, und all unsere Träume wie Seifenblasen zum Platzen brachte. Ich habe sie nie glücklich gesehen, ich habe sie nie lächeln sehen, ich ... Mein Vater hingegen war die Liebenswürdigkeit und Güte in Person. Ein wenig wie Philibert. Zu lieb, um das hier auf sich zu nehmen. Die Vorstellung, in den Augen seiner kleinen Prinzessin als Dreckskerl dazustehen. Also kam er eines Tages zu uns zurück. Er schlief in seinem Arbeitszimmer und fuhr am Wochenende weg. Keine Ausflüge mehr in dem alten grauen Jaguar nach Salzburg oder Rom, keine Casinos mehr und keine Picknicks am Strand. Und dann, eines Morgens, war er wohl müde geworden, denke ich mir. Sehr, sehr müde, und fiel von einem hohen Gebäude ...«

»Fiel oder sprang?«

»Er war ein eleganter Mann, er ist gefallen. Er war Versicherungsangestellter und wegen irgendwelcher Entlüftungsschächte oder weiß der Kuckuck was auf dem Dach eines Turms unterwegs, hat seine Akte aufgeschlagen und nicht darauf geachtet, wohin er die Füße setzt ...«

»Verrückt, diese Geschichte. Wie denkst du darüber?«

»Ich denke gar nichts. Dann kam die Beerdigung, und meine Mutter hat sich ständig umgedreht, um festzustellen, ob die andere

Frau hinten in der Kapelle sitzt ... Dann hat sie den Jaguar verkauft, und ich habe aufgehört zu reden.«

»Für wie lange?«

»Monate.«

»Und dann? Kann ich die Decke etwas runterziehen, ich ersticke
gleich.«

»Ich bin auch erstickt. Aus mir wurde ein undankbares, einsames
junges Mädchen, ich hatte die Nummer des Krankenhauses im
Telefon gespeichert, aber ich habe sie nicht mehr gebraucht. Sie
hatte sich beruhigt. Sie war jetzt nicht mehr selbstmordgefährdet,
sondern depressiv. Ein Fortschritt. So war es ruhiger. Ein Toter
reichte ihr wohl. Dann hatte ich nur noch eins im Kopf: abhauen.
Mit siebzehn bin ich zum ersten Mal ausgebüxt und bei einer
Freundin untergeschlüpft. Eines Abends, rums, standen meine
Mutter und die Bullen vor der Tür. Dabei wußte sie genau, wo ich
war, dieses Weib. Das war kraß, wie man heute sagen würde. Wir
saßen gerade beim Abendessen, meine Freundin, ihre Eltern und
ich, und unterhielten uns, soweit ich weiß, über den Algerienkrieg.
Dann klopf, klopf die Bullen. Mir war das superpeinlich gegenüber
diesen Leuten, aber nun gut, ich wollte keine Scherereien machen,
also bin ich mitgegangen ... Am 17. Februar bin ich achtzehn geworden, um eine Minute nach Mitternacht habe ich mich ver-
drückt und die Tür ganz leise hinter mir zugezogen. Ich habe mein
Abi gemacht und dann an der Kunsthochschule angefangen. Als
vierte von siebzig Zugelassenen. Nach den Opern meiner Kindheit
hatte ich eine phantastische Mappe zusammengestellt. Ich hatte
geschuftet wie ein Tier und bekam die Glückwünsche der Jury. Damals hatte ich keinen Kontakt mehr zu meiner Mutter und habe
mich irrsinnig abgerackert, weil das Leben in Paris zu teuer war.
Ich wohnte mal hier, mal dort und habe viele Stunden geschwänzt.
Ich habe die Theorie geschwänzt und bin ins Atelier gegangen, und
dann hab ich Scheiße gebaut ... Auf der einen Seite habe ich mich
gelangweilt, habe das Spiel nicht mitgespielt: Ich habe mich nicht
ernst genommen und wurde folglich auch nicht ernst genommen.
Ich war keine echte Künstlerin, ich war eine gute Handwerkerin,
der man eher die Place du Tertre auf dem Montmartre empfiehlt,

um Monet und die kleinen Tänzerinnen hinzuschmieren ... Und außerdem ... eh ... hab ich nichts begriffen. Ich habe lieber gemalt, als mir das Geblubber der Profs anzuhören, ich habe Porträts von ihnen gemacht, und ihre Vorstellung von ›bildender Kunst‹, von Happenings und Installationen hat mich angeödet. Ich habe schnell gemerkt, daß ich mich im Jahrhundert geirrt hatte. Ich hätte gern im 16. oder 17. Jahrhundert gelebt und wäre im Atelier eines großen Meisters in die Lehre gegangen ... Hätte seine Grundierungen vorbereitet, seine Pinsel gereinigt und für ihn die Farben angerieben ... Vielleicht war ich nicht reif genug? Oder hatte kein Selbstbewußtsein? Oder war schlicht nicht besessen genug? Ich weiß es nicht ... Auf der anderen Seite habe ich eine Bekanntschaft gemacht, die mir nicht gutgetan hat. Eine simple Geschichte: Junge Schnepfe mit ihren Pastelldöschen und schön gefalteten Läppchen verliebt sich in das verkannte Genie. Den Verstoßenen, den Prinz mit dem Kopf in den Wolken, den Trauernden, den Undurchsichtigen, den Untröstlichen ... Das volle Klischee: Langhaarig, gequält, genial, leidend, lechzend ... Argentinischer Vater, ungarische Mutter, explosive Mischung, hochgebildet, wohnte in einem besetzten Haus und hatte nur auf sie gewartet: ein verrücktes Huhn, das ihn bekochte, während er unter schrecklichen Qualen schöpferisch tätig war ... Das habe ich richtig gut hingekriegt. Ich bin zum Markt von Saint-Pierre gegangen, habe meterlange Stoffbahnen an die Wände geheftet, um unser ›Kämmerlein‹ schön ›schmuck‹ zu gestalten, und habe mir Arbeit gesucht, um den Herd am Brennen zu halten ... Wobei, den Herd ... eh ... den kleinen Gaskocher eher ... Ich habe das Studium sausen lassen und mich im Schneidersitz hingesetzt, um darüber nachzudenken, was ich mal werden könnte ... Und das Schlimmste, ich war stolz darauf! Ich habe ihm beim Malen zugeschaut und mich wichtig gefühlt ... Ich war die Schwester, die Muse, die Grande Dame hinter dem Grand Homme, die die Weinkanister wieder aufstellte, die Jünger ernährte und die Aschenbecher leerte ...«

Sie lachte.

»Ich war stolz und bin Museumswärterin geworden, superschlau, oder? Gut, ich erspar dir die Kollegen, ich habe allen

Größen im Staatsdienst die Hand gereicht, aber ... Es war mir eigentlich schnurzegal ... Es ging mir gut. Endlich war ich im Atelier meines großen Meisters ... Die Leinwände waren schon lange getrocknet, aber ich habe dort bestimmt mehr gelernt als in allen Schulen der Welt ... Und da ich damals nicht viel schlief, konnte ich ruhig vor mich hindösen ... Ich wärmte mich auf ... Das Problem war, daß ich nicht malen durfte ... Nicht mal in ein klitzekleines Heftchen, nicht mal, wenn kein Mensch da war, und Gott weiß, wie wenig Leute an manchen Tagen vorbeikamen, es war dennoch nichts anderes erlaubt, als über das Schicksal nachzugrübeln, zusammenzufahren, wenn ich die quietschenden Schuhsohlen eines verirrten Besuchers hörte, meine Sachen in Windeseile wegzupacken, wenn das Plingpling seines Schlüsselbunds zu hören war ... Am Ende war es Séraphin Ticos liebster Zeitvertreib geworden – Séraphin Tico, ich liebe diesen Namen –, sich leise anzuschleichen und mich in flagranti zu erwischen. Ah! Was hat er sich gefreut, der Idiot, wenn er mich zwang, meinen Stift wegzupacken! Ich sah, wie er beim Weggehen die Beine breit machte, damit sich seine Eier vor Wonne aufblasen konnten ... Aber wenn ich zusammenzuckte, habe ich mich bewegt, und das hat mich echt genervt. Wie viele Skizzen seinetwegen in die Hose gingen ... Nein! So ging es nicht weiter! Deshalb hab ich das Spielchen mitgespielt ... Die Lehrjahre trugen allmählich Früchte: Ich bestach ihn.«

»Pardon?«

»Ich bezahlte ihn. Ich fragte ihn, wieviel er haben will, um mich in Ruhe arbeiten zu lassen ... Dreißig Franc am Tag? Schön ... Der Preis für eine Stunde Pennen im Warmen? Gut ... Ich habe sie ihm gegeben ...«

»Du meine Fresse ...«

»Ja, der große Séraphin Tico«, fügte sie verträumt hinzu, »jetzt, wo wir den Rolli haben, werde ich demnächst mal mit Paulette bei ihm vorbeischauen.«

»Warum?«

»Weil ich ihn gerne mochte. Er war ein ehrlicher Gauner. Nicht wie der andere Blödmann, der mich nach einem Arbeitstag mit

Stinklaune empfing, weil ich vergessen hatte, Kippen zu kaufen. Und ich, blöd wie ich bin, bin wieder losgezogen.«

»Warum bist du bei ihm geblieben?«

»Weil ich ihn geliebt habe. Ich habe auch seine Arbeiten bewundert. Er war frei, ohne Komplexe, selbstsicher, anspruchsvoll. Das genaue Gegenteil von mir. Er wäre lieber mit offenem Mund verreckt, als den geringsten Kompromiß einzugehen. Ich war gerade mal zwanzig, ich habe ihn ausgehalten und fand ihn bewundernswert.«

»Ganz schön dämlich.«

»Ja ... Nein ... Nach der Kindheit, die ich hinter mir hatte, war es das Beste, was mir passieren konnte. Es war immer jemand da, es wurde nur über Kunst gesprochen, über Malerei. Wir waren albern, klar, aber auch redlich. Wir lebten zu sechst von zweimal Arbeitslosenhilfe, wir froren uns einen ab und standen an öffentlichen Bädern Schlange, aber wir hatten das Gefühl, besser zu leben als die anderen. Und so grotesk es einem heute auch vorkommen mag, ich glaube, wir hatten recht. Wir hatten eine gemeinsame Leidenschaft. Was für ein Luxus. Ich war dämlich und glücklich. Wenn ich einen Saal über hatte, tauschte ich, und wenn ich nicht gerade die Zigaretten vergaß, wurde gefeiert! Wir haben auch viel getrunken. Ich habe mir ein paar schlechte Angewohnheiten zugelegt. Und dann habe ich die Kesslers kennengelernt, von denen ich dir neulich erzählt habe.«

»Er war bestimmt eine heiße Nummer«, sagte er und zog eine Grimasse.

Sie gurrte:

»Na klar ... Die beste der Welt. Ah ... Schon beim Gedanken daran kriege ich überall Gänsehaut, hier ...«

»Ja, ja, alles klar. Hab schon kapiert.«

»Nein«, seufzte sie, »so toll war es nicht. Nachdem sich die erste post-jüngferliche Erregung gelegt hatte, habe ich ... ich ... na ja ... Er war ein ziemlicher Egoist ...«

»Aaah.«

»Jaa, eh ... Da kannst du ja eigentlich auch schon ganz gut mithalten.«

»Ja, aber ich rauche nicht!«

Sie lächelten sich im Dunkeln zu.

»Danach ging es bergab. Mein Schatz betrog mich. Während ich mir Séraphin Ticos schwachsinnigen Humor reinziehen mußte, hat er sich die Erstsemester reingezogen, und als wir uns wieder vertrugen, hat er mir gestanden, daß er Drogen nimmt, ja, nur so halt. Weil's chic ist. Und darüber will ich lieber gar nicht reden.«

»Warum nicht?«

»Weil es zu traurig war. Wie schnell dich dieses Mistzeug in die Knie zwingt, das ist erschreckend. Weil's chic ist, von wegen, ich habe noch ein paar Monate durchgehalten, dann bin ich wieder bei meiner Mutter eingezogen. Sie hatte mich fast drei Jahre nicht gesehen, sie hat die Tür aufgemacht und gesagt: ›Nur daß du's weißt, ich hab nichts zu essen im Haus.‹ Ich bin in Tränen ausgebrochen und habe zwei Monate lang das Bett nicht verlassen. Zu dem Zeitpunkt war sie ausnahmsweise mal clean. Sie war die richtige, um mich da rauszuholen, wirst du sagen. Und als ich das erste Mal aufstand, bin ich wieder arbeiten gegangen. Damals habe ich mich nur von Brei und kleinen Gläschen ernährt. Doktor Freud läßt grüßen! Nach dem CinemaScope Dolby Stereo, mit Ton, Licht und Emotionen aller Art gab es wieder ein Leben in Schwarzweiß und Kleinformat. Ich habe ferngesehen, und an den Quais wurde mir immer schwindlig.«

»Hast du daran gedacht . . . ?«

»Ja. Ich habe mir vorgestellt, wie mein Geist zu den Klängen von *Tornami a vagheggiar, Te solo vuol amar* . . . zum Himmel auffährt . . . und mein Vater mich lachend mit ausgebreiteten Armen empfängt: ›Ah! Da sind Sie ja endlich, Mademoiselle! Sie werden sehen, hier ist es noch schöner als an der Riviera.‹«

Sie weinte.

»Nein, nicht weinen . . .«

»Doch. Mir ist danach.«

»Gut, dann wein halt.«

»Du bist nicht so kompliziert, das ist gut . . .«

»Stimmt. Ich hab zwar viele Macken, aber kompliziert bin ich nicht. Sollen wir aufhören?«

»Nein.«

»Willst du was trinken? Eine heiße Milch mit Orangenblüten, wie Paulette sie mir immer gemacht hat?«

»Nein, danke. Wo war ich stehengeblieben?«

»Schwindelgefühle.«

»Ja, Schwindelgefühle. Ehrlich gesagt hätte man mir nur auf den Rücken schnipsen müssen, und ich wäre umgefallen, aber statt dessen trug der Zufall schwarze Handschuhe aus zartem Ziegenleder und klopfte mir eines Morgens auf die Schulter. An diesem Tag vertrieb ich mir die Zeit mit Watteaus Figuren und saß vornübergebeugt auf einem Stuhl, als ein Mann hinter mir vorbeiging. Ich sah ihn oft. Er scharwenzelte immer um Studenten herum und betrachtete heimlich ihre Zeichnungen. Ich hielt ihn für einen Aufreißer, wobei mir seine sexuellen Neigungen unklar waren. Ich sah ihn mit der Jugend schäkern, die sich geschmeichelt fühlte, und bewunderte sein Gebaren. Er trug immer herrliche Mäntel, sehr lang, maßgeschneiderte Anzüge, Seidentücher und Seidenschals. Ich hatte gerade meine kleine Pause, saß deshalb über mein Heft gebeugt und sah nur seine wunderschönen Schuhe, sehr elegant und blitzblank. ›Darf iesch Ihnen eine persönliche Frage stellen, Mademoiselle? Aben Sie eiserne Moralvorstellungen?‹ Ich fragte mich natürlich, wohin er wollte. Ins Hotel? Aber gut. Hatte ich eiserne Moralvorstellungen? Ich, die ich Séraphin Tico bestach und davon träumte, das Werk Gottes zunichte zu machen? ›Nein‹, antwortete ich, und dank dieser kleinen anmaßenden Erwiderung bin ich in den nächsten Schlamassel geschlittert ... ein exorbitanter diesmal ...«

»Was für einer?«

»Ein unsäglicher Schlamassel.«

»Was hast du gemacht?«

»Das gleiche wie vorher. Aber statt in einem besetzten Haus zu wohnen und die Dienstmagd eines Tobsüchtigen zu sein, wurde ich die eines Betrügers.«

»Hast du ... hast du dich ...«

»Prostituiert? Nein. Obwohl ...«

»Was hast du gemacht?«

»Fälschungen.«

»Geld?«

»Nein, Bilder. Und das Schlimmste, es hat mir sogar Spaß gemacht! Am Anfang jedenfalls. Später grenzte dieser Spaß an Sklaverei, aber am Anfang war es total witzig. Wo ich einmal zu was nütze war! Ich sag dir, ich hab in einem unglaublichen Luxus gelebt. Nichts war zu schön für mich. Mir war kalt? Er schenkte mir die besten Kaschmirpullis. Du weißt doch, der dicke blaue Pullover mit der Kapuze, den ich ständig anhabe?«

»Jaa.«

»Elftausend Franc.«

»Neeee!«

»Dooooch. Und ich hatte gut ein Dutzend davon. Ich hatte Hunger? Pling pling, Room Service und Hummer in rauhen Mengen. Ich hatte Durst? Ma qué, Champagne! Ich langweilte mich? Theater, Shopping, Musik! ›Was iemmer du wiellst, sag es deinem Vittorio. Wenn du gehst, biest du den Job los.‹ Nur, warum sollte ich gehen? Ich wurde gehätschelt, ich hatte meinen Spaß, ich tat, was mir gefiel, ich ging in alle Museen, von denen ich geträumt hatte, ich lernte Leute kennen, nachts irrte ich mich im Zimmer. Ich bin mir nicht sicher, aber ich glaube, ich habe sogar mit Jeremy Irons geschlafen.«

»Wer ist das denn?«

»Mensch, du bist aber auch ein hoffnungsloser Fall. Na gut, egal. Ich las, ich hörte Musik, ich verdiente Geld. Im nachhinein betrachtet war es eine andere Form von Selbstmord. Bequemer. Ich war vom Leben und den wenigen Leuten, die mich mochten, abgeschnitten. Von Pierre und Mathilde Kessler vor allem, die stocksauer auf mich waren, von meinen früheren Freunden, von der Wirklichkeit, von der Moral, vom rechten Weg, von mir selbst ...«

»Hast du die ganze Zeit geschuftet?«

»Die ganze Zeit. Ich hab nicht wirklich viel produziert, aber ich mußte das Gleiche tausendmal wiederholen, wegen technischer Probleme ... Die Patina, die Grundierung und alles ... Das Bild selbst war eigentlich Peanuts, der Alterungsprozeß war das Schwierige. Ich arbeitete mit Jan zusammen, einem Holländer, der uns mit altem Papier versorgte. Das war sein Beruf: durch die Welt zu reisen und mit Papierrollen zurückzukommen. Er hatte was von einem verrückten Chemiker, der pausenlos nach einer Methode sucht, um aus neu alt zu machen ... Ich habe ihn nie auch nur ein einziges Wort sagen hören, ein faszinierender Typ ... Dann habe ich jegliches Zeitgefühl verloren ... Im Grunde habe ich mich von diesem Antileben aufsaugen lassen ... Das sah man nicht mit bloßem Auge, aber mittlerweile war ich ein Wrack. Ein elegantes Wrack ... Den Schlund immer feucht, maßgeschneiderte Blusen und Abscheu vor meiner Persönlichkeit ... Ich weiß nicht, wie das ganze ausgegangen wäre, wenn Leonardo mich nicht gerettet hätte ...«

»Welcher Leonardo?«

»Leonardo da Vinci. Ich habe mich sofort gesträubt. Solange wir uns an die kleinen Meister hielten, an die Skizzen von Skizzen, an die Entwürfe von Entwürfen oder an die Übermalungen von Übermalungen, konnte man den weniger skrupulösen Händlern etwas vormachen, aber das hier war zuviel ... Ich habe es gesagt, aber sie haben nicht auf mich gehört ... Vittorio war zu gierig geworden ... Ich weiß nicht genau, was er mit der Knete gemacht hat, aber je mehr er eingestrichen hat, um so mehr brauchte er ... Auch er schien seine schwachen Seiten zu haben ... Also habe ich den Mund gehalten. Es war schließlich nicht mein Problem ... Ich bin in den Louvre zurückgekehrt, in die Graphikabteilung, wo ich Zugang zu bestimmten Dokumenten hatte, und habe sie mir eingeprägt ... Vittorio wollte etwas Kleineres. ›Siehst du diese Etude hier? Du läßt diesch von ihr inspirieren, aber diesen Figuren da, die läßt du mier bestehen ...‹ Zu dieser Zeit lebten wir nicht mehr im Hotel, sondern in einer großen möblierten Wohnung. Ich habe mich seinen Anweisungen gefügt und gewartet ... Er wurde immer nervöser. Er verbrachte Stunden am Telefon, scheuerte den Teppich durch und spuckte auf die Madonna. Eines Morgens kam er wie ein Irrer in mein Zimmer gestürzt: ›Iesch muß weg, aber du riehrst diesch niescht von ier, verstanden? Du gehst niescht raus, bevor iesch es dier erlaubt abe ... Ast du verstanden? Du riehrst diesch niescht von der Stelle!‹ Am Abend hat mich ein Typ angerufen, den ich nicht kannte: ›Verbrenn alles‹, und hat aufgelegt. Gut ...

Ich habe stapelweise Fälschungen zusammengesucht und sie im Spülbecken vernichtet. Und weiter gewartet ... Tagelang ... Ich habe mich nicht nach draußen gewagt. Ich habe mich nicht getraut, aus dem Fenster zu sehen. Ich war total paranoid geworden. Aber nach einer Woche bin ich gegangen. Ich hatte Hunger, ich brauchte eine Zigarette, ich hatte nichts mehr zu verlieren ... Ich bin zu Fuß nach Meudon zurück und habe ein verschlossenes Haus mit einem *Zu verkaufen*-Schild am Gitter vorgefunden. War sie gestorben? Ich bin über die Mauer geklettert und habe in der Garage geschlafen. Dann bin ich nach Paris zurückgekehrt. Solange ich lief, hielt ich durch. Ich bin ums Haus gestrichen für den Fall, daß Vittorio zurückkommt ... Ich hatte kein Geld, keine Orientierung, keine Bezugspunkte, nichts. Ich habe noch zwei Nächte draußen verbracht, in meinem Kaschmirpulli zu elftausend Franc, habe Kippen geschnorrt und mir meinen Mantel klauen lassen. Am dritten Abend habe ich bei Pierre und Mathilde geklingelt und bin vor ihrer Tür zusammengebrochen. Sie haben mich wieder aufgepäppelt und mich hier untergebracht, im siebten Stock. Eine Woche später saß ich immer noch auf dem Boden und fragte mich, was ich jetzt wohl mal werden könnte ... Alles, was ich wußte, war, daß ich im Leben nie mehr malen wollte. Ich war auch nicht bereit, in die Welt zurückzukehren. Die Leute machten mir angst ... Also bin ich Raumpflegerin in Nachtarbeit geworden ... So habe ich etwas über ein Jahr gelebt. In der Zwischenzeit habe ich meine Mutter wiedergefunden. Sie hat mir keine Fragen gestellt ... Ich habe nie herausgefunden, ob es Gleichgültigkeit oder Zurückhaltung war ... Ich habe nicht nachgehakt, das konnte ich mir nicht erlauben: Ich hatte nur noch sie ...

Welche Ironie? Ich hatte alles drangesetzt, um ihr zu entkommen, und jetzt ... Zum Ausgangspunkt zurück, abzüglich der Träume. Ich bin dahinvegetiert, habe mir untersagt, allein zu trinken, und habe einen Ausweg aus meinen zehn Quadratmetern gesucht. Und dann bin ich zu Winteranfang krank geworden, und Philibert hat mich die Treppe runtergetragen in das Zimmer hier nebenan. Den Fortgang der Geschichte kennst du.«

Lange Stille.

»Tja«, wiederholte Franck mehrmals. »Tja.«

Er hatte sich aufgerichtet und die Arme verschränkt.

»Tja. Was für ein Leben? Verrückt. Und jetzt? Was machst du jetzt?«

»...«

Sie schlief. Er deckte sie bis zur Nasenspitze zu, nahm seine Sachen und ging auf Zehenspitzen hinaus. Jetzt, wo er sie kannte, wagte er nicht mehr, sich neben sie zu legen. Außerdem nahm sie den ganzen Raum ein.

Den ganzen Raum.

18

Er fühlte sich verloren.

Er irrte einen Moment durch die Wohnung, ging Richtung Küche, machte die Schranktüren auf und kopfschüttelnd wieder zu.

Das Salatherz auf dem Fensterbrett war ganz verschrumpelt. Er warf es in den Müll, nahm einen Stift und setzte sich hin, um seine Zeichnung zu beenden. Er zögerte bei den Augen. Sollte er zwei schwarze Punkte am Ende der Fühler malen oder eins darunter?

Verflucht! Sogar bei Schnecken war er eine Niete!

Okay, eins. Das sah niedlicher aus.

Er zog sich an. Schob auf Zehenspitzen sein Motorrad an der Pförtnerloge vorbei. Pikou sah ihn vorbeigehen, ohne Alarm zu schlagen. Gut so, Freundchen, gut so. Im Sommer kriegst du einen kleinen Lacoste, damit kannst du die Pekinesinnen verführen. Er ging noch ein paar Meter weiter, bevor er das Motorrad anließ, und stürzte sich in die Nacht.

Er bog die erste Straße nach links ab und fuhr immer geradeaus. Am Meer angekommen, legte er seinen Helm auf den Bauch und betrachtete die Manöver der Fischer. Er nutzte die Gelegenheit, um zwei, drei Worte mit seinem Motorrad zu wechseln. Damit es die Situation ein wenig verstand.

Leichter Drang, sich gehenzulassen.

Zuviel Wind vielleicht?

Er schnaubte.

Genau! Das hatte er vorhin gesucht: einen Kaffeefilter! Seine Gedanken sortierten sich wieder. Daraufhin lief er am Hafen entlang bis zur ersten offenen Kneipe und trank inmitten glänzender

Friesennerze seine schwarze Brühe. Als er aufsah, erblickte er im Spiegel einen alten Bekannten:

»Na? Auch hier?«

»Tja.«

»Was machst du so?«

»Ich trinke Kaffee.«

»Mein Gott, siehst du fertig aus.«

»Müde.«

»Immer noch hinter den Rockzipfeln her?«

»Nein.«

»Komm schon. Du warst doch wohl heut nacht mit einem Mädchen zusammen?«

»Das war eigentlich kein Mädchen.«

»Was dann?«

»Keine Ahnung.«

»He ho, Alter! Chefin! Spülen Sie mal seine Tasse aus, mein Kumpel schuppt sich gerade.«

»Nee, nee. Laß.«

»Was denn?«

»Alles.«

»Mensch, was hast du denn, Lestaf?«

»Herzschmerz.«

»Oooh, bist du verliebt?«

»Gut möglich.«

»He Mann! Das sind ja Neuigkeiten! Frohlocke, Alter! Frohlocke! Auf die Theke mit dir! Sing uns ein Ständchen!«

»Hör auf.«

»Was hast du denn?«

»Nichts. Dies ... Diesmal ist es eine richtig Gute. Zu gut für mich jedenfalls.«

»Was denn. So ein Blödsinn! Niemand ist zu gut für niemand. Schon gar nicht die Miezen!«

»Sie ist keine Mieze, hab ich gesagt.«

»Ein Typ?!«

»Unsinn.«

»Ein Androide? Lara Croft vielleicht?«

»Besser.«

»Besser als Lara Croft? Wow! Also mit gigantischem Vorbau?«

»75 A, würd ich sagen.«

Er lächelte:

»Wenn du in ein Brett verknallt bist, hast du's schlecht getroffen, jetzt kapier ich's.«

»Nix da, nix kapierst du!« regte er sich auf. »Sowieso hast du überhaupt noch nie was kapiert! Du reißt nur immer die Klappe auf, damit keiner merkt, daß du nix kapierst! Damit gehst du bloß allen schon immer auf den Zeiger! Du tust mir leid. Wenn sie mit mir spricht, versteh ich die Hälfte der Wörter nicht, klar? Neben ihr komm ich mir ganz mickrig vor. Wenn du wüßtest, was sie schon alles durchgemacht hat. Scheiße, ich bring's nicht. Ich glaub, ich laß es lieber.«

Sein Kumpel war beleidigt.

»Was denn?« brummte Franck.

»Zu garstig.«

»Ich hab mich verändert.«

»Ach was. Du bist nur müde.«

»Ich bin seit zwanzig Jahren müde.«

»Was hat sie durchgemacht?«

»Nur Scheiße.«

»Das ist doch perfekt! Brauchst du ihr nur was andres zu bieten!«

»Was denn?«

»He! Machst du das extra oder was?«

»Nein.«

»Doch. Du machst das extra, damit ich Mitleid hab. Denk doch mal nach. Ich bin sicher, du kommst drauf.«

»Ich hab Angst.«

»Gutes Zeichen.«

»Ja, aber wenn ich mich . . .«

Die Wirtin räkelte sich.

»Meine Herren, das Brot ist da. Wer will ein Sandwich? Der junge Mann?«

»Danke, es geht auch ohne.«

Ja, es würde auch ohne gehen.

Gegen die Wand oder sonstwohin.
Wir werden sehen.

Der Markt wurde gerade aufgebaut. Franck kaufte Blumen von einem Lastwagen herunter, hast du's passend, Junge? und drückte sie in seiner Jacke platt.

Blumen waren kein schlechter Anfang, oder?
Hast du's passend, Junge? Und ob, Alte! Und ob!

Und zum ersten Mal in seinem Leben fuhr er bei Sonnenaufgang Richtung Paris.

Philibert duschte gerade. Er brachte Paulette das Frühstück und drückte ihr seinen Stoppelbart auf die Hängebäckchen:
»Na, Omi, geht's dir nicht gut?«
»Du bist ja völlig durchgefroren? Wo kommst du denn her?«
»Och«, sagte er und richtete sich auf.

Sein Pulli stank nach Mimosen. In Ermangelung einer Vase schnitt er mit dem Brotmesser eine Plastikflasche zurecht.
»He, Philou?«
»Sekunde, ich dosiere gerade mein Nesquick. Stellst du uns noch eine Einkaufsliste zusammen?«
»Ja. Wie schreibt man noch mal Riwjera?«
»Mit v und zwei i.«
»Danke.«
Mimosen wie an der ~~Riwjera~~ ... Riviera. Er faltete seine Nachricht und plazierte sie mitsamt Vase neben der Schnecke.

Er rasierte sich.
»Wo waren wir noch mal?« fragte der andere, von neuem im Spiegel.
»Schon gut. Ich krieg das irgendwie hin.«
»Na gut ... dann viel Glück!«

Franck verzog das Gesicht.

Wegen des After-shaves.

Er kam zehn Minuten zu spät, die Versammlung hatte bereits begonnen.

»Da ist ja unser Charmeur«, verkündete der Chef.

Lächelnd nahm er Platz.

19

Wie jedesmal, wenn er erschöpft war, verbrannte er sich gründlich. Sein Gehilfe bestand darauf, ihn zu verbinden, und schließlich hielt er ihm schweigend den Arm hin. Keine Kraft, zu jammern oder Schmerz zu empfinden. Apparat durchgeknallt. Außer Betrieb, außer Gebrauch, außer Gefecht, außer allem.

Völlig benommen kehrte er zurück, stellte den Wecker, um nicht bis zum Morgen zu schlafen, zog sich, ohne die Schnürsenkel zu lösen, die Schuhe aus, ließ sich aufs Bett fallen und streckte die Arme zur Seite aus. Ja, jetzt tat seine Hand wieder weh, und er unterdrückte einen Schmerzenslaut, bevor er wegsackte.

Er schlief schon über eine Stunde, als Camille – so leicht, das konnte nur sie sein – ihn im Traum heimsuchte.

Leider konnte er nicht sehen, ob sie nackt war. Sie lag auf ihm. Oberschenkel auf Oberschenkel, Bauch auf Bauch und Schulter auf Schulter.

Sie hatte ihren Mund an sein Ohr gedrückt und flüsterte:

»Lestafier, ich werde dich vergewaltigen.«

Er lächelte im Schlaf. Zum einen, weil es ein herrliches Delirium war, und zum anderen, weil ihr Atem ihn jenseits aller Abgründe kitzelte.

»Ja, bringen wir es hinter uns. Ich werde dich vergewaltigen, damit ich einen guten Grund habe, dich in die Arme zu schließen. Jetzt rühr dich vor allem nicht. Wenn du dich wehrst, erdrossle ich dich, mein Junge.«

Er wollte alles zusammenpacken, seinen Körper, seine Hände und sein Bettzeug, um sicherzustellen, daß er nicht wach wurde, aber jemand hatte ihn an den Handgelenken gepackt.

Am Schmerz konnte er erkennen, daß er nicht träumte, und weil er litt, erkannte er sein Glück.

Als sie ihre Hände auf seine legte, spürte Camille die Mullbinde:
»Hast du Schmerzen?«
»Ja.«
»Um so besser.«

Und sie fing an sich zu bewegen.
Er auch.
»Tz tz«, sie wurde ärgerlich, »laß mich machen.«
Sie spuckte ein Stück Plastik aus, stülpte es ihm über, schmiegte sich an seinen Hals, auch noch etwas tiefer und umfaßte mit den Händen sein Kreuz.
Nach einigem lautlosen Vor und Zurück packte sie ihn an den Schultern, straffte sich und stöhnte, so kurz, daß man es nicht hätte schreiben können.
»Schon?« fragte er ein wenig enttäuscht.
»Ja.«
»Oh.«
»Ich war zu hungrig.«
Franck verschränkte die Arme hinter ihrem Rücken.
»Pardon«, fügte sie hinzu.
»Die Entschuldigung gilt nicht, junge Frau. Ich werde Anzeige erstatten.«
»Gern.«
»Nein, nicht sofort. Ich fühl mich grad zu gut. Beweg dich nicht, bitte. Oh, Scheiße.«
»Was denn?«
»Ich schmier dich grad mit Wundsalbe voll.«
»Um so besser«, lächelte sie, das konnte nicht schaden.
Franck schloß die Augen. Er hatte gerade das große Los gezo-

gen. Eine zärtliche, intelligente, schelmische Frau. Ach, Gottlob. Es war zu schön, um wahr zu sein.

Ein wenig klebrig, ein wenig schmierig schliefen sie beide ein, unter einer Decke, die nach Ausschweifung und Vernarbung roch.

20

Als sie aufstand, um nach Paulette zu schauen, trat Camille auf seinen Wecker und zog den Stecker. Niemand wagte ihn zu wecken. Weder die zerstreute Hausgemeinschaft noch sein Chef, der ohne zu murren seinen Posten einnahm.

Was mußte er leiden, der Arme.

Um zwei Uhr nachts kam er aus seinem Zimmer und klopfte an die hinterste Tür.

Er kniete sich neben ihre Matratze.

Sie las.

»Hm ... Hm.«

Sie senkte die Zeitung, hob den Kopf und tat erstaunt:

»Ja, bitte?«

»Tja, Herr Wachtmeister, ich ... ich möchte Anzeige erstatten.«

»Wurde Ihnen etwas gestohlen?«

He ho, langsam! Ganz ruhig jetzt! Er würde nicht »mein Herz« oder so was in der Richtung antworten.

»Na ja ... eh ... Gestern ist jemand bei mir eingedrungen.«

»So?«

»Ja.«

»Waren Sie dabei?«

»Ich schlief.«

»Haben Sie etwas gesehen?«

»Nein.«

»Wie ärgerlich. Sind Sie wenigstens gut versichert?«

»Nein«, antwortete er betreten.

Sie seufzte:

»Das ist nun wirklich eine sehr vage Aussage. Ich weiß, diese Dinge sind nicht sehr angenehm, aber ... Wissen Sie ... Am be-

sten wäre es, wir würden den Tathergang noch einmal rekonstru-
ieren.«

»Tatsächlich?«

»Ja sicher.«

Mit einem Satz war er auf ihr. Sie japste.

»Auch ich habe Hunger, auch ich! Ich habe seit gestern abend
nichts mehr gegessen, und du wirst es ausbaden, Mary Poppins.
Verflucht, wie lange das hier drin schon blubbert. Ich kann mich
kaum beherrschen.«

Er verschlang sie vom Kopf bis zu den Füßen.

Zuerst machte er sich über ihre Sommersprossen her, dann
knabberte, pickte, knusperte, leckte, verschlang, mampfte, fut-
terte, biß und nagte er sie ab bis auf die Knochen. Unterwegs kam
sie auf den Geschmack und zahlte es ihm heim.

Sie wagten nicht, einander anzusprechen oder gar anzuschauen.

Camille war betrübt.

»Was ist los?« fragte er beunruhigt.

»Ach je, der Herr. Ich weiß, es ist sehr ungeschickt, aber ich
bräuchte einen Durchschlag für unser Archiv und habe vergessen,
Kohlepapier einzulegen. Wir werden wohl noch mal von vorn anfangen müssen.«

»Jetzt??«

»Nein. Nicht jetzt. Aber zu lange sollten wir nicht warten. Mitunter vergißt man dann gewisse Details.«

»Gut. Und Sie glauben, daß ich eine Entschädigung erhalte?«

»Das würde mich wundern.«

»Er hat alles mitgenommen, wissen Sie.«

»Alles?«

»Fast alles.«

»Das ist hart.«

Camille lag auf dem Bauch, das Kinn auf die Hände gestützt.

»Du bist schön.«

»Hör auf«, gab sie zurück und vergrub ihr Gesicht in der Armbeuge.

»Nein, hast recht, du bist nicht schön, du bist . . . Wie soll ich sagen . . . Lebendig. Alles an dir ist lebendig: deine Haare, deine Augen, deine Ohren, deine kleine Nase, dein großer Mund, deine Hände, dein göttlicher Po, deine langen Beine, deine Grimassen, deine Stimme, deine Zärtlichkeit, dein Schweigen, dein . . . deine . . .«

»Mein Organismus?«

»Jaaa.«

»Ich bin nicht schön, aber mein Organismus ist schön lebendig. Super Aussage. Das hat mir ja noch nie jemand gesagt.«

»Dreh mir nicht die Wörter im Mund rum«, sagte er düster, »das ist zu leicht für dich. Hm.«

»Was?«

»Ich hab noch mehr Hunger als vorhin. Ich muß jetzt wirklich was essen.«

»Ah . . . gut . . . bis denn . . . Lebewohl, wie man so schön sagt.«

Er wurde panisch:

»Willst du . . . nicht, daß ich dir was mitbringe?«

»Was bietest du mir denn an?« fragte sie und räkelte sich.

»Was du willst.«

Dann, nach kurzer Überlegung:

». . . Nichts. Alles . . .«

»Okay. Das nehm ich.«

Er saß an der Wand, das Tablett auf den Knien, machte eine Flasche auf und hielt ihr ein Glas hin. Sie legte ihr Heft weg.

Sie prosteten sich zu.

»Auf die Zukunft.«

»Nein. Keinesfalls. Auf jetzt«, verbesserte sie ihn.

Autsch.

»Die Zukunft. Hm . . . Willst . . . willst du . . .«

Sie sah ihm fest in die Augen:

»Franck, mach mir keine Angst, wir werden uns doch jetzt nicht verlieben?«

Er tat, als hätte er sich verschluckt.

»Am, orrgl, argh. Bist du verrückt? Natürlich nicht!«

»Uff! Hast du mir einen Schrecken eingejagt. Wir zwei haben schon so viele Dummheiten gemacht.«

»Du sagst es. Wobei, eine mehr oder weniger . . .?«

»Och, warum nicht?«

»So?«

»Ja. Laß uns vögeln, saufen, spazierengehen, Händchen halten, nimm mich zärtlich und laß mich über dich hinwegfegen, wenn du willst. Aber nicht verlieben. Bitte.«

»Gut, gut. Ist notiert.«

»Malst du mich?«

»Ja.«

»Wie malst du mich?«

»Wie ich dich sehe.«

»Seh ich gut aus?«

»Mir gefällst du.«

Er wischte seinen Teller mit Brot auf, stellte sein Glas ab und ließ die behördlichen Schikanen über sich ergehen.

Diesmal ließen sie sich Zeit, und nachdem sich jeder auf seine Seite gerollt hatte, gesättigt und am Rande des Abgrunds, wandte sich Franck an die Zimmerdecke:

»Ist gut, Camille, ich werde dich niemals lieben.«

»Danke, Franck. Ich auch nicht.«

TEIL 5

1

Alles blieb beim alten, alles änderte sich. Franck verlor seinen Appetit, Camille bekam wieder Farbe. Paris wurde schöner, heller, fröhlicher. Die Menschen waren heiterer, der Asphalt elastischer. Alles schien in Reichweite, die Konturen der Welt waren klarer und die Welt leichter.

Mikroklima auf dem Champ-de-Mars? Erwärmung ihres Planeten? Einstweiliges Ende der Schwerelosigkeit? Nichts war mehr sinnig, nichts war mehr wichtig.

Sie pendelten vom Bett des einen zur Matratze der anderen, lagen wie auf Eiern, sagten sich Zärtlichkeiten und streichelten einander dabei den Rücken. Da sie sich voreinander nicht ausziehen wollten, waren sie etwas linkisch, etwas unbeholfen und bedeckten sich schamhaft mit dem Laken, bevor sie ihren Ausschweifungen nachgingen.

Neue Lehrzeit oder erste Bleistiftskizze? Sie waren aufmerksam und strengten sich im stillen an.

Pikou legte die Jacke ab, und Madame Perreira stellte die Blumentöpfe raus. Für die Wellensittiche war es noch zu früh.

»Klopf, klopf, klopf«, machte sie eines Morgens, »ich habe was für Sie.«

Der Brief war in Côtes-d'Armor abgestempelt worden.

10. September 1889. Anführungsstriche. *Was mir in der Kehle saß, ist im Begriff, sich aufzulösen, ich habe noch etwas Mühe beim Essen, aber allmählich geht es wieder besser.* Abführungsstriche. *Danke.*

Als sie die Karte umdrehte, erkannte Camille Van Goghs fiebriges Gesicht.

Sie steckte sie in ihr Heft.

Der Monoprix hatte das Nachsehen. Dank der drei Bücher, die Philibert ihnen geschenkt hatte, *Das verborgene, unbekannte Paris, 300 Pariser Fassaden für Neugierige* und *Die Pariser Teehäuser*, kam frischer Wind auf, öffnete Camille die Augen und redete nicht mehr schlecht über ihr Viertel, in dem der Jugendstil unter freiem Himmel zu besichtigen war.

Von nun an kutschierten sie von den russischen Isbi am Boulevard Beauséjour zur Rue de la Mouzaïa am Park Buttes-Chaumont, kamen am Hôtel du Nord vorbei und dem Friedhof Saint-Vincent, wo sie mit Maurice Utrillo und Eugène Boudin auf dem Grab von Marcel Aymé picknickten.

Théophile Alexandre Steinlen, Maler, wunderschöne Darstellungen von Katzen und menschlichem Elend, ruht unter einem Baum im südöstlichen Teil des Friedhofs.

Camille legte den Reiseführer auf den Schoß und wiederholte:

Wunderschöne Darstellungen von Katzen und menschlichem Elend, ruht unter einem Baum im südöstlichen Teil des Friedhofs. Eine schöne Beschreibung, oder?

»Warum nimmst du mich immer mit zu den Toten?«

»Pardon?«

»...«

»Wohin möchten Sie denn gehen, liebe Paulette? In die Disco?«

»...«

»Hallo! Paulette?«

»Laß uns nach Hause gehen. Ich bin müde.«

Und auch dieses Mal endeten sie wieder in einem Taxi, dessen Fahrer wegen des Rollis eine Flappe zog.

Ein wahrer Idiotendetektor war das.

Sie war müde.

Wurde immer müder und immer schwerer.

Camille wollte es sich nicht eingestehen, aber sie mußte beständig auf sie einwirken und mit ihr kämpfen, um sie anziehen und füttern zu dürfen und zu einer Unterhaltung zu bewegen. Noch nicht mal zu einer Unterhaltung, zu einer Antwort. Der alte Dickschädel wollte nicht zum Arzt, und die junge Nachgiebige wollte sich nicht über ihren Willen hinwegsetzen, zum einen war es nicht ihre Art, zum anderen war es Francks Aufgabe, sie zu überzeugen. Aber wenn sie in die Bibliothek gingen, vertiefte sie sich in medizinische Zeitschriften und Fachbücher und las deprimierendes Zeug über die Degeneration des Kleinhirns und andere Alzheimersche Unerfreulichkeiten. Anschließend stellte sie diese Pandorabüchsen seufzend wieder weg und faßte schlechte Vorsätze: Wenn sie sich nicht waschen ließ, wenn sie sich heute für nichts interessierte, wenn sie ihren Teller nicht aufessen wollte und wenn sie zum Spazierengehen lieber den Mantel über ihren Morgenrock zog, so war das letztendlich ihr gutes Recht. Ihr unveräußerliches Recht. Sie würde sie damit nicht nerven, und wer sich daran störte, brauchte sie nur auf ihre Vergangenheit anzusprechen, auf ihre Mutter, die Abende bei der Weinlese, auf den Tag, an dem der Herr Pfarrer beinahe in der Louère ertrunken wäre, weil er das Netz ein wenig zu schnell ausgeworfen und es sich in einem Knopf seiner Soutane verfangen hatte, oder aber auf ihren Garten, um das Leuchten in ihre trüben Augen zurückzuholen. Camille jedenfalls hatte noch nichts Besseres gefunden.

»Und als Salat, was haben Sie da genommen?«

»Margeriten und Schnittsalat.«

»Und als Karotten?«

»Pastinaken, natürlich.«

»Und als Spinat?«

»Oh, als Spinat. Mangold. Der war ziemlich ergiebig.«

»Aber wie können Sie sich bloß an all die Pflanzen erinnern?«

»Ich erinnere mich sogar an die Verpackungen. Ich habe jeden Abend im Gartenkatalog von Vilmorin geblättert, wie andere ihr Meßbuch traktierten. Das habe ich geliebt. Mein Mann träumte von Patronentaschen, wenn er seine Jagdhefte las, und ich hatte ein Faible für Pflanzen. Die Leute kamen von weither, um meinen Garten zu bewundern, weißt du?«

Sie setzte sie ins Licht und malte sie, während sie ihr lauschte.

Und je mehr sie sie malte, um so mehr liebte sie sie.

Hätte sie stärker gekämpft, um sich auf den Beinen zu halten, wenn der Rollstuhl nicht gewesen wäre? Hatte Camille sie infantilisiert, indem sie sie ständig bat, sich hinzusetzen, damit sie schneller vorwärts kamen? Vielleicht.

Sei's drum. Was sie miteinander erlebten, all die Blicke, all die gedrückten Hände, während das Leben bei der geringsten Erinnerung zerbröselte, konnte ihnen kein Mensch mehr nehmen. Weder Franck noch Philibert, die meilenweit davon entfernt waren, das Irrationale an ihrer Freundschaft zu erfassen, noch die Ärzte, die noch nie einen Menschen davon abgehalten hatten, an den Strand zurückzukehren, acht Jahre alt zu sein und heulend »Herr Pfarrer! Herr Pfarrer!« zu schreien, da ein ertrunkener Pfarrer für alle seine Meßdiener der direkte Weg in die Hölle bedeutete.

»Ich habe ihm meinen Rosenkranz zugeworfen, als ob ihm das geholfen hätte, dem armen Mann. Ich glaube, an dem Tag habe ich angefangen, meinen Glauben zu verlieren, denn anstatt Gott anzuflehen, hat er nach seiner Mutter gerufen. Das fand ich verdächtig.«

2

»Franck?«

»Mmm.«

»Ich mache mir Sorgen um Paulette.«

»Ich weiß.«

»Was sollen wir tun? Sie zum Arzt schleifen?«

»Ich glaube, ich verkaufe mein Motorrad.«

»Na toll. Dir ist scheißegal, was ich erzähle.«

3

Er verkaufte es nicht. Er tauschte es bei seinem Grillmeister gegen einen hasenfüßigen Golf. In dieser Woche war er am Boden zerstört, hütete sich aber, es den anderen zu zeigen, und sorgte am darauffolgenden Sonntag dafür, daß sich alle drei um Paulettes Bett versammelten.

Wie es das Schicksal wollte, war schönes Wetter.

»Arbeitest du heute nicht?« fragte sie ihn.

»Nöö, hab heut keine Lust. Sagt mal, hm. War gestern nicht Frühlingsanfang?«

Die anderen verstanden die Welt nicht mehr. Von dem einen, der in seinen Hieroglyphen lebte, wie von den anderen, die seit Wochen kein Zeitgefühl mehr besaßen, war nicht das geringste Echo zu erwarten.

Er ließ sich nicht aus der Fassung bringen:

»Aber ja, ihr Pariser Stadtpflanzen! Es ist Frühling, sag ich euch!«

»Wirklich?«

Etwas träge, das Publikum.

»Ist euch das so egal?«

»Nein, nein.«

»Doch, das ist euch egal, das seh ich doch.«

Er war ans Fenster getreten:

»Also, ich mein ja nur. Es ist schade, mitanzusehen, wie die Chinesen auf dem Champ-de-Mars emporsprießen, wo wir ein schönes Häuschen auf dem Lande haben wie alle Geldsäcke in diesem Haus, und wenn ihr euch etwas beeilen würdet, könnten wir noch auf dem Markt von Azay vorbei und ein paar leckere Sachen fürs Mittagessen kaufen. Das heißt, das ist meine Meinung. Wenn euch das nicht reizt, geh ich wieder ins Bett.«

Einer Schildkröte gleich streckte Paulette ihren alten runzligen Hals unter dem Panzer hervor:

»Was?«

»Ach. Was ganz Einfaches nur. Ich dachte an Kalbskotelett mit gemischtem Gemüse. Und vielleicht Erdbeeren zum Nachtisch. Aber nur, wenn sie schön sind. Sonst mach ich einen Apfelkuchen. Wir müssen mal sehen. Einen kleinen Bourgueil von meinem Freund Christophe dazu und ein Mittagsschläfchen in der Sonne, macht euch das an?«

»Und deine Arbeit?« fragte Philibert.

»Pff... Ich mach doch nun wirklich genug, oder?«

»Und wie kommen wir da hin?« meine Camille ironisch, »in deinem Topcase?«

Er nahm einen Schluck Kaffee, bevor er genüßlich fallenließ:

»Ich hab ein schönes Auto, es steht vor der Tür, dieser verfluchte Pikou hat es heute morgen schon zweimal getauft, der Rollstuhl liegt zusammengeklappt hinten drin, und ich hab vorhin vollgetankt.«

Er stellte seine Tasse ab und nahm das Tablett:

»Los, Beeilung, Kinder. Ich muß noch Erbsen enthülsen.«

Paulette fiel aus dem Bett. Daran war nicht das Kleinhirn schuld, sondern die Überstürzung.

Gesagt, getan, und das Getane wurde jede Woche wiederholt.

Wie alle Geldsäcke – aber ohne sie, weil diese einen Tag Vorsprung hatten – standen sie am Sonntag sehr früh auf und kamen am Montagabend zurück, die Arme voller Lebensmittel, Blumen, Skizzen und einer gesunden Müdigkeit.

Paulette erwachte zu neuem Leben.

Mitunter erlitt Camille einen Anfall von Klarsicht und sah den Dingen ins Auge. Was sie mit Franck lebte, war sehr angenehm. Laß uns fröhlich sein, verrückt sein, die Türen verrammeln, etwas in die Rinden ritzen, unser Blut mischen, nicht mehr darüber nachdenken, uns gegenseitig erforschen, uns entblättern, ein bißchen leiden, von heute an die Rosen des Lebens pflücken, blablabla, aber es würde nie funktionieren. Sie hatte keine Lust, sich darüber auszulassen, aber an ihrer Affäre war nun einmal etwas faul. Zu viele Unterschiede, zu viele . . . Kurzum. Weiter. Es gelang ihr nicht, die hingebungsvolle und die wachsame Camille zusammenzubringen. Immerzu betrachtete die eine naserümpfend die andere.

Traurig, aber wahr.

Und dann auch wieder nicht. Manchmal gelang ihr ein distanzierter Blick, und die beiden Nervensägen verschmolzen zu einer einzigen, entwaffnet und naiv. Manchmal führte er sie in die Irre.

An diesem Tag, zum Beispiel. Der Coup mit dem Auto, dem Mittagsschlaf, dem Markt und alledem war schon nicht schlecht, aber das Beste kam noch.

Das Beste kam, als er am Ortseingang hielt und sich umdrehte:

»Omi, du solltest etwas laufen und den Rest mit Camille zu Fuß zurücklegen. Wir werden das Haus in der Zwischenzeit aufmachen.«

Genial.

Denn man mußte sie gesehen haben, die kleine Oma in Moltonhausschuhen, wie sie sich am Arm ihres jugendlichen Spazierstocks festklammerte, der sich seit Monaten vom Ufer entfernte und in der Vase versank, wie sie langsam voranschritt, ganz langsam, um nicht auszurutschen, wie sie dann den Kopf hob, die Knie hochnahm und die Umklammerung lockerte.

Das mußte man gesehen haben, um so alberne Worte wie *Glück* und *Seligkeit* zu erwägen. Dieses strahlende Lächeln plötzlich, diese königliche Haltung, das Nicken in Richtung der sich bewegenden Vorhänge und ihre unerbittlichen Kommentare über den Zustand der Blumenkästen und der Gartenpfade.

Wie schnell sie mit einem Mal lief, wie ihre Gesichtsfarbe wiederkehrte, mit den Erinnerungen und dem Geruch des lauwarmen Teers.

»Sieh nur, Camille, das ist mein Haus. Das ist es.«

4

Camille blieb stehen.

»Was ist denn? Was hast du denn?«

»Das ist ... das ist Ihr Haus?«

»Ja, sicher! Oh, sieh nur, was für ein Durcheinander. Es ist gar nichts geschnitten worden. Was für ein Jammer.«

»Meins, könnte man meinen.«

»Pardon?«

Ihrs, nicht das in Meudon, in dem sich ihre Eltern das Gesicht zerkratzt hatten, sondern das Haus, das sie malte, seit sie groß genug war, einen Filzstift zu halten. Ihr kleines fiktives Haus, dieser Ort, an den sie sich mit ihren Träumen von Hühnern und Weißblechdosen zurückzog. Ihre Polly Pocket, ihr Barbie-Wohnwagen, ihr Marsupilamis-Nest, ihr blaues Häuschen am Berge, ihr Tara, ihre afrikanische Farm, ihr Felsentempel.

Paulettes Haus war eine kleine stämmige Frau, die den Hals reckte, die den Besucher mit den Händen in den Hüften empfing und vorgab, kein Wässerchen trüben zu können. Eine von denen, die die Augen niederschlugen und sich bescheiden gaben, wo doch alles in ihnen vor Zufriedenheit und Wohlbehagen strotzte.

Paulettes Haus war ein Frosch, der einmal so groß wie ein Ochse werden wollte. Die kleine Bruchbude eines Schrankenwärters, die sich nicht scheute, mit den Loireschlössern Chambord und Chenonceaus zu konkurrieren.

Großmannsträume, eine eitle und stolze Bäuerin, die sagt:

»Sehen Sie nur, Schwester. Es reicht doch, oder? Mein Schieferdach mit dem weißem Kalktuff, der die Tür- und Fensterrahmen zur Geltung bringt, das genügt doch, oder nicht?«

»Nein.«

»Ach so? Und meine beiden Dachgauben hier? Sie sind doch hübsch, meine Dachgauben mit den behauenen Steinen?«

»Mitnichten.«

»Mitnichten? Und das Kranzgesims? Ein Kamerad hat es mir zugeschnitten!«

»Sie reichen keineswegs heran, meine Liebe.«

Die hochnäsige Kleine ärgerte sich so sehr, daß sie sich mit Weinspalieren bedeckte, mit den unterschiedlichsten Blumentöpfen schminkte und ihre Verachtung sogar so weit trieb, sich über der Tür mit einem Hufeisen zu piercen. Ätsch, das hatten sie nicht, die ganzen Agnès Sorel und die anderen Damen Poitiers!

Paulettes Haus existierte.

Sie wollte nicht hineingehen, sie wollte ihren Garten sehen. Was für ein Jammer. Alles kaputt. Überall Quecken. Und außerdem war jetzt die Zeit der Aussaat. Der Kohl, die Karotten, die Erdbeeren, der Lauch. Der ganze gute Boden nur für Löwenzahn. Was für ein Jammer. Zum Glück habe ich meine Blumen. Das heißt, dafür ist es noch etwas zu früh. Wo sind die Narzissen? Ah! Hier! Und meine Krokusse? Und das hier, sieh mal, Camille, bück dich, wie schön sie sind. Ich sehe sie nicht, aber sie müßten hier irgendwo sein.

»Die kleinen blauen?«

»Ja.«

»Wie heißen sie?«

»Traubenhyazinthen. Ach«, stöhnte sie.

»Was denn?«

»Tja, man müßte sie auseinandersetzen.«

»Kein Problem! Darum kümmern wir uns morgen! Sie sagen mir, wir es geht.«

»Würdest du das tun?«

»Natürlich! Und Sie werden sehen, daß ich hier eifriger bin als in der Küche!«

»Die Duftwicken auch. Die sollten wir pflanzen. Das war die Lieblingsblume meiner Mutter.«

»Was immer Sie wollen.«

Camille befühlte ihre Tasche. Gut so, sie hatte ihre Farben nicht vergessen.

Sie stellten den Rollstuhl in die Sonne, und Philibert half ihr hinein. Zu viel Aufregung.

»Sieh nur, Omi! Sieh nur, wer da ist?«

Franck stand auf der Außentreppe, ein großes Messer in der einen Hand, eine Katze in der anderen.

»Ich glaube, ich mach euch lieber Kaninchen!«

Sie stellten die Stühle nach draußen und picknickten im Mantel. Beim Nachtisch wurden die Knöpfe aufgemacht, die Augen geschlossen, der Kopf nach hinten gelegt, die Beine weit von sich gestreckt und die gute Landsonne eingeatmet.

Die Vögel sangen, Franck und Philibert stritten sich:

»Das ist eine Amsel, sage ich.«

»Nein, eine Nachtigall.«

»Eine Amsel!«

»Eine Nachtigall! Verdammt, ich bin hier zu Hause! Ich kenn doch die Vögel!«

»Nicht doch«, seufzte Philibert, »du hast doch immer nur mit irgendwelchen Mofas gehandelt, wie willst du sie da gehört haben? Wohingegen ich, der ich in der Stille gelesen habe, alle Zeit der Welt hatte, mich mit ihren Dialekten vertraut zu machen. Die Amsel rollt, während der Gesang des Rotkehlchens Wassertropfen gleicht. Und in diesem Fall, kann ich dir sagen, ist es eine Amsel. Hörst du, wie sie rollt? Pavarotti bei seinen Stimmübungen.«

»Omi. Was ist das?«

Sie schlief.

»Camille. Was ist das?«

»Zwei Pinguine, die die Stille stören.«

»Sehr gut. Wenn das so ist ... Komm, Philou, wir gehen angeln.«

»Ah? Äh. Es ist nur. Ich bin nicht sonderlich begabt, ich ... ich ... bei mir verheddert sich immer a... alles.«

Franck lachte.

»Komm, Philou, komm schon. Erzähl mir von deiner Geliebten, dann zeig ich dir, wo die Rolle ist.«

Philibert sah Camille mit großen Augen an.

»He! Ich hab nichts gesagt!« verteidigte sie sich.

»Nein, nein, sie war es nicht. Das war mein kleiner Finger.«

Wie zwei Comicfiguren – der große Croquignol mit seiner Fliege und seinem Monokel und der kleine Filouchard mit seiner Piratenbinde – entfernten sie sich Arm in Arm.

»Sag mal, mein Junge, sag deinem Onkel Franck, was für einen Köder du nimmst. Der Köder ist wichtig, weißt du? Die Viecher sind nämlich nicht blöd. Nein, nein. Die sind überhaupt nicht blöd.«

Als Paulette erwachte, drehten sie mit dem Handkarren eine Runde ums Dorf, dann steckte Camille sie in die Badewanne, damit sie sich aufwärmte.

Sie biß sich auf die Wangen.

Das war alles nicht sehr begreiflich.

Schweigen wir dazu.

Philibert machte Feuer, und Franck bereitete das Abendessen zu.

Paulette legte sich früh schlafen, und Camille zeichnete die beiden beim Schachspiel.

»Camille?«

»Mmm.«

»Warum malst du eigentlich ständig?«

»Weil ich nichts anderes kann.«

»Und jetzt? Wen machst du gerade?«

»Den Bauer und den König.«

Sie kamen überein, daß die Jungen auf dem Sofa schlafen sollten und Camille in Francks kleinem Bett.

»Ah«, gab Philibert zu Bedenken, »wäre es nicht besser, Camille nähme, hm, das große Bett, hm.«

Sie lächelten ihm zu.

»Gewiß bin ich kurzsichtig, aber doch nicht in dem Maße.«

»Nein, nein«, erwiderte Franck. »Sie geht in mein Zimmer. Wir halten es wie deine Cousins. Nicht vor der Hochzeit.«

Er wollte nämlich mit ihr im Bett seiner Kindheit schlafen. Unter seinen Fußballpostern und den Motocross-Pokalen. Es würde nicht sehr bequem sein und auch nicht sehr romantisch, aber es wäre der Beweis dafür, daß das Leben trotz allem ein gutes Mädchen war.

Er war so trübselig gewesen in diesem Zimmer. So trübselig.

Hätte man ihm gesagt, daß er eines Tages eine Prinzessin mitbrächte und sich hier hinlegte, neben sie, in dieses kleine Messingbett, wo früher einmal ein Loch war, in dem er als Kind verschwand, und wo er sich später rieb und von anderen Geschöpfen träumte, die weit weniger hübsch waren als sie. Er hätte es nie geglaubt. Er, der Picklige mit den großen Füßen und der Bronzepfanne über dem Kopf. Nein, das war nicht vorauszusehen gewesen.

Ja, das Leben war eine seltsame Köchin. Jahrelang im Kühlraum und dann hop! von einem Tag auf den anderen auf den Bratrost mit dir!

»Woran denkst du?« fragte Camille.

»Nichts. Nur dummes Zeug. Alles in Ordnung mit dir?«

»Ich kann nicht glauben, daß du hier aufgewachsen bist.«

»Warum nicht?«

»Pff. Das ist hier dermaßen hinterm Mond. Das ist nicht mal ein Dorf. Das ist ... das sind ... Nur kleine Häuser mit alten Leuten am Fenster. Und diese Hütte hier, in der sich seit den fünfziger Jahren nichts mehr getan hat. Ich habe noch nie so einen Herd gesehen. Und der Ofen, der den ganzen Platz einnimmt! Und die

Klos im Garten! Wie kann sich ein Kind hier entfalten? Wie hast du das geschafft? Wie hast du es geschafft, hier rauszukommen?«

»Ich habe dich gesucht.«

»Hör auf. Das gilt nicht, haben wir gesagt.«

»Hast *du* gesagt.«

»Komm schon.«

»Du weißt genau, wie ich es geschafft habe, du hast doch das gleiche erlebt. Nur, daß ich die Natur hatte. Dieses Glück hatte ich. Ich war die ganze Zeit draußen. Und Philou kann sagen, was er will, es war eine Nachtigall. Das weiß ich, das hat mir mein Opa gesagt, und mein Opa wußte, wovon er spricht. Der brauchte keine Lockvögel.«

»Wie hältst du es dann aus, in Paris zu leben?«

»Ich lebe nicht.«

»Gibt's hier keine Arbeit?«

»Nein. Nichts Spannendes. Aber wenn ich irgendwann mal Bälger haben sollte, dann laß ich sie nicht zwischen lauter Autos aufwachsen, das schwör ich dir. Ein Kind, das keine Stiefel, keine Angel und keine Schleuder hat, ist nicht echt. Warum lachst du?«

»Nichts. Ich finde dich süß.«

»Mir wäre lieber, du würdest mich was anderes finden.«

»Du bist aber auch nie zufrieden.«

»Wie viele willst du?«

»Pardon?«

»Gören?«

»He«, schimpfte sie. »Machst du das extra, oder was?«

»Moment, ich meine doch nicht zwangsläufig mit mir!«

»Ich will keine.«

»Echt nicht?« meinte er enttäuscht.

»Nein.«

»Warum nicht?«

»Darum.«

Er packte sie im Nacken und zog sie an sein Ohr.

»Sag's mir.«

»Nein.«

»Doch. Sag's mir. Ich erzähl's nicht weiter.«

»Weil ich nicht will, daß das Kind allein ist, wenn ich einmal sterbe.«

»Du hast recht. Deshalb muß man ganz viele machen. Und außerdem, weißt du . . .«

Er drückte sie noch fester.

»Du wirst nicht sterben. Du bist ein Engel, und Engel sterben nicht.«

Sie weinte.

»He, was ist los?«

»Ach, nichts. Ich kriege nur meine Tage. Es ist jedesmal dasselbe. Das zieht mich total runter, und ich fange bei der geringsten Kleinigkeit an zu heulen.«

Sie lächelte durch den Rotz:

»Da siehst du, ich bin kein Engel.«

5

Sie lagen schon länger im Dunkeln, unbequem ineinander verschlungen, als Franck sagte:

»Es gibt da was, das mich beschäftigt.«

»Was denn?«

»Du hast doch eine Schwester, oder?«

»Ja.«

»Warum seht ihr euch nie?«

»Ich weiß nicht.«

»Das ist doch bescheuert! Ihr mußt euch unbedingt sehen!«

»Warum?«

»Darum! Es ist doch klasse, eine Schwester zu haben! Ich hätte
alles gegeben für einen Bruder! Alles! Sogar mein Rad! Sogar meine ultrageheimen Angelplätze! Meine Extrarunden am Flipper!
Wie in dem Lied. Ein Paar Handschuhe, ein paar Ohrfeigen . . .«

»Ich weiß. Ich habe irgendwann mal darüber nachgedacht, aber
mich nicht getraut.«

»Warum nicht?«

»Wegen meiner Mutter vielleicht.«

»Hör auf mit deiner Mutter. Sie hat dir nur weh getan. Du bist
doch kein Masochist. Du schuldest ihr nichts, weißt du?«

»Doch, natürlich.«

»Natürlich nicht. Wenn sie sich danebenbenehmen, muß man
seine Eltern nicht lieben.«

»Aber natürlich.«

»Warum denn?«

»Na ja, es sind nun mal deine Eltern.«

»Pff . . . Eltern werden ist nicht schwer, man braucht bloß zu vögeln. Danach wird's kompliziert. Ich, zum Beispiel, werde keine
Frau lieben, nur weil sie es sich angeblich auf einem Parkplatz hat
besorgen lassen. Dafür kann ich nichts.«

»Bei mir ist es nicht dasselbe.«

»Nee, schlimmer. In was für einem Zustand du jedesmal zurück-
kommst, wenn du mit ihr zusammen warst. Schrecklich. Dein Gesicht ist ganz . . .«

»Halt. Darüber will ich nicht reden.«

»Okay, okay, nur eine Sache noch. Du bist nicht verpflichtet, sie
zu lieben. Mehr hab ich dazu nicht zu sagen. Jetzt meinst du vielleicht, daß ich so bin, liegt an meinem Malus, und du hast recht.
Aber nur, weil ich den Weg schon hinter mir habe, sag ich dir: Man
muß seine Eltern nicht lieben, wenn sie sich völlig unmöglich benehmen, basta.«

». . .«

»Bist du jetzt böse?«

»Nein.«

»Entschuldigung.«

». . .«

»Du hast recht. Bei dir ist es nicht dasselbe. Sie hat sich ja trotz
allem um dich gekümmert. Aber sie darf dich nicht davon abhalten, deine Schwester zu sehen, wenn du eine hast. Das Opfer ist sie
wirklich nicht wert.«

»Nein.«

»Nein.«

6

Am nächsten Tag gärtnerte Camille nach Paulettes Anweisungen. Philibert setzte sich in den hinteren Teil des Gartens, um zu schreiben, und Franck bereitete für alle einen leckeren Salat.

Nach dem Kaffee war er es, der auf der Chaiselongue einschlief. Oh, wie ihm der Rücken weh tat.

Fürs nächste Mal würde er eine Matratze ordern. Nicht noch einmal so eine Nacht. Auf keinen Fall. Das Leben war ein gutes Mädchen, aber man brauchte deshalb nicht solche bescheuerten Risiken einzugehen. Durchaus nicht.

Sie kamen jedes Wochenende wieder. Mit und ohne Philibert. Meistens mit.

Camille – sie hatte es schon immer gewußt – reifte allmählich zu einer professionellen Gärtnerin heran.

Paulette bremste ihren Schwung:

»Nein. Das können wir nicht pflanzen! Denk dran, wir kommen nur einmal pro Woche. Wir brauchen was Robustes, was Widerstandsfähiges. Lupinen, wenn du willst, Flammenblumen oder Schmuckkörbchen. Schmuckkörbchen sind sehr hübsch. Ganz leicht. Die gefallen dir bestimmt.«

Und Franck besorgte über den Schwager eines Kollegen der Schwester des dicken Titi ein altes Motorrad, um damit zum Markt zu fahren oder René guten Tag zu sagen.

Er hatte also zweiunddreißig Tage ohne Bike durchgestanden und fragte sich immer noch, wie er das ausgehalten hatte.

Es war alt, es war häßlich, aber es knatterte köstlich:

»Hört euch das an«, rief er ihnen vom Schuppen aus zu, wo er herumhing, wenn er nicht in der Küche war, »hört euch das an, wie irre das klingt!«

Die anderen hoben träge den Kopf von ihren Sämlingen oder ihrem Buch.

»Knatter knatter knatter!«

»Klasse, was? Hört sich an wie eine Harley!«

Na ja. Sie nahmen ihre jeweilige Beschäftigung wieder auf, ohne ihn auch nur eines Kommentars zu würdigen.

»Pff. Ihr kapiert aber auch gar nix.«

»Wer ist diese Carla?« fragte Paulette Camille.

»Carla Davidson? Eine tolle Sängerin.«

»Kenn ich nicht.«

Philibert erfand ein Spiel für die Fahrt. Jeder mußte den anderen etwas beibringen, im Sinne einer Wissensvermittlung.

Philibert hätte einen exzellenten Lehrer abgegeben.

Irgendwann erklärte ihnen Paulette, wie man Maikäfer fängt:

»Morgens, wenn sie von der nächtlichen Kälte noch ganz träge sind und unbeweglich an ihren Blättern hängen, schüttelt man die Bäume, auf denen sie sitzen. Man schüttelt die Äste mit einer langen Stange und fängt sie auf einem Tuch auf. Man zerstampft sie, schüttet Kalk über sie und legt sie in einen Graben, daraus wird sehr guter stickstoffhaltiger Kompost. Aber man darf auf keinen Fall vergessen, sich etwas auf den Kopf zu ziehen!«

Ein andermal zerteilte Franck ihnen ein Kalb:

»Also, die besten Stücke zuerst: die Nuß, das Nußstück, das Frikandeau, die Blume, das Kalbskotelett, das Filet, das Karree, das heißt die ersten fünf Rippen und die nächsten drei, der Hals und der Bug. Dann folgen: die Kalbsbrust, die Knochendünnung und der Bauch. Und die dritte Kategorie: die Vorderhesse, die Hachsen und ... Scheiße, eins fehlt mir noch.«

Philibert hingegen erteilte seinen Ungläubigen Nachhilfeunterricht, die mit Heinrich IV. nicht mehr verbanden als das berühmte

Suppenhuhn, seinen Mörder Ravaillac und seinen berühmten Penis, von dem er *nicht wußte, daß dieser kein Knochen war.*

»Heinrich IV. wurde 1553 in Pau geboren und starb 1610 in Paris. Er war der Sohn von Anton von Bourbon und Johanna von Albret. Einer entfernten Cousine von mir, das nur nebenbei. 1572 heiratete er die Tochter Heinrichs II., Margarete von Valois, die ihrerseits eine Cousine meiner Mutter war. Führer der calvinistischen Partei, schwört er dem Protestantismus ab, um der Bartholomäusnacht zu entgehen. 1594 läßt er sich in Chartres zum König salben und zieht in Paris ein. Durch das Edikt von Nantes 1598 stellt er den religiösen Frieden wieder her. Er war sehr beliebt. Ich erspare euch seine zahllosen Schlachten, die interessieren euch ohnehin nicht, vermute ich. Wissen muß man jedoch, daß er unter anderem von zwei berühmten Männern umgeben war: Maximilien de Béthune, Herzog von Sully, der die Finanzen des Landes sanierte, und Olivier de Serres, ein Segen für die Landwirtschaft der damaligen Zeit.«

Camille ihrerseits wollte nichts erzählen.

»Ich weiß nichts«, sagte sie, »und was ich glaube, da bin ich mir nicht sicher.«

»Erzähl uns von irgendwelchen Malern!« ermutigten sie die anderen. »Von Strömungen, Perioden, berühmten Gemälden oder auch von deinen Utensilien, wenn du willst!«

»Nein, das kann ich nicht in Worte fassen. Ich hätte außerdem Angst, was Falsches zu erzählen.«

»Welches ist deine Lieblingsepoche?«

»Die Renaissance.«

»Warum?«

»Weil. Ich weiß nicht. Alles ist schön. Überall. Alles.«

»Was alles?«

»Alles.«

»Gut«, scherzte Philibert, »danke. Knapper geht es wirklich nicht. Falls jemand mehr wissen will, darf ich darauf hinweisen, daß sich die *Histoire de l'art* von Élie Faure hinter der Enduro-Zeitschrift von 2003 in unserem Wasserklosett befindet.«

»Und sag uns noch, wen du magst«, fügte Paulette hinzu.

»Als Maler?«

»Ja.«

»Ah. Wild durcheinander also. Rembrandt, Dürer, Da Vinci, Mantegna, Tintoretto, La Tour, Turner, Bonington, Delacroix, Gauguin, Vallotton, Corot, Bonnard, Cézanne, Chardin, Degas, Bosch, Velázquez, Goya, Lotto, Hiroshige, Piero della Francesca, Van Eyck, die beiden Holbeins, Bellini, Tiepolo, Poussin, Monet, Chu Ta, Manet, Constable, Ziem, Vuillard, äh ... Furchtbar ist das, ich habe bestimmt ganz viele vergessen.«

»Und du kannst uns zu keinem dieser Typen was erzählen?«

»Nein.«

»Willkürlich ausgewählt. Bellini. Was gefällt dir an ihm?«

»Sein Porträt des Dogen Leonardo Loredan.«

»Warum?«

»Ich weiß es nicht. Da muß man nach London, in die National Gallery, wenn ich mich recht erinnere, und sich das Gemälde anschauen, um sicher zu sein, daß man. Es ist. Es ist. Nein, ich hab keine Lust, mit meinen dicken Flossen darauf rumzuplanschen.«

»Na gut«, ergaben sich die anderen, » ist schließlich nur ein Spiel. Wir wollen dich nicht zwingen.«

»Ah! Ich weiß, was ich vergessen habe!« frohlockte Franck, »den Kamm natürlich! Der kommt in die weiße Soße.«

Camille fühlte sich eindeutig zerlegt.

An einem Montagabend jedoch, im Stau kurz hinter der Mautstelle von Saint-Arnoult, als sie allesamt müde und verdrießlich waren, erklärte sie plötzlich:

»Ich hab's!«

»Pardon?«

»Mein Wissen! Mein einziges Wissen! Und außerdem weiß ich schon seit Jahren darum!«

»Schieß los, wir sind ganz Ohr.«

»Hokusai, ein Maler, den ich phantastisch finde. Ihr wißt schon, die Woge? Und die Ansichten des Fuji? Na klaaar. Die türkise Woge mit Schaumkrone? Also er – das reinste Wunder –, wenn ihr wüßtet, was er alles gemacht hat, das ist unvorstellbar.«

»Ist das alles? ›Das reinste Wunder!‹ Mehr hast du dazu nicht zu sagen?«
  »Doch, doch, ich sammle mich ja gerade.«

Und im Halbdunkel dieser eintönigen Vorstadt, zwischen einem Industriezentrum links und einem Basar rechts, zwischen dem Grau der Stadt und der Aggressivität der Herde, die in den heimischen Verschlag zurückkehrte, sprach Camille langsam folgende Worte:

»Seit meinem fünften Lebensjahr war ich besessen, die Form der Dinge zu skizzieren.

Nach meinem 50. Lebensjahr machte ich eine Reihe von Grafiken, aber alles was ich vor meinem 70. Lebensjahr produzierte, ist der Rede nicht wert.

Im Alter von 72 lernte ich schließlich etwas über die wahre Natur von Vögeln, Tieren, Insekten, Fischen und die Art der Gräser und Bäume.

Deshalb werde ich im Alter von 82 wohl einige Fortschritte erzielt haben, mit 90 werde ich dann noch tiefer in die Bedeutung der Dinge eingestiegen sein, mit 100 werde ich echt gut sein und mit 110 wird jeder Punkt, jede Linie ihr eigenes Leben haben.

Ich hoffe nur, daß einige Leute so alt werden, um den Wahrheitsgehalt meiner Worte zu erkennen.«

Geschrieben im Alter von fünfundsiebzig Jahren von mir, Hokusai, dem von der Malerei besessenen Alten.

»*Jeder Punkt, jede Linie wird ihr eigenes Leben haben*«, wiederholte sie.

Alle hatten darin vermutlich etwas gefunden, womit sie ihr armes Gehirn füttern konnten, denn der Rest der Fahrt verlief schweigend.

7

Zu Ostern wurden sie ins Schloß eingeladen.

Philibert war nervös.

Er hatte Angst, ein wenig von seinem Ansehen einzubüßen.

Er siezte seine Eltern, seine Eltern siezten ihn und einander.

»Guten Tag, Vater.«

»Ah, da sind Sie ja, mein Sohn. Isabelle, unterrichten Sie bitte Ihre Mutter. Marie-Laurence, wissen Sie, wo der Whisky ist? Ich kann ihn nicht finden.«

»Beten Sie zum heiligen Antonius, mein Lieber!«

Anfangs kam es ihnen komisch vor, später achteten sie nicht mehr darauf.

Das Diner war beschwerlich. Marquis und Marquise stellten ihnen zahlreiche Fragen, warteten jedoch die Antwort nicht ab, um sich ihr Urteil zu bilden. Darüber hinaus waren es eher heikle Fragen wie:

»Und was macht Ihr Vater?«

»Er lebt nicht mehr.«

»Oh, Pardon.«

»Aber ich bitte Sie.«

»Äh. Und Ihrer?«

»Ich habe ihn nie kennengelernt.«

»Sehr schön. Ne... Nehmen Sie noch etwas Gemüse?«

»Nein, danke.«

Anhaltende Stille.

»Und Sie? Sie sind also Koch?«

»Ja.«

»Und Sie?«

Camille sah zu Philibert.

»Sie ist Künstlerin«, antwortete er an ihrer Stelle.

»Künstlerin? Wie pittoresk! Und ... und Sie leben davon?«

»Ja. Das heißt ... Ich ... ich glaube schon.«

»Wie pittoresk. Und Sie leben im selben Haus, nicht wahr?«

»Ja. Weiter oben.«

»Weiter oben, weiter oben.«

Er durchsuchte im Geiste die Festplatte seines mondänen Telefonverzeichnisses.

»... dann sind Sie also eine kleine Roulier de Mortemart!«

Camille wurde von Panik ergriffen.

»Äh. Ich heiße Fauque.«

Sie führte alles an, was sie auf Lager hatte:

»Camille Marie Élisabeth Fauque.«

»Fauque? Wie pittoresk. Ich habe einmal einen Fauque gekannt. Ein rechtschaffener Mann. Charles, glaube ich. Ein Verwandter von Ihnen vielleicht?«

»Äh. Nein.«

Paulette sagte den ganzen Abend kein Wort. Mehr als vierzig Jahre lang hatte sie Menschen dieses Schlages bei Tisch bedient, und sie fühlte sich zu unwohl, um ihren Senf auf die bestickte Tischdecke zu geben.

Auch der Kaffee war beschwerlich.

Dieses Mal nahm Philou den Platz der Wurftaube ein:

»Nun, mein Sohn? Noch immer im Postkartengewerbe?«

»Noch immer, Vater.«

»Anregend, nicht wahr?«

»Ich kann Ihnen nicht sagen, wie sehr.«

»Werden Sie bitte nicht ironisch. Ironie ist die Waffe der Faulpelze, das dürfte ich Ihnen häufig genug gesagt haben.«

»Ja, Vater. *Die Stadt in der Wüste* von Saint-Ex. ...«

»Pardon?«

»Saint-Exupéry.«

Der Vater schluckte die Pille.

Als sie endlich das düstere Zimmer verlassen durften, in dem alle Tiere der Region ausgestopft über ihren Köpfen hingen, selbst ein Rehkitz, verflucht noch mal, selbst Bambi, trug Franck Paulette in ihr Zimmer. »Wie eine Braut«, flüsterte er ihr ins Ohr und schüttelte traurig den Kopf, als ihm klar wurde, daß er tausend Milliarden Kilometer entfernt von seinen Prinzessinnen schlafen würde, zwei Stockwerke höher.

Er hatte sich umgedreht und befühlte eine geflochtene Wildschweinpfote, während Camille sie entkleidete.

»Ich glaub das einfach nicht. Ist euch aufgefallen, wie schlecht das Essen war? Was soll das? Das Zeug war ungenießbar! Ich würde es nie wagen, meinen Gästen so was vorzusetzen! Da macht man lieber ein Omelett oder Nudeln!«

»Sie haben vielleicht nicht die nötigen Mittel?«

»Mann, jeder hat doch wohl die Mittel für ein gutes Omelett? Das kapier ich nicht. Ich kapier's nicht. Mit Besteck aus massivem Silber Scheiße fressen und einen elenden Rachenputzer in einer Kristallkaraffe servieren. Bin ich blöd, oder was? Irgendwas kapier ich da nicht. Wenn die nur einen einzigen ihrer elfundfuffzig Leuchter verkaufen würden, hätten sie genug, um ein Jahr lang anständig zu essen.«

»Sie sehen es wahrscheinlich nicht so. Die Vorstellung, einen einzigen Zahnstocher der Familie zu verkaufen, muß ihnen ebenso ungebührlich vorkommen wie dir die Vorstellung, deinen Gästen Dosengemüse aufzutischen.«

»Und nicht mal gutes, verflucht noch mal! Ich hab die leere Dose im Mülleimer gesehen. Es war ein No-name-Dingsda! Glaubst du's? Wohnen in einem solchen Schloß mit Wassergraben und Lüstern, mit Tausenden Hektar Land und allem Drum und Dran und dann Dosenfraß futtern! Das kapier ich nicht. Sich vom Wildhüter *Monsieur le Marquis* nennen lassen und einem armseliges Dosengemüse mit Mayo in der Tube servieren, ich sag's dir, ich faß es nicht.«

»Komm, beruhig dich. So schlimm ist es nun auch wieder nicht.«

»Doch, das ist schlimm, verdammt! Das ist schlimm! Wozu soll das gut sein, seinen Kindern ein Vermögen zu vererben, wenn du dich nicht mal freundlich mit ihnen unterhalten kannst! Nee, hast du gesehen, wie er mit unserem Philou gesprochen hat? Hast du seine Lippe gesehen, wie er die hochgezogen hat? ›Noch immer im Postkartengewerbe, mein Sohn?‹, sollte heißen, ›du Schwachkopf von Sohn?‹ Ich sag dir, ich hatte Lust, ihm eine zu ballern. Unser Philou ist ein Gott, das reinste menschliche Wesen, das ich in meinem Leben kennengelernt habe, und er hackt auf ihm rum, dieser Arsch.«

»Zum Teufel, Franck, hör auf so zu fluchen, verdammt«, sagte Paulette betrübt.

Maulkorb fürs Fußvolk.

»Pff. Außerdem schlaf ich in Timbuktu. Und das sag ich euch, ich geh morgen früh nicht mit zur Messe! Tz, wofür sollte ich Dank sagen? Philou und ich, wir zwei hätten uns besser in einem Waisenhaus kennengelernt.«

»Ah ja! Bei Miss Pony!«

»Was?«

»Nichts.«

»Gehst du zur Messe?«

»Ja, ich würde gern.«

»Und du, Omi?«

». . .«

»Du bleibst bei mir. Wir werden diesem Pack mal zeigen, was gutes Essen ist. Wenn sie schon nicht die Mittel haben, werden wir sie anständig füttern!«

»Ich kann nicht mehr sehr viel ausrichten, weißt du.«

»Das Rezept von deiner Osterpastete, weißt du das noch auswendig?«

»Natürlich.«

»Na also, wir werden's ihnen schon zeigen. An die Laternen, Aristokraten! Gut, ich geh schlafen, sonst lande ich noch im Verlies.«

Wie war die Überraschung groß, als Madaaaame Marie-Laurence am nächsten Morgen um acht Uhr in die Küche kam. Franck war schon vom Markt zurück und dirigierte seine unsichtbare Dienerschaft.

Sie war verblüfft:

»Mein Gott, aber ...«

»Alles in Ordnung, Madaaaame Marquise. Alles in bester Ordnung, in bester O-o-ordnung!« sang er und öffnete alle Schränke. »Sie brauchen sich um nichts zu kümmern, ich nehme das Mittagessen in die Hand.«

»Und ... Und meine Hammelkeule?«

»Die habe ich in die Tiefkühle getan. Sagen Sie, Sie hätten nicht zufällig ein Brühsieb?«

»Pardon?«

»Ach nichts. Einen Durchschlag vielleicht?«

»Äh. Ja, hier im Schrank.«

»Oh! Wunderbar ist das!« sagte er hellauf begeistert, als er das Ding hochhob, dem ein Fuß fehlte. »Aus welcher Epoche ist der? Ausgehendes 12. Jahrhundert, würde ich schätzen?«

Ausgehungert und gutgelaunt kamen sie zurück, Jesus hatte sich zu ihnen gesellt, und sie begaben sich zu Tisch. Und leckten sich die Lippen. Hoppla, Franck und Camille standen rasch wieder auf. Sie hatten das Tischgebet vergessen.

Der Paterfamilias räusperte sich:

»Segne uns, Herr, segne dieses Mahl und jene, die es bereitet haben« (Augenzwinkern von Philou zum Küchenjungen), bla bla bla »und gib denen Brot, die keines haben.«

»Amen«, antwortete die Schar junger Mädchen kokett.

»Und da es sich nun einmal so verhält«, fügte er hinzu, »werden wir dieser herrlichen Mahlzeit die Ehre erweisen. Louis, holen Sie mir zwei Flaschen von Onkel Hubert, bitte.«

»Oh, Liebster, sind Sie sich ganz sicher?« fragte seine Liebste beunruhigt.

»Aber gewiß, aber gewiß. Und Sie, Blanche, hören auf, ihren Bruder zu frisieren, wir sind hier nicht in einem Friseursalon, soweit mir bekannt ist.«

Es gab Spargel mit einer Sauce hollandaise – zum Reinsetzen –, dann folgten die Osterpastete mit Prädikat von Paulette Lestafier sowie Lammbraten und Tomaten-Zucchini-Auflauf mit Thymian, Erdbeerkuchen und Walderdbeeren mit Schlagsahne.

»Und mit vollem Körpereinsatz geschlagen, bitte schön.«

Selten waren sie um diesen ausgezogenen Tisch so glücklich gewesen, und noch nie hatten sie so herzhaft gelacht. Nach ein paar Gläsern legte der Marquis seine Steifheit ab und erzählte abstruse Jagdgeschichten, bei denen er nicht immer eine gute Figur machte. Franck war viel in der Küche, und Philibert übernahm den Service. Sie waren perfekt.

»Sie sollten zusammenarbeiten«, flüsterte Paulette Camille zu, »der kleine Brodelnde am Herd und der große Höfliche im Saal, das wäre ein Vergnügen.«

Den Kaffee nahmen sie auf der Vordertreppe ein, und Blanche trug weitere Leckereien herbei, bevor sie sich wieder auf Philiberts Schoß setzte.

»Uff!« Endlich setzte Franck sich hin. Nach einer Schicht wie dieser würde er sich gerne eine drehen, aber hm . . . Lieber nahm er Camille ins Visier.

»Was ist das?« fragte sie ihn und zeigte auf den Korb, auf den sich alle stürzten.

»Liebesknochen«, kicherte er, »das mußte einfach sein, die konnt ich mir nicht verkneifen.«

Er stieg eine Stufe hinunter und lehnte sich an die Beine seiner Schönen.

Sie legte ihr Heft auf seinen Kopf.

»Fühlst du dich gut so?« fragte er sie.

»Sehr gut.«

»Tja, darüber solltest du mal nachdenken, mein Möpschen.«

»Worüber?«

»Darüber. Wie wir uns hier im Moment so befinden.«

»Ich kapier gar nichts. Soll ich dich kraulen?«

»Ja. Ja, kraul mich, dann kraul ich dich auch.«

»Franck«, seufzte sie.

»Das war doch nur symbolisch gemeint! Daß ich mich bei dir ausruhe und du an mir arbeiten kannst. So was in der Richtung, verstehst du?«

»Du bist schlimm.«

»Ja. Gut, ich werd schon mal die Messer wetzen, wo ich endlich die Zeit dazu habe. Ich bin sicher, ich finde hier alles, was ich brauche.«

Anschließend machten sie eine Grundstücksbegehung im Rollstuhl, und der Abschied erfolgte ohne überschwengliche Gefühlsäußerungen. Camille schenkte ihnen ihr Schloß als Aquarell, und Philibert gab sie Blanche im Profil.

»Du gibst immer alles weg. So wirst du nie reich.«

»Macht nichts.«

Am Ende der Pappelallee schlug er sich mit der Hand auf die Stirn:

»Caramba! Ich hab vergessen, ihnen Bescheid zu sagen.«

Keine Reaktion im Wageninneren.

»Caramba! Ich hab vergessen, ihnen Bescheid zu sagen«, wiederholte er lauter.

»Häh?«

»Was?«

»Ach nichts. Nur eine Kleinigkeit.«

Gut.

Erneutes Schweigen.

»Franck und Camille?«

»Ja, ja, wir wissen schon. Du willst dich bedanken, weil du deinen Vater seit der Episode mit der Vase von Soissons zum ersten Mal hast lachen sehen.«

»Kei... Keinesweges.«

»Was denn sonst?«

»Wä... wärt ihr bereit, meine Trau... meine Trau... meine Trau...«

»Was, deine Trau? Deine Trauben?«

»Nein. Meine Trau...«

»Deine Traumfrau?«

»N... nein, meine Trau... Trau...«

»Deine was? Verflucht noch mal!«

»Meine Trau... zeugenzuwerden?«

Abrupt blieb das Auto stehen, und Paulette hatte die Kopfstütze im Gesicht.

8

Mehr wollte er ihnen nicht verraten.

»Ich sage euch Bescheid, sobald ich Näheres weiß.«

»Häh? Aber, äh. Sag mal, ganz unter uns. Du hast doch wenigstens eine Freundin, oder?«

»Eine Froindin«, antwortete er indigniert, »niemals! Eine Froindin. Was für ein unschönes Wort. Eine Verlobte, werter Freund.«

»Aber eh. Sie weiß davon, oder?«

»Pardon?«

»Daß ihr verlobt seid?«

»Noch nicht«, gab er zu und sah zu Boden.

Franck seufzte:

»Ich seh schon. Das ist Philou in Hochkonzentrat. Gut. Du wartest aber nicht bis zum Vortag, um uns einzuladen? Damit ich wenigstens noch Zeit habe, mir einen schönen Anzug zu kaufen.«

»Und ich ein Kleid!« fügte Camille hinzu.

»Und ich einen Hut«, kam es von Paulette.

9

Die Kesslers kamen eines Abends zum Essen. Schweigend gingen sie durch die ganze Wohnung. Zwei alte Bourgeois, völlig baff. Ehrlich gesagt, ein äußerst genußreiches Spektakel.

Franck war nicht da und Philibert absolut charmant.

Camille zeigte ihnen ihr Atelier. Paulette fand sich dort in allen Positionen, allen Techniken, allen Formaten. Ein Tempel ihrer Fröhlichkeit, ihrer Liebenswürdigkeit, der Gewissensbisse und Erinnerungen, die ihr bisweilen das Gesicht zerfurchten.

Mathilde war verwirrt und Pierre zuversichtlich:

»Das ist gut! Das ist sehr gut! Bei der Gluthitze des vergangenen Sommers ist das Alte total im Trend, weißt du? Das kommt gut an. Da bin ich mir ganz sicher.«

Camille war verzagt. Ver-zagt.

»Hör auf«, sagte seine Frau, »das ist eine Provokation. Er ist ganz ergriffen, der Gute.«

»Oh! Und das hier! Das ist phantastisch!«

»Das ist noch nicht fertig.«

»Das hebst du mir auf, ja? Das reservierst du für mich?«

Camille willigte ein.

Nein. Das würde sie ihm niemals geben, weil es niemals fertig würde, denn ihr Modell käme nie mehr wieder. Das wußte sie.

Schade.

Um so besser.

Diese Skizze würde sie also niemals weggeben. Sie war nicht fertig. Sie würde in der Luft hängen. Wie ihre unmögliche Freundschaft. Wie alles, was sie hier unten trennte.

Es war an einem Samstagmorgen gewesen, vor wenigen Wochen. Camille arbeitete. Sie hatte nicht einmal die Klingel gehört, als Philibert an ihre Tür klopfte:

»Camille?«

»Ja?«

»Die ... Die Königin von Saba ist hier. In meinem Salon.«

Mamadou sah prachtvoll aus. Sie trug ihre schönste Tunika und all ihren Schmuck. Ihre Haare waren bis auf zwei Drittel ihres Kopfes gezupft, und sie trug ein kleines Schultertuch, passend zum Hüfttuch.

»Ich hatte dir gesagt, daß ich komme, aber du mußt dich beeilen, weil ich um vier zu einer Familienhochzeit muß. Hier wohnst du also? Hier arbeitest du?«

»Ich bin so glücklich, dich wiederzusehen!«

»Los. Keine Zeit verlieren, hab ich gesagt.«

Camille setzte sie bequem hin.

»So. Halt dich gerade.«

»Aber ich halte mich immer gerade, sowieso!«

Nach ein paar Skizzen legte sie ihren Stift auf den Block:

»Ich kann dich nicht malen, wenn ich nicht weiß, wie du heißt.«

Daraufhin nahm die andere den Kopf hoch und hielt ihrem Blick mit wunderbarer Verachtung stand:

»Mein Name ist Marie-Anastasie Bamundela M'Bayé.«

Marie-Anastasie Bamundela M'Bayé würde nie wieder als Königin von Diouloulou, dem Dorf ihrer Kindheit, in dieses Viertel zurückkehren. Da war sich Camille ganz sicher. Ihr Porträt würde niemals fertig werden, und es wäre niemals für Pierre Kessler, der absolut außerstande war, die kleine Bouli in den Armen dieser »schönen Negerin« zu erkennen.

Abgesehen von diesen beiden Besuchen und einer Fete zum dreißigsten Geburtstag eines Kollegen von Franck, zu der sie alle drei gingen und auf der Camille völlig losgelöst brüllte: Ich hab mehr Hunger als ein Barrakuda, Ba ra ku daaaa, ereignete sich nichts Nennenswertes.

Die Tage wurden länger, der Sunrise drehte auf der Stelle, Philibert probte, Camille arbeitete, und Franck büßte mit jedem Tag ein wenig mehr Selbstvertrauen ein. Sie mochte ihn, aber sie liebte ihn nicht, sie bot sich an, gab sich jedoch nicht hin, versuchte es zwar, glaubte aber nicht daran.

Eines Abends schlief er auswärts. Zum Testen.
　　Sie sagte nichts dazu.
　　Dann ein zweites, ein drittes Mal. Zum Trinken.
　　Er schlief bei Kermadec. Die meiste Zeit allein, einen Abend in belgischem Himbeerbierrausch mit einem Mädchen.
　　Er gab ihr, was sie wollte, und wandte ihr dann den Rücken zu.
　　»Und jetzt?«
　　»Laß mich.«

10

Paulette lief nun fast gar nicht mehr, und Camille vermied es, Fragen zu stellen. Sie hielt sie anderweitig fest. Im Tageslicht oder im Schein der Lampen. An manchen Tagen war sie nicht ganz da, an anderen voller Schwung. Es war ermüdend.

Wo hörte der Respekt für andere auf, und wo begann die unterlassene Hilfeleistung gegenüber einem gefährdeten Menschen? Diese Frage nagte an ihr, und jedesmal, wenn sie nachts aufstand, wild entschlossen, einen Arzttermin zu vereinbaren, wachte die alte Dame am nächsten Morgen fidel und frisch wie eine Rose wieder auf.

Und Franck, dem es nicht mehr gelang, einer früheren Eroberung aus der Laborszene die Medikamente ohne Rezept zu entlocken.

Sie nahm seit Wochen nichts mehr ein.

An Philiberts Theaterabend, zum Beispiel, war sie nicht auf dem Damm, und sie mußten Madame Perreira bitten, bei ihr zu bleiben.

»Kein Problem! Ich hatte zwölf Jahre lang meine Schwiegermutter im Haus, ich bin in Übung. Ich weiß, wie das ist mit den alten Leuten!«

Die Aufführung fand in einem Kulturzentrum am Ende der Linie A der RER statt.

Sie nahmen den *Zeus* um 19.34 Uhr, setzten sich einander gegenüber und fochten schweigend ihre Kämpfe aus.

Camille sah Franck lächelnd an.

Das kannst du gern für dich behalten, dein blödes Lächeln, ich will es gar nicht haben. Sonst hast du ja nichts zu vergeben. Nur ein Lächeln, um die Leute durcheinanderzubringen. Behalt's für dich. Komm schon, behalt's für dich. Irgendwann endest du mit deinen Farbstiften allein in einem Bergfried, und das geschieht dir ganz recht. Ich merke, wie ich es langsam satt habe. Der Regenwurm, der sich in einen Stern verliebt, eine Zeitlang mag das ja gutgehen.

Franck betrachtete Camille mit zusammengebissenen Zähnen.

Was bist du süß, wenn du wütend bist. Was bist du schön, wenn du mit deinem Latein am Ende bist. Warum kann ich mich bei dir nicht gehenlassen? Warum lasse ich dich leiden? Warum trage ich ein Korsett unter meinem Harnisch und zwei Patronengürtel? Warum mache ich bei der geringsten Kleinigkeit dicht? Scheiße, Mann, nimm einen Dosenöffner! Sieh in deinem Köfferchen nach, ich bin sicher, du hast, was du brauchst, um mich atmen zu lassen.

»Woran denkst du?« fragte er sie.

»An deinen Namen. Ich habe kürzlich in einem alten Wörterbuch gelesen, daß der *estafier* ein Oberknappe war, der einen Reiter begleitete und ihm den Steigbügel hielt.«

»Tatsächlich?«

»Ja.«

»Ein Diener also?«

»Franck Lestafier, der Diener?«

»Hier!«

»Wenn du nicht mit mir schläfst, mit wem schläfst du dann?«

». . .«

»Machst du mit den anderen das gleiche wie mit mir?« fragte sie weiter und biß sich auf die Lippen.

»Nein.«

Sie gaben sich die Hand und tauchten gemeinsam wieder auf.

Die Hand ist nicht schlecht.

Sie bringt keine Verpflichtung mit sich für den, der sie gibt, und beruhigt den, der sie nimmt.

Der Ort hatte etwas Freudloses an sich.

Es roch nach Kinnbärtchen, nach warmer Fanta und unausgegorenen Träumen von Ruhm. Plakate in Quietschgelb kündigten die triumphale Tournee des Ramon Riobambo und seines Orchesters in Lamafellen an. Franck und Camille kauften ihre Eintrittskarten und hatten die Qual der Wahl des Sitzplatzes.

Doch langsam füllte sich der Saal. Die Stimmung eine Mischung aus Kirmes und Jugendfreizeit. Die Mamas hatten sich herausgeputzt, die Papas überprüften noch mal die Batterien ihrer Camcorder.

Wie immer, wenn er nervös war, wippte Franck mit dem Fuß. Camille legte ihm die Hand aufs Knie, um ihn zu beruhigen.

»Wenn ich daran denke, daß unser Philou allein vor diesen ganzen Leuten stehen wird, macht mich das völlig fertig. Ich glaub, das verkraft ich nicht. Stell dir vor, er bleibt hängen. Stell dir vor, er fängt an zu stottern. Pff. Hinterher müssen wir ihn mit dem Löffel vom Boden aufkratzen.«

»Schhh. Es wird schon alles gutgehen.«

»Wenn hier auch nur einer kichert, dann knöpf ich ihn mir vor, das sag ich dir.«

»Ganz ruhig.«

»Ganz ruhig, ganz ruhig! Ich würde dich gern sehen! Würdest du vor all den fremden Leuten hier auftreten?«

Zuerst waren die Kinder an der Reihe. Etwas Molière, etwas Queneau, etwas kleiner Prinz und etwas geheimnisvolle Rue Broca, das volle Programm.

Camille konnte sie nicht malen, sie mußte zu sehr lachen.

Danach leierte eine Gruppe schlaksiger Jugendlicher, ein Experiment zur Wiedereingliederung, ihren Existentialismus herunter und schüttelte schwere vergoldete Ketten.

»Du meine Güte, was haben die denn auf dem Kopf?« fragte Franck beunruhigt. »Strumpfhosen?«

Pause.

Scheiße. Warme Fanta und immer noch kein Philibert am Horizont.

Als es wieder dunkel wurde, trat ein ziemlich flippiges Mädchen auf die Bühne.

Sie ragte kaum über die Tischkante, trug aber rosa Converses im New Look, buntgestreifte Strumpfhosen, einen Minirock aus grünem Tüll und eine perlenbesetzte Fliegerjacke. Die Haarfarbe passend zu den Schuhen.

Eine Elfe. Eine Handvoll Konfetti. Von der Art rührender Spinner, die man auf Anhieb mag oder überhaupt nie verstehen wird.

Camille beugte sich vor und sah Franck selig grinsen.

»Guten Abend. Also hm. Tja. Ich ... Ich habe lange darüber nachgedacht, wie ich Ihnen die ... die nächste Nummer präsentieren soll, und schließlich habe ich ... habe ich mir überlegt, daß ... daß es am besten ist, wenn ... wenn ich Ihnen von unserer ersten Begegnung erzähle.«

»Oh oh, noch eine, die stottert. Das ist ein Fall für uns«, flüsterte er.

»Also hm. Es war vor einem Jahr ungefähr.«

Sie wirbelte mit den Armen wild durch die Luft.

»Sie müssen wissen, ich leite ein Kinderatelier in Beaubourg und hm. Er ist mir aufgefallen, weil er ständig um seine Drehständer herumschlich, um immer wieder seine Postkarten zu zählen. Jedesmal, wenn ich vorbeiging, habe ich versucht, ihn zu überraschen, und es hat jedesmal geklappt: Er zählte schon wieder stöhnend seine Karten. Wie ... Wie Chaplin, verstehen Sie? Mit dieser Art

505

von Anmut, die einem die Kehle zuschnürt. Wo man nicht mehr weiß, ob man lachen oder weinen soll. Wo man überhaupt nichts mehr weiß. Wo man einfach stehenbleibt, völlig idiotisch, mit einem süßsauren Geschmack im Mund. Einmal habe ich ihm dann geholfen, und ich . . . ich habe ihn ins Herz geschlossen. Das wird Ihnen bestimmt genauso gehen, sie werden sehen. Man kann einfach nicht anders, als ihn ins Herz zu schließen. Diesen Kerl. Er ist wie alle Lichter dieser Stadt in einem.«

Camille zerquetschte Franck die Hand.

»Ach ja! Und noch etwas. Als er sich mir das erste Mal vorstellte, sagte er: ›Philippe de la Durbellière‹, worauf ich ihm, höflich wie ich bin, genauso geantwortet habe, mitsamt geographischer Angabe: ›Suzy . . . hm . . . de Belleville‹. ›Ah!‹ rief er aus, ›Sie sind eine Nachfahrin von Geoffroy de Lajemme de Belleville, der 1672 die Habsburger bekämpfte.‹ Oh Mann! ›Nee‹, hab ich gestammelt, ›aus . . . aus Belleville in Paris.‹ Und wissen Sie, was das schlimmste war? Er war nicht mal enttäuscht.«

Sie machte einen Sprung.

»So, das war's, jetzt ist alles gesagt. Ich bitte Sie nun um anhaltenden Applaus.«

Franck pfiff auf den Fingern.

Philibert schleppte sich schwerfällig auf die Bühne. In Rüstung. Mit Kettenhemd, Federbusch, langem Schwert, Schild und jede Menge Eisenkram.

Schaudern beim Publikum.

Er fing an zu reden, aber man konnte ihn nicht verstehen.

Nach ein paar Minuten kam ein Junge mit einem Schemel auf die Bühne und schob das Visier in die Höhe.

Jetzt konnte man ihn, der unerschütterlich weitersprach, endlich hören.

Vorsichtiges Gelächter.

Noch wußte keiner, ob es Absicht war oder nicht.

Nun begann Philibert einen genialen Striptease. Jedesmal, wenn er ein Stück Eisen auszog, benannte es sein kleiner Page mit lauter Stimme:

»Der Helm ... die Sturmhaube ... die Halsberge ... der Brechrand ... der Brustharnisch ... der Bauchreifen ... die Armkachel ... der Panzerhandschuh ... der Diechling ... der Kniebuckel ... die Beinröhre ...«

Vollkommen entbeint, sackte der Ritter schließlich in sich zusammen, und der Junge zog ihm die »Schuhe« aus.

»Die Bärlatschen«, verkündete er schließlich, indem er sie über seinen Kopf hob und sich die Nase zuhielt.

Echtes Gelächter diesmal.

Nichts ist besser als ein derber Gag, um einen Saal in Schwung zu bringen.

Unterdessen breitete Philibert Jehan Louis-Marie Georges Marquet de la Durbellière mit monotoner und blasierter Stimme die Äste seines Stammbaums aus und rühmte die kriegerischen Heldentaten seines noblen Geschlechts.

Sein Urahne Karl mit Ludwig dem Heiligen gegen die Türken 1271, sein Ahne Bertrand in der Klemme in Azincourt 1415, sein Onkel Bidule bei der Schlacht von Fontenoy, sein Opa Ludwig auf der Uferböschung des Moine in Cholet, sein Großonkel Maximilian an der Seite Napoleons, sein Urgroßvater auf dem Chemin des Dames und sein Großvater mütterlicherseits Gefangener der Deutschen in Pommern.

Mit unendlichen Details. Die Bälger waren mucksmäuschenstill. Französische Geschichte in 3D. Große Kunst.

»Und das letzte Blatt am Baum«, schloß er, »steht hier vor Ihnen.«

Er stand wieder auf. Weißhäutig und hager, nur mit einer Unterhose bekleidet, die mit Lilien bedruckt war.

»Ich bin der Kerl, wissen Sie? Der immer seine Postkarten zählt.«

Sein Page brachte ihm einen Soldatenmantel.

»Warum?« fragte er sie. »Warum zum Teufel zählt der Nachkomme eines solchen Konvois wieder und wieder Papierfetzen an einem Ort, den er verabscheut? Nun, das will ich Ihnen sagen.«

Und jetzt drehte der Wind. Er erzählte von seiner chaotischen Geburt, bei der er sich verkehrt angestellt hatte, »damals schon«, seufzte er, und seine Mutter sich weigerte, in ein Krankenhaus zu gehen, in dem auch Abtreibungen vorgenommen wurden. Er erzählte von seiner Kindheit, abgeschnitten von der Welt, in der man ihm beibrachte, gegenüber den einfachen Leuten den nötigen Abstand zu wahren. Er erzählte von seinen Jahren im Pensionat mit seinem Gaffiot als Speerspitze und den unzähligen Gemeinheiten, denen er ausgesetzt war, er, der über Kräfteverhältnisse nicht mehr wußte, als ihm die langsamen Bewegungen seiner Bleisoldaten gezeigt hatten.

Und die Leute lachten.

Sie lachten, weil es witzig war. Das Glas mit der Pisse, die Sticheleien, die Brille, die ins Klo flog, die Aufforderungen zum Masturbieren, die Grausamkeit der Bauernsöhne aus der Vendée und der fragwürdige Trost des Betreuers. Die weiße Taube, die langen Abendgebete, um denen zu vergeben, die einem weh getan hatten, und sich nicht in Versuchung führen zu lassen, und sein Vater, der ihn jeden Samstag fragte, ob er sich seines Standes würdig erwiesen und seinen Vorfahren Ehre gemacht habe, während er hin- und herrutschte, weil sie ihm wieder einmal den Schwanz mit Schmierseife eingerieben hatten.

Ja, die Leute lachten. Weil auch er darüber lachte und weil man von nun an zu ihm hielt.

Alles Prinzen.

Alle hinter seinem weißen Federbusch.
Alle bewegt.

Er erzählte von seinen Zwangsvorstellungen und Obsessionen. Seinen Psychopharmaka, seinen Krankenscheinen, auf die sein Name nie ganz paßte, seinem Stottern, seiner Verwirrung, wenn sich seine Zunge verheddert, seinen Panikattacken an öffentlichen Orten, seinen Zähnen, denen der Nerv gezogen wurde, seinem gelichteten Schopf, seinem schon leicht gekrümmten Rücken und allem, was er unterwegs verloren hatte, weil er in einem anderen Jahrhundert auf die Welt gekommen war. Aufgewachsen ohne Fernsehen, ohne Zeitungen, ohne Ausgang, ohne Humor und vor allem ohne das geringste Wohlwollen für die Welt um ihn herum.

Er erteilte Anstandsunterricht, Benimmregeln, rief gute Manieren in Erinnerung und die Sitten und Gebräuche dieser Welt, wozu er das Handbuch seiner Großmutter auswendig aufsagte:

»Generöse und feinfühlige Gemüter befleißigen sich in Anwesenheit des Gesindes niemals eines Vergleichs, der selbiges herabsetzen könnte. Zum Beispiel: ›Soundso benimmt sich wie ein Lakai.‹ Die Grandes Dames der damaligen Zeit zeugten nicht gerade von derartiger Sensibilität, werden Sie sagen, und ich weiß, daß eine Herzogin aus dem 18. Jahrhundert in der Tat ihre Leute bei jeder Hinrichtung mit den Worten zur Place de Gréve zu schicken pflegte: ›In die Schule mit euch!‹

Heute achten wir die Würde des Menschen und die berechtigte Empfindsamkeit der kleinen und einfachen Leute weitaus mehr. Dies gereicht unserer Zeit zur Ehre.

Dennoch! fügte er bekräftigend hinzu, *die Höflichkeit des Herrn gegenüber seinem Diener darf nicht zu gemeiner Vertraulichkeit verkommen. Zum Beispiel ist nichts vulgärer, als sich den Klatsch seiner Leute anzuhören.«*

Und wieder wurde gelacht. Auch wenn uns nicht zum Lachen war.

Anschließend sprach er altgriechisch, rezitierte viele Gebete auf Latein und räumte ein, daß er *Die große Sause* nie gesehen habe, weil darin die Geistlichen verspottet wurden.

»Ich glaube, ich bin der einzige Franzose, der *Die große Sause* nie gesehen hat, oder?«

Freundliche Stimmen beruhigten ihn: Nein, nein. Bist nicht allein.

»Zum Glück geht es ... mir besser. Ich ... Ich habe die Zugbrücke heruntergelassen, glaube ich. Und ich ... ich habe meine Ländereien verlassen, um das Leben zu lieben. Ich habe Menschen kennengelernt, die viel nobler sind als ich, und ich ... Na ja. Einige von ihnen sitzen hier im Saal, und ich möchte sie ni... nicht in Ve...Verlegenheit bringen.«

Da er sie anschaute, drehten sich alle zu Franck und Camille, die verzweifelt versuchten, den rrr ... hmm ... den Kloß hinunterzuschlucken, den sie plötzlich im Hals verspürten.

Denn dieser Kerl, der das alles erzählte, dieser lange Lulatsch, der alle mit seinen Nöten zum Lachen brachte, war ihr Philou, ihr Schutzengel, ihr SuperNesquick, den der Himmel geschickt hatte. Der sie gerettet und seine langen hageren Arme um ihre entmutigten Rücken geschlungen hatte.

Während das Publikum applaudierte, zog er sich wieder an. Jetzt stand er in Frack und Zylinder vor ihnen.

»Nun ja. Ich habe alles gesagt, glaube ich. Ich hoffe, Sie mit diesen verstaubten Geschichten nicht allzusehr gelangweilt zu haben. Sollte dies bedauerlicherweise der Fall sein, bitte ich Sie, mir zu verzeihen und ihr Beileid dieser loyalen Dame mit den rosa Haaren auszusprechen, da sie es war, die mich gezwungen hat, heute vor Sie zu treten. Ich verspreche Ihnen, ich werde es nicht noch einmal tun, aber eh ...«

Er schwenkte seinen Stock in Richtung Kulissen, und sein Page kam mit einem Paar Handschuhe und einem Blumenstrauß zurück.

»Man beachte die Farbe«, fügte er hinzu, während er sie überstreifte, »creme. Mein Gott, ich bin ein unverbesserlicher Reak-
tionär. Wo war ich noch? Ach ja! Die rosa Haare. Ich ... Ich weiß,
daß Monsieur und Madame Martin, die Eltern von Mademoiselle
aus Belleville, im Saal sitzen, und ich ... ich ... ich ... ich ...«

Er kniete nieder:

»Ich ... ich stottere, nicht wahr?«

Lachen.

»Ich stottere, und das ist ausnahmsweise auch einmal ganz normal, denn ich halte um die Hand Ihrer To...«

In diesem Moment schoß eine Kanonenkugel über die Bühne
und stieß ihn um. Sein Gesicht verschwand unter einem Berg von
Tüll, und man hörte nur:

»Hiiiiiiiiiii, ich werd Marquiiiiiiiiii-se!!!«

Mit verrutschter Brille stand er wieder auf und hielt sie auf dem
Arm:

»Eine vortreffliche Eroberung, finden Sie nicht?«

Er lächelte.

»Meine Ahnen können stolz auf mich sein.«

11

Camille und Franck blieben nicht zum anschließenden Silvester-
umtrunk der Truppe, denn sie durften den *Zack* um 23:58 Uhr
nicht verpassen.

Diesmal saßen sie nebeneinander und waren kaum gesprächiger
als auf der Hinfahrt.

Zu viele Bilder, zu viele Erschütterungen.

»Glaubst du, er kommt heute abend nach Hause?«

»Mmm. Sie scheint es mir mit der Etikette nicht so genau zu
nehmen.«

»Das ist verrückt, oder?«

»Total verrückt.«

»Kannst du dir die Visage der Marie-Laurence vorstellen, wenn
sie ihre künftige Schwiegertochter zum ersten Mal sieht?«

»Meiner Meinung nach dürfte das nicht so schnell der Fall sein.«

»Was willst du damit sagen?«

»Ich weiß nicht. Weibliche Intuition. Neulich im Schloß, als wir
nach dem Essen mit Paulette spazieren waren, sagte er plötzlich
bebend vor Wut: ›Könnt ihr euch das vorstellen? Es ist Ostern, und
sie haben für Blanche nicht einmal Eier versteckt.‹ Mag sein, daß
ich mich irre, aber ich hatte das Gefühl, das war der Tropfen, der
das Faß zum Überlaufen brachte. Ihn haben sie ja reichlich schika-
niert, ohne daß er es ihnen besonders übelzunehmen schien, aber
das hier. Keine Eier für die Kleine zu verstecken, das war zuviel
des Guten. Ich hatte das Gefühl, er sucht jetzt ein Ventil für seinen Zorn, indem er finstere Maßnahmen ergreift. Um so besser,
meinst du? Recht hast du: Sie haben ihn nicht verdient.«

Franck schüttelte den Kopf, und sie ließen es dabei bewenden.
Denn sonst wären sie gezwungen gewesen, ins Futur zu wechseln

(Und wenn sie heiraten, wo werden sie leben? Und wir, wo werden wir leben? etc.), und zu dieser Art Unterhaltung waren sie nicht bereit. Zu riskant. Zu halsbrecherisch.

Franck bezahlte Madame Perreira, während Camille Paulette die Neuigkeit verkündete, dann aßen sie eine Kleinigkeit im Salon und hörten dabei erträglichen Techno.
»Das ist kein Techno, das ist Elektro.«
»Oh, Verzeihung.«

Tatsächlich kam Philibert in dieser Nacht nicht nach Hause, und die Wohnung erschien ihnen schrecklich leer. Sie freuten sich für ihn und trauerten für sich. Ein übler Nachgeschmack von Verlassenheit stieg ihnen in die Kehle.
Philou.

Sie brauchten keine Worte, um ihre Beklemmung zum Ausdruck zu bringen. Ausnahmsweise hatten ihre Antennen besten Empfang.
Sie nahmen die Hochzeit ihres Freundes zum Anlaß, sich über allerlei Hochprozentiges herzumachen, und stießen auf die Gesundheit aller Waisenkinder dieser Welt an. Ihrer gab es so viele, daß sie diesen bewegten Abend mit einem kräftigen Rausch beschlossen.
Kräftig und bitter.

12

Marquet de la Durbellière, Philibert Jehan Louis-Marie Georges, geboren am 27. September 1967 in La Roche-sur-Yon (Vendée), ehelicht Martin, Suzy, geboren am 5. Januar 1980 in Montreuil (Seine-Saint-Denis), im Standesamt des 20. Arrondissements von Paris am ersten Montag im Juni 2004, unter den bewegten Blicken seiner Trauzeugen Lestafier, Franck Germain Maurice, geboren am 8. August 1970 in Tours (Indre-et-Loire), und Fauque, Camille Marie Élisabeth, geboren am 17. Februar 1977 in Meudon (Hauts-de-Seine), und in Anwesenheit von Lestafier, Paulette, die sich weigert, ihr Alter anzugeben.

Des weiteren waren anwesend die Eltern der Braut sowie ihr bester Freund, ein großer Kerl mit gelben Haaren, der kaum weniger auffiel als sie.

Philibert trug einen herrlichen Anzug aus weißem Leinen sowie ein rosa Einstecktuch mit grünen Punkten.

Suzy trug einen herrlichen rosa Minirock mit grünen Punkten und einer Turnüre sowie eine Schleppe von mindestens zwei Metern Länge. »Mein Traum!« wiederholte sie immer wieder lachend.

Sie lachte immerzu.

Franck trug den gleichen Anzug wie Philibert, nur karamelfarben. Paulette trug einen von Camille konfektionierten Hut, eine Art Nest mit Vögeln und Federn überall, und Camille trug eins der weißen Smokinghemden von Philiberts Großvater, das ihr bis zu den Knien reichte. Sie hatte sich eine Krawatte um die Taille gebunden und weihte ein Paar hübsche rote Sandalen ein. Es war das erste Mal, daß sie einen Rock trug, seit ... Pff ... noch länger.

Anschließend zog die feine Gesellschaft zum Picknick in den Park von Buttes-Chaumont. Im Gepäck der große Korb der Durbellière als Caterer und ein paar kleinere Tricks, um von den Parkhütern nicht entdeckt zu werden.

Philibert zog mit einem Hunderttausendstel seiner Bücher in die Zweizimmerwohnung seiner Gattin, die nicht eine Sekunde erwogen hatte, ihr geliebtes Viertel zu verlassen, um sich auf der anderen Seite der Seine einem Begräbnis erster Klasse zu unterziehen.

Das zeigte, wie egal ihr seine Herkunft war, und es zeigte, wie sehr er sie liebte.

Er hatte dennoch sein Zimmer behalten, und dort schliefen sie, wann immer sie zum Abendessen kamen. Philibert nutzte die Gelegenheit, um Bücher zurückzubringen und neue mitzunehmen, und Camille nutzte die Gelegenheit, um weiter an Suzys Porträt zu arbeiten.

Sie hatte noch nicht das richtige Gespür für sie. Noch eine, die sich nicht einfangen ließ. Berufsrisiko eben.

Philibert stotterte nicht mehr, stellte jedoch das Atmen ein, sobald sie aus seinem punctum remotum verschwand.

Und wenn sich Camille über die Geschwindigkeit wunderte, mit der sie sich gebunden hatten, sahen sie sie seltsam an. Worauf denn warten? Warum Zeit verlieren in ihrem Glück? Total bescheuert, was du da sagst.

Sie schüttelte den Kopf, skeptisch und gerührt, während Franck sie verstohlen betrachtete.

Laß gut sein, das verstehst du nicht. Das verstehst du nicht. Du bist total verklemmt. Nur deine Bilder sind schön. Im Innern bist du völlig verkrampft. Wenn ich daran denke, daß ich geglaubt habe, du wärst lebendig. Scheiße, an dem Abend muß ich voll drauf gewesen sein, daß ich so danebenliegen konnte. Ich dachte, du wärst gekommen, um mich zu lieben, dabei warst du nur ausgehungert. Wie dumm ich war, also wirklich.

Weißt du, was du brauchst? Du brauchst jemanden, der dir den Kopf ausschabt, so wie man ein Huhn ausnimmt, und der dir die ganze Scheiße, die du da drin hast, ein für allemal rausholt. Der muß ganz schön was draufhaben, der Typ, der es schafft, dich auseinanderzunehmen. Nicht gesagt, daß es ihn überhaupt gibt. Philou sagt, daß du deshalb so gut malst, weil du so bist, tja, dann ist das ein verdammt hoher Preis.

»Na, Franck?« rüttelte Philibert ihn auf, »du hängst wohl gerade in den Seilen.«

»Müde.«

»Komm schon. Bald hast du Urlaub.«

»Pff. Ich muß noch den ganzen Juli überstehen. Ach ja, ich geh schlafen, ich muß morgen früh raus: Ich muß die Damen ins Grüne ausführen.«

Sommer auf dem Land. Die Idee stammte von Camille, aber Paulette hatte nichts dagegen. War nicht sonderlich enthusiastisch, die Gute. Aber dafür. Sie war bei allem dafür unter der Bedingung, daß man sie zu nichts zwang.

Als sie ihm den Plan verkündete, begann Franck allmählich, sich damit abzufinden.

Sie konnte weit weg von ihm leben. Sie war nicht verliebt und würde es niemals sein. Sie hatte ihn überdies gewarnt: »Danke, Franck. Ich auch nicht.« Der Rest war sein Problem, wenn er sich für stärker hielt als sie und für stärker als die ganze Welt. Nix da, Junge, du bist nicht der Stärkste. Oh nein. Dabei habe ich es dir oft genug eingetrichtert. Aber du bist ja so ein Dickschädel, so ein Angeber.

Du warst noch nicht auf der Welt, da war dein Leben schon ein Haufen Scheiße, weshalb sollte sich das ändern? Was hast du denn gedacht? Nur, weil du sie von ganzem Herzen flachgelegt hast und lieb zu ihr warst, würde dir das Glück gebraten in den Mund fliegen? Pff. Armselig. Sieh sie dir an, deine Spielchen. Wohin sollten sie dich führen, was meinst du? Wohin wolltest du? Mal ehrlich.

Sie trug ihre Tasche und Paulettes Koffer in die Diele und ging zu ihm in die Küche.

»Ich hab Durst.«

»...«

»Schmollst du? Ärgert es dich, daß wir verreisen?«

»Überhaupt nicht! Ich werd hier meinen Spaß haben.«

Sie stand auf und nahm seine Hand:

»Los, komm schon.«

»Wohin?«

»Ins Bett.«

»Mit dir?«

»Na klar!«

»Nein.«

»Warum nicht?«

»Keine Lust. Du bist nur zärtlich, wenn du genug getankt hast. Du spielst ein falsches Spiel mit mir, darauf hab ich keinen Bock mehr.«

»Gut.«

»Du sagst nicht hü und nicht hott. Das ist eine fiese Tour.«

»...«

»Echt fies.«

»Aber ich fühle mich wohl bei dir.«

»»Aber ich fühle mich wohl bei dir««, äffte er sie nach. »Mir ist scheißegal, ob du dich bei mir wohl fühlst. Ich will nur, daß du mit mir zusammen bist, fertig. Den Rest ... Deine Spielchen, deine künstlerischen Allüren, die kleinen Vereinbarungen zwischen deinem Hintern und deinem Gewissen kannst du dir für einen anderen Deppen aufheben. Dieser hier hat alles gegeben. Mehr holst du aus ihm nicht raus, die Geschichte kannst du vergessen, Prinzessin.«

»Du hast dich verliebt, stimmt's?«

»Du kannst mich mal, Camille! *Stimmt's?* Du tust ja so, als wär ich unheilbar krank! Scheiße, ein bißchen Taktgefühl, bitte, ja? Ein bißchen Anstand! Das hier hab ich trotz allem nicht verdient! Daß du dich jetzt verpißt, wird mir guttun. Warum laß ich mir auch von einer Tussi, die scharf darauf ist, zwei Monate allein mit einer Alten am Arsch der Welt rumzuhängen, auf der Nase rumtanzen? Du bist nicht normal, und wenn du nur einen Hauch von Anstand hättest, würdest du dich behandeln lassen, anstatt dich an den erstbesten Blödmann zu hängen, der deinen Weg kreuzt.«

»Paulette hat recht. Kaum zu glauben, wie unflätig du bist.«

Die Fahrt am nächsten Morgen wirkte hmm ... ziemlich lang.

Er ließ ihnen das Auto da und fuhr mit seiner alten Mühle zurück.

»Kommst du nächsten Samstag?«

»Wozu?«

»Eh, um dich auszuruhen.«

»Mal sehen.«

»Und wenn ich dich darum bitte?«

»Mal sehen.«

»Gibt's kein Küßchen?«

»Nein. Am nächsten Samstag werd ich dich vögeln, wenn ich nichts Besseres zu tun habe, aber Küßchen gibt's keine mehr.«

»Okay.«

Er verabschiedete sich von seiner Großmutter und verschwand am Ende der Straße.

Camille kehrte zu ihren großen Farbtöpfen zurück. Sie versuchte sich jetzt als Innenarchitektin.

Sie dachte nach, aber nein. Holte ihre Pinsel aus dem Terpentinersatz und wischte sie langsam ab. Er hatte recht: mal sehen.

Und das Leben ging weiter. Wie in Paris, nur langsamer. Und in der Sonne.

Camille machte die Bekanntschaft eines englischen Pärchens, das das Nachbarhaus herrichtete. Sie tauschten Sachen aus, Kniffe, Werkzeug und Gläser mit Gin Tonic zu einer Zeit, da sich die Mauersegler austobten.

Sie gingen ins Museum der Schönen Künste in Tours, Paulette wartete unter einer riesigen Zeder (zu viele Treppen), während Camille den Garten, die wunderschöne Frau und den Enkel des Malers Édouard Debat-Ponsan kennenlernte. Dieser stand nicht im Lexikon. Genausowenig wie Emmanuel Lansyer, dessen Museum in Loches sie ein paar Tage zuvor besucht hatten. Camille mochte die Maler, die nicht im Lexikon aufgeführt waren. Die kleinen Meister, wie es heißt. Die Regionalmatadore, deren bevorzugte Ausstellungsorte die Städte waren, in denen sie sich niedergelassen hatten. Der erste wird für alle Zeit der Großvater von Olivier Debré bleiben, der zweite der Schüler von Corot. Pah! Ohne den Nimbus des Genies und ohne geistige Erben, ihre Bilder konnte man beruhigter mögen. Und vielleicht auch aufrichtiger.

Camille fragte sie ständig, ob sie nicht zur Toilette müsse. Es war schon blöd, diese Sache mit der Inkontinenz, aber sie klammerte sich an die Vorstellung, sie zurückhalten zu können. Die alte Frau hatte sich ein-, zweimal gehenlassen, und sie hatte ausgiebig mit ihr geschimpft:
»Oh, nein, liebe Paulette, alles, was Sie wollen, aber das nicht! Ich bin ganz für Sie da! Sagen Sie mir Bescheid! Bleiben Sie bei mir, Herrgott noch mal! Was soll das denn, in die Hose zu kacken? Sie sind doch nicht in einem Käfig eingesperrt?«
»...«
»He! Ho! Paulette! Antworten Sie mir. Werden Sie jetzt auch noch taub?«
»Ich wollte dich nicht bemühen.«
»Lügnerin! Sie wollten *sich* nicht bemühen!«

Den Rest der Zeit gärtnerte, bastelte, arbeitete sie, dachte an Franck und las – endlich – *Das Alexandria-Quartett*. Laut zuweilen.

Um sie einzustimmen. Dazu erzählte sie ihr außerdem Opernhandlungen.

»Hören Sie, das hier ist wunderschön. Rodrigo schlägt seinem Freund vor, zusammen mit ihm im Krieg zu sterben, damit er vergißt, daß er in Elisabeth verliebt ist.

Moment, ich stell es mal etwas lauter. Hören Sie das Duett, Paulette? *Dio, che nell'alma infondere*«, trällerte sie und machte ihr Handgelenk geschmeidig, *na ninana ninana*.

»Schön ist das, oder?«

Sie war eingeschlafen.

Franck kam am Wochenende nicht, aber sie erhielten Besuch von den beiden Unzertrennlichen, Monsieur und Madame Marquet.

Suzy hatte ihr Yogakissen in die Gräser gelegt, und Philibert las in einem Liegestuhl Reiseführer über Spanien, wohin sie in der nächsten Woche auf Hochzeitsreise wollten.

»Zu Juan Carlos. Meinem angeheirateten Cousin.«

»Das hätte ich mir ja denken können«, lächelte Camille.

»Aber . . . Und Franck? Ist er nicht da?«

»Nein.«

»Mit dem Motorrad unterwegs?«

»Keine Ahnung.«

»Willst du damit sagen, daß er in Paris geblieben ist?«

»Das denke ich mir.«

»Ach, Camille«, er war bekümmert.

»Was, Camille?« regte sie sich auf. »Was denn? Du selbst hast mir doch schon ganz zu Anfang gesagt, wie unmöglich er ist. Daß er noch nie was anderes gelesen hat als die Kleinanzeigen in seinen Motorradheften, daß . . . daß . . .«

»Schhh. Beruhige dich. Ich mache dir ja keine Vorwürfe.«

»Nein, schlimmer.«

»Ihr habt so glücklich ausgesehen.«

»Ja. Genau deswegen. Belassen wir es dabei. Machen wir nicht alles kaputt.«

»Glaubst du denn, es ist wie bei deinen Stiften? Glaubst du, daß sie sich bei Gebrauch abnutzen?«

»Was denn?«

»Die Gefühle?«

»Wann hast du das letzte Mal ein Selbstporträt gemacht?«

»Warum fragst du?«

»Wann?«

»Lange her.«

»Das habe ich mir gedacht.«

»Das hat damit nichts zu tun.«

»Nein, natürlich nicht.«

»Camille?«

»Mmm.«

»Am 1. Oktober um acht Uhr morgens.«

»Ja?«

Er reichte ihr den Brief von Herrn Buzot, Notar in Paris.

Camille las ihn, gab ihn zurück und legte sich zu seinen Füßen ins Gras.

»Pardon?«

»Es war zu schön, um von Dauer zu sein.«

»Es tut mir leid.«

»Hör auf.«

»Suzy liest die Anzeigen in unserem Viertel. Dort ist es nicht schlecht, weißt du? Es ist ... es ist pittoresk, wie mein Vater sagen würde.«

»Hör auf. Und Franck, weiß er Bescheid?«

»Noch nicht.«

Er kündigte sich für die darauffolgende Woche an.

»Fehl ich dir so?« schäkerte Camille am Telefon.

»Nee. Ich muß was an meinem Motorrad machen. Hat Philibert dir den Brief gezeigt?«

»Ja.«

»...«

»Denkst du an Paulette?«

»Ja.«

»Ich auch.«

»Wir haben Jojo mit ihr gespielt. Wir hätten sie besser da gelassen, wo sie war.«

»Meinst du das ernst?« fragte Camille.

»Nein.«

13

Die Woche verging.

Camille wusch sich die Hände und kehrte in den Garten zurück, wo Paulette in ihrem Rollstuhl saß und sich sonnte.

Sie hatte eine Quiche gemacht. Vielmehr eine Art Mürbeteig mit ausgelassenem Speck. Vielmehr etwas zu essen.

Wie ein Heimchen, das auf seinen Mann wartet.

Sie lag schon wieder auf den Knien und grub in der Erde, als ihre alte Kameradin hinter ihr flüsterte:
»Ich habe ihn umgebracht.«
»Pardon?«
Mist.
In letzter Zeit redete sie immer mehr Stuß.

»Maurice, meinen Mann. Ich habe ihn umgebracht.«

Camille richtete sich auf, drehte sich jedoch nicht um.

»Ich war in der Küche, auf der Suche nach meinem Portemonnaie, um Brot zu holen, als ich … ihn habe fallen sehen. Er war schwer herzkrank, weißt du. Er röchelte, er stöhnte, sein Gesicht war … Ich … ich habe meine Jacke übergezogen und bin gegangen.

Ich habe mir ganz viel Zeit gelassen, bin vor jedem Haus stehengeblieben. Und wie geht's dem Kleinen? Und dem Rheuma? Besser? Ein Gewitter im Anzug, haben Sie gesehen? Ich, die ich nicht sehr gesprächig bin, war an diesem Morgen äußerst liebenswürdig. Und das schlimmste ist, ich habe auch noch einen Lottoschein ausgefüllt. Kannst du dir das vorstellen? Als wäre es mein Glückstag. Gut, und dann. Dann bin ich doch nach Hause gegangen, und er war tot.«

Stille.

»Ich habe meinen Lottoschein weggeworfen, weil ich nie die Unverfrorenheit besessen hätte, die Gewinnzahlen abzugleichen, und habe die Feuerwehr angerufen. Oder die Sanitäter. Ich weiß nicht mehr. Aber es war zu spät. Ich hatte es gewußt.«

Stille.

»Du sagst gar nichts?«

»Nein.«

»Warum sagst du nichts?«

»Weil ich denke, daß seine Zeit gekommen war.«

»Meinst du?« fragte sie flehentlich.

»Da bin ich ganz sicher. Ein Herzinfarkt ist ein Herzinfarkt. Sie haben mir einmal gesagt, er habe fünfzehn Jahre Gnadenfrist gehabt. Tja, die hat er bekommen.«

Und um ihr zu zeigen, wie ehrlich sie es meinte, machte sie sich wieder an die Arbeit, als sei nichts gewesen.

»Camille?«

»Ja?«

»Danke.«

Als sie sich gut eine halbe Stunde später wieder aufrichtete, lächelte Paulette im Schlaf.

Sie holte ihr eine Decke.

Dann drehte sie sich eine Zigarette.

Dann säuberte sie sich mit einem Streichholz die Fingernägel.

Dann sah sie nach ihrer »Quiche«.

Dann putzte sie drei kleine Salatköpfe und etwas Schnittlauch.

Dann wusch sie alles.

Dann schenkte sie sich ein Glas Weißwein ein.

Dann ging sie unter die Dusche.

Dann zog sie sich einen Pullover über und ging wieder in den Garten.

Sie legte ihr eine Hand auf die Schulter:

»Sie werden sich erkälten, Paulette.«

Sie schüttelte sie sanft:

»Paulette?«

Noch nie war ihr ein Bild so schwergefallen.

Sie machte nur eins.

Das Allerschönste vielleicht.

14

Es war schon nach eins, als Franck das ganze Dorf weckte.

Camille war in der Küche.

»Schon wieder am Picheln?«

Er legte seine Jacke auf einen Stuhl und holte sich ein Glas aus dem Schrank über seinem Kopf.
    »Bleib sitzen.«

Er setzte sich ihr gegenüber:
    »Ist sie schon im Bett, meine Omi?«
    »Sie ist im Garten.«
    »Im Gar...«
    Und als Camille aufsah, wurde er bleich.
    »Oh nein, verdammt! Nein!«

15

»Und die Musik? Haben Sie bestimmte Vorlieben?«

Franck drehte sich zu Camille.

Sie weinte.

»Du suchst uns was Schönes aus, oder?«

Sie nickte.

»Und die Urne? Haben ... Sie sich die Preisliste angeschaut?«

16

Camille hatte nicht die Kraft, in die Stadt zurückzufahren, um die richtige CD zu suchen. Sie war sich nicht einmal sicher, ob sie sie finden würde. Und außerdem fehlte ihr dazu die Kraft.

Sie holte die Kassette, die noch im Autoradio steckte, und hielt sie dem Herrn vom Krematorium hin.
»Und es ist nichts zu machen?«
»Nein.«

Denn das hier war nun mal ihr Liebling. Der Beweis: Er hatte sogar ein Lied ganz für sie allein gesungen, na also.

Camille hatte die Kassette zusammengestellt, um sich für den schrecklichen Pullover zu bedanken, den Paulette ihr diesen Winter gestrickt hatte, und neulich auf der Rückfahrt von den Gärten von Villandry hatten sie ihm ehrfürchtig gelauscht.
Sie hatte sie im Rückspiegel lächeln sehen.

Wenn dieser große junge Mann sang, war sie wieder zwanzig.
1952 hatte sie ihn gesehen, als es neben den Kinos noch eine MusicHall gab.
»Ach, war er schön«, seufzte sie, »so schön.«

Also übertrugen sie Seiner Exzellenz Yves Montand die Aufgabe, die Grabrede zu halten.

Und das Requiem ...

> *Quand on partait de bon matin, quand on partait sur les chemins,*
> *À bicy-clèèè-teu,*

Nous étions quelques bons copains,
Y avait Fernand, y avait Firmin, y avait Francis et Sébastien,
Et puis Pau-lèèè-teu ...

On était tous amoureux d'elle, on se sentait pousser des ailes,
À bicy-clèèè-teu ...

Ja, in Paulette waren alle verliebt gewesen.

Und Philou, der nicht einmal da war.
   Der in seine Luftschlösser nach Spanien gefahren war.
   Franck hielt sich sehr gerade, die Hände auf dem Rücken.
   Camille weinte.

> *La, la, la ... Mine de rien,*
> *La voilà qui revient,*
> *La chanso-nnet-teu ...*
> *Elle avait disparu,*
> *Le pavé de ma rue,*
> *Était tout bê-teu ...*

> *Les titis, les marquis*
> *C'est parti mon kiki ...*

Sie lächelte, *die Straßenjungen, die Marquis* ... Das sind doch wir.

> *La, la, la, haut les cœurs*
> *Avec moi tous en chœur ...*
> *La chanso-nnet-teu ...*

Madame Carminot spielte schniefend mit ihrem Rosenkranz.

Wie viele waren sie in dieser falschen Kapelle aus falschem Marmor?
   Zehn vielleicht?
   Außer den Engländern nur Alte.

Vor allem alte Frauen.

Vor allem alte Frauen, die traurig den Kopf schüttelten.

Camille legte ihren Kopf auf Francks Schulter, der weiterhin seine Finger knetete.

> *Trois petites notes de musique,*
> *Ont plié boutique,*
> *Au creux du souvenir ...*
> *C'en est fini d'leur tapage,*
> *Elles tournent la page,*
> *Et vont s'endormir ...*

Der Herr mit dem Schnurrbart machte Franck ein Zeichen.

Er nickte.

Die Ofentür öffnete sich, der Sarg wurde hineingerollt, die Tür schloß sich wieder und ... Puffffff...

Paulette verzehrte sich ein letztes Mal zu den Klängen ihres geliebten Herzensbrechers.

... Und zog davon ... geschwind ... in die Sonne ... in den Wind.

Alle umarmten sich. Die Alten versicherten Franck noch einmal, wie sehr sie seine Großmutter gemocht hätten. Und er lächelte. Und preßte die Backenzähne aufeinander, um nicht loszuheulen.

Man ging auseinander. Ein Herr ließ ihn noch Papiere unterschreiben, ein anderer hielt ihm eine schwarze Schachtel hin.

Sehr hübsch. Sehr chic.

Die im Schein der künstlichen Kronleuchter mit verstellbarer Leuchtkraft glänzte.

Zum Kotzen.

Yvonne lud sie zu einem kleinen Stärkungstrunk ein.

»Nein, danke.«

»Sicher?«

»Sicher«, antwortete Franck und hakte sie unter.

Und schon waren sie auf der Straße.

Ganz allein.

Zu zweit.

Eine Frau von etwa fünfzig Jahren sprach sie an.

Und lud sie zu sich ein.

Sie folgten ihr zum Auto.

Sie wären jedem gefolgt.

Sie kochte ihnen einen Tee und holte einen Sandkuchen aus dem Ofen.

Sie stellte sich vor. Sie war die Tochter von Jeanne Louvel.

Damit konnte er nichts anfangen.

»Das ist klar. Als ich in das Haus meiner Mutter zog, waren Sie schon lange weg.«

Sie ließ sie in Ruhe essen und trinken.

Camille ging in den Garten, um eine zu rauchen. Ihre Hände zitterten.

Als sie sich wieder zu den anderen setzte, holte ihre Gastgeberin eine große Schachtel.

»Warten Sie. Ich suche sie Ihnen heraus. Ah! Da ist sie. Hier.«

Es war ein winziges Foto, beige mit gezacktem Rand und einer förmlichen Unterschrift unten rechts.

Zwei junge Frauen. Die rechte lachte und blickte in den Apparat, die linke schlug unter einem schwarzen Hut die Augen nieder.

Beide waren kahlköpfig.

»Erkennen Sie sie?«

»Pardon?«

»Das hier ist Ihre Großmutter.«

»Das hier?«

»Ja. Das daneben ist meine Tante Lucienne. Die älteste Schwester meiner Mutter.«

Franck hielt Camille das Foto hin.

»Meine Tante war Grundschullehrerin. Es heißt, sie sei das schönste Mädchen der ganzen Gegend gewesen. Es hieß auch, daß sie ziemlich arrogant war, die Gute. Sie war sehr gebildet und hat seine Hand mehrmals ausgeschlagen, tja, ein arrogantes Mädchen eben. Am 3. Juli 1945 erklärte Rolande F., ihres Zeichens Schneiderin – meine Mutter kannte die Niederschrift auswendig ... *Ich habe gesehen, wie sie sich amüsiert hat, sie hat gelacht und gescherzt und einmal sogar mit ihnen (den deutschen Soldaten) im Badeanzug auf dem Schulhof Wasserspritzen gespielt.*«

Stille.

»Haben sie sie geschoren?« fragte Camille schließlich.

»Ja. Meine Mutter hat erzählt, sie sei tagelang völlig am Boden gewesen, und eines Morgens sei ihre gute Freundin Paulette Mauguin gekommen, um sie abzuholen. Sie hatte sich den Kopf mit dem Säbel ihres Vaters rasiert und stand lachend vor der Tür. Sie hat sie bei der Hand genommen und darauf bestanden, mit ihr in die Stadt zu gehen, zu einem Fotografen. ›Na, komm schon‹, hat sie zu ihr gesagt, ›dann haben wir eine schöne Erinnerung. Komm schon! Tu ihnen nicht den Gefallen. Los. Nimm den Kopf hoch, Lulu. Du bist mehr wert als sie.‹ Meine Tante traute sich nicht ohne Hut auf die Straße und weigerte sich, diesen beim Fotografen abzusetzen, aber Ihre Großmutter. Sehen Sie sich das an. Diesen schelmischen Blick. Wie alt sie wohl damals war? Zwanzig?«

»Sie ist im November 1921 geboren.«

»Dreiundzwanzig. Ein mutiges Mädchen, nicht? Hier, ich schenke es Ihnen.«

»Danke«, antwortete Franck, und seine Lippen bebten.

Sobald sie auf der Straße waren, drehte er sich zu ihr und sagte stolz:

»Das war schon jemand, meine Omi, oder?«

Und er fing an zu weinen.

Endlich.

»Meine Omi«, schluchzte er. »Meine liebe Omi. Die einzige, die ich auf der Welt hatte.«

Camille blieb plötzlich stehen, rannte zurück und holte den schwarzen Karton.

Er schlief auf dem Sofa und stand am nächsten Tag sehr früh auf.

Von ihrem Fenster aus konnte Camille sehen, wie er über dem Mohn und den Duftwicken ein feines Pulver verstreute.

Sie traute sich nicht, sofort zu ihm zu gehen, und als sie endlich beschloß, ihm einen heißen Kaffee zu bringen, hörte sie sein Motorrad davonfahren.

Die Schale mit dem Kaffee ging zu Boden, und sie brach über dem Küchentisch zusammen.

18

Einige Stunden später stand sie auf, schneuzte sich, duschte kalt und kehrte zu ihren Farbtöpfen zurück.

Sie hatte angefangen, dieses verfluchte Haus neu zu streichen, und sie würde ihre Arbeit zu Ende bringen.

Sie hörte FM und verbrachte die nächsten Tage auf einer Leiter.

Ungefähr alle zwei Stunden schickte sie Franck eine SMS, um ihn darüber zu informieren, wo sie sich gerade befand:

09:13 Indochina, über der Anrichte
    11:37 Aïcha, Aïcha, erhöre mich, Fensterrahmen
    13:44 Souchon, Kippe im Garten
    16:12 Nougaro, Decke
    19:00 Nachrichten, Schinkenbrot
    10:15 Beach Boys, Badezimmer
    11:55 Bénabar, ich bin's, Nathalie, nicht weitergekommen
    15:03 Sardou, Pinsel gereinigt
    21:23 Daho, Heiabett

Er antwortete ihr nur ein einziges Mal:
    01:16 Ruhe

Wollte er damit sagen: Schichtende, Frieden, Ruhe, oder wollte er sagen: Klappe?

Da sie im Zweifel war, schaltete sie ihr Handy aus.

19

Camille schloß die Läden, verabschiedete sich von ... den Blumen, streichelte die Katze und schloß die Augen.

Ende Juli.
   Paris erstickte.

In der Wohnung war es still. Als hätten sie sie schon vertrieben.
   Hop, hop, hop, sagte sie zu ihr, ich muß noch etwas zu Ende bringen.

Sie kaufte ein wunderschönes Heft, klebte auf die erste Seite die alberne Charta, die sie einen Abend im *La Coupole* geschrieben hatten, sammelte all ihre Bilder zusammen, ihre Pläne, ihre Skizzen etc., um sich an alles zu erinnern, was sie hinter sich ließen und was im selben Atemzug verschwinden würde.
   Es war Platz genug, um auf diesem großen Boot zehn Luxus-Kaninchenställe zu bauen.

Anschließend wollte sie zunächst das Nachbarzimmer leeren.
   Dann.
   Wenn die Haarspangen und die Tube Polident ebenfalls weg wären ...

Als sie ihre Bilder sortierte, legte sie das Porträt ihrer Freundin auf die Seite.
   Bisher war sie von der Idee einer Ausstellung nicht sehr erbaut gewesen, doch allmählich ... allmählich wurde sie zu einer fixen Idee: sie wieder zum Leben zu erwecken. An sie zu denken, über sie zu reden, ihr Gesicht, ihren Rücken, ihren Hals, ihre Hände zu zeigen. Sie bedauerte, daß sie nicht aufgezeichnet hatte, was Pau-

lette beispielsweise an Kindheitserinnerungen erzählt hatte. Oder von ihrer großen Liebe.

»Das bleibt unter uns, hörst du?«

»Ja, ja.«

»Tja, er hieß Jean-Baptiste. Ein schöner Vorname, findest du nicht? Wenn ich einen Sohn gehabt hätte, ich hätte ihn Jean-Baptiste genannt.«

Noch hatte sie den Klang ihrer Stimme im Ohr, aber ... Wie lange noch?

Da sie es sich zur Gewohnheit gemacht hatte, beim Werkeln im Haus Musik zu hören, ging sie in Francks Zimmer, um sich seine Anlage auszuleihen.

Sie fand sie nicht.

Aus gutem Grund.

Es war nichts mehr da.

Außer drei Kartons, die an der Wand gestapelt waren.

Sie legte den Kopf an die Tür, und das Parkett verwandelte sich in Treibsand.

Nein. Nicht er. Nicht auch noch *er*.

Sie steckte die Fäuste in den Mund.

Nein. Es fing wieder an. Sie war erneut im Begriff, alle zu verlieren.

Nicht schon wieder, verdammt.

Nicht schon wieder.

Sie schlug die Tür zu und rannte ins Restaurant.

»Ist Franck da?« fragte sie außer Atem.

»Franck? Nee, ich glaub nicht«, antwortete ein großer Kerl ziemlich träge.

Sie hielt sich die Nase zu, um nicht loszuheulen.

»Ar... Arbeitet er nicht mehr hier?«

»Nee.«

Sie ließ die Nase los und ...

»Das heißt, seit heute abend nicht mehr. Ach. Da ist er ja!«

Er kam von seinem Spind und hatte seine gesamte Wäsche zu einer Kugel zusammengerollt.

»Sieh an«, meinte er, als er sie erblickte, »da ist ja unsere Gärtnerin.«

Sie weinte.

»Was ist denn los?«

»Ich dachte, du wärst weg.«

»Morgen.«

»Was?«

»Ich fahre morgen.«

»Wohin?«

»Nach England.«

»Wa...Warum?«

»Erstens, um Urlaub zu machen, und zweitens, um zu arbeiten. Mein Chef hat mir eine Superstelle besorgt.«

»Bekochst du die Königin?« versuchte sie zu scherzen.

»Nee, besser, Chef de Partie in Westminster.«

»Ehrlich?«

»Die absolute Topstelle.«

»Aha.«

»Und wie geht's dir?«

»...«

»Komm, laß uns noch was trinken. Wir werden doch nicht einfach so auseinandergehen.«

20

»Drinnen oder auf der Terrasse?«
»Drinnen.«

Unzufrieden sah er sie an:
»Du hast schon wieder alle Kilos verloren, die ich dir angesetzt habe.«
»...«
»Warum gehst du weg?«
»Weil, das hab ich doch gesagt. Das ist eine prima Beförderung und außerdem ... eh ... Einfach so, halt. Ich kann es mir nicht leisten, in Paris zu leben. Jetzt sagst du wahrscheinlich, ich könnte jederzeit Paulettes Haus verkaufen, aber das kann ich nicht.«
»Ich verstehe.«
»Nein, nein, nicht deswegen. Nicht wegen der Erinnerungen und so. Hm. Nein, es ist nur so, daß ... Die Bude gehört mir nicht.«
»Gehört sie deiner Mutter?«
»Nein. Dir.«
»...«
»Paulettes letzter Wille«, fügte er hinzu und zog einen Brief aus seiner Mappe. »Hier, lies selbst.«

Mein lieber Franck,
bitte stör dich nicht an meiner krakeligen Schrift, ich sehe nicht mehr gut.
Aber ich sehe durchaus, daß die kleine Camille meinen Garten sehr mag, und das ist der Grund, weshalb ich ihn ihr gern vermachen würde, wenn du keine Einwände hast.
Paß gut auf dich auf, und auch auf sie, wenn du kannst.
Sei ganz fest umarmt.
Omi

»Wann hast du den bekommen?«

»Ein paar Tage, bevor ... bevor sie gestorben ist. An dem Tag, als Philou mir vom Verkauf der Wohnung erzählt hat. Sie ... Sie hat halt verstanden, daß ... daß das alles Scheiße war.«

Ufff! Das zerrte heftig am Würgeband.

Zum Glück kam ein Kellner:

»Monsieur?«

»Ein Perrier Zitrone, bitte.«

»Und Mademoiselle?«

»Cognac. Einen doppelten.«

»Sie spricht vom Garten, nicht vom Haus.«

»Jaaa. Aber, wir werden doch jetzt nicht feilschen, oder?«

»Und du gehst weg?«

»Das hab ich doch gerade gesagt. Meine Fahrkarte hab ich schon.«

»Wann fährst du?«

»Morgen abend.«

»Pardon?«

»Ich dachte, du hättest die Schnauze voll davon, für andere zu arbeiten.«

»Natürlich hab ich die Schnauze voll davon, aber was soll ich denn machen?«

Camille kramte in ihrer Tasche und holte ihr Heft heraus.

»Nee, nee, das ist vorbei«, wehrte er ab und hielt die Arme vors Gesicht. »Ich bin nicht mehr da, hab ich gesagt.«

Sie blätterte um.

»Sieh mal«, sagte sie und hielt es ihm hin.

»Was ist das für eine Liste?«

»Das sind alle Stellen, die Paulette und ich ausfindig gemacht haben auf unseren Spaziergängen.«

»Was für Stellen?«

»Leere Lokale, in denen du einen eigenen Laden aufmachen

540

könntest. Das ist alles durchdacht, weißt du. Bevor wir die Adressen aufgeschrieben haben, sind wir es beide von vorn bis hinten durchgegangen! Die unterstrichenen sind die besten. Das hier vor allem, das wäre klasse. Ein kleiner Platz direkt hinter dem Pantheon. Ein ehemaliges Café mit viel Charme, ich bin sicher, es würde dir gefallen.«

Sie trank ihren Cognac aus.

»Du spinnst ja total. Weißt du, was das kostet, ein Restaurant aufzumachen?«

»Nein.«

»Du spinnst ja total. Na gut. Ich muß los, meine Sachen zusammenpacken. Ich bin heut abend bei Philou und Suzy zum Abendessen, kommst du auch?«

Sie hielt ihn am Arm fest, um ihn am Aufstehen zu hindern.

»Ich habe Geld.«

»Du? Du lebst doch wie eine Bettlerin!«

»Ja, weil ich es nicht anrühren will. Ich will die Flocken nicht, aber dir würde ich sie gern geben.«

»...«

»Weißt du noch, ich habe dir doch erzählt, daß mein Vater bei einer Versicherung war und daß er bei einem ... einem Arbeitsunfall gestorben ist, weißt du noch?«

»Ja.«

»Na ja, er hatte alles im voraus geregelt. Er wußte ja, daß er mich verlassen würde, deshalb hat er wenigstens dafür gesorgt, mich abzusichern.«

»Das versteh ich nicht.«

»Eine Lebensversicherung. Auf meinen Namen.«

»Und warum ... warum hast du dir dann nie ein Paar anständige Treter gekauft?«

»Sage ich doch, weil ich das Geld nicht will. Es riecht nach Aas. Ich wollte meinen Papa lebend. Nicht das hier.«

»Wieviel?«

»Genug, damit dich ein Banker hofiert und dir einen guten Kredit anbietet, würde ich sagen.«

Sie hatte ihr Heft wieder aufgenommen.

»Warte, ich glaube, ich habe es irgendwo gemalt.«

Er riß es ihr aus den Händen.

»Hör auf, Camille. Hör auf damit. Hör auf, dich hinter diesem Scheißheft zu verstecken. Hör auf. Ein einziges Mal wenigstens, bitte.«

Sie betrachtete die Theke.

»He! Ich rede mit dir!«

Sie betrachtete sein T-Shirt.

»Nein, mich. Sieh *mich* an.«

Sie sah ihn an.

»Warum sagst du nicht einfach: ›Ich will nicht, daß du gehst‹? Ich bin wie du. Mir ist das Geld scheißegal, wenn ich es für mich allein ausgeben soll. Ich ... Ich weiß nicht, verdammt! ›Ich will nicht, daß du gehst‹, das kann doch nicht so schwer sein, oder?«

»Ichabsdirschngesagt.«

»Was?«

»Ich hab's dir schon gesagt.«

»Wann?«

»Am 31. Dezember.«

»Jaaa, aber das zählt nicht. Das war wegen Philou.«

Stille.

»Camille?«

Er artikulierte deutlich:

»Ich ... will ... nicht ... daß ... du ... gehst.«

»Ich ...«

»Gut so, weiter ... Will ...«

»Ich habe Angst.«

»Wovor?«

»Vor dir, vor mir, vor allem.«

Er seufzte.

Und seufzte noch einmal.

»Schau her. Mach's wie ich.«

Er baute sich auf wie ein Bodybuilder bei einem Schönheitswettbewerb.

»Ball die Hände zur Faust, mach den Rücken rund, winkle die Arme an, verschränke sie und halte sie unters Kinn. So.«

»Warum?« fragte sie verwundert.

»Weil. Du mußt deine Haut sprengen, die ist zu klein für dich. Siehst du. Du erstickst darunter. Du mußt da endlich raus. Komm schon. Ich will hören, wie die Naht auf deinem Rücken platzt.«

Sie lächelte.

»Scheiße, nee. Behalt's für dich, dein blödes Lächeln. Ich will es nicht. Das ist es nicht, was ich von dir will! Ich will, daß du lebst, verdammt noch mal! Nicht daß du mich anlächelst! Dafür gibt es die Damen von der Wettervorhersage. Okay, ich muß los, sonst reg ich mich nur auf. Bis heut abend dann.«

21

Camille grub sich inmitten von Suzys fünfzigtausend buntbemalten Kissen eine Höhle, rührte ihr Essen nicht an und trank genug, um an den richtigen Stellen lachen zu können.

Auch ohne Dias durften sie eine Quizsendung über sich ergehen lassen.

»Aragonien oder Kastilien«, präzisierte Philibert.

»... sind die Brustdrüsen des Schicksals!« wiederholte sie bei jedem Foto.

Sie war fröhlich.

Traurig und fröhlich.

Franck ging recht bald, weil er mit den Kollegen von seinem Franzosenleben Abschied nehmen wollte.

Als Camille sich endlich erhob, begleitete Philibert sie bis auf die Straße.

»Meinst du, es wird gehen?«

»Ja.«

»Soll ich dir ein Taxi rufen?«

»Nein, danke. Ich laufe lieber.«

»Na dann, einen schönen Spaziergang.«

»Camille?«

»Ja?«

Sie drehte sich um.

»Morgen ... Siebzehn Uhr fünfzehn am Gare du Nord.«

»Kommst du?«

Er schüttelte den Kopf.

»Leider nein. Ich muß arbeiten.«

»Camille?«

Sie drehte sich noch einmal um.

»Aber du. Geh du hin für mich. Bitte.«

»Bist du gekommen, um mit deinem Taschentuch zu wedeln?«

»Ja.«

»Das ist nett.«

»Wie viele sind wir denn?«

»Wer?«

»Frauen, die mit ihren Taschentüchern winken und dich mit Lippenstift beschmieren?«

»Tja, sieh dich um.«

»Nur ich?!«

»Na ja«, er verzog das Gesicht, »harte Zeiten. Zum Glück sind die Engländerinnen heiß. Das hat man mir jedenfalls erzählt!«

»Bringst du ihnen den French Kiss bei?«

»Unter anderem. Kommst du noch mit auf den Bahnsteig?«

»Ja.«

Er sah auf die Bahnhofsuhr:

»Gut. Dir bleiben nur noch fünf Minuten, um einen Satz mit sechs Wörtern auszusprechen, das dürfte doch machbar sein, oder? Komm schon«, gab er sich entrüstet, »wenn es zu viele sind, mir reichen zwei. Aber die richtigen, hem? Scheiße! Ich hab meine Fahrkarte noch nicht abgestempelt. Und?«

Stille.

»Dann eben nicht. Bleib ich halt ein Frosch.«

Er schulterte seine große Tasche und wandte ihr den Rücken zu.

Er rannte, um einen Schaffner zu erwischen.

Sie sah, wie er seine Fahrkarte wieder an sich nahm und ihr mit der Hand ein Zeichen machte.

Und der Eurostar entglitt ihren Fingern.

Und sie fing an zu weinen, die dumme Gans.

Und sie sah nur noch einen kleinen grauen Punkt in der Ferne.

Ihr Handy klingelte.

»Ich bin's.«

»Ich weiß, das wird angezeigt.«

»Bestimmt erlebst du gerade eine hyperromantische Szene. Bestimmt stehst du allein auf dem Bahnsteig, wie in einem Film, und heulst deiner Liebe nach, die sich in einer weißen Rauchwolke verliert.«

Sie lächelte unter Tränen.

»Ü... Überhaupt nicht«, brachte sie heraus, »ich ... ich wollte gerade den Bahnhof verlassen.«

»Du Lügnerin«, sagte eine Stimme hinter ihr.

Sie fiel ihm in die Arme und drückte ihn fest fest fest fest.

Bis die Naht platzte.

Sie weinte.

Öffnete die Schleusentore, schneuzte sich in sein Hemd, heulte noch mehr, entließ siebenundzwanzig Jahre Einsamkeit, Kummer, gemeine Schläge auf den Kopf, beweinte die Liebkosungen, die sie nie bekommen hatte, den Wahnsinn ihrer Mutter, die auf dem Teppich knienden Feuerwehrleute, die Zerstreutheit ihres Papas, die Schinderei, die Jahre ohne auch nur die geringste Atempause, die Kälte, die Freude am Hunger, die Entgleisungen, den Verrat an sich selbst und den ewigen Schwindel, den Schwindel am Rande des Abgrunds und den Flaschenhals. Und die Zweifel und ihren Körper, der immer ausscherte, und den Geschmack von Äther und die Angst, nicht mithalten zu können. Und auch Paulette. Paulettes Sanftmut, pulverisiert in fünfeinhalb Sekunden.

Er hatte ihr seine Jacke umgehängt und sein Kinn auf ihren Kopf gelegt.

»Komm schon«, flüsterte er ganz sanft, ohne zu wissen, ob es heißen sollte, komm schon, wein dich aus, oder, komm schon, nicht weinen.

Ganz wie sie wollte.

Ihre Haare kitzelten ihn, er war voller Rotz und sehr glücklich.

Sehr glücklich.

Er lächelte. Zum ersten Mal im Leben war er zur richtigen Zeit am richtigen Ort.

Er rieb sein Kinn auf ihrem Kopf.

»Komm schon, mein Schatz. Mach dir keine Sorgen, wir schaffen das. Wir werden es nicht besser machen als die anderen, aber auch nicht schlechter. Wir schaffen das, glaub mir. Wir schaffen das. Wir haben nichts zu verlieren, weil wir nichts haben. Komm.«

Epilog

»Scheiße, ich glaub's nicht. Ich glaub's nicht«, moserte er, um sein Glück nicht hinauszuschreien, »der spricht nur von Philou, dieser Idiot! Und der Service hier und der Service da. Na klar! Ihm fällt das nicht schwer. Er hat die guten Manieren schon im Blut eintätowiert! Und der Empfang und das Dekor und die Bilder der Fauque und bla bla bla ... Und meine Küche? Kein Schwein interessiert sich für meine Küche?«

Suzy nahm ihm die Zeitung aus der Hand.

»*Liebe auf den ersten Blick für dieses Bistro blablabla, dessen junger Chef Franck Lestafier unsere Geschmacksnerven zum Staunen bringt und uns an seinen Wohltaten teilhaben läßt, indem er eine Küche lebendiger, leichter, fröhlicher Hausmannskost erfindet blablabla ... In einem Wort: Hier erfährt man täglich das Glück eines Sonntagessens ohne alte Tanten und ohne Montag...* Na? Worum geht's da? Die Börsenkurse oder ein Brathähnchen?«

»Nein, wir haben geschlossen!« rief er den Leuten zu, die den Vorhang hochhoben. »Oder ach, was soll's, kommen Sie. Kommen Sie. Es ist für alle genug da. Vincent, ruf deinen Hund zurück, verdammt noch mal, sonst steck ich ihn in die Tiefkühle!«

»Rochechouart, bei Fuß!« befahl Philibert.

»Barbès. Nicht Rochechouart.«

»Ich ziehe Rochechouart vor. Nicht wahr, Rochechouart? Na, komm zu Onkel Philou, dort gibt's einen großen Knochen.«

Suzy lachte.

Suzy lachte noch immer in einem fort.

»Ah, da sind Sie ja! Sehr schön, endlich haben Sie Ihre Sonnenbrille abgesetzt!«

Sie zierte sich ein wenig.

Auch wenn er die junge noch nicht kleingekriegt hatte, die alte Fauque war im Kasten. Camilles Mutter war in seiner Anwesenheit immer zahm und sah ihn mit den feuchten Augen eines Menschen an, der unter Psychopharmaka stand.

»Mama, das hier ist Agnès, eine Freundin. Peter, ihr Mann, und der kleine Valentin.«

Sie zog es vor, sie »eine Freundin« zu nennen anstatt »meine Schwester«.

Besser kein Psychodrama lostreten, wo es sowieso niemanden interessierte. Außerdem waren sie tatsächlich Freundinnen geworden.

»Ah! Endlich! Da kommen Mamadou und Co.!« rief Franck. »Hast du mir mitgebracht, worum ich dich gebeten habe, Mamadou?«

»Na klar, aber sei vorsichtig damit, das ist kein Chili für zarte Mägen, das sag ich dir. «

»Danke, super, komm, hilf mir lieber hinten.«

»Ich komm schon. Sissi, Vorsicht mit dem Hund!«

»Nein, der ist ganz lieb.«

»Misch du dich nicht in meine Erziehung ein und kümmer dich lieber um deinen Hund. Na? Wo ist denn die Kochstelle. Ach, die ist aber klein!«

»Logisch! Du nimmst ja auch den ganzen Platz ein!«

»Aber das ist doch die alte Dame, die ich bei euch gesehen habe, oder?« fragte sie und zeigte auf das Passepartout.

»Halt, nicht berühren. Das ist nämlich mein Talisman.«

Mathilde Kessler becircte Vincent und seinen Freund, während Pierre sich heimlich eine Speisekarte schnappte. Camille hatte sich vom *Gazetin du Comestible* inspirieren lassen, einer Zeitschrift von 1767, und die tollsten Gerichte gezeichnet. Herrlich. Und eh ... die ... die Originale, wo sind die?

Franck war vollkommen hektisch, stand seit dem frühen Morgen in der Küche. Wo einmal alle da waren.

»Los, zu Tisch, sonst wird alles kalt! Achtung, heiß!«

Er stellte einen großen Topf auf den Tisch und zog davon, um eine Schöpfkelle zu holen.

Philou schenkte die Gläser voll. Formvollendet wie immer.

Ohne ihn hätte sich der Erfolg nicht so schnell eingestellt. Er besaß dieses wunderbare Talent, den Gästen eine behagliche Atmosphäre zu bereiten, fand stets ein Kompliment, ein Gesprächsthema, ein geistreiches Wort, einen Touch französischer Koketterie. Und empfing begeistert alle Adligen des Viertels. Alles entfernte Cousins.

Wenn er die Gäste in Empfang nahm, machte er sich gut verständlich, hatte eine deutliche Aussprache, und die Wörter fielen ihm gewissermaßen zu.

Und wie es ein Journalist jüngst so platt ausgedrückt hatte, er war »die Seele« dieses kleinen schmucken Lokals.

»Los, kommt schon«, knurrte Franck, »gebt mir eure Teller.«

In den Moment hinein sagte Camille, die seit einer Stunde mit dem kleinen Valentin schäkerte und sich hinter ihrer Serviette versteckte:

»Ach Franck. Ich hätte gern auch so eins . . .«

Er füllte Mathildes Teller auf, seufzte . . . Scheiße, ich muß hier wohl wirklich alles machen, legte die Schöpfkelle auf den Teller, zog seine Schürze aus, hängte sie über den Stuhlrücken, nahm das Baby, legte es in die Arme seiner Mama, hob seine Liebste hoch, nahm sie auf die Schulter wie einen Sack Kartoffeln oder ein halbes Rind, stöhnte – die Kleine hatte ganz schön zugenommen –, machte die Tür auf, ging über den Platz ins Hotel gegenüber, streckte Vishayan, seinem Kumpel an der Rezeption, den er zwischen zwei Faxen mit Essen versorgte, die Hand hin, dankte ihm und ging lächelnd die Treppe hinauf.

Die Zitate auf den Seiten 186, 186/187 und 203 wurden mit freundlicher Genehmigung der Deutschen Verlagsanstalt entnommen aus: Brady Udall, *Der Bierdosenbaum*. Aus dem Amerikanischen von Henning Ahrens, DVA Stuttgart, München 2001.

Anna Gavalda
Ich habe sie geliebt
Roman
Aus dem Französischen von Ina Kronenberger
Band 15803

Pierre und Chloé haben nichts gemeinsam. Chloé ist Anfang dreißig, hat zwei kleine Töchter und wurde gerade
von ihrem Mann verlassen. Pierre ist ihr Schwiegervater,
Mitte sechzig und ein unsensibler, arroganter Bourgeois. So
dachte sie zumindest – bis er sie und die Kinder mitnimmt
ins Ferienhaus der Familie. Bei Pasta und Rotwein unterhalten sich die beiden über die Liebe und das Leben. Chloé
entdeckt hinter der autoritären Maske einen aufmerksamen
Zuhörer und gewinnt einen Freund, der eine überraschen-
de Lebensbeichte ablegt.

»Ein Lichtstrahl am literarischen Himmel.«
Le Figaro

Fischer Taschenbuch Verlag

fi 15803 / 2

Anna Gavalda
Ich wünsche mir,
daß irgendwo jemand auf mich wartet
Erzählungen
Aus dem Französischen von Ina Kronenberger

Band 15802

Ein Flirt, der durch ein Handy zerstört wird, ein Mann, der
nicht mehr fremdgeht, weil die Alimente jetzt so teuer
würden und einst Liebende, die sich erst wiedersehen, als
es schon zu spät ist. Anna Gavalda ist nichts Menschliches
fremd, am wenigsten die Liebe. Sie beherrscht das Komische
wie das ernste Register und trifft dabei stets den richtigen
Ton. Ihre Chronik des Alltags ist erheiternd und erbarmungslos zugleich: unser Leben, auf den Punkt gebracht.

»Anna Gavaldas Erzähldebüt macht süchtig.«
KulturSpiegel

»Ein weiblicher Sempé.«
Le Figaro

Fischer Taschenbuch Verlag

Yann Martel
Schiffbruch mit Tiger
Roman
Aus dem Englischen von
Manfred Allié und Gabriele Kempf-Allié

Band 15665

Pi Patel, der Sohn eines indischen Zoobesitzers und prakti-
zierender Hindu, Christ und Muslim erleidet mit einer Hyäne,
einem Orang-Utan, einem verletzten Zebra und einem 450
Pfund schweren bengalischen Tiger namens Richard Parker
Schiffbruch. Bald hat der Tiger alle erledigt – alle, außer Pi.
Alleine treiben sie in einem Rettungsboot auf dem Ozean.
Eine wundersame Odyssee beginnt.

Verwegen. Atemberaubend. Wahnsinnig komisch.

»Schiffbruch mit Tiger ist ein sagenhaftes Buch,
es ist erfrischend, frech, originell, klug und raffiniert –
und prallvoll mit Geschichten.«
Margaret Atwood

»Schiffbruch mit Tiger ist ein manchmal
verteufelt spannender, dann wieder wunderbar
verspielter Abenteuerroman.«
Wolfgang Höbel, Der Spiegel

Ausgezeichnet mit dem Booker-Preis 2002

Fischer Taschenbuch Verlag

Richard Powers
Der Klang der Zeit
Roman

Band 15971

In einem Roman mit großen Figuren, farbigen Dialogen und
vor dem Tableau der Rassenunruhen der letzten Jahrzehnte
Amerikas erzählt Richard Powers die Geschichte einer Familie
mit zwei Hautfarben – die eines vor den Nazis geflüchteten
jüdischen Wissenschaftlers und einer Afroamerikanerin.
Ihre Ehe wäre in vielen Staaten der USA noch ein Verbrechen,
doch in New York fühlen sie sich sicher. Sie vertrauen ganz
auf den amerikanischen Traum, dass sich jeder selbst neu
erfinden kann. Mit Hilfe der Musik bauen sie ein Nest, das
alle Dissonanzen der Welt fernhalten soll. Und es scheint zu
gelingen: Der älteste Sohn wird ein gefeierter Tenor und
Liedsänger, der mittlere begleitet ihn am Klavier, und einzig
die Tochter durchschaut, dass sich nur Weiße leisten können, über die Hautfarbe hinwegzusehen, und schließt sich
den Black Panthers an.

»Zeitkritik, Gesellschaftsporträt, Sehnsucht
nach einer Schönheit, die den alltäglichen Rassismus
besiegt. Richard Powers verknüpft dies
zu einem großen Roman.«
Susanne Weingarten, DER SPIEGEL

Fischer Taschenbuch Verlag

fi 15971 / 1 / a

Audrey Niffenegger
Die Frau des Zeitreisenden
Roman
Aus dem Amerikanischen von Brigitte Jakobeit
Band 16390

»Eine der schönsten Liebesgeschichten des Jahrhunderts«
Die Welt

Clare ist Kunststudentin und eine Botticelli-Schönheit, Henry
ein verwegener und lebenshungriger Bibliothekar. Clare fällt
aus allen Himmeln, jedes Mal aufs Neue, wenn Henry vor ihr
steht. Denn Henry ist ein Zeitreisender, ohne jede Ankündi-
gung verstellt sich seine innere Uhr. Der großen Liebe begegnet man nur ein einziges Mal. Und dann immer wieder ...

» ›Die Frau des Zeitreisenden‹
ist eine Liebesgeschichte – und zwar die sehnsüchtigste,
die ich in diesem Jahr bisher gelesen habe.«
Angela Wittmann, Brigitte

Fischer Taschenbuch Verlag

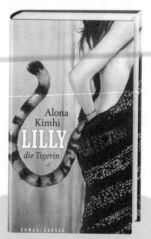